Bernard-Henri Lévy
Die letzten Tage des
Charles Baudelaire

Bernard-Henri Lévy

Die letzten Tage des CHARLES BAUDELAIRE

Aus dem Französischen von Irène Kuhn

List Verlag
München·Leipzig

Die Originalausgabe erschien 1988 unter dem Titel »Les derniers jours de Charles Baudelaire« bei Editions Grasset & Fasquelle, Paris.

Lektorat: Ralf Stamm

Diese Übersetzung widme ich meinen Lehrern, all denen, die mir die Liebe zum Wort und zur Sprache beigebracht haben.

Irène Kuhn

ISBN 3-471-78045-9

Satz: Fotosatz Leingärtner, Nabburg,
Druck und Bindung: Wiener Verlag, Himberg

… den Tod fliehend, den Tod suchend,
das Werk suchend, das Werk fliehend …

Hermann Broch, *Der Tod des Vergil*

Erster Teil

I

Das Hôtel du Grand-Miroir ist eine jener bescheidenen Brüsseler Pensionen, die eine gediegene Ausstattung vortäuschen und die nur bei französischen Handelsleuten einen gewissen Ruf genießen. Das Zimmer ist klein. Wie alle Zimmer auf dieser Etage ist es mit einem Tisch, einem Bett, einem Stuhl, dessen Lack bereits abblättert, einer hölzernen Truhe, einem Bettvorleger und einer Emailleschüssel ausgestattet, in der ein wenig Wäsche eingeweicht ist. Die Luft ist widerlich stickig. Eine undefinierbare Mischung aus Absinth, kaltem Rauch, Opiumtinktur, Krankheit. Karges Licht dringt durch den Vorhang und fällt auf das Porträt an der Wand, das Porträt eines älteren Mannes. Es sind die Züge eines Aristokraten des Ancien Régime, und der Künstler scheint es darauf angelegt zu haben, den Kontrast zwischen den Backenknochen, der stolzen, hohen Stirn, der strengen, schwarzen Perücke, der harten Adlernase und – vollkommen unerwartet unter den buschigen Augenbrauen – der auffallenden Sanftheit eines Blickes voller Barmherzigkeit herauszuarbeiten. Auf dem Bett schließlich, in der Nähe der Truhe, liegt ein Mann. Er ist etwas jünger als der Mann auf dem Bild gegenüber, aber das blasse Gesicht, die tiefliegenden Augen, die Länge der Haare weisen eine gewisse Ähnlichkeit auf.

Was tut dieser Mann? Nichts. Zumindest nichts Bemerkenswertes. Er liegt ganz einfach da. Reglos. Die Bettdecke über sich. Seit zwei Tagen liegt er so da mit geschlossenen Augen, in hartnäckiger Betäubung, festgenagelt auf seiner armseligen Matratze, und seit zwei Tagen hat er kein Wort gesprochen, niemanden gesehen.

Seiner Wirtin, Madame Lepage, antwortet er nicht mehr, wenn sie hochkommt und sich vom Gang aus nach seinem Befinden erkundigt, auf Geräusche lauert, die ausbleiben, oder ihm brummelnd seine Tagesration Essen vor die Tür stellt. Nicht immer holt er das Blechgeschirr herein. Auch die Zeitung, die *Indépendance belge*, die sie ihm jeden Morgen unter der Tür durchschiebt, faltet er nicht auseinander. Er, der sich sein Leben lang, selbst in Zeiten großen Elends, schmeichelte, täglich mindestens zwei Stunden seiner Toilette zu widmen, steht nur noch auf und tut ein paar schlurfende Schritte, um das feuchte, mit Terpentin getränkte Tuch frisch zu machen, das er sich um den Schädel gebunden hat. Zuckt höchstens etwas zusammen, wenn ein Geruch von heißem Bratfett ins Zimmer dringt; früher hätte es ihm den Magen umgedreht. Nicht einmal die Fingerspitzen verraten jene winzigen Anzeichen von Ungeduld, die sich nach allzu langer Reglosigkeit einstellen. Im Grunde hätte er, wäre vorhin nicht der Anfall gewesen, der ihn – aber um welchen Preis! – aus der Schläfrigkeit gerissen hat, den ganzen Tag so verbringen können, einen Arm am Körper, den anderen aus dem Bett hängend, das wachsbleiche Gesicht leicht erhöht auf dem Kopfkissen.

Man könnte meinen, daß er schläft. In Wirklichkeit schläft er nicht. Es ist nicht einmal sicher, daß er döst. Er befindet sich in jenem Zustand der Bewußtseinstrübung, in dem die geringste Bewegung anstrengt, in dem man gerade genügend Kraft hat, um an sich, an seinen Körper, an den schweren, wattigen Kopf oder, wenn man die Augen offenhält, an die kleinen Fehler in der Zimmerdecke, an die Schattenzonen des Vorhangs, an die im Licht sich verändernden Farben des Bildes an der Wand zu denken. Also nehmen wir einmal an, daß er die Risse in der Decke zählt. Daß er mit den breiten Bahnen der Finsternis spielt, die das Tageslicht um das Porträt herum zuläßt. Nehmen wir an, daß er sich von den undeutlichen, unzusammenhängenden Bildern tragen läßt, die ihm durch den Sinn gehen: eine Photographie von Nadar; ein mißglückter Start im Ballon; der starke Geruch der kleinen Berthe, als er sie das letzte Mal nahm; oder jenes Diner bei den Hugos, wo man die Frechheit besaß, ihn die Antwort an einen belgischen Journalisten entwerfen zu lassen, die der Meister anschließend mit seinem Namen versah. Und nehmen wir an, daß er in den besseren Momenten, wenn sich der Schraubstock lockert und er spürt, wie sich der Nebel um sein Hirn auflöst, über das neue Leiden nachzudenken versucht, das ihn heimgesucht hat.

Denn schläfrige Zustände sind ihm bekannt. Lethargische Zustände sind ihm bekannt. Jene endlosen Mattigkeiten der Seele, die sein Freund Flaubert die »Ärgernisse des Daseins« nannte, sind ihm bekannt, er hat sie sogar besungen. So wie jetzt aber war es noch nie. Noch nie, nicht einmal an den schwärzesten Tagen, wenn Gläubiger ihn hetzten, Wirtinnen ihn verfolgten, Jeanne ihn mit ihrem Gekeife oder Ancelle mit seiner Knauserei quälte, hatte er sich so schlecht gefühlt. Und in seinem Zustand, in diesem grundlosen dumpfen Staunen, in dieser hoffnungslosen Stumpfsinnigkeit liegt etwas, was er bis jetzt noch nicht kannte. Von Spleen kann da nicht mehr die Rede sein. Auch nicht von Überdruß. Das ist nicht mehr jene Unfähigkeit zu schreiben, die er seine Krankheit »à la Gérard«* nannte, die aber noch immer, bis in die äußerste Hilflosigkeit hinein, einen Rest von Lust und Konzentration voraussetzte. Jetzt aber, und das überrascht ihn, gibt es keinerlei Lust auf irgend etwas mehr. Keinerlei Konzentration. Was ihn verblüfft und ihm allmählich, je mehr Stunden vergehen, Angst macht, das ist das Gefühl der toten Zeit, der versteinerten Zeit. Ein wenig, und das scheint ihm der einzige Präzedenzfall, wie damals vor vier Jahren, als er mitten auf der Straße zusam-

* A.d.Ü.: Anspielung auf den Dichter Gérard de Nerval, der 1855 Selbstmord beging.

menbrach, Schaum auf den Lippen, als er, den Flügelschlag des Schwachsinns spürend, es gerade noch schaffte, einem Kutscher die Adresse jener Frau mitzuteilen, die ihn würde heilen können.

Anfangs hat er geglaubt, es sei die Opiumtinktur. Er hat gedacht, er habe wie damals in Honfleur, als er sich auf das Fläschchen stürzte, das er dem Apotheker seiner Mutter mühsam abgeschwatzt hatte, die Dosis überschritten. Danach hat er gedacht, es liege an Brüssel. Er hat sich gesagt: Ich wußte es ja, es liegt am Klima, an diesem schwammigen Boden; es ist dieses stinkende Wasser, das sie aus großen Kübeln über die Trottoirs kippen; es ist dieses Brot hier, dieses nie durchgebratene Fleisch; es sind diese Belgier, die mich hassen und mich, obwohl ich auf der Hut bin, zur Strecke bringen werden. Und da die Erklärung ihm dann doch etwas schlicht erschien und das Leiden sich verschlimmerte, hat er die andere Krankheit, die richtige, verantwortlich gemacht, die, die ihn seit nunmehr dreißig Jahren verfolgt. Er hat gedacht, sie sei möglicherweise im Begriff, ihm das Hirn zum Bersten zu bringen, nachdem sie ihn gequält und mit Blatternarben übersät hat, nachdem sie seine Knochen morsch gemacht, seine Haut zerfressen, am Glied und an den Nerven genagt, ihn Organ für Organ zermürbt hat. Und da es noch immer nicht besser ging, da die Syphilis seines Wissens noch nie das Hirn angegriffen hatte, hat er schließlich dann doch den Gedanken zugelassen, den sein Verstand seit acht Tagen hartnäckig ablehnte: daß die Dinge neulich in Namur, in der Kirche, angesichts jenes abscheulichen, im letzten Augenblick wahrgenommenen Wasserspeiers, ihre entscheidende Wendung genommen haben.

Namur ... In seinem umnebelten Bewußtseinszustand sieht er immer wieder die Bilder vom Dom in Namur vor sich. Sieht das Gold, den Prunk, die verschwenderische Fülle der Formen. Er sieht die Beichtstühle, den bunten Marmor, die Kandelaber, die rot bestickten Katafalke. Er sieht Poulet-Malassis an seiner Seite, Rops, den lieben Rops, den einzigen Künstler, dem er in Belgien begegnet ist und der gemeinsam mit ihnen über diesen Höhepunkt des belgischen Jesuitenbarocks in Entzückung gerät. Er sieht sich selbst, wie er, plötzlich so ruhig, so heiter geworden, vor dem Beichtstuhl steht und ein letztes Mal den schrecklichen und betörenden Stil in sich aufnimmt. Und dann sieht er sich wieder schwankend, taumelnd, spürt, wie der Boden unter seinen Füßen schwindet; er hört, wie sein Stock auf den marmornen Boden fällt; er hört sich selbst quieken wie ein Vogel, während er stürzt, zusammensackt. Und dann – dies ist das letzte Bild, aber es ist so klar in seiner Erinnerung! – sieht er sich krampfverzerrt, mit zuckenden Gliedern, während er dort oben in einer Ecke des Gewölbes, das er so gut zu kennen wähnte, den Wasserspeier entdeckt, dessen Blick sich in den seinen bohrt. Hier also hat alles seine entscheidende Wendung genommen? In diesem Duell mit dem Wasserspeier? In diesem Blickwechsel mit einem Ungeheuer, das ihn fortan beherrscht hätte? Der Gedanke mißfällt ihm. Er kommt ihm absurd, kindisch vor. Er hat in den vergangenen Tagen alles getan, um ihn von sich zu weisen. Bis zu dem Anfall von heute morgen – und zu diesen erneuten Krämpfen, die ihn wieder so sehr beunruhigt haben.

Es war beim Aufwachen. Lange bevor Madame Lepage im Flur mit ihren Erkundungstouren begann. Das Zimmer lag in einem grauen Licht, das trübseliger war als sonst und bereits die Schatten an der Decke betonte. Es begann mit einem Schwindelgefühl, einer Art Lähmung. Es setzte sich fort mit einem merkwürdigen Spektakel in den Ohren, dumpf zunächst, erstickt, ähnlich wie ein Röcheln oder ein Rauschen, das sich aber sehr bald verstärkte und zu einem Dröhnen wurde, bis es nach und nach den frühen Lärm der Straße übertönte, um ihn nun vollends zu überwältigen. Er sah seinen Kopf wachsen, anschwellen unter dem Druck des inneren Krawalls. Mit feuchter Stirn, offenem Mund und mit Augen, die ihm aus dem Kopf traten, als ob sie ein Horrorschauspiel beobachteten, spürte er, wie ihn ein bitterer Krampf durchlief. Und wie zuvor in Namur – befand er sich wieder vor dem Katafalk der Eglise Saint-Loup? Grinste ihm nicht aus einem Riß in der Decke, die er doch ebenfalls gut zu kennen glaubte, das höhnische Gesicht des Wasserspeiers entgegen? – spürte er, wie seine Glieder erstarrten, wie seine Muskeln zerrissen. Und dann kam ein entsetzlicher Schmerz, den er in einem Schluchzer erstickte.

Er ist aufgestanden. Hat sich hingelegt. Ist wieder aufgestanden. Hat sich wieder hingelegt. Trunken vor Schmerz, vom Schock benommen, hat er begonnen, in dem kleinen Zimmer herumzulaufen. Er ist in alle Richtungen gerannt, hat die Möbel gerammt, sie umgeworfen, ist selbst hingefallen, durch den Raum gerollt, hat seinen Tisch mitgerissen oder ist vom Tisch mitgerissen worden; er hat diese und jene Stellung ausprobiert, stehend, liegend, auf dem Rücken, auf allen vieren, kauernd, er hat es versucht, ohne zu atmen, dann wieder atmend, ohne zu schreien, brüllend; instinktiv hat er die Ecken des Raumes gesucht, die dunklen Winkel, in den einen laufend, in den anderen springend, als ob dies genügen könnte, den wachsamen Dämon zu hintergehen. Aber der Dämon war da. Unentwegt anwesend. Einmal dort oben an der Decke, auch er von einem Riß zum anderen springend, von einem Lichtfleck zum nächsten, den armseligen Bemühungen Hohn sprechend, die er unternahm, um ihm zu entkommen. Dann wieder hier unten in ihm, weiß Gott auf welchem Weg bis in die Tiefen seines Wesens eingedrungen, damit beschäftigt, ihn von innen zu zersägen, ihn zu quälen, ihn wie eine Puppe zum Tanzen zu bringen – welch ausgeklügelte Grausamkeit (und welch schöner Beweis, sollte ein solcher noch nötig sein, daß wirklich er, der Wasserspeier, die Fäden in der Hand hielt!), ihm diese Kraft zu verleihen, wo er doch völlig erschöpft ist, wo doch seine Beine nicht mehr mitmachen, wo doch seine Muskeln zum Zerbersten angespannt sind, diese Kraft, wie ein Narr von einer Zimmerecke in die andere zu hüpfen.

Der Zirkus hat eine Stunde gedauert. Jawohl, eine lange Stunde des Grauens, hundertmal hat er zu sterben geglaubt. Und dann hat es aufgehört, so schnell, wie es gekommen war, der ganze Anfall hat nichts hinterlassen als diese schläfrige Gelähmtheit. Er ist aufgestanden. Sehr vorsichtig natürlich. Hat zögernd einen Fuß vor den andern gesetzt. Hier ein Möbelstück, dort eine Pfütze Gallenflüssigkeit umgehend. Beiläufig hat er sich das neue Fläschchen gegriffen, das er unter dem Bett versteckt hatte, und sich einen kräftigen Schluck Opiumtinktur eingeflößt. Aber immerhin ist er aufgestanden. Mit kleinen Schritten ist er bis zum fleckigen Spiegel über dem Waschtisch gegangen. Und was er da gesehen hat im helleren Mittagslicht, hat ihn zutiefst erschreckt. Er war das. Jawohl, das war sein glattrasiertes Gesicht, umrahmt von langen, ergrauenden, auf die Schulter zurückgeschobenen Haaren. Diese scheue Kopfhaltung, diese bebenden Nasenflügel, dieses vehemente Kinn waren es, die ihn dem Mann auf dem Bild so ähnlich machten. Aber da war noch der starre und dennoch unsichere Blick. Da war der fahle Teint mit den braunen Altersflecken. Dieser verzogene Mund, diese verbrauchte Haut, die aufgewühlten Gesichtszüge, verhärtet und merkwürdig gebrochen zugleich, als ob der Schmerz sie verschoben hätte. Und vor diesem in Auflösung begriffenen Gesicht, das plötzlich nichts weiter war als ein monströses Kürzel des Leidens, in dem Leben und Tod sich vermischt zu haben schienen, hat er Angst bekommen und geflüstert: »Zehn Jahre in zwei Stunden.«

Jetzt ist es überstanden. Zu behaupten, daß es ihm gut geht, wäre eine Lüge. Aber immerhin geht es ihm weniger schlecht. Seit heute morgen hat er nicht mehr gelitten. Er spürt zwar eine unangenehme Niedergeschlagenheit, aber im Vergleich mit der Erschütterung, die er erlebt hat, erscheint ihm sein Zustand als ein Wunder. Nicht zuletzt deshalb verharrt er reglos, mit geschlossenen Augen, in fast völliger Lethargie: als ob er in der Tiefe seiner Umnachtung, in dem wirren Bewußtsein seiner selbst, das Fieber und Erschöpfung erzeugen, ahnte, daß die geringste Bewegung, die winzigste Zukkung des Körpers oder der Seele verhängnisvoll für ihn sein und die Wiederkehr des Dämons beschleunigen könnten. Mal zittert er vor Kälte unter seiner Decke, mal erstickt er fast. Dann wieder schläft ihm ein Bein oder ein Arm ein durch diese gewollte Unbeweglichkeit. Das ist ihm jedoch gleich. Um nichts auf der Welt würde er sich regen. Um nichts auf der Welt würde er irgend etwas von sich aus tun – sich umdrehen, einen Zeh bewegen, die Stellung im Bett verändern –, was möglicherweise den Zorn des Tieres wieder wecken könnte. Und schlafen, wirklich schlafen, in jenen schönen Schlaf versinken, der einen entwaffnet, der alle Wachsamkeit auslöscht und der einen so starken Glauben an die Dauerhaftigkeit der Dinge um einen herum voraussetzt – lieber würde er seine Seele verkaufen, als sich dazu bereit erklären. Wäre das nicht die Gelegenheit, auf die Es nur wartet, um sich erneut auf ihn zu stürzen?

Zur Mittagszeit ist die Wirtin heraufgekommen. Er hat ihren widerwärtigen, schleppenden Schritt im Flur erkannt. Er hat sie rufen hören – ein wenig spät, die Vettel! Vorher, während des Anfalls, hat sie sich gehütet herbeizueilen –: »Monsieur, Monsieur, geht es Ihnen nicht gut?« Er hat lieber nicht geantwortet. Später ist dann Coco heraufgekommen. Coco, der alte Freund, Malassis, wie ihn die Bekannten nennen. Er kam, um sich nach ihm zu erkundigen. Auch ihn hat er erst klopfen hören, dann gegen die Tür hämmern, leise mit der Frau verhandeln, rufen. Er hat gehört, wie er ganz verlegen rief: »Öffnen Sie, lieber Freund, ich habe die Korrekturfahnen dabei, Sie werden sehen, sie sind ganz gut geworden.« Auch ihm hat er nicht geantwortet. Aus der Höhle seines Bettes hervor hat er ein »Gehen Sie fort!« riskiert – schließlich sollte man nicht glauben, er sei tot – und es für vorsichtiger gehalten, nicht aufzustehen, um zu öffnen. So. Das ist die Lage. Heute in Brüssel, in diesem winzigen Zimmer des Hôtel du Grand-Miroir, ist es soweit, daß er sich weigert aufzustehen, aus Angst, einen Wasserspeier zu wecken. Stumpfsinnig, mühsam und doch verstohlen Luft holend, als ob selbst sein Atem ihn verraten und das Signal zum Angriff geben könnte, hat der Dichter nur noch eine Sorge: sich nicht mehr übergeben, nicht mehr hinfallen. »So muß wohl der Tod sein«, sagt er sich noch, ehe er endlich und trotz allem in die Nacht versinkt.

2
Madame Lepages Monolog

Ich erinnere mich daran, als ob es gestern gewesen wäre. Es war am Morgen nach dem denkwürdigen Anfall von Wahnsinn, als das ganze Stadtviertel zusammengelaufen war. Einen größeren Krawall kann man sich nicht vorstellen. Anfangs haben wir geglaubt, Monsieur Lepage und ich, daß jemand im Zimmer ist. Nun ja, jemand ... wir verstehen uns. Eine Jemandin, müßte ich wohl eher sagen. Halt so ein Mädchen, das er hinter meinem Rükken zu sich heraufgeholt hat, um sich ausgiebig mit ihr zu vergnügen. Der Taugenichts! Es wäre nicht das erste Mal gewesen! Er nahm sich schon einiges heraus. Nach einer Weile haben wir uns gesagt: Das kann doch nicht sein, das kann er doch nicht mit einem Mädchen aufführen. Er muß ein Tier in seinem Zimmer versteckt haben. Einen Hund zum Beispiel. Oder einen Kojoten. Oder so eine Art Raubtier, das er irgendwo aufgelesen hat, ich kenne nicht unbedingt alle Namen. Monsieur Lepage, das muß ich schon sagen, hat nicht daran geglaubt: Im Haus sind ja schon Hunde nicht erlaubt, geschweige denn Raubtiere oder Kojoten, das können Sie sich ja denken. Aber auf mich hat das so gewirkt, Ehrenwort. Es war alles geboten da drin. Hundegebell. Das Miauen eines Katers, der gerade kastriert wird. Da gab's Gemuhe von Kühen und Eselsschreie. Dann gab's komisches Gepiepse, ich hätte schwören können, daß es ein verletzter Spatz war. Kurz und gut oder auch schlecht, es war eine ganze Menagerie, alles, was man sich an Viechern vorstellen kann, und ich schwör's Ihnen, ich hab' eine ganze Stunde gebraucht, bis ich kapiert habe, daß er gar keinen anderen

Menschen brauchte, um dieses Getöse zu veranstalten. Warum ich in diesem Augenblick nicht hinaufgegangen bin? Weil ich noch ein paar andere Dinge zu tun hatte! Ich hatte schließlich meinen Haushalt damals. Mein Kupfer mußte ich putzen. Meine Treppe, weil Großputztag war. Dann gab's die Abreisen und die Ankünfte, meine ganze Kundschaft, die schließlich auch nicht taub war und die beruhigt werden mußte wegen dem Radau da oben. Nun ja, was soll's? Denken Sie, was Sie wollen, schließlich ist das kein Verbrechen: Auch wenn ich in meinem Leben schon einiges erlebt hatte, selber war ich auch nicht gerade ruhig und gelassen, das muß ich schon zugeben ...

Mir jagte er immer eine Heidenangst ein, der Mistkerl. Er war zwar nicht bösartig, nein, das war er nicht. Ich hab' ihn jedenfalls nie dabei erwischt, daß er irgend jemand etwas Böses angetan hätte. Aber er hatte so was an sich, auch wenn er gar nichts im Schilde führte, daß es einem automatisch unbehaglich wurde. Vielleicht lag es an seinen Augen – die waren schwarz wie Stiefelknöpfe –, die immer alles gesehen haben, was sie nicht sehen sollten. Vielleicht lag es an seiner Stimme, die auch nicht so ganz koscher war: Er machte sich nie die Mühe, freundlich zu sein, dafür hat er aber jedes Wort einzeln hervorgehoben – wobei hervorheben noch untertrieben ist, er hat sie regelrecht gekaut! –, als wollte er einem lauter Drohungen einhämmern. Vielleicht lag es sogar an dieser Art, dauernd das Gesicht zu wechseln – einmal setzte er eine Geckenmiene auf, am nächsten Morgen spielte er den frisch Guillotinierten, am übernächsten den Pfarrer, der gerade auf schwarze Messen umgestiegen ist. Es war unmöglich, ihn von einem Tag auf den andern wiederzuerkennen, nur ein entlaufener Sträfling kann sich so jeden Tag, den der liebe Gott geschaffen hat, ein anderes Gesicht aufsetzen. Dann waren da noch seine Hände. Unglaublich! Solche Hände hat man hier noch nie gesehen: ganz glatt, ganz sauber geschrubbt, fast wie Muscheln. Frauenhände, sag' ich! Irgendwas stimmte da jedenfalls nicht, schon beim Hinschauen lief es einem heiß und kalt den Buckel runter. Und dann dieses Bild an der Wand! Besonders beruhigend sah das auch nicht aus, angeblich war das sein Vater. Was ich da so erzähle, das gilt im allgemeinen, für sein normales Leben, wenn ich mal so sagen darf. Aber dann erst mit diesem wild gewordenen Tier, das ihm Gesellschaft leistete!

Nun gut. Jedenfalls bin ich ihm an dem Morgen, damals, am Tag nach dem epikleptischen Anfall, den ganzen Vormittag gefolgt. Ich hatte zwar zu dem Zeitpunkt auch noch was anderes zu tun. Ich war schließlich Wirtin und nicht Hausmeisterin. Man soll nicht glauben, daß ich den Kunden aus schierem Spaß nachspionieren würde. Aber der liebe Monsieur Malassis hatte mich drum gebeten. »Madame Lepage«, hatte er gesagt, »es handelt sich um einen Vertrauensauftrag. Er ist schwach, er könnte sich erkälten. Man darf ihn keinen Schritt alleine gehen lassen, verstehen Sie?« Und was wollen Sie, wenn Monsieur Malassis mich um etwas bat, dann war das ein Befehl. Der war so ein netter Mann, der Monsieur Malassis! So gediegen! So anständig! Und so freundlich dazu! So höflich! Immer erkundigte er sich ... Läuft alles nach Wunsch, Madame Lepage? ... Kann man etwas für Sie tun, Madame Lepage? ... Also, was die Höflichkeit betrifft, war der ganz das Gegenteil von unserem seltsamen Vogel. Bei dem gab's keine Regel, einmal war er so, dann war er wieder wie umgedreht. Einmal grüßte er einen aufs ehrerbietigste und brachte einem die tollsten Höflichkeitsarien, als wäre man die Königin der Belgier in Person. Und am andern Tag erkannte er einen kaum und nahm nicht einmal den Hut ab, wenn er einen auf der Treppe anrempelte. Ob die französische Polizei mit Monsieur Malassis ein Hühnchen zu rupfen hatte, von wegen der Bücher, die er druckte? Das geht mich einen feuchten Dreck an. Die wären ja nicht dagewesen, diese ganzen Franzosen, wenn sie nicht alle irgendwie Dreck am Stecken gehabt hätten. Und ich kann Ihnen eins sagen: Wenn die Leute anständig aussahen und ihre Rechnung prompt und auf Heller und Pfennig bezahlten, dann kümmerten mich solche Kinkerlitzchen nicht. Das war mir hundertmal lieber als die komischen Manieren bei unserm schrägen Vogel, der nie normal guten Morgen und auf Wiedersehen sagen konnte, wie es sich gehört...

Wo war ich stehengeblieben? Ach ja, ich bin ihm nachgelaufen. Übrigens wirkte er an dem Morgen eher normal. Er ist so gegen neun, viertel vor neun heruntergekommen; seine Gesichtsfarbe war zwar nicht direkt rosig, eher wie Futterrüben oder der Bauch eines gekochten Fischs, aber er wirkte ganz wacker und stolzierte forsch daher. Er hatte seine eierschalenfarbenen Handschuhe angezogen, seine Gamaschen, seine Hose, von der ich aus erster Quelle weiß, daß sie an einer bestimmten Stelle ein Loch hat – aber es gibt keinen Zweiten, das muß ich schon zugeben, der ein Loch in der Hose so schön zwischen Gehrock und Weste hindrapieren kann, daß man es nicht sieht. Und nun kommt er also angetanzt und scheint keineswegs verlegen, nicht die Spur, weil er mir am Abend vorher den Laden fast gesprengt hat. »Guten Morgen, Madame Lepage!« sagt er sehr feierlich und zieht dabei seinen Hut. »Ein schöner Morgen, nicht wahr, für einen kleinen Morgenspaziergang?« – »Ja«, antworte ich, »aber wo wollen Sie denn hin, Sie sehen heute so munter und stolz aus?« – »Gnädigste«, antwortet er mit der Stimme, von der ich, wie ich schon gesagt habe, eine Gänsehaut kriege, »mein Arzt hat mir geraten, wieder einen Degen in die Hand zu nehmen. Deshalb mach' ich mich jetzt schnurstracks auf die Suche nach einem Fechtlehrer.« Du guter Gott! Nach einem Fechtlehrer! Wie ich das höre, erinnere ich mich an das, was mir Monsieur Malassis ans Herz gelegt hat, und mache mich in Windeseile bereit. Dienst ist Dienst, sag' ich mir. Ich hänge mir meinen Mantel um, setz' mein Hütchen auf und ziehe Stiefel an, vielleicht ist es ja naß draußen, man kann nie wissen – und schwupp, schon sause ich hinter ihm her.

Der arme Mann! Ja, doch, ich muß schon sagen, der arme Mann! Sosehr er da oben auf der Treppe noch nach was aussah, so sehr weckte er auf der Straße nur noch Mitleid – mit seiner Krawatte, seiner feierlichen Art, seinem Gehrock, der das Elend auch nicht mehr verbergen konnte, und mit seinem Festtagshut. Stellen Sie sich das mal vor: ein Zylinder! Am hellichten Tag! Und aus Seide, bitte sehr! Mit dieser breiten Krempe, wie sie die Hutmacher in Paris anfertigen, aber hier in Brüssel wirkt das ausgesprochen fehl am Platz. Hinzu kommt, daß er unfähig ist, geradeaus zu gehen. Er zögert, fällt beinahe hin, hält sich an den Mauern fest, geht weiter. Er hat einen komischen, abgehackt ruckartigen Schritt, so daß ich, als ich nach Hause kam, zu Monsieur Lepage gesagt habe – ich bin ganz zufrieden mit dem Vergleich –, daß er ausgesehen hat wie jemand, der seine eigene Spur verloren hat und jetzt hinterherläuft. Man kann das ganz einfach beschreiben: Er wirkte wie ein alter Racker, der nach einer durchzechten Nacht noch nicht wieder ganz nüchtern ist. Daß er aber in der Nacht was ganz anderes gemacht hat, muß ich ja am besten wissen! Aber woher wollen das die Leute auf der Straße wissen? Die konnten ja gar nicht anders, die mußten sich fragen: Was ist das für ein komischer Vogel, der nicht mal aufrecht auf seinen Beinen stehen kann? Dabei ist das mit den Leuten gar nicht das Schlimmste. Das Schlimmste, das sind die Kinder. Nachsichtig sind die nicht für einen Heller. Als sie diesen Mann gesehen haben, der sie anrempelte und sich dauernd entschuldigte und der manchmal sogar mit sich selber zu sprechen schien, da haben sie gelacht und ihn absichtlich geschubst, und dann haben sie ihm sogar – was konnte ich dagegen tun, Kinder sind halt so! – »pfffft!« in die Ohren gezischt und Steine nach ihm geworfen, absichtlich, damit sein Klappzylinder runterfällt.

Nach einer gewissen Zeit, eine Stunde, eineinhalb Stunden waren vergangen, hatte er dann eine ganze Horde von Lausbuben auf den Fersen. Da hat er in einem Billardsalon Station gemacht. Eigentlich ist er am Billardtisch ganz und gar zu Hause. Er spielt Billard. Und er spielt gern. Und schon die Art und Weise, wie er eintritt, wie er grüßt, diesem und jenem die Hand schüttelt, schon seine kecke Art – genau wie wenn er versucht, mich zu schockieren –, den Kerl im schwarzen Frack anzureden, der nur der Chef des Hauses sein kann, läßt darauf schließen, daß er hier Stammgast ist. Aber wieder ist es ein Trauerspiel. Er hat seinen Hut abgenommen, seinen Gehrock ausgezogen. Er hat seine Spitzenmanschetten über die Ellbogen hochgeschoben wie jemand, der es den Zuschauern gleich zeigen wird. Als er dann aber seinen Billardstock ergreift, als er anfängt, ihn mit blauer Kreide einzureiben und sich schön nach vorn geneigt an den Tisch stellt, genau wie's die richtige Haltung ist, da sieht er plötzlich so aus, als hätte er noch nie in seinem Leben eine Kugel angestippst. Ich kenn' mich da nicht aus, werden Sie einwenden. Aber trotzdem! Sogar von draußen, durchs Fenster, kann ich sein Unbehagen erkennen, seine zittrigen Knie – das schlimmste, das sind seine unkontrollierten Bewegungen, wie er da der Kugel nachstochert und drauf rumschlägt wie verrückt. »He da!« hat ihm vermutlich der Chef zugerufen, der seinen grünen Filzbelag schon in Fetzen sah. Doch, doch, das hat er sicher gesagt. Das oder irgendwas Ähnliches. Da brauchte man sich nur die übrige Gesellschaft anzusehen, die schallend lachte, und ihn, den armen Monsieur, der sein Gerät mit einem Gesichtsausdruck wieder hinlegte, als hätte man ihn wie ein Schulkind bestraft ...

Als er dann wieder herauskommt und mich noch immer nicht bemerkt hat, weil ich nämlich die nötigen Vorsichtsmaßnahmen ergreife, führt er mich bis zum Café de l'Amitié, das seine Lieblingskneipe ist, wenn ich mich nicht täusche. Er bestellt ein Bier, trinkt, schwankt ein wenig, bestellt ein zweites, drückt sich um die Tische herum wie ein Straßenbettler, sucht sich einen aus, der ihm anscheinend zusagt, und ohne jemand um Erlaubnis zu bitten, setzt er sich hin, einfach so, und fängt zu quatschen an. Worüber? Ich halte mich in der hintersten Ecke des Lokals auf, in der Nähe der Küche, also höre ich zwangsläufig nicht alles. Aber quatschen tut er auf jeden Fall. Er macht seine Zuhörer ganz besoffen mit seinen Theorien. Und es tut einem regelrecht weh, wenn man sieht, wie diese ganzen feinen Herren nicht etwa lachen, nein, sie ziehen an ihrer Pfeife und hören ihm zu – als ob er ein Kuriosum wäre und sie sich überlegten, wer er wohl sein könnte, dieser Verrückte, der als Dichter gilt und der einfach irgendwo einkehrt, um dem Erstbesten die Hucke voll zu predigen. Ich kann ihnen übrigens nicht ganz unrecht geben, wohlgemerkt. Denn was ist das denn für eine Art? Sind das die Manieren eines Schriftstellers? Hat er denn alle Würde verloren, nach allem, was er uns hundertmal erzählt hat über diese Vereine hier in Belgien, daß er jetzt derart herumscharwenzelt und ihnen die frohe Botschaft verkündet? Er ist in keinem normalen Zustand, das ist klar. Und es tut einem verdammt leid, das so mit ansehen zu müssen.

Das Schlimmste kommt noch. Und zwar als er mich anschließend und noch immer ganz munter, trotz dem schlechten Eindruck, den er gerade gemacht hat, in das Nuttenviertel führt. Muß ich wirklich davon erzählen, vom Nuttenviertel? Also ich weiß nicht. Nein, ehrlich, ich weiß nicht. Denn schon allein die Tatsache, daß ich hingegangen bin, ich, Germaine Lepage, die zwar nie ein Musterbeispiel an Tugendhaftigkeit war, zugegeben, aber trotzdem, da gibt es doch Grenzen, das macht mir schon Gewissensbisse. Und jetzt auch noch darüber reden! Alles bis in die Einzelheiten ausbreiten! Können Sie sich vorstellen, so wie ich aussehe, mit meiner Art, wie ich in diesen Straßen herumschlendere? Nicht einmal zu dieser morgendlichen Stunde sollte sich da eine anständige Frau hinwagen! Ich bin zwar nicht prüde, wohlgemerkt. Was das betrifft, bin ich wie jedermann. Ich weiß, daß es so was gibt. Vielleicht sogar, daß es damit ist wie mit der Kanalisation: Sauber ist es nicht, aber notwendig. Und solange man mir die Mädchen nicht in mein Hotel brachte (obwohl ich früher einmal selber eine geholt habe, aber Vorsicht! Das war eine Konvertierte, und das ganze spielte sich im Rahmen meiner barmherzigen Werke ab!), solange hatte ich auch nichts dagegen einzuwenden, daß die Ehemänner da hingehen, um sich zu erleichtern. Aber da, das war nicht das gleiche. Das war so richtig aus dem Leben gegriffen, wie Monsieur Malassis sagt. Und das nimmt einen mit, glauben Sie mir, dieser zur Schau gestellte Sündenpfuhl. Ich hatte mir immer gedacht, ich würde um eine Besichtigung drumrum kommen, bis ich sterbe. Aber jedenfalls sind wir nun da. Er voraus, ich immer schön vorsichtig hinterher. Und nun zockeln wir durch diese dreckigen Gassen – allein schon beim Atmen besteht die Gefahr, daß man sich die böse Krankheit holt.

Da finden Sie das ganz banale Puff – verzeihen Sie den Ausdruck! – mit seinen vergitterten Fenstern und seiner großen Hausnummer, die man von weitem sieht. Dann finden Sie die sogenannten Wäschereien, wo ich meine Hand nicht ins Feuer legen würde, daß die dort wirklich nur Wäsche waschen. Dann die Kragen- und Hemdengeschäfte, die Tabakläden, die angeblichen Badehäuser, was alles gehupft wie gesprungen ist. Da stehen schon Mädchen herum, obwohl es noch früh am Morgen ist, mit ihren kurzen Röckchen, ihren Korseletts, ihrem häßlichen Pierrot-Teint, wodrauf sie sich noch die Adern mit dem Schminkstift nachziehen. Da finden Sie die blutjungen Liebesmädchen. Und das genaue Gegenteil, die alten Scharteken, zahnlos, mit schiefsitzenden Perücken, kleinen verwelkten Mäusegesichtern voller Narben bis in die Augen hinein. Ihre Stimme ist vom Absinth und vom widernatürlichen Leben kaputt. Dann finden Sie die Illegalen, die den Morgen nutzen, um die ersten Kunden abzufangen. Dann die Soldatenmädchen, zwecks der Kaserne, die ganz in der Nähe ist. Sie finden da, Gott möge mir verzeihen, die ganze Mustersammlung des Lasters, das es in unserer guten Stadt gibt. Und mittendrin, von der einen angesprochen, von der andern weggezogen, von einer dritten verspottet, von einer Art Schweinsaffe mit pomadiger Frisur und auffallendem Siegelring weitergeschubst – ein armer Teufel mit Zylinder, der eigentlich nichts als Gelächter hervorrufen kann. Verdammt noch mal, was treibt er denn, frag' ich mich. Soll er sich doch endlich entscheiden! Wenn er sich noch lange da herumtreibt, ohne einen Entschluß zu fassen, dann wird es Krawall geben. Ich habe noch nicht zu Ende gedacht, schon könnte man meinen, er hätte mich gehört. Er beäugt ein Haus, ein eher elegantes, eins der besseren, und marschiert tatsächlich hinein.

Was er da treibt? Also wenn man so gefragt wird, kann man nur antworten, daß man keine Ahnung hat. Ich bin nämlich draußen vor der Tür geblieben, ist ja klar! Einer dieser Pomadenhengste oder sonstigen Frischfleischhändler hätte mich zu guter Letzt noch für das halten können, was ich nicht bin, so lange mußte ich da vor dem Haus auf- und abgehen. Das wäre übrigens nicht das erste Mal gewesen, nebenbei bemerkt. Der hätte sich aber gewundert, der Schurke! Wissen Sie, was das früher gekostet hat, wenn man eine ehrbare Frau angeredet hat, die man für eine Dirne hielt? Nun ja, ich hab' nichts gesehen. Nichts gehört. Es liegt ein großes Geheimnis über den Schweinereien, die er möglicherweise getrieben hat. Aber wenn Sie meine Meinung hören wollen: Er war bestimmt nicht in einem Zustand, in dem er diesen Süßen groß hätte was antun können! Man kann nie wissen, werden Sie einwenden. Aber das ist schließlich doch nicht so ganz mein Spezialfach. Alles, was ich sagen kann, ist, daß er nach einer knappen Stunde wieder heruntergekommen ist. Er war wie aufgezogen, wie ein Automat. Wie er so die Schultern hängen ließ, war er wohl kaum auf seine Kosten gekommen. Er hat sich auf den Rückweg zum Hôtel du Grand-Miroir gemacht oder vielmehr, er ist auf eine komische, unsichere Art losgeschaukelt. Halleluja, hab' ich mir gesagt, denn es fing zu regnen an, und das wär' vielleicht doch ein wenig viel verlangt gewesen, daß ich mich auch noch einer Dusche aussetzen sollte ...

3

Was Germaine Lepage offenbar nicht weiß, ist die Tatsache, daß der Mann, dem sie sich seit dem frühen Morgen an die Fersen geheftet hat, nicht ganz zufällig die Hostellerie de la Reine Mère betreten hat. Er kennt das Etablissement, in der Tat. Er ist dort Stammgast. Von allen Brüsseler Freudenhäusern, wo er sich gelegentlich den niederen Amüsements hingegeben hat, hält es in seinen Augen noch am ehesten einen Vergleich mit den Pariser Freudentempeln aus. Gewiß, es ist nicht das Maison T***. Auch mit den Häusern der Rue Chabanais, die mit soviel Geschmack und Raffinement eingerichtet sind, hat es wenig gemein. Nicht einmal an das Casino C*** mit seinen Theaterdekorationen, seiner fröhlichen Jahrmarktstimmung reicht es heran. Aber es ist doch ein angenehmer Ort. Er mag die Zimmer mit den gepolsterten Wänden. Den Aufwand an Vergoldungen, Täfelungen, Bronzezierat und Wandteppichen. Er mag die Stille, die friedliche Stimmung. Er schätzt die so unbelgischen Düfte – eine Mischung aus Moschus, Reispuder und verschiedenen Salben. Und auch heute wieder, obwohl es ihm nicht besonders gut ging, obwohl von dem gestrigen Anfall eine dumpfe Mattigkeit geblieben war, hat er die Tür geöffnet, und schon war es da, das Gefühl des Wohlbehagens, das für ihn seit jeher mit dem Betreten eines Bordells verbunden war. Sein Schritt war plötzlich ganz sicher. Der Kopf beinahe leicht und klar. Es war wie eine Aufhellung im Unglück, und diese Empfindung war köstlich. Und selbst sein Gesicht, das er in einem kleinen geschliffenen Spiegel irgendwo auf einem Gang erspähte, erschien ihm zum ersten Mal seit Wochen beinahe vorteilhaft.

Zunächst ist er in den Rauchsalon gegangen, jenen eher bürgerlichen Raum, der gewissermaßen das Vorzimmer des Hauses abgibt und wo die guten Kunden ein paar Minuten verweilen, ehe sie zu den Mädchen geführt werden. Er fühlt sich wohl in diesem Rauchsalon mit seiner Einrichtung im pseudo-englischen Stil, mit seinen tiefen Sesseln, den langen, lederbezogenen Bänken an den Wänden, den hellen Eichentäfelungen, in die naiv allegorische Medaillons à la Boucher oder à la Fragonard eingelassen sind. Sie beglücken ihn, diese Zwischenstationen: er ist da, ohne da zu sein, er wartet, ohne wirklich zu warten, und vor allem weiß er, daß er sie verlängern kann, so lange er will – zur geheimnisvollen Nutzungsordnung des Hauses gehört es, daß es in diesem Raum niemals zu Begegnungen mit anderen Kunden kommt. Er hat sich Zeit genommen. Er hat sich nicht beeilt zu läuten. Die Mädchen sind ja da ... Esther, sein Liebling, Esther, die er regelmäßig besucht und die er letzte Woche, am Tag nach dem Saint-Loup-Ereignis in Namur, verpaßt hat, Esther wartet ja ganz brav auf ihn da oben in ihrem Zimmer im ersten Stock ... Die Vorstellung des ergebenen, seiner Lust gefügigen Mädchens gefällt ihm gut. Die Vorstellung von einer großen Anzahl von Mädchen, zwischen denen er wählen muß wie einst der erste Mensch zwischen den Früchten des Paradieses, gefällt ihm gut ... Das Bordell als Bild des Paradieses ... Er lächelt bei dem Gedanken ... Er fragt sich, was seine Mutter dazu sagen würde ... Was ihr Beichtvater, der Abbé Cardine, darüber denken würde ... Mit solchen Ideen, das geht ihm jetzt durch den Kopf, sorgt man dafür, daß Bücher wie *Die Blumen des Bösen* auf dem Scheiterhaufen landen ... Und da die Zeit vergeht und ihm die Lust gekommen ist, entschließt er sich, aufzustehen und an der Klingelschnur zu ziehen.

Wie häufig zu dieser Tageszeit ist Madame nicht im Haus. Also kommt Olga, ihre Stellvertreterin. Auch dies mißfällt ihm nicht. Denn Madame macht ihm immer ein wenig Angst mit ihrem Gehabe: Sie wirkt wie eine etwas trockene Anstandsdame, die daran gewöhnt ist, Befehle zu erteilen. Olga hingegen besänftigt ihn. Er findet sie netter, gastfreundlicher. Er schätzt die Art, wie sie sich als großbürgerliche Dame gibt, den tugendvollen Blick. Mit ihrer zu üppigen Taille, ihrer Knotenfrisur, der dreireihigen Perlenkette, die auf ihrer gestärkten Bluse ruht, erinnert sie ihn an manchen Tagen sogar – wenn sie nicht zuviel redet – an seine Mutter in der Zeit der Place Vendôme. Aber diesmal ist etwas nicht in Ordnung. In ihrem Lächeln, ihrem plötzlich ausweichenden Blick, in der abrupten Art, mit der sie ihm, als sie eintritt, eine Zigarre und danach ein Bonbon anbietet, liegt eine kaum bemerkbare Verlegenheit, die bei ihr nicht üblich ist. Sein Blick, sein Tonfall werden fragend. Es paßt ihm gar nicht, wie sie sich verhält. Schließlich bedrängt er sie, ihm Auskunft zu geben. Und als er sich erhebt – er hält seinen Stock drohend in die Luft und wütet innerlich, weil man ihn um zumindest eine seiner Freuden bringen will: diejenige, die allen anderen vorausgeht und die darin besteht, sich als Ehemann, Sohn oder Witwer dieser ehrwürdigen Dame vorzustellen –, rückt sie plötzlich heraus mit der Neuigkeit. Die Sittenpolizei ist gekommen. Sie hat die Mädchen des Hauses untersuchen lassen. Und trotz aller Bemühungen von Madame, trotz aller Listen, zu denen sie gegriffen hatte, um die Wahrheit zu verbergen, haben diese Leute bei dreien die Syphilis entdeckt. Esther war darunter. Sie mußte der Gesundheitsbehörde zugeführt werden.

Bestürzung. Wut. Lust, diese dumme Gans zu verdreschen, die es normal zu finden scheint, daß man ihn derart, ohne Vorankündigung, um eine der letzten kleinen Freuden, die ihm das Leben noch gönnt, bringen will. Syphilis hin, Syphilis her ... Wen kümmert's denn? Ihn vielleicht? Nadar, Poulet-Malassis, Rops, kümmert es sie? Ist nicht die ganze Welt irgendwie angesteckt? Laufen die Dinge deshalb etwa schlechter? War es denn nicht immer so, überall, zu allen Zeiten? Was soll denn diese Manie, uns unbedingt davon heilen zu wollen heutzutage, vom syphilitischen Leiden? Morgen wird man uns womöglich von der Liebe heilen wollen, ja sogar von der Lust, die die Männer dabei empfinden? Je mehr er darüber nachdenkt, desto mehr spürt er, daß hinter diesem Raub der Esther eine Sache von großer Bedeutung steckt. Er erkennt darin eine neue Auswirkung jenes unerschöpflichen Heil- und Pflegewillens, in dem er stets die tückischste Versuchung der Epoche gesehen hat. Es bräuchte nicht viel, und er würde hinter der ganzen Geschichte die Hand seiner alten Feinde erkennen – des unausweichlichen Victor-Hugo-Clans mit seiner vermaledeiten Manie, die Menschheit retten zu wollen. Mittlerweile, während das Komplott in seinem Kopf rumort, ist ihm die Lust vergangen, und sein wunderbares Wohlbehagen von vorhin verflüchtigt sich wie ein Rausch. Und als er sich bereit erklärt, der Stellvertreterin zu folgen und mit ihr die anderen Mädchen, die sie anbietet, in Augenschein zu nehmen, ist sein Gang wieder steif, genauso schleppend wie vor der Ankunft.

Die erste ist ein blondes, kaum geschlechtsreifes Kind, das als Diana, Göttin der Jagd, geschminkt ist und in einer griechischen Tempelkulisse sitzt. Fast nackt, ein Knie am Boden, das andere unter dem Busen, mit ausgestrecktem Arm einen Bogen aus falschem Elfenbein haltend, so hat man sie auf eine Art Sofa plaziert, das etwas erhöht steht, damit das Auge des Kunden genau die Kruppe anvisiert. Vermutlich hätte er zu einer anderen Zeit die Inszenierung geschätzt. Aber diesmal erscheint ihm das Mädchen häßlich. Oder vielleicht zu mager. Die Anstrengung, die es sie kostet, ihn verführerisch anzulächeln, mag er nicht, er mag ihr Augengeklimper, ihr Popogewackel nicht. Vor allem hat er, im Augenblick, als sie auf einen stummen Befehl der Herrin hin ihr Kreuz hohler gemacht hat und den Blick ein wenig tiefer zwischen die Schenkel dringen ließ, einen häßlichen braunen

Fleck entdeckt, den er trotz der rosa Schminke, mit der man ihn zu verbergen versucht hatte, mühelos identifiziert. Und da hat er sich die Frage gestellt, warum, wenn schon Franzosenseuche, nicht dieses Mädchen da zur Zwangsbehandlung geführt worden ist. Er äußert sich nicht dazu. Aber der Gedanke irritiert ihn. Als die Soubrette ihm schließlich im Ton der falschen Vertraulichkeit, der ihm eine zusätzliche Erregung vermitteln soll, verrät, das Mädchen sei erst fünfzehn und habe »bereits Schulden« und daß dies der wahre Grund ihrer Anwesenheit im Etablissement sei, verwandelt sich seine Gereiztheit in Wut. Aber er explodiert nicht, er macht nur kehrt und knallt die Tür hinter sich zu.

Daraufhin wird er in den zweiten Stock geführt, in ein Zimmer, das mehr den Vorstellungen entspricht, die man mit einem Bordell verbindet. Dort wartet eine andere Frau auf ihn. »Sie werden sehen«, hat Olga selbstgefällig erklärt, »eine verheiratete Frau, die einen Hut trägt, nicht einfach offenes Haar!« Die Frau ist in der Tat schön. Reif, wie man es sich nur wünschen kann. Sie sitzt mit verschränkten Beinen auf einem Sofa, das so tiefrot ist, daß es stellenweise schwarz erscheint. Sie hat eine Angorakatze auf dem Schoß. Trägt ein ebenfalls schwarzes Mousselinekleid, das die Blässe ihres Teints hervorhebt. Sie raucht eine lange Zigarette, die ihr das Aussehen jener Passantinnen der Chaussée d'Antin verleiht, wie sie einst Constantin Guys skizziert hat. Und ihre Körperhaltung signalisiert jene Art von scheinbarer Kälte, die im allgemeinen genügt, eine Frau für ihn anziehend zu machen. Was geschieht dann? Ist es der Blick, den sie ihm zuwirft? Ihre plötzlich erfreute Miene? Ihr etwas zu offenes Lachen, als er sie anspricht? Ist es dieser Reifen, den sie am Knöchel trägt? Dieser lächerliche Hut, der ihn an den erinnert, den die Sabatier trug am Tag nach ihrem berühmt-berüchtigten gemeinsamen Abend? Ist es ihr Duft, der Geruch einer Rothaarigen, den er an ihr ahnt und der ihm – er könnte nicht sagen warum – plötzlich

Übelkeit verursacht? Wie dem auch sei, eines steht fest: Die Unglückliche gefällt ihm nicht. Alles an ihr irritiert ihn. Schon denkt er, daß keines der Mädchen des Hauses, ob blond oder rothaarig, ob unterwürfig oder widerspenstig, ihn über seine Esther hinwegtrösten wird, da fällt ihm als letztes – als allerletztes, das spürt er – ein, er könnte sich nach jenen beiden Frauen erkundigen, von denen ihm Neyt neulich die reinsten Wunder erzählt hat.

Diesmal spielt die Szene in einem viel größeren Zimmer, das mit granatrotem Stoff ausgeschlagen und ähnlich wie der Rauchsalon mit kleinen Stichen geschmückt ist, welche Szenen aus dem Orient darstellen sollen. Wegen eines dieser Bilder hat er das Zimmer ausgewählt. Auch wegen des riesengroßen, etwas harten Sitzkissens, das genau unter dem Lüster thront. Und wegen jenes schattigen Winkels unter der Lampe: Dort würde er sich niederlassen, das wußte er, und von dort aus würde er – o höchste Freude! – sehen können, ohne gesehen zu werden. Also hat er sich hingesetzt. Hat es sich bequem gemacht, hat Abstand genommen. Er hat die beiden Mädchen hereinkommen sehen, ganz unbekümmert und wie vereinbart so tuend, als ob sie von seiner Anwesenheit nichts wüßten. Er hat sie herumgehen sehen, ihre spielerischen Gesten beobachtet. Er hat gesehen, wie sie ihre Turnüre, ihre Strumpfbänder ausgezogen haben. Einen Moment hat er die Augen geschlossen, um das Rascheln der Ösen, Bänder, Haken besser zu hören. Und schließlich hat er sie fast nackt, in bis zur Taille hochgeschürzten Batisthemden, auf dem großen Kissen liegen sehen, wie sie bereits gegenseitig die Innenseite ihrer Schenkel erforschten. Das Schauspiel schien sich so zu entwickeln, wie er es erhofft und bestellt hatte. Er genoß bereits die Wonne, diese Körper mit Blicken zu streicheln, stillschweigend, ohne sie berühren zu müssen. Nur daß noch eine leichte Verlegenheit in ihm zurückblieb, die er sich nicht erklären konnte, die aber begann, das entzückende Bild zu trüben.

Zunächst hat er geglaubt, die Mädchen seien verlegen, ihre Ungeschicklichkeit verwirre ihn. Er hat ihre Liebkosungen scheu, halbherzig gefunden. Er hat sich gesagt, das Kissen sei schuld, es sei zu hart. Das Licht sei schuld, zu grell. Dann hat er sich gesagt, sie machten es absichtlich, das sei wieder einmal eine Machenschaft des Hugo-Clans. Oder doch nicht; die Hugos hatten nichts damit zu tun. Es lag wohl an ihm, an seiner Position im Raum, er war wohl noch viel zu präsent, obwohl so fern, so abseits im Schatten. Vielleicht lag es an seinem Hut. An den Lichtreflexen auf seinen Schuhen ... An seiner dummen Reaktion vorhin, als er sich zu zwei, drei leichten Stockschlägen gegen den Stuhl hatte hinreißen lassen, weil es ihn geärgert hatte, daß sie kicherten ... Daraufhin hat er seinen Stock beiseite gelegt. Seinen Fuß unter den Stuhl zurückgezogen. Den Stuhl – also auch den Stock und den Fuß – hat er so weit wie möglich unter die Lampe gerückt. Bis er endlich, nachdem er alles getan, alles versucht hatte, alle plausiblen Erklärungen des Mißbehagens, das sich jetzt breitmachte, erwogen hatte, bis er endlich eine allerletzte in Erwägung zog: die wahnsinnigste, die unwahrscheinlichste – die einzige Erklärung, die er instinktiv noch nie erwogen hatte ...

Ein Blick hat ihn aufmerksam gemacht. Ein winzig kleiner Blick. Einer jener ganz schlichten, unkomplizierten Blicke, wie man sie jeden Tag tauscht, ohne daß es zu irgendwelchen Konsequenzen führt. Ein kurzer Blick. Ein verstohlener Blick. Ein Blick, den er hätte übersehen können und der ihm keine deutlichere Erinnerung hinterließ als ein Traum oder ein Gespenst. Was in diesem Blick lag? Zärtlichkeit vermutlich. Eine Spur von heimlicher Vertrautheit. Ein stummes Gurren, wie eine Antwort. Das Wesentliche aber war eine seltsame Kraft, die der Tiefe des Auges entsprang und die für die Dauer des Blickes ihm diese Mädchen zu entreißen schien, ihm, dem Zimmer, das er gemietet hatte – eine Kraft, die sie weit weg entführt hatte, an einen Ort, der nur ihnen bekannt war und wo er ganz offenkundig nicht mehr Gast war. Ein Blick wie eine kleine Flucht. Ein Blick wie eine Reise. Ein Blick, der einer Umarmung glich, die er weder gewollt noch vorgesehen hatte und aus der er ausgeschlossen war. Die beiden Mädchen liebten sich, das war alles. Sie liebten sich ohne Scham. Sie liebten sich vor seinen Augen. Und so ungeheuerlich dies auch sein mochte, sie machten ihm klar, indem sie sich liebten, daß jene »Gegenwart«, von der er sich gerade noch gesagt hatte, sie sei vielleicht der Grund ihrer Verlegenheit, ihnen in Wirklichkeit, in den Sphären, in denen sie schwebten, vollkommen gleichgültig war.

Alles klärt sich jetzt auf. Ihre Liebkosungen ... Ihre Unbeholfenheit ... Diese Verlegenheit am Anfang, die er, dumm wie er war, für Kälte gehalten hatte, wo sie doch nur eine Form des Begehrens war ... Ihre Klagen ... Ihre Seufzer ... Dieses ganze nervtötende Gackern, in dem er nichts als Theater gesehen hatte, wo es sich doch um gegenseitige Huldigungen handelte ... Der Gedanke macht ihn, genau gesagt, sprachlos. Er widert ihn auch ein wenig an. Ja, er findet es zugleich verblüffend und widerlich, daß man sich auf seine Kosten ein solches Übermaß an Intimität leistet. Bei normalen Frauen mag das ja noch hingehen! Aber Mädchen im Bordell! Huren! Ist das nicht skandalös, daß sie es wagen, auf seine Kosten Wollust zu empfinden, wo sie doch dafür bezahlt werden, nicht etwa sich zu lieben, sondern Liebe zu heucheln und ihm durch diese geheuchelte Liebe die erwartete Lust zu bereiten? Wütend beschließt er, daß das Maß voll sei. Und da er der Meinung ist, daß nichts und niemand die obszöne Verbundenheit, die er zwischen diesen Körpern ahnt, wird aufbrechen können, nimmt er seinen Hut. Im Hinausgehen kann er sich der Versuchung nicht erwehren, mit seinem Stock einen kleinen, lässigen, aber präzisen Hieb demjenigen der beiden Mädchen auf den Po zu versetzen, das gerade zwischen den Schenkeln der Komplizin kniet und sie bearbeitet.

In dieser Gemütsverfassung also ist er Madame Lepage erneut unter die Augen gekommen. Erniedrigt. Das Abenteuer eher als grotesk empfindend. Aber schon mit dem Gedanken beschäftigt, daß er nur das endgültige Zuschnappen einer Falle erlebt hat, die er seit Wochen um sich spürte. Er ist nach Brüssel gekommen, um ein wenig Geld zu verdienen, und er hat überhaupt nichts verdient. Um einen neuen Verleger zu finden: Die Türen, alle Türen haben sich, eine nach der andern, verschlossen. Da hatte er doch dieses Projekt, ein Buch über Belgien, das seine Freunde so neugierig machte. Er selbst zweifelt daran, daß er es je schaffen wird, und allmählich fragt er sich, ob er nicht einer heimtückischen, lähmenden Fatalität ausgeliefert ist. Und zur Krönung des Ganzen geben ihm zwei gurrende Mädchenleiber etwas zu verstehen – und mit welcher Unbekümmertheit –, was er nicht umhin kann als einen endgültigen Abschied zu interpretieren. Verdammte Frauen, murmelt er, um sich selbst eine Fassung vorzugaukeln, und humpelt in Richtung Rue de la Montagne ... Verlorene Engel ... Teuflische Kreaturen ... Aber in seinem tiefsten Innern weiß er, daß seine Verwünschungen umsonst sind und daß das Urteil der Mädchen auf seine Weise endgültig ist. Das Abenteuer mag absurd sein, es ist ein Zeichen. Ein Omen. In seinen Augen ist es der endgültige und letzte Ausdruck seines endlosen Exilanten-Unglücks. Vor allem ist es die Vorankündigung jenes allerletzten Desasters, das er seit Wochen herannahen fühlt – und das möglicherweise gerade jetzt seine Schritte beschleunigt.

4
Fortsetzung des Monologs der Madame Lepage

Es war Zeit, daß er seine Koffer packte. So konnte das ja nicht weitergehen. Er konnte doch nicht hier, in diesen vier Wänden, immer weiter ein solches Kellerleben führen. Epikleptische Anfälle hatte er. Und wenn es das nicht war, packten ihn Starrheit und Lähmung, und für Tage war er nur noch ein Wrack. Und wozu das alles, mein Gott? Welchen Sinn sollte das für ihn haben, hier bei uns Wurzeln zu schlagen, in diesem Land, das er nicht mochte? Angeblich hatte er noch Städte zu besichtigen vor seiner Abreise: Aber besichtigt hat er überhaupt nichts, er hat Brüssel ja gar nicht mehr verlassen. Angeblich blieb er zwecks dem Buch über Belgien, an dem er hauptsächlich weiterarbeiten wollte: Aber keiner weiß besser als ich, daß nicht eine einzige Seite geschrieben worden ist (ich meine, was man so richtig schreiben nennt, ich rede nicht von diesem Kritzelzeug, was ich morgens manchmal gefunden hab', wenn ich seinen Saustall saubergemacht hab'). Manchmal hab' ich auch gehört, wenn er und Monsieur Malassis darüber gesprochen haben, daß er so lange bleiben soll, bis er einen Buchhändler findet, der eine Gesamtausgabe von allen seinen Büchern macht. Aber auch da bin ich nicht naiv, und ich weiß, daß ihm der einzige vernünftige Buchhändler schon lange den Laufpaß gegeben hatte. Und dann diese Vorträge, von denen er sich goldene Berge versprochen hat und die, wie er behauptete, das andere Ziel seiner Reise waren – ein komisches Ziel, ein komisches Abenteuer! –, da kann man sich nur fragen, ob das nicht die schlimmste Erniedrigung war, die er je erlebt hat: von wegen Berge, von wegen golden!

Sie kennen doch diese Geschichte mit den Vorträgen, wie? Vier oder fünf haben stattgefunden, im Rathaus, wo er vor einem leeren Saal geredet hat – zum Heulen war das. Und als die Stadt dann den ganzen Zirkus aufgekündigt hat (die Flegel haben ihm angeblich sogar von den dreihundert Franken, die sie ihm schuldeten, nur hundert ausbezahlt!), da hat er noch einen sechsten Vortrag gehalten, bei einem Börsenmakler in der Rue Neuve. Der hat sich einen Dreck drum geschert, was Monsieur zu sagen hatte. Der wollte nur sein Publikum verblüffen, das er sich in seinen Salon geladen hatte. Also die Kulisse war einmalig. Die kristallenen Lüster! Das goldene Zeugs an der Wand! Die schweren Ledermöbel wie in einem Club! Und in diesen Sesseln hockten zwölf stumpfsinnige, selbstzufriedene Kerle und glotzten ihn an wie ein Zirkustier. Sogar uns war das unangenehm. Und wenn er nicht so sehr drauf bestanden hätte – mit dieser komischen Höflichkeit, die bei ihm manchmal herauskam wie bei andern die Pickel: »Kommen Sie, Monsieur Lepage, kommen Sie, Sie sind meine Gäste, dann habe ich gleich meine Claqueure!« –, dann wären wir ganz bestimmt nicht dort hinmarschiert, um denen unsere Reverenz zu erweisen. Und er erst! Stellen Sie sich ihn vor, mit seinen schönen Sätzen, seinen Spitzenjabots, seiner feinsinnigen Art zu grüßen und den komplizierten Dingen, die er zu erzählen hat! Nach einer Weile konnte er sich nicht mehr beherrschen. Als er diese dicken Herren sah, die vor sich hindämmerten und ihm blinzelnd zuhörten, hat er sie Kretins geschimpft und angesichts ihrer beleidigten Mienen (Das ist ja der Gipfel! schienen sie zu sagen. Das Haus verlassen bei dieser Kälte! Sich solche Unflätigkeiten anhören! Und sich dann auch noch beschimpfen lassen!) hat er angefangen zu lachen, zu lachen, wie ich noch nie jemand hab' lachen hören – ein Höllenlachen, daß uns allen das Blut in den Adern stockte.

Übrigens hat ihn das überhaupt nicht aus der Fassung gebracht. Ich erinnere mich, wie er einmal erklärt hat, am

Tag nach einem seiner Fiaskos: »Machen Sie sich nichts draus, Madame Lepage, es hat nichts mit mir zu tun, wenn diese verdammten Vorträge durchfallen. Schuld hat die Victor-Hugo-Bande, die die Leute dran hindert zu kommen.« – »Und wie schafft sie das?« frage ich ihn. »Indem sie Gerüchte über mich in Umlauf setzt«, antwortet er. »Indem sie behauptet, ich pflegte widernatürliche Sitten, oder ich sei von der französischen Polizei bezahlt – ich, den Sie hier vor sich sehen!« Hm, murmle ich in mich hinein, der läßt sich so manches in die Schuhe schieben, der Victor-Hugo-Bande! Er kann erzählen, was er will, aber ich weiß nicht, was ohne sie aus ihm würde, weil nämlich Madame Adèle ihm immer ihren Privatdoktor schickt, wenn es ihm schlecht geht, und soviel ich weiß, läßt er sich das auch gern gefallen. Und außerdem, was soll's? Der ist schuld, und jener ist schuld! Ist das denn eine Art für einen richtigen Mann, andauernd die Verantwortung auf andere abzuwälzen? Wär's denn nicht besser, wenn man davon ausgehen täte, daß nur schlechte Handwerker schlechtes Handwerkszeug haben und daß seine Vorträge deshalb als Fiasko enden, weil er einfach nicht das Kaliber dazu hat? Daß er Dichter ist, will ich ja nicht abstreiten. Aber Vortraghalter? Das ist halt was anderes. Dafür braucht man das richtige Mundwerk. Frech muß man sein. Wie dieser Monsieur Silvestre muß man sein, den ich das Jahr zuvor die Ehre hatte zu beherbergen! Der verstand was davon, wie man einen Saal füllt, das kann ich Ihnen versichern. Aber was wollen Sie? Es kann nicht jeder ein Monsieur Silvestre sein! Man brauchte ihn nur zu sehen, den armen Kerl, und hören, wie er herumstammelte und seine Wörter verschluckte, wie er viel zu unterwürfig sein Publikum anredete, das nur noch aus Platzanweisern bestand, da war einem sofort klar, daß er einfach nicht das Format hatte. Daran ist nichts Schlimmes, wohlgemerkt. Nur daß er's hätte wissen müssen und hätte kapieren müssen, daß er hier nichts, aber auch gar nichts mehr zu suchen hat.

Zumal er anscheinend, so behauptete jedenfalls Monsieur Ballotin, in Paris nicht irgend jemand war. Ach ja, richtig, von Monsieur Ballotin hab' ich noch gar nichts erzählt. Das war sein Nachbar. Der, der im Zimmer daneben wohnte. Aber Achtung, der war ein guter Kunde! Ein Gentleman, wie's keine mehr gibt. Der muß wohl so was wie Unteroffizier im Mexiko-Krieg gewesen sein, und jetzt war er Vertreter für eine französische Hackfleischfabrik. Lange Zeit haben sie nicht miteinander gesprochen. Sie sind sich nur im Flur begegnet. Zum Beispiel wenn der eine Pinkeln war und der andere warten mußte. Sie haben sich zugenickt, schön steif, wie wenn man sich eben kennt, ohne sich zu kennen. Aber von wegen drei Worte wechseln, nein, lieber sterben! Diese Herren gehörten nicht der gleichen Gesellschaft an. Also mußte die Etikette eingehalten werden. Man hätte meinen können, die zwei haben ihre Zunge verschluckt. Und eines schönen Tages ging's dann los. Ich weiß nicht, wer von beiden angefangen hat. Auf jeden Fall haben sie plötzlich durch die Wand hindurch – die, wie Sie sehen, nicht besonders dick ist bei uns – miteinander geredet. Ritsch, ritsch, machte der eine. Ratsch, ratsch, machte der andere. Und dann ein Kratzen als guten Tag. Und ein Schaben als guten Abend. Und ein Möbelrücken als Zeichen, daß man nach Hause gekommen ist. Und dann ein Pochen an die Wasserleitung, das bedeutet: So, jetzt ist's genug, jetzt ist's Zeit zum Schlafengehen. Monatelang ging das so. Echte Unterhaltungen wurden daraus. Und letztendlich auch nicht blöder als die Unterhaltungen in Telegrammsprache mit Monsieur Chappe. Und auf diese Weise wurden sie plötzlich Freunde.

Monsieur Ballotin also weiß Unmengen Einzelheiten über meinen komischen Vogel. Er weiß, daß er eine Mutter hat, die ihre Pension irgendwo am Meer aufbraucht und ihm pausenlos schreibt, sie hätte ein Zimmer gratis für ihn. Dann einen hochanständigen Geschäftsmann, einen Notar oder so was ähnliches, der für ihn die bescheidenen Guthaben verwaltet, die ihm wohl sein Vater vermacht hat – wenn die nicht irgendwo im Hintergrund wären, um die Mietschulden abzusichern, hätte ihn Monsieur Lepage im übrigen schon längst an die Luft gesetzt, Krankheit hin, Krankheit her. Er weiß auch, daß er einen Stiefvater hat, definitiv ein Mann von Stand, von dem er nie so recht erfahren hat, ob er noch lebt oder nicht. Aber daß er Minister ist oder General, das ist absolut sicher. Und angeblich machen seine Bücher, die hier kein Buchhändler haben wollte, allmählich ihren Weg, dort in den Zirkeln und Akademien von Paris, mit Heerscharen von jungen Gecken, die ihn eifrig nachahmen. Daß man einen solchen verrückten Kerl nachahmen will, das konnte ich nicht verstehen, muß ich zugeben. Was ich aber noch viel weniger verstehen konnte, war die Tatsache, daß er sich bei mir so eingenistet hat, bei all dem Geld, das er im Rücken hatte, und all den Leuten, die auf ihn warteten und ihn anscheinend ehren und feiern wollten. Kurz und gut, als er dann eines Morgens gekommen ist, um mir anzukündigen, daß er abreisen würde, habe ich weder meinetwegen – ich hatte es satt, dauernd der Miete nachzulaufen – geweint noch seinetwegen, wo man sich doch fragte, warum der arme Herr es nicht schon früher getan hatte.

Ich war auf der Treppe, als er es mir gesagt hat. Jetzt werden Sie glauben, daß ich dort mein Leben verbringe, auf meiner Treppe. Aber was soll ich daran ändern? Ich war nun einmal da, warum soll ich behaupten, daß ich woanders war? »So, Madame Lepage«, hat er gesagt. »Jetzt ist Schluß. Ich gehe. Wissen Sie, Sie haben mir sehr geholfen. Doch, doch, ganz bestimmt. Aber die Zeit der Buße ist zu Ende. So wahr ich hier vor Ihnen stehe, ich kehre zurück in meine Hölle.« Es hat mich gewundert, dieses Wort Hölle. Das ist eine komische Art, hab' ich mir gedacht, zu sagen, daß man nach Paris zurückkehrt. Und es stimmt ja auch, jetzt wo ich darüber nachdenke: Er hatte, als er sich so erklärte, seine nicht ganz ehrliche Miene, seinen nicht ganz klaren Blick, diesen steifen Rücken, steif wie das Metermaß eines Maurers, wie er normalerweise nur nach seinen verrückten Nächten aussieht. Aber gleichzeitig wirkte er auch so aufgekratzt! So munter! Er sah wirklich so aus, als würde er sich von einer großen Last befreien. So hatte ich ihn noch nie gesehen, ehrlich. Und als ich ihm gesagt habe (schließlich mußte ich es ihm ja sagen, nicht wahr?): »Und meine Miete? Haben Sie an meine Miete gedacht? Es ist ja recht und gut, daß ich Ihnen Gutes tue, aber seit drei Monaten habe ich Sie verköstigt und beherbergt und habe keinen Groschen gesehen«, wissen Sie, was er da getan hat? Kein Wort hat er mich mehr sagen lassen. Mit einem forschen, stolzen Lächeln, das ich noch nie an ihm erlebt hatte, hat er mir ein Bündel Geldscheine vor die Nase gehalten und es dann, ohne es zu zählen, in die Tasche meiner Schürze gesteckt.

Daraufhin ist er aufgebrochen. Das heißt eigentlich: Wir sind aufgebrochen. Denn in Anbetracht seiner spendablen Laune (ich hab' sie nämlich gezählt, die Scheine, und ich kann Ihnen versichern, daß er durchaus nicht geknausert hatte), haben wir uns gedacht, mein Mann und ich, daß es vielleicht ganz sinnvoll wäre, ihn zum Zug zu bringen. Er hat gesagt, nein, nein, wir sollten uns nicht diese Mühe machen, sein Koffer sei nicht schwer, und den großen Reisekoffer, den er daließ, den würde Monsieur Stevens oder Monsieur Malassis schon abholen, zu gegebener Zeit. »Papperlapapp!« haben wir geantwortet. »Sie glauben doch nicht, daß wir unsere Kunden so behandeln! Das ist doch kein Aufwand, Sie zu begleiten.« Und schon sind wir alle drei unterwegs zum Bahnhof. Monsieur Lepage links mit dem kleinen Koffer, der tatsächlich nicht sehr schwer ist und in dem er alles verstaut hat, was ihm die Gerichtsvollzieher nicht abgenommen haben. Er in der Mitte mit seinem grauen Teint, seinem mechanischen Schritt und dem Lappen, den er sich noch rasch um den Kopf gewickelt hat. Und ich, gedankenverloren, auf der anderen Seite: Es könnte sehr gut sein, daß wir ihn eines Tages vermissen, diesen Malefizkerl von Gast. Nun kommen wir am Bahnhof an. Auf Wiedersehen. Gute Reise. Ziehen Sie sich was Warmes an. Erkälten Sie sich nicht. Ob man sich schreibt? Ja, wir werden schreiben. Im Hôtel du Grand-Miroir wird es auf jeden Fall immer ein Bett für Sie geben ... Und in diesem Augenblick, nach der Abschiedsszene – wir stehen versteckt hinter der Sperre, ein paar Schritte vom Bahnsteig entfernt (falls er einen Schwächeanfall hat oder stolpert oder so, ich weiß nicht ...) – ereignet sich dann das Unglaubliche.

Den Bahnhof von Brüssel muß man kennen. Monsieur Lepage sagt: Ein Bahnhof ist ein Bahnhof. Aber ich bin da anderer Meinung. Ich bin ganz sicher, daß der da was Besonderes hat, und daß man nirgendwo sonst soviel Radau in den Ohren, soviel Rauch in den Nasenlöchern hat, daß es nirgendwo sonst soviel Karren gibt, die einem »Vorsicht! Vorsicht!« entgegenplärren, ehe sie einem über den Fuß fahren. Ganz zu schweigen von diesen Lagerhallen, dem Schienengewirr, den zahllosen Menschen, die warten, rumschreien, sich anrempeln: Es wäre nicht ganz unpassend, in diesem Fall, daß er an die Hölle denkt. Liegt es daran, daß er Angst gekriegt hat? Oder hat es damit zu tun, daß wir zu früh dagewesen sind und daß dieser ganze Lärm, das Geschrei, das Geschiebe, die Gerüche sich ihm aufs Gemüt geschlagen haben? Wie dem auch sei, sein Zug fährt ein. Man hört schon die Kolben. Das Tsch-tsch-tsch der Lokomotive. Man sieht schon die schwarze Schnauze da vorne, am Ende der Schotterspur, und die heißen Dampfschwaden. Man sieht die Leute drängeln und sich wegen der Plätze auf die Waggons stürzen, was ja normal ist, wenn ein Zug im Bahnhof einfährt. Und nun kommt es: Anstatt daß er es genauso macht und sich erst einmal einen Sitzplatz sucht, wie es ein normaler Mensch nun mal tut, der seine Fahrkarte bezahlt, seine Hotelrechnung beglichen und sich von seinen Freunden verabschiedet hat, fängt er an, ziellos hin und her zu rennen, ohne erkennbaren Grund. Wenn es nicht in einem Bahnhof passiert wäre, so würde man denken, er ist von der Tarantel gestochen worden.

»Schau mal«, sag' ich zu meinem Mann. »Nein, unglaublich, schau sich das doch mal einer an. Anscheinend hat es ihn wieder gepackt. Sollten wir nicht lieber hingehen, sag? Sollten wir ihm nicht zu Hilfe kommen?« – »Ach was«, antwortet er. »Misch dich nicht ein, das ist nicht deine Aufgabe. Stell dir vor, er sucht jemand. Stell dir sogar vor, dieser Jemand ist so eine Süße. Kannst du dir vorstellen, wie du ihm plötzlich gegenüberstehst, bei deiner Sorge um die Tugend?« Nur daß der arme Herr indessen aufs neue losrennt. Nach vorne ... Nach hinten ... Die Leute anrempelt ... Von den Leuten angerempelt wird ... Ganz verwirrt sieht er aus ... Als wüßte er nicht, nicht die Bohne, was er will und wohin er will ... Von der Stelle aus, wo wir stehen, sehen wir, wie er fällt, sich wieder aufrappelt, stolpert, wieder fällt, sich noch mal aufrichtet ... Dann sehen wir, wie er sich in den Wagen dritter Klasse hievt, erkennt, daß er schließlich für was Besseres bezahlt hat, wieder aussteigt, bei dem Hin und Her seinen Kopflappen verliert, ihn aufhebt und – ogottogott, schon liegt er halb unter den Rädern, wenn der Zug anfährt, kann er was erleben ... In diesem Augenblick sehen wir, wie er auf einen Waggon zusteuert, einen echten, guten Zweiter-Klasse-Waggon ... Jetzt hat er es geschafft, denken wir, er ist eingestiegen ... Schlußendlich hat er das Richtige gefunden ... Aber nein ...! Noch immer nicht ...! Diesmal hat er seinen Koffer vergessen ... Er steigt wieder aus, um ihn zu holen ... Fliegt fast auf die Nase ... Packt ihn, als ob ihn jemand klauen wollte ... Und anstatt wieder einzusteigen, zögert er auf einmal, wackelt mit dem Kopf, dreht sich um seine eigene Achse wie ein Kreisel und wackelt erneut von dannen: so daß man diesmal tatsächlich den Eindruck hat, daß es weder ein Jemand noch eine Jemandin irgendwo am Horizont gibt ...

»Wirst du wohl endlich hingehn?« sag' ich noch mal zu meinem Mann. »Du siehst doch, daß es sich nicht um das handelt, was du denkst, und irgendwas stimmt nicht ganz in seinem Oberstübchen.« Bis er endlich den Entschluß faßt, ist es nun leider der Zug, der nicht gewartet hat, da nämlich die vorschriftsmäßigen zehn Minuten verstrichen sind, während der Unglückskerl seinen Veitstanz aufführte. Nun steht er also, der arme Mann, ganz allein auf dem Bahnsteig, seinen kleinen Koffer zwischen den Beinen, der Terpentinlappen sitzt ganz schief. Mit den Händen hält er sich die Ohren zu, um sich vor dem Radau der Wagenräder zu schützen, die ihn aus dieser Nähe bestimmt fast betäuben. Von unserer Stellung hinter der Sperre sehen wir sein Gesicht nicht ganz deutlich. Aber doch so einigermaßen. Und was uns sofort einen Schock versetzt, das ist sein verstörtes Aussehen ... verstört ist das richtige Wort ... Monsieur Lepage ist draufgekommen, aber es paßt haarscharf auf die Lage ... Nicht verkrampft hat er ausgesehen, um genau zu sein ... nicht wie am Morgen, wenn er die ganze Nacht über allein in seinem Zimmer rumgetobt hat ... verstört, genau ... völlig durcheinander ... als ob ihm, während er kreiselte, seltsame Gedanken durchs Hirn geschossen wären ... So gesehen ist da nichts mehr zu machen, haben wir gedacht. Außer heimlich, mir nix dir nix, ins Grand-Miroir zurückgehen und dann die Verwunderten markieren, wenn er wiederkommt, und ihn um eine Erklärung bitten.

Vier Stunden sind auf diese Art vergangen. Vier lange Stunden, wo wir auf glühenden Kohlen gesessen sind und wo wir uns nicht lange fragen mußten, wie er sie verbracht hatte, denn als er zurückkam, verbreitete er einen gehörigen Absinthgeruch. Glauben Sie vielleicht, daß er uns gesagt hat: »So, hier bin ich wieder, meinen Zug hab' ich nicht genommen, weil dieses oder weil jenes«? Von wegen. Kein Sterbenswörtchen, um uns zu beruhigen. So daß wir die Erklärung dann eben selber suchen mußten. Monsieur Ballotin hat gesagt, daß es vielleicht doch wahr ist, daß er ein Agent der französischen Polizei ist. Monsieur Lepage, der einen gesunden Verstand hat, hat gesagt, mag ja sein, aber das hat noch nie jemand daran gehindert, wie sich's gehört in einen Zug zu steigen. Ein anderer Gast, der etwas logischer ist, hat gemeint, daß einer, der in einen solchen Zustand gerät, große Angst davor haben muß, nach Paris zurückzukehren, und um so große Angst zu haben, muß einer ein großes Verbrechen begangen haben. Ein dritter hat darauf hingewiesen, daß er eines Abends in einer Kneipe der Place du Jeu-de-Balle hat sagen hören, daß er seinen Vater umgebracht und aufgegessen hat und daß das wohl der Schlüssel des Geheimnisses sein könnte. Und ich? Was mich betrifft, ich ergreife nicht Partei. Alles, was ich weiß, ist, daß er wieder da ist. Daß alles wieder von vorne anfängt, daß er das Haus nicht mehr verlassen wird und mein Geschmurgeltes nicht mehr anrühren wird. Und daß ich ab nächster Woche wieder meiner Miete nachlaufen muß.

5

In Wirklichkeit weiß er selbst nicht, warum die Abreise mißglückt ist. Er weiß, daß er beschlossen hatte zu fahren. Er weiß warum. Er weiß wie. Er erinnert sich, als überkäme es ihn in diesem Augenblick, an das schreckliche Erstickungsgefühl nach der Bordellepisode. Und er erinnert sich an jene Unterhaltung am selben Abend noch in seinem Zimmer, als Coco ihm erneut Vorhaltungen machte: Es gebe keinerlei Grund für ihn, hier in Brüssel zu »vertrotteln«, er sei weder in Konkurs gegangen wie er, Coco, noch des Landes verwiesen wie die Hugos, und wenn, dann erwarteten ihn Geld, Verleger, Jünger, Ruhm nicht hier, sondern in Paris. Er erinnert sich, wie er das Hotel verlassen hat. Er sieht sich wieder, wie er so heiter ist an jenem Morgen, auf wunderbare Weise befreit von allem Druck. Die Eheleute Lepage sieht er wieder, die ihn wie zwei fürsorgliche Gendarmen in die Mitte nehmen. Er sieht noch einmal, wie sie als erbärmlich-komisches Gespann auf der Place Rouppe ankommen. Er sieht sie sogar wieder, diese Schwachköpfe, wie sie sich hinter der Sperre versteckt halten und meinen, er sei zu verwirrt, um ihr Getue zu bemerken. Er sieht alles, absolut alles, bis zum Schluß – nur daß er sich an das Ereignis selbst, den Zug, in den er hätte steigen sollen und den er hat abfahren lassen, merkwürdigerweise nicht erinnert.

Doch, vielleicht war da ein Geruch. Er erinnert sich an einen Geruch von Ruß und Qualm. An ein Geräusch auch, ein schreckliches Geräusch, das von einem Zug, der in das Gehirn einfährt, herrühren könnte. An ein großes schwarzes Loch im selben Augenblick, ein Loch in der Zeit und in seinem Kopf, in das eine Flut von schmerzhaften Bildern einströmt, aber so wie jene Alptraumszenen, die einen bis ins tiefste Innere erschüttern, von denen jedoch am nächsten Morgen beim Aufstehen nichts übrig bleibt. Und dann wieder an die Straße. Ohne Übergang an die Straße. An den grauen Himmel. Die Gaslaternen. Den schmutzigen Nebel, der so dicht ist, daß die Gestalten vermummt und sogar noch aus der Nähe wie böse Engel aussehen. An die harten Augen der Passanten. An ihre bitteren, bösen Münder, die ihm das Gefühl vermitteln, daß diese Belgier ihn im Falle eines Aufstandes mit Messern abschlachten würden. Und er geht taumelnd durch diese Straße; ein wenig verwirrt ist er und geht mit ganz kleinen Schritten wie jemand, der einen Schock versetzt bekommen hat; er weiß nicht mehr, wo er ist, wer er ist, und ab sofort auch nicht mehr, was sich soeben zugetragen hat; er kehrt ein, dann gleich noch mal, versetzt sich mit Hilfe von Absinth in die Lage weiterzugehen – und so strandet er schließlich im Grand-Miroir, findet wie ein verwundetes Tier zurück in die Höhle, die er bis zum heutigen Tag nicht mehr verlassen hat.

Er ist eine Ratte in ihrem Loch, ein Krebs in seinem Morast. Er ist ein verletzter Fuchs, der sich in seinen Bau verkrochen hat und ihn um keinen Preis verlassen möchte. Er leidet nicht mehr. Die Schwindelanfälle und Nervenschmerzen, die ihn letzte Woche ans Bett fesselten, kommen nicht zurück. Aber es gibt etwas Schlimmeres, er könnte nicht sagen was – was ihn festnagelt und was nichts mehr zu tun hat mit Schmerz oder Krankheit. Seine Wirtin ist besorgt und spricht vom »bösen Blick«, dem er zum Opfer gefallen sei. Sein Zimmernachbar gibt sich schulmeisterlich, für ihn ist es ein Anfall von »Melancholie«, der auf geradezu klassische Weise der »Hysterie« der vergangenen Tage folgt. Poulet-Malassis, der heute morgen auf einen Sprung vorbeigekommen ist und den diese neuartige Form von schläfriger Starre sehr beeindruckt hat, erkennt in dem verschlossenen Zimmer das Bild der »Sackgasse«, in der sein Freund gefangen ist. Wie dem auch sei, er ist jedenfalls da. Eingeschlossen. Eingemauert. In einen unsichtbaren Kerker gesperrt, und kein Mensch, nicht einmal er, weiß, was ihn dorthin verbannt oder was ihn körperlich daran hindert, auszubrechen. Wobei das Merkwürdigste, zumindest für diejenigen, die ihn kennen, darin besteht, daß schon der Gedanke, den Kerker zu verlassen, um den Geruch, den Lärm, die Farben der Stadt draußen wiederzufinden, ihm auf einmal unerträglich geworden ist.

Drei Tage sind auf diese Weise vergangen. Drei Nächte. Wenngleich er in seinem Zustand immer mehr Mühe hat, die Nächte von den Tagen zu unterscheiden. Viel hat er nie geschlafen, gewiß. Und so weit er sich zurückerinnern kann, hat er den Schlaf stets für eine Art Schiffbruch gehalten, der die Seele des Schläfers in eine böse, schwarze Welt hinunterkatapultiert. Diesmal geht es jedoch noch weiter. Es ist eine totale Verweigerung. Eine endgültige Abwehr. Es ist eine Art Starrsinn der Seele. Als würde sich das Bewußtsein, vor dem finster drohenden Abgrund zurückscheuend, hartnäckig weigern abzudanken. Seit seiner Rückkehr in dieses Zimmer hat er in der Tat zwar gegähnt, vor sich hingedöst, gezwinkert, die Augen geschlossen – aber nicht einen Augenblick lang ist er wirklich eingeschlafen. Das Zeitgefühl verschwimmt immer öfter. Verwirrung beherrscht die Seele, die in der ständigen Helligkeit ihre Anhaltspunkte verliert. Wenn er noch weiß, wieviel Uhr es ist, so hat er es seinem Gehör zu verdanken, den undeutlichen Geräuschen der Straße, die zu seinem Bett heraufdringen. Einem Luftzug. Einem gedämpften Aufruhr von Stimmen. Der Unterhaltung von Frauen an ihren Fenstern, die besagt, daß es Morgen ist. Einem Bellen in der Ferne, das bestätigt, daß es dunkel geworden ist. Oder jener äußersten, wattig gedämpften Stille, die, das weiß er, nur der vorletzten Stunde der Nacht eigen sein kann.

Gewiß, manchmal steht er auf. Vorsichtig, auf Zehenspitzen, als ob jemand im Zimmer wäre, den er nicht wecken wollte, nähert er sich dem Fenster und zieht die Gardinen auf, um sein Stückchen Himmel zu betrachten. Oder aber er geht auf seinen Spiegel zu, als wäre er von plötzlichen Bedenken gepackt, und langsam, umständlich, mit Methode bindet er zum zehnten Mal seine Krawatte, als ob er einen Besuch erwartete, der selbstverständlich niemals kommt. Im allgemeinen jedoch tut er nichts. So ähnlich wie neulich nach seinem Anfall von Saint-Loup verbringt er den größten Teil seiner Zeit auf diesem Bett – reglos, starr, unfähig, sich auf irgendeine Verrichtung oder Aufgabe zu konzentrieren. Mit der Einschränkung, daß er in jener Woche physisch außerstande war, das Haus zu verlassen, während seine Unfähigkeit diesmal von ganz anderer Natur ist. Mit der Einschränkung auch, daß er sein »Spektakel« im Hirn hatte und er es jetzt nicht mehr hat. Sein Kopf ist klar und frei, und dennoch kann er Stunden so verbringen – aufmerksam, auf der Lauer, nur darum bemüht, dem leichten Rauschen des Blutes in seinen Ohren zu lauschen.

Lesen strengt ihn an. Schreiben langweilt ihn. Die wenigen Fragmente von »Armes Belgien!«, die er aus seiner Manuskriptetruhe hervorgeholt hat, um sie Coco zu zeigen und Ancelle zu schicken, haben ihn durch ihre Dürftigkeit verblüfft. Beim Wiederlesen dieser Schimpftirade, dieser manischen Auflistung aller kleinen Fehler eines pauschal betrachteten Volkes, hat er sich sogar bei folgendem Gedanken ertappt: Welch armseliges Zeugnis meiner letzten Arbeitsmonate wäre das, wenn ich – Gott bewahre mich davor – morgen früh sterben sollte! Dennoch hat er diese Seiten nicht verbessert: Es fehlt ihm die Kraft, die Lust. Er hat sie auch nicht verbrannt: Auch um etwas zu verbrennen, braucht man Kraft, braucht man eine Energie, die er nicht mehr besitzt. Drei Tage des Nichtschreibens. Drei Tage des sinnlosen Müßiggangs. Drei Tage der absoluten Leere und zugleich der erbarmungslosen Aufmerksamkeit für das winzigste Flirren in der Luft. Er weiß noch immer nicht, wie ihm geschieht, noch, welcher Bann ihn gefangen hält. Andächtig liegt er in seinen Laken, nicht mehr in einem Zustand betäubter Starre, sondern der extremen Lauer, und er ist zu nichts anderem mehr fähig als zu hohler Träumerei, zu sinnlosen Gedanken.

Zum Beispiel denkt er an seinen Körper. An diesen kümmerlichen Körper denkt er, an diesen so wenig geliebten, so lieblos behandelten Körper, dem er auch unlängst wieder und auf dem Höhepunkt des Schmerzes die Hilfe eines Arztes verweigert hatte. Wie er sich rächt, dieser Körper! Wie gerecht er ihn bestraft ob seines Leichtsinns! Er leidet nicht, gewiß. Aber er ist da, eindringlich präsent, wie durchsichtig. Und in dieser Durchsichtigkeit liegt so etwas wie ein gigantisches Hohnlachen über den, der sein Leben lang seinen Anteil an Körper und an Natur verflucht hat. Körper der Reue. Körper der Rache. Wie ein sehr alter Freund ist er, dieser Körper, ein lange Zeit gehorsamer und diskreter Freund, der plötzlich anfängt, sein eigenes Leben zu leben. Er ist wie ein riesiger, auf wundersame Weise unsichtbarer Apparat, bei dem man plötzlich jedes einzelne Knistern der Organe vernimmt. Richtig, daran liegt es, er hat keinen Körper mehr, er hat nur noch Organe. Und siehe da, in der seltsamen Verfassung, in der er sich befindet, dem geringsten Flüstern, der geringsten eigenen Bewegung lauschend, kann er sie sich nur noch einzeln vorstellen, diese Organe, schön unabhängig voneinander, als ob jedes sein eigenes Leben, seine besondere Stimme hätte. Er denkt an seine geschwollenen Füße, an seinen aufgeblähten Bauch. Er denkt an das Bein, das ihn juckt unter dem zu starken Druck der Bettdecke. Er denkt an seinen Puls, der zu schnell schlägt, an sein Blut, das zu langsam fließt, an seinen Magen, der ächzt, an sein Glied, das hartnäckig anschwillt. Er denkt an sein schon morsches Knochengerüst. Er denkt sogar an seine Eingeweide und an den entsetzlichen Krieg, den sie sich ohne sein Zutun liefern. Er denkt an seinen Körper, und der Gedanke erfüllt ihn mit Widerwillen.

Er denkt an den Greis, der er geworden ist. So früh. So schnell. Er denkt an jenen Gaukler, dessen Erscheinen er prophezeit hat und der ihn ohne Vorwarnung eingeholt hat. Ist dies alles über den Körper gekommen? Oder über die Seele? Hat die Seele den Körper mitgerissen, oder hat umgekehrt dieser die Seele in seinen Schiffbruch hineingezogen? Auch darauf weiß er keine Antwort. Nein, er weiß nicht, wie alles gekommen ist. Er hat den Greis weder kommen sehen noch kommen hören. Nur davon ist er überzeugt, daß es sich vor kurzem ereignet hat, durch ein rätselhaftes Durchdrehen der Zeit, dessen Opfer er geworden ist. In den besseren Momenten sagt er sich, daß noch nichts endgültig ist und daß ihn doch noch manchmal die Glut und die Ungeduld eines jungen Mannes packt. In den eher finsteren Momenten denkt er, es sei noch viel schlimmer; es sei wie ein bösartiger Streich, den ihm das Schicksal spielt. Aber wenn es denn sein muß, dann wäre doch die sanfte Ungerührtheit der echten Alten allemal besser. Aber so, als falscher Alter! Als komischer Alter aus einem Rührstück! So schön hat er das Altsein der anderen Alten beschrieben, und nun ist er an der Reihe, und er ist vollkommen verdutzt. Nun kündigen sich bei ihm die tödlichen Erschöpfungszustände an, die dem Tod vorangehen, und ihnen gegenüber ist er wie Gott gegenüber ein Ungläubiger. Ein Vers, den er einst geschrieben hat, fällt ihm wieder ein, und er kann seinen Sinn nicht mehr richtig erfassen: »... und der das Bett der armen, nackten Leute macht.«

Auch an die Stadt denkt er. Er denkt an die Stadt, die er geliebt, besungen, gefeiert hat. Er denkt an ihre steinerne Herrlichkeit, an ihre rauschhaften Landschaften, an den »komplizierten Reiz einer alten Hauptstadt«. Er denkt an die Obelisken der Industrie, an die Tempel des Handels, an sein hemmungsloses, endloses Flanieren entlang den Boulevards – an die große elektrisierende Freiheit der großen Städte, die er einst so intensiv erlebt hat. Und er denkt an die seltsame Umkehrung, die sich vor drei Tagen vollzogen hat und die, indem sie gewissermaßen vierzig Jahre der wahren Leidenschaft zunichte macht, bewirkt, daß er im Antlitz dieser Stadt nur noch Trauer und Verwüstung sehen kann. Hatte Shelley doch recht? Meryon, der arme Meryon, den die Stadt wahnsinnig gemacht hat? War es das, was Poe meinte in seinen geheimnisvollen Schmähschriften – ihren Sinn versteht er erst jetzt – gegen den grauenhaften Menschen der Massen? Und wird auch er einsehen müssen, daß die Großstadtpoesie ein einziger Betrug ist, an dem er allzusehr beteiligt war? Vielleicht. Vielleicht auch nicht. Von diesem Zweifel gepeinigt und da ihm die Frage von Bedeutung erschien – was wäre sein Werk ohne diesen Rausch der Stadt? –, hat er das Ehepaar Lepage gebeten, ihm einen Stadtplan von Paris zu besorgen. Im Bett liegend, versucht er, so gut es geht, auf diesem Plan die Liebe zur großen Stadt wiederzufinden.

Man muß versuchen, sich ihn in diesem Zimmer, auf diesem Bett, mit seinem Stadtplan auf dem Schoß vorzustellen. Die Fensterläden sind geschlossen. Die Gardinen zugezogen. Diesmal hütet er sich, zum Fenster zu gehen. Träumerisch verbringt er die Zeit damit, den Finger über seine Landschaft aus Druckerschwärze und Papier wandern zu lassen. Hier, diese Straße hat er geliebt. Diese andere da hat er ganz vergessen. Und an den besonderen Charme jener dritten erinnert er sich, er braucht nur die Augen zu schließen, und schon sieht er die Trottoirs, die Passagen, die Geschäfte vor sich. Und das hier ist eine, von der er weiß, daß er sich nur ein wenig besinnen muß, dann taucht mit großem Gespann und Tilbury eine jener Schönen auf, denen er mit Freund Guys zusammen bis nach Hause folgte. Er wiederholt seine Lieblingswege. Improvisiert unbekannte. Tauft jene Viertel um, die er allzu gut kennt. Besichtigt diejenigen, die er schlecht kennt. Entdeckt andere, von denen er vage wußte, daß es sie gab, wo er aber nie hingegangen war. Erfindet sich hier eine stille Zuflucht, dort ein phantastisches Hotel, in dem er sich so unendlich wohl fühlen würde. Er erkennt ein Haus, ein Ladenschild, weiß aber nicht mehr, in welcher Straße er sie gesehen hatte. Er lokalisiert sie. Er weist ihnen einen Platz an. Dann einen neuen. Wenn es sein müßte, würde er sie auf seinem Plan von einem Ende zum andern schieben. Der Arzt hat ihm doch empfohlen, zu Fuß zu gehen, oder etwa nicht? Also geht er zu Fuß. Wie ein Wahnsinniger, wie ein Verdammter geht er zu Fuß.

Und dann denkt er auch an sich, endlich. An sein Leben. An sein Schicksal. Er denkt an das, was er gewesen ist. An das, was er hätte sein können. An das, was er hätte sein sollen und mangels Zeit nicht werden konnte. Er denkt an Brüssel. An Paris. Einmal mehr fragt er sich, was er hier sucht, in dieser scheußlichen Stadt, wo doch sein Ruhm, sein Vermögen in Paris und nur dort auf dem Spiel stehen, Poulet hat es gesagt. Einmal mehr versucht er, sich die Bilder ins Gedächtnis zurückzurufen, die ihn neulich am Bahnsteig auf so geheimnisvolle Weise von der Heimkehr nach Frankreich abgebracht haben. Die Stunden vergehen, aber er findet keine Erklärung. Noch immer herrscht der gleiche Nebel, die gleiche unverständliche Verwirrung. Er spürt ganz einfach einen Schraubstock. Eine Falle, die sich um ihn schließt, eine Reuse, die sich wie durch bösen Zauber an beiden Enden verschließt. Wird er so enden? In dieser unglaublichen Sackgasse? Etwas sagt ihm, daß dieser Zug, in den er nicht eingestiegen ist, seine letzte Chance war. Und daß der Grund, warum er an diesem Morgen nicht abgereist ist, obwohl alles vorbereitet war, er seine Sachen in Ordnung gebracht, sich verabschiedet, seine Schulden bezahlt hatte, vor allem, obwohl er es so sehr wollte, von ganzer Seele wünschte, daß der Grund dafür eine rätselhafte Kraft war, die sich seiner Abreise widersetzte und zweifellos weiterhin widersetzen wird. Das Rätsel dieser Kraft. Die Schwarze Magie dieses Rätsels. Und wenn er nur nach Brüssel gekommen wäre, um hier unterzutauchen – und zu sterben?

Zweiter Teil

I

Der Bericht des Charles Neyt

Ich bin Belgier. Ich bin Photograph. Es waren in Brüssel damals meine ersten Berufsjahre. Und ich schmeichle mir, zu dem ganz kleinen Kreis von Leuten gehört zu haben, die damals an Charles Baudelaires Stern glaubten. Er mochte die Photographen nicht? Das ist eine Tatsache. Zu realistisch waren sie in seinen Augen. Ließen sich zu sehr mit der Natur ein. »Das ist eine Kunst für Courbet«, sagte er. »Niemals hätten Manet oder Delacroix einen Heller in diesem Geschäft riskiert.« Das betrübte mich. Es machte die Unterhaltung nicht leichter. Zumal er sehr anspruchsvoll war, was Überzeugungen betraf, und leicht wütend wurde, wenn man die seinen nicht teilte. Aber ich mochte ihn. Ich bewunderte ihn. Und wie Poulet, Rops oder die Gebrüder Stevens versuchte ich, ihn so oft wie möglich aus seiner Höhle im Grand-Miroir hervorzulocken.

An jenem Nachmittag war ich aufs Schlimmste gefaßt. Seltsame Gerüchte kursierten in der Stadt. Man sagte, er sei gestört ... Krank ... Man behauptete, man habe ihn zwischen der Rue des Minimes und der Rue Haute herumstreunen sehen mit Horden von Kindern auf den Fersen, die sich über ihn lustig machten und ihn nachäfften ... Man hatte mir sogar gesagt, daß er in den acht Tagen, in denen ich ihn nicht gesehen hatte, verrückt geworden sei und daß ein Nottransport nach Paris veranlaßt worden war ... Wer setzte solche Gerüchte in Umlauf? Welcher Klüngel? Welche Clique, sei es eine literarische oder sonst eine, konnte daran interessiert sein? Egal, denn für den Moment war die Wahrheit offensichtlich: Es ging ihm viel weniger schlecht als erwartet. Man hatte mir einen Wahnsinnigen oder einen Todgeweihten angekündigt. Ich staunte nicht schlecht, als ich einem Menschen gegenüberstand, der durchaus wohlauf war!

Er war müde, etwas aufgeschwemmt; in den eingefallenen Augen, dem wächsernen Teint, der Schlaffheit seines Kinns waren die Spuren eines Kampfes zu erkennen, der nichts zu tun hatte mit dem Kampf eines Schriftstellers mit der leeren Seite. Aber insgesamt war die Physiognomie in Ordnung. Der Gang sicher. Er hatte, das sah ich genau, genügend Zeit für seine Toilette aufgewandt. Und noch ein untrügliches Zeichen: Sein Zimmer war gelüftet und geputzt worden. Ich könnte nicht mit absoluter Sicherheit sagen, was er im Augenblick meiner Ankunft tat. Er war so diskret. So zurückhaltend, selbst seinen Freunden gegenüber. Aber als er mir nach einer gewissen Zeit die Tür öffnete, registrierte ich sofort die Unordnung der Papiere auf dem Tisch. Er wirkte verstimmt, als ob ich ihn bei einer Aufgabe unterbrochen hätte, die ihn voll und ganz in Anspruch nahm. Und es hätte mich nicht gewundert, wenn er am Arbeiten gewesen wäre.

Von seiner Arbeit hat er gesprochen. Er hat mir von seinem Besuch, gemeinsam mit Rops, in der Eglise Saint-Loup in Namur erzählt. Hat mir gesagt, daß er unbedingt *alle* wie Saint-Loup vom Jesuitenbarock beeinflußten Kirchen besichtigen wolle, bevor er dieses Land verlasse. In nur leicht boshaftem Ton hat er mir von dem reizenden Augenblick erzählt, den er in einem sympathischen Etablissement mit zwei Schelminnen, die ich auch kenne, verbracht hat. Und als ich schließlich auf Adèle Hugo zu sprechen kam und auf die Einladung, die zu überbringen ich beauftragt sei, da hat er einen Augenblick überlegt, hat gesagt – was mir schmeichelte –, daß es leider nicht so lustig sein würde wie die Junggesellengelage, die ich gelegentlich veranstalte, und hat letzten Endes geantwortet: »Warum nicht?« mit einem so bösartigen Grinsen, daß ich auch in diesem Moment dachte, er habe seinen alten Schwung wiedergefunden.

Denn die Beziehungen zu Victor Hugo waren gewiß nach außen hin gut. Man korrespondierte. Man schickte sich Gratulationen. Man tauschte Bücher, Vorworte, Artikel aus. Aber im Grunde mochte man sich nicht. Man verstand sich noch viel weniger. Der Ältere unterschätzte den Jüngeren, in dem er nie einen ernsthaften Rivalen gesehen hatte. Der Jüngere verachtete den Älteren und machte sich mit uns, den Freunden, lustig über sein Temperament: das Temperament eines Jahrmarktringers, der das Fleisch der Wörter mit voller Kraft anpackt und aus der »Lebenskraft« die erste Qualität des Dichters macht. Er verabscheute seine auf »Gesundheit« pochende Selbstdarstellung. Seine redselige Produktivität, seine Fruchtbarkeit fand er ekelerregend. Auch jenes lautstarke »Ich drücke Ihnen die Hand«, mit dem er seine Briefe beenden zu müssen glaubte, konnte er nicht ertragen. Dies alles nur, um zu sagen, daß sein höhnisches Lachen über die Einladung eher ein gutes Omen war, daß aber seine Zusage ein weniger positives Zeichen war, wovor ich mich mehr hätte in acht nehmen sollen.

Die Familie Hugo wohnte damals an der Place des Barricades, im oberen Teil der Stadt, in der Nähe des Botanischen Gartens. Der Meister war nicht da. Ich will sagen, daß er nicht persönlich im Kreise seiner Teuren anwesend war. Dafür war er es durch tausend Details, die ihn noch gegenwärtiger als leibhaftig erscheinen ließen. Seine Bücher. Seine Gegenstände. Manuskriptseiten, die wie Reliquien eingerahmt waren. Porzellantassen, auf denen eine Inschrift besagte, daß er sich dazu herabgelassen hatte, daraus zu trinken. Photographien auch. Ach ja, diese berühmten Photographien mit ihren extravaganten Titeln: »Victor Hugo meditierend ... Victor Hugo im Angesicht des Ozeans ... Victor Hugo, Gott lauschend ... Gott betrachtend ... mit Gott redend ...« Nicht über die Photographien selbst mache ich mich lustig, verstehen Sie mich richtig. Sondern über das Prinzip. Über die Methode. Und auch über dieses Gesicht, das so wenig bemerkenswert war, wenn man es genau besieht, so wenig souverän: Es war das Gesicht eines ganz gewöhnlichen Mannes, den das Alter seltsamerweise nicht geadelt hatte ... Und das Wichtigste hätte ich fast vergessen: In allen Ecken des Raumes verteilt, stehend, sitzend, um aufgetischte Reisaufläufe, die so groß waren wie Wagenräder, geschart: der Hofstaat der französischen Verbannten. Versammelt um die Hohepriesterin Adèle – die Mutter natürlich, nicht die Tochter – und ihr langes, kantiges Gesicht unter dem tulpenförmigen kupfernen Lampenschirm, der ihre traurigen Züge noch betonte, konnten und wollten sie von nichts anderm reden als von ... Victor Hugo.

Von seinem Tun ... Von seinem Treiben ... Von seinen belegten Äußerungen ... den mutmaßlichen ... Wie es ihm dort auf seiner Insel geht ... Woran er denkt ... Womit er seine Tage ausfüllt ... Ob er schreibt ... Ob er zeichnet ... Was er wohl jetzt, in dieser Minute, tut, während wir uns unterhalten und unser Bier schlürfen ... Ob er uns sieht ... Uns hört ... Ob er zufrieden ist mit dem, was über ihn gesagt wird ... Wie das Wetter sein mag ... das Meer ... der Wind ... Ob er zu Mittag gegessen hat ... seinen Spaziergang gemacht hat ... Ob er nach dem Mittagsschläfchen, dem höchst erquickenden, wohl schon wieder aufgestanden ist ... Nein ... Ja ... Ein wenig kürzer ist es am Montag, vergessen wir das nicht, da Montag der Posttag ist ... Wie er aussieht ... Ob er Appetit hat ... Ob er sein gestriges Abendessen verdaut hat ... sein heutiges Mittagessen ... Ob er heute morgen Stuhlgang hatte ... Oder erst am Mittag ... Oder überhaupt noch nicht ... Bis hin zu den groteskesten Details der intimsten Funktionen des ehrwürdigen Körpers, der gewissermaßen aus der Ferne inspiziert und beobachtet wurde ... Man befand sich in Brüssel. Place des Barricades. In dem kleinen, von Fliederbüschen – mit ihren malvenfarbenen Rispen – umgebenen Haus. Wenn man sie aber alle so hörte, wenn man sah, wie sie sich die Person des Dichters gleichsam einverleibt hatten, dann fühlte man sich an den Ozean versetzt, dann lebte man selbst im Bannkreis des verehrten Meisters.

Man kehrte nach Brüssel zurück, sobald die Rede war von der Unbill, die ihm zuteil wurde und über die genauestens Buch geführt wurde. Von diesem Augenblick an kam eine noch größere Anbetung zum Ausdruck ... Eine noch lächerlichere Götzendienerei ... Haben Sie diesen Artikel gesehen? Jenen Artikel? Diese frontale Attacke? Jene heimtückische? Haben Sie diese angebliche Huldigung gelesen, die in Wirklichkeit der schlimmste Verriß war? Diese bösartige Anspielung? Dieses vielsagende Verschweigen? Diese Kritik des Buches von Soundso, die eigentlich auf ihn abzielte? Diese Lobeshymne auf irgendein anderes, die, wenn man genauer hinsah, eine versteckte Form des Angriffs war? Oh, schimpften die einen ... Ah, riefen die anderen ... Und überall und unentwegt wurde gezwinkert, weise gelächelt, wissend genickt, wurden komplizenhaft die Augenbrauen zusammengezogen, als ob ein einziges großes Raunen durch die Welt ginge, das Raunen der Verschwörung gegen Victor Hugo, als verriete sich in allen, auch den unscheinbarsten Äußerungen des Pariser oder Brüsseler Lebens eine böse Machenschaft, die zu vereiteln unsere Aufgabe war. »Danke ...« seufzte Adèle jedesmal, »ja, danke ...« In erlesener Mattigkeit schloß sie die Augen und nickte sanft, als wolle sie damit den Mitstreiter belohnen.

Daß sich in dem Raum ein anderer Schriftsteller befand und daß dessen Beziehungen zur Presse unvergleichlich schwieriger waren als die des Magiers von Guernesey, schien offenbar niemanden zu interessieren. Für diese Leute gab es nur einen Schriftsteller: Victor Hugo. Nur ein Opfer: Victor Hugo. Es gab einen Menschen, einen einzigen, dessen Elend, selbst wenn es ein vergoldetes war, Beachtung und Empörung verdiente: immer und immer wieder Victor Hugo. Und wenn ich es zufällig gewagt hätte zu sagen: »Sie haben hier jemand, bei dem die schlichte Höflichkeit forderte, daß man ihn über seine eigenen Auseinandersetzungen mit der Presse befragt«, dann wäre ich wie ein Verrückter oder Gotteslästerer angesehen worden, das wußte ich. Es war eine unverrückbare Tatsache: All diese Leute waren einzig und allein deshalb versammelt worden, um die ausschließliche Lobeshymne auf den großen Meister zu singen, und das Ungeheuerlichste war, daß auch mein armer Freund nur zu dem Zweck geladen worden war, an der Zeremonie teilzunehmen.

Eine präzise Erinnerung. Ein winziges Detail. Das aber Bände spricht über die Grausamkeit der Lage. Albert Lacroix, der Verleger, hatte soeben die Aufmerksamkeit der Versammlung auf den Verriß gelenkt, den ein gewisser Ferdinand Krullemans für die *Tribune de Belgique* vorbereitete. Die Versammlung war erschüttert. Panik war aufgekommen, empörte Erregung. Schon war man zur Rache bereit. Auf den Gesichtern konnte man den heiligen Zorn der wackeren Streiter erkennen, die fest entschlossen waren, dem niederträchtigen Krullemans seine Waghalsigkeit heimzuzahlen. Und da meldet sich nun mein Freund zu Wort, mit der Absicht, stelle ich mir vor, sich an der so edlen Empörung zu beteiligen. Seit wir angekommen waren, hatte er kein Wort gesagt, und nun erklärte er, daß er diesen Kritiker kenne, daß er ihm selbst zum Opfer gefallen sei und daß er demzufolge, wenn man es wünsche, über diesen Mann wertvolle Informationen liefern könne.

Höchstwahrscheinlich ging es für ihn zunächst um Selbstdarstellung. Eine Art zu sagen: »Sehen Sie, mich gibt es auch, und nicht zuletzt dieser Ferdinand Krullemans, der Ihnen so angst zu machen scheint, hat es für wert befunden, mich ins Visier zu nehmen.« Aber ganz abgesehen davon war die Information als solche interessant und unter allen Umständen beachtenswert. Und die Versammlung hätte gut daran getan, scheint mir, sich einen Bericht aus erster Hand etwas genauer anzuhören. Wissen Sie, was jedoch geschah? Nichts, das ist es ja. Die Köpfe, die sich einen Augenblick ihm zugewandt hatten, drehten sich allesamt und wie auf Kommando ganz schnell wieder zu dem viel interessanteren Albert Lacroix. Niemand, sage und schreibe niemand, hielt es für sinnvoll, seine Äußerung aufzugreifen und ihn darum zu bitten, etwas mehr zu sagen. Nicht einmal da, in der durchaus bescheidenen Rolle eines Sekundärinformanten, hatte er in den Augen dieser Leute auch nur die Spur einer Existenz.

Das große Thema des Tages war die bevorstehende Veröffentlichung – bei ebenjenem Lacroix – der *Arbeiter des Meeres*. Ob das Buch sich verkaufen würde ... Wie ... Durch wen ... Ob der Kampf so heftig werden würde wie bei den *Elenden* ... Wie es in Brüssel laufen würde ... In Paris ... Mit wem man würde rechnen können ... Mit welchen Kräften ... Welchen Bündnissen ... Mit welchen Fehlern, Schwächen, Versäumnissen des Gegners ... Adèle, nach wie vor unter ihrem Lampenschirm, leitete die Diskussion souverän wie ein General, der seine Truppen zum Schlachtfeld führt. Sie hörte dem einen zu. Befragte den andern. Schnitt einem dritten das Wort ab. »Ja?« sagte sie mit zum Zeichen der Strenge bereits zusammengezogenen Augenbrauen, als mein Freund einen zweiten Versuch unternahm und die Hand hob, um das Wort zu ergreifen. Und da er murmelte, daß auch er die *Arbeiter* gelesen habe und daß er bereit sei, irgendwo einen Artikel zu veröffentlichen, begnügte sie sich mit der knappen Anweisung: »Im *Petit Echo de Louvain*«, ehe sie das Wort einem anderen erteilte.

Daß *Le Petit Echo de Louvain* ein mehr als bescheidenes Blatt darstellte, war es nicht, was mich im gegebenen Fall am meisten betrübte. Das Schlimmste war der Ton der Dame. Die Art, ihre Gäste wie Schulkinder zu behandeln. Mein Freund hatte nur eines im Sinn: ein wenig anders behandelt zu werden. Er hatte nur einen Wunsch: nicht für einen banalen Journalisten gehalten zu werden, sondern für einen Schriftsteller, der von gleich zu gleich einem anderen Schriftsteller zu Hilfe eilt. Und nun schmetterte unsere Gastgeberin diesen Anspruch nieder und schickte ihn gewissermaßen auf seinen Platz zurück. Er war hier nicht in seiner Eigenschaft als Dichter, als der befugte Freund und Mitstreiter. Er hatte hier zu sein als gewöhnlicher Infanterist und hatte mit allen anderen im Gleichschritt zu marschieren, um eine Zitadelle zu stürmen. Ich rede von Infanterie und von Zitadelle. Tatsächlich fand an der Place des Barricades die Verteidigung der Hugolatrie in dieser lächerlichen militärischen Sprache statt.

Daraufhin erfolgt plötzlich ein Szenenwechsel. Hat Adèle ihren Fauxpas bemerkt? Ist ihr eingefallen, daß sie mit ihren Freunden eine Taktlosigkeit begangen hatte? Hat sie im letzten Augenblick an Wiedergutmachung gedacht? Jedenfalls ist sie plötzlich, als sei sie von schlechtem Gewissen gepackt, auf ihn zugegangen. Sie hat ihre allerfreundlichste Miene aufgesetzt, den liebenswürdigsten Tonfall ausgewählt. Sie hat die Augen etwas zusammengekniffen – ihre Art, Interesse zu zeigen. Wunderbar, habe ich mir gedacht. Wird sie endlich verstehen? Sich entschließen? Und siehe da, vor einem vollkommen verdutzten Publikum – wie kann sie einem Fremden eine solche Ehre erweisen! – fragt sie ganz schlicht: »Und Sie, mein Herr, warum veröffentlichen Sie nicht häufiger etwas?«

Normalerweise hätte ihn die Frage beglücken sollen. Hatte er nicht seit unserer Ankunft gerade darauf gehofft? War das nicht eine akzeptable Art, ihm seinen Status als Schriftsteller wieder zuzusprechen? Ja, vermutlich. Nur, daß es zu spät geschah. Daß das Unheil bereits angerichtet war. Es war wie oft in solchen Fällen: Das Warten war zu lang gewesen, der schneidend sehnsüchtige Wunsch schon stumpf geworden. Vorhin war er bereit gewesen. Auf wunderbare Weise zu allem aufgelegt. Die Frage war noch nicht formuliert, aber die Wörter der Antwort waren da und warteten nur darauf, ausgesprochen zu werden. Jetzt aber, erniedrigt durch die dahingegangene Stunde, benommen, fast stumpfsinnig geworden von den vielen Belanglosigkeiten, die er mit angehört hatte, jetzt erwies er sich als unfähig zur angemessenen Reaktion.

Ich muß hinzufügen, daß in der Art und Weise selbst, in der die Frage gestellt worden war (»Und Sie, mein Herr, *warum* veröffentlichen Sie ...« etc.), eine so himmelschreiende Unkenntnis seines Elends, seiner Lebensumstände, der Schwierigkeiten, die er hatte, überhaupt verlegt zu werden, zutage trat, daß in der leichtfertigen Oberflächlichkeit dieses »warum« so viel Gleichgültigkeit einer vom Leben Verwöhnten zum Vorschein kam gegenüber dem Kreuzweg, den er gehen mußte, um Verleger zu finden, die bereit waren, ihn herauszubringen, daß ein elementares Ehrgefühl ihm hätte befehlen müssen, zu schweigen oder zu gehen. Er schwieg. Oder vielmehr nein. Er versuchte zu antworten. Stammelte unverständliche Sätze. Verwechselte die Wörter. Machte ein paar wirre, wilde Gesten wie ein Ertrinkender. Und schloß mit einem merkwürdigen kleinen Röcheln, das die Zuhörer erstaunte.

Würde man ihn jetzt vergessen? Ihn in Ruhe lassen? Würde man reuelos zu den andächtigen Betrachtungen über die Koliken des Hochehrwürdigen zurückkehren? Leider nicht. Traurigerweise war nur der Auftakt gegeben, das Exempel statuiert worden: Wie immer bei Hof, wenn der Herrscher den Weg gewiesen hat, kann die

Schar der Favoriten sich nur anschließen. Zunächst unternahm es Albert Lacroix, ganz Verleger (ein Verleger allerdings – er hütete sich, es zu sagen –, der sich seit Monaten weigerte, ihn zu empfangen), ihn über ein Problem zu befragen, das ihn, wie er behauptete, seit langem beschäftigte: das Problem seiner zwiespältigen, aber ach so interessanten Beziehungen zum Bösen.

Danach äußerte sich ein dicker Republikaner, den eine bornierte Stirn unter seinem runden Käppchen und ein roter Schnauzbart auszeichneten, besorgt über diese »katholische Grundhaltung«, die er in einer gewissen Anzahl seiner Verse entdeckt habe ... »Doch, doch, verzeihen Sie, aber Katholizismus ist das richtige Wort ... Ist das heutzutage nicht absurd? ... Überholt? ... Ist Ihnen denn nicht klar, daß der Katholizismus der schlimmste Verbrecher, der schlimmste Blutsauger der Menschheit ist? ... Christus war ein Held, das räume ich Ihnen ein ... Aber lösen Sie doch endlich die Nägel aus seinem Fleisch, zum Teufel! Reißen Sie ihn weg von seinem Galgen! Soll er doch seinen Platz einnehmen, einen herausragenden, aber nicht einzigartigen Platz in der Prozession der neuen Götter, die sich die Religion des Fortschritts erwählt hat!«

Und ein dritter Kerl noch, nachlässig gekleidet, vorlaut, das Gesicht von einem bösartigen Lupus zerstört, wunderte sich – in einem feierlichen Ton, den er wohl für den des großen Meisters hielt –, daß er so fügsam sei, so sehr dem Regime und den Gesetzen ergeben. »Sie sagen nichts! Seit sechs Monaten sind Sie hier und nicht ein einziges Mal haben Sie Ihre Stimme mit uns erhoben, die wir die Tyrannei verwerfen ... Gefällt Ihnen dieses Regime denn so sehr? Sind Sie etwa ein Agent der kaiserlichen Polizei, wie zuweilen behauptet wird? So reden Sie doch! Sagen Sie etwas! Oder aber schweigen Sie ganz. Man kann auf Despotismus nicht mit Dandytum reagieren! Auf Louis-Napoléon nicht mit Brummel! Wenn die

Freiheit unterdrückt wird, kann man nicht weiterhin solche *Reaktionäre* preisen wie Ihren de Maistre und Ihren Poe.«

Und als Adèle spürte, wie sich die Gemüter erhitzten und die kleine Gemeinschaft sich gegen meinen Freund verschwor, tutete sie schließlich in dasselbe Horn, allerdings mezza voce, nachsichtiger und in einem lächerlichen Beschützerton, den auch sie ihrem glorreichen Gemahl nachahmte. »Nicht doch, Dichter, seien Sie vernünftig ... Legen Sie Ihr kindisches Gebaren ab ... Ihr Platz ist hier! Unter uns! Im großen Heer jener, die dem dunklen Leuchtfeuer des Fortschritts folgen, die brüderlich vereint an einer neuen Jugend des Menschen arbeiten! Ja, kommen Sie! Schreiten Sie vorwärts! Schütteln Sie diese häßlichen Ketten ab! Und sehen Sie die Welt draußen! Sehen Sie, wie sie die Arme nach Ihnen ausstreckt! Tausende von Elenden erwarten Sie – und lächeln Ihnen zu!«

Und die Reaktion des Betroffenen auf diese Lawine von schönen Worten? Scheinbar keine. Will sagen, daß er nach außen hin vollkommen ungerührt wirkte. Aber ich, der ich ihn kannte, ich sah sehr wohl, welch wachsender Tumult sich hinter dieser Ruhe verbarg. Sein Gesicht war erstarrt, sein Blick war ins Leere gerichtet, ähnlich wie Rops es mir beschrieben hatte nach ihrer Rückkehr aus Namur. Wohl um sich gelassen zu geben, schlug er in Abständen die Beine übereinander und entkreuzte sie dann wieder, bewegte langsam die Lippen, als suche er nur noch nach den richtigen Worten. Irgendwann murmelte er so etwas wie: »Ich pfeif' auf die Elenden ... Ich hasse den Fortschritt ...« Aber dies tat er so leise, daß es außer mir keiner hörte. Sie waren es dann, die sich schließlich von ihm abwandten, als sie es satt hatten, auf einen Mann einzuhacken, der nicht reagierte.

Der Abend sollte mit einer spiritistischen Sitzung enden. Ich weiß, daß behauptet wird, bei den Hugos seien keine

Tische mehr zum Drehen gebracht worden seit der weit zurückliegenden Zeit von Hauteville House. Aber in unserem Fall bin ich absolut sicher. Genau das war in Vorbereitung, als wir es nicht mehr aushielten und beschlossen, uns zu verabschieden. Kleine Dreifußtische ... Runde, einbeinige Tischchen ... Gleich würden die Lichter gelöscht werden ... Augen sich schließen ... Adèle als zelebrierende Priesterin ... Reigen der Schlafwandler ... Die Anwesenden sprechen zu den Abwesenden ... Die Abwesenden sprechen zu den Anwesenden ... Abwesender, bist du da? Ja, natürlich ist er da ... Guernesey, als ob man an Ort und Stelle wäre ... Mit seinen Bäumen ... Seinen Wellen ... Seinen verzauberten Felsen ... Seinen reinkarnierten Enten ... Und mit ein wenig Glück die Stimme des Meisters in Person, die durch den Raum hallen und Weisungen erteilen wird ... Für ihn war das zuviel. Auf jeden Fall mehr, als er ertragen konnte. Wir verließen schweigend die Wohnung. Ohne – das kann man ruhig noch sagen – die geringste Aufmerksamkeit, das geringste Bedauern zu erwecken.

Was danach geschah, ist nicht mehr wichtig. Denn die Sache war gelaufen, nur nicht in seinem Sinne. Ich hatte für alle Fälle ein kleines Abendessen bei mir zu Hause vorbereiten lassen. Also gingen wir beide, er noch ganz benommen und ich besorgt, denn ich spürte, daß diese Sitzung beunruhigende Gespenster in ihm geweckt hatte, in die Rue Montagne-de-la-Cour. Er aß wenig. Redete kaum. Sogar die Schnepfenpastete rührte er kaum an, obwohl er normalerweise ganz versessen darauf war. Er verlangte nach Tee mit viel Cognac und trank ihn in kleinen Zügen, mit zurückgeneigtem Kopf und äußerst anmutigen Handbewegungen. Düster blickte er vor sich hin. Melancholisches Lächeln und zerstreute Blicke wechselten einander ab. Ein merkwürdiges Erschauern ging hin und wieder grundlos durch seinen Körper. Als ich, um ihn aufzuheitern, die letzte Photographie hervorholte, die ich von ihm gemacht hatte – sie zeigte ihn sitzend, eine Zigarre in der Hand –, antwortete er: »Behalte sie, ich mag mich nicht mehr sehen«, und die Art und Weise, wie er dies sagte, betrübte mich sehr. Um elf Uhr schließlich erwachte er aus seiner dumpfen Träumerei und verabschiedete sich. Vorsichtshalber begleitete ich ihn auf die Straße hinaus und blickte ihm nach, wie er mit unsicherem Schritt davonmarschierte und mir zurief: »Bis heute abend!«

2

Er ist die Rue Ducale hinunterspaziert, am Zaun des Parks entlang. Er ist nach rechts über die Place du Palais gegangen. Nach links über die Place Royale mit ihren Pappelreihen. Danach ist er in die Rue de la Régence mit ihren hohen Fachwerkfassaden eingebogen. Am Square du Petit-Sablon unterhalb der menschenleeren Esplanade hat er eine ihm vertraute Kneipe ins Visier genommen. Er hat gezögert. Ist stehengeblieben. Als ob ihm Dunkelheit und Stille noch nicht vollkommen genug gewesen wären, hat er sein Vorhaben aufgegeben und seine Wanderung fortgesetzt. Er ist sehr schnell an Notre-Dame-des-Victoires vorbeigegangen. Schneller noch, und nicht ohne zu erschauern, am Justizpalast, Place Poelaert, dort, wohin man früher die zu Tode Verurteilten vor der Hinrichtung brachte. Noch immer ohne anzuhalten, ist er über die Place du Jeu-de-la-Balle geeilt, wo es sonst von Menschen wimmelt und die jetzt nur vom Widerschein der Glasfenster der kleinen Kapuzinerkirche erleuchtet wird. Und schließlich ist er hier angekommen in diesem erschreckenden Gewirr von Sträßchen und Sackgassen, in denen er sich, so denkt er, auch am hellichten Tag verlaufen hätte.

Er läuft dahin. Dorthin. Macht kehrt. Biegt in eine Straße ein, die nirgendwohin führt. Versucht es mit einer anderen, die der vorhergehenden zum Verwechseln ähnlich ist und ihn auf denselben Fleck zurückbringt. Die wenigen Passanten, denen er begegnet, drehen sich nach der sonderbaren Gestalt um, die für dieses Stadtviertel viel zu gut gekleidet ist, gegen die Pflastersteine stößt, über einen Abfallhaufen stolpert und dennoch geradeaus weitergeht, dabei einen Stock aus dem Handgelenk heraus durch die Luft wirbelt. Er hingegen sieht nichts. Er schaut niemanden an. Er bemerkt weder die herumstreunenden Freudenmädchen noch den Kutscher, der ihn nahezu überfährt, noch die kleine Räucherpapierverkäuferin, die wie vergessen in einer Toreinfahrt steht, ja er bemerkt nicht einmal die Schattengestalt, die ihm seit einiger Zeit folgt. Ein Strolch? Ein Mörder? Er weiß es nicht. Er stellt sich nicht einmal die Frage. Er, der gestern noch so schreckhaft war, so angsterfüllt vor der Stadt, den Menschenmengen, er schenkt den zweifelhaften Nachtgestalten um ihn herum keine Beachtung mehr. Er geht einfach nur. Ohne Weg und Ziel. Läßt sich lenken vom Warnsignal der letzten Straßenbahnen, dem fernen, langgezogenen Rufen eines Glasers, den beleuchteten Fenstern – oder noch eher vom Rhythmus der Gedanken, die ihn, seit er sich von Neyt verabschiedet hat, nicht einen Augenblick losgelassen haben.

Er denkt an den Besuch vom Nachmittag. An die Demütigung, die er erlitten hat. An die Art, wie ihm diese Leute zu verstehen gegeben haben, daß er ein Nichts ist, daß seine Existenz überhaupt nicht zählt und man also ohne Scham noch Vorsicht vor ihm jene Machenschaften besprechen kann, die in den Kulissen des Genies ausgeheckt werden. Aber er denkt auch an andere Nachmittage. An andere Demütigungen. An all die zahllosen Nachmittage der Demütigung, die er in den vergangenen zwanzig Jahren erlebt hat und die sein Gedächtnis brav in seinen tiefsten Tiefen verwahrt. Er denkt an die Schmähungen, die dieses Gedächtnis ausgelöscht, an die Kränkungen, die es vergessen hat – und die von der heutigen Begegnung, er weiß nicht warum, wieder an die Oberfläche gespült wurden. Übrigens denkt er nicht wirklich. Noch weniger kann man sagen, daß er nachdenkt. Die Gedanken kommen ganz einfach. Sie überstürzen sich, drängen sich auf. Es sind Erinnerungen, die in ununterbrochener Folge, aber ohne wirkliche Ordnung an ihm vorbeiziehen. Er geht. Geht einfach nur. Und im Rhythmus der Schritte, im Takt seines Stocks auf dem Pflaster entstehen klare, deutliche Bilder, strömen auf ihn ein, überfallen ihn, drücken ihn nieder.

Bilder von Victor Hugo, selbstverständlich. Victor Hugo gestern. Victor Hugo heute. Victor Hugo, der ihm das erste Mal begegnete, Place des Vosges in Paris, als er, ein ganz junger Mann noch, im Begriff war, auf Befehl seines Stiefvaters nach Indien zu reisen und der ihm damals empfohlen hatte, auf dem Land zu leben und Sport zu treiben, statt Verse zu schreiben. Victor Hugo, der unlängst in Brüssel, nachdem fünfundzwanzig Jahre vergangen waren und beide ihren Weg gemacht hatten, die gleiche stumpfsinnig väterliche Miene aufgesetzt hatte, um sich besorgt nach seiner Gesundheit zu erkundigen und ihn zu seinem guten Aussehen zu beglückwünschen, ihm dann, um das Maß voll zu machen, angeboten hatte, ihm seinen Arzt vorbeizuschicken und ihn an seinen Verleger weiterzuempfehlen. Nicht die Tatsache, daß er ihn empfohlen hat, wirft er ihm vor, natürlich nicht. Auch nicht, daß er es auf eine Weise getan hat, die den Erfolg von vornherein ausschloß. Den unerträglichen Ton wirft er ihm vor. Die Allüren eines großväterlichen, liberalen Retters, der einem Jüngeren auf die Sprünge hilft, ohne sich klarzumachen, welche Kluft zwischen ihnen liegt. »*Jungamus dextras*«, hat er ihm beim Abschied gesagt. »Geben wir uns die Hand! Vereinigen wir unsere Hände, unsere Häupter, unser Talent zum Wohle der Menschheit!« Bilder von Victor Hugo, wie er in vollem Glanz auf der Schwelle des Restaurants steht, wo sie beide soeben gegessen haben, nicht ahnend, während er ihm aufs herzlichste die Hände schüttelt, daß er, Baudelaire, auf die Menschheit pfeift. Victor Hugo, der nicht im Traum damit rechnet, daß der Tag kommen könnte, an dem das Publikum in dieser verkrachten Existenz, die er mit Wohlwollen und etwas Neugier betrachtet, einen Ebenbürtigen, einen Rivalen erkennen wird, welcher mit ihm das Jahrhundert beherrscht.

Bilder von Sainte-Beuve, dem echten Rivalen des Meisters und früheren Liebhaber Adèles, dem gewandten Dichter und großen Kritiker – lauter Eigenschaften, die ihn, so denkt er, nicht etwa nachsichtig stimmen, sondern zu einer gerechten Würdigung seiner Person veranlassen sollten. Lange Zeit hat er an ihn geglaubt. Er hat an seine Aufmerksamkeit geglaubt. Er hat wirklich geglaubt, daß er eines Tages endlich den Artikel schreiben würde, der ihm, Baudelaire, die höheren Weihen verleihen mußte. Heute ist er sich dessen nicht mehr sicher. Oder vielmehr, er weiß inzwischen Bescheid. Er erkennt die Ausmaße des Mißverständnisses. Er sieht, wie der altgewordene Kritiker sich sträubt, sich entzieht. Er sieht ihn ächzen, krank werden, jedesmal, wenn die Rede darauf kommt, daß er doch eines seiner Bücher besprechen könnte. Er sieht ihn zu der Zeit, als seine armen *Blumen* vor Gericht geschleppt wurden, wie er tausend Vorwände erfand, um nicht zum Prozeß zu erscheinen. Und da er ihn gedrängt hatte, hatte er ihm einen lächerlichen Verteidigungsplan geschickt und ihm geraten, die Richter um Milde anzuflehen. Er erinnert sich an den Tag, als dieser unvergleichliche Leser allen Ernstes bedauerte, daß seine Gedichte nicht in Latein geschrieben seien. Er sieht ihn wieder, aufgebracht, ihn beschimpfend, unter dem Vorwand, daß er, alle Grenzen überschreitend, die Schicklichkeit, die Moral, das Vaterland sogar und die Literatur beschmutzt habe, indem er es wagte, der Nichtswürdige, sich um den Stuhl von Lacordaire in der Académie zu bewerben. Und er hört ihn wieder, den alten Flegel, wie er nach zehn Jahren der Ausflüchte sich endlich dazu herabläßt, über das »liebe Kind« zu schreiben, und wie ihm nichts besseres einfällt als: »Ein netter Junge, den näher kennenzulernen sich lohnt.«

Bilder von Théophile Gautier. Seinem Vorbild und Lehrmeister. Dem vollkommenen Magier, dem er sein »elendes Wörterbuch des Verbrechens und der Melancholie« gewidmet hat. Hat er sich dankbar erwiesen, der

Magier? Hat er die fabelhafte Hommage gebührend gewürdigt? Auch das scheint ihm zweifelhaft. Und er kann nicht umhin, sich aller kleinen Anzeichen zu entsinnen, die darauf hindeuteten, daß auch der gute Théo nur ungern bereit war, sein Talent anzuerkennen. Théo damals, im Hôtel Pimodan in ihrer Jugend, Théo, der ihn für einen harmlosen Dandy hielt. Théo später, zur Zeit der Veröffentlichung der *Blumen* und des Prozesses, wie er widerwillig, als fürchte er, sich zu kompromittieren, die schmeichelhafte Widmung hinnahm. Und dann Théo, der Phlegmatiker, der für ihn stets der Lebemann im Burnus bleiben würde, der mit seinem Äffchen auf der Schulter den munteren Gesellen des »Haschisch-Clubs« die Abenteuer seiner Spanienreise erzählte – Théo, der Spaßvogel, ein unglaublicher Genießer und Faulenzer, der es bis ganz zuletzt wagte, ihm heimlich Geld anzubieten, damit er Artikel an seiner Stelle schrieb. Gautier hat ihn zweifellos gemocht. Aber in dem jungen Bewunderer eine Art Konkurrent oder Rivale zu sehen, das war ein Schritt, den er offenbar aus Trägheit und Selbstgefälligkeit nicht tun konnte. Oh, seine widerwärtige Verblüffung, eines Abends, bei der Präsidentin, als ein Gast versucht hatte, sie gegeneinander auszuspielen: »Sie drohen mir mit ihm«, hatte er mit einem unglaublichen Lachanfall geantwortet, »ungefähr so, wie ich einst Victor Hugo mit Petrus Borel gedroht habe!«

Bilder von Du Camp, seinem Freund, der ihn in seinem Büro bei der Zeitung *Le Moniteur* wie einen lästigen Eindringling empfing. Bilder von Mérimée, dem Freund der Mächtigen, der in ihm nichts anderes sah als einen armen Teufel, »des Lebens müde, weil ihn ein Vorstadtmädchen verlassen hatte«. Bilder von Buloz, der ihn verachtete. Von Houssaye, der von ihm abschrieb. Von Janin, der ganz aufgeregt seine Frau rief, wenn er ihn empfing, damit sie sich den komischen Vogel ansehen könne. Bilder seiner Freunde, die ihn häufig nur für einen guten Übersetzer, gepaart mit einem Skandaldichter, hielten.

Bilder von Flaubert, der ihm eines Tages geschrieben hatte (wie schön doch das Kompliment war!), er sei »widerstandsfähig wie Marmor und durchdringend wie Nebel« – und ein anderes Bild von einem anderen Tag, vielleicht war es auch derselbe, wer weiß, wie er einige seiner Gedichte aus den *Blumen des Bösen* in eine Mappe einordnete, mit der Absicht, sie in seinen Katalog des zeitgenössischen Unsinns aufzunehmen. Bilder von Vigny, schließlich, dem so zarten, so eleganten, am Tag, als er ihn als Académie-Anwärter aufsuchte – dem jedoch nach Stunden eines Gesprächs, das er in seiner Naivität für fruchtbar und tiefschürfend gehalten hatte, in seinem Brief nichts anderes eingefallen war als: »Ich finde Sie ungerecht dem so köstlich wohlriechenden Strauß von Frühlingsdüften gegenüber, Sie haben ihn mit einem so unwürdigen Titel versehen.«

Und dann natürlich auch die andern. Jene jungen Dichter der sogenannten »Schule der Phantasie«, die angeblich große Stücke auf ihn halten. Mendès, ihr Wortführer. Der *Parnasse contemporain*, ihre Zeitschrift, die ihm, so heißt es, die vollständige nächste Nummer widmen wird. Jener Verlaine, den er nicht kennt, der ihn aber kennt, und zwar so gut, daß er in drei kraftvollen Artikeln zu beweisen versucht, daß er keineswegs der satanische Leichenfledderer sei, als der er gerne beschrieben wird. Jener junge Engländer, Charles Swinburne, der so schöne Worte findet über »die grausamen, ätzenden Wonnen« seiner Verse. Und jener so seltsame, so ferne Mallarmé mit seinem gerade in der Zeitschrift *L'Artiste* veröffentlichten, sehr merkwürdigen kleinen Text, der ihn an die Seite von Banville und Gautier stellt. Aber wer ist dieser Mallarmé? Was bedeutet er schon? Was sollen all diese leichtgewichtigen Jünglinge mit ihrem Mut, ihrer Begeisterung, gegenüber der dichtgefügten Reihe der Meister, die sich offensichtlich darauf geeinigt haben, ihn auszuschließen. Ach, wie gerne würde er die glühende Verehrung dieses Mallarmé eintauschen für eine Würdigung seitens des großen Sainte-Beuve, und sei sie noch so lau. Wie gerne würde er zehn Swinburnes, hundert Verlaines hergeben für einen einzigen Théophile Silvestre, wenn er ihn einfach nur achten würde. Dieses Bild aus einem Alptraum, das ihn verfolgt, während er zum dritten oder vierten Mal unter der Porte de Hal durchgeht: Er sieht sich zwischen der Rue Haute und der Rue des Minimes herumirren, so wie unlängst, am Vorabend seiner mißlungenen Abreise nach Paris. Er sieht, wie vom anderen Trottoir aus eine Gruppe von Schaulustigen herübergrinst. Er sieht, wie sich vor und hinter ihm ein ebenso erbärmliches wie glorreiches Geleit von fröhlichen, ein wenig schalkhaften Gassenjungen formiert und wie diese plötzlich Swinburne, Verlaine und dem kleinen Mallarmé ähneln.

Am schlimmsten allerdings ist die Sache mit Delacroix. Nicht daß er Delacroix eigentlich zu seinesgleichen rechnete. Aber immerhin ist er ein Maler, den er bewundert hat. Derjenige, den er in zwanzig Jahren am häufigsten gerühmt und gepriesen hat. Der einzige vor allem, bei dem er stets gespürt hat, daß er mit Linien und Farben das erreichte, was *er* mit Worten zu erreichen versuchte. Wie aber urteilte dieser Maler über ihn? So weit er auch in die Vergangenheit zurückblicken mag, er findet bei ihm nicht die geringste Geste der Achtung, der Dankbarkeit. Er erinnert sich an Besuche, an Gespräche. Er erinnert sich an lange Abende, an denen er versucht hatte, im großen Durcheinander aus Tuschzeichnungen, Gouachen und unvollendeten Gemälden, das im Atelier Place Fürstenberg herrschte, über Malerei zu reden. Aber seinem Gastgeber war es jedesmal so peinlich gewesen! Er hatte eine so sonderbare Art, ihm niemals ins Gesicht zu sehen, ihm auch nicht allzusehr zu widersprechen, als ob er stets eine heftige Reaktion befürchtete. Delacroix mochte ihn nicht, das war offenkundig. Er mochte seine Art nicht. Die Skandalgerüchte – Schulden ... Frauen ... Opium ..., die seinen Namen umwitterten, hatten ihn argwöhnisch gemacht. Blind mußte man sein – und das war er gewesen, leider! –, um nicht zu erkennen, daß er nur einen einzigen Augenblick herbeiwünschte, während sein Bewunderer auszudrücken versuchte, was er in seinen Gemälden sah: den Augenblick, in dem er schweigen und sich dazu entschließen würde zu gehen.

Eines Tages – es war bei einer ihrer ersten Begegnungen – hatte der Meister in seiner Gegenwart von Geld gesprochen. In sehr ungezwungenem, sehr natürlichem Ton. Er hatte es getan, weil Lenoble, sein Finanzberater, gerade da war: Er hatte ihn gebeten, eine gewisse Summe von einer Bank zur anderen zu transferieren, um Eisenbahnaktien zu kaufen. Er war erstaunt gewesen über diese Freiheit, die er als Zeichen entweder eines außergewöhnlichen Vertrauens oder der Gleichgültigkeit des Künstlers gegenüber solchen trivialen Angelegenheiten gewertet hatte. Daraufhin hatte er ihn ganz naiv gefragt, ob er ihm nicht, wenn schon von Geld die Rede sei, hundertfünfzig Franc borgen könnte? War das der Moment gewesen, in dem ihre Beziehung in schiefe Bahnen geraten war? War das der Fehler gewesen, den man unter keinen Umständen begehen darf? Hat der andere ihn von da an als eine Art Zeilenschinder betrachtet – denn das war das Bild, das er sich von ihm machte, das wußte er wohl –, der seine Elogen dem Höchstbietenden verkauft und aus seinen Freundschaften Profit zieht? Jedenfalls fällt es ihm bis heute schwer, den zunächst verdutzten, dann unangenehm berührten und schließlich leicht angewiderten Blick des allzu häufig angebettelten Bourgeois zu vergessen. »Nein, nein«, hatte er gemurmelt, »Sie haben einen schlechten Tag erwischt ... Morgen vielleicht ... Ein andermal ... Jetzt, einfach so, verstehen Sie ... Ich bin im Moment gerade etwas knapp ...«

Später hatte ihm der Meister geschrieben. Er schrieb ihm nicht oft! Er schrieb ihm sogar so gut wie nie! Aber da hatte er es getan. Es war ein kurzer, etwas herber Antwortbrief auf die Zusendung eines Buchs oder eines Vorworts. Erstaunt bei diesem Brief hatte ihn der unglaublich konventionelle, vorsichtige Ton – dessen er sich, wie er wußte, in seinen Briefen an die anderen Kritiker keineswegs befleißigte. Warum? hatte er sich damals gefragt. Weshalb ließ er bei ihm eine Bedachtsamkeit walten, die er einem Thoré oder einem Saint-Victor gegenüber niemals an den Tag legte? Warum fühlte er sich im Umgang mit ihnen wohl, in vertrautem Kreis gewissermaßen, während er mit ihm so merkwürdig förmlich verkehrte? Und warum hatte er gerade Silvestre geschrieben – dieser hatte damit geprahlt – »Sie behandeln mich so, wie ich von der Nachwelt gerne behandelt würde«? Auch das blieb ein Geheimnis. Das Mißverständnis war offenkundig. Ein Schriftsteller begegnet einem Maler. Er bewundert ihn, rühmt ihn. Er fühlt sich in einer bestürzenden Wahlverwandtschaft zu ihm hingezogen. Aber der Maler empfindet nichts. Er betrachtet ihn als aufdringliches Subjekt. Er zieht ihm obskure Schreiberlinge des *Moniteur* oder des *Journal des débats* vor. Und dann der Satz in jenem Brief, den er so schnell auch nicht vergessen wird (Haben sie sich denn alle abgesprochen? Es ist exakt dieselbe Frage, die ihm Adèle Hugo vorhin gestellt hat): »Warum, lieber Freund, veröffentlichen Sie nicht häufiger etwas?«

Bilder von Delacroix, der eines Nachmittags im Louvre so tut, als erkenne er ihn nicht, wahrscheinlich deshalb, weil er eine Dirne der Chaussée d'Antin an seiner Seite hat. Bilder von Jenny, Delacroix' Dienstmädchen, die sich rühmte, »die hohlen Schwätzer auf tausend Meilen Entfernung zu riechen«, und ihm, wann immer sie konnte – mit der Zustimmung ihres Herrn, daran zweifelt er nicht mehr –, den Zugang zum Atelier versperrte. Und dann das Bild seiner eigenen Person in Brüssel, am Abend seines ersten Vortrags, wie er sich jene armselige und kecke kleine Freude gönnte, die er sich in Paris niemals erlaubt hätte: von seiner angeblichen »tiefen

Freundschaft« mit dem Schöpfer von *Der Tod des Sardanapal* zu erzählen; von ihrem gegenseitigen »Vertrauen«; ihrer »stillschweigenden Übereinstimmung«; und im allerletzten Moment dann von der Totenwache, von den langen Stunden, die er am Place de Fürstenberg am Totenbett seines »Freundes« verbracht hatte – allein mit Jenny, die endlich und wie im Märchen in ihm den treuesten aller Treuen erkannt habe ... Beim Gedanken daran schaudert ihn! Er zittert bei der Erinnerung an diese gigantische, groteske Lüge, die jeder Franzose auf der Durchreise, hätte er sich im Saal befunden, öffentlich hätte widerlegen können! Die Wahrheit kannte er. Sie war eindeutig. Es gab nicht die Spur eines möglichen Zweifels. Einmal mehr war es Silvestre, dem die Ehre zuteil wurde, bei dem Toten zu wachen. Als ob Delacroix bis an den Rand des Grabes darauf bestanden hätte, ihn mit den Worten abzuwehren: »Nein, nein, ich bin nicht Ihresgleichen, und ich spreche Ihnen keinerlei Recht zu, auf mich nicht und nicht auf mein Angedenken!«

Heute mag er weinen. Mag den Tauben, die nichts gehört, nichts verstanden haben, übel nachreden. Er mag sich der Rührung hingeben über das Lob, das er verdiente und das keinem dieser Schöngeister eingefallen ist. Er kann sogar in jedem einzelnen Fall den besonderen Grund erkennen, der den Betroffenen zwar nicht entschuldigt, der jedoch die Sache selbst erklärt und somit den Skandal erträglicher macht. Die Tatsache aber läßt sich nicht leugnen. Sie ist unumstößlich. Und vor soviel Einverständnis, vor so zahlreichen Mächten, die sich verschworen haben, ihn zu vernichten, muß er wohl oder übel gestehen, daß im Innersten der Epoche, in der Art, wie sie mit Literatur umging, wie sie ungeachtet individueller Irrtümer oder Vorlieben die Bücher insgesamt auffaßte und einordnete, eine Art okkulte Kraft wirksam war, deren blinder Mechanismus ihn disqualifizieren *mußte.* Vielleicht konnten Ohren, die an das Hugolianische Getöse gewohnt waren, den Klang der *Blumen des Bösen* einfach nicht aufnehmen. Vielleicht waren seine Reime, seine Metaphern unsichtbar für das Auge, das an den Bildern von *Emaillen und Kameen* geschult worden war. Vielleicht waren ganz einfach die Namen von Victor Hugo oder Théophile Gautier von so strahlendem Glanz umgeben, daß sie den seinen in Schatten tauchten. So wie es gewissen Sternen ergeht, die vom Licht eines anderen Gestirns überstrahlt werden. So wie es einer Farbe ergeht, die, neben eine verwandte oder im Gegenteil eine konträre Farbe gestellt, erlischt oder an Klarheit verliert. Ja, so war es: Zwei oder drei überdimensionale Namen hatten das Jahrhundert erfüllt und seinen Namen an den äußersten Rand des Spektrums verdrängt. Und auf jeden Fall ist der Beweis erbracht, daß man ein großer Dichter, ein Neuerer von wahrem Talent sein – und dennoch sein Zeitalter durchleben kann, ohne mehr Achtung und Ansehen zu ernten als ein zweitklassiger Dichterling.

3

Kann er sich wenigstens sagen, daß er es so gewollt hat? Kann er sich sagen, daß er leichtsinnig gewesen ist? Ungeschickt? Daß er nichts getan hat, um diese Welt zu überzeugen, zu verführen, zu seinen Gunsten zu beeinflussen? Kann er sich mit dem Gedanken trösten, daß dies seine Strafe ist, der Preis für seine Anmaßung? Daß dieses Verkennen seinen Stolz begründet und die größte Würdigung ist, die man ihm entgegenbringen kann? Kann er, wie er es in seiner Jugend getan hat – aber es war eben die Jugend, nicht wahr ... die Zeit der Prahlerei, der grandiosen, aber folgenlosen Gebärde –, kann er lauthals verkünden, daß Anerkennung ein Unglück sei, Beliebtheit ein Mißgeschick und daß der geleugnete, der geschmähte Dichter der wahre Dichter sei? Kann er? ... Kann er? ... Ja gewiß, er könnte. Niemand, im Prinzip, verbietet es. Neulich noch, als sich Madame Paul Meurice in seiner Gegenwart um das Schicksal sorgte, das die Kritik dem Maler Manet bereitete, hat er großspurig erwidert, daß kleine und große Verrisse, Spott und Ungerechtigkeit eigentlich eine exzellente Sache seien und daß Manet sehr undankbar wäre, wenn er sich seinen Widersachern nicht erkenntlich zeigte. Heute jedoch geht das nicht mehr. Er hat nicht mehr die Kraft, weder zur Prahlerei noch zum Selbstbetrug. Und in der schalen Düsternis von Brüssel, in den öden Gassen, die immer mehr die Farben seiner Gedanken und Erinnerungen annehmen, da überkommen ihn plötzlich andere Bilder, schrecklicher noch, quälender, Bilder, die jenen oberflächlichen Prahlereien bald keinen Raum mehr lassen.

Es gibt heimliche Schriftsteller, sagt er sich. Verborgene Dichter. Schriftsteller und Dichter, die in der Sehnsucht nach der Stille, die ihr Buch durchbrochen hat, sich so fern wie möglich halten von der Menge und ihrem Getöse. Er hat – das kann man nicht leugnen – das Gegenteil getan. Er hat mit der Menge gespielt. Er hat sie geliebt. Er hat gesagt – und geglaubt –, daß sie nicht etwa die Feindin des Schriftstellers, sondern sein Los und seine Verbündete sei. Er hat geglaubt – und lautstark verkündet –, daß eine Literatur, die den Namen Literatur verdient, nicht nur das Recht, sondern die Pflicht habe, das seltsame und vormals unbekannte Ungeheuer zu zähmen, das man »das breite Publikum« nennt. Und was auch immer er jetzt von sich behaupten mag, welches Bild auch immer er von sich hinterlassen möchte, er weiß, daß ihm nichts fremder war als die Rolle des fluchbeladenen Schriftstellers, der sich ganz auf seinen Klüngel beschränkt und das Urteil der Menge ignoriert. Gewöhnlich soll sie sein, die Menge? Unfähig, alle Feinheiten der *Blumen* zu begreifen? Gewiß. Aber welche Wollust hält sie auch zugleich bereit! Wohl dem, der sich in die Menge hinein verirrt! Welch ein berauschender Gedanke, ein Buch in jene Gefilde hineinzutragen, wo gesichtslose Menschenmassen die Silben deines Namens kolportieren – wie eine absurde Lösung, die keine Tür mehr öffnet. Die gleiche Freude, so sagt er sich, ergreift den Müßiggänger, der sich in der großen Stadt verirrt. Und vermutlich beseelt sie auch den, der weit, weit hinabtaucht in die Tiefe des Meeres. Die Wahrheit zwingt ihn zu gestehen, daß er sein Leben damit verbracht hat, nach diesem Rausch und seinem vulgären Aroma zu suchen. Welch unglaubliche Ironie des Schicksals, wenn er das Musterbeispiel des elitären, strengen Dichters bleiben sollte – wo er doch von allen sich am tiefsten prostituiert hat!

Es gibt Schriftsteller, denen der Literaturmarkt verhaßt ist. Es gibt puritanische Schriftsteller, für die schon der Gedanke an ein Werk, das verkauft, gekauft, von Händlern geschätzt wird, gotteslästerlich ist. Er hat nie so etwas gedacht. Er hat nie geglaubt, daß das Geld, weil es schmutzig ist, ein Gedicht nur beschmutzen kann. Und er erinnert sich sogar an Diskussionen in seiner Jugend, als er im Gegenteil beteuerte, daß Geld durchaus Adel besitze, daß es die Kunstwerke mit einem Maß messe, das letzten Endes nicht das übelste sei. Er erinnert sich, daß er das Argument vertrat, alles in allem sei es besser, ein Gemälde von Veronese mit Gold aufzuwiegen, statt es nach seinem Gewicht an Arbeitsstunden und Schweiß zu bewerten. Weil ihm schwindlig gewesen war vor den ersehnten Möglichkeiten des Geldes! Weil er in genialer Laune der allererste gewesen war, der es wagte, vor einer bemalten Leinwand von der aufgewendeten Zeit oder Mühe radikal abzusehen und statt dessen das Willkürlich-Gewichtslose ihres Marktpreises anzuerkennen. Sagt er heute das Gegenteil? Wettert er gegen die Geschäftemacher, die ihn ausgesaugt, ausgebeutet haben, um ihn schließlich zu verwerfen? Gewiß! Aber diese späte Meinung kann nicht auslöschen, was die Doktrin seines ganzen Lebens war. Sie kann nicht vergessen machen, daß er, ehe er darunter gelitten und es verpönt hat, fröhlich mitgemacht hatte beim großen Spiel dieser Gesellschaft von Händlern und sie genossen hatte, die grandiose Freiheit, die diese Gesellschaft heraufzubeschwören schien. »Ich habe einen diabolischen Heißhunger nach Genuß, Ruhm und Macht«, hatte er seiner Mutter geschrieben, als er noch ein junger, vielversprechender Dichter voller Ehrgeiz war.

Es gibt Schriftsteller, denen die Presse ein Greuel ist. Und er selbst, wenn man ihn befragen würde, hier und jetzt, mitten in diesem Brüssel, das ihn so grausam behandelt hat, er würde vermutlich wic Edgar Allan Poe sagen, er verstehe nicht, daß eine reine Hand eine Zeitung berühren könne, ohne vor Ekel zurückzuzucken. Aber gestern? Vorgestern? Zum Zeitpunkt des *Salut public?* Zum Zeitpunkt des *Représentant de l'Indre*? Damals, als er mit Toubin, Courbet, Champfleury alle acht Tage eine neue Zeitschrift gründete, die er dann wie ein Postpferd wieder verrecken ließ? Zur Zeit des *Hibou philosophe*? Des *Corsaire Satan*? In jenen Zeiten des Fiebers und des Eifers, als er der Meinung war, daß es ihm ohne ein eigenes Organ nicht gelingen würde, seine Vorstellungen von Kunst und Leben durchzusetzen? Waren das etwa die Reden, die er führte, als er im Journalismus »die glorreiche Buße des Dichters« sah? Überkam sie ihn, diese Aufwallung des Ekels, etwa an jenen Nachmittagen, die er in der Redaktion des *Corsaire* verbrachte und plauderte, sich mit dem gemeinen Volk abgab, dem Zeitgeist nachspürte oder seine ersten Gedichte im Feuer der Unterhaltungen garte? Damals mochte er sie, die Zeitungen. Sie gehörten ganz selbstverständlich zu seiner Landschaft. Und ähnlich wie Flaubert, der, kurz bevor ein Buch von ihm herauskam, acht Tage in Paris verbrachte, um seine Geschütze in Stellung zu bringen, war er Meister in der Kunst, Nichtssagendes abzusondern, einen Titel mit Knalleffekt zu lancieren oder den Skandal eines großen Prozesses zu seinen Gunsten zu verwerten. Dieses Spiel hat er natürlich verloren. Und die Presse, die er benutzen wollte, sie hat ihn aufgefressen. Aber immerhin: er hat es versucht. Also hat er auch in diesem Punkt nicht die ehrwürdige und praktische Ausrede, er sei besiegt worden, bevor es wirklich zum Kampf kam.

Und dann gibt es auch noch Schriftsteller – in Wirklichkeit ist das die Mehrheit –, die stets, wie viele Kompromisse sie auch immer mit dem Jahrhundert schließen, dort haltmachen, wo das dichterische Werk beginnt, darauf achtend, daß der Kompromiß nicht die hochheilige Reinheit der Bücher beflecke. Aber auch das war bei ihm nicht der Fall gewesen. Nie hat er sich wie diese Reinen gesagt: Hier sind einerseits meine Artikel, meine schnell und aus strategischen Gründen geschriebenen Texte, hier ist der Teil meiner Person, den der Kampf mobilisiert hat – und da, auf der anderen Seite, fernab der vulgären Machenschaften, zu denen man sich nicht bekennen darf, da ist der authentische Teil meiner selbst. Warum hatte er sich das nicht gesagt? Weil er es nicht konnte, mein Gott. Weil er noch immer kämpfen mußte, sich behaupten, manchmal einfach nur überleben mußte. Und Tatsache ist, wenn er jetzt, wie ein Sterbender, sein Leben, die vollständige Sammlung der Seiten, die er zu verantworten hat, in der Rückschau betrachtet, kann er nicht umhin, all diejenigen Seiten zu zählen, die durch dieses Sicheinlassen auf die Welt, durch den Wunsch nach Anerkennung und Erfolg unwiderruflich entstellt wurden. Gefälligkeitsartikel ... Gelegenheitsgedichte ... Jene *Reise*, die für Du Camp bestimmt und in seiner Manier geschrieben worden war ... Jene *Alten Weiblein*, die Hugo entzücken sollten und entsprechend geschrieben waren ... Jene scheinheiligen Vorworte ... Jene Aufsätze mit Blitzableiterfunktion ... Jene Rezensionen ... Jene Nachrufe ... Ja, die Nachrufe, die er im Dutzend billiger geschrieben hatte, gewiß nicht aus Neigung – ach, dieses grauenvolle Bild des Totengräberdichters, der darauf wartet, daß seine Freunde hinwegsterben, um über ihren Leichen Literatur zu produzieren! –, sondern aus dem einfachen Grund, daß ihm die Zeitungen diese Ware am ehesten abkauften ... War nicht sogar das Prinzip der *Blumen des Bösen* in seiner Reinheit bedroht und irgendwo schon verfälscht worden durch jenen Wunsch nach Ruhm, jene wilde Entschlossenheit, sich Gehör zu verschaffen?

Das war die These von Sainte-Beuve. Das waren die Argumente, die er ihm für den Prozeß in seinem »Kleinen Organon zur Verteidigung, wie ich sie mir vorstelle« empfahl. Und das ist nicht dazu angetan, selbstverständlich nicht, ihm den Gedanken sympathisch zu machen. Was aber, wenn Sainte-Beuve recht hatte? Wenn er das Böse wirklich deshalb gewählt hätte, weil seine Vorgänger und Zeitgenossen alles übrige schon untereinander aufgeteilt hatten? Wenn er sich mit der Hölle abgefunden hätte, weil Lamartine schon den Himmel, Victor Hugo die Erde, Laprade die Wälder, Musset die Leidenschaft und die Ausschweifung, Théophile Gautier Spanien für sich in Anspruch genommen hatten? Wenn auch darin nur Taktik, Zweckdenken und Zynismus gelegen hätten? Um sich zu besänftigen, denkt er an Crébillon, der unverblümt zugegeben hatte, daß auch ihm, nachdem Corneille sich des Himmels und Racine der Erde bemächtigt hatten, nichts anderes blieb als die Hölle. Er denkt an die Malerei, bei der die Dinge, das weiß er auch, sich ganz natürlich so ergeben: Raffael nahm die Form, Rubens und Veronese die Farbe, Michelangelo die Phantasie der Zeichnung, Rembrandt das Dramatische – so daß Delacroix keinen anderen Ausweg hatte, als sich auf die allerletzte Portion des Imperiums zurückzuziehen, die man ihm noch übriggelassen hatte, nämlich den Tumult und die Fanfaren. Aber der Gedanke, so einleuchtend er auch sein mag, kommt ihm deshalb nicht hoffnungsreicher vor. Denn Crébillon ist Crébillon. Delacroix ist schließlich Delacroix geworden. Er hingegen konnte noch so berechnend sein, noch so verschwörerisch vorgehen, er konnte sich – nicht nur um des Rufes, sondern auch um der Komposition seiner Bücher willen – noch so sehr an jene Gesetze anpassen, die er für unfehlbar hielt, er ist trotzdem in diese seine heutige Lage gedrängt worden: Er ist allein, ein wenig lächerlich, er hat zwar das Notwendige unternommen, die bewährten Rezepte befolgt, hat aber nicht den geringsten Profit oder Vorteil daraus gezogen.

Sainte-Beuve, ja, genau. Wieder denkt er an Sainte-Beuve. O nein, diesmal nicht an seine Bosheit. Auch nicht daran, daß er ihn bis zuletzt zum Narren gehalten hat. Sondern an sich, den Betroffenen, und daran, wie er den ständigen Affront hingenommen hat. Geändert hat es nichts, soviel ist klar. Aber mußte er den Kritiker so sehr schonen? Mußte er, in der Erwartung einer äußerst fraglichen *Montagskritik*, sein Leben mit Bücklingen, Kniefällen und Kriechereien verbringen? Mußte er sich, als der Artikel dann erschienen und die Überschrift – »Ein netter Junge, den näher kennenzulernen sich lohnt« – so großzügig ausgefallen war, in Dankesbezeigungen ergehen? Mußte er auf Gleichgültigkeit mit Ehrerbietung antworten? Auf falsche Würdigungen mit echten Schmeicheleien? Mußte er, wenn ihm der alte Geizkragen die Ehre erwies, ihn in der Rue du Montparnasse zu empfangen, mit Herzklopfen dort ankommen, mit glühenden Schläfen? Mußte er die Rolle des zarten Jünglings spielen, der vor Respekt vergeht und Gott weiß welche Salbung suchen kommt? Und mußte er sich vor der Tür präsentieren, die Arme vollgeladen mit jenem Honigkuchen, den er in Windeseile am anderen Ende von Paris kaufen gegangen war, nur weil er wußte, daß er ihn mochte? Und dann diese Erinnerung, unter anderen, die ihn beschämt: wie sein Freund Babou, empört, daß der Montagskritiker kein Wort über *Die Blumen des Bösen* verloren hatte, in einem Artikel der *Revue Française* mit zwei mutigen Zeilen dieser Empörung Luft macht und wie er selbst, anstatt sich zu freuen über diese freundschaftliche Rückendeckung, anstatt sich dafür zu bedanken, wenigstens zwischen den Zeilen, wie er sofort die Fassung verliert und dem »Oncle Beuve« einen Brief nach dem andern schickt, um den armen Babou zu desavouieren, um zu beteuern, daß er in keiner Weise hinter diesem bösen Lausbubenstreich stecke – und daß er im übrigen nicht die Spur von Zorn oder Bitterkeit hege wegen seines momentanen Schweigens, sondern ihm im voraus dankbar sei für alles zukünftige Wohlwollen.

Victor Hugo. Das gleiche galt für Victor Hugo. Er haßte ihn, diesen Kerl. Machte sich lustig über ihn. Und nichts hat ihm soviel Spaß bereitet wie die Gespräche mit Freunden, in denen er ihn seiner Dummheit, seiner lächerlichen Gesundheit, seines Kults der Kraft, seiner Neigung zum Schwulst, seines berühmten »Vorwärts!«, seiner Überheblichkeit, seiner abstrusen Bücher wegen durch den Kakao zog ... Ja, warum aber nur »unter

Freunden«? Warum privat, heimlich? Warum hat er sich soviel Mühe gegeben, sein Gefühl zu verbergen? Warum all diese schmeichlerischen Worte? Die Liebes- und Ergebenheitsadressen? Wieso hatte er es nötig, wenn er ihm Verse schickte, hinzuzufügen, daß er sie für ihn geschrieben habe, daß er dabei an ihn gedacht habe? Warum, wenn er ihn um ein Vorwort bat, entblödete er sich nicht zu schreiben (denn das hat er geschrieben, wirklich geschrieben!): »Ich brauche Sie, ich brauche eine Stimme, die lauter ist als meine. Wenn Sie in diesen Druckfahnen irgend etwas Tadelnswertes finden, müssen Sie wissen, daß ich diesen Ihren Tadel gehorsam, aber ohne allzuviel Scham offenlegen werde. Ist eine Kritik, wenn sie von Ihnen kommt, nicht eine Ehre und damit letztlich eine Liebkosung?« Wie schließlich soll er mit dem Abstand, den er heute hat, nicht erröten über jene rabiaten Schmähbriefe, die er, wenn er es nicht mehr aushielt, an die Zeitschriften schickte, die dem Hugo-Clan gegenüber feindselig eingestellt waren? Sie waren anonym, leider, immer und immer wieder anonym; und in manchen Fällen trieb er es so weit, daß er, um den Verdacht von sich abzulenken, einen weiteren, diesmal offenen Brief unter seinem Namen schickte, der genau das Gegenteil beinhaltete.

Die andern. Wieder denkt er an die andern. An Vigny, dem er schmeichelte. An Du Camp, den er beweihräucherte. An Sand, Madame George Sand: Keine Gelegenheit hatte er ausgelassen, sie geile Vettel oder Drecksweib zu nennen, aber er war sich nicht zu dämlich vorgekommen, ihr den Hof zu machen, als er sie eines Tages brauchte. An Feydeau, dessen widerwärtiges Buch ihm den Magen umdrehte, dem er jedoch, als es erschien, brieflich seinen liebedienerischen Gruß entbot. An die Minister, denen er Komplimente machte. An die Académie-Mitglieder, bei denen er sich einschmeichelte. An den bescheidenen Journalisten, von dem er zu Recht oder Unrecht glaubte, sein Schicksal hänge von ihm ab, und den er aus diesem Grund wie einen Bruder oder einen Ebenbürtigen behandelte. An den arroganten Zeitungsherausgeber, den er mit Lob erdrückte, ehe er mit ihm um den Preis eines Gedichts handelte. Und er denkt an Janin, in seinen Augen der Inbegriff des frivolen Kritikers, dessen Namen er sogar letzte Woche noch, zwischen zwei Schwindelanfällen im Grand-Miroir, fromm und ehrfurchtsvoll auf die Liste der zu verschenkenden Exemplare von *Strandgut* setzte. Warum denn nur? Warum dieses scheinheilige Getue? Diese Feigheit? Warum ist er, der er glaubte, einen großartigen Namen, großartigen Ruhm zu hinterlassen, mit Leuten, für die er in den meisten Fällen nur Verachtung empfand, so umgegangen? Mußte er denn wirklich so weit gehen in jener Verhaltensweise, die er wie seine Mutter wahlweise »die Kunst zu lügen« oder »das Handwerk des Überlebens« nannte?

Lange hat er daran geglaubt. Er hat wirklich geglaubt, er müsse es tun. Er hat gedacht, daß es in dieser undankbaren Welt, in der sich alles verbündet, um die Entfaltung und später den Ruhm eines Schriftstellers zu verhindern, keinen anderen Weg gebe, die Klippen zu umschiffen. Er sah die Literatur als einen Krieg an. Die Bücher als Schlachten. Er sah sich, den Autor, als eine Art Strategen, für den Simulieren und Manipulieren eine Notwendigkeit waren. Die Schriftsteller im allgemeinen – oder zumindest die besten unter ihnen – sah er als unmögliche Figuren, die sich ihrer Zeit widersetzten, die nur tastend vorankommen konnten, mittels unermüdlicher Verstellung. Und er war nicht weit davon entfernt zu glauben, daß ohne dies, ohne solche Gelegenheitsbündnisse, die ebenso schnell wieder gebrochen wurden, wie sie geschlossen worden waren, ohne solche Masken, die er sich aufsetzte, um sie jedesmal wieder abzulegen beziehungsweise sich darüber lustig zu machen, daß er ohne dies alles nicht die geringste Chance hätte, zu überleben und zu veröffentlichen. Er spielte Rollen. Spielte Menschen gegeneinander aus. Er hetzte Hugo gegen Gautier auf. Gautier gegen Hugo. Er stützte sich auf den einen, um sich vom zweiten zu befreien. Dann wieder auf den zweiten, um zu versuchen, aus dem Bannkreis des ersten zu entkommen. Einer Sache allerdings war er sich sicher, nämlich daß er aus diesen Intrigen und Doppelintrigen, aus diesen Manipulationen und Gegenmanipulationen stets heil herauskommen würde, vielleicht sogar von Erfolg gekrönt, da es doch jedesmal seine »Staatsräson« war, die den Sieg davontrug.

Heute zweifelt er daran. Vielleicht war es doch falsch gewesen. Vielleicht hatte er recht gehabt, was das Prinzip, aber unrecht, was die Methode betraf. Vielleicht hat er einfach schlecht manipuliert. Vielleicht hat er – aber wann? wo? bei welcher Gelegenheit? in welcher Schlacht? – einen jener unverzeihlichen Rechenfehler begangen, die ein Schicksal besiegeln. Es sei denn, das Desaster muß einem uneingestandenen Charakterzug zugeschrieben werden, der hinzukam zu diesen Fehlern oder, wer weiß, der sie sogar förderte und ihnen mit der Zeit zu ihrer vollen Wirksamkeit verholfen hat? Eine echte Neigung zur Selbstkasteiung zum Beispiel. Eine echte Lust, sich der Herrschaft mutmaßlicher Meister zu unterwerfen. Oder auch die nicht zu unterdrückende Versuchung, jedesmal klein beizugeben, wenn eine kräftige Stimme zu donnern oder ihn zu maßregeln begann. Aupick. Ancelle. Seine Mutter. Die Freunde seiner Mutter. Bis hin zu jenen Kritikern, die er an manchen Abenden, bei Empfängen, auf denen er ihnen begegnete, mit der schroffen Überheblichkeit zu behandeln schwor, die sie verdienten. Aber ein Nichts genügte an solchen Abenden (eine brillante Formulierung beim einen, eine männliche Prahlerei beim anderen, ein Witz, den er nicht gleich kapiert hatte, beim dritten), und schon spürte er, wie seine Natur wieder die Oberhand gewann und seine Stimme entgleiste, sein Wortfluß hektischer wurde, sein Blick urplötzlich an klarer Intensität verlor – und seine ganze gespielte Selbstsicherheit wie durch einen Zauber der demütigen, von vornherein ergebenen Miene Platz machte, die es doch abzulegen galt.

Er wird nicht verstehen, was vor sich gegangen ist, heute nacht nicht, nicht in diesem Zustand der Hilflosigkeit. Dennoch weiß er, was auch immer geschehen mag – und welches auch der »wahre« Grund, falls es ihn gibt, für alles sein mag –, daß er heute besiegt ist. Auf die erniedrigendste Weise besiegt: Hat er sich doch von A bis Z wie ein ganz gewöhnlicher, in den Ruhm und den Sieg verliebter, hoffärtiger Geck verhalten, der alles getan hat, damit die Dinge in die falsche Richtung laufen. Doppelt verloren, denkt er, während er erneut die Porte de Hal passiert. Verloren ist verloren – verloren ist verspielt. Hier und heute hat er verloren, in diesem seinem offenkundigen Debakel – gestern und vorgestern hat er verloren in der Illusion, das Debakel abzuwenden und die Kräfte des Erfolgs noch auf seine Seite zu zwingen. Inzwischen ist die Straße menschenleer. Selbst der Streuner von vorhin scheint es aus Langeweile aufgegeben zu haben, ihm zu folgen. Gespenst unter Gespenstern, allein in der tiefschwarzen Nacht, in der sogar die Gaslaternen vom Nebel gelöscht werden, hat er nur einen Gedanken – der aber verfolgt ihn wie eine Klage: Warum nur ist er nicht der echte Verdammte gewesen, stolz, verwegen, über Intrige und Liebedienerei gleichermaßen erhaben, der, wenn schon verloren, die letzte Befriedigung gehabt hätte, sich zu sagen, der Untergang sei sein Werk gewesen, er selbst habe ihn gewollt und an ihm gearbeitet? Statt dessen schreitet er hier durch die Straßen als ein kläglich Gescheiterter …

4

Wie seltsam! Nun denkt er plötzlich an die Sabatier. Warum an die Sabatier? Jetzt? Warum dieses Frauengesicht, Zeuge von glücklichen Zeiten, zu dieser nachtwandelnden Stunde? Gerade wegen der glücklichen Zeiten vielleicht ... Eine Spur von Nostalgie ... Jene Künstlerdiners, die sie gab: Es hatte ihn unendlich viel Mühe gekostet, eingeladen zu werden, und nun tauchten wieder Bilder davon auf ... Und dann dieser Mann, dem er vor einer Minute begegnet ist im helleren Licht einer Laterne an der Kreuzung und der ihn mit seiner schwarzen Stirnlocke, seinem bleichen Teint, mit der grauen Joppe, die ihm die Taille einschnürte, dem Schnurrbart, der Peitsche und der merkwürdigen Art, wie er angehalten und ihn angestarrt hatte, an Florent, ihren ehemaligen Kutscher, der ihm damals soviel Angst einflößte, erinnert hat ... Oder es ist doch bloß wieder die Kabale, die Intrige – dieser verdammte Krieg um den Ruhm, dessen Episoden er nicht müde wird zu rekapitulieren: Jene Sabatier-Affäre mit ihrem kitschigen Geruch von Erotik und Elegie war darin, wenn man es recht bedenkt, auch nur ein Zwischenspiel gewesen.

Oh, gewiß, das ist nicht die Erinnerung, die das arme Mädchen daran bewahrt hat. Und sie wären sehr verwundert, wenn sie ihn so reden hörten, die Du Camps, Gautiers und Konsorten, die Diner für Diner in heiter-anzüglichem Ton die Episoden des Liebes- und Fortsetzungsromans kommentierten, den ihre Freundin damals erlebte. Aber was soll's? Ist er nicht am ehesten in der Lage zu sagen, worum es ging? Weiß er nicht besser als jeder andere, was er wirklich im Sinn hatte, als er eiskalt, in aller Seelenruhe, von seinem Zimmer, von irgendeiner Spelunke oder, noch taktloser, vom Bett einer Hure aus, die nicht immer schon wieder angezogen war, die Schöne mit anonymen, aber inbrünstigen Gedichten bombardierte? »Ein Verrückter«, sagten sie. Nur ein Verrückter benimmt sich so. Und dieser Verrückte muß sehr verliebt – oder verzweifelt – sein, um so auf die Ferne zu lieben, ohne sich je zu erkennen zu geben ... Die Wahrheit, dies erkennt er deutlich, war prosaischer. Niemand wußte, keiner von ihnen ahnte auch nur einen Augenblick, daß sie einen einzigen Zweck hatten, diese Gedichte – einen Zweck, der damals rein strategisch war: über die »Präsidentin« und ihre mutmaßlichen Reize, über die Romanzen, die er für sie sang und von denen er kein Wort glaubte, sich Einlaß zu verschaffen in den ach so begehrenswerten Kreis der Diners in der Rue Frochot.

Denn der Einfall war, wenn er jetzt überlegt, grandios, die Kriegslist genial! Welch bewundernswerter Trick, um endlich an diese Männer heranzukommen, die er in seiner Jugend gekannt hatte und die jetzt in der Literatur den Ton angaben. Die Präsidentin bekam die Gedichte. Sie las sie. Las sie immer wieder. Vermutlich verbrachte sie Stunden damit, die dumme Gans, die Worte abzuwägen, die Schriftzüge zu vergleichen. So wie er sie sich vorstellte, mußte sie sich von einigen sehr geschmeichelt fühlen. Andere müssen ihr etwas unheimlich vorgekommen sein. Sicherlich wußte sie nicht, was sie von diesem geheimnisvollen Gedichteschreiber halten sollte, der sie »Schwester« nannte, sie mal mit »liebe Göttin«, mal mit »Engel voller Güte« beschmeichelte, ihr vorhielt, sie sei zu heiter, ihr Fleisch sei zu freudig, und der ihr sein Kommen androhte, eines Tages, wenn die Stunde der Wollust würde geschlagen haben: dann würde er ihrer Seite eine breite Wunde zufügen und durch diese neuen Lippen als grausame Strafe ihr sein vergiftetes Blut einflößen. Was konnte sie damit anfangen? Er stellte sie sich vor, halb beglückt und geehrt, halb verängstigt und entsetzt durch die Aussicht auf solche »Wonnen«. Er rechnete sich aus, daß sie den Fall ihren scharfsinnigen Freunden unterbreiten mußte – welche ihm nach gewohnter Manier eine lautstarke und tolldreiste Diskussion widmen würden.

Er liebte diese Diners, die ihm verschlossen waren, die jedoch zwangsläufig, kraft seiner List, ihn zum Thema haben würden. Er würde nicht anwesend sein und doch dabei. Es würde von ihm die Rede sein, ohne daß er sich zu Wort melden müßte. Ein Gespenst würde er sein. Eine Chimäre. Ein Dichter ohne Namen, ohne Gesicht. Mit klarer Stimme, aber ohne Gestalt würde er sie stundenlang mit Beschlag belegen. Er würde der Unsichtbare sein, und seine Unsichtbarkeit würde ihn um so aufdringlicher machen. Er würde jener leichte Schatten sein, der über dem Abend schwebt und der mit etwas Glück diesen Abend verderben würde. Rausch der Anonymität. Taumel der Verborgenheit. Balsam, unendlich sanfter Balsam, der Gedanke, jene Menschen so zu beschäftigen, die ihm am Vorabend begegnet waren, ohne ihn zu erkennen; ihn erkannt hatten, ohne ihn zu grüßen; oder ihn am nächsten Tag empfangen würden – aber um die anderen Gedichte, die, die er in aller Form mit seinem Namen versah, abzulehnen. So muß der Teufel vorgehen, sagte er sich, als er an seinen Streich dachte. Und er verbrachte den Abend, wunderbar einsam in seinem Zimmer, im Hochgefühl seiner Fähigkeit, allgegenwärtig zu sein.

Er sah sie in seiner Phantasie, wie sie diskutierten, disputierten, sich mitunter gar stritten, nicht nur über die Identität, sondern auch über das Talent des maskierten Dichters. Die verrücktesten Fragen wurden gestellt. Die schmeichelhaftesten Hypothesen formuliert. Sicherlich gab es Gäste, die ihn beweihräucherten. Andere, die ihn verrissen. Und immer wieder einen, zwangsläufig, der mitten in der hitzigsten Debatte, als müsse er diese aufgeregten Geister zur Vernunft rufen, der ganzen Truppe

Schweigen gebot und noch einmal die Verse laut vorlas. Er sah, wie Du Camp nickte. Cormenin blinzelte. Feydeau murmelte: »Aha! Aha! Das erinnert mich an etwas.« Er sah, wie Gautier brummte: »Ja, nicht schlecht.« Und schließlich, nachdem ein betrunkener oder schalkhafter Gast bemerkt hätte, daß es in dieser »Madonna« etwas gab, was an dieses oder jenes Gedicht aus den *Emaillen* erinnerte, stellte er sich den Meister vor, wie er schlußfolgerte, daß er sich letztlich nichts vergab, wenn er Zweifel herrschen ließ und demütig die Augen niederschlug, als ob die »Madonna«, um die es da ging, tatsächlich von ihm sein könnte. Und dann sah er die Präsidentin, wie sie sich gerührt und überaus erregt sagte, daß dieser ganze Aufruhr nicht nur Würze in ihr Diner brachte, sondern eine grandiose Huldigung der Götter der Dichtkunst an sie bedeutete, und wie sie mit einer Miene, die sie für betroffen und frivol zugleich hielt, nur immer wiederholen konnte: »Ich habe keine Ahnung ... nein, nein, ich habe wirklich keine Ahnung ...«

Eines Tages, dachte er sich, würde sie schon sehen! Und mit ihr diese ganzen Dummköpfe. Jemand würde, zufällig oder mehr aus Jux, ohne wirklich daran zu glauben, seinen Namen ins Getümmel werfen. Nicht möglich, würde einer rufen. Nicht seine Art, würde ein anderer hinzufügen. Viel zu gut, würde ein Dritter entscheiden: früher, ja, vielleicht, in seinen Anfängen, aber heute, in dem Zustand, in dem er sich befindet ... Bis schließlich ein Vierter der sorgfältig gelegten Spur konsequent nachgehen und in diesen Versen, die sie soeben alle gerühmt hatten, die Klangfarbe und die Phrasierungen erkennen würde, die eindeutig die seinen waren. Er stellte sich das Geschrei vor, das sich in diesem Augenblick erheben würde. Er sah Gautier erbleichen, zornige Blicke werfen. Er sah ihn, wie er in Gedanken sein gesamtes Mienenspiel, all seine Witzchen rekonstruierte – seine demütigen, wissenden Blicke am Abend, als der schelmische Gast die Verse ihm zugeordnet hatte. Diesen absurden

Abend würde er verdammen. Sich selbst würde er verdammen, weil er die Geschichte nicht einfach abgewürgt und seine Autorität nicht genutzt hatte, um diese letzten Endes mediokren Sonette zu disqualifizieren. Er würde den Urheber der Posse verdammen, wegen der Falle, die er gestellt hatte. Aber Verdammung hin, Verdammung her, am Ergebnis würde das nichts ändern. Und die verblüffte Gesellschaft würde entdecken, daß er der sehr, sehr große Dichter war, den sie seit Monaten feierte, ohne ihn identifiziert zu haben.

In Wirklichkeit haben sich die Dinge dann doch nicht so zugetragen? Das ist richtig. Und es ist richtig – auch wenn es nicht so amüsant ist –, daß er sich am Ende selbst demaskiert hat, eines Tages, als er es satt hatte, auf die erträumte schöne Szene zu warten, und als er außerdem für sein Hotelzimmer etwas Geld brauchte: da beschloß er, seinen ganzen, hübschen Plan in die Luft zu jagen, indem er der *Revue des deux Mondes* – natürlich unter seinem Namen – drei der geheimnisvollen Gedichte verkaufte, die man in der Rue Frochot nicht entschlüsselt hatte. Grundsätzlich aber verlief alles wie erwartet, und auch die gewünschte Wirkung stellte sich ein, nachdem einer der Gäste mit einem Exemplar der Zeitschrift unter dem Arm zum Diner erschien. Rache. Triumph. Köstlicher Nachgeschmack jenes Augenblicks, als einige dieser Männer, die er am meisten brauchte und die ihn am meisten verachtet hatten, in ihm den Ranggleichen entdeckten. O köstliche Diners, wo man fortan gezwungen war, ihn zuzulassen, da seine Verse und sein Talent ihm gewissermaßen vorausgeeilt waren. Heute, in der Brüsseler Nacht, zur Stunde der Abrechnung und des Bedauerns, weiß er natürlich, daß sein Plan letzten Endes doch nicht aufging. Aber wenn es noch einmal zu tun wäre, würde er es vermutlich noch einmal tun: Er findet sich nach wie vor sehr schlau, die liebe Präsidentin ausgenutzt zu haben, um einzubrechen in die ersehnte Welt, zu deren Tür sie den Schlüssel verwahrte.

Und dann war die Sache natürlich noch weitergegangen. Das arme Mädchen war, wie sie selbst sagte, zu »täppisch« für soviel Feinheiten. Es kam der Moment – zwei Tage nach seiner Demaskierung, wenn sein Gedächtnis ihn nicht trügt, einen Tag nachdem er sie daraufhin ganz offen gebeten hatte, bei den Herren, die über die *Blumen des Bösen* urteilen sollten, vorstellig zu werden –, in dem sie beschloß, daß soviel Beharrlichkeit, soviel Ausdauer in der Leidenschaft eine Belohnung verdiente, und anbot, was niemand von ihr zu verlangen gedacht hatte. Und dann ihre zugleich durchtriebene und pathetische Art, ihm ins Ohr zu flüstern: »Morgen, wenn Sie wollen ... Rue du Pont-aux-Dames ... Im Hôtel X ... Ich werde die Ihre sein ...« Wer hat geschrieben, daß nichts das Begehren eines Mannes verläßlicher abschreckt als eine geliebte Frau, die ihm sagt: »Kommen Sie morgen um zwölf, wir werden ganz alleine sein«? Nun, von geliebter Frau konnte, dem Himmel sei Dank, nicht die Rede sein. Anziehend an ihr war für ihn lediglich die Welt, die sie ihm eröffnete. Und vielleicht hat ihm gerade das, wenn er es recht überlegt, an jenem Nachmittag ein demütigendes Fiasko erspart. Hingehen mußte er. Also ging er hin. Es war der Preis, den er bezahlen mußte, um von dieser schlichten Seele die Segnung zu erhalten, auf die er wartete – und er bezahlte ihn.

Die Szene spielte sich ab in einem kleinen Stundenhotel, das sie selbst ausgesucht hatte und wo sie, das wurde ihm beim artig verständnisvollen Blick des Zimmermädchens sofort klar, nicht ganz unbekannt war. Sie empfing ihn mit hocherfreuter Miene, rosigem Teint und langen blonden Haaren, die ihr offen über die Schulter fielen und ihr das Aussehen einer alt gewordenen Puppe verliehen. Sie trug ein Négligé aus Satin, das den Blick freigab auf eine allzu weiße Haut, auf einen allzu wohlernährten Leib, bei dessen Anblick er nicht umhin konnte zu denken: ein mit Petits-Fours, Schlagsahne, Süßigkeiten vollgestopfter Leib. In ihrer Haltung, in ihren schmachtenden, hingebungsvollen Posen, selbst in der Ungezwungenheit ihrer Bewegungen, in der äußersten Natürlichkeit, mit der sie ihm zum Beispiel mit der Hand durchs Haar fuhr, war etwas, das Ekel in ihm erregte. Zunächst versuchte er auszuweichen, zu reden. Er versuchte ihr mit möglichst schreckenerregender Miene einzureden, daß Liebe Sünde sei. Aber das Luder wollte nicht hören. Sie hörte nicht einmal mehr zu. Bei jedem Wort, das er aussprach, bei jeder Frage, die er ihr stellte, konnte sie nur noch mit einem überlauten Lachen antworten, den Kopf auf das Sofa zurückgelehnt – vermutlich war sie der Meinung, es bringe ihren Busen zur Geltung und lasse sie noch begehrenswerter erscheinen.

Gerettet haben ihn die Füße. Jawohl, ihre Füße. Er muß lächeln, wenn er daran denkt. Denn er hatte sie nicht gesehen, diese Füße. Er hatte ihnen keine besondere Aufmerksamkeit geschenkt. Zählen Füße denn? Schaut man etwa die Füße an bei einer Frau, die im Begriff ist, sich hinzugeben? Nein, natürlich nicht. Nie und nimmer. Nur daß es eben Füße und Füße gibt. Normale Füße und besondere Füße. Und es gibt eine Weise, sie zu verbergen, eine Weise, in Panik zu geraten beim Gedanken, daß sie jemand berühren oder betrachten wird, die zwangsläufig den Verdacht aufkommen läßt, daß etwas Geheimnisvolles oder etwas Schmachvolles an diesen Füßen haftet. Er streifte sie – sie zog sie zurück. Er suchte sie – sie verbarg sie. Er versuchte, sie zu streicheln, nur so beiläufig – sie zog sie krampfhaft unter den Hintern ein. Und als er, verärgert, ja außer sich über diese dummen Füße, für die sich zu interessieren er keinen Grund hatte, die aber um so begehrenswerter wirkten, je wilder sie ihm entzogen wurden, endgültig versuchte, sie zu ergreifen und die kleinen Pantoffeln abzustreifen, die sie mit den Zehen festzuhalten bemüht war, da reagierte diese Frau, die fast nackt war und nichts anderes im Sinn hatte, als vollends entblößt zu werden, die sich auslieferte und bereit schien, alle Ausschweifungen und Schandtaten mitzumachen, denkbar unerwartet: Sie murmelte unzusammenhängende Worte, aus denen die obskure Geschichte von einem Vater hervorging, der sie als kleines Mädchen gezwungen hatte, Stiefeletten zu tragen. Und ganz plötzlich, ohne Vorwarnung, brach sie in seinen Armen in Tränen aus.

Nicht übel, sagte er sich – denn in ihrer etwas unbedarften Weltanschauung war nichts so geeignet wie eine Tränenszene, um zwischen Mann und Frau eine köstliche und Herzensergießungen begünstigende Intimität herzustellen. Unverhofftes Glück aber auch für ihn – denn nie hatte er eine weinende Frau sehen können, ohne, nein, nicht etwa gerührt, sondern im Gegenteil, äußerst irritiert zu sein und gepackt zu werden von einer unwiderstehlichen Lust, sie noch mehr zu quälen. Also nahm er sie in die Arme. Eine Hand lag in ihrem Nacken, als wollte er sie trösten. Die andere an der Taille, dann auf dem Hintern, bevor sie tiefer glitt, immer tiefer in Richtung dieser verdammten verbotenen Zone. Und während die Unglückliche, erneut weinend, zwischen zwei Schluchzern stammelte, so habe sie sich noch nie ausgeliefert, er dürfe nicht schlecht über sie urteilen, denn die Tränen seien ja die »offengelegte Seele«, dachte er lediglich an den himmlischen Augenblick, in dem er mit einer schnellen Bewegung aus dem Hinterhalt ihr den kleinen Pantoffel vom Fuß reißen würde. Der Augenblick kam. Und in der Sekunde, als er diesen aufgedunsenen Fuß entdeckte mit dem geschwollenen großen Zeh und dem kleinen Zeh, der sich krümmte, als wäre er lange gefoltert worden, in der Sekunde, als er diese rauhe, wie abgestorbene Haut berührte, die in der Tat im Widerspruch zur milchigen Zartheit des übrigen Körpers stand, fühlte er sich gepackt von der jähen Lust zu mißhandeln, die er erwartet hatte und die die Frauen, das wußte er, gerne mit dem Begehren verwechseln.

Am folgenden Tag wurden die Dinge komplizierter. Die Präsidentin war glücklich. Auf groteske Weise dankbar. Er hatte sie zu Hause in der Rue Frochot wiedergesehen, wo sie eine Zurückhaltung vorgetäuscht hatte, die noch lächerlicher wirkte als der Überschwang des Vortages. »Ich liebe Sie ... ich liebe Sie ...« wiederholte sie mit einer schmachtenden Stimme, die sie vermutlich für vornehm hielt. Und mit ausladender, etwas müder Geste, die auf den Luxus um sie herum weisen sollte: »All das ist so unwichtig, sehen Sie ... diese Möbel, dieses Silber ... Unwichtig, diese Diners ... Ans Ende der Welt würde ich Ihnen folgen, wenn Sie es von mir verlangten ...« Das Spiel war anstrengend, daran erinnert er sich. Er konnte ihr doch nicht ins Gesicht sagen, daß er gerade »all das« liebte. Daß er sie wegen »all dem« begehrt hatte. Er konnte ihr nicht gestehen, daß diese Möbel, diese Sessel, diese Tilburys, diese Kutscher das einzige ihres Wesens waren, das er – neben ihren Freunden – wirklich begehrenswert fand. Versuchshalber sprach er dann von ihr. Von ihrem Leben. Er sprach von Mosselmann, der in seiner »Beschützerrolle« perfekt war, den sie nicht einfach verlassen konnte. Er versuchte ihr die Reinheit dessen Liebe zu erklären. Seine Verehrung. Und da sie noch immer nicht verstand und bei jedem seiner Einwände keine andere Antwort wußte, als dümmlich mit dem Kopf zu nicken und zu beteuern: »Nein, nein, das alles zählt nicht, ich liebe Sie, das ist alles, ich liebe Sie mehr als meine Seele, ich bin bereit, Sie in Ihrem Zimmerchen im Quartier Latin zu lieben – werde ich übrigens einmal die Ehre haben, Sie dort besuchen zu dürfen?«, da sie noch immer nicht verstand, kam ihm plötzlich der Gedanke, der geniale Gedanke, den Namen Jeanne auszusprechen.

Arme Jeanne! Arme Präsidentin! Ja, arme Jeanne, so alt schon, so abgelebt, dort auf ihrem ärmlichen Krankenlager konnte sie nicht ahnen, welchen Dienst sie ihm erwies. Arme kleine Präsidentin, wie betäubt war sie von diesem Argument: Schon der Name – warum, wird er nie erfahren – hatte die wundersame Macht, all ihren Liebeseifer zu dämpfen. Schlagartig war es aus mit dem Getue, mit dem leidenschaftlichen Liebesgeplapper. Und mit kraftloser, schüchterner Stimme, die nichts mehr zu tun hatte mit der des gerissenen Weibchens von vorhin, bat sie ihn um die allerletzte Gunst, ihr die Rivalin zu beschreiben. Wie ein braver Junge versuchte er es. Er sprach von Jeannes Tugenden. Von ihrer Ergebenheit. Er erzählte von jenen Eigenschaften der »Seele« und des »Herzens«, die man den Frauen zuspricht, wenn nichts anderes mehr übrig ist. Als er spürte, daß dies alles nicht genügte, daß er sie beschreiben, sie ihr darstellen mußte und daß es ihm aber nicht gelang, nahm er ein Stück Papier, das herumlag, und kritzelte eine Porträtskizze, die übrigens nicht viel Ähnlichkeit hatte. »Aha ...« sagte sie schlicht. »So sieht sie aus ...« Beim Anblick dieser schwarzen Augen, dieser dicken Lippen, dieses dichten und gekräuselten Haares – schon lange entsprach das alles nicht mehr der echten Jeanne aus Fleisch und Blut, aber eine flüchtige Reue, ein Bedauern hatten ihm den Bleistift geführt – nickte sie lange und bedächtig, als ob nun die Dinge klar seien, als ob sie sich angesichts dieser »Idealfrau« nur fügen könne.

Von da an behandelte sie ihn ehrerbietig. Lud ihn ein. Ließ keine Gelegenheit aus, ihn der frohen Zecherbande aufzuzwingen, die vermutlich an manchen Abenden, wenn die Unterhaltung schlüpfrig und die Rätsel und Verschen zotig wurden, gerne auf seine deutlich mißbilligende Pfarrersmiene verzichtet hätte. Und er erinnert sich, in welch fürsorglicher Freundlichkeit sie sein Lachen – damals schon brach er zuweilen in ein düsteres, unheilvolles Lachen aus, das eine ganze Gesellschaft zu Eis erstarren lassen konnte – mit ihrem eigenen, der Stimmung des Abends besser angepaßten Lachen zudeckte, ähnlich wie ein Solist schnell durch einen ähnlichen Akkord die mißtönende, unpassende Note aus dem Orchester wiedergutmacht. Aber ansonsten war es aus. Von Liebe, wirklich von Liebe hat sie nie wieder mit ihm gesprochen. Und abgesehen von einem verständnisvollen Blick, den sie ihm hin und wieder zuwarf, ausgenommen kleine, verkappte Lachausbrüche, von denen er spürte, daß sie ihm galten, oder kaum angedeutete Lächeln, die so etwas zu bedeuten schienen wie: Ach! Er, der mich so gut kennt ..., unternahm und sagte sie nichts, was privat oder öffentlich auf ihre kurze, einmalige und mit der Zeit immer unwahrscheinlicher anmutende Umarmung hätte hinweisen können.

All das liegt heute weit zurück ... So weit ... Kaum zehn Jahre sind es her – und doch hat er das Gefühl, es sei ein Jahrhundert vergangen ... Wo ist sie? Was macht sie? Stimmt es, daß sie ruiniert ist? Um ihr Geld gebracht wurde? Stimmt es, daß sie im Versteigerungshaus Drouot gesehen wurde, wo sie die Nippfiguren zu Geld zu machen versuchte, die sie einst für ihn opfern wollte? Daß sie ein Jahr danach ihre eigenen Gemälde im *Salon des Refusés* ausstellte, das schlaue Kind, neben den Bildern von Whistler, Manet, Fantin und Pissaro? Und wer ist dieser Richard Wallace, der, natürlich wieder den Gerüchten nach, in ihrem Leben einen pleite gegangenen Mosselmann ersetzt hat? Sie hat immer Glück gehabt, die Präsidentin. Es ist ihr immer – bis auf ein einziges Mal – gelungen, das Rad der Fortuna in die richtige Richtung zu drehen. Gealtert stellt er sie sich vor. Etwas feister, noch etwas runder als früher. Bei den Diners, die sie gibt, geht es jetzt vielleicht etwas weniger unanständig zu. Und er nimmt an, daß sie im fernen Paris, wohin er wahrscheinlich nie wieder zurückkehren wird, manchmal an ihn denkt mit der gleichen zärtlichen Sehnsucht, die er für sie empfindet. Es sei denn ... Ja, es sei denn ... Der Gedanke mag verrückt erscheinen ... Absurd ... Vielleicht ist es auch nur die Wirkung der Phantasie oder des Fiebers, denkt er ... Obwohl er vorhin, vor einer Stunde, jener merkwürdigen Gestalt begegnet ist an der Porte de Hal, die ihm so vertraut vorgekommen war ... Ja genau ... Das ist es ... Jetzt ist er ganz sicher ... Er war's ... Florent ... Der schreckliche Kutscher von früher ... Und wenn er hier ist, ihm auf den Fersen, ihn wie ein Spitzel beobachtet, so kann das nur im Auftrag seiner

Herrin geschehen … Die Präsidentin in Brüssel – nach zehn Jahren ist sie gekommen, ihn zu suchen und, wer weiß, mit ihm abzurechnen.

5
Fortsetzung des Berichts von Charles Neyt

Ich hatte Mühe, ihn wiederzufinden. Es braucht ja nicht viel, wissen Sie. Zwei Minuten. Drei vielleicht. Schon ist er verschwunden! Von der Nacht verschluckt! Da können Sie noch so angestrengt herumlaufen, umkehren, durch die Finsternis spähen, rufen, mit dem Stock auf das Straßenpflaster klopfen, bis zur Kreuzung laufen, die Fußgänger befragen, die einem entgegenkommen, es hilft nichts, die Fährte ist verloren – der Vogel ist weggeflogen.

Also fangen Sie an, systematisch zu suchen. Um schneller voranzukommen, rufen sie eine Kutsche und durchkämmen die Stadtviertel, wo er möglicherweise herumwandert. Ich bin in das Globe gegangen. In die Taverne Royale. Ich bin bis hin zum Grand-Miroir gefahren, wo ich zweimal das Ehepaar Lepage geweckt habe. Sogar bis Ixelles habe ich meine Suchaktion ausgedehnt, aber Poulet hatte auch keine Nachricht. Dann bis ins Nuttenviertel, in die Hostellerie de la Reine Mère, wo man ihn seit einer Woche nicht mehr gesehen hat. Und schließlich noch in ein halbes Dutzend Spelunken, wo er hätte gestrandet sein können. Erst mitten in der Nacht, als ich mir schon tausend Vorwürfe machte, ging ich entmutigt, nur um mein Gewissen zu beruhigen, noch einmal in die Taverne Royale, und da fand ich ihn schließlich wieder.

Er saß ganz hinten im Saal. Allein. Saß da wie ein Geprügelter. Den Kopf auf der Rückenlehne seiner mit beigem Leder bezogenen Bank. Die Augen halb geschlossen. Mit geöffnetem Mund. Vor ihm standen zwei leere Bierkrüge und ein halbvolles Glas Cognac, an dem er – und das war das einzige erkennbare Lebenszeichen – mit den Fingerspitzen herumtrommelte. Der Saal war fast leer. Die Kellner hatten bereits die meisten Stühle auf die Tische gestellt. Übrig blieben nur noch, in der Nähe des Eingangs, ein, zwei Gruppen von Nachtschwärmern, die in der von Rauch und dem bitteren Gestank des Wermuts verpesteten Luft ihr Kartenspiel zu Ende spielten. Niemand beachtete ihn. Er selbst sah auch niemanden an. Und das Bild wirkte so »gestellt«, die Leere um ihn herum so merkwürdig theatralisch, daß ich gedacht habe – daran erinnere ich mich: Das ist wie eine Inszenierung, der beste Photograph der Welt hätte sie sich nicht vollkommener ausdenken können.

Als ich mich genähert habe, hat er mich anfangs gar nicht gesehen. Dann hat er mich angeschaut, aber ich hätte nicht schwören können, daß er mich erkannte. Erst nach einer Minute, nachdem ich ihn freundlich gerüttelt und ihm gesagt hatte, welche Angst er mir eingejagt hatte, musterte und erkannte er mich. Ich habe gefragt, wieviel er dem Wirt schulde. Da ich merkte, daß er kein Geld hatte, zahlte ich für ihn. Ohne länger zu zögern, mit aller Vorsicht und allem Respekt, den er mir selbst noch in diesem Zustand einflößte, habe ich ihm geholfen aufzustehen, seinen Mantel anzuziehen und den Ausgang zu finden.

Als wir draußen angelangt waren, erwartete mich eine noch seltsamere Szene. Mein Kutscher stand da an der Tür. Es handelte sich um einen absolut normalen Kutscher, er trug eine Jakobinermütze und hatte einen recht schmucken Schnurrbart. Er war abgestiegen, um sich die Beine zu vertreten, und um die Zeit totzuschlagen, ließ er seine Peitsche knallen. Mein armer Freund jedoch sieht ihn und scheint plötzlich von Schrecken erfaßt. Er schüttelt den Kopf und klammert sich mit einer Hand an meinen Arm; mit der anderen deutet er auf den Kerl. Und dann, als er seine Sprache wiederfindet: »Nein, nein, ich werde nicht einsteigen … Sie bringen mich da nicht hinein … Haben Sie denn nicht gesehen, wie er mich anschaut? Wie drohend sein Gesicht ist?« Daraufhin verkrampft er sich, beginnt zu zittern. Wenn ich nicht dagewesen wäre, um ihn zurückzuhalten, hätte er sich vermutlich wieder in die Taverne geflüchtet.

Was tun? Was sagen? Um keinen Preis wollte ich den, den ich mit soviel Mühe wiedergefunden hatte, verschrecken. Ich wollte ihn auch nicht demütigen. Vor allem habe ich mir wohl gedacht, daß ihm in seinem Zustand ein kleiner Spaziergang an der frischen Luft nicht schaden könnte. So daß ich, ohne zu versuchen, mehr zu verstehen, seinem Wunsch nachgegeben und den Kerl weggeschickt habe. »Sie haben recht«, habe ich gesagt. »Diese belgischen Kutscher sind von einer Grobheit, die nur noch von ihrer Häßlichkeit übertroffen werden kann. Ich hoffe, Sie werden in Ihrem Buch darüber schreiben.« Er beruhigte sich auf der Stelle. Er schien so erleichtert, daß es einem Freude bereitete. Also marschierten wir los, *pedibus cum jambis*, in Richtung Hotel.

Die Szene wiederholte sich jedoch fast sofort. Nicht mit demselben Kutscher, gewiß. Aber mit den anderen. Allen anderen. Mit allen Kutschern, denen wir in wachsender Zahl begegneten, je weiter wir uns vom Vossepléin-Viertel entfernten und den großen Straßen des Zentrums näherten. Es gab die Mietdroschken, so wie die, die ich gerade weggeschickt hatte. Aber auch die Kabrioletts der Nachtvögel, die noch unterwegs waren. Die etwas schwereren Wagen der Handelsvertreter, die aus der Stadt herausfuhren. Die Karren der Gemüsehändler, die mit ihrer Ladung schon zum Markt hinaufstrebten. Und jedesmal wenn er, und sei es nur von weitem, das Glöckchen des einen, das Rattern des andern, das Traben eines dritten hörte, erschauerte er, wurde er hektisch und zunehmend nervös.

»Hören Sie das!« rief er. »Hören Sie doch ... Hören Sie denn nicht diese Glocken, dieses Geklingel? Hören Sie nicht diesen Radau? Dieses Rattern von Eisen hinter uns? Sie hetzen uns, lieber Freund ... Sie verfolgen uns ...« Dann begann er zu laufen, zu springen. Er sauste in eine Toreinfahrt. Duckte sich unter einer Gaslaterne. Ich sah, wie er das Gesicht in den Händen verbarg, niederkauerte und wie ein Wahnsinniger hochschnellte im Augenblick, da der Wagen vorbeifuhr, wobei er dann tatsächlich Gefahr lief, unter die Räder zu geraten. Wenn das Pferd vorüber war, die Gefahr gebannt, packte ihn ein nervöses Lachen, das mir noch mehr Angst machte.

Natürlich habe ich ihn befragt. Vorsichtig. Ohne ihn zu brüskieren. Ich konnte es ja nicht geradeheraus machen, verstehen Sie. Ich konnte ihm nicht sagen (*keiner von uns* hätte es ihm sagen können): »Sie sehen aus wie ein Irrer, wenn Sie so herumschreien, mit Ihren Grimassen und Ihren Bocksprüngen.« Stellen Sie sich vor, Ihr Vater würde verrückt. Ihre Mutter stünde dabei, in Tränen aufgelöst, erniedrigt. Er war nicht mein Vater und auch nicht meine Mutter, aber der Mensch auf Erden, den ich am meisten verehrte, und ich konnte ihm nur mit unendlicher Behutsamkeit Fragen stellen – dabei mußte ich Verständnis mimen, so tun, als träte ich in sein Spiel ein, als fände ich seinen Veitstanz wenn nicht normal, so doch höchstens etwas sonderbar und komisch: »Wie lustig, lieber Freund ... Wie munter Sie plötzlich sind ... Dieser Kutscher da, wirklich? Glauben Sie? Hm ... Ich weiß nicht ... Ich wäre da nicht so bestimmt ... Würden Sie denn so freundlich sein, mir eine Erklärung zu geben? Mir zumindest ein wenig mehr zu sagen?«

Und in der Tat, er gab mir Erklärungen. Es wurde ein langer Monolog, aus dem hervorging, wenn ich mich recht entsinne, daß er einst in Paris, in einem der Kreise, in denen er König war, bevor er ins Exil ging, eine Frau kannte, die man die Präsidentin nannte; daß diese Frau aus Gründen, die er mir nicht darlegte und die wohl auch für ihn nicht so ganz deutlich waren, ihn seit dieser Zeit mit einer unauslöschlichen Rachsucht verfolgt; daß sie, nachdem sie ihm aufgelauert und ihn durch ganz Frankreich gehetzt hatte, soeben seine Spur wiedergefunden hat und, persönlich in Belgien angekommen, nun im Begriff war, ihn für seine Fehler zu bestrafen; daß Florent, ihr Kutscher, ihn vorhin in der Nähe der Porte de Hal erkannt und sofort alle anderen Kutscher der Stadt aufgehetzt hat; kurz: daß eine schreckliche Menschenjagd in Vorbereitung war, deren Schauplatz Brüssel und deren Opfer er sein würde – wobei ich, fügte er ironisch hinzu, das Glück haben würde, alles photographieren zu dürfen.

Befand sich diese Präsidentin wirklich in Brüssel? Und wenn sie da war, hegte sie wirklich die Absichten, die die Phantasie meines Freundes ihr zuschrieb? Ehrlich gesagt, daran zweifle ich. Aber er glaubte es. Er glaubte an diese sonderbare Geschichte einer schmählich betrogenen Frau, die seit Jahren auf die Stunde der Rache gewartet hat, die weiß Gott wie erfahren hat, daß ihre Beute hier sei, gebrechlich, ihr ausgeliefert, und die sich nun dachte: So, der Augenblick ist gekommen, nutzen wir seine Schwäche, um endlich das Halali zu blasen! Für ihn war trotz meiner Einwände und meiner Beteuerungen klar, daß alle Kutscher der Stadt eine riesige Armee bildeten, die sie besoldet hatte, um ihn zur Strecke zu bringen.

Wenn weit und breit keine Kutsche in Sicht war, ging es ihm etwas besser. Die Hektik legte sich. Sein Schritt wurde normal. Als ob ihm bewußt gewesen wäre, wie unerfreulich das Schauspiel gewesen war, das er gerade geboten hatte, bemühte er sich rührend, mir etwas über den guten Schnitt meines Anzugs zu erzählen, über den Streuner, der ihn zu Beginn des Abends verfolgt hatte, über die Gefahr, in die Kälte hinauszugehen, wenn man etwas zu tief ins Cognacglas geblickt hat, oder über die Entfernung, die uns noch von der Rue de la Montagne trennte. Sobald sich aber ein Wagen ankündigte, packte es ihn wieder. So fern das Geräusch auch war, die gleiche Hektik bemächtigte sich seiner, gepaart mit der gleichen verbalen Unordnung: Sogar das Lachen seiner Präsidentin behauptete er zu hören inmitten des Pferdegetrappels; sogar ihren hochgeschnürten Busen meinte er zu erkennen, da, über unseren Köpfen, in einer Art Blitz, der plötzlich die Wolke durchzuckte – als ob sie das Gespann selbst lenkte, das ihn zu überfahren drohte.

Eine ganze Stunde lang ging das so, dann kamen wir endlich in seinem Hotel an. Lag es am Alkohol? An der Kälte? War es ganz einfach die Müdigkeit, als Folge seiner Unruhe? Wie dem auch sei, er konnte nicht mehr gehen, und ich mußte ihn mit Hilfe der Hotelbesitzer die Treppe hinaufhieven bis zur Etage, auf der sich sein Zimmer befand. »Fort mit euch! Fort mit euch!« schrie er, während wir ihn zu seinem Bett schleppten. Aber sein Zustand war so schlimm, sein Wille so erschlafft, daß er gleichzeitig, als ob seine Hand die Seele widerlegte, mit aller Kraft meinen Arm umklammerte, um mich zum Bleiben zu zwingen. Als er sah, daß ich nachgab, legte er sich schließlich doch ins Bett und begann, eine ganze Reihe von weiteren Erinnerungen herunterzubeten, die, wie mir schien, aus der gleichen Zeit wie seine Präsidentinnen-Geschichte stammten – und die mir noch ungereimter, noch unzusammenhängender und, wenn das überhaupt möglich ist, noch pathetischer erschienen.

Ich erinnere mich an eine obskure Geschichte um einen Zeitungsartikel zum Beispiel. Es handelte sich um einen Artikel über Théophile. Er hatte ihn freundschaftshalber geschrieben. Wenn nicht aus purer Gefälligkeit. Und weil der Schriftsteller, der zwar schon mit Ehren überhäuft war und von den glanzvollsten Namensträgern des akademischen Frankreich gefeiert wurde, ausdrücklich gewünscht hatte, es möge in seinen Lorbeerkranz von Würdigungen noch ein etwas »eigentümliches« Blättchen eingeflochten werden. Und siehe da, als der Zeitungsverleger den Artikel erhält, zögert er, spielt den Heiklen; plötzlich fragt er sich und fragt auch überall herum, ob diese skandalumwitterte Unterschrift dem Meister nicht schaden könnte. Und da dieser auf Reisen ist, bittet er dessen Tochter, fast noch ein Kind, zu entscheiden: »Wir haben hier einen armen Teufel sitzen, der behauptet, ein Freund Ihres Vaters zu sein, und der sehr darauf besteht, uns einen Artikel ... und so weiter«

Ich erinnere mich an eine dunkle Geschichte mit Musset. Musset hatte er nie sehr gemocht. Er warf ihm sein affektiertes lyrisches Gehabe vor. Er haßte seine Lauten, seine Harfen, seine Art, den Schmerz und sonstige Seelenzustände vor allen auszubreiten. Und weniger noch als alles andere konnte er seine Art ausstehen, auch im Alter noch das ewige »Kind des Jahrhunderts« zu spielen – wo er, Baudelaire, doch wußte, daß nichts infamer war als die sogenannte Unschuld der Kinder. Nun scheint es, daß ihn eines Abends ein Mädchen, dessen Bekanntschaft er mit dem Hinweis, er sei Schriftsteller, gemacht hatte, sehr mißtrauisch angesehen hatte, da ihr sein Name nichts sagte. Und es scheint – ich sage »es scheint«, denn der Bericht, das muß ich noch einmal betonen, war äußerst wirr –, daß sie geantwortet hat, als ob sie ihn herausfordern oder prüfen wollte: »Schriftsteller ... Schriftsteller ... dann kennen Sie sicher Musset ... Ein Engel, nicht wahr? Ein wunderbares Kind! Sagen Sie mir doch ein paar Verse von ihm vor! Wenn wir lesen, dann so was wie Musset.«

Ich entsinne mich, wie er übergangslos versucht hat, mir die Uraufführung von *Tannhäuser* in Paris zu schildern. Das Opernhaus ... Das Publikum, wie es nur bei ganz großen Ereignissen zusammenkommt ... Die Aufruhrstimmung auf der Straße ... Das Polizeiaufgebot, das größer war als einen Monat zuvor anläßlich irgendeines Staatsbesuchs irgendeines fremdländischen Königs ...

Die fieberhafte Stimmung im Parkett ... Das Pfeifkonzert nach dem ersten Akt ... Das Geschrei nach dem zweiten ... Diese Herren des Jockey-Clubs, die sich in Radaubrüder und jaulende Hunde verwandelt hatten ... Und er mittendrin, ein alternder Dandy im Frack, den er zu diesem Anlaß wieder aus dem Schrank geholt hatte, er, der versuchte, sich dagegenzustemmen, den Künstler gegen die Meute zu verteidigen – und der von seinen Nachbarn gestoßen, gedrängt, beschimpft, vielleicht sogar geschlagen wurde. Ein wunderbares Ereignis für einen kleinen belgischen Photographen. Eine grandiose, farbenprächtige Schlacht, wie man sie in Belgien so leicht nicht erleben kann. Für ihn aber der eindeutige Beweis, daß er wieder einmal allein dastand, hoffnungslos allein.

Dann, nach wie vor ohne logischen Zusammenhang, hat er eine lange Tirade gestartet über die Art und Weise, wie die »Zunft« ihn beim Tod von Delacroix behandelt hat. Muß man noch einmal darauf hinweisen, wie sehr er ihn gemocht und verteidigt hatte? Mit welcher Hartnäckigkeit, welcher Besessenheit er zu Lebzeiten des Malers dessen Genie gerühmt hat gegenüber der Kanaille? Nach seinem Tode ist jedoch eingetreten, was in solchen Fällen häufig eintritt. Besagte Kanaille nämlich, dem alten Prinzip treu, wonach ein großer Künstler nur ein toter Künstler sein kann, hat sich auf seine Leiche gestürzt und hat sie zunächst einmal ausgestopft. Festbankette, Komitees, Gedenkveranstaltungen, zu denen all die Leute, die den Maler ausgebuht oder mißachtet hatten, jetzt beflissen hineilten ... Und die ganze Geschichte lief darauf hinaus, daß es bei all diesen Festivitäten einen einzigen Ausgeschlossenen gab, und das war, wie es anders nicht sein konnte, der einzige Bruder, das Alter ego, der einzige *Komplize* des Verstorbenen. Offenbar fand sich nicht eine einzige Zeitschrift, die bei ihm einen Nachruf bestellte. Und so ließ er sich sogar darauf ein, unter der Hand gegen Entgelt einen zu schreiben – für Théophile Gautier!

Mir ist klar, daß solche kleinen Jammergeschichten lächerlich erscheinen können. Um der Wahrheit die Ehre zu geben, ich war selbst verwundert. Ich wußte, daß mein Freund in Paris in einer schwierigen Lage war. Ich kannte die Geschichte des Prozesses, die seiner Bewerbung um einen Stuhl in der Académie. Ich wußte – wir wußten alle –, daß er es schwer hatte mit den satten Literaturpäpsten. Aber mir diese Hilflosigkeit, diese Einsamkeit vorzustellen, zu ahnen, daß dieser gewaltige Dichter von den Zeitungsdirektoren wie ein Bettler behandelt worden ist, in Erwägung zu ziehen, daß er, um sich überhaupt ausdrücken zu können, sich als geheimer Lohnschreiber für einen anderen verdingen mußte und daß er, wenn er unter seinem Namen veröffentlichte, hundert-, zweihundert-, dreihundertmal weniger Geld verdiente als ein Dumas oder ein Eugène Sue, darauf wäre ich allein nie gekommen. »Ich werde mich rächen«, stotterte er. »Sie werden sehen, Neyt, ich werde mich rächen, und zwar ganz groß ...« Und ich, ich fing an zu ahnen, was wir alle, ohne Ausnahme, nur schwer zugeben konnten: daß er nicht zum Vergnügen, nicht aus Lasterhaftigkeit und nicht in einer Mission des Heiligen Geistes hier in Brüssel weilte – sondern daß der große Mann, dieser unvergleichliche Schriftsteller, dessen Genie einige von uns spürten, ganz einfach keinen Platz mehr hatte unter seinesgleichen in Paris.

Einmal war er ganz klar. Er hatte sich aufgesetzt; mit irrem Blick fing er an zu brüllen – und bis zu meinem letzten Atemzug werde ich, wenn nicht die Worte, so doch den Ton in Erinnerung behalten: »Aber ja doch, Neyt ... es ist das Ende ... Ich weiß, daß es das Ende ist ... das kann ich Ihnen doch sagen, wo Sie so nett zu mir sind: Ich bin hier in dieser uns allen verhaßten Stadt, weil sie mich verjagt haben ... Verstehen Sie mich? *Verjagt* ... Und weil in Paris das Spiel für mich ausgespielt war ...« Danach ist er zusammengebrochen. Von einem unaufhörlichen Zittern geschüttelt, redete er wirres Zeug, aus dem diesmal die Namen der Unglückseligen hervorgingen, denen wir ganz am Anfang des Abends in der Rue des Barricades begegnet waren und die bestimmt nicht ahnten, welche Rolle sie in seinen Hirngespinsten spielten. Er aber dachte, dessen bin ich mir sicher, daß sie die letzten Glieder der Kette waren, die ihn seit zwanzig Jahren fesselte – und damit letzten Endes verantwortlich für die Katastrophe, die ihn mit sich riß.

Wollen Sie ein abschließendes Beispiel für seine Verwirrung in jener Nacht hören? Es ist nicht das auffallendste. Aber das, was mich im Augenblick am stärksten beeindruckt hat. Er hatte, ich weiß nicht mehr in welchem Zusammenhang, einmal von einem Duft, »so süß wie Kinderhaut«, gesprochen. Augenblicklich hatte ich das ach so vertraute Bild, das ich für einen Wink des Meisters an seinen Jünger hielt, fortgeführt – mit wissendem Blick und in kennerhaftem Ton: »so zart wie die Wiesen, wie Oboen so grün«. Er jedoch, so unglaublich dies klingen mag, überhörte völlig die Anspielung, sah mich statt dessen mit stumpfem Blick an, als ob ich persisch gesprochen hätte. Die Verse, die aus seiner Feder stammten und die für ihn wie ein intimer Abzählreim hätten klingen sollen, erkannte er einfach nicht mehr. Ich sah ihn meinerseits an, mit noch stumpferem Blick. Es war, so sehe ich es heute, das erste ernsthafte Zeichen seines Zusammenbruchs.

Ich gestehe übrigens, zu meiner großen Schande, daß ich nicht sofort verstanden habe, wie ernst die Lage war. Das, was bereits der Beweis seines schlimmen Verfalls war, hielt ich für einen erneuten Ausdruck des Rausches: Tatsache ist, daß ich nicht daran gedacht habe, einen Arzt zu Hilfe zu rufen; ich begnügte mich damit, ihm zu sagen, daß er eine Nacht Schlaf brauche. Da er sich unter keinen Umständen in meiner Gegenwart entkleiden wollte, half ich ihm wenigstens, die Schuhe auszuziehen. Ich machte eine Bewegung – die er mit gebieterischem

Blick aufhielt –, um die kleine Lampe, die auf seinem Nachttisch brannte, zu löschen. Sehr leise, auf Zehenspitzen, als müßte es meine einzige Sorge sein, seine Ruhe nicht zu stören, habe ich mich zurückgezogen.

Auf der Schwelle habe ich mich noch einmal umgedreht. Er war leichenblaß. Ich stellte fest – dabei lastete ich die Sache erneut dem Cognac an –, daß sein Mund etwas schief war und, bis auf das zuckende Lid, eine Gesichtshälfte starr. Als ich ihn so sah, aschfahl, unendlich müde, im noch immer tadellosen Anzug, der sich vom weißen Laken abhob, konnte ich mich des Gedankens nicht erwehren, daß er jetzt schon den Anblick bot, den er in seinem Leichentuch bieten würde. Auch er beobachtete mich. Er deutete ein angestrengtes Lächeln an, das ich als ein Auf Wiedersehen interpretierte. Dann sah er über mich hinweg zur Decke hinauf, als ob ihn eine Stimme gerufen hätte, fiel zurück ins Kopfkissen und versank in einen Zustand, den ich für guten, gesunden Schlaf hielt.

Ich wußte nicht, daß er am nächsten Morgen, als ich mich nach ihm erkundigen wollte, noch immer so aussehen würde und daß ich ihn genau in der gleichen Stellung wiederfinden würde. Gleiche Körperhaltung. Gleiche schiefe Gesichtsstellung. Gleiches Grinsen vor allem, erstarrt im gleichen Mundwinkel, das noch beunruhigender wirkte im bescheidenen Licht der Lampe, die in den kurzen Stunden der Nacht halb niedergebrannt war. Ich weiß nicht, ob es seiner »Präsidentin« gelungen war, ihn einzuholen, oder ob der berühmte »Clan« ihn schließlich, wie er es befürchtet hatte, niedergestreckt hatte. Im Grundsatz jedoch und ganz abgesehen von allem Aberglauben hatte sich mein Freund leider nicht getäuscht: An diesem Abend war etwas geschehen, was für ihn fatal gewesen war. Und in meiner Abwesenheit hatte er – es sei denn, es war vor meinen Augen geschehen und ich hatte es nicht gemerkt – seinen zweiten Schlaganfall erlitten. Der erste in Saint-Loup hatte ihn geschwächt. Dieser hier, der am Ende jenes schrecklichen Tages eingetreten war, als er endlich klar sah in der Verkettung von Mißerfolgen und Enttäuschungen, die ihn zu uns geführt hatte, ließ ihn natürlich noch angegriffener zurück. Von diesem Tag an war er nur noch der Schatten seiner selbst und begann zu erstarren – da spricht der Photograph aus mir – in seiner endgültigen Maske.

Dritter Teil

I

Wieder das Hôtel du Grand-Miroir. Dasselbe Zimmer. Dasselbe Bett. Derselbe Geruch nach Tod und Elend, der einen schon an der Tür überfällt. Aber diesmal sind die Gardinen aufgezogen, und das Fenster ist einen Spaltbreit offen. Das grelle Morgenlicht scheint sagen zu wollen: Es mußte ein Ende haben. Die komischen Vorgänge hier bedürfen dringend der Helligkeit! Und dann, zwischen Zimmer und Flur, zwischen Flur und Treppe, jene unverwechselbare, verstohlen-unauffällige Geschäftigkeit, die im allgemeinen nur am Bett der Toten oder der Sterbenden waltet. Der Arzt ist da, dem man einen Notfall gemeldet hat. Die Freunde, die herbeigeeilt sind. Die Wirtin, die herumrennt. Ihr Mann, der wichtig tut. Die Nachbarn, die sich geschmeichelt geben, als ob das Ereignis das Etablissement adeln würde. Da ist Neyt, der ruhelos auf und ab geht und immer wieder beteuert (aber natürlich hört ihm niemand zu): »Die Kutsche ... Ich wußte, daß wir die Kutsche hätten behalten sollen ...« Da ist ein Verleger, der sichtlich ins Grübeln geraten ist. Irgendein Schreiberling, der seiner Sensation auf den Fersen bleibt. Ein Vertreter des »Clans«, der jede Viertelstunde den Raum verläßt, als ginge er weiß Gott wem Bericht erstatten. Kurz, eine ganze Gesellschaft, die da ein- und ausgeht und beflissene Sorge mimt. Und dazwischen, sehr blaß auf seinem Kopfkissen, der Mann, dem offenbar diese ganze Betriebsamkeit gilt, der jedoch als einziger im Raum wie unbeteiligt bleibt.

Diesmal ist es nicht Schläfrigkeit und nicht Mattigkeit. Es ist nicht mehr die Lethargie von neulich, die ihn am Denken hinderte. Es ist auch nicht der Zustand der Woche danach – als er wieder alert und lebhaft geworden war, sich aber nur auf Belangloses konzentrieren konnte wie die Farbe der Luft, die Geräusche der Stadt draußen oder das leichte Summen des Blutes in seinen Ohren. Nein, diesmal denkt er. Er denkt wirklich. Einen Gedanken nach dem anderen, vielleicht hat er sogar seit Wochen nicht mehr soviel gedacht wie heute morgen, obwohl er ein gefühllos gewordenes Bein, einen steifen Arm hat und die eine Seite des Gesichts zu Reglosigkeit verdammt ist. Aber er denkt ganz einfach an etwas anderes. Er befindet sich in einer Welt, die plötzlich nichts mehr zu tun hat mit dem kleinen Zimmer und auch nicht mit der Nacht, die er gerade hinter sich hat. Es ist, als hätte dieser Anfall ihm zwar den Körper schwer, gleichzeitig aber den Geist leicht gemacht und ihn in eine andere Welt, in eine Welt hinübergleiten lassen, der all das, was sich um ihn herum zuträgt, fremd ist. Sein Körper ist hier, sein Kopf ist anderswo. Sein Körper ist in Brüssel, im Hôtel du Grand-Miroir, aber seine Seele ist in Paris, zehn oder zwanzig oder dreißig oder gar vierzig Jahre zurückversetzt. Und in dieser Seele tummeln sich die Erinnerungen, erschreckend und angenehm zugleich: Andere Orte, andere Hotels, andere Gesichter, andere Düfte überrumpeln, überfallen, verdrängen die von heute.

Er denkt nicht an seine Krankheit, zum Beispiel. Es beschäftigt ihn nicht, ob und wie er wieder gesund wird. Er beobachtet nicht mehr die abbröckelnde Decke. Und noch viel weniger die ungewöhnliche Beschaffenheit des Tageslichts, das von der Rue de la Montagne hereindringt und das ihm unter normalen Umständen gewiß aufgefallen wäre. Oder wenn er doch daran denkt, dann nur, insofern es ihn an ein gewisses Licht seiner Kindheit erinnert, an den Sonnenaufgang über dem Indischen Ozean oder an den lange zurückliegenden Morgen, am Tag nach dem Tod seines Vaters, als er, ein kleiner Junge noch, blindlings in das Sterbezimmer lief: Dort hatte jemand gelüftet und das Fenster etwas geöffnet, und er war entsetzt gewesen über das grelle Licht in den Fransen des roten Vorhangs. Schreiend war er wieder hinausgelaufen, hatte gebrüllt, das Haus brenne. Er ist krank, gewiß. Sehr krank. Aber seine Krankheit ist eine seltsame, schlimmer vielleicht, als die, die jetzt um ihn sind, glauben, eine Krankheit, deren verwirrendstes Symptom niemand ahnt: diese neue Regellosigkeit in einem Kopf, der losgelöst ist von dieser Welt und von ihrer Prestigesucht, der, dem innersten, dunkelsten Kreis des Selbstbewußtseins zugewendet, nicht mehr fähig ist, den geringsten Gedanken zu denken, den geringsten Anstoß, das geringste Gefühl zu empfinden, ohne sie auf der Stelle in Erinnerung zu verwandeln.

Erinnerung also. Anarchisches Wuchern von Bildern der Vergangenheit. Szenen nicht nur aus nahen Zeiten, wie gestern, Porte de Hal, als er noch obenauf war, sondern aus weit zurückliegenden Jahren, aus verschütteten Zeiten. Noch nie hat er dies erlebt. Aus der Tiefe tauchen zahllose Stücke seines Lebens auf, und weder sein Wille noch sein Kalkül sind beteiligt. Selbst wenn er sich gegen sie wehrte, gegen diese Stücke seines Lebens, selbst wenn er dieser Flut von Bildern widerstünde, es gelänge ihm nicht, er würde jenen in einen Strudel geratenen Schwimmern ähneln, die desto sicherer ertrinken, je mehr sie in Panik gegen den Sog ankämpfen. Er redet nicht. Aber wenn er reden würde, klänge seine Stimme merkwürdig, unwahrscheinlich, nicht passend zu dem, was er ist, und wie hinter einem Vorhang, so als müßte sie erst noch mühsam zu ihm gelangen. Er schreibt nicht. Körperlich – vermutlich auch geistig – ist er unfähig zu schreiben. Wenn er aber schreiben würde, wenn er zwar nicht den Plan eines Buches, aber doch die Sehnsucht danach hätte und wenn jemand in diesen Kopf eindringen könnte, um dort die ersten halbfertigen Bruchstücke von Sätzen zu entziffern, dann wären es Fetzen eines Buches, an das er niemals gedacht hatte. Es wäre das einzige Buch, von dem er immer, sein Leben lang, gewußt hatte, daß er es nie schreiben wollte. Es wäre mit einem Wort – dem allerdings schlagartig das Gewicht der Notwendigkeit zuwächst – ein »Buch der Erinnerungen«.

Aber hat er es denn, dieses Projekt? Wirklich? Ernsthaft? Ist er in seinem äußersten Schwebezustand überhaupt fähig, sich klar zu sagen: Dieses Buch werde ich mir, falls ich gesund und wieder Herr meines Kopfes und meiner Hände werde, unbedingt vornehmen? Soviel ist sicher, der Gedanke paßt nicht zu ihm. Er entspricht weder seinem natürlichen Schamgefühl noch seiner Abneigung gegen die Seelenergüsse der Romantiker. Es ist auch wirklich die letzte Idee, die ihm gekommen wäre, als er noch souverän über seine Kräfte verfügte, damals, als er voller Stolz schrieb, von einem echten Literaten könne man weder Memoiren noch sonstige Vertraulichkeiten erwarten. Aber auch da scheint die Krankheit eine Bresche geschlagen zu haben. Denn es sieht so aus, als sei er, egal was seine Doktrin und seine Ästhetik, was seine Veranlagung und sein Charakter ihm vorschreiben mochten, im Begriff, einen Plan dieser Art zu fassen. Es sieht so aus, als lasse auch er sich nach dem Vorbild jener alternden Schriftsteller, die er in seiner Jugend bei jeder Gelegenheit verspottete, von dem letzten kleinen Spiel verlocken, das darin besteht, den Lauf seines Lebens nachzuzeichnen.

Da ist der dringende Wunsch zu verstehen, was geschehen ist. Wo er gesündigt hat. Warum und wann genau die Maschinerie nicht mehr funktionieren wollte. Da ist das Bedürfnis – für sich selbst und für das, was er das »Archiv des Geistes« nennt –, die Verknüpfung der Umstände besser nachzuvollziehen, die sein Scheitern bewirkt und dazu geführt haben, daß er, der alle Voraussetzungen erfüllte, um der größte Dichter seiner Generation zu werden, hier im Hôtel du Grand-Miroir strandete, daß er nun dieser arme Teufel ist, den gerade ein zweiter Schlaganfall niedergestreckt hat. Ein Menschenleben ist so merkwürdig ... so kompliziert ... Es ist eine solche Abfolge von schäbigen Tricks, von Schicksalsschlägen, von unechten Erfolgen und echten Fehlleistungen ... Und es ist so verlockend, wenn die Stunde des letzten Wortes geschlagen hat, den Weg rückwärts zu gehen, um den verschenkten Gelegenheiten, den verpaßten Rendezvous des Schicksals auf die Spur zu kommen – es ist so verlockend, den dunklen Punkt des Geistes zu suchen, den man nur als Standort nehmen muß, um zu sehen, wie sich das ganze Netz von Zeichen, von Spuren, von Ursachen ohne Wirkung, von Wirkungen ohne Ursache zum Muster eines Menschenlebens ordnet. Ein banaler Traum, gewiß, sein Leben endlich lesbar vor sich zu sehen. Der Traum – der einzige, der ihm noch bleibt und ihn ein wenig tröstet – eines Lebens, das zwar eines des absoluten Scheiterns bleibt, ihm aber wenigstens in Ansätzen verstehbar zu werden beginnt.

Da ist der dringende Wunsch, sich zu rechtfertigen. Der Wunsch, den andern, allen andern, all denen, die ihn ignoriert oder verschmäht haben, zu sagen, wer er ist, wer er war, wer er hätte sein können und nicht war. Unmöglich, das Feld einfach so zu räumen. Unmöglich, sich zu verabschieden und dabei einen so hohen Wall von Mißverständnissen zurückzulassen ... Bild des von tiefer Traurigkeit erfaßten Chateaubriand, der, um seinen Schmerz zu lindern, anfing, jedem, der es hören oder auch nicht hören wollte, sein »unerklärbares Herz« zu erklären. Bild von Rousseau, der trauriger, niedergeschlagener und grausamer entstellt war, als er selbst es jemals sein würde – wie er, diesmal vor Gottes Angesicht, beschließt, seinesgleichen als Zeugen anzurufen und der ungeheuren Menge entgegenzuschreien, daß er nicht, wie seine Gegner munkeln, der niederträchtigste aller Menschen gewesen ist. Aber er ist nicht Rousseau. Er ist nicht Chateaubriand. Und er wird auf ganz andere Weise verkannt, das weiß er wohl. Und doch verspürt er den gleichen Wunsch. Er empfindet die gleiche Sehnsucht nach einem großen Revisionsverfahren vor dem Tribunal der Nachwelt. Wo ist der Schriftsteller, sofern er den Namen Schriftsteller verdient, der nicht so reagieren würde? Wo ist der Mensch, der sich in seiner Situation mit diesem übers Knie gebrochenen Urteil, mit dieser Hinrichtung ohne wirklichen Prozeß abfinden würde?

Und dann ist da noch der Gedanke, daß andere diesen Bericht an seiner Stelle schreiben werden, wenn nicht er es tut, und daß sie dabei ihn, Baudelaire, selbstverständlich benutzen werden, um allerlei offene Rechnungen zu begleichen. Nein, diese Macht darf er den Biographen nicht einräumen, sie würden nur den langjährigen Kampf gegen sein Werk fortsetzen. Diese Chance – die Chance, Geschichte zu schreiben und dabei das letzte Wort zu sprechen – darf er jener kleinen Horde nicht lassen, die seit zwanzig Jahren an seiner Tür lauscht und nur auf den Augenblick wartet, wo sie dem Porträt, das ihn endgültig erledigen wird, den letzten Pinselstrich hinzufügen kann. Und vor allem darf er sich nicht auf die Freunde verlassen und auf ihre abstruse Neigung, einem sofort ein Denkmal zu errichten – was bedeuten überhaupt »die Freunde«, wenn jene dramatische Stunde geschlagen hat, in der der Krieg der Erinnerungen ausbricht und man nicht so sehr auf Treue als auf Geschick und List angewiesen ist, soll der gewaltigen Gegenmacht Paroli geboten werden? Rousseau hatte diese Sorge nicht, denn er glaubte, er habe sowieso keine Freunde, niemanden, der an seiner Statt seinen Wust von Geheimnissen zu interpretieren in der Lage wäre. Chateaubriand hingegen hörte nicht eine Sekunde auf, daran zu denken. Er war überzeugt vom äußersten Gewicht des letzten Wortes und davon, daß kein anständiger Dandy einem Zeitgenossen gestattet, als sein Fürsprecher und Interpret aufzutreten. Also trieb er die Vorsicht so weit, daß er außer seinen Memoiren auch gleich seinen eigenen Nachruf verfaßte. Ach! Lieber der Vorsicht des einen folgen, wenn dies überhaupt noch möglich ist, als dem Pessimismus des anderen! Gerade noch genügend Kräfte bewahren bis zum eigenen Abgang und bevor sie alle loslegen, um seine eigene Version der Tatsachen abzuliefern.

Dieser Bericht, falls er ihn schreibt, wird übrigens nicht »die« Wahrheit sagen. Er wird nicht eine Version anbieten, die die anderen für ungültig erklärt. Und er wird nicht die Komödie des Schriftstellers mit dem unschuldigen Herzen und dem kristallreinen Gewissen spielen, der eines schönen Morgens beschließt, alles zu erzählen – nein, diese Komödie wird er sich selbst nicht vorspielen. In wessen Namen auch sollte er alles erzählen? Sagte ihm nicht schon sein Vater, damals, zur Zeit der Spaziergänge im Jardin du Luxembourg, daß nur Gott allein die Macht habe, »unsere innerste Finsternis zu durchschauen«? Erklärte er ihm nicht, daß ein gewöhnlicher Sterblicher, verblendet von seiner Eigenliebe und vom gewohnten Umgang mit seiner eigenen Seele, niemals etwas anderes sehen wird als das eitle Bild, das er von sich selbst hegt? Keine Geständnisse also, nein. Keine Bekenntnisse. Keine Schleier, die gelüftet, keine Geheimnisse, die enthüllt werden. Keine Rätsel des tiefsten Herzens, die endlich aufgedeckt werden. Sein Buch wird ein schlaueres sein. Ein viel klügeres. Wie eine letzte Waffe, die er seinem Gespenst noch rasch übergeben wird für die Kämpfe, die es ohne ihn wird ausfechten müssen. Richtig, in seinem Zustand der Erregung, den keiner um ihn herum ahnt, stellt er sich ein wütendes, ein rächendes Buch vor – ein Kriegsbuch, das allererste Buch seiner Gattung –, das ihm nicht etwa die Maske herunterreißen wird, nur aus Spaß daran, die Maske herunterzureißen, auf daß man darunter die angebliche Reinheit eines angeblichen Gesichts entdecke, nein, weit gefehlt: In diesem Buch wird er sich eine besondere Maske aussuchen. Mit viel Geduld und Können wird er ihre Züge und Grimassen ausarbeiten und wird sie anschließend gnaden- und skrupellos der endlosen Reihe von Masken gegenüberstellen, die ihm all die infamen Schreiberlinge aufsetzen werden und unter denen die des reinen Gesichts nicht unbedingt die harmloseste ist.

Dennoch wird dieses Buch keine Märchen erzählen. Es wird nicht die hübsche Chronik eines schlichten, erbaulichen und klaren Lebens sein, das durch alle Fehler, Finten, Fauxpas und Irrungen hindurch nicht einen Augenblick aufgehört hätte, sein Ziel zu verfolgen. Vor allem wird er sich hüten vor jenem hinterlistigen Ton, den man in den üblichen Bekenntnissen findet und der, indem er die Wirrungen des Daseins im schönen Rhythmus eines Stils auffängt, die Illusion der glücklichsten Einheit vermittelt. Oh, die Mühen, die »sie« nicht scheuen, um Ordnung in die Unordnung zu bringen! Ihre rührenden Versuche, dem Abenteuer, das keinen hat, um jeden Preis einen Sinn zu verleihen! Diese ach so vielversprechenden Vergangenheiten! Diese Zukünfte voll des Bedauerns! Und dazwischen, in jener dunklen Zone, wo sich das Leben verliert und wiederfindet, dann die schönen, geraden Linien, ohne Rüttelstellen und ohne Brüche, die dem Ziel zustreben wie der Pfeil der Scheibe. Sein Bericht wird verrückter sein. Düsterer. Dafür vermutlich auch echter, jedenfalls in diesem Punkt. Ein Buch der Masken, nicht der Lügen. Des Krieges, nicht der Komödie. Ein Buch, in dem die Vergangenheit nicht ein Vorwand für eine gemütvolle, selbstgefällige Rekonstruktion sein wird, ganz und gar nicht, nein, ein Buch, in dem die turbulente Seltsamkeit des Lebens nachvollzogen wird.

Gibt es sie überhaupt, die Vergangenheit? Gibt es sie, wie es die Leute, die Gegenstände gibt, die sich hier befinden? Gibt es irgendwo, an dafür bestimmten Orten und Zeiten, etwas, was man »die« Vergangenheit nennen könnte und was die Dauer und die Härte aller Gegenstände hätte? Solche Fragen mögen seltsam erscheinen. Ein wenig töricht. Aber in seiner Verwirrung hat er nicht mehr die geringste Möglichkeit, die Stimmen von heute und die von gestern auseinanderzudatieren, die Gerüche von Waffeln und Hopfen, die von der Straße heraufsteigen, und die Düfte, die er in seinem Zimmer in Honfleur einatmete, den dumpfen Klang der Glocken hier und dort, die Silhouette mit großem Hut dieses Freundes an seinem Bett und die jenes gauklerischen Dichters zur Zeit der Rue Bailly oder gar – was noch verwirrender ist – diese Landschaft aus rosa Backstein und graublauen Steinen, die keinen Anhaltspunkt liefert, ob sie die Rue de la Montagne darstellt oder ob er sie einst aus dem Fenster dieses oder jenes Pariser Hotels erblickt hat. In diesem Zustand der unendlichen Verwirrung, der sich wüst vermischenden Tage und Orte sind das jedoch genau die Fragen, die sich seinem Geist aufdrängen.

Vielleicht, sagt er sich ... Vielleicht gibt es die Vergangenheit nicht ... Vielleicht besteht der wahre Wahnsinn des Menschen darin, daß er sich vorstellt, so wie er es stets getan hat, daß es irgendwo brav aufgereiht am Straßenrand kleine Blöcke von Vergangenheit gibt, die man einen nach dem andern besichtigen kann, wobei man sich ausgiebig Zeit nimmt und darauf achtet, keinen zu vergessen ... Vielleicht ist die Vergangenheit doch nicht so sehr, wie man glaubt, die Quelle der Zukunft ... Vielleicht gibt es Zukünfte, die nicht die Folge einer Vergangenheit sind ... Eine Vergangenheit nach der Zukunft ... Eine Zukunft nach der Vergangenheit ... Vergangenheiten ganz ohne Zukunft ... Zukünfte ohne Vergangenheit ... Wenn er dieses Buch jemals schreibt, dann um zu zeigen, daß auch in diesem Punkt die Dinge komplizierter sind, als sie erscheinen. Es wird auch das erste Buch sein, das erklären wird, daß die Zeit eines Lebens nicht die Zeit der Zeit ist und daß sie einer viel geheimnisvolleren, tückischeren Logik gehorcht. Die Zeit, seine alte Feindin ... Ein Buch gegen die Zeit ... Ein Buch also, um zu zeigen, daß Chronologien immer falsch sind, Reihenfolgen immer irreführend und daß das Leben, das echte, mit seinen

Wegen und Umwegen, seinen Quellen, die versiegen, um eines Tages neu zu entspringen, seinen Versäumnissen, seinen Rückschlägen, seinen fernen Vorahnungen, die plötzlich den Augenblick beherrschen, immer unerwartetere Wege einschlägt.

Er sieht es, dieses Buch. Er spürt es. Er schreibt es nicht. Vielleicht wird er es nie schreiben. Aber er weiß, welche Form es annehmen wird. Er hört seine Musik. Er sieht seine Schwerpunkte, seine Auslassungen, seine Hauptlinien und seine Lücken. Er sieht die großen Löcher, die er darin stehenlassen wird, die Momente, die er sorgfältig löschen wird. Er sieht jene auserwählten Szenen, auf die er immer wieder zurückkommen wird, weil das Leben, als er es noch lebte, selbst unentwegt darauf zurückkam. Er sieht eine Folge von Bildern, von Fragmenten. Er sieht aneinandergereihte Bruchstücke, ohne Ordnung und ohne Übergang, ähnlich wie die Platten, die der Photograph Nadar in einem Köfferchen verwahrt. Und er sieht sich vor dem Köfferchen stehen – er, der stets die Ordnung und die Systematik liebte –, wie er nur seinem Gedächtnis gehorcht und zum ersten Mal ein Buch nach dessen Diktat schreibt. Wie kann man ein Buch sehen, das man nicht schreibt und nicht schreiben wird? Kaum stellt er sich die Frage, schon drängt sich die Antwort auf, die schreckliche Antwort: Das gesamte Gemälde seines Lebens kann man nur dann in einer so gedrängten, fast simultanen Zeit sehen, wenn man sich bereits unwiderruflich, auch wenn es noch keine anderen überzeugenden Zeichen gibt, in jenem Zustand der totalen Erinnerung befindet, der bekanntlich die letzte Vorstufe des Todeskampfes darstellt.

2

Die Geburt ... Was haben sie nur alle mit der Geburt? Und welche zweifelhafte Wonne empfinden sie dabei, ihre Bekenntnisse mit dem ewigen »Ich bin dann und dann, da und da geboren, und um meine Wiege standen an jenem Tag ... und so weiter« einzuleiten? So wird er nicht beginnen. Das ist das Musterbeispiel der falschen Vergangenheit. Des falschen Anfangs. Es ist ein gutes Beispiel für das, was er meint, wenn er von Chronologien spricht, die keine sind, von Quellen, die nichts erklären. Und im übrigen kann man es ja gleich sagen: Diese Vorstellung von sich selbst bei der Geburt, sie rührt ihn nicht, sie läßt ihn nicht in Verzückung geraten, im Gegenteil, eher ekelt ihn davor. Sein Vater, ja gewiß ... Seine Mutter ... Die ach so besonderen Umstände der Niederkunft ... Geduld! Er wird schon darauf zu sprechen kommen! Das seltsame Drama, dessen Ergebnis er ist, muß er ja irgendwann aufarbeiten. Vorerst weiß er nur, daß es ihn anwidert, dieses Bild von sich, wie er zur Welt kommt, um sogleich in Windeln verpackt zu werden – unfertig, eine Art Fötus, halb Mensch, halb Kaulquappe, dessen Gebrüll die Sippe in stumpfsinniger Verzückung lauschte. Geburt ist wie Tod. Die gleiche Nacht. Die gleiche Leere. Der gleiche, schreckliche Schlaf einer Natur ohne Anmut und ohne Grazie. Vergessen, ja doch, vergessen, daß er geboren ist. Das Buch eröffnen mit dem Vergessen dieser ersten Sünde.

Die ganz frühe Kindheit? Hm ... Auch nicht viel besser ... Nicht klarer und nicht deutlicher ... Eigenartig, aber er möchte am liebsten behaupten, traut sich aber nicht recht, daß er keine Kindheitserinnerungen hat ...

Und wenn dann doch welche vorhanden sind, wenn er sich zwingt – oder überredet –, welche wiederzufinden, dann entsteht dieser nagende Verdacht, die Nostalgie könnte sie retuschiert haben. In diesem Punkt wird er sich Mühe geben müssen. Er wird nachforschen, graben müssen. Und wenn es sein muß, beschönigen, erfinden. Er wird außerdem den Abscheu überwinden müssen, den ihm nicht nur die Geburt, sondern auch die frühe Kindheit einflößt. Es geht nun mal nicht anders: Mit heiteren Bildern wird er aufwarten müssen ... mit strahlenden Gesichtern ... fröhlichen, zärtlichen Gemälden, die zum Beispiel das einfache Glück jener mit der Mutter in Neuilly verbrachten Sommer beschreiben werden ... Die schöne Zeit der mütterlichen Zärtlichkeiten wird er wiederfinden müssen, als das leise Knistern eines Kleides, der nahe Duft eines Parfums ihn in eine Glückseligkeit stürzten, die er so intensiv nie wieder erlebt hat ... Die frühe Hinneigung zu den Frauen wird er erzählen müssen ... Das Berauschtsein von Spitzen und Seide ... Das glückliche Kind wird er beschreiben müssen, das Kind, das sich niemals auflehnte und das niemals mogelte, von dem Mariette sagte, es sei »so brav, daß es eine große Zukunft hat« ... Aber warum »muß« er? Warum dieser Zwang? Um zu beweisen, daß er nicht immer diese beängstigende, grimassenschneidende Figur war – um aus seinem frühen Gesicht das Grinsen zu löschen, das sich inzwischen darin festgegraben hat: Es wäre so ungerecht zu glauben, daß es seinem tieferen Wesen entsprach.

Diese Bilder von ihm, zum Beispiel, so sanft mit seinem Stiefvater. So brav. So fügsam. Diese Bilder eines wahren Musterkindes, das den General »Papa« oder »großer Freund« nannte und sich Mühe gab, ihm ausschließlich Zuneigung und kindlichen Respekt zu erweisen. Der General war hart gewesen. Manchmal brutal. Dieses Kind, das nicht sein eigenes war, bei dem jede Geste, jedes Wort, jede Besonderheit des Temperaments oder des Gesichtsausdrucks wie ein blinder Hinweis war – unmöglich, diese Hinweise zu orten oder präzise zuzuschreiben, was sie noch beunruhigender machte – auf eine Eigenschaft jenes unbekannten Rivalen, der sein toter Vater war, dieses Kind erweckte in ihm, das fiel sofort auf, eine Art stummen Abscheus, diskret aber instinktiv. Und wenn Gefahr bestand, daß man es merkte, wenn ein Tadel oder eine Zurechtweisung allzu scharf ausfielen, dann hatte er eine noch härtere Art gehabt zu sagen (oder auch nur durch passendes Knurren und Stirnrunzeln kundzutun): »Was wollt ihr, so bin ich eben: rauh, aber gerecht und vor allem meiner Pflicht bewußt.« Was ihn wundersamerweise von jeglicher Zärtlichkeit dispensierte, und das, was in Wirklichkeit nichts als der banale Ausdruck der Eifersucht eines zweiten Ehemannes war, mit einem unglücklichen, aber tugendhaften Charakterzug verbrämte: dem Pflichtbewußtsein um jeden Preis. Er aber beugte den Kopf. Er akzeptierte, zumindest scheinbar, diese offizielle Version der Dinge. Und als der Mann der Pflicht, wie immer im Namen der Pflicht, beschloß, ihn in ein Internat zu stecken, um ihn von einer allzu schwachen Mutter zu entfernen, als er dieser die Zärtlichkeit untersagte, mit der er selbst so geizte und die angeblich einen Jungen seines Alters nur verweichlichen konnte, unterwarf er sich erneut und bedankte sich beim »großen Freund« für dessen Güte. Wichtig, diese Erinnerungen, ja doch. Wichtig, diese Bilder äußerster Fügsamkeit. Denn auch in diesem Punkt durfte er nicht an eine Art frühe Auflehnung glauben machen, und so weiter.

Nicht vergessen, wie er auf das Paar reagiert hatte, das seine Mutter und der General bildeten, nein, auch das nicht vergessen. Eifersucht, selbstverständlich. Unvermeidbare Rivalität. Er konnte nichts anderes als Groll hegen dem Mann gegenüber, der der beglückenden Zweisamkeit ein Ende gesetzt hatte. Zum Beispiel erinnert er sich sehr wohl an den winzigen Schmerz, der ihn durchzuckte, wenn er sah, wie der General »seine« Frau beim

Arm nahm mit jener besitzergreifenden, eifersüchtigen Miene, die zu besagen schien: Siehst du, Kleiner ... Deine Taktik ist sinnlos ... Das Paar, das wir bilden, deine Mutter und ich, ist absolut unerschütterlich. Oder wenn er sie wie ein junges Mädchen erbeben sah, nur weil sie seine Schritte im Treppenhaus hörte; sie unterbrach dann abrupt das Märchen, das sie ihm gerade vorlas, und lief zu einem Spiegel, um ihr Haar in Ordnung zu bringen. Seine deutlichsten Erinnerungen, davon abgesehen, sind jedoch andere. Es sind wiederum Erinnerungen an Fügsamkeit. Erinnerungen an Beflissenheit. Es sind Bilder eines braven Kindes, das noch heftiger litt, wenn der Blick des »großen Freundes« besagte, daß von ihnen beiden natürlich nur es, das Kind, an einem Konflikt schuld sein konnte. Bilder seines Kummers, am Tag der Hochzeit, als er so enttäuscht war, nicht geladen zu sein und mit Mariette in der Rue Hautefeuille sozusagen Hausarrest zu haben. Und danach dann, als er von eben dieser Mariette erfuhr, daß seiner hübschen Maman nur die Hochzeit einer Armen, einer Diebin zuteil geworden war, die in irgendeiner obskuren Vorstadtkneipe in aller Heimlichkeit gefeiert wurde.

Er wußte damals nichts von den wahren Gründen dieser Diskretion. Er hatte doch so lange geträumt von dieser Hochzeit! Er hatte sich Luxus vorgestellt ... Schmuck ... Er hatte sich seine Mutter im weißen Leinenkleid vorgestellt, mit einem Diadem aus Edelsteinen, wie auf dem Gemälde von Naigeon, das im Zimmer seines Vaters prangte ... Er hatte gedacht, daß eben dieser Naigeon zugegen sein würde ... Und Ramey ... Und Pérignon ... Und alle Freunde seines Vaters, die in dessen Namen gekommen wären, um dem neuen Leben von Caroline ihren Segen zu geben ... Er hatte gedacht, er selbst würde dabeisein, ein kleiner Marquis von sieben Jahren, der das Brautpaar begleitete und die Glückwünsche an ihrer Stelle entgegennahm, sich vor den Gästen elegant verneigend. Und nun machte dieser Rüpel – denn er war der

Schuldige, daran zweifelte er keinen Augenblick – all seine Hoffnungen zunichte, indem er seiner Zukünftigen eine schlampige, heimliche Zeremonie aufzwang, wobei lediglich der Krämer und der Limonadenhändler als Zeugen zugegen waren. Wie sehr hat er über diesen Pfusch geweint in jener Nacht! Welch rachsüchtige Pläne hat er gegen den Limonadenhändler geschmiedet, dem er in Gedanken alle möglichen Strafen androhte: Von einer Zitronenkiste erschlagen, in seinen Limonadenfässern ertrunken sollte man ihn finden.

Und dann noch, im gleichen Zusammenhang, die Geschichte des zweiten Kindes, seine große, geheime Kränkung. Mit ihr wird er wohl oder übel eines Tages herausrücken müssen. Ein paar Wochen sind vergangen. Die Hochzeit liegt schon weit zurück. Niemand, nicht einmal er, kann Carolines Zustand mehr übersehen. Man hat ihm gesagt, was man in solchen Fällen Kindern sagt. Er hat geantwortet, ja doch, er sei glücklich. Nein, nein, er sei nicht eifersüchtig. Auch hier hat er alles getan, damit ja nicht gesagt werden kann, er sei in irgendeiner Weise betrübt über das Glück, das sich ankündigte. Und dann plötzlich die zwei Bilder seiner Mutter, verwischt in seiner Erinnerung, so schnell folgten sie zeitlich aufeinander, wie sie eines Morgens nach Creil abreist, in einen weiten Mantel gehüllt, der ihre Taille verbirgt – und wie sie zwei Tage später alleine nach Hause zurückkommt, mit flachem Bauch und erschöpftem Gesicht, an jedem Handgelenk bräunliche Striemen, als ob man sie festgebunden hätte. Was war geschehen? Hatte man sie gefoltert? Und was, vor allem, hatte sie getan mit dem kleinen Wesen, das sie erwartete? Das bleibt ein Geheimnis. Verschleierte, verlegene Blicke, wenn er das Thema anschneidet. Und außer Mariette, die nur ständig wiederholt: »Arme Madame ... arme Madame ... Das war ein großes Unglück, das sie da getroffen hat ...«, ist niemand da, um ihm auch nur die allerschlichteste Erklärung zu liefern. Lange Zeit hat er geglaubt, seine kleine

Schwester lebe irgendwo und werde wie im Märchen von einem Prinzen oder Edelmann großgezogen. Und lange Zeit auch hat er in den Stunden der größten Verzweiflung, wenn das Internatsleben ihm unerträglich streng erschien, das Bild der kleinen Schwester mit dem des toten Vaters verbunden – und aus diesen beiden Phantomen, die nur kraft seiner Phantasie vereinigt wurden, hatte er sich eine Art unsichtbare, aber außerordentlich sanfte Zuflucht gebaut.

Und nun ein Bild aus dem Internat. Ein hartes Bild. Ein grausames Bild. Ein wirklich erlebtes Bild, von dem er ebenfalls sicher ist, daß er nichts dazuerfunden hat. Er ist dreizehn Jahre alt. Er befindet sich in Lyon. Es ist das Jahr des Aufstandes der Seidenweber, den der zukünftige General niederschlagen soll. Der Aufruhr hat seinen Höhepunkt erreicht. Die Armee hat Kanonen eingesetzt. Erbitterte Kämpfe werden in den Straßen in der Nähe des Gymnasiums ausgetragen. Es donnert gegen die Tore. Schüsse pfeifen durch die Schlafsäle. Die Schüler der Tertia und der Untersekunda machen ein Spiel daraus, im Hof die Granat- und Schrapnellsplitter aufzusammeln. Und da steht nun, versteckt im dunkelsten Winkel des überdachten Teils des Schulhofs, unter der Treppe, Séraphine, das dicke Waschmädchen, von dem man munkelt, sie käme nachts, wenn die Schüler schlafen, den für die unteren Klassen verantwortlichen Vikar in seinem Zimmer besuchen. Vermutlich haben sie die Ereignisse des Tages, die blockierten Schultore daran gehindert, wie üblich vor der ersten Morgenglocke das Haus wieder zu verlassen. Schrecken des Mädchens. Radau der Schüler. Zehn, zwölf Jungen, die sie schubsen, ausschimpfen, auf die Treppe zerren und, den Jägerruf nachahmend, den die Wohlhabendsten unter ihnen auf den Jagden ihrer Väter gelernt haben, in den Schlafsaal schleppen. Und diese kleinen erregten Mannsbilder, die ihr drohen, alles dem Direktor zu erzählen, und sie zwingen, ihren Rock hochzuheben, ihre Hose bis zu den Knöcheln herunterzulassen, mit kleinen Schlurfschritten bis in die Ecke des Raumes zurückzuweichen und dort unter ihren Beleidigungen und ihrem Spott sich zu bücken, um ihnen den Anblick eines runden, weißen Hinterns zu bieten, den sie einer nach dem andern berühren, den sie begutachten und auf den einige klatschend schlagen.

Trauriges Bild. Traurige kleine Hetzjagd, die sie später in »Inspektorspiel« umtaufen werden, als wollten sie ihre grausame Brutalität verharmlosend bannen – die jedoch für das Opfer vermutlich ein weniger glückliches Nachspiel hatte, denn von jenem Tag an hat sie nie wieder jemand gesehen im Collège Royal de Lyon. Sie dennoch schildern, diese Szene. Kein Detail auslassen. Die etwas feuchte und warme Wunde gut beschreiben, die sich unterhalb des Hinterns, zwischen den durchgestreckten, gespreizten Beinen öffnete. Vor allem die Aufregung richtig beschreiben, die ihn erfaßte, als er – der zwar etwas im Hintergrund geblieben, aber dennoch genauso fasziniert gewesen war von dem Anblick wie die andern – den Verdacht hatte, zum ersten Mal mit dem konfrontiert zu werden, was seine Mutter eines Abends in einem Gespräch mit Mariette in seiner Gegenwart »das schmerzliche Geheimnis der Frauen« genannt hatte. Eine schlüpfrige Szene also. Um so schlüpfriger, das muß er wohl gestehen, als er in jenem Augenblick durchaus an das Gesicht seiner Mutter gedacht hatte. Vor allem aber auch eine Szene, die schlecht zu dem Eindruck paßt, den er bisher von sich zu geben versucht hat. Immerhin, zu den wenigen festen Regeln der literarischen Beichte gehört die Notwendigkeit eines schönen Geständnisses, wenn möglich beschämend und schmutzig, damit dem Rest des Berichts die Dichte der Wahrheit zukommt, nicht wahr?

Mittlerweile ist er fünfzehn. Er ist nach Paris zurückgekehrt. Der große Freund hat, als er ihn dem Direktor des Lycée Louis-le-Grand vorstellte, von ihm gesagt: »Ein

Junge von Format, der Ihrem Haus Ehre machen wird!« Er sieht die strenge Fassade der Schule wieder. Ihre riesig große Halle, die bis in die Nacht hinein, wenn die letzten Nachzügler in ihre Zimmer zurückgehen, von Schritten widerhallt. Er sieht den eisig kalten, gedeckten, tiefergelegenen Teil des Schulhofs wieder. Die trostlosen Außengalerien, die, selbst wenn sie ins Freie gehen wie die des ersten Stockes, über die man die Klassen der Großen betritt, noch immer unter Lichtmangel zu leiden scheinen. Er riecht den Duft der luftgetrockneten Würste in den Spinden. Den Gestank der rußenden Lampen, abends in den Studiersälen. Er braucht nur die Augen zu schließen, und schon erinnert er sich an den Geruch nach Schmutz und Bohnerwachs, der von den Schlafsälen hochstieg. Seltsam nur, er kann noch so angestrengt in seiner Erinnerung herumkramen, er erinnert sich trotzdem nicht an eine echte Revolte, an einen Aufstand. Im Gegensatz zu jenen Schulfreunden, die die Internatsjahre wie ein Martyrium erlebten und deren spätere Verbitterung man schon ahnen konnte, lebte er weiter sanft vor sich hin, ruhig und unbekümmert. Unglücklicher als in Lyon? Noch mehr ein Einzelgänger? Abseits von einer Klasse, die ihn zum ersten Mal seine Andersartigkeit spüren läßt? Gewiß. Eine Andersartigkeit jedoch, die noch immer die des zu guten Schülers ist, der zu gute Noten hat und dem man nichts anderes vorwirft als seinen geraden Rücken in der ersten Reihe, seinen langen, schlanken Hals, der sich stets nach einem Kompliment oder nach einer guten Zensur reckt.

Er ist achtzehn. Das Jahr der Abiturvorbereitung. Er hat das Lycée Louis-le-Grand unter Umständen verlassen, über die er sich vielleicht doch lieber nicht ausbreiten wird. Es ist auch sein »Jahr der Frömmigkeit«, wie er es nennt. Ist Frömmigkeit wohl das passende Wort? Liegt in der neuen Verhaltensweise, die er zur Schau trägt und über die seine Freunde lachen, nicht ein gewisses Maß an Spiel? Doch, selbstverständlich ... Spiel ist dabei ...

Schauspielerei ... Aber auch die Sorge um seine Mutter ... Das stumme Bild des Vaters ... Und die gute Céleste Théot, fromm wie sieben Betschwestern, bei der er wohnt ... Aber dennoch erinnert er sich auch, warum sollte er es nicht sagen, an echte Augenblicke der Gnade, der Sammlung, der Gewißheit. Er erinnert sich an jene Messen, in die er wie aus Trotz ging und aus denen er verwandelt herauskam. An jene Gebete, in denen er um nichts bat, nie, sondern sich damit begnügte – so rührte er, das war sein Gedanke, an das Wesen des Gebets –, eins zu sein mit dem Ritus. Er erinnert sich an jene Augenblicke der tiefen Freude, als ihn kein Kummer und keine Sorge quälte und er sich dabei ertappte, daß er Gott dankte dafür, daß er ihn unter vielen auserwählt hatte, den Sinn der Welt zu ergründen. In diesem Punkt galt es, präzise zu sein. Ehrlich den Dingen Rechnung zu tragen. Wohl hatte er gemeint, die Gesten des Glaubens nur zu spielen. Aber wie so oft sind die Gesten der Nährboden des Gefühls.

Er ist zwanzig ... Eine Reise nach Indien .. Vorsicht! Dieser Reise nach Indien nicht allzuviel Platz einräumen! Keinen Verdacht wecken. Seit jener Zeit hatte sein ganzes Spiel darin bestanden, um die Geschichte herum einen Geheimnisschleier zu bewahren. Seine Taktik hatte darin bestanden, es seinen Freunden zu überlassen, sich sein Schweigen zu erklären: mit Zurückhaltung, Vornehmheit, einer extremen Dandy-Exzentrik oder auch mit obskureren Motiven, die er durch entsprechende Andeutungen suggerierte. Das Ziel war auf jeden Fall, nicht allzuviel reden zu müssen und somit von der größtenteils mythischen Reise keine erfundenen Einzelheiten mitteilen zu müssen, die ihn zwangsläufig verraten hätten. Eine Episode allerdings wird sehr gut an diese Stelle passen. Es geht um eine Frau. Sie ist schön. Keinesfalls besonders fröhlich. Ein bezauberndes Wesen, das in seinen Augen die Vorzüge des glorreichen Körpers, der Kühle und des »kreolischen« Temperaments verbindet, wobei das Wort »kreolisch« auf der ganzen Überfahrt seine Tagträume beherrscht hat. Er liebt sie. Er begehrt sie. Wie immer in solchen Fällen quält er sie in Gedanken, foltert sie. Er verheißt dem stolzen Körper die Erniedrigungen, die er sonst den Mädchen des Faubourg Saint-Antoine vorbehält. Und siehe da, im Augenblick als er ihr seine Liebe erklären und ihr, wenn nicht seine Verwirrung, so doch die Verse, die sie ihm eingegeben hat, übermitteln will, da wählt er plötzlich lieber den braven Weg eines ... Briefes an ihren Mann! Na, ist er noch zu übertreffen? Wer ist jemals weiter gegangen auf diesem Weg der Wohlanständigkeit? Ist das die Art eines lüsternen Werwolfs, dessen Maske alle seine Widersacher, die Brüsseler und die französischen, ihm mit soviel Lust aufgesetzt haben?

Und dann kommt Pimodan. Der Reiz dieses Stadtpalais aus dem 17. Jahrhundert, wo er seine erste richtige Wohnung hatte ... Der Prunk ... Die Ruhe ... Jener gepflasterte und dennoch grasbewachsene Hof ... Die mit ägyptischen Fabelwesen bevölkerte Treppe ... Das palastähnliche Tor ... Die barocke Wohnung mit ihren rot-schwarzen schweren Stofftapeten, sein braunes Eichenbett, schmal wie ein Sarg, seine Bilder, seine Kupferstiche, sein Arbeitszimmer, in dem die Besucher verwundert feststellten, daß Bücher und ein richtiger Tisch fehlten ... Und er mittendrin, so wie er sich auf dem Porträt von Deroy wiederfindet: kindlich, mit dichtem Haar, einem wildwuchernden Bart, der sich in den hohlen Wangen kringelte, und diesem unnachahmlichen schwarzen Anzug, den er mit hellrosa Handschuhen, einer ochsenblutfarbenen Krawatte und einem seidenen Hut trug (trägt er diesen Hut übrigens wirklich auf dem Bild von Deroy? Plötzlich weiß er das nicht mehr ...) und dessen Schnitt er seinem Schneider diktiert hatte. Damals war er ein vergnügter Mensch gewesen. Unbekümmert. Er herrschte über eine Jugend, deren ganze Kühnheit darin bestand, sich bei Duval, dem Weinhändler der

Place de l'Odéon, zu versammeln und mit zwanzig Jahren Verspätung den Zirkel der Romantiker nachzuäffen. Er erinnert sich nicht, von einem anderen Ehrgeiz besessen gewesen zu sein als dem, mit Brummel, d'Orsay, La Valette zu konkurrieren oder auch mit jenem wunderbaren Roger de Beauvoir, dessen blauer Anzug mit Goldknöpfen, dessen Stock aus Rhinozeroshorn oder dessen gelbe Westen aus Ziegenfell ihn mehr beeindruckten als ein Vers von Banville oder Hugo.

Die Haschisch-Sitzungen? Ja, es gab sie, diese Haschisch-Sitzungen. Es gab jenen berühmt-berüchtigten Haschisch-Club, der stets im Palais Pimodan bei seinem Nachbar, dem Maler Boissard, zusammenkam ... Wenn er Mitglied war, dann nur als Nachbar, aus Neugierde, aus Interesse, sagen wir: aus literarischem Interesse an dem Schauspiel, das die ihm bekannten Männer boten, wenn sie sich vor seinen Augen verwandelten. Vielleicht war er Mitglied, wer weiß, weil er damals schon an seine zukünftigen »Paradiese« dachte, weil er sich an das ruhmreiche Beispiel der Lespinasse erinnerte. Jedenfalls war es nicht das Zeichen einer schicksalhaften Unterwerfung unter die Macht dieser grünen Paste. Er war dabei und blieb auf Distanz. Er mischte sich unter die Leute, ohne sich mit ihnen zu identifizieren. Er nahm Teil an der lärmenden Ausschweifung, gab jedoch niemals sich selbst und sein Dandytum auf. Als eine Art Bonze – richtig, das Wort »Bonze« paßt genau, es wird den besten Eindruck machen –, der in einem ewigen geheimnisvollen Lächeln erstarrt ist, bewahrte er auch da noch jenen Einfluß, den ihm seine Freunde überall sonst zubilligten. Ach ja, sie waren weit weg, die Diners bei der Präsidentin! Wie wenig konnte er sich damals vorstellen, daß der Tag kommen würde, an dem er bei den gleichen Freunden, die inzwischen die Stufen des Ruhms ohne ihn bestiegen hatten, um den Platz betteln mußte, der ihm in jener Zeit ganz selbstverständlich zuerkannt worden war! Stunden des Ruhms ... Entzücken der Anfänge ...

Einmal jedoch war er weiter gegangen. Er weiß nicht mehr wann. Und auch nicht warum. Aber er erinnert sich, daß an jenem Tag ein Blatt auf dem Tisch lag, eine Lupe auf dem Blatt und daß das einzige Wort, das die Lupe zufällig vergrößerte – es war das süße Wort »unendlich«, wie könnte er das vergessen? –, ihn unter dem Einfluß der Droge in einen Zustand der ebenfalls unendlichen Meditation versetzt hatte. Es gibt undeutliche Wörter. Gummiweiche Wörter. Es gibt Wörter, die den Geist und die Sinne niemals erregen werden. Dieses Wort hingegen – lag es an seiner Bedeutung? an seiner Form? an der Anzahl von Grundstrichen? an der wunderbaren Vokalfolge? an dem »i«? – schien ihm plötzlich erfüllt von einer großartigen Leidenschaftlichkeit. Das »i«, ja, das war's ... Das »i« verwirrte ihn ... Nie hatte er ein »i« aus solcher Nähe betrachtet ... Nie so intensiv ... Noch nie, denkt er, war ihm aufgefallen, welche Kraft sich in einem »i« verbirgt, welcher Schwung in der Bewegung dessen, der es niedergeschrieben hat ... Noch nie war ihm so klar geworden, wie sehr der Punkt, der ein »i« krönt, tyrannisch, keck oder umgekehrt schüchtern, bescheiden sein kann ... Er hatte lange Minuten, vielleicht Stunden, damit verbracht, sich in das Wesen des »i«, in diese winzige Arabeske zu vertiefen. Er hatte Stunden damit verbracht, sich unter der Lupe die unglaubliche Geschichte vorzustellen, die nicht nur hinter diesem »i«, die hinter jedem dieser Zeichen, aus denen das Wort bestand, steckte ...

Die Beschaffenheit ... Die Dichte ... Das Zittern der Schreibgeste hier ... Die etwas blassere Tinte da ... Die Anstrengung, die diese Schleife hier gekostet hat ... Die dramatische Unterbrechung jener anderen ... Dieser Sprung zwischen zwei Buchstaben ... Dieser Abgrund in einem Buchstaben ... Der Weg, den er beschritten hat ... Die Hindernisse, die er hat überwinden müssen ... Das Zögern ... Das Wiederaufnehmen ... Die winzigen Pausen ... Und der erneute Ansatz ... Der Stolz des Buchstabe gewordenen Buchstabens, der jedoch hier, unter der Lupe, die Ränke nicht verbergen kann, die er aufgeboten hat ... Diese Verbissenheit, die man ahnt, die jedoch die kleinen Schwächen, die Umkehrungen, die kaum wahrnehmbare Reue, das Bedauern, womit er sich hat abfinden müssen, nicht löschen kann ... Die Gewalttätigkeit der Hand bei diesem ... Das zerkratzte, verletzte Papier an der Stelle jenes anderen ... Und die erstaunliche Leichtigkeit des Haarstrichs ein Stückchen weiter, als ob das Wort selbst unter der Liebkosung eingeknickt wäre ... Dieses Wort, das nichts als ein Wort war, bekam auf einmal das Gewicht eines Satzes. Einer ganzen Seite. Es war für sich allein ein großes, seiner Lust geöffnetes Buch. Ein Wort wie ein Buch. Ein Wort wie eine Welt. Ein Wort, das unter der Lupe eine Welt – eine Seele? – entblößte. Es gibt Dichter, die den Wörtern lauschen. Die sie genießen. Es gibt Dichter, die Wörter gerne anfassen, abtasten. Er war damals noch kein Dichter gewesen, und seine ganze Aufmerksamkeit hatte den Linien und den Farben in der Malerei gegolten. Warum soll er denn nicht zugeben, wenn er die Geschichte schon erzählt, daß er an jenem Tag von einer Malerei geträumt hat, die nur Wörter malen würde? Warum nicht behaupten, daß er von jenem Tag an, als ihm klar wurde, daß ein Wort sichtbar ist und daß man in allem, was man darin sieht, die ganze Seele der Welt sieht, er wirklich beschlossen hat, Dichter zu werden?

Damals war er noch kein Dichter gewesen. Er war nicht einmal ein Schriftsteller. Und wenn er sich zurückerinnert, ist es das große Rätsel jener Jahre, daß er mit so verblüffender Leichtigkeit – er, der bis dahin weder etwas geschrieben noch etwas veröffentlicht hatte – seinen Ruf als »großer Schriftsteller« durchsetzen konnte. Ein Schriftsteller ohne Bücher? Anfangs hatte das Neugier erweckt. Die einen grinsten, die anderen zerrissen sich das Maul. Man sagte sich: »Was für ein Angeber! Wo er doch mit der linken Hand andere verreißt! Wann wird er denn zeigen, was er kann?« Und eines Tages war die Sache ausgestanden. Die Frage wurde nicht mehr gestellt. Ob er Bücher veröffentlicht hatte oder nicht, war nebensächlich geworden. Oder genauer gesagt, die Bücher, die er nicht geschrieben hatte, waren auf einmal in jenen Dunst getaucht, in dem sich die Bücher der toten, sehr alten, aus der Mode gekommenen oder umgekehrt der etablierten Schriftsteller befinden, deren Werk eine bewährte Sache ist und deren Namen irgendwie über allem schwebt – losgelöst, ohne Anker und ohne daß man sich die Mühe macht zu hinterfragen, was dieser Name abdeckt. So daß er mit knapp zwanzig Jahren über seine Freunde – jene, die publizierten, sowie jene, die nicht publizierten, jene, die berühmt waren, und jene, die es noch nicht waren – eine grundsätzliche Autorität innehatte, die sonst nur die vollendeten, anerkannten und dann vergessenen Werke verleihen.

Er trat als Schiedsrichter auf. Urteilte über alles. Über alle Tagesthemen, die frivolsten und die ernstesten, äußerte er schlagkräftige Meinungen, deren wesentliche Qualität das Widersprüchliche, bisweilen auch das Willkürliche war. Den einen hob er in den Himmel. Den anderen vernichtete er. Er verriß einen Gedichtband und lancierte am selben Tag, mit der gleichen, unerklärten Arroganz die Mode, ohne Hut auf die Straße zu gehen. Und ohne daß es für das eine oder das andere bessere Gründe gegeben hätte, erlebte er, wie die großen Tischrunden jener Leute, die ihn bei Dinochau oder im Moulin de Montsouris umgaben, gespannt auf seine Urteilssprüche warteten, nickten, wenn sie ergingen, oder umgekehrt ganz schnell kehrtmachten, wenn sie zu früh losgeprescht waren oder merkten, daß sie aus der Front ausgeschert waren ... Der König von Paris, hieß es ... Der Fürst der Jugend ... Allerdings, aus der Distanz betrachtet, schien von all den Jungen, die in den Vorzimmern der Literatur ungeduldig mit den Füßen scharrten, keiner so brillanten Erfolgen verschrieben zu sein wie er – ja, allerdings hatte man in Paris selten einen so gefeierten, so gerühmten, so klar zu Glück und Lorbeeren ausersehenen Anfänger erlebt.

3
Das Tagebuch der Jeanne Duval

12. Dezember 1842. Himmel! Es gibt nichts, was es nicht gibt, und ich kenne ein paar Leute, die sich schieflachen würden, wenn sie mich so sehen könnten, wie ich mitten in der Nacht fleißig werde und in ein dickes Heft mit Eselsohren reinschreibe. Aber was soll's? Was soll daran so schlecht sein? Und warum soll für mich verboten sein, was Bichette oder Mimi erlaubt ist, wo ich doch viel mehr Bildung besitze als sie? Ich habe einen guten Grund, es aufzuschlagen, dieses Heft: Nach zwei Jahren – ich weiß nicht so recht, ob ich das Theater gemieden habe oder das Theater mich – habe ich nämlich soeben wieder eine kleine Rolle angenommen, und es kommt gar nicht in Frage, daß ich zulasse, daß die Leute sagen, ich hätte sie nur spaßeshalber angenommen. Ach, Mademoiselle Jeanne … Mademoiselle Jeanne hin und Mademoiselle Jeanne her! Die Rolle ist nur zehn Zeilen lang, aber das ganze Stück steht und fällt mit diesen zehn Zeilen! Und außerdem, Ihre Stimme, Ihre Figur, Ihr Bernsteinteint und der ganze Rest – Die Zuschauer werden nur Augen für Sie haben … Schon gut! Das reicht. Dieses Lied kennt sie schon, die Mademoiselle Jeanne! Dieses Getue hängt ihr zum Hals raus. Und deshalb legt sie Wert darauf, hier in diesem Heft laut und deutlich zu erklären – auch wenn es sonst keiner hört: Ich, Jeanne Duval, dreiundzwanzig Jahre, Schauspielerin, habe es satt, mir das Gesicht weiß zu schminken, um irgendwelche Theatersoubretten zu mimen, und diesen Zirkus mache ich nur mit wegen der achtzig Franc, die dahinter stecken und die in Anbetracht der schwierigen Zeiten genausogut bei mir wie bei einer anderen aufgehoben sind. Amen.

13. Dezember. Nun schön. Seien wir ehrlich. Es gibt noch einen anderen Grund. Vielleicht fällt der sogar noch mehr ins Gewicht als der erste, wer weiß. Da ist nämlich dieser komische lange Mensch, eher vornehm und gut gekleidet, auf den mich Bichette aufmerksam gemacht hat: Seit mein Stück angelaufen ist, kreuzt er fast jeden Abend auf. Einmal sitzt er im Parkett. Das nächste Mal in einer Proszeniumsloge. Und dann wieder streicht er in den Kulissen herum, genau wenn ich meinen Auftritt habe. Oder er steht an der Treppe, unter den üblichen Hungerleidern, die beim Bühnenausgang auf die Schauspieler warten. Und heute schließlich, falls ein Zweifel noch möglich gewesen wäre, tauchte er direkt vor meiner Garderobe auf – »oh, Verzeihung«, hat er gesagt und dabei ehrerbietig seinen Hut gelüftet, da Louise nämlich den Vorhang nicht zugezogen hatte und man mich sehr gut sehen konnte, wie ich rittlings auf meinem Bidet saß, das Korsett schon aufgeschnürt. An den ersten Abenden hatte ich ihn gar nicht weiter bemerkt. Aber allmählich bin ich neugierig geworden. Und heute abend vor allem, vor meiner Garderobe, da habe ich ein paar Details mitgekriegt. Den Glanz der Schuhe, zum Beispiel. Das Seidenband des Zylinders. Oder die Art, wie er seinen Stock hält, mit spitzen Fingern und leicht angehobenem Handgelenk, als ob es ihn ein wenig ekeln würde. Vielleicht kommt das von meinem Beruf, aber ich achte immer auf Details …

14. Dezember. Heute war spielfrei. Um so besser, habe ich mir gedacht. Den Vormittag werde ich im Bett verbringen. Und Louise hatte ich aufgetragen, bis Mittag niemand hereinzulassen. Gut, Madame, hat sie gesagt, schließlich war es auch ihr nicht unangenehm, daß sie den Haushalt ungestört machen konnte. Nur daß es um schlag acht läutet: Der Feinkosthändler aus der Passage des Panoramas, den wir beide vergessen hatten und der wie jeden Dienstag seine Schulden einfordern kommt: »Madame ist da … Madame ist nicht da … Madame ist da, aber sie schläft ... Madame schläft, aber sie ist nicht da ...« Arme Louison! Im Abweisen von Verehrern ist sie unübertroffen, aber bei Lieferanten hat sie es noch nie so richtig geschafft. Und ich muß dann mit schlafverquollenen Augen anmarschieren und meine Nummer vorführen: »Was ist denn das für eine Art, uns arme Frauen zu stören? Natürlich bekommen Sie Ihr Geld ... Aber nicht diese Woche, leider ... Nein, nein, nicht diese Woche ... Ich muß erst meine Gage abholen ... Jetzt kriegen Sie nur mal keine Gelbsucht vor Ärger ... Es gibt wirklich keinen Grund, daß Sie sich so aufregen ...« Kurz und gut, nun bin ich schon mal auf, dann kann ich mich auch gleich auf den Weg machen und ein paar Geschäfte erledigen, die genausogut bis morgen hätten warten können. Aber kaum habe ich einen Fuß vor die Tür gesetzt, auf wen treffe ich da? Auf ihn natürlich. Auf den Verehrer vom Theater! Es scheint ihn noch nicht einmal zu wundern, daß er mich sieht. Er hätte nicht einen Deut anders geguckt, wenn irgendwelche Geisterstimmen ihm zugeflüstert hätten, daß ich um acht aufstehen, um neun einen Fettsack abweisen und um zehn hier an der Ecke der Rue des Martyrs und der Rue Clauzel vorbeispazieren würde. Interessant, denke ich mir. Zunehmend interessant. Eine Sekunde lang bleibe ich stehen, das reicht, daß ich ihn mir zum ersten Mal wirklich anschaue. Jung ... Ja doch, sehr jung sogar ... Ein Junge fast ... Und im Gesichtsausdruck, in der Kleidung, der locker gebundenen Krawatte, der Kaschmirhose, in der listigen Art, den Kopf zu neigen und zu sagen »Ihr Diener, Madame«, dieses gewisse Etwas der Söhne aus guter Familie, von denen ich schon immer überzeugt war, daß sie für Frauen meiner Art ... Aber halt! Nur nichts überstürzen. Versuchen wir lieber bis zum Ende der Woche ein wenig mehr über diesen komischen Vogel, der mir da vom Himmel fällt, zu erfahren.

16. Dezember. Ich hatte mich nicht getäuscht. Der Kerl (der nebenbei gesagt heute abend wieder da war, im ersten Rang, etwas rechts: Da ich meinen Auftritt von der anderen Seite habe, konnte ich ihn nicht übersehen!), der Kerl ist in der Tat nicht irgendwer. Von Bichette habe ich die entsprechenden Auskünfte. Was die Auskünfte betrifft, ist sie gut, die Bichette. Ich frage mich, wo sie sie immer herholt. Wie stellt sie es bloß an, daß es nicht einen einzigen flotten jungen Burschen in der Stadt gibt, von dem sie den Stammbaum nicht kennt? Egal. Wichtig ist vorerst, daß der Knabe ihren Aussagen nach ein Freund von diesem Tournachon ist, den ich seit Jahren aus den Augen verloren habe; angeblich bin ich ihm sogar schon ein-, zweimal in seiner Begleitung begegnet. Vor allem aber soll er, immer laut Bichette, aus der allerbesten Gesellschaft stammen – mit Wohnung an der Place Vendôme, Offizieren in der Familie und mindestens zehntausend Franc Rente. Das ist noch keine Goldgrube? Nein, das ist noch keine Goldgrube. Kein Vergleich mit dem schönen Herzog von B***, den sich zum Beispiel die Mimi geangelt hat. Aber besser als nichts, oder? Und bequemer wird es allemal sein als mit dieser Heerschar von Hungerleidern, die ich seit Jahren hinter mir herschleppe und die mir nur Schulden einbringen. Er sieht ganz manierlich aus, mein Theaterfreund. Ganz adrett. Er wirkt nicht sehr kleinlich, was die Art und Weise betrifft, wie er die Moneten lockermacht. Es könnte durchaus sein, daß ihn mir die Vorsehung geschickt hat.

19. *Dezember.* Erstes Rendezvous. Das Ganze findet statt im Café Anglais, am Boulevard des Italiens – das einzige Lokal in Paris, ich weiß nicht, wie sie das hinkriegen, wo nicht eine einzige Kokotte unter den Gästen sitzt, die nicht wie eine erfolgreiche Schauspielerin aussieht. Ich finde ihn schön. Immer gleich gut angezogen (woraus ich schließe, und das ist auch ein Pluspunkt, daß er eine feste Wäschefrau und eine eigene Haushälterin hat). Und was mich am komischsten berührt, diesmal, das ist diese seltsame Mischung in seinem Gesicht: mal schüchtern wie ein junges Mädchen, das bis hinter die Ohren errötet, wenn ich ihn darauf anspreche, wie er um mich herum-

schleicht; mal frech (man könnte meinen, er ist ein anderer), mit Blicken, die einen ausziehen und die der kessesten Pariserin die Sprache verschlagen würden. Während wir uns so unterhalten, erfahre ich, daß er zwanzig Jahre alt ist, daß er Dichter ist, daß er ein elegantes Stadthaus auf der Isle de la Cité bewohnt, daß er sich gerade mit einer Jüdin verlustiert hat und daß ihm eine Liaison mit einer Schwarzen nicht mißfallen würde. »Sie haben wohl keine Angst vor Komplikationen«, sage ich zu ihm und lache. Worauf ich ihm dann die richtigen Fragen stelle – schön darauf achtend, daß sie harmlos klingen. Fragen über sein Vermögen, seine Familie, seinen Lebensstil und so weiter. Und merkwürdigerweise antwortet er mir ohne Umschweife, wo doch auf diesem Gebiet die meisten so zimperlich sind und man oft Tage braucht, um den ersten Einblick zu kriegen. Um so besser, mein kleiner Dichter! Um so besser. Du hast alles, was ich brauche, weißt du! Ich habe das Gefühl, daß wir uns gut verstehen werden. Aber ich breche hier ab, weil es an der Tür läutet. Sicher dieser Trottel von Baron Calvez. Und ich bin noch im Nachthemd.

22. *Dezember.* Zweites Rendezvous. Diesmal bei mir zu Hause. In meinem verspielt-frivolen Salon voller Rüschen und Firlefanz, wo schon so viele Calvez aufmarschiert sind: Es kommt mir ganz komisch vor, den netten Dichter hier zu sehen. Wenn es nur an mir gelegen hätte, hätte ich die Sache ein wenig in die Länge gezogen. Es macht mir soviel Spaß, wenn sie sich erst einmal ins Zeug legen müssen, die Männer ... Wenn ich sie schmachten sehe, wenn sie mich voller Gier anlinsen ... Und in diesem Fall war es eigentlich angebracht, ihm zu zeigen, daß ich Stil habe und nicht wie ein Flittchen jedem Hergelaufenen in die Arme falle. Aber nun ja, es ist halt so gekommen. Angebracht oder nicht, er hat etwas, was mich ganz konfus gemacht hat. Es liegt an seiner Höflichkeit, hat Louise gesagt. Madame ist nicht gewöhnt an diese geschraubte Art zu gehen, sich zu verhalten, um ein Glas Punsch zu

bitten, das Moiré einer Wandbespannung zu beurteilen oder auch die ganz einfachen, dummen Sachen zu sagen, die sie in solchen Fällen alle sagen. Möglich, meine kleine Louise … Möglich … Sicher ist, daß an dem Ganzen tatsächlich etwas Unnormales war. Und gegenüber einem Herrn, der auf einen herunterschaut und der so tut, als behandle er einen wie eine Dame, nur um einen besser einzuschüchtern, da haben Mädchen wie ich nicht tausend Möglichkeiten, sich zu verteidigen. »Nun komm schon, mein kleiner Schlingel, im Bett wirst du ein bißchen runterkommen von deinem Podest.«

27. Dezember. Café Anglais. Verabredung mit Bichette, die wie immer unpünktlich ist. Ich bin allein. An meinem angestammten Tisch, ganz vorne, wie im Schaufenster. Zum Glück habe ich dieses Heft vor mir! Wie würde ich denn sonst aussehen, wie ich da nichts tue und nur so warte auf jemand, von dem ja keiner wissen kann, daß es Bichette ist! Ich nutze die Gelegenheit, um aufzuschreiben, wie komisch er die Sache im Bett macht. Am Anfang ist das ja normal. Das übliche Herumgewühle. Und der arme Kerl verwurstelt sich nicht mehr und nicht weniger als jeder andere. Sehr schnell aber (sobald, wie es so schön heißt, die Glut entfacht ist!) verkrampft er sich, wird ganz steif, blaß wie der Tod, Schweiß rinnt ihm über den Rücken, und dann macht er es einem sozusagen von weitem, fast ohne einen zu berühren, gerade mal Bauch an Bauch, und im Gesicht sieht er aus, als würde er leiden wie ein Verdammter. Das erste Mal ist das ganz komisch. Man sagt sich: Nicht zu glauben! Der geht ja gleich hops, der arme Kater! Gleich fällt er mir in Ohnmacht, einfach so in meinen Armen! Und dann gewöhnt man sich dran. Jeder nach seiner Fasson, denkt man sich. Und da es ihm offenbar so gefällt … Zumal es für mich eine Abwechslung ist. Das ist mir immerhin lieber als mit meinen alten geilen Böcken und ihren besonderen Schweinereien. Aha, da sitzt übrigens gerade so einer, zwei Tische weiter rechts, der mich seit einiger Zeit anstiert und etwas verunsichert zu sein scheint von wegen dem Heft. Immer mit der Ruhe, mein Dicker, und keine unnötigen Ängste ... Ich mach's gleich zu für dich, das Heft ... Und falls Bichette sich noch ein wenig verspätet, wollen wir doch mal schauen, was sich hinter der Fassade versteckt. Ich brauche dich nur anzugucken, deine zwei patschigen Pranken zu sehen, deinen Schmerbauch, deine lüsterne Metzgervisage, mehr muß es gar nicht sein, da weiß ich schon, daß du ganz anders gestrickt bist als mein poetischer Rührmichnichtan.

2. Januar 1843. Ich will ja nicht angeben. Aber so leicht macht es mir keiner nach, wie schnell ich rauskriege, wie sie funktionieren. Einmal sacht hinlangen ... Zweimal beiläufig hinfassen ... Eine kurze Kontrolle, ob ich auf dem richtigen Weg bin ... Und schwups! schon ist mir alles klar. Schon weiß ich, was ihr Herz begehrt! Und ich brauche nur noch so zu sein, wie sie es sich wünschen: Schmusekatze, Soubrette, Kokette, wildes Tier, scheues Reh, hemmungslose Dirne, was weiß ich. So daß mir am Montag zum Beispiel, mit dem Kerl vom Café Anglais, einmal genügte, ein einziges Mal, um herauszukriegen, daß er es am liebsten hat, wenn man ihm schmeichelt, ihn knuddelt und schließlich – das hat er selber gesagt in weinerlichem Ton – »untersucht«: Nächstes Mal (falls es ein nächstes Mal gibt! Denn dazu muß er sich erst einmal waschen! Ins Gesicht habe ich ihm das gesagt: Erst einmal waschen muß er sich!) werde ich ihn pudern wie einen Säugling, und ohne daß er es mir sagen muß, weiß ich im voraus, daß er genau das erwartet.

Mit ihm jedoch (wenn ich »ihm« sage, denke ich an den kleinen Dichter) ist es nicht so schnell gegangen. Ich habe beobachtet und zugehört. Ich habe wie üblich meine Versuche angestellt. Ich habe erst eine Lösung ausprobiert, dann eine zweite, dann beide zusammen, dann eine dritte. Und abgesehen von dieser Spezialität, die darin besteht, daß er mich nimmt, ohne mich zu berühren (die aber zu sehr von ihm selbst ausgeht, als daß ich mich rühmen könnte, er sei dabei auf meine besonderen Talente angewiesen), ist es mir die ganze Zeit bisher nicht gelungen, seinen Geschmack herauszufinden. Verflixt, habe ich mir gesagt! Wie merkwürdig! Wirklich ein komischer Kauz, so geheimnisvoll, daß ich nicht rauskriege, wo er seine Phantasie versteckt. Bis zu dem Augenblick – das war vorhin, bei ihm, im sehr schmalen Bett in seinem edlen Hôtel de Pimodan –, wo ich schließlich die unglaubliche Entdeckung gemacht habe, an der ich jeden Tag vorbeigetappt bin, ohne was zu merken, und jetzt, wo ich sie niederschreiben will, komme ich mir schon ganz blöd dabei vor: Was er über alles schätzt, dieser Schweinekerl, das ist nicht, daß ich rede, auch nicht, daß ich meine Seele aushauche oder daß ich irgendwelche Dinge tue, die sie sonst so in Trance versetzen, nein, was er über alles mag, ist, daß ich, während die Sache läuft, im Augenblick, wo ich eigentlich überschäumen sollte vor Phantasie, da darf ich nichts, überhaupt nichts machen. Es ist unglaublich. Unvorstellbar. Aber es ist so: Er erwartet, daß ich *wie tot* bin.

10. Januar. In einem Notizbuch von ihm habe ich diesen Satz gelesen, der einiges aussagt über seine Vorlieben: »Schön bin ich, o ihr Sterblichen! Schön wie ein Traum aus Stein.« Er würde mich umbringen, wenn er es wüßte. Denn es war sein geheimes Notizbuch. Das Notizbuch, das er immer in der Kommodenschublade in seinem Zimmer versteckt hält. Ganz schnell nur und klammheimlich habe ich darin lesen können, weil er einen Freund hinunterbegleitet hat in den Hof und weil er ausnahmsweise vergessen hatte, die Kommode abzuschließen. Als er wieder heraufkam, hat er mich komisch angeschaut. Einen mißtrauischen, fast bösen Blick hat er mir zugeworfen, wie es einer tut, der die Dummheit mit dem nicht umgedrehten Schlüssel sofort bemerkt, es aber nicht geradeheraus sagen kann, da man ja eigentlich nicht zu wissen hat, daß es da eine Schublade gibt und daß die geheim ist und so weiter. Ich jedenfalls habe mir nichts anmerken lassen. Ich hatte Zeit genug gehabt, mich wieder in Positur zu werfen auf dem Sofa, mit verschränkten Beinen, etwas blasiertem Mund und mit meinem Maniküр-Necessaire auf dem Schoß. »Schau mal!« habe ich gesagt und ihm meine Hände gezeigt, die ich zum Schein gerade gepflegt hatte: »Sind sie nicht hübsch, die Krallen deiner geliebten Löwin?« Worauf er dann doch nicht mehr glaubte, daß dieses lange, träge Mädchen, das sich gerade die Fingernägel zu Ende poliert, schwarz auf weiß das Geständnis seiner besonderen Neigung gesehen haben könnte. So ganz nebenbei drehte er den Schlüssel der Schublade um und steckte ihn in die Tasche. Beruhigt kam er zu mir und küßte mir die Füße, streifte mir mein Kleid ab, und fast ohne sich selbst auszuziehen, huldigte er mir auf seine Weise.

18. Januar. Reglos ... Die Beine gestreckt ... Die Schenkel nicht schlaff, sondern richtig steif ... Den Körper angespannt, kupferschimmernd ... Wichtig ist, das merke ich, daß man sich steif macht ... daß man die Muskeln anspannt ... Wichtig ist, daß man das Kreuz strafft, daß man sich spannt wie ein Bogen, und wenn es dann im Bauch losgeht, dann krampft man die ganze Gegend da unten zusammen, um das, was sich abspielt, geheimzuhalten, schön verborgen in einem selbst ... Schwierig? Ja, schwierig. Denn man darf ja auch nicht zeigen, wie anstrengend es ist. Er darf nicht den Eindruck haben, daß ich mich anspanne, straffe, steif mache und so weiter. Die ganze Kunst besteht darin, daß es eben nicht wie eine Kunst wirkt, sondern wie etwas Natürliches, was sich von alleine ergibt – eine Statue, muß er denken; eine richtige Statue liebe ich, und wenn er sich sagt, daß es eine Tote ist, kann es nur noch besser sein. »Für Madame ist das wohl eine große Veränderung«, hat Louise vorhin gesagt, nachdem er wieder gegangen war, während sie mir dabei half, das Korsett und den Unterrock auszuziehen, die er mir kaum zerknittert hat. »Ja, es muß Madame doch sehr angenehm sein, ausnahmsweise mal nichts vorheucheln zu müssen, keine Schreie, kein Stöhnen, kein Weinen, lauter Dinge, die sie überhaupt nicht empfindet.« Verflixte Louise. Dabei habe ich ihr gar nichts gesagt. Aber liederlich wie sie ist, hat sie wohl alles erraten. Im Grunde hat sie nicht unrecht. Und für ein Mädchen, das sein Leben lang nichts anderes getan hat, als ihnen die Komödie des »Wie schön, wie groß, wie stark du bist! Wie gut du es verstehst, deine kleine Geliebte in Verzückung zu versetzen!« vorzuspielen, ist das ja auch wirklich die verkehrte Welt, plötzlich Gleichgültigkeit und Kälte vorgaukeln zu müssen. Ein komisches Abenteuer ...

2. Februar. Am Anfang dachte ich mir: So ein Quatsch! Das kann man doch von einer Frau nicht verlangen! Das ist doch wirklich zu blöd! Wo ich nun ausnahmsweise mal einen richtigen Jüngling an der Hand habe, schön zart, mit einem hübschen Engelsgesicht, das danach verlangt, geliebt zu werden! – Aber allmählich gewöhne ich mich daran. Und warum gewöhne ich mich daran? – Werde ich es wagen, es aufzuschreiben? – Weil er das mag, aber zugleich weil auch ich inzwischen die Sache nicht ganz unangenehm finde. Ich bin ein Stein, sage ich mir, ich bin eine steinerne Statue ... Oder: aus Holz ... ja eher aus Holz ... Ich bin eine hölzerne Puppe ... Oder auch: Ich bin aus Eis ... aus Eis ... Das heiße Blut meiner Rasse muß ich abkühlen ... Und so unglaublich es erscheinen mag, es ist so: Mir das zu sagen und es nicht nur zu sagen, sondern es zu tun, vermittelt mir eine Lust, die ich nicht geahnt hätte.

In solchen Augenblicken habe ich Gewitter im Kopf. Zuckungen in den Schenkeln und Wallungen im Bauch. Im ganzen Körper reißt es mich wie schon lange nicht mehr, mit keinem. Und das Unglaubliche ist, daß alles noch doppelt verstärkt, was sage ich, tausendfach gesteigert wird durch die Anstrengung, mich im Zaum zu halten. Ich mußte wieder an dieses arme Kind von damals denken (Rinette hieß sie wohl ... oder Ninette ..., die von irgendeiner Puffmutter auf die Straße gezwungen wurde. Da man sie aber doch als zu jung für die eigentliche Sache einstufte, wurde sie zur Spezialistin für die Suckelnummer.) Das arme Kind hatte mir erklärt, daß es sie so ekelt, diese ganzen Dinger abzulecken, die den lieben Tag lang bei ihr vorbeidefilieren, daß sie es nicht tun konnte, ohne dabei an das Jesuskind zu denken. Aber sie hatte hinzugefügt, daß sie vor lauter Jesuskind, dadurch daß sie Gebet und Moralprinzipien mit der Sache selbst vermischte, kurz, daß sie sich verbot, Lust dabei zu empfinden, schließlich den umgekehrten Effekt erlebte und zeitweise sogar Geschmack daran fand.

3. Februar. Wenn ich mir einen persönlichen Vergleich erlauben wollte, dann würde ich sagen, daß es mich an das erste Mal erinnert, damals in der Waschküche der Rue de la Lanterne, als dieser Taugenichts von Félicien mich ganz schnell aufgespießt hat, auch er fast ohne mich zu berühren – aber das hatte nicht denselben Grund, denn bei ihm lag es vor allem daran, daß er Angst hatte, daß wir erwischt werden. Damals hatte ich so seltsame Ideen. Ich glaubte, keine Ahnung warum, daß ein anständiges Mädchen keine Lust empfinden darf, und falls es trotzdem welche empfindet, dann muß es ganz sanft sein und heimlich, so daß es niemand merkt. Und so habe ich mir auf die Lippen gebissen. Den Atem angehalten. Ganz fest habe ich die Augen zugedrückt, damit er auch ja nicht die Erregung darin lesen kann. So daß dieser Dummkopf, der nicht über seine Nasenspitze hinaussah, daraus schloß, daß ich es nicht mochte und daß ich noch zu grün war, um wirklich was zu empfinden. Was ihn übrigens, nebenbei gesagt, nicht daran gehindert hat, die Übung mit mir am nächsten Tag noch mal zu veranstalten. Und am übernächsten. Und so weiter, und so weiter, so lange, bis Madame Riquet, die Hauswirtin, uns schließlich erwischt hat. O Gott, wie lang das her ist!

Am gleichen Tag. Zwei Stunden später. Ich habe mich im Datum geirrt. Ja, es ist komisch, bei dem Thema: aber geirrt habe ich mich ganz bestimmt. Denn das, was ich vorhin erzählt habe, diese Geschichte mit den geschlossenen Augen, den zusammengekniffenen Lippen und dem ganzen Brimborium, das war später. Nicht viel später, aber später. Es war – und jetzt bin ich genau –, als ich vierzehn wurde. Da habe ich in einem Buch gelesen, daß man vom Teufel besessen sein muß, um sich im Bett zu Gefühlen hinreißen zu lassen. Mit Félicien also war es was anderes. Das Buch hatte ich noch nicht gelesen. Ich hatte keinerlei Vorstellung von diesen Teufelsgeschichten. Aber Angst hatte ich, o ja, so schrecklich Angst vor dieser Keule, die er in mich hineinschob, vor dieser Hand, die mich an den Haaren packte und mir den Kopf nach hinten hielt, vor der anderen Hand, die mir die Schenkel auseinanderzwang. Nichts anderes als die Angst war an jenem verdammten Morgen schuld daran, daß ich mich bis in sämtliche Innereien verkrampfte.

Übrigens, wenn ich ehrlich sein soll, dann gibt es eine letzte Sache, die ich noch nicht erzählt habe und die bestätigen kann, daß ich damals noch nicht glaubte, daß ein anständiges Mädchen nicht herumzappeln darf. Nämlich daß ich an dem berühmten ersten Tag mit Félicien keineswegs nein gesagt habe zu der Strampelei. Wenn ich es mir genau überlege, dann habe ich ganz und gar nicht nein dazu gesagt. Und ich erinnere mich, wie ich trotz meiner Angst, obwohl er mir weh tat, obwohl mein ganzer armer Kleinmädchenkörper zurückwich vor dem Angriff, wie ich trotz allem mein Möglichstes getan habe, um mit dem Popo zu wackeln, so wie ich mir vorstellte, daß sich das gehört. »Du bist ein hübsches kleines Luder«, sagte er und schlug mir auf den Hintern ... »Ein verdammt hübsch gebautes Hurenkind ... Aber du brauchst nicht so herumzuzappeln ...« Oh, wie habe ich mich geschämt!

4. Februar. Meine letzten Seiten wiedergelesen. So ein Blödsinn, mein Gott! So ein Blödsinn! Ich sollte mir lieber überlegen, wie ich die Zitrone auspresse, will sagen meinen Angebeteten. Erinnerungen, alles recht und schön. Aber die Schulden, die warten nicht.

11. Februar. Es stimmt, daß er mich wie eine Dame behandelt. Wie eine echte Dame. Wenn ich von seinen Gewohnheiten nichts wüßte, könnte ich sogar fast daraus schließen, daß er gar nicht weiß, was eine Dirne ist. O nein! Nicht etwa, daß er widerwillig bezahlt, der geliebte Engel. Das würde gerade noch fehlen, daß er sich sträubt! Aber er tut es auf so komische Weise, eine Spur zu vornehm, ohne jemals seine Scheine zu zählen, ohne genau auf den Tag zu achten (so daß er sich insgesamt gezwungenermaßen manchmal irrt, nicht oft, das ist richtig, nicht um viel, aber immerhin – wie sollte er sich auch nicht gelegentlich irren, wenn er mir meine Woche einfach so überreicht, mit scheinbar unbeteiligter Miene, wie einer, der nichts schuldet und die Dinge nur erledigt, weil er ein Kavalier ist?).

Alles andere verläuft entsprechend. Wenn er mich ausführt, zum Beispiel. Wenn er mich in seine Cafés führt. Ich sehe, wie er mich an solchen Abenden behandelt. Ich sehe seine Zufriedenheit, seinen Stolz, wenn er das Staunen bemerkt, das ich hervorrufe. Nicht eine Kokotte führt er spazieren. Nein, wirklich nicht. Eine Art Verlobte hat er bei sich und zeigt ihr die Künstlerwelt. Heute zum Beispiel. Wir waren bei einem Maler, den er kennt (unter uns, diesem Heft und mir, gesagt, ich kannte ihn auch – aber vergessen wir das, er weiß nichts davon), in einem atemberaubenden Luxusatelier, wo vom nächsten Salon die Rede war und vom nächsten Skandal, mit dem man die Spießer provozieren will. Da war so ein kleiner Herr, der nach mir schielte. Ein anderer, der mit mir Konversation machen wollte. Und einmal sind sie wie zwei Verschwörer näher gekommen: Ich war zwar nicht so dicht dabei, daß ich es hören konnte, aber die Bemerkung, die sie gemacht haben, war nicht ganz anständig, das habe ich wohl gemerkt.

Offenbar hat er's auch gemerkt. Jedenfalls kommt er, höhnisch lachend, Verachtung in den Mundwinkeln, und sagt den beiden Gaunern etwas ins Ohr, was ich noch immer nicht mitkriege, was aber ziemlich schmeichelhaft sein muß, da sie sich nämlich alle drei nach mir umdrehen und mir diese geilen Blicke zuwerfen, die ich sehr gut kenne – und die das beste Mittel sind, daß eine Frau anbeißt. Ach, habe ich gedacht, wie angenehm, wenn man sich beschützt fühlt.

13. Februar. Meine Schöne, nennt er mich ... Meine Königin ... Engel voller dies ... Engel voller das ... Ganz abgesehen von all den Nettigkeiten über meine Göttinnenbeine, meine Augen, die wie Sonnen strahlen, meine marmornen Brüste, meine krause Haarpracht und vieles mehr nach gleicher Melodie. Denn er ist Dichter, mein Liebhaber. Man kann sagen, was man will, aber reden tut ein Dichter anders als ein Westenmacher oder ein Baron! Heute nachmittag aber kam's noch besser. Was sage ich? Übertroffen hat er sich. Was er getan hat, ist so unglaublich, daß mir die Feder zittert beim Schreiben. Es war fünf Uhr. Ich war in meinem Boudoir und hatte nicht besonders viel an und ließ mir von Louise die Karten legen. Plötzlich kommt er und fragt mich, wo er nun mal da wäre, ob es mir gefallen würde, Verse zu hören, die ich ihm eingegeben habe. Und da ich antworte: »Warum nicht?«, schreitet er zur Tat und rezitiert das Gedicht, das mit »Schön bin ich, o ihr Sterblichen! Schön wie ein Traum aus Stein« anfängt. Es war so schön! So schön. Und ich, arme Jeanne, war so stolz auf die zweifache Ehre, die er mir erwies: indem er es geschrieben hatte und indem er es jetzt vorlas. Ich habe mich sehr artig benommen. Habe mich sehr beeindruckt gezeigt. Ich hatte den passenden Blick, und im richtigen Augenblick habe ich genickt. Und so hat er mir, als er mit dem Rezitieren fertig war, eine dritte Ehre erwiesen, daß ich ganz benommen war: Unter dem Vorwand, ich würde ihm »seine Reime reicher machen«, hat er mir schlichtweg diktiert. Jeanne, die Dichtersfrau ...

1. März. Ob ich ihn liebe, hat mich Bichette vorhin gefragt. Sie lag mit mir auf dem tiefen, weichen Bett (siehe da! Nun rede ich auch schon wie er!), wo wir uns streichelten und ich ihr die Geschichte des Gedichts erzählte. »Also hör mal, was für eine abenteuerliche Idee!« habe ich gesagt. »Übertreib doch nicht immer. Als ob Mädchen wie wir lieben könnten. Wissen wir denn überhaupt, was das bedeutet? Und wenn es uns zufällig mal passiert, wenn wir auf den dummen Gedanken kommen, uns zu binden, ist es denn nicht das Schlimmste, was man uns wünschen kann?« Aber ja doch, hat sie geantwortet ... Ja doch ... Aber angeblich stellt man sich in unseren Kreisen allmählich Fragen, nachdem man mich so schmachten sieht. »Vergiß nicht, mein Kind«, hat sie betont, »man kann nur eines mit ihnen machen, mit diesen Knaben: sie ausnehmen. Ein Mann, der nicht in der Lage ist, sich für ein Mädchen zu ruinieren, ist kein anständiger Mann ...« Liebe Bichette! Wie sehr sie mir gefällt, wenn sie so redet, sie nimmt kein Blatt vor den Mund ... Sie hat vollkommen recht. Und um es ihr auch richtig zu beweisen, habe ich sie um so inbrünstiger bearbeitet, bis ihre Schamlippen karminrot geworden sind. O die Tölpel! Ob sie wohl ahnen, welche Gedanken eine Frau bewegen, die sich gerade einer anderen Frau hingibt? Gewiß nicht!

Gleiches Datum. Mitten in der Nacht. Ich mache dieses Heft noch einmal auf! Denn wozu es sorgfältig führen, wie ich es tue, wenn man nicht alle Wahrheiten sagt? Daß es in dieser ganzen Geschichte keinerlei Liebe gibt, dabei bleibe ich. Und wie ich es Bichette schon sagte, auf dem Bett, das kann man nicht jahrelang tun, nicht aus Berufsgründen, so weit gehe ich nicht, aber aus Notwendigkeit, ohne daß es einem schließlich die Seele abnutzt. Aber gut. Davon abgesehen kann ich trotzdem nicht leugnen, daß sich mit ihm etwas abspielt, was sich mit den andern nicht abgespielt hat. Das erkennt man schon an diesem Heft. An meinem Bedürfnis, fast täglich seine

Charakterzüge aufzuschreiben. Und wenn ich schon alles sagen will, dann muß ich auch das Verlangen gestehen, das mich hin und wieder packt, mich winzig klein zu machen – nicht um ihm unter die Haut gehen zu können, das habe ich schon geschafft, sondern um in seinen schönen Dichterkopf einzudringen, der mir immer noch zuviel Widerstand leistet, finde ich. Ich bin seine Muse, denke ich mir ... Seine schwarze Muse ... Und in der Freude darüber, ihn besessen zu machen wie der Teufel, da denke ich ... Ach was! Ich weiß gar nicht mehr, was ich denke. Ich bin zu müde.

2. März. Er weiß es, was einer Frau durch den Kopf geht, während sie ... und so weiter. Verdammt, ja! Er weiß es. Den Beweis haben wir geliefert bekommen, Bichette und ich, und zwar heute nachmittag. Keine Zeit zu berichten. Aber sagen wir einfach, daß zwei Frauenzimmer gleichzeitig auf dem tiefen, weiten Bett, mit ihm daneben als Zuschauer, etwas sind, was ihm keineswegs mißfällt. Warum hat er es denn nicht früher gesagt?

5. März. Die Geschichte spielte sich heute morgen ab. Der Vormittag ist zwar im Prinzip nicht seine Zeit, sondern, je nachdem an welchem Tag, die von Allard, von Baron Calvez oder die des Schlitzohrs Arsène. Und nun plötzlich, heute morgen um zehn, als Arsène schon hier ist und wir eigentlich niemand mehr erwarten, klingelt es an der Tür. Louise denkt, es sei ein Lieferant, und reagiert nicht. Es läutet wieder. Sie reagiert noch immer nicht. Es wird an die Tür geballert. Und zwar so heftig, daß, als sie schließlich aufmacht, ein Tobsüchtiger hereinbricht, sie beiseite stößt, das Tischchen im Flur umwirft und zu meinem Zimmer rennt, wo ich mit dem andern im Bett liege. »Holla!« rufe ich. »Was sind das für Manieren? Was ist denn in dich gefahren, daß du einfach so hereinrumpelst, zu einer Tageszeit, von der du genau weißt, daß es nicht deine ist?« Und er, anstatt sich zu entschuldigen, anstatt mit seiner angeblichen Höflichkeit, auf die er so stolz ist, zu sagen: »Verzeihung ... das hätte ich nicht tun sollen ... Ich habe mich in der Zeit vertan ... Aber das macht ja nichts, ich komme später wieder ...«, er fängt an, noch lauter zu schreien als ich und zu erklären, daß ich ihm gehöre, ihm ganz allein, daß Bichette ja noch angehen mag, aber Arsène auf keinen Fall, Arsène komme gar nicht in Frage. »Nicht in Frage?« schreie ich zurück. »Was soll das heißen, nicht in Frage? Du bist wohl nicht mehr ganz bei dir?« Immer wütender werde ich, und ich frage ihn, ob er die Frechheit besitzt zu glauben, ich könnte meinen Haushalt mit dem bestreiten, was er mir gibt: vierzig Franc Miete, daran erinnere ich ihn ... zweiundzwanzig für Louise ... fünfzehn mindestens für die Kleidung ... zwanzig für den Feinkosthändler, vorausgesetzt er halst mir nicht Knall auf Fall noch eines seiner Diners für die Freunde auf ... zehn Franc für die Wäschefrau ... zehn für die Blumenhändlerin ... fünfzehn oder zwanzig für die Hutmacherin ... fünf für die Parfums und allerlei andere Accessoires, auf die nicht ich, sondern er so besonderen Wert legt ... zehn für die Näherin, die die billigste im ganzen Viertel ist ... ganz zu schweigen von den Pferden, die ich nicht habe, dem Kabriolett, das ich niemals haben werde und von der Loge im Théâtre des Variétés, die ich mir an den Hut stecken kann ... Soll er es sich doch ausrechnen. Doch, doch, das soll er tun, erkläre ich hartnäckig. Und dann soll er mir mal erklären, wie er glaubt, daß ich über die Runden komme mit den mickrigen hundert Franc, die er mir jeden Monat zukommen läßt. Eine Viertelstunde lang ging das in diesem Ton weiter. Der arme Arsène, das habe ich ganz vergessen zu berichten, hatte sich vorsichtigerweise in Richtung Toilette zurückgezogen. Und ich mußte noch lauter werden, ich mußte mich voll aufplustern, ich mußte ihm sagen, daß ich mir, trotz seiner läppischen hundert Franc, allmählich Fragen stelle und daß ich eigentlich sehr gutmütig bin, wenn ich sie überhaupt annehme, jawohl, all das hat es gebraucht, um Monsieur endlich zu beruhigen und ihm seine Flegelhaftigkeit klarzumachen. Verdammt noch mal!

12. März. Ist es vielleicht der Krach von letzter Woche, der bereits seine Früchte trägt? Jedenfalls hat er mir heute angekündigt, so ganz nebenbei, als wäre gar nichts, daß er diese Wohnung satt hat und daß er eine größere für mich gefunden hat, näher bei ihm, und da will er mich unterbringen, hat er beschlossen. Um so besser! Monsieur hat wohl endlich kapiert, daß man nicht behaupten kann, daß einem eine Frau gehört, ohne daß es einen ein Minimum kostet! Gutmütig wie ich bin, vermeide ich es, ihn darauf hinzuweisen. Und wir lachen einfach darüber wie zwei gute alte Freunde, daß die Straße (er hat es nicht absichtlich getan, er schwört es!) Rue de la Femme-sans-Tête, Straße der Frau ohne Kopf, heißt.

16. März. Offenbar entspricht diese Geschichte mit der neuen Wohnung nicht dem Geschmack von jedermann. Da gibt es zunächst einmal die Freunde, die eifersüchtig sind, das hätte ich mir denken können, die finden, daß ich ihn ausnutze, und die versuchen, ihn gegen mich aufzuhetzen. Und dann gibt es noch diese vermaledeite Familie, von der ich bis heute noch keine Spur gesehen habe, die es aber wagt, sich in unsere kleinen Abmachungen einzumischen. »Ein Mädchen! Eine Dirne!« soll sein General gesagt haben. »Und dann noch eine Schwarze! Das machst du wohl absichtlich, wie? Willst du mich denn umbringen, meinen Ruf zerstören? Oder willst du deiner armen Mutter Kummer machen, sie entehren?« Deiner armen Mutter! Von wegen deiner armen Mutter! Hat man denn an sie gedacht, an die arme Mutter, einst in Creil, an einem gewissen Morgen, zur Zeit der wilden Jugend dieser Herrschaften? Legte man denn damals soviel Wert auf Ruf und Ehre bei dieser alten Metzgereigeschichte, die er mir eines Abends, als er neben mir lag, unvorsichtigerweise erzählt hat? Ich mag zwar solche Methoden nicht. Aber man darf mich auch nicht allzusehr provozieren. Denn ich weiß von ein paar Leuten, die es ungemein interessieren würde zu erfahren, daß die ehrwürdige Gemahlin des ehrwürdigen Generals Dingsbums knapp einen Monat nach der Hochzeit schon gewisse Vorkehrungen treffen mußte, und so weiter ... Die Geschichte will ich im Auge behalten. Aber mein Heft will ich mit ihren Schweinereien lieber nicht belasten.

19. März. Seine Freunde ... Seine Freunde ... Allmählich geht er mir auf die Nerven mit seinen Freunden ... Man könnte meinen, nichts anderes zählt für ihn ... Und wenn einer dann seine Meinung vom Stapel läßt, zum Beispiel zu dieser Wohnungsgeschichte, dann könnte man glauben, das Evangelium hat gesprochen ... Heute abend war ich nicht in Stimmung. »Lauter Taugenichtse«, habe ich ihm gesagt. »Lauter Affen ... Da braucht man doch nur ihre Aufmachung zu betrachten ... Ihre immerzu schmierigen Hüte ... Ihre ewig ungewaschenen Haare, ihren Dreck ... Soll ich's dir sagen? Nach deinem Geld schielen sie ... Jawohl, nach deinem Geld ... Und anstatt das Böse da zu sehen, wo es keins gibt, solltest du dir lieber darüber klarwerden, daß sie uns noch beide ins Elend treiben, wenn das so weitergeht.« Und als er eine Grimasse zog, habe ich hinzugefügt: »Ich kenn' sie doch, verdammt noch mal! ... Ich habe sie durchschaut ... Gestern erst habe ich wieder mitgekriegt, wie sie hinter deinem Rücken über dich geredet haben ... Eine taube Nuß, haben sie gesagt ... Einer, von dem nie was kommen wird ... Sie haben sich sogar erlaubt, obwohl sie wußten, daß ich zuhöre, nachzumachen, wie du redest ...« Das war aber noch immer nicht genug, Monsieur schien zu glauben, daß sich Jeanne das alles einbildet. Also habe ich weiter erklärt: »N*** zum Beispiel ... N*** ist doch dein Freund, oder? Ein ganz echter Freund? Also mit dem habe ich zu tun gehabt: kaum hast du den Rücken gedreht, schon ist er mir auf die Pelle gerückt und hat mir von seinen Vorzügen erzählt und mir den Hof gemacht, das alte Ferkel ...« Ich habe ein bißchen dick aufgetragen, das gebe ich zu. Aber wie soll ich sonst die bösen Schlangenzungen zum Schweigen bringen?

27. März. Neuer Streit über die Freunde – im Zusammenhang mit einem, der ihm gesagt haben soll, er sei wie umgedreht, seit er mich kennt: daß er nichts mehr arbeitet, daß er seine Verse nicht mehr schreibt und daß er, wenn ich ihm weiter so teuer zu stehen komme, bis zum neuen Jahr blank sein wird. »Warum glaubst du diesen Grünschnäbeln?« habe ich gesagt, um ihn zu beruhigen, aber auch, um wieder die Oberhand zu gewinnen. »Sie verstehen dich nicht ... Sie interessieren sich nicht für die gleichen Dinge wie du ... Was du magst, das ist in der Stadt herumwandern ... Mögen sie das denn? Hm? Erklär mir das doch mal. Mögen sie das zufällig auch?« Diesmal hat der Angriff getroffen. Sein Gesicht ist noch mehr zusammengefallen als neulich, als ich ihm diese Lügen über N*** erzählte.

28. *März.* Ich habe zwar nichts gegen seine Freunde. Nein, nein, wirklich nicht. Wenn es ihn nicht gäbe und wenn ich sie ohne ihn antreffen würde, da gäbe es sogar ein paar in dem Haufen, die ich nicht ungern in mein Bett stecken würde. Aber das Problem, das eigentliche Problem, das ist er, er allein. Ich spüre, daß er sich viel zu wohl fühlt, wenn er mit ihnen zusammen ist. Und das geht mir auf die Nerven, daß er da so zufrieden ist, wo er doch immer herumnörgelt und den Werwolf markiert, alle Leute anstarrt, ohne sie zu grüßen, wenn ich mal meine Mädchen einlade und mit ihnen feiere. Und was mir gegen den Strich geht, das ist sein Eifer mit seinen Freunden. Er *muß* sie sehen. Er *muß* mit ihnen reden. Er *muß* mit ihnen lachen. Er *muß* ihnen Geschichten erzählen, die er mir schon erzählt hat und die ich schon mit gebührendem Interesse gewürdigt habe. Er braucht das. Genüge ich dir denn nicht? möchte ich ihm sagen. Reicht dir denn eine Muse nicht? Wär's denn nicht sinnvoller, bei all der Arbeit, die du dir vorgenommen hast, wenn du brav bei mir zu Hause bleiben würdest, schön gemütlich im Warmen, an den dafür vorgesehenen Abenden? Manchmal tut es mir fast leid, daß er nicht allein, von al-

len verlassen, entehrt ist. An solchen Tagen sage ich mir, daß es wunderschön wäre, wenn er keine Freunde und keine Familie mehr hätte, wenn ich ganz alleine ihn lieben, ihn verstehen und meinetwegen auch seine hübschen Verse lesen würde. Vergangene Nacht zum Beispiel, das klingt zwar blöde, aber es ist wahr, da habe ich geträumt, daß seine Mutter gestorben ist. Und wir waren beide auf dem Friedhof, er sehr würdevoll, ich an seinem Arm, sein letzter Trost. Waisenkinder ... Wie zwei Waisenkinder wären wir ... Sein Geld bräuchte ich nicht mehr, da er ja keins mehr hätte. Ich würde welches verdienen, um unseren kleinen Haushalt zu finanzieren. Wie? Tut mir leid. Ich habe nicht zwölferlei Berufe. Der Vorteil wäre, daß er in diesem Fall nichts dagegen einwenden könnte.

29. März. Witzig, deine Geschichte, sagt Bichette. Es gibt Männer, das sage ich dir oft, die für ihre Süßen ihr letztes Hemd hergeben und die die ganze Welt ins Elend bringen würden, nur um uns zu verwöhnen. Deiner nicht. Nein, nein, keine Ausrede, deiner gehört nicht zu dieser Sorte. Und weil du es im Grunde genausogut weißt wie ich, was tust du? Na, was du dir da nicht holen kannst, das holst du dir anderswo. Dieser arme Poet, der sich vom lieben Gott nie was anderes gewünscht hat, als in Ruhe zu dichten – und du machst derweil mit seinen Gedichten, was Mimi mit dem Geld vom Herzog von B*** macht. Her damit! All das gehört mir! Mir! Und da ich ihm nicht die Geldtasche leeren kann, sauge ich ihm eben das Hirn aus.

11. April. Schon wieder ein Streit heute. Wir sind bei ihm. Hôtel Pimodan. Ich sitze auf dem Sofa auf meinem üblichen Platz, in der Stellung, die er gerne mag. Er steht. Geht auf und ab. Er hat sein langes, allzu glatt rasiertes Gesicht der unguten Tage. Und ich errate ziemlich schnell, daß ihn schon wieder diese verdammte Familie beunruhigt. »Stell sie mir vor«, sage ich und schaue überhaupt nicht herausfordernd dabei. »Ich werde ihnen gefallen, du wirst sehen ... Ich werde sie schon rumkriegen ... der General ist ja schließlich auch ein Mann! ... Versteh' ich's nicht prächtig, mit Männern umzugehen?« Aber anstatt ja oder nein zu antworten, wirft er mir einen düsteren, empörten Blick zu. Was mich natürlich, wer mich kennt, weiß das, aus der Fasson geraten läßt und auch bei mir den Ton verändert. »Was ist denn los?« werfe ich ihm an den Kopf. »Wieso schaust du wie ein Suppenhuhn? Findest du mich vielleicht nicht gut genug? Hast du Angst? Oder schämst du dich? Es bringt dir wohl Schande, wie, deine schwarze Muse vorzuzeigen?« Nach einer Verschnaufpause dann: »Also, was glaubst du denn? Daß sie nicht wie jedermann geschaffen ist, deine verdammte Mutter? Glaubst du vielleicht, daß sie in Creil, am Tag, von dem du mir erzählt hast, so stolz und hochnäsig war?« Danach bin ich gegangen. Wutschnaubend. O ja, das kann man wohl sagen: wutschnaubend. Ist doch auch wahr: Was sind das für dumme Sprüche, meine Königin hier, meine Muse dort, und dann ist man nicht einmal fähig, mich der Familie vorzustellen? Monsieur Perrochon hat sich da nicht so angestellt! Und der Baron Calvez auch nicht! Und auch dieser arme Westenmacher aus der Rue de Cléry nicht, dessen Name mir im Moment nicht einfällt, der war vielleicht stolz, als er mich nach Ville d'Avray mitnahm. Und bei denen gab's nichts zu holen, weiß Gott nicht. Nur die Reichen benehmen sich wie der letzte Dreck.

23. April. Oh, der Bösewicht. Am liebsten mag ich, wenn er mir seine Verse rezitiert. Vielleicht fehlt es mir an Bildung. Aber Bildung hin, Bildung her, da steckt Rhythmus drin, da gibt es Laute, Übergänge, die stärker auf mich wirken als eine Mazurka im Café Tabourey, noch dazu, da ich weiß, wer ihn dazu inspiriert. Heute morgen also (denn das hat er bei mir erreicht, ich hatte nur noch nicht die Gelegenheit, es aufzuschreiben: nämlich daß wir unsere Gewohnheiten geändert haben und daß ich ihm jetzt manchmal erlaube, am Morgen zu kommen), war ich besonders aufgewühlt, und da ist mir ein Einfall gekommen. »Wie schön!« habe ich immer wieder gesagt. »Wie wunderschön! Aber nicht du solltest sie aufsagen. Du kannst nicht deine Gedichte schreiben und sie auch noch sprechen! Ich werde sie dir rezitieren. Du bringst sie mir bei, und ich rezitiere sie. Dazu ziehe ich ein Musenkostüm an. Und dann mieten wir ein Lokal: die Tour d'Argent oder das Café Duval. Und für die vielen feinen Leute, die du kennst, lassen wir Einladungen drucken.« Ich fand die Idee amüsant. Außerdem normal. Er lebt mit einer Schauspielerin: also, warum sollte er das nicht ausnutzen? Warum, es kostet ihn ja nichts, sollte er nicht versuchen, daraus einen Vorteil zu ziehen? Aber er fand das überhaupt nicht gut. Und anstatt zu antworten: »Ja natürlich, danke, das wird ein hübscher Erfolg«, hat er so getan, als hätte er nicht gehört oder nicht so richtig verstanden. Und als ich dann versuchte, ihm zu erklären, ihm zu schildern, wie ich es machen würde, als ich angefangen habe, ihm vorzurechnen, was ihm das alles bringen wird, da hat er sich wie eine Auster verschlossen und ist gegangen unter dem Vorwand, er müsse etwas besorgen. Seine Muse ... Seine Muse ... Leicht gesagt ... Das ist nämlich genau wie mit der Familie: Je weniger man sie vorzeigt, desto besser geht es einem ...

26. April. Selber schuld. Soll er mir doch den Buckel runterrutschen! Monsieur läßt mich jetzt überwachen. Und dabei soll er angeblich herausgefunden haben, daß ich weiterhin jeden zweiten Donnerstag von zehn bis zwölf meinen armen Baron Calvez empfange. Daß der Baron inzwischen zu schlapp ist, um mir was Nennenswertes anzutun, hat mit der Sache selbst nichts zu tun. Und ich wollte mich nicht so weit erniedrigen zu erzählen, daß ich mich nicht einmal mehr ausziehen muß, wenn er kommt, denn alles, was er verlangt, ist, sich hinlegen, sich aufknöpfen und so lange seine kleinen Seehundschreie auszustoßen, bis ich ihn erlöst habe. Ein starkes Stück, die

Mentalität, die bei dem ganzen Zirkus ans Licht kommt. Schlimmer noch: daß er mir nachspioniert und sich hinterher bei mir ausheult. Denn was will er eigentlich? Daß ich den Baron jeden Donnerstag empfange? Jeden Morgen? Daß ich es ganz offen tue, vor aller Augen, besonders denen seiner Familie? Ich war untadelig in der ganzen Geschichte. Vorbildlich. Ich habe mir die Mühe gemacht, jawohl, die Mühe, ihm eine Affäre zu verheimlichen, wo er ganz selber schuld ist, daß er sie aufgedeckt hat. Und überdies sollte ich aus lauter Spaß an der Freude, nur um ihm angenehm zu sein, nun auf das Geld von dem Kerl verzichten? Einverstanden, habe ich ihm gesagt ... Doch doch, nach alldem verzichte ich darauf ... Aber sag mir doch, was du mir dafür gibst und ob du mir an seiner Stelle die Korsetts mit den feinen Fischbeinstäbchen zahlst, die du nicht unbedingt wenig schätzst? Muß ich hinzufügen, daß er – Feigheit und Schamlosigkeit geben ein gutes Paar ab – sich sehr wohl gehütet hat, meine Frage zu beantworten?

3. Mai. Wie ist es diesmal gekommen? Wieder eine Geldfrage? Wieder die Familie? Ging es um die arme Louise, die er immer weniger ertragen kann? Um den Veilchenduft, den Bichette auf Monsieurs Kopfkissen zurückzulassen wagte und der seiner Ansicht nach der Duft der Gemüsehändlerinnen ist? Ehrlich gesagt, ich weiß es nicht mehr. Es war eine jener Streitereien, die so heftig werden, daß hinterher, wenn sie alles durcheinandergebracht haben, keiner mehr weiß, wie sie angefangen hatten. Jedenfalls ist er halb wahnsinnig geworden. Er hat gebrüllt. Mich beschimpft. Seine Augen waren ganz starr und schleuderten Blitze wie (Gott möge mir verzeihen) die seines Vaters selig auf dem Porträt. So daß ich ihm nicht wie sonst immer die Stirn geboten habe, sondern ganz verängstigt, ganz erschrocken war über die beiden Adern, die an seiner Stirn angeschwollen sind: Als ich diese Schreie hörte, wußte ich nichts anderes zu tun, als mich auf meinem Sofa zusammenzukauern. Vielleicht wird ihn das beruhigen, habe ich mir gedacht. Von wegen. Es hat ihn noch mehr auf die Palme gebracht. So sehr, daß er einen Schemel gepackt, ihn an den Kamin geschmettert und mit dem Bein, das er noch in der Hand hielt, meine Vasen und meine Flakons zertrümmert hat – und mit dem Nagel, der rausschaute, hat er sich auch noch die Seide vom Hemd zerrissen und schließlich den Arm und das Handgelenk aufgeritzt. »Rede!« knirschte er, während er sich das antat. »Rede doch! Wirst du wohl endlich reden?« Dann verletzte er sich noch stärker und schrie: »Das willst du doch, nicht wahr? Sag es doch, daß du das willst!« Bis er schließlich hörte, wie ich, immer kläglicher zusammengekauert, rief: »Hör doch auf! Hör doch auf! Du bist wahnsinnig!« Da wirft er seine Waffe auf den Boden mit einem Schrei, in dem halb Zorn, halb Triumph mitklingt. »Hör auf«, wiederhole ich. »Ich flehe dich an, hör auf!« Aber er ist schon bei mir. Plötzlich ist er fast ruhig und zischt: »Wirst du denn nie etwas kapieren?« Dabei verpaßt er mir eine so brutale Ohrfeige, daß ich vom Sofa falle. Besser so, denke ich mir, trotz brennendem Schmerz auf der Backe. Ich bleibe einen Augenblick reglos liegen, tu' so, als wäre ich bewußtlos, damit er glaubt, er hätte mich umgebracht. »Mein Kleines!« höre ich ihn murmeln. »Wie geht es dir? Habe ich dir weh getan?« Und ich spüre, daß er in Panik gerät. Er steht auf, geht eine Karaffe Wasser, ein Handtuch und ein Riechfläschchen im Buffet holen, ruft Louise, tätschelt mir die Backe, dann auch die andere, und ich, währenddessen, ich hüte mich, mich zu rühren, und sage mir innerlich: Jetzt sitzt er aber ganz schön in der Tinte!

7. Mai. Er hat mir gesagt, so kann das nicht weitergehen, wir sind dabei, uns gegenseitig umzubringen. Ich habe ihm geantwortet: »Immer mit der Ruhe! Meinst du, ich merke nichts? Glaub ja nicht, daß du mir so leicht davonkommst!«

8. Mai. Er hat mir gesagt, daß ich vielleicht doch recht habe, daß er nicht der Mann ist, den ich brauche – es gibt so viele Beschützer in Paris, die reicher und freier sind. Ich habe ihm geantwortet, nein, daß ich nur ihn haben will, daß wir uns zwar gegenseitig kaputtmachen, aber daß ich mich trotzdem noch nie mit einem Liebhaber so eng und fest verbunden gefühlt habe.

9. Mai. Wieder ein Streit. Aber ganz sanft ... Ganz sanft ... Als ob wir schon alles im voraus wüßten und unsere Kräfte für eine lange, sehr lange Reise schonen würden ... Du bist mein Unglück, hat er mir gesagt, du bist mein Fluch ... Und ich habe ihm ohne Umschweife geantwortet – ich bin nicht unzufrieden mit mir: »Auch ich habe dir alles geopfert ... alles ... Calvez ... Perrochon ... den Westenmacher ... die andern ... Ich habe dir meine Position geopfert ... meine Zukunft ...«

4

Die Sonne steht jetzt hoch am Himmel. Sehr strahlend. Ein schönes Mittagslicht, schwefelfarben, ins Ockergelbe spielend, dringt in den Raum, gleitet über die armselige Unordnung hinweg, erfaßt noch das Kopfkissen. Er liegt da, nach wie vor. Die anderen – Marcq, Ballotin, die Lepage, die ganze Truppe ... – sind hinausgegangen, aber er liegt da. Sein Kopf ist nach hinten geneigt. Der Mund ist ein wenig geöffnet. Der gelähmte rechte Arm liegt verkrampft auf der Brust. Die linke Hand hängt aus dem Bett heraus und hält noch immer das Heft fest. Und wäre nicht zwischen Arm und Kinn das leichte, kaum wahrnehmbare Zittern des Lakens, könnte man Zweifel haben, ob er noch lebt und atmet. Man müßte aufstehen, denkt er. Sich noch einmal zur Truhe schleppen. Bevor sie wiederkommen und den Raum mit ihrem unerträglichen Gequake anfüllen, müßte man die losen Blätter aufsammeln, sie in das Heft stecken und das Ganze wieder an seinen Platz räumen. Aber er kann nicht, leider. Er hat buchstäblich nicht mehr die Kraft dazu. Zu sehr hat ihn die Krankheit angegriffen. Diese verdammte Körperhälfte, die ihm vorhin, unmittelbar nach dem Aufbruch der ganzen Meute, als er sich mühsam, mehr kriechend als gehend, bis zur Truhe der Geheimnisse schleppte, noch gehorcht hat, die jetzt aber keine Reaktion mehr zeigt. Es sei denn, das Lesen hat ihn so erschöpft, hat ihn wie ein Zweikampf oder ein Schock für eine nicht absehbare Zeit niedergestreckt.

Denn er kennt es, dieses Heft. Er hat es gelesen. Immer und immer wieder gelesen. Wie ein Liebhaber von Bilderrätseln, als ob er in diesem Labyrinth von Worten den

Schlüssel aller Geheimnisse finden könnte, hat er es aber- und abermals aufgeschlagen seit nunmehr zwanzig Jahren. Wenn er manchmal die Hoffnung aufgegeben hatte, noch jemals irgend etwas zu entdecken, begnügte er sich sogar damit, es aufs Geratewohl zu öffnen, ohne zu lesen oder nachzudenken, nur um der Freude willen (aber war es wirklich nur eine Freude? War es nicht eine weitere Art, eine traumverlorene, eine ungezwungene, die Stille dieser Seiten zu belauschen?), die schöne, brave Schrift wiederzusehen, die sogar in ihren Fehlern und durchgestrichenen Silben noch bedeutungsschwer erschien. Sie haben ihn nie wieder verlassen, diese Seiten, sie haben ihn von Wohnung zu Wohnung begleitet von jenem fernen Tag an, als die wildgewordene Jeanne im Rausch gebrüllt hatte, er sei zu arm, um ihr die Heizung zu bezahlen, und alles, was ihr in die Hände geriet, in den Ofen geworfen hatte: Hinter ihrem Rücken – oder war es ihr egal gewesen? – hatte er aus dem Feuer gerettet, was er retten konnte, ein Schmuckstück, eine Puderquaste, einen Band der *Phantastischen Geschichten*, einen Rasierpinsel, einen Schuh, an dem sein Herz hing, und schließlich dieses dicke Heft mit dem Einband aus rotem Wachstuch, das die Flammen noch nicht erreicht hatten. Daher kennt er dieses Tagebuch. Seine gefährlichsten Düfte müßten längst verflogen sein. Sonderbar jedoch: Für ihn hat es das Wesentliche dieser Kräfte bewahrt, immer noch, wenn er darin liest, hat er das Gefühl, sich zu verbrennen, immer noch ist er ganz aufgewühlt nachher. Wie jedesmal, wie das allererste und alle weiteren Male hat er das noch viel sonderbarere Empfinden – und das ist, das spürt er, die wahre Quelle seines Unbehagens –, er lese eine Geschichte, die nicht die seine ist.

Das fängt an bei den einzelnen Episoden. Er erkennt Begebenheiten und Vorfälle nicht mehr. Er erinnert sich zwar an Louise. Oder an Bichette. Er erinnert sich an den Tag, als ihm seine Boulevard-Muse halb stolz, halb pervers ihre »liebe Freundin« vorstellte. An den Tag, von dem sie wenig erzählt, als er zum ersten Mal zugesehen hat, wie die beiden sich liebten. An den, als Bichette, wieder sie, mit der durchtriebenen Miene einer Freundin, die einem selbstverständlich nur Gutes will, ihn heimlich aufsuchte, um ihm die Calvez-Affäre zu verraten. Calvez ... Ja, er erinnert sich sogar an Calvez ... Er erinnert sich, weiß der Teufel warum, daß er eine tuberkulosekranke Frau hatte namens Léone ... Aber er erinnert sich nicht an den Westenmacher. Er erinnert sich nicht an diesen Arsène. Er hat, selbst bei längerem Nachdenken, keinerlei Erinnerung an jene Mädchenabende, die ihr so wichtig zu sein schienen und an denen er nach ihren Worten seine Werwolfmiene aufsetzte. Und jene Künstler-Diners, bei denen sie sich offenbar geschmeichelt fühlte, wenn sie in seiner Gegenwart mit lüsternen Blicken bedacht wurde, oder jene obskuren Geschichten von Gedichten, die er ihr diktierte, oder von abgeschlossenen Schränken, von Veilchenduft auf dem Kopfkissen, ja, er erinnert sich dunkel – aber warum gerade daran? Warum gerade solche Einzelheiten ausbreiten, wo sich doch soviel zugetragen hat, worüber sie kein Sterbenswörtchen sagt? Warum dieser dämliche Arsène und ihr groteskes Aufeinandertreffen und unter dem gleichen Datum nichts von dem Streit mit seiner Mutter, von dem er ihr doch ganz aufgewühlt berichtet hatte und der, weil er bereits mit seinem zukünftigen Vormund zu tun hatte, ein viel unheilvolleres Omen war?

Und dann der Ton. Der Ton dieser Seiten erstaunt ihn. Denn Jeanne war zwar eine derbe Person, gewiß. Brutal. Berechnend. Sie wurde es mit den Jahren immer mehr, und zum Schluß war sie zu einer vorzeitig gealterten, verbitterten Xanthippe geworden, die ihn bis in seine Refugien mit ihrem Gekeife verfolgte. Aber damals? In jenen Wochen? In jenen wundervollen Stunden der Entdeckung, der Begegnung? So war das doch nicht! So kann es doch nicht gewesen sein! Mochte sie arglistig und verschlagen sein, sie konnte ihn doch nicht mit so finsterem Blick sehen. Und er kann sich nicht vorstellen, daß sie an diese ununterbrochene Folge von schäbigen Verhaltensweisen, von miesen kleinen Aufrechnungen, von armseligen Aufwallungen, die sie da wie absichtlich in ihrem Heft aneinanderreihte, wirklich geglaubt hat. Jeanne ... Liebe Jeanne ... Wunderbares Gespenst der antiken Venus ... Du warst so schön damals ... Was auch immer du behaupten magst, mein braunes Reh, was auch immer du böswillig daherplapperst, ich weiß, was du dachtest ... Ich weiß, wie du warst, wie du unter meinen Liebkosungen bebtest ... Und ich erinnere mich an jene Tage, an denen ich dich überhaupt nicht mehr liebkoste, als ich dir mit Halbsätzen, mit einem simplen Blinzeln, das dir vollauf genügte, deine »trägen Stunden« erlaubte, wie du es nanntest ... O meine wunderbare Hexe! O meine frivole, meine schreckliche Leidenschaft! Du warst nackt. Du warst schwarz. Nackt und schwarz, den Bauch flach auf dem rauhen Laken, hattest du Blicke, die Gott sei Dank nicht trügen konnten und die mir deine Dankbarkeit, deine Unterwerfung, deine Wollust kundtaten.

Und immer wieder diese Geldgeschichten. Daß Jeanne ihre Reize verkauft hatte, daß sie zeitweise davon gelebt hatte, daß sie ihn aus Geldgier und nicht aus Lust oder aus Liebe betrogen hatte, war vermutlich richtig. Sicher sogar. Bei genauerer Überlegung gereichte es ihr sogar zur Ehre, daß sie es auf diese Weise getan hatte – naiv, in aller Unschuld, ohne zu mogeln oder die Dinge zu vertuschen. Aber sich deswegen als ein Mädchen vom Gewerbe zu beschreiben, sich als eine Dirne zu verstehen, das war ein Schritt, den er selbst damals auf keinen Fall getan hätte. Daß sie auf die Gesellschaft und insbesondere auch auf ihre Liebhaber gewirkt hätte wie jemand, den diese Bezeichnung – »Dirne« – tatsächlich definieren konnte, das war für ihn auch heute noch unvorstellbar. Dafür war sie zu einzigartig, seine Jeanne. Zu widerspenstig. Nicht einem einzigen Frauentyp zuzuordnen, auch und erst recht nicht jenem. Sie war zu andersartig. Zu stolz. Ein Idol ohne Namen, mit allzu abwesendem Blick. Eine Hure? Welch komische Idee! Welch unglaubwürdige Verkürzung! Welch grausame – und dumme – Art, in einem solchen Wort ein Wesen zusammenzufassen, das eine Besonderheit mit ihm teilte: daß es jeden Morgen mit anderer Haut und anderem Gesicht erwachte!

Er erinnert sich an die Geschichte mit dem Friseur. An die der Nachbarn in der Rue Beautreillis. Er erinnert sich an die Ladenbesitzer, die sie mit ihrer Gunst bezahlte. An den kleinen Laufburschen, der zwei-, an manchen Tagen dreimal heraufkam, um sich von ihr »verwöhnen« zu lassen. Er erinnert sich an jene Vorstadtbälle, wo sie mit fiebernden Augen, wie eine Besessene, im Rhythmus des Rums und ihrer Träume tanzte und sich im Morgengrauen für einen Groschen oder eine Flasche Wein demjenigen verkaufte, der sie mit demütigem oder glühendem Blick am besten angebetet hatte. Und unlängst noch in Neuilly, als sie so krank war und sich nur noch mit großer Mühe bewegen konnte, als er sie nur noch mit zugepflastertem Gesicht sah und ihm übel wurde beim Gedanken an diesen alt gewordenen Körper, der sich noch den Grimassen der Liebe hingab – was machte denn dieser angebliche »Bruder«, der stets an ihrem Bett weilte und der jammerte, sobald er ihn sah, daß seine »Schwester und er knapp bei Kasse« seien? Er lebte von ihr, aber ja doch. Er lebte von den armseligen Gunstbezeigungen, die sie nach wie vor, unermüdlich wie ein Automat, den armen Teufeln erwies, die noch hinaufkamen zu ihr. Es änderte jedoch nichts, daß er es wußte. Es ändert nichts, daß er es heute weiß. Niemals hätte er zugelassen, daß jemand das endgültige, das mörderische Wort aussprach: »Eine Hure, Jeanne Duval ist eine Hure.«

Warum aber, und das ist das wahre Geheimnis, warum hat sie nicht nur geduldet, daß es ausgesprochen wurde, sondern es in ihrem Tagebuch mit soviel Selbstgefälligkeit niedergeschrieben und wiederholt? Ja, warum? Aus welcher inneren Veranlagung, welcher uneingestandenen Neigung heraus? Wie und warum, wo sie doch wußte, daß es nicht stimmte, wo es doch nicht nur für ihn, sondern für sie selbst und die Komplexität ihrer Person eine Beleidigung war, warum hat sie von ihrem Leben dieses quälende Bild gezeichnet? Pervertiertes Selbstgefühl hatte es Coco genannt, als sie eines Tages darüber sprachen ... Wille, sich selbst zu erniedrigen, sich selbst klein zu machen ... Das bei manchen Frauen vorhandene Bedürfnis zu enttäuschen, das seiner Ansicht nach die perfideste Form des Verrats ist ... Ganz zu schweigen von der Falle, in die sie tappte, deren Gefahren und Tragweite sie nicht erkannte, und die aus der Natur der für sie neuartigen Übung erwuchs: dem Schreiben. Es gibt Leute, von denen man sagt, ihre Wortgewalt übertreffe ihr Denken. Es gibt andere, viele andere, bei denen sich die Worte weit unterhalb der Gefühle bewegen. Jeanne gehörte zu letzteren. Sie hatte durchaus eine gewisse Schulbildung, hatte nichts gemein mit der Vorstadtanalphabetin, zu der sie einige abstempeln wollten. Sie war jedoch wenig vertraut mit den Möglichkeiten der Sprache. Sie war nicht sehr fachkundig, das arme liebe Schätzchen, in der arglistigen Kunst, mit Worten umzugehen. Allzu leicht, weil ihr die passenden Wendungen fehlten, verfiel sie der Untugend vorgeprägter Ausdrucksweisen, die ein Mädchen ihres Standes stets parat hatte! Arme Jeanne ... Mit diesem Heft glaubte sie, ihre Frauenseele in all ihrem Reichtum aufzudecken. Und dabei konnte sie mit armen, abgenutzten schablonenhaften Worten diese Seele nur enger, armseliger machen – und im Grunde mußte sie damit lügen, lügen wie nie zuvor.

Also dieses Tagebuch vernichten. Es verbrennen. Den Flammen zurückgeben, was er ihnen entrissen hatte und was er ihnen hätte überlassen sollen ... Er hat oft daran gedacht. Oft hat er sich gesagt: Für sie, für Jeanne, um Jeannes Liebe und ihres Andenkens willen muß er sich eines Tages dazu entschließen und dieses Sammelsurium verschwinden lassen. Merkwürdigerweise hat er es nicht getan. Und jetzt, da er nicht einmal mehr die Kraft hat aufzustehen, um es wieder in sein Versteck zu legen, wird er sich gewiß nicht dazu entschließen. Das beste wäre, denkt er dann, sich auf das Buch zu verlassen, das seit heute morgen in ihm gärt, und auch in diesem Punkt seine eigene Version der Dinge durchzusetzen. Ein Buch der Widerlegung. Ein Buch des Zurechtrückens. Ein Buch für Jeanne, gegen Jeanne, das sich zum Ziel setzt, Jeanne jenes andere Gesicht zu verleihen, das ihr gebührt und das sie nicht hat zeigen wollen oder können. Es wird von Jeannes lasziver Mattigkeit erzählen. Von den Posen, die in der Tat Dirnenposen waren – von denen er aber genau wußte, daß sie sie nur bei ihm einnahm. Er wird von ihren Beinen sprechen. Von ihrem Fleisch. Er wird von ihrem üppigen, schweren Haar erzählen, das nach Moschus und Havanna duftete und das er hundertmal besungen hat. Von ihrer Haut wird er erzählen, schwarz wie die Nacht, die ihn allein schon in Ekstase versetzte. Und ihre Nächte wird er erzählen, hell wie ihre Augäpfel, Nächte, in denen sich für sie beide die Tore der Unendlichkeit öffneten. Er wird Jeannes Worte nicht verbrennen. Er wird sie zudecken, sie wegradieren. Er wird ihnen seine Worte gegenüberstellen und alle Erinnerung, mit der sie angefüllt sind. Und aus diesem Palimpsest wird er die schönste, die prächtigste aller Statuen errichten.

Ob er sie liebte, seine Jeanne? Ob sie ihn ihrerseits liebte? Nein, das ist es auch nicht. So darf er die Dinge auf keinen Fall schildern. Das Wort war so unpassend. Die Sache selbst noch viel unpassender! Beide waren sie, jeder auf seine Art, so sehr Feind von allem, was nach Elegie, nach Gefühl aussah. Nein, er will etwas anderes sagen: Sie waren miteinander verbunden. Aneinander gebunden. Vereint und wie aneinander gekettet durch einen heimlichen Pakt, einen Pakt sowohl der Seele als auch des Fleisches. In Worte gefaßt hatten sie ihn nie – aber man hätte blind sein müssen, um ihn auf Käuflichkeit zu reduzieren. Und unbezweifelbar war dieses Band so stark, so zäh, daß es allen Streitereien standgehalten hat, daß es alle Trennungen überdauert hat: Heute noch, in diesem Zimmer, obwohl er sie seit Jahren nicht mehr gesehen hat und selbst vielleicht im Begriff ist, seinen endgültigen Abschied zu nehmen, auch heute noch gelten alle Gedanken ihr. Ihr Sklave. Seine Sklavin. Beide, vom ersten Tag an, Sklaven einer schrecklichen, einer glühenden Leidenschaft, die sie nie zuvor gekannt hatten. Beide waren sie aneinander gekettet durch einen Zauber, der sie – das wußten sie, sie so gut wie er! – niemals loslassen würde. Es war nicht Liebe. Es hatte, Gott sei Dank, nichts zu tun mit dem schwachsinnigen Schmachten, das man mit diesem Wort bezeichnet. Aber offenbar gibt es Bande, die nicht die der Liebe sind, die viel tiefer in den Abgrund der Seelen und der Sinne hinabreichen, dorthin, wo das dunkel schimmernde Metall der Lust magnetisiert werden will.

Wenn er dieses Band benennen soll, wenn er beschließt, es eindringlich zu beschreiben, dann wird er vermutlich eines seiner altgedienten, fast schon verbrauchten, fast schon ausgelaugten Wörter wiederaufgreifen müssen, das dennoch das Wesen ihres Pakts zum Ausdruck bringt. Dieses Wort ist das »Böse«. Ihre gemeinsame Neigung zum Bösen ... Das gemeinsame Ausüben desselben Bösen ... Die Tatsache, um genau zu sein, daß sie gemeinsam, im gleichen Schritt und mit gleichem Schwung, bis ans bittere Ende einiger jener Erfahrungen gegangen sind, die er sein Leben lang gelebt, beschrieben und heraufbeschworen hat. In dem Buch wird er sagen, welche. In allen Einzelheiten wird er es sagen. Er wird von dem Drang, dem höllischen Appetit erzählen. Und trotz des Schreckens, den es ihm bereitet, trotz des Taumels und des Grauens wird er versuchen, die Etappen dieser Reise nachzuvollziehen. Vorerst weiß er nur, daß die Wahrheit darin beschlossen liegt. Oder zumindest ein Teil der Wahrheit. Der trübste vermutlich. Der am schwersten zu akzeptierende. Er weiß es, er spürt es, daß ihre Verbindung niemals das gewesen wäre, was sie war, wenn sie nicht auch die Form jenes merkwürdigen, unheilvollen Vertrags angenommen hätte – wenn sie nicht in jener gemeinsamen Faszination durch die Sünde, die Verfehlung, die Folter, das Verbrechen besiegelt worden wäre. Jeanne, die ihm nah war, sehr nah. Seine Komplizin. Seine Mitverschworene. Jeanne, seine liebe Jeanne, die seine »Muse« nur insofern war, als sie ihn begleitete – ihm manchmal voraus war – in jene Landschaften des Morasts und der Schande, in denen seine Poesie weilte.

Ist er nicht im Begriff, sich zu widersprechen? Sind nicht all diese Abscheulichkeiten, die ihm wieder einfallen und die er mit Lust schildern möchte, das krasse Gegenteil des zuvor beschworenen Prunks? Und wenn ja, hatte dann nicht sie recht mit ihren armseligen Schilderungen, ihren erbärmlichen, schmutzigen Visionen? Nein, tausendmal nein! Denn natürlich ist es auch hier das gleiche. Es gab nicht den Prunk auf der einen Seite und die Schmach auf der anderen. Sondern den Prunk *und* die Schmach. Den Glanz *und* die Niedertracht. Den verzauberten Rausch des Fleisches *und* den Ekel vor ebenjenem Fleisch. Den kühlen Hauch des Atems, die Liebkosung eines Blicks und im gleichen Augenblick, ohne Verzögerung und ohne Widerspruch, die Gewißheit, etwas sehr Schmutziges, etwas sehr Schuldhaftes zu tun. Wie alle Liebenden? Wie alle Liebenden. Wobei *sie* wenigstens ihren Ekel genossen, ihr Elend aufrichtig geliebt haben; wobei sie mit den Jahren sogar den Geruch des Lasters und des Unrats geliebt haben, der sich ihres Lebens bemächtigt hatte; wobei, ja, wobei kein Liebespaar so weit gegangen ist, wie sie es getan haben, die Krankheit mit ihrem Reigen von Befleckungen und stinkenden Salben, von Pusteln und erniedrigenden Perversionen zu hegen und zu hätscheln. Oh, ihrer beider armes, syphiliskrankes Fleisch, spitzenbedeckt bei ihm, im Samt und Seide verborgen bei ihr – dessen Pestilenz ihnen noch anbetungswürdig erschien!

Und heute, die gefallene Jeanne. Die gealterte, die heruntergekommene Jeanne. Von der Krankheit besiegt, zerstört, ganz plötzlich vernichtet – wie so oft bei schönen Frauen, die brechen, ohne sich gebeugt zu haben, die zerfallen, ohne wirklich zu altern. Ihr nässendes Auge sieht er wieder. Ihren fahlen Teint. Und ihre metallisch schimmernde Haut von einst, die nun vertrocknet und verschorft ist. Er sieht sie wieder, wie sie an manchen Morgen kam, ein haßerfülltes Grinsen um die Lippen, die Rumflasche in der Hand, wie sie ihn mit schriller Stimme weckte und ihren »Unterhalt« forderte. Was er an ihr fand, an jener Jeanne? Wozu sie ihn inspirierte? Zu nichts natürlich. Zu nichts außer der Vorstellung dieses Elends. Dem Bild dieser Hilflosigkeit. Da war nichts, wirklich nichts von dem, was Liebende gewöhnlich zusammenhält – nichts außer dem Anblick eines Verfalls, der wie die letzte Bezeugung ihres Umgangs mit dem Bösen war. Wenn seine Freunde zu verstehen versuchten, warum er sie nicht verließ, dachten sie, es sei aus Mitleid. Oder, was auf dasselbe hinausläuft, aus Gewohnheit. Sie irrten sich. Denn *er* wußte wohl, daß sie beisammen blieben des »Bandes« wegen. Des »Bandes«, mehr denn je. Er wußte – er weiß –, daß sie den Gespenstern huldigten, mit denen sie verkehrt hatten und deren Wundmale sie nun auf ihrem Leib trug. Sie hatten Ähnlichkeit mit jenen Liebespaaren aus Dantes Hölle, die eine unheilvolle Verbindung dazu verdammt, sich immer und unaufhörlich in einer gemeinsamen Spirale zu drehen. Und wie sie, wie diese Verdammten unter den Verdammten, waren sie dazu verurteilt, ihre armen Körper in einem endlosen Strudel sich gegeneinander stoßen, sich miteinander vermischen zu sehen.

Wo ist sie jetzt? Was tut sie? Stimmt es, was man ihm gesagt hat, daß sie gelähmt ist? Stimmt es – oder beginnt da schon die Legende? –, daß sie unlängst gesehen wurde, blöde schon, kindisch geworden, wie sie sich auf Krükken in der Nähe der Porte de Picpus herumschleppte?

Gott allein kann die Frage beantworten, hat Nadar mit einer vagen Geste demjenigen geantwortet, der ihnen die Geschichte erzählt hatte. Ja, gewiß, Gott allein weiß es. Aber eines weiß *er*, nämlich daß der immer gleiche, unsichtbare Faden sie beide verbindet, wo auch immer sie sein mag, was auch immer sie tun mag, selbst wenn sie nicht mehr in der geistigen Verfassung ist, an ihn zu denken oder sich an ihn zu wenden. Er in seinem Bett, sie in ihrem. Er in seinem Hotel, sie in ihrem Hospiz. Er hier in Brüssel, an jener namenlosen, unheilbaren Krankheit erkrankt – sie dort in Paris, von einer Krankheit heimgesucht, die er für das Pendant der seinen hält. Die gleichen Symptome. Die gleichen Schmerzen. Das gleiche Sausen in den Ohren. Der gleiche Schleier vor den Augen. Er stellt sich vor, daß sie mit genausoviel Mühe geht, schluckt – daß sie mit genausoviel Freude morgens beim Aufwachen ein wenig Absinth trinkt. Er hört das Knakken ihrer Gelenke, wenn sie sich, genau wie er, ein wenig heftig bewegt. Er spürt ihre Erstarrung. Ihre Verblödung. Er sieht, wie sie sich versteift, sieht ihre Erstikkungsanfälle. Man könnte meinen, dasselbe Übel, wirklich dasselbe, mache sich an ihren Körpern auf die Ferne zu schaffen – man könnte meinen, sie fahre fort, sie, seine Diabolische, ihn zu quälen, ihn zu verfolgen.

5

Und nun kommt plötzlich sein Vater. Es ist dunkel geworden. Der Arzt, die Hauswirtin, die unvermeidliche Prozession von Neugierigen und Voyeuren ist schließlich wieder eingetroffen. Und nun taucht auf einmal in seinem Kopf dieser arme Unglücksvater auf, und ihm fällt ein, daß er seit heute morgen, im Laufe dieser langen Stunden, nicht ein einziges Mal an ihn gedacht hat. Kein Wort der Erinnerung an diesen Mann, an seine freundliche Art, seine ausgesuchte Höflichkeit. Kein Wort über den weißhaarigen alten Herrn mit der imposanten Haltung, den man für seinen Großvater hielt, wenn er ihn in den Jardin du Luxembourg mitnahm. Kein Wort von ihren Spaziergängen und ihren Unterhaltungen, bei denen er ihn in seine Leidenschaft für die Malerei einweihte. Kein Wort von seiner Krankheit und danach seinem langen Siechtum in einem Bett, das dem seinen genau glich. Kein Wort über diese Einsamkeit und die schmerzvollen Nächte, die er in seiner Bibliothek verbrachte, als einzige Hilfe irgendeine nebulöse Krankenpflegerin. Kein Wort zu den unvollendeten Gouachen, die junge Frauen im Sinnestaumel darstellten und die am Fußende des Bettes herumlagen und ihm so sehr angst gemacht hatten, als man ihm eines Morgens ausnahmsweise erlaubt hatte, seinem Vater einen Guten-Morgen-Kuß zu geben. Kein Wort über den abgemagerten Körper im viel zu weiten Hemd, der, als er aufgestanden war, häßliche Gerüche nach Puder und Salben verströmte; stolpernd war der Vater in die Bibliothek gegangen, und als ob er vor seinem Tode noch ein letztes Detail hätte überprüfen wollen, hatte er sich längere Zeit in einen Band seiner Enzyklopädie vertieft. Und auch kein Wort (und das ist immerhin das Wesentliche: Wie könnte er dieses Buch sonst überhaupt in Erwägung ziehen?) über das erschrekkende Geheimnis, das ihm seine Mutter sehr viel später anvertrauen sollte.

War es überhaupt ein Geheimnis? Ein echtes Geheimnis? War es eine jener Enthüllungen, die nichts vorausahnen lassen und die, wenn sie sich ereignen, ein Leben völlig durcheinanderbringen? Ja, selbstverständlich ... zwangsläufig ... Die Sache war schließlich gravierend ... Man hatte sich so sehr bemüht, sie ihm zu verheimlichen ... Heute fragt er sich jedoch, ob er es im Grunde – und ohne daß es die Erwachsenen um ihn herum wußten – nicht schon immer geahnt hatte. Hier ein Wort ... Da eine Anspielung ... Ein Gespräch, das unterbrochen wurde, weil er sich im Zimmer nebenan befand ... »Vorsicht, der Kleine hört mit ... – Nein, nein, er lauscht nicht ... Er kann das nicht verstehen ...« Und er verstand in der Tat nicht, aber er registrierte dennoch die winzigen Informationen, um sie später einmal entziffern zu können ... Und dann auch, zu Lebzeiten seines Vaters, diese Geheimnistuerei, diese Merkwürdigkeiten, dieser ganze Teil seines Lebens, über den er niemals sprach ... Sein Gang ... Seine Haltung ... Diese Art, immer etwas gebeugt zu gehen; abends in seinem Zimmer, nachdem er sich verabschiedet hatte, auf und ab zu schreiten; oder auch bei Tisch, wenn Caroline ihn nicht beobachtete, diese Art, das Brot mit zwei Händen zu brechen, einen merkwürdigen Ernst im Blick ...

Was hatte das alles zu bedeuten? Wo hatte er solche Gewohnheiten angenommen? In einem Gefängnis? Auf einer Festung? Dieser so würdige, so korrekte Papa, hatte er etwa eine Vergangenheit, zu der er sich nicht bekennen durfte? Es hatte da Zeichen gegeben, deren Sinn er zwar nicht durchschauen konnte, weil er zu klein war, die aber seine Aufmerksamkeit geweckt hatten. Ganz zu schweigen von seinem Blick, dem so finsteren Blick, dem Blick eines Mannes, der alles erlebt, alles durchschaut hat, der jedoch keineswegs, wie man hätte erwarten können, davon erleuchtet war, sondern nur eine unheilbare Melancholie davongetragen hatte. Ein scharfer, aber verschlossener Blick. Ein durchdringender, aber undurchlässiger Blick. Der Blick eines Menschen, der die brennendsten Rätsel gelöst, jedoch die Hoffnung aufgegeben hatte, davon erzählen zu können, und deshalb beschlossen hatte zu schweigen. Ein kurzer Blick nach oben, übers Bett, auf das Porträt ... Ja doch, richtig ... Es war zwar kein großartiger Künstler am Werk gewesen. Aber den Blick hat er festgehalten ... Das war wirklich der finstere Blick, von dem man vermutlich je nach Laune und Augenblick sagen konnte: »ein schwerer, ein uralter Blick, so alt wie die ältesten Geheimnisse«, oder: »der matte, fast glanzlose Blick eines Mannes, der irgendeine schwere Prüfung durchgemacht und dabei seine Seele gelassen hat«. Er muß unbedingt zum Ausdruck bringen, wie sehr er ihn beeindruckte, dieser Blick. Muß richtig zum Ausdruck bringen, daß er Zeugnis ablegte von dem grauenvollen, unfaßlichen Geheimnis.

Grauenvoll? Ist das übrigens das richtige Wort? War das Geheimnis – vorausgesetzt, es gab ein solches – so tragisch gewesen, wie er heute dazu neigt, es zu empfinden? Auch in diesem Punkt weiß er nicht so recht. Er kann es nicht mehr sicher sagen. Denn die Geschichte selbst war gewiß schrecklich gewesen. Und gewiß hätte man ihm damals nichts Schockierenderes erzählen können. Aber in der Ungeheuerlichkeit des Verbrechens selbst, in seiner maßlosen Ungehörigkeit, in der Einzigartigkeit des Falls, mit dem das Schicksal ihn konfrontierte und der nicht etwa der Fall eines Romanhelden, sondern der seines Vaters war, lag etwas, was ihm am Ende schmeichelte. Er erinnert sich an das Gesicht seiner Mutter an jenem Morgen. Er erinnert sich an ihre Verlegenheit, ihre Behutsamkeit. Er erinnert sich, daß sie ihn zu diesem Gespräch in das im Prinzip verbotene Zimmer geführt hatte, wo sich außer einem alten verstaubten Anzug, der »ihm« gehört hatte, die wenigen Schriftstücke befanden, die sie, weiß Gott warum, aus dieser Zeit aufbewahrt hatte. Und er erinnert sich auch, wie er trotz des Schocks nicht umhin konnte zu denken, er habe einen »einmaligen« Vater, eine »interessante« Familie und daß seine Freunde am nächsten Morgen unweigerlich »neidisch« sein würden auf seine Geschichte.

Er war in der Tertia damals ... Nein, in der Untersekunda. (Wie schwer er sich doch tut, merkwürdig, seine ganz entscheidenden Erinnerungen präzise zu datieren!) ... In seiner Klasse war der kleine Adolphe N***, über den das Gerücht ging, daß sein Vater nicht sein Vater sei. Dann gab es noch Félicien V***, dessen Vater ein Republikaner und ein Verschwörer gewesen war und der seit Féliciens Geburt in einem Verlies des Mont-Saint-Michel dahinvegetierte. Nun waren sie also zu dritt. Drei, die ihr Unglück trugen wie Helden ihre Orden. Drei, die der bestürzenden Banalität des Lebens ihrer Kameraden etwas Außerordentliches entgegenhalten konnten. Tatsache ist, daß er von den dreien – sofern man sich an die Schwere des Verbrechens hielt, das sie jeweils zu tragen hatten – nicht am schlechtesten bedient war. Auch dies würde er richtig zum Ausdruck bringen müssen. Seine gewissenhaft zerknirschte Miene nicht vergessen, während die Mutter ihm ihren Bericht erstattete. Klarstellen, daß er bereits an nichts anderes dachte, als in vollen Zügen seinen neuen Ruhm zu genießen. Von dem leichten Rausch erzählen, als er am folgenden Morgen vor einigen ausgewählten Mitschülern ein Stück seiner Geschichte zu enthüllen begann und die gebührende Verblüffung erzeugte. Kaum zwölf Jahre war er alt – und schon hatte er ein Schicksal!

Nun gut. Auf der anderen Seite aber auch die Brutalität des erlittenen Schocks nicht unterschätzen. Sein Vater war kein Dieb gewesen, das war klar. Er hatte niemanden umgebracht. Er hatte sich keines der üblichen Verbrechen schuldig gemacht, die übliche Menschen üblicherweise begehen. Aber er hatte Schlimmeres getan. Er hatte ein Verbrechen begangen, das zwar niemanden in seinen Rechten verletzt hatte, das aber dennoch in den Augen des Kindes, das er damals war, die unvorstellbarste Sünde darstellte, die ein Mensch als Mensch begehen konnte. Und zwar deshalb, weil er über seine Mitmenschen, deren Interessen, deren Leidenschaften hinweg, jenseits aller »Obrigkeit«, aller »öffentlichen Ordnung« oder aller »guten Sitten«, jenseits aller Gelegenheitszwecke, die die gewöhnlichen Übeltäter ins Auge fassen, sich an Gott selbst schuldig gemacht hatte. Ein absolutes Verbrechen. Ein unvergleichliches Verbrechen. Ein so monströses Verbrechen, daß es dafür im Gegensatz zu allen anderen, für die die irdische Justiz, wie man ihm erklärt hatte, eine komplizierte Hierarchie von Verurteilungen, von zu verbüßenden oder auch erlaßbaren Strafen vorgesehen hatte, keinerlei Gnadeninstanz zu geben schien. Von diesem Tag an sah er seinen Vater nurmehr in der Rolle des großen Verbrechers, des Mörders Gottes und nicht eines Menschen, dem ein Leben nicht genügt hatte, um sich seine Strafe immer und immer wieder vor Augen zu führen. Und er selbst hat Jahre damit verbracht, diesen Fehler seines Vaters in seinem ganzen Ausmaß zu erfassen – heute noch, hier in Brüssel, auf diesem Leidenslager, auf dem genausogut sein Vater, die letzte Bitternis der Reue auskostend, gelegen haben könnte, ist er nicht sicher, daß er das Geheimnis dieser Verfehlung je durchschaut hat.

Es gab die »politische« Hypothese – diejenige, die sich aus den Fakten ableiten ließ: François B., der 1782 zum Subdiakon, 1784 zum Priester geweiht worden war und der es am 19. November 1795, sechs Tage nachdem ein Dekret der Konvention es den Männern seiner Kategorie ermöglichte, die Kutte abzulegen, für klug hielt mitzumachen. Es gab die »wissenschaftliche« Hypothese, die ihn ebenfalls ein wenig beruhigte, wann immer es ihm gelang, daran zu glauben: die des liberalen, für Ideen entflammten Priesters, dem es immer schwerer gefallen war, seinen Glauben an die Vernunft mit den Geboten eines Glaubens zu vereinen, von dessen Notwendigkeit er nicht mehr überzeugt war, und der die Lage nutzte, um mit sich selbst ins reine zu kommen. Und dann gab es noch die andere, die allerschlimmste, die der zerrissenen, dem Zweifel und der Qual ausgesetzten Seele. Die Vision des Mannes in der Soutane, vom Begehren gefoltert, von der Versuchung zermürbt, der womöglich beschloß – wer weiß! –, die Versuchung zu überlisten, seinerseits mit ihr zu spielen, und sich auf diese Weise, ohne nachzugeben, aber auch ohne zu widerstehen, zum äußersten Ende des Weges führen zu lassen, dorthin, wo das Dämonische und das Göttliche zum Verwechseln dicht beieinanderliegen. Und da war das Bild des alten Narren, der in die Falle seiner Eitelkeit getappt war und eines schönen Morgens entdeckt hatte, daß er vor lauter List, vor lauter gefährlichem Spiel mit der Sünde schließlich zu weit gegangen war und die heilige Grenze, die ihn bis dahin geschützt, übertreten hatte. Das Bild der verlorenen, verirrten Seele, die feststellt, daß an dem Punkt, an dem sie angekommen ist, keinerlei Raum mehr ist für Religion und Göttliches. Was ihn so erschreckte – was ihn noch heute so erschreckt bei diesem Bild? Der Gedanke an seinen Vater, wie er von der niederschmetternden Erleuchtung getroffen dasteht. Der Gedanke an jenen Augenblick, in dem er sich zum ersten Mal einsam, verlassen gefühlt hatte – in dem ihm klargeworden war, daß es in den Gefahrenzonen, in die er sich vorgewagt hatte, keine andere Überlebensmöglichkeit gab, als sich mit Satan zu verschwören.

In Angst und Schrecken versetzte ihn auch all das, was er von den Reaktionen auf die Tat hatte nachvollziehen können. Nicht, daß er sie miterlebt oder auch nur indirekt geahnt hätte, damals. Aber er dachte darüber nach.

Er stellte sie sich vor. Lange noch nach dem Tod des alten Mannes hatte er unermüdlich versucht, in allen Einzelheiten die Etappen seines Leidensweges zu rekonstruieren. Da gab es die losen Scherze. Und die plumpen Zoten, die ihn in seiner Feinfühligkeit so sehr verletzt haben mußten. Es gab die Gerüchte. Das Gerede. Das Grinsen, wenn er sich einer Kirche näherte. Die schiefen Blicke. Das scheinheilige Lächeln. Die ganze Wucherung von zügellosen Gedanken, die diese Geschichte der abgelegten Kutte freisetzte und die den Unglückseligen wie einst die Irren und die Aussätzigen mit Isolation belegten. Und da war auch noch jene dumpfe Furcht, die er einflößte, wenn man ihm gegenüberstand, und die seine Knabenseele auf die imposante Haltung und die väterliche Überlegenheit zurückführte. Man bedenke! Ein ehemaliger Priester! Ein Mann, bei dem man spürte – vor allem, um sich darüber lustig zu machen –, daß er der düstersten Wahrheit der Seelen am allernächsten gekommen war. Und zu allem Überfluß, als hätte ihn diese Nähe selbst vor Schreck erstarren lassen, war er zurückgewichen und hatte Zuflucht in der Normalität gesucht. Zweifach schrecklich. Zweifach verdammt. Einmal von der Seite Gottes ... Einmal von der Seite Satans ... Von beiden Seiten also dazu bestimmt, das gleiche heilig-unheimliche Schaudern hervorzurufen.

So zum Beispiel bei seiner Mutter. Auch in diesem Punkt wußte er nichts. Und sie hätte lieber ihre Seele verkauft, als für ihn den Schleier, und sei es nur ein Eckchen davon, zu lüften. Aber auch da verfiel er in Träume. Stellte er Mutmaßungen an. Stellte sich die tausend Fragen, die harmlosen und die anstößigen, die eine so außergewöhnliche Lage aufwarf. Wann sie davon erfahren hatte ... Unter welchen Umständen ... Ob sie es damals »schon« wußte, als sie, ein kleines Mädchen noch, zu ihrem Vormund Pierre Pérignon diesen alten, würdigen Herrn kommen sah, der ihr in die Wange kniff, sie auf seinen Schoß hüpfen ließ und stets mit einem livrierten Diener hinter seinem Stuhl speiste ... Ob man die Verlobung abgewartet hatte, um sie aufzuklären ... Oder die Hochzeit ... Und welchen Eindruck hatte es auf sie gemacht, die Frau eines entlaufenen Priesters zu werden ... Wie mochte das auf die fromme Person, die sie war, gewirkt haben, die Vorstellung, daß diese Lippen, die sie küßten, das Blut Christi getrunken hatten, daß diese Augen, die sie anbeteten, zuvor den Leib der Mutter Gottes verehrt hatten ... Wie hatte sie den Gedanken, allein den Gedanken ertragen, daß diese Hände, die sie streichelten, Hunderte von Sündern gesegnet und die heilige Hostie auf so viele Zungen gelegt hatten ... Den Geruch des kasteiten Fleisches ... Den Gedanken an diesen verleugneten, verhinderten Körper, der so lange in der vollkommenen Finsternis verweilt hatte ... Das verdrängte Begehren ... Das erstickte Feuer ... Diese ganze Welt des Elends und der schmerzhaften, stummen Unterdrückung, in die er hatte eintreten müssen ... Und schließlich die Gewißheit, die entzückende, die widerwärtige Gewißheit, daß die Soutane für sie, für sie allein gefallen war und ihre Geheimnisse offenbart hatte.

Daß dies nicht buchstäblich der Realität entsprach – der ehemalige Priester heiratete zum zweiten Mal, die echte Grenze hatte er doch wohl bei der ersten Heirat überschritten, den entscheidenden, schweren Schritt hatte er damals schon gemacht –, war nicht so wichtig. Wichtig war, daß der Knabe, der er damals gewesen war, sich die Dinge so vorstellte. Daß er sie so sah. Und von jener ersten Frau – Rosalie Janin, die Malerin, die ihm als Halbbruder diesen Trottel von Alphonse beschert hatte – wollte er nichts wissen. In erster Linie also Caroline. An vorderster Front der Schuld. Caroline, die er sich heute noch, wenn er an diese Jahre zurückdenkt, nur mit den gequälten Zügen der frommen Ehefrau von Sombreval, dem verheirateten Priester von Barbey d'Aurevilly, vorstellen kann. (Ach ja, da kommt ihm übrigens ein Gedanke: Ob Freund Barbey möglicherweise an sie gedacht hatte? Ob er ihm seine Mutter, seine Geschichte, seine Qualen »geklaut« hat?) Eine Ehre jedenfalls für sie, zu wissen, daß sie die Auserwählte, die Bevorzugte war, daß sie gewissermaßen Gott und seine Heiligen ersetzen durfte. Aber gleichzeitig auch Schrecken, unvergleichliches Grauen, das kein Gebet mehr besänftigen konnte, wenn inmitten einer Träumerei oder schlimmer noch: inmitten der kargen Wollust, die dieser alte Ehemann ihr noch bieten konnte, das Bild der abgelegten Soutane sie heimsuchte.

Und schließlich war da auch noch er. Er selbst, das Kind. Sein eigenes Grauen beim Gedanken, daß er der Sohn dieses Mannes war, wohl oder übel die Frucht jenes unvergleichlichen Frevels. Frevelhaft sein Vater. Frevelhaft seine Mutter. Frevelhaft die Paarung, der sie sich seinetwegen hingegeben hatten. Frevelhaft also auch, zwangsläufig, das unsägliche Produkt dieser widernatürlichen Umarmung. Er war da. Er lebte. Manchmal war er fröhlich. Er spielte, lachte, lernte und verhielt sich wie alle Kinder in diesem Alter und dieser Zeit. Aber in seinem tiefsten Innern wußte er, daß es nicht richtig war. Er wußte, daß sein Dasein, seine Existenz unziemlich waren. Und er konnte den Gedanken nicht verdrängen, daß seine Geburt, die schlichte Tatsache seiner ekelhaften Geburt, an die er fortan nur mit äußerstem Widerwillen denken wird, nichts als ein Irrtum, eine Niederträchtigkeit des Schicksals war. Oh, die zahllosen Nächte, die er damit verbracht hatte, diese Niedertracht nachzuvollziehen! Die Alpträume! Die langen, törichten Grübeleien! Das Bild des mit Schande befleckten Vaters! Der ihn verfluchenden Mutter! Diese Gewißheit, die ihn nie wieder losgelassen hat, das verkörperte Gesicht der Schuld zu sein, die Grimasse des Teufels! Und all die Zeichen, die er nach und nach an sich entdeckt hatte, in seinem Wesen, seinem Körper, ja sogar in seinen Zügen, die, wenn das noch erforderlich war, die satanische Abstammung bestätigten.

Da war zum Beispiel seine Stimme, von der Mariette immer sagte, sie erinnere sie an Monsieurs Stimme. Seine zu feinen, zu weiblichen Hände, über die man verwundert und ohne böse Absicht sagte (und das entsetzte ihn natürlich am meisten), es seien »Priesterhände«. Da war sein Blick, auch er finster, düster, und dieser Esel von Ballotin hatte gerade wieder ausgerufen – vermutlich dachte er, er sei in einem Zustand, da er ihn nicht mehr hörte –, er habe »einen goldenen Schimmer« darin erkannt. Da war seine Steifheit. Sein »priesterlicher Ernst«. Da war – da ist immer noch – jene salbungsvolle Art, die seinen Geliebten immer so sehr angst gemacht hatte. Wer hat neulich in seiner Gegenwart gesagt – war es Rops oder vielleicht Stevens oder gar dieser ungläubige Poulet –, die Soutane sei »das Nessusgewand der modernen Zeit«? Wenn man es einmal getragen habe, werde man es nie wieder los. Er hat es nie getragen. Und dennoch hatte er in diesem Augenblick den Eindruck gehabt, die Bemerkung sei an ihn gerichtet. Und der Gedanke ist ihm gekommen, daß ihm diese Kutte, in die er nie geschlüpft war, dennoch an der Haut klebe – und daß er der einzige Mensch sei auf Erden, bei dem die nicht vorhandene Soutane in die Augen sprang. Er ist fünfundvierzig Jahre alt. Er wird vermutlich sterben. Und wenn er das Bild, das er von sich selbst hat und das ihn seit dem fernen Tag verfolgt, an dem er zum ersten Mal von der Geschichte hörte, in einem Wort zusammenfassen müßte, dann würde er sagen: Dämon, Sohn des Dämons – da er ja buchstäblich die Liebe zum Herrn ersetzt hat.

Vieles läßt sich von daher erklären. Der Haß auf seine Geburt ... Seine Weigerung, ein Kind zu zeugen ... Der alte Abscheu, der ihn noch immer verfolgt (und in seiner Beziehung zu Jeanne eine so schwere Belastung war), eine Familie fortzusetzen, die eigentlich vor ihm hätte aussterben müssen ... Seine Philosophie der Frauen ... Seine Philosophie überhaupt ... Dieses »katholische Element«, um die Worte jenes Dummkopfs von neulich zu wiederholen, das sich in der Tat in seinen Gedichten auswirkt ... Zugleich auch ihr satanischer Geruch ... Die Mischung von beidem ... Ihr Konflikt ... Seine Unfähigkeit, in gewissen Phasen seines Lebens oder zumindest seiner Jugend eine Kirche zu betreten, dem Blick eines Priesters standzuhalten oder Worte wie »Altar«, »Empore«, »Segnung«, »Beichte« zu vernehmen, ohne zu erröten (und ohne ängstliche Blicke in die Runde zu werfen, um wie neulich, bei der Geschichte des Nessusgewands, zu überprüfen, ob diese Worte etwa ostentativ an ihn gerichtet waren) ... Und allem anderen die Krone aufsetzend, jenes dumpfe, grund- und zwecklose Schuldgefühl, das sowohl im Umgang mit den Frauen als auch mit seiner Mutter, seinen Freunden, seinen Rivalen oder seinen Kritikern nicht eine Sekunde aufgehört hat, ihn zu verfolgen, und das am Ende vielleicht sogar sein Leben ruiniert hat.

»Priestersohn! Priestersohn!« säuselt die innere Stimme seit der fernen Kindheit. Als ob es da eine Schuld gäbe, die ihm anzulasten wäre ... Ein Vergehen, das er zu verantworten hätte ... Als ob das Verbrechen seines Vaters in sein Blut übergegangen wäre, als ob es nun seine Aufgabe wäre, durch sein Leben, sein Werk, durch jede Faser seines Wesens die Schmach auszulöschen ... Also zitterte er. Also schlug er sich laut und deutlich an die Brust. Wand er sich in Reue. Also unterwarf er sich unentwegt, aus Prinzip und fast aus Neigung, allen Autoritätsfiguren, die dazu angetan schienen, ihn ein Stück jener eingebildeten Schuld büßen zu lassen. Ancelle natürlich. Seiner Mutter unterwarf er sich. Aber auch, und das war folgenschwerer, den Hugos, den Sainte-Beuves, all diesen Inhabern der Weisheit, von denen sein Schicksal abhing und die er behandelte, als ob er ein armer Sünder in Erwartung ihres Urteils wäre. Leben im Griff der Reue. Leben als Akt der Buße. Ein Leben und ein Werk, die es sich ganz und gar zur Aufgabe machten, die Sünde seines bloßen Daseins zu rechtfertigen. Schlecht beraten ist,

Freund oder Feind, wer bei General Aupick und seiner schwierigen Beziehung zu ihm die Erklärung für seine Qualen sucht. *Er* weiß, daß diese Fährte die falsche ist. Er weiß, daß die meisten Schlüssel beim Priester und seinem Urverbrechen zu suchen sind. Diese Information einfach freigeben? Sie so schonungslos offenbaren? Das muß er sich noch überlegen. Das Für und Wider abwägen. Aber der Gedanke an sich gefällt ihm gut.

Wenn schon, dann muß er auch die Geschichte der Beerdigung erzählen. Lange Zeit hat er sie der Oberflächlichkeit seiner Mutter angelastet. Lange Zeit hat er sich gesagt: »Das war die ganz normale Reaktion einer Frau, die es eilig hat, ein Kapitel ihres Lebens abzuschließen und einer neuen, glücklichen Liebe entgegenzueilen.« Und in den allerschlimmsten Momenten des Zweifels, wenn das Bild des Vaters, seiner Leiche im Massengrab, ihn nachts heimsuchte, sagte er sich, daß zur weiblichen Leichtfertigkeit vielleicht noch die unschöne, wenngleich läßliche Sünde des Geizes hinzugekommen war. Heute, in dem unerbittlichen Licht, mit dem das Fieber seine Gedanken durchflutet, erkennt er, wie unbefriedigend diese These im Grunde ist. Er kann nicht anders, als zwischen dem unmenschlichen Beschluß, dieses Fleisch den Würmern auszuliefern, und dem Status des ehemaligen Priesters, der ihnen allen gegenwärtig war, zwischen der Gottlosigkeit dieses Tages und der von vergangenen Zeiten die Verbindung, die sich aufdrängte, wieder herzustellen. Keine Ruhe für den Sünder ... Keine Ruhestätte für den Leib, genausowenig wie für die Seele des Abgefallenen ... Und die ewige Qual für den Menschen, der insgeheim Gott gequält und getötet hatte ... Das Schicksal – und Caroline – hatten sich gerächt. Das Himmelreich hatten sie dem ruchlosen Frevler verschlossen und um ihn herum die schlimmste aller Wüsten entstehen lassen. Und für diejenigen, die wie er selbst in Versuchung geraten würden, dennoch sein Angedenken zu ehren, hatte man tunlichst keine Grabplatte, keinen Rasen hinterlassen – kein Stückchen Erde oder Stein, wo sie hätten Blumen niederlegen oder in Andacht verweilen können.

Er war knapp sechs Jahre alt, als der Beschluß gefaßt wurde. Elf, als die Frist ablief, in der die Familie das Recht hat, sich eines Besseren zu besinnen und die Überreste eines Toten zu bergen, um ihm eine ordentliche Grabstätte zukommen zu lassen. In keinem der beiden Fälle war er also alt genug, um an den Verhandlungen und Diskussionen, die nicht ausgeblieben waren, teilzunehmen. Die Verantwortung jedoch ist da. Er trägt sie. Er erträgt sie. Auch dieser Sünde, die nicht sein Vater begangen hat, sondern die an ihm begangen wurde, fühlt er sich schuldig. Und das Unglaubliche ist, daß sich diese Schuld mit der anderen addiert und die Last seiner Reue nur noch verstärkt. »Die Toten, die armen Toten erleiden schwere Qualen ... Alte, erfrorene Gebeine, von den Würmern gepeinigt ... Gewiß erscheinen ihnen die Lebenden sehr undankbar ...« Wie kommt es, daß keiner erkannt hat, was Verse wie diese der Begräbnisaffäre zu verdanken haben? Wie kommt es, daß Caroline es nicht begriffen hat? Und Alphonse? Und der General? Und er selbst, der es heute so deutlich spürt: Hat er denn erkannt, wieviel seine *Blumen* dem alten Mann, den man verdammt und dem man später das Begräbnis verweigert hatte, schulden? Ein Werk als Opfergabe. Ein Werk der Wiedergutmachung.

Und das Porträt. Wieder das alte Porträt über seinem Bett. Er kennt jedes Detail auswendig. Jede Farbnuance. Ohne hinzuschauen, könnte er jeden Schatten, jeden Farbkontrast, jede größere Farbfläche, jede pastose Stelle rekonstruieren. Er weiß, wo es nachgedunkelt ist. Er weiß, wo sich winzige Haarrisse in der Farbe befinden. Es gibt kein einziges Haar, kein Fältchen um Auge oder Mund, das er nicht tausendfach erforscht hätte. Und nun plötzlich, trotz des Schmerzes, trotz der steifen Glieder, trotz der fortschreitenden Lähmung, die allmählich die ganze rechte Körperhälfte erstarren läßt, nun reißt ihn ein armseliger, aber unbändiger Drang diesem Gesicht entgegen: Ganz vorsichtig dreht er den Hals, als wollte er ein letztes Mal den Versuch unternehmen, seinem Blick zu begegnen. Dieser Blick ist alles, was er von seinem Vater besitzt. Alles, was er und die andern von diesem alten, ins Massengrab geworfenen Priester aufbewahrt haben. Und während die noch bewegliche Hälfte des Körpers verzweifelt versucht, sich hochzustemmen, sagt er sich, daß es kein Zufall ist, wenn dieses Porträt ihn seit zwanzig Jahren, von Wohnung zu Wohnung, von Hotelzimmer zu Hotelzimmer begleitet hat. Ein Porträt als Grabstelle. Ein Porträt der Trauer. Ein Porträt als Leichentuch, anstelle des verweigerten Grabes. Ich bin der Hüter meines Vaters.

Als der Arzt sah, wie er sich in Krämpfen wand, war er beinahe in Panik geraten. Die Freunde waren unruhig geworden. Madame Lepage, wie immer in vorderster Front, hatte gerufen: »Vorsicht, Vorsicht! Sie sehen doch, daß er wie ein Verfluchter leidet! Einen kalten Umschlag sollte man ihm machen!« Er jedoch hört nichts. Sieht nichts. Er sieht sie nicht mehr, die Anwesenden. Nur noch, an ihrer Stelle, das alte entschwundene Gesicht, das ihm plötzlich viel gegenwärtiger erscheint als alle Gesichter um ihn herum. Denn jetzt ist er da. Wirklich da. O nein, nicht wie ein Gespenst! Nicht wie eine Erscheinung! Er ist nicht im Raum wie bei einer hundsgemeinen Tischrücken-Szene, wie beim Hugo-Clan! Er ist vielmehr in ihm. In seinem Innern. Er ist – und das ist ja gerade das Schrecklichste – wie ein Blick in seinem Blick. Fleisch in seinem Fleisch. Und nun entdeckt er, daß er – er, Charles Baudelaire, am Ende dieses bemerkenswerten Tages, an dem er so viele Szenen seiner Vergangenheit hat vorüberziehen sehen – dieser fremde Männerkörper ist, der seit dreißig Jahren als Ruhestätte für einen Kadaver dient. »Ich habe meinen Vater umgebracht und aufgegessen«, hatte er neulich einer dummen Gans gesagt, die ihn besucht hatte. Die dumme Gans hat ihm nicht geglaubt. Sie hat gelacht. Welch ein Irrtum! Denn letzten Endes stimmte es. Es stimmte absolut. Eine andere Ruhestätte als den Kopf des Sohnes hatte dieser Vater nicht. Sein Vater? Sein Ebenbild. Sein Doppelgänger. »Ich bin ein Friedhof, den der Mond verabscheut.«

Vierter Teil

I

Die Nacht ist vorübergegangen. Eine schreckliche Nacht, wie zu erwarten. Mit Fieber, Alpträumen, in der Kehle erstickten Schreien, stummen Klagen. Erschöpft, erschlagen von einem Schlaf, der anstrengender gewesen war als die anstrengendste Schlaflosigkeit, hat er am frühen Morgen die Lepage gerufen, sich nach dem Arzt erkundigt, hat nicht ohne leise Enttäuschung festgestellt, daß der Klüngel der Vertrauten, die sich am Abend zuvor an seinem Bett zusammengefunden hatten, der Sache offenbar überdrüssig geworden waren. Mit großer Mühe ist er aufgestanden, hat sich wie ein Automat seine Schleife umgebunden, hat sich die Stirn mit etwas Wasser aus der Emailleschüssel angefeuchtet. Um den Schläfendruck loszuwerden, hat er sich mit ungeschickten Bewegungen seinen mit Terpentin benetzten Lappen wieder auf den Schädel gelegt. Damit war seine Morgentoilette beendet, und da er entschlossen war, den beginnenden Tag zu nutzen und die unterbrochene Meditation ihrem Ende zuzuführen, hat er sich in seinen Sessel fallen lassen – mit klarem Kopf.

Er sollte weitermachen, sagt er sich. Er sollte auf seine Mutter zurückkommen. Auf seinen Stiefvater. Damit das Bild vollständig sei, müßte er auch auf die Sabatier zurückkommen, dürfte die Daubrun nicht vergessen, müßte die Trennungsgelüste bezüglich Jeanne ansprechen, seine Rückkehrmanöver, seine erneuten Trennungsgelüste. Er müßte die Geschichte mit Louchette und ihrer Syphilis erzählen, die mit Arondel und seinen Geldscheinen. Er sollte von der Last der Krankheit auf seinem Dasein berichten, ihrer unheilvollen Bürde, dem Mörderischen, das auch noch der flüchtigsten Liebesumarmung dadurch anhaftete. Er müßte die Schulden erwähnen. Ihre Last. Die Art und Weise, wie sie den Verlauf seines Lebens allmählich durch und durch beeinflußt haben. Ein Kapitel über Alphonse wäre erforderlich. Ein weiteres über Ancelle und die Vormundschaft. Ein drittes über den Prozeß und die Ungnade, in die er gefallen ist und die er bis heute spürt. Ein viertes, ein fünftes über jene Zeitabschnitte – das Jahr der *Blumen*, das Jahr des *Spleens von Paris* –, als das Glück winkte und das Pech ihn wieder einholte. Kurz, von diesem Buch der Erinnerungen, das er sich gestern vorgestellt hat, existieren gerade ein paar Markierungspunkte, soviel ist ihm klar, und die meisten Episoden müßten erst noch konstruiert und inszeniert werden. Das jedoch tut er nicht. Er hat weder die Kraft noch die Lust dazu. Und er, der so kühn, so voller Eifer und Mut steckte, er, der dieses Buch nicht nur wollte, sondern seine ganze Hoffnung hineinlegte, er ertappt sich dabei, daß er es nicht einmal mehr für wünschenswert hält.

Die Erinnerungen kommen nach wie vor. Das heißt, sie kommen, wenn er sich darum bemüht, wenn er sie herbeiruft, sie herbeizwingt. Sie kommen als dünnes, eher tröpfelndes Rinnsal von Bildern, sickern gerade noch ins Bewußtsein durch, ganz, als ob die Quelle versiegt und seine volle Energie erforderlich wäre, um aus der tiefsten Schicht noch etwas heraufzubefördern. Aber diese Bilder sind nicht nur kurzatmig, sondern auch kümmerlich. Nicht nur mühsam, zäh, leblos – sondern zerbrechlich, unsicher, als seien sie im Begriff, sich aufzulösen. Sie kommen undeutlich an die Oberfläche. Verschwommen. Als ob der lange Weg, die Weite des Raums, den sie zu überwinden hatten, sie im voraus aufgezehrt hätte. Vor allem auch geschieht etwas, was weder bei seinem Vater noch bei Jeanne, noch in seinen Kindheits- und Jugenderinnerungen geschah, was ihn jetzt aber sehr beunruhigt: Kaum haben sie die Oberfläche berührt, kaum beginnen sie vor dem Hintergrund seiner inneren Nacht zu leuchten, schon flackern sie, schon verblassen sie, und keine Anstrengung des Geistes ist stark genug, sie am gänzlichen Erlöschen zu hindern.

Zuerst hat er sich gesagt, daß dies normal und im Grunde auch die gesündeste aller Reaktionen sei. Er hat so viel erlebt! So viel getan! Es gibt sogar so viele Dinge, die er nie gesagt hatte, vielleicht nicht einmal gedacht, und die mit diesem verfluchten Anfall wieder da waren. Eine Pause also ... Er hat sich gesagt, dies sei eben eine Atempause, die er brauchte und die es, ähnlich wie die Halbzeit eines langen Kampfspiels, seinem Geist erlauben würde, sich zu fangen, neue Kraft zu schöpfen ... Es werden andere Bilder kommen. Es gibt eine ganze Horde von Bildern und Gesichtern, die nur auf die Gelegenheit warten, wieder aufzutauchen. Es braucht ganz einfach Zeit. Zeit für die Stimme der Seele, die von alldem, was sie bereits artikuliert hat, atemlos geworden ist, die ihren richtigen Klang wiederfinden muß. Es braucht Zeit, wenn die Geheimnisse gesagt werden wollen, im Begriff sind, gesagt zu werden, aber zunächst einmal um sich herum die unterirdische Galerie des Schweigens graben, die sie vorbereitet und in Szene setzt. Zuviel Zeit? O nein, nicht zuviel Zeit. Es kann nie zuviel sein. Denn er weiß, welch makabres Vorzeichen es ist, wenn ein Mensch urplötzlich spürt, wie sein Leben sich auf sich selbst besinnt und mit einem einzigen Blick nachvollzogen werden kann. Sich die Zeit nehmen, hat er sich gesagt. Dieser Zeit huldigen, die im Grunde der Beweis ist, daß er nicht im Sterben liegt. Gelobt sei die Zeit, jawohl, die bestätigt, daß sein Gedächtnis noch das Gedächtnis eines Lebenden ist.

Danach hat er gedacht, nein. Daß er nicht sicher sein kann. Daß er ganz im Gegenteil doch schon alles gesagt hat. Daß er alle Schleier gelüftet, alle Tabus gebrochen hat. Daß er nichts weiter zu erzählen hat als die Geschichte des Vaters, der Geliebten, der Jugend- und Schuljahre. Daß alles erschöpft, daß er blutleer, sein Vorrat an Erinnerungen offenbar aufgebraucht ist, ähnlich wie bei jenen selbstzufriedenen Schwätzern, bei denen man schon zu Beginn einer Unterhaltung spürt, daß sie einem ihre besten Witze, ihre hundertmal wiederholten Lieblingsgeschichten auftischen und daß für danach, für ein nächstes Mal, nichts mehr übrigbleibt. Und was bleibt ihm? Louchette? Die kleine Berthe? Die Auseinandersetzungen mit seinen Wirtinnen, seinen Gläubigern, seinen Richtern, seinem Vormund, mit der ganzen Gesellschaft und mit seinen Lesern? Bleibt ihm Honfleur? Das Meer? Die Wolken? Die Farben? Die Morgendämmerungen? Richtig, das bleibt ihm. Es bleiben ihm tausend Erlebnisse, manchmal erstaunliche, manchmal komische. Plötzlich aber hat er Zweifel, ob diese Erlebnisse Bedeutung haben, ob sie jenen beschwerlichen Aufwand an Stil und Leiden verdienen, die das Buch, an das er denkt, zwangsläufig mit sich bringen würde. Die Frage, die er sich stellt, lautet: ob nicht auch er von Anfang an alles gesagt hat, ob im Vergleich zu den großen Augenblikken, die er schon festgehalten hat, diese armseligen Geschichten nicht läppisch sind. Kinkerlitzchen. Anekdötchen. Vor allem aber ist ihm ein Gedanke gekommen, der ihn nicht mehr losläßt: Was, wenn sein Leben so beschaffen wäre, daß sich darin alles gleich auf den ersten Schlag abgespielt hat – daß nach den ersten Dramen nichts Neues mehr über die Bühne gegangen ist?

In Wirklichkeit stammt diese Idee nicht von ihm, sondern von einem Feuilletonisten der Zeitschrift *Temps nouveaux*, der ihm halb freundlich, halb perfide vor einigen Jahren erklärt hatte: »Wie seltsam doch Ihr Leben ist, lieber Freund! Ich folge Ihren Spuren ja schon lange, und manchmal habe ich das Gefühl, daß Sie alles, was Sie heute sind, schon mit zwanzig waren und daß Ihnen seit dieser Zeit – wie soll ich sagen? – nichts wirklich Wesentliches widerfahren ist. Sie hatten bereits Ihr Vermögen aufgezehrt, die meisten Ihrer Gedichte geschrieben, Sie waren Jeanne schon begegnet, hatten sich bereits Ihre Syphilis zugezogen, hatten jene berühmte Indienreise hinter sich, die Ihnen nachhaltige Inspiration geliefert hat. Eigentlich war alles schon gesagt. Alles verspielt. Die Ereignisse, die glücklichen und die unglücklichen, die Ihr Schicksal gestalten sollten, hatten alle, oder doch fast alle schon stattgefunden. Man könnte meinen, Ihr Leben habe sich ab dann gleichförmig fortgesetzt, bis zum Stillstand eintönig, ein Leben, in dem Sie nichts anderes mehr getan haben, als den Initialfaden weiterzuspinnen – auch wenn Sie ein wenig älter, ein wenig finsterer geworden sind im Lauf der Jahre – und das heißt der Enttäuschungen.« Diese Äußerung hatte ihn im ersten Augenblick nicht besonders erstaunt. Jetzt aber fällt sie ihm wieder ein. Sie richtet ihn zugrunde. Denn wenn der Feuilletonist recht hat, wenn sich alles schon so früh entschieden hat, wenn es stimmt, daß er damals schon die Kulissen aufgebaut hat, vor denen das immer gleiche Stück aufgeführt und wiederholt werden sollte, dann liegt darin die Erklärung für vieles: zuallererst für seine Unfähigkeit, seine Biographie zu schreiben oder auch nur zu denken. Wie soll man denn ein Leben erzählen – *erzählen*, richtig erzählen: mit einem Anfang, einem Ende, mit Episoden dazwischen! Mit Umkehrungen! Mit Spannungsmomenten! –, ein Leben, das seine ganze Last an Historie und Schicksal auf seine Präliminarien konzentriert hat und in dem sich danach nichts, absolut nichts mehr ereignet hat?

Gleichzeitig aber ist das noch immer nicht die Erklärung. Es wäre, er spürt es, noch viel zu einfach. Allmählich fragt er sich, ob er die Wahrheit nicht in seinem Werk oder zumindest in der Art, wie er es gewollt, erlebt und mit seinem Leben verwoben hat, suchen sollte. Es gibt literarische Leben. Romanhafte Leben. Es gibt Leben, die, ob stagnierend oder nicht, wenigstens Bestandteil des Werkes sind, die also, wenn eine Künstlerhand, vergleichbar der seinen, sie formt und bildet, grundsätzlich zu fesselnder Nacherzählung ausersehen sind. Byrons

Leben. Chateaubriands Leben. Das Leben all jener heroischen Schriftsteller, die scheinbar nur um der Freude willen leben, sich eines Tages erinnern und erzählen zu können – jede ihrer Gesten scheint von vornherein für die Legende bestimmt. Und dann gibt es die grauen Leben. Die düsteren. Die sorgfältig glanzlos gehaltenen und bescheidenen Leben, die nicht ins Kielwasser der Bücher geraten und zur Selbstdarstellung geworden sind, sondern von vornherein die Segel gestrichen haben angesichts der Bücher. Flauberts Leben in Croisset, zwischen seiner alten Mutter, seinen aussichtslosen Liebschaften, seinen epileptischen Anfällen, seinem Arbeitszimmer, in dem er die Wände beschimpfte. Stendhals Leben, Stendhal, der ein echter Melancholiker und ein falscher Privatier war und für den die Literatur vor allem ein Heilmittel gegen Mißerfolg und Verdruß war. Sainte-Beuves Leben, so langweilig, so eintönig, mit seinen Katzen, seinen alten Papieren, seinen desillusionierten Lieben, seinen Anfällen von Reue. Und sein eigenes schließlich, so sorgfältig zerstört, vermutlich aus sehr ähnlichen Gründen.

Sie sind nicht verpatzt, diese Leben. Auch nicht ruiniert. Sie sind nicht von kleinlicher Drangsal bestimmt wie die alltäglichen Leben. Sie sind geopfert, aufgeopfert, und das ist nicht dasselbe. Und in ihrer gewollten Kargheit, in dem zähen Versuch, ihnen alle Höhepunkte, alles, was ihnen ein wenig Relief verleihen würde, wegzuschleifen, sind sie die ergreifendste Huldigung des Künstlers an seine Kunst. Man kann nicht alles haben wollen. Man kann nicht bei jedem Spiel gewinnen. Denn auf den Ruinen des Lebens, auf den freiwillig geschaufelten Gräbern des Ruhms, des Reichtums, der Leidenschaft wird jenes Monument errichtet, das ein geglückter Zyklus von Sonetten darstellt. Dunkle Leben. Nein: verdunkelte Leben. Vor lauter Bescheidenheit, vor lauter Entsagung fast heroische Leben, auch sie. Als ob die Sorge um das Werk sie ihres Sinnes entleert hätte, als ob dessen Licht, um strahlen zu können, das Licht ihrer Tage ausgelöscht hätte. Sie sind nicht unerzählbar, diese Leben. Nur überflüssig. Leer. Der Chronik, die man ihnen dennoch aus Gewohnheit widmen möchte, unwürdig. Literatur? »Das beste Mittel, ein Leben wegzuzaubern«, sagte Flaubert.

Er steigert sich hinein, bereut, daß er dies alles so spät erst verstanden hat, daß er an dieses Buch so viele Träume und Wünsche verschwendet hat. Verlorene Stunden, sagt er sich. Kostbare, ach so kostbare Stunden, die er dem Abgrund entrissen und dann so schlecht genutzt hat! O törichte, armselige, eines Sainte-Beuve würdige, tödliche Idee, diesen Bericht auch nur in Betracht gezogen zu haben! Verbrecherischer, niederträchtiger Wahnsinn, daran gedacht zu haben, seinen Namen, Charles Baudelaire, über diesen albernen Titel zu setzen: »Mein entblößtes Herz«! Er ist froh, daß er nichts unternommen, keine Zeile geschrieben hat. Er freut sich, daß er diese Geschichten von Vater, Mutter, Jeanne und dem ganzen Rest zwar gedacht, nicht aber die Kraft gehabt hat, sie aufzuschreiben. Und nun denkt er, daß die wahre Aufgabe eines Schriftstellers nicht etwa sein sollte, sich zu erinnern, sondern zu vergessen. Nicht festzuhalten, sondern zu löschen. Er denkt, daß die richtige Verhaltensweise sehr wohl die des Verbrechers sein könnte, der die Spuren seiner Missetat tilgt, oder auch die jener elisabethanischen Dichter, die sich weigerten, ihre Bücher zu signieren und sie so mit dem Siegel zu versehen, das sie verraten würde. Ob er vielleicht darauf verzichtet hat weiterzumachen, weil er dieser Einsicht schon nahe war? Ob es vielleicht an der Vorahnung der falschen Fährte, des irreführenden Ariadnefadens lag? Ob es der Schriftsteller in ihm war, der die vom anderen Ich gestellte Falle umgangen und das überflüssige Gedächtnis systematisch ausgetrocknet hat?

Tatsächlich zieht er alle Möglichkeiten in Betracht. Nimmt sich sämtliche Antworten vor. Eine nach der anderen überprüft er sie, auch wenn sie sich überschneiden oder decken, die verschiedenen möglichen Erklärungen sowohl für diese Lähmung des Erinnerungsvermögens als auch für das Zerbröckeln des Buches, das er sich vorzustellen versucht und an das er gestern noch geglaubt hat. Er geht in aller Ruhe vor. Er tut es wie jemand, der weiß, daß dieses Zerbröckeln eine Chance darstellt, dieses Nichtschreiben eine glückliche Wendung des Schicksals. Er tut es wie ein Mann, der spürt, daß die gegenwärtige Stunde, die er darauf verwendet, das Vorhaben zunichte zu machen, nicht eine verlorene, sondern eine gewonnene Stunde ist, da sie ihn ja nicht von sich selbst wegführt, sondern ihn ganz im Gegenteil zu sich zurückbringt und ihn allmählich im heimlichen Innersten seines Wesens heimisch macht. Und dies bis zu dem Augenblick, da er schließlich zugibt, nachdem er all diese unterschiedlichen und zugleich ähnlichen Erklärungen gegeneinander abgewogen hat, daß vermutlich in jeder ein Quentchen Wahrheit steckt – daß es aber noch eine letzte, eine schwindelerregende, eine schwieriger zu formulierende gibt, von der er jedoch aufgrund einer gewissen Anzahl von Zeichen ahnt, daß sie gegenwärtig die richtigste ist.

2

Es war sein Gesicht, sein Gesicht hat ihn aufmerksam gemacht. Lange Zeit, in Brüssel ebenso wie in Paris, hat er geglaubt und behauptet, daß es keinen besseren Führer gibt, um in das Labyrinth einer Seele vorzudringen, als das Ineinander von Falten, Fältchen, winzigen Gräben, von Grimassen, fixierten Verzerrungen, erschlafftem Gewebe, Augenzwinkern, die eine Physiognomie ausmachen. Morgens, bevor er das Haus verließ, ging er oft zu seinem Spiegel wie andere zum Fenster, nicht um das Wetter draußen zu begutachten, sondern das Wetter drinnen, das sich in der Nacht vermutlich um seinen Mund und seine Augen herum zu Spuren verfestigt hatte. Heute tut er dies also auch. Er nutzt eine leichte Besserung seines gelähmten Beines und steht aus seinem Sessel auf, um zu der Truhe zu gehen und Jeannes Aufzeichnungen zu verstauen, und seine uralte Gewohnheit treibt ihn zu dem kleinen Spiegel über der Waschkommode. Und dort, in diesem Stückchen Glas mit zerbrochenem Rahmen, in dieser fleckigen, matten Fläche, die sein Gesicht kaum erkennen läßt und von der er jedesmal denken muß, sie sei vom Hauch sämtlicher Vorgänger in diesem Zimmer beschlagen, dort entdeckt er ein Spiegelbild, das ihn verwirrt und erschreckt.

Die Erschöpfung vermutlich ... Das weiter fortgeschrittene Leiden ... Diese starre, wie tote Wange, die ihm nicht mehr gehört. Aber auch diese Abwesenheit ... Diese Distanz ... Dieses mehr als schmerzvolle, dieses gleichgültige Aussehen ... Aber auch das so plötzliche Desinteresse, nicht nur an den Dingen, sondern an seinem eigenen Bild ... Das Auge ist trüb, ohne faßbaren

Ausdruck. Er schaut geradeaus, genau in die Mitte des Spiegels, aber mit einer Starrheit in der Pupille, als fixierte der Blick durch das Glas hindurch einen weit entfernten Punkt, um doch nur in sich selbst zurückzukehren und sich nach innen zu wenden. Das Gesicht insgesamt wirkt zwar fest, kräftig, zwar hat es seine Konturen wiedergefunden, aber aus solcher Nähe kann er nicht umhin, die alles bestimmende Erschlaffung zu erkennen – als ob es, ähnlich wie die Gesichter der Mumien, nur noch seine wesentlichen Züge bewahrt hätte. Ein Totengesicht? Nein, kein Totengesicht. Nicht einmal das Gesicht eines Sterbenden ... Das Gesicht aber eines Mannes, der nicht mehr ganz in dem Rahmen lebt, der gewöhnlich dem Leben der Lebenden gesetzt ist. Ein ätherisches Gesicht, ein Gesicht wie in der Schwebe – ein Gesicht, aus einer Materie geschnitten, die mit menschlicher Physis nicht mehr allzuviel gemein hat.

Unmittelbar danach, während er sich wieder setzt, ereignet sich, diesmal in ihm, im Innersten seines Bewußtseins, eine noch seltsamere Veränderung, die in die gleiche Richtung geht. Eine Verdichtung der Stunden. Eine Verlangsamung ihrer Dauer. Ein Schwerwerden, eine beginnende Erstarrung der Zeit, deren Minuten aneinander zu haften, zu kleben scheinen. Eine schlaffe Zeit. Eine tote Zeit. Eine fließende, eine flüssige Zeit, wie Zeit es immer ist, aber flüssig nur wie ein stehendes Wasser und nicht fließend wie eine Quelle oder ein Bergbach. Es ist eine seichte Zeit. Eine brackige Zeit. Eine Zeit, in der nichts geschieht und in der nichts mehr geschehen wird und in der – dieses Gefühl hat er plötzlich, als ob die Vorstellung, die er vom heutigen Tag hat, die des gestrigen oder vorgestrigen anstecken würde – im Grunde vielleicht niemals etwas geschehen ist. Es ist nicht mehr so, daß die Bilder mit Verzögerung auftauchen. Auch nicht, daß sie schwächlich, nichtssagend, bröckelig sind. Sie sehen überhaupt nicht mehr wie Bilder, wie Erinnerungen aus. Keine Patina überzieht sie, kein Hauch von Nostalgie umschwebt sie, sie sagen nicht mehr: Es war einmal vor langer, langer Zeit, und so weiter, und so fort ... Eine Zeit ohne Ferne also. Eine Art neue Zeit, in der die Stunden und die Tage, die Zeitalter und die Epochen sich schließlich verwischen. Er schwimmt in dieser Zeit. Wie der sichere Schwimmer im Gedicht »durchfurcht er heiter die tiefe Weite, mit einer unaussprechlichen, männlichen Wollust«.

Schlimmer noch: Er sieht zu, wie sich nicht mehr die Zeit, sondern der Raum zwischen den Wänden seines Zimmers verwandelt. Es beginnt mit einem Verschwimmen. Einem Schwinden der Gegenstände. Als ob sie sich auflösten, ihre Konsistenz verlören und sich aus seiner geistigen Landschaft zu verflüchtigen drohten. Dann spürt er, wie sie Widerstand leisten, ihre Gestalt zurückgewinnen. Er spürt sie, die vertrauten Gegenstände (die in den vergangenen Tagen den letzten Faden darstellten, der ihn mit der Welt verbunden hielt), wie sie erneut Besitz ergreifen von dem Zimmer und von da aus von seinem Geist. Danach sieht er, wie sie beben. Wie sie sich in Bewegung setzen. Er sieht, wie sie diese Rückkehr nutzen, um ihr Eigenleben zu leben, zu tänzeln, zu gleiten, ihn zu provozieren. Er möchte sie zum Stillstand bringen. Er möchte ein Mittel finden, um dieses Tohuwabohu zu unterbinden, das die Lepage und die Nachbarn aufschrecken wird, wenn es so weitergeht. Nichts zu machen. Der Radau ist nicht anzuhalten. Im Verlauf der Minuten nimmt er die Ausmaße eines Hexensabbats an. Und wohl oder übel muß er sich eingestehen, daß offenbar eine geheimnisvolle Kraft alles um ihn herum beherrscht und, ob er es will oder nicht, den wahnsinnig gewordenen Möbeln ihren Veitstanz aufzwingt.

Der kleine Tisch schwankt. Das Bett neigt sich unter seinem Gewicht. Die Truhe an der Wand verwandelt sich in ein Sofa, und es würde ihn nicht wundern, wenn darauf plötzlich die Sabatier oder die Daubrun säße und ihm zulächelte. Die Emailleschüssel dreht sich. Fällt um. Wird gleich auf dem Boden aufschlagen. Nein, sie fängt sich, erlangt ihr Gleichgewicht wieder, steht aber plötzlich auf dem kleinen runden Tisch. Sein Vater hat den Bilderrahmen verlassen. Er sitzt rittlings und ungehörig auf dem Stuhl. Die Gardinenstangen haben sich in seinen Händen in Bischofsstäbe verwandelt. Der Spiegel ist noch etwas blinder geworden. Die Tapete etwas bunter. Der Vorhang prangt in noch leuchtenderem Rot, wie damals im Sterbezimmer, als er sechs Jahre alt war. Der Wasserspeier grinst wieder aus den Rissen der Decke. Sein Hut, sein Anzug liegen auf dem Bett, als ob er im Begriff wäre auszugehen. Und merkwürdigerweise, als wollten sie das Ganze dirigieren, brechen plötzlich eine Menge äußerst bunte, ihm aber vertraute Personen in den Raum ein, umkreisen seinen Sessel, bedrängen ihn und nehmen schließlich an den Stellen Platz, wo gestern der Arzt, Madame Lepage, Poulet-Malassis und Neyt saßen.

Dort in der Fenstervertiefung steht plötzlich Rubens und hat seine Staffelei aufgebaut. Joseph de Maistre sitzt an seinem Arbeitstisch und sieht die ersten Seiten von »Mein entblößtes Herz« durch. Beethoven liegt in seinem Bett und stirbt an seiner Stelle. Deroy retuschiert die Augenbrauen seines Vaters. Sein Vater, empörten Blikkes, ruft De Quincey zu Hilfe. De Quincey aber unterhält sich mit Shakespeare, Shakespeare mit Tasso, Tasso mit Homer, Homer mit einem irre blickenden Christus von Agnolo Bronzino. Und der Marquis de Sade beobachtet ihn, während er über ihn hinweg mit Jeanne spricht. Jeanne steht Delacroix Modell. Delacroix steht Jeanne Modell. Eine Hexe von El Greco droht mit dem Staubwedel der Wirtin. Eine Madonna von Giotto nähert sich, um ihm das Gesicht abzuwischen. Und Poe steht, seine Flasche Whisky in der Hand, auf der Schwelle eines Wahllokals in Baltimore, seinen Stimmzettel will er in die Truhe der Geheimnisse werfen – dort liegt das Testament von Gordon Pym neben den Aufzeichnungen der

Schwarzen Muse. Ein ungeheurer Aufzug von Gespenstern, sie nutzen seine Gastfreundschaft aus, um vor seinen Augen – und wer weiß, unter seiner Regie – die unwahrscheinlichsten Bande zu knüpfen.

Man wird vielleicht behaupten, daß er träumt. Oder daß seine Krankheit ihn im allerletzten Stadium wahnsinnig macht. Jeder x-beliebige Arzt würde von »Halluzinationen« sprechen und sie mit Schlaflosigkeit und übermäßigem Konsum von Opiumtinktur erklären. Oder die kleine Gruppe von Freunden ist wiedergekommen, und in seinem Fieberwahn verleiht er ihnen die Gesichter dieser »Besucher«. Wie dem auch sei, die Tatsache ist nicht wegzuleugnen, und sie ist das einzige, was im Augenblick zählt. Charles Baudelaire hat oft betont, daß er nur für die Toten schreibe. Er hat immer wieder gesagt, daß echte Literatur nur möglich sei unter der Kontrolle, der wohlwollenden Aufsicht dieser Toten. Nun denn. Er ist soweit. Sein Wunsch wurde erfüllt. Er steht nicht nur unter ihrer Aufsicht, er darf vertrautesten Umgang pflegen mit ihren Gesichtern. Und das ist bereits das Zeichen einer grundlegenden Revolution. Zum erstenmal, nicht in seiner Krankheit, sondern in seinem Leben, hat er sich zu der großen Prozession gesellt, die ihn bislang aus der Distanz bevormundete. Zum erstenmal sieht er diese Schatten nicht nur versammelt, sondern in einer heimlichen Verschwörung vereint und sich miteinander unterhaltend, jene Schatten, die ihn in Wirklichkeit niemals alleine gelassen haben und die, weil sie unaufhörlich sein Werk gesteuert haben, seine Verwandtschaft und seine Heimat darstellten ...

Er ist am Leben, natürlich. Anders als zuvor, als er krampfhaft versuchte, seinem Gedächtnis die allerletzten Geständnisse zu entreißen, spürt er jetzt sogar, seitdem diese Geister anwesend sind, eine außerordentlich rege geistige Aktivität. Und selbst seine berühmte innere Stimme, die erstickt, erschöpft war – alles schien darauf hinzudeuten, daß sie für immer verstummen würde –, selbst sie findet im bebenden Kontakt mit diesen Gespenstern zu neuer Kraft, zu neuem Leben. Nur ist es nicht mehr dasselbe Leben, und das macht den ganzen Unterschied. Er ist nicht mehr derselbe Lebende. Er ist nicht mehr der sprechende, leidende oder sich erinnernde Mensch, der vorgestern abend bei Charles Neyt speiste, der gestern noch in den Freudenhäusern herumlungerte oder der neulich morgens seinen berühmten Zug nach Paris verpaßte. Nun geschieht nämlich folgendes – kraftvoller, erschütternder noch: Auf den Überresten dieser ehemaligen Person erhebt sich allmählich, denselben Namen tragend, dasselbe Gesicht bewahrend, einige der charakteristischen Züge vielleicht sogar glatt übernehmend, eine neue Person, weniger wirklich und doch zugleich echter, eine Art abstrakter Mann, der seine früheren Raster abgelegt hat und der, in den Raum und in die Zeit seiner neuen Elendsgefährten versetzt, plötzlich nur noch der ruhmreiche, der strahlende Doppelgänger des anderen sein wird.

Er ist nicht mehr nur der Sohn von François. Auch nicht von Caroline. Er ist nicht mehr der Stiefsohn von Aupick, der Arondel oder Ancelle gegenüber zu Dank Verpflichtete, der Liebhaber der Duval. Seine wahren Zeitgenossen, diejenigen, die für ihn gezählt haben und immer noch zählen, diejenigen, deren Namen zu seinem passen, deren Stimme mit seiner in Einklang steht, deren Blick und selbst deren Lächeln dem gleichen Sonnenlicht ausgesetzt zu sein scheinen (wie bei Photographien, die am selben Tag, zur selben Stunde, vom selben Photographen aufgenommen wurden), sind Homer und Shakespeare, sind die Schöpfer des *Raben* oder der *Kreuzabnahme* ebenso wie Louchette, Buloz, Silvestre oder sogar Coco. Dies ist der Grund, weshalb die Bilder seines Lebens nicht mehr »griffen«. Dies ist der Grund, weshalb er nicht mehr in der Lage war, sich an die Anklagerede des Substituts Pinard zu erinnern oder an seine Begegnung mit Vigny oder irgendeine andere Begebenheit seiner erbärmlichen Biographie. Sein normales Leben, das Leben, das er erzählen wollte, dessen Bericht sich jedoch verflüchtigt hat, hat sich von ihm abgelöst wie die Haut bei einer Schlange. Und eine gigantische geistige Wanderung trägt ihn fort in eine zugleich neue und vertraute Welt: jene Welt, in der seine Kunst geboren wurde – und in der sein Leben, ähnlich wie bei Flaubert, sich zerrieben hat.

Ein Astronom würde dies mit der Verirrung eines Planeten vergleichen, der es müde war, um immer denselben Stern zu kreisen, und der plötzlich die Laufbahn wechselte. Ein Physiker, ein Anhänger der modernen Theorien über die Schwerkraft und die Materie, würde sagen, daß es wie ein Kräftefeld ist, das seinen eigenen Gesetzen folgt, das seine eigene Gravitation, seinen eigenen Magnetismus hat und das die Seele ihren üblichen Tropismen entreißt und sie in einen anderen, scheinbar leeren und dürren, aber in Wirklichkeit von überlegener Spiritualität vibrierenden Kreis zieht. Wenn er Maler wäre und sich auf die schwierige Übung des Selbstporträts einlassen müßte, dann hätte er Ähnlichkeit mit Poussin auf dem Gemälde, das er so sehr mochte und das er gern den »realistischeren« Selbstporträts von Goya oder Velasquez entgegensetzte: stehend, ohne zeitgemäße Dekoration oder Kostüm, ohne Stift oder Pinsel in der Hand, in einer Reglosigkeit erstarrt, die von der Kargheit der Konturlinien noch betont wird – abstrakt also, auch hier von dem Übermaß an Fleisch und Materie befreit. Da er weder Maler noch Physiker, noch Astronom ist, sondern Dichter, befindet er sich ganz einfach in jenem Zustand der Glückseligkeit, von dem alle Dichter stets geträumt haben: Er ist Schriftsteller, reiner Schriftsteller. Charles Baudelaire ist nur noch der Name des Kopfes, der dieses merkwürdige Buch erdacht hat, das sich *Die Blumen des Bösen* nennt, der Name der Hand, die es geschrieben hat.

Normalerweise, bis zu diesem gesegneten Tag und der Offenbarung, die er ihm gebracht hat, war er das eine und das andere. Der alte und der neue Lebende. Er war reiner Schöpfer der *Blumen* – aber nur eine Stunde am Tag, im Monat, im Jahr: die restlichen Stunden waren ausgefüllt oder aufgefressen von Geldnöten, Schulden, der Sorge, einen Verleger zu finden, den Verfolgungen seitens Ancelle oder von Jeannes Keifereien. Und der Kampf schien ihm von vornherein verloren, der Kampf, der ihn dieser anspruchsvollen, besitzergreifenden Welt gegenüberstellte, die ihn mit ihren strengen Prestigeforderungen so gut wie immer daran hinderte, mit seinem Text übereinzustimmen. Heute liegt das hinter ihm. Nichts widersetzt sich mehr der Übereinstimmung. Nichts stört das Aug-in-Auge-Stehen, nichts wird es jemals mehr stören. Zum ersten Mal kann er seinen eigenen Namen aussprechen, ohne daß vor ihm etwas anderes auftaucht als eine lange Reihe von beschriebenen Seiten, die wiederum in der Nachfolge eines Poe, de Maistre, Homer, Tasso oder vieler anderer stehen. Keine Spuren mehr, keine Überbleibsel des anderen Baudelaire. Nichts, was in der Umgebung des Buches an jenen lästigen Menschen erinnert, der sich als dessen Vater aufspielte und es mit seinen Launen befrachtete. Wenn man die Leute fragt, sagen doch alle: Zuerst sei da der Dichter mit seinen Launen, seinen Stimmungen, seinen Gefühlen, seinen kleinen Leidenschaften – ja und dann natürlich sei er auch der Autor der Verse. Er aber fühlt sich seinen Versen so nahe, so ausschließlich verbunden, er hat so stark das Gefühl, nichts mehr zu sein als die Stimme, die auf all den Seiten immer wieder »ich« sagt, daß er fast das Bedürfnis hat, die Formel umzukehren und zu sagen: Es gibt ein Buch, *Die Blumen des Bösen*, das einen Menschen geschaffen hat, der Charles Baudelaire heißt.

Die Tragweite der Veränderung erkennen, die Folgen der Umkehrung abschätzen. Da ist ein Mann, der kein Mann mehr ist, sondern eine Stimme, ein Mann, der keine Gedanken mehr erzeugt, sondern Worte – da ist ein Dichter, der das Gefühl hat, von seinem eigenen Werk ausgelöscht worden zu sein, und der anstelle seiner Seele nur noch eine Reihe von Bewußtseinszuständen vorzuweisen hat, die von der Sammlung seiner Sonette suggeriert werden. Das ist die Quelle seines Unwohlseins. Die allerletzte Erklärung für jene Lähmung, die zur Folge hatte, daß das Buch der Erinnerungen, das ihm so erstrebenswert erschienen war, ihm auf einmal unvorstellbar und unmöglich vorkam. Es ist aber auch der Ursprung eines anderen Plans. Der Ursprung eines zweiten, noch merkwürdigeren, noch ausgefalleneren Buches, auf das, wie er sich nicht ohne Schrecken sagt, niemand vor ihm verfallen ist, eines Buches, das dem ersten folgen, ja auf ganz logische Weise an die Stelle des »Entblößten Herzens« treten und fortan alles, was er noch an Geisteskräften hat, mobilisieren wird. Die Verirrung war notwendig, denkt er, während er sich wieder ins Bett legt. Er mußte diesen unnatürlichen Umweg gehen. Das war der Preis, der zu zahlen war, damit das neue Projekt Form annimmt – ein Projekt so ungeheuer wie eine Offenbarung, so flammend wie ein Evangelium. Er ist geblendet. Fühlt allerhöchsten Überschwang. Aber wird er noch die Zeit haben, es wenigstens in seiner Phantasie auszuarbeiten – und es vor sich zu sehen?

3
Brief des Auguste Poulet-Malassis an den Erzähler

Paris, den 16. März 1878

Sehr geehrter Herr,

Ich habe Ihre Sendung erhalten und bin Ihnen zu Dank verpflichtet, nicht nur der schmeichelhaften Worte wegen, die Sie ihr beigefügt haben, sondern für die Aufmerksamkeit, die Sie mir bezeugt haben, indem Sie sich eines alten, müde gewordenen Mannes erinnerten, der seitens der jungen Generation bislang nicht an soviel Höflichkeit gewöhnt war. Alles, was B., seine letzten Stunden, sein Andenken betrifft, ist mir, wie Sie sich denken können, kostbar. Ich halte mich zwar nicht im geringsten für einen »Hüter des baudelaireschen Heiligtums« (es sind Ihre Worte, nicht meine), aber es ist mir durchaus nicht unangenehm, von denjenigen, die wie Sie ihren Stein zum Gebäude der Erinnerung beitragen wollen, befragt oder um Rat gebeten zu werden. Seien Sie also bedankt, verehrter Herr. Da sie von einem jungen Menschen ausgeht, den ich im Verdacht habe, daß er voller moderner Ideen steckt, und der erst sehr spät in unser Abenteuer mit hineingezogen wurde, ist die Geste um so schätzenswerter. Das wollte ich Ihnen vorneweg sagen. Und selbst wenn es Ihnen Spaß macht, Ihre Identität mit einem kleinen Geheimnis zu umweben, selbst wenn die Umstände, unter denen wir uns schon einmal »über den Weg gelaufen« sein sollten, wie Sie sagen, ein Rätsel bleiben, möchte ich Sie ganz aufrichtig grüßen.

Soll ich es darüber hinaus jedoch wagen, Ihnen die Gedanken mitzuteilen, die der Inhalt Ihres Projektes in mir aufkommen ließ? Ich habe entgegen Ihrer Annahme keine Ahnung, wie Sie die Informationen gesammelt haben, über die Sie zu verfügen behaupten. Und im übrigen verraten Sie mir auch nicht, was Sie damit vorhaben – ein Buch? Einen kurzen Lebensabriß? Einen Aufsatz zu Ihrem eigenen Gebrauch oder zu dem der letzten Freunde, die letzten Menschen, die ihm nahegestanden haben? Nichtsdestotrotz und da Ihr Vertrauen durchaus Erwiderung verdient, kann ich der Pflicht nicht ausweichen, Ihnen meinen Eindruck mitzuteilen. Im Detail dieser wenigen Seiten steckt gewiß Richtiges, recht gut Beobachtetes, manchmal stehen da Bemerkungen (und glauben Sie mir, ich sage das ohne Hintergedanken), zu denen wir, die Herren Asselineau, Banville, Gautier und ich selbst, uns auch schon veranlaßt gesehen haben. Die Tatsachen selbst stimmen. Der Chronologie wird Rechnung getragen. Ich bestätige den Anfall in Saint-Loup am 15. März. Die verpaßte Abreise nach Paris am 18. Den Nachmittagstee bei Adèle Hugo am 21. Das Diner bei Neyt. Den erneuten Anfall am 22. Den Beginn einer Sprachstörung. Die halbseitige Lähmung. Was jedoch die Grundidee betrifft, ich meine, was die Methode betrifft, die darin besteht (ich hoffe, ich habe Sie richtig verstanden?), daß Sie sich – gewissermaßen mit den Mitteln eines Einbrechers – in den Kopf eines Dichters versetzen, den Sie kaum gekannt haben, und ihn dann aus Ihrem Mund, mit Ihren Worten und nicht zuletzt im Sinne Ihrer Anliegen sprechen lassen – erlauben Sie bitte, daß ich meine größten Zweifel zum Ausdruck bringe sowie, und das ist schlimmer, die dringendsten Einwände in Bezug auf die Leitideen, die Sie im Verlauf Ihrer Arbeit entwickeln.

Wenn ich diese Ihre Ideen irgendwo einordnen sollte, würde ich sie grob gesehen in zwei Kategorien einteilen: auf der einen Seite richtige Ideen, die unseren Freund jedoch weder direkt noch ausschließlich betreffen; das gilt zum Beispiel für jene Theorie eines stagnierenden, flachen Lebens, bei dem sich alles in seinen Anfängen entschieden hat und bei dem das Werk nur die Konsequenzen abwickelt. Auf welchen bedeutenden Schriftsteller würden Sie diese Theorie nicht anwenden können? Wo ist derjenige (ich rede von den *sehr* bedeutenden), bei dem man nicht das Gefühl hat, daß er von Anfang an, gleich bei seinem allerersten Auftritt, das Genie ist, das aus ihm werden wird? Und auf der anderen Seite sind da die Dinge, die ihm eigen sind, die man tatsächlich von niemandem sonst behaupten würde, die mir aber ziemlich belanglos erscheinen, es sei denn, selbstverständlich, Sie verfügen über zusätzliche Informationen, die Sie uns noch vorenthalten haben. Dieser Aufmarsch von Geistern zum Beispiel, den Sie in seinem Hirn inszenieren, mit nebenbei gesagt offenkundigen Irrtümern in Bezug auf Beethoven, dessen grandiose, aber theatralische Musik das Gegenteil dessen war, was er liebte; oder über Rubens, von dem Sie wissen müßten, daß er ihn haßte von dem Augenblick an, als er nach Brüssel kam. Und schließlich zu Ihrer Hauptthese, die, wenn ich Sie recht verstanden habe, darin besteht, daß Sie das Werk vom Leben trennen, um ihm so einen idealen Autor zu geben, der dem Alltagsmenschen überlegen wäre und der nur noch eine ganz entfernte Verbindung mit dem konkreten Helden der konkreten Biographie hätte: Ich erkenne sehr wohl, woher sie kommt und unter wessen Einfluß Sie sie vertreten. Zwar mag der Gedanke – wie sagten Sie noch? – *mallarmeisch* sein, ich kann Ihnen aber versichern, daß er weder von nah noch von fern baudelaireisch ist und daß er, wenn er es wäre, sich an einem ganz realen Ereignis stoßen müßte, an das zu erinnern mich bisher eine Mischung aus Diskretion, Respekt einem verstorbenen Freund gegenüber und vielleicht auch Zufall gehindert hat, das jedoch genügt, wie mir scheint, Ihre ganze These zu vernichten: die Tatsache, daß dieser große »Entrückte«, dieser Mann, den Sie als gedankenverloren, als für immer und allezeit aus der Welt und ihren müßigen

Zwischenfällen zurückgezogen beschreiben, dennoch am Tag nach dem von Ihnen erwähnten Datum – um genau zu sein, drei Tage nach dem großen Anfall vom 22. – die Kraft gefunden hat aufzustehen, sich als Dandy zu kleiden und mit mir zu einer mühseligen Runde durch die Stadt aufzubrechen, deren Ziel es war (ich zitiere ihn), *die Blumen des Bösen nachzuprüfen.*

Lassen Sie mich dies erläutern. Er war, das wissen Sie genausogut wie ich, was man einen Dichter des Verstandes nennen könnte, um nicht zu sagen: der Abstraktion. Er sprach von den Dingen, ohne sie zu sehen. Er setzte sie in Verse, ohne sie unbedingt berührt zu haben, ohne ihnen begegnet zu sein. Alles an ihm war so stark vom Denken geprägt, daß sogar die treuesten Freunde sich immer gefragt haben, ob seine »indische« Phase tatsächlich die Frucht einer Reise in der Jugend war oder ob sie nicht ganz im Gegenteil das reine Produkt seiner Erfindung war. Er war wie ein Künstler (nehmen wir als Beispiel Daumier, um die Dinge deutlicher zu machen), der aus der Erinnerung und nicht nach der Wirklichkeit zeichnet. Wenn er übrigens von Malerei sprach, dann ohne die Ausstellung unbedingt gesehen zu haben, Kataloge und Beschreibungen genügten ihm. Die Dinge waren für ihn Ideen. Sie wurden vom Auge der Seele erfaßt, bevor sie vom Auge der Sinne erfaßt wurden. Und es kommt mir vor, als ob dieser seltsame Mann, der zwanzig Jahre seines Lebens dafür hergegeben hatte, über Gerüche und Farben, über die Körper der Frauen, über Laute, über den Anblick oder den Lärm der Städte zu sprechen, ohne seine Klause zu verlassen, als ob dieser Mann plötzlich von einer Art Torschluß-Skrupel gepackt worden wäre: Ist die Welt wirklich so, wie ich es mit Worten gesagt habe? Hat sie Ähnlichkeit mit meinen Beschreibungen? Beruhen meine Verse, ja mein ganzes Werk nicht letzten Endes auf einem gewaltigen Mißverständnis? Sie werden mir erwidern, daß diese Gewissensbisse nur ein weiteres Zeichen für den Vorrang des Werkes darstellen, den Sie in Ihrem Aufsatz betonen. Einverstanden. Dennoch (und das ist, verzeihen Sie, das Wichtigste) ist es ein sehr weiter Weg von Ihrem erstarrten, sich unter Schmerzen von der Welt und den Zufälligkeiten der verrinnenden Zeit zurückziehenden Dichter zu dem glühenden, fiebrigen Menschen, den ich an jenem Morgen in seinem Zimmer im Hôtel du Grand-Miroir antraf. Diesmal war er allein, die ganze Horde vom ersten Tag war offenbar des Schauspiels überdrüssig geworden; die letzten Kräfte, die ihm blieben, wollte er nicht etwa imaginären Dialogen zwischen Tasso, Dante und Homer widmen, nein, er wollte so konkret wie nur möglich einer Welt begegnen, in der er so etwas wie den letzten Richter seiner Bücher erkannte.

Ich sehe die Szene vor mir. Es ist neun oder zehn Uhr. Die Wirtin hat mir schon auf der Treppe angekündigt, daß es Monsieur etwas besser gehe, da sie gehört habe, wie er schon beim Erwachen mit seinem Radau wieder angefangen habe. Und als ich sein Zimmer betrete, sitzt er in der Tat ausgehbereit in seinem Sessel, den Hut auf dem Kopf, den Stock in Reichweite; er trägt seine Weste aus grauer Tussorseide, seine feinen Schuhe, den feierlichen Anzug, ihn dem ich ihn seit seinem Vortrag beim Börsenmakler Crabbe nie mehr gesehen hatte; sein Gesicht ist geprägt von einer starrköpfigen Entschlossenheit, die nichts Gutes ahnen läßt. »Wir gehen aus«, erklärt er mit jener merkwürdigen, langsamen Stimme, die die Silben in die Länge zieht; seit zwei Tagen spricht er so, und keiner von uns hatte bis dahin ermessen, welchen Kräfteverfall diese Stimme verkündet. »Jawohl, Poulet, wir gehen aus. Wir haben einen schweren Tag vor uns. Wo waren Sie denn abgeblieben? Seit zwei Stunden warte ich auf Sie!« Während ich etwas zu erwidern versuche, wärend ich, außer ein paar Worten der Entschuldigung, stammle, daß dieses Vorhaben nicht vernünftig sei, daß er besser den Arzt, Dr. Marcq, konsultieren und vorerst lieber ins Bett gehen sollte, sehe ich, wie sich um seine Augen Fältchen bilden, wie sich seine Mundwinkel verhärten. Er hört mir nicht länger zu, stützt sich mit dem Gewicht seines kranken Körpers auf meinen Arm und steht einfach auf. War das ein Fehler von mir? Hätte ich insistieren, standhaft bleiben sollen? Hätte ich ihn vielleicht sogar einfach stehen lassen und im Erdgeschoß Dr. Marcq abpassen sollen? Tatsache ist: Ich habe mich nicht getraut. Sei es aus übertriebener Fügsamkeit, aus Gedankenlosigkeit oder aber aus dem heimlichen Gefühl heraus, es sei die Pflicht seiner Freunde, ihm die schweren Augenblicke, die er durchmachte, so erträglich wie möglich zu machen, jedenfalls habe ich seinem Wunsch nachgegeben. Wir gehen – beziehungsweise ich bringe ihn – auf die Straße hinunter. Wir halten eine Kutsche an. Und schon sind wir unterwegs, er halb gelähmt, ich mit meiner Gicht, die auch nicht gerade förderlich ist, und schicken uns an, seine »Nachprüfungen« der *Blumen des Bösen* zu vollziehen.

Zunächst die Geschichte mit den Säulenhallen. Sie wissen, wie Säulenhallen ihn faszinierten, nicht wahr? »Lange habe ich gewohnt unter weiten Säulenhallen« ... »Tief hinten in den Säulenhallen, wo die Bäche murmeln« ... »Die Natur ist ein Tempel, wo aus lebendigen Pfeilern zuweilen wirre Worte dringen« ... etc. Und nun fährt unsere Zweiermannschaft (denn wenn ich ihm schon folgte, dann als Mitstreiter und nicht als Begleiter), Belgien munter mit Calcutta verwechselnd, von der Place Quatelet zur Rue Ducale, vom früheren Kornmarkt zum heutigen, vom Hôtel des Boulevards-et-Boel zur Porte de Louvain – dies alles mit dem Gedanken (dem sinnlosen Gedanken natürlich, dem aber so gierig nachgegangen wurde, als ob sein Schicksal, sein Leben, sein Überleben davon abhängig gewesen wären!), mitten in Brüssel eine echte Säulenhalle zu finden und sich dieses oder jenes Details zu vergewissern, das unvorsichtigerweise in einem Sonett genannt worden war.

Danach kamen die Katzen. Eine weitere Leidenschaft, diese Katzen. Und Ihnen muß ich ja nicht erzählen, welchen Platz sie einnehmen in seinen Gedichten. Auch dabei gerät er in Erregung. Ereifert sich. Bei jeder Katze, der wir begegnen, springt er auf, stößt einen Triumphschrei, einen Freudenschrei aus. Einmal, an der Place de la Vieille-Halle-aux-Blés, an der Haltestelle der Postkutsche, als der Wagen eine Katze fast überrollt, will er sogar aussteigen und das arme Tier einfangen. Und warum all das? Ja, warum sich fast den Hals brechen, frage ich ihn. Gleiche Antwort. Er habe das Bedürfnis, sagt er mir, »mit Muße den Kopf einer Katze zu kosen« und in ihren »schönen Augen« nachzuprüfen, ob darin tatsächlich, wie er es geschrieben hat, »Achat mit Erz verschmilzt«.

Und dann jenes Krankenhaus für Dirnen, wo wir haltmachen und wo er unter einem abenteuerlichen Vorwand um die Genehmigung bittet – und sie auch erhält –, in die Spezialabteilung gebracht zu werden, wo sich, in graue Kutten gekleidet und mit einem kleinen weißen Käppchen, das sie angeblich kennzeichnen soll, die schweren Syphilitikerinnen aufhalten. »Es stimmt ...«, murmelt er. »Es stimmt also wirklich ... Sehen Sie, Poulet ... Sehen Sie es auch richtig?« Und vor jeder einzelnen bleibt er ausgiebig stehen und nickt, begutachtet die Beulen der einen, die braunen Schorfstellen der anderen, betrachtet den zahnlosen Mund der dritten, das eitrige Loch anstelle eines Auges, das sicher einst schön war, bei der vierten – und dazwischen murmelt er wunderbare Verse, die Sie ebensogut wie ich kennen, als ob ihr Rhythmus und ihre Worte einen ganz neuen Klang ergäben: »Und ihr Frauen, ach, so bleich wie Kerzen, ihr, die euch die Unzucht zernagt und ernährt ...«

Dann kamen die Freudenviertel mit ihren unappetitlichen Kreuzungen, ihren übelriechenden Kneipen, den kleinen anrüchigen Häusern, deren Fensterläden ewig geschlossen blieben und wo Unkeuschheit und Verbrechen bereits voll im Gange waren. Es kamen jene allzu schmalen Gassen, durch die der Kutscher kaum hindurchkam, wo er sich im Schritt fortbewegen mußte und wir Muße hatten, zu sehen und gesehen zu werden. Soll ich gestehen, daß diesmal ich mich dabei ertappte, wie ich hier das »Mädchen aus Malabar mit den großen Augen aus Samt« suchte, dort eine »kleine Berthe mit dem schläfrigen holden Schmelz der Finsternis«, dort wiederum den vorüberhuschenden Schatten der »Frau mit den fahlen Augenlidern« – und da, ein Stückchen weiter, seine »Dorothée von der Straße«, die vor der Tür einer armseligen Behausung ihre Reize wie eine Marktschreierin anpries und bei der ich in der Tat beobachtete, daß sie »mit ihren weiten Röcken die Luft fegte«.

Dann gab es unsere Suche nach dem Teufel. Nein, ich spaße nicht. Wir haben tatsächlich den Teufel gesucht. Wir haben uns auf die Jagd gemacht (der Ausdruck hat für mich nichts Affektiertes) nach allen Spuren, die er hinterlassen hat in dieser Stadt, die in seinen Augen des Teufels Lieblingsversteck war. Und der Wahrheit halber muß ich gestehen: Wir gingen ziemlich leer aus bei dieser Suche. Jedes Experiment, das wir anstellten, schlug ins Gegenteil um und bewies nicht etwa seine Anwesenheit, sondern sein hoffnungsloses Nichtvorhandensein: ein niedliches kleines Fest, fröhlich und sorglos, an der fluchbeladen geglaubten Place Poelaert; ein Herr, der seinen Hut abnimmt, obwohl ihn B. mit Blicken vernichtet hat; ein Kind, das ihn anlächelt; eine alte Kurtisane mit verträumtem Blick, eine rothaarige Bettlerin, ein übelriechender Fleischklumpen, auf dem Straßenpflaster gestrandet wie ein Müllhaufen, die aus dem undefinierbaren Fetzen, der ihr als Kleidung dient, die Hände herausnimmt und eine Geste des Segnens macht; und sogar die unvermeidliche Wirtin, die abends, als wir von unserer Irrfahrt zurückkommen, eine merkwürdige, fast beängstigende Freundlichkeit an den Tag legt, die er auf der Stelle als eine List des Satans interpretiert.

Und dann gab es die Geschichte mit dem Schwan. Wir befinden uns am Quai des Briques, am Ufer der Senne, an der Stelle, wo der Fluß am meisten Unrat mit sich führt. Und plötzlich höre ich, wie er zu rezitieren anfängt, nachdem er am Geländer etwas Undefinierbares, Schwarzes entdeckt hatte: »Ein Schwan, Poulet! Ein Schwan ...! Geflohen ist er aus seinem Käfig, und mit seinen Schwimmfüßen scheuert er über das trockene Pflaster, über den rauhen Boden schleppt er sein schwarzes Gefieder ...« Überzeugt, daß er sich täuscht, daß es sich um ein abgestelltes Möbelstück handelt, um einen Pfahl, ein Stück Treibgut, das die Kinder zum Spielen aus dem Wasser geholt haben, überzeugt, daß ich hier das Mittel habe, ihn zur Besinnung zu bringen und ihm ein für allemal zu beweisen, daß sein ganzes Vorhaben absurd ist und daß die meisten Begegnungen, von denen er seit einer Stunde so hingerissen ist, nur in seinen Visionen existieren, lasse ich den Kutscher anhalten und gehe an seiner Stelle zum Ufer hinab. Und siehe da, welche Überraschung! Es ist weder ein Möbelstück noch ein Stück Treibgut, sondern sage und schreibe ein Schwan! Und ein schwarzer noch dazu! Und in der Tat, mit seinen Schwimmfüßen ... etc.! Es ist der einzige Schwan der Stadt. Vermutlich sogar der erste, der seit Menschengedenken sich an diese Stelle vorgewagt hat. Ich bin niedergeschlagen. Er frohlockt, genießt seinen Triumph. Ob ich nun endlich einsehen werde, schimpft er, daß die Stadt, die Welt, ja die ganze Wirklichkeit nur dazu da sind, um von den *Blumen des Bösen* zu zeugen.

Ich könnte noch lange fortfahren mit solchen Beispielen. Ich könnte erzählen, wie er die kleinen alten Frauen belauerte, die Lumpensammler anstarrte, wie er eine vollkommen verblüffte Passantin ansprach und sie darum bat, »ihren Rocksaum besser schwingen zu lassen«. Ich könnte von seiner atemlosen, wirren Suche berichten nach einer Jüdin, einem in rosa Dämpfe gehüllten Balkon, einer über dem Halsausschnitt sich kräuselnden

Haartracht, einer Pfeife, einer Statue mit pechschwarzen Augen, einem Engel mit Raubtierblick. Ich könnte, ich *sollte* seinen atemlos-leidenschaftlichen Gesichtsausdruck beschreiben, aber atemlos-leidenschaftlich wäre das falsche Wort, eher schaute er akribisch, ja besessen: Wenn ich ihn nicht gekannt, wenn ich nicht gewußt hätte, welch wunderbarer Dichter er war, hätte ich ihn leicht für so etwas wie einen Geometer gehalten, der irgendwelche Vermessungen vornimmt. Mal sucht er nach Zeichen. Mal sucht er nach Bestätigungen oder Beweisen. Und wenn die Kongruenz gar zu auffällig ist, sucht er nichts mehr, sondern findet – und dann ist er vom wunderbaren Empfinden überwältigt, nicht etwa, daß er die Realität eingeholt hat, sondern umgekehrt, daß die Realität ihn eingeholt hat.

Auf diesen letzten Punkt möchte ich einen gewissen Nachdruck legen. Es gab damals zwei grundverschiedene Arten, die Beziehung zwischen der Welt und dem Werk eines Schriftstellers zu betrachten. Es gab die Realisten, das heißt all diejenigen, die in irgendeiner Weise glaubten, wie groß ansonsten die Divergenzen zwischen ihren Auffassungen auch sein mochten, daß die Kunst die Wirklichkeit nachahmt, daß sie daraus schöpft oder sie widerspiegelt. Und dann gab es die andern. Die seltenen andern, wie Sie sich ausdrücken würden. Und er, Charles Baudelaire, zuvorderst: Er war einer der ersten (und vielleicht war er gerade darin ein »Moderner«, um die heutige Sprache zu bemühen), die glaubten, daß auch das Gegenteil wahr ist. Es kann passieren, daß die Wirklichkeit die Kunst nachahmt. Daß die Welt aus den Büchern schöpft. Es kann passieren, daß die Genialität der großen Werke darin besteht, die Wirklichkeit umzugestalten, ihr ein neues Gesicht zu verleihen, zu bewirken, daß man sie nicht mehr so sieht wie zuvor. Und die Urheber solcher Werke haben danach zwangsläufig das Recht, nicht nur nachzuprüfen – das wäre banal –, ob die Rose, die sie besungen haben, wirklich mit derjenigen übereinstimmt, die existiert hat, sondern ob diejenige, die existiert, die außerhalb ihres Geistes wächst und blüht, tatsächlich zum Schluß derjenigen ähnelt, die sie vorausgesagt haben. Das ist, was er sich vormurmelt, was seine innere Stimme hartnäckig wiederholt, das sind die Gedanken, die ihn verfolgen. Bis hin zu jener letzten, wie Sie sehen werden, eher erschreckenden Geschichte, die ich Ihnen aber berichten möchte, weil sie mir seine Geistesverfassung zu verdeutlichen scheint.

Es ist spät. Der Nachmittag ist schon fortgeschritten. Mit nicht geringem Aufwand an Diplomatie ist es mir gelungen, ihn zu überzeugen, daß wir am nächsten Tag einen richtigen Plauderspaziergang machen werden, daß er jetzt aber müde sei, wie ich übrigens auch, daß dieses ganze Unternehmen sinnlos sei, daß dabei das bißchen Wohlbefinden, das ihm über Nacht wiedergekommen ist, verlorenginge. Und dann sitzen wir bei mir zu Hause, in Ixelles, diesem Viertel voller Nonnen und kleinen Pensionisten, wo ich ihn am Ende doch hinführen konnte, wie zwei alte Komplizen am Tisch, vor uns steht eine Karaffe mit nach Orangenblüten duftendem Wasser, das wir langsam, in kleinen Schlucken aus Fayencebechern trinken, wie er sie mag. Ich versuche es mit Reden. Mit Unbeschwertheit. Ich schlage ihm vor, wie in guten alten Zeiten das Disputationsspiel zu spielen – er der Jesuit, ich der Atheist –, auf das er regelrecht versessen war. Aber er antwortet nicht. Mit seinem undeutlich verzogenen Mund und den gen Himmel gerichteten Augen, in denen wie bei Don Quijote eine nur noch der Nacht preisgegebene Traurigkeit wohnt, scheint er in einer Welt verloren, in die ihn weder ich noch sonst jemand mehr begleiten kann. Und ich glaube beinahe, daß er auch meine Anwesenheit vergessen hat, als er sich plötzlich aufrichtet, mit den Zähnen knirscht und mir, seinem Freund, einen Blick zuwirft, in dem Wut oder Haß tobt, ich weiß nicht, was stärker ist: Er erklärt mir, er sei noch nicht fertig, nein, es sei falsch, sehr falsch von mir gewesen, ihn zu unterbrechen. Er müsse noch eine Sache, eine allerletzte nachprüfen – und dazu müsse ich ihm sofort, auf der Stelle, eine schöne, eine echte Negerin besorgen!

Wozu eine Negerin? Das war bei Gott nicht die Frage, das können Sie sich vorstellen, und Ihnen muß ich nicht erst erklären, welchen Platz das Thema Negerin einnahm, nicht nur in seinem Leben, sondern in den Träumen und Bildern, die sein Werk speisten. Wichtig in diesem Augenblick war, daß er es in einem solchen Ton von mir forderte, mit soviel Flehen und Wut in der Stimme, wichtig war, daß er sein Schicksal und das seines Werkes derart von der Erfüllung seines Begehrens abhängig zu machen schien, daß ich es nicht übers Herz brachte, ihm nicht zu gehorchen. Nun war ich also in der wenig beneidenswerten Lage – in der für den Verleger und Freund reichlich zweideutigen Lage, das müssen Sie gestehen –, daß ich etwas suchen, und zwar unverzüglich suchen sollte, was in Brüssel ungefähr so selten war wie der schwarze Schwan vom Vormittag.

Gertrude P., eine meiner guten alten Freundinnen und überdies meine Nachbarin, die daran gewöhnt ist, mir Rat zu schaffen, erklärt mir, es seien insgesamt drei bei der Sittenpolizei registriert. Eine, die sich im Hospital von Löwen befinde und sehr krank sei, vielleicht sogar schon im Sterben liege, und die man lieber gar nicht erst in Betracht ziehen sollte. Eine andere, deren Spur seit ein paar Monaten verloren sei und von der das Gerücht umgehe, sie sei tot, verheiratet oder nach Paris gegangen, um von der Liste runterzukommen, je nachdem. Eine dritte schließlich, die durchaus wohlauf und auf den Beinen, unglückseligerweise jedoch unauffindbar sei. Meine Bedrängnis erkennend und vermutlich auch darauf bedacht, ihren Ruf als große Vermittlerin vor dem Herrn zu wahren, erklärt mir Madame Gertrude schließlich, Exotik hin, Exotik her, man dürfe nicht auf eine Negerin fixiert sein ... wo käme man denn hin mit solchen einseitigen Wünschen? ... Sie habe, wenn ich möchte, eine Holländerin, Tochter eines Javaners ... Oder eine russisch sprechende Italienerin ... Eine echte Mohammedanerin, die behaupte, sie sei die Cousine des Deys von Algier ... Eine Flämin mit mattem Teint ... Und natürlich, jetzt falle es ihr ein, was sei sie doch für eine vergeßliche Person, das sei überhaupt die Idee: Kazir, eine waschechte Türkin. Sie würde ihre Hand dafür ins Feuer legen: die sei genau das Richtige für meinen Freund ... In Ordnung, nehmen wir also die Türkin, sage ich. Daraufhin rufe ich wieder eine Kutsche. Richtung Grand-Miroir. Das bekannte Zimmer. Er, angezogen auf seinem Bett. Ich auf dem Stuhl gegenüber. Anweisung an die Lepage, daß sie keinen Störenfried hereinläßt. Und nach einer Stunde dann taucht ein schönes, großes Mädchen auf, dunkelhäutig in der Tat. Mit ihren kajalumrandeten Augen, ihrem Helm aus falschem Haar, ihrer mit Kokosfett eingeriebenen Haut scheint sie mir in der Tat ausgefallen genug, um den höchsten Ansprüchen zu genügen.

B. scheint sich nach dem ersten Augenblick der Überraschung – der Enttäuschung? – mit ihr zufriedenzugeben. Er empfängt sie mit seinem grimassenähnlichen Lächeln, das nur von der einen Hälfte des Gesichts ausgeht. Ungeschickt, wegen des steifen Beines, versucht er aufzustehen, hält mit der gesunden Hand den lahmen Arm gegen den Oberkörper, als ob dies genügen könnte, seine Behinderung zu verbergen. Als er erkennt, daß es ihm nicht gelingen wird und er Gefahr läuft, aus dem Bett zu fallen, besinnt er sich eines anderen, tastet ein wenig herum und bricht schließlich unter unkontrollierten, hilflosen Gesten und Zuckungen zusammen. Als er dann einigermaßen ruhig geworden ist, bittet er das Mädchen mit einer Feierlichkeit, die seine Ungeschicklichkeit noch beängstigender wirken läßt, sie möge sich doch zu ihm setzen. »So, also ...«, sagt er. »Sie sind also da, nicht wahr ... Jetzt werden wir das alles inspizieren ...« Wonach er tatsächlich, ohne sich um ihre verblüffte Miene zu scheren, mit der Inspektion anfängt. Zunächst mit dem Blick, nur mit dem Blick – einem jener forschen Blicke, die keinerlei Zurückhaltung mehr kennen und dadurch die beredteste Beleidigung darstellen. Dann ergreift er seinen Stock, der am Kopfende des Bettes hängt, streckt ihn aus in Richtung Taftrock, der sich auf der Bettdecke bauscht. Das Mädchen zuckt zurück, er rückt näher. Sie weicht noch weiter zurück, er rückt weiterhin näher. Als sie am Fußende des Bettes angelangt ist und mir einen zugleich ungläubigen und Hilfe heischenden Blick zuwirft, packt er den Stock fester, und ohne jegliches Zittern, mit sicherer Bewegung und einem Ausdruck des Triumphs in den Augen, hebt er die Masse der Röcke und Unterröcke – einen Schwall von Moder- und Lastergeruch freisetzend, den ich wohl nie vergessen werde.

Ist es diese Geste, die die Schöne erschreckt? Seine Keckheit? Seine Brutalität? Sind es seine Fragen (denn ich habe vergessen zu sagen, daß er ihr zunächst Fragen gestellt hat), die ihr gar zu merkwürdig erscheinen? Ist es der Tonfall, die Unverblümtheit dieser Fragen? Ist es die Art, die noch inquisitorischer wirkt als seine Blicke, sie zu fragen, was sie von der Hölle halte? Von der Erbsünde? Ob sie glaube, daß Liebhaber Folterknechte seien? Wie sie sich erkläre, daß diese gewisse Sache nur über die schmutzigsten, die Ausscheidungsorgane des menschlichen Körpers geschehen kann? Macht meine Anwesenheit sie verlegen? Hätte ich, entgegen der Anweisung meines Freundes, verschwinden sollen, sie alleine lassen sollen? Jedenfalls taucht allmählich auf dem Gesicht dieses Mädchens ein Ausdruck heillosen Schreckens auf. Sie macht den Mund auf. Schließt ihn wieder. Erstickt einen kleinen Schrei, einen unartikulierten Protest. Sie, der vermutlich nichts von den menschlichen Perversionen fremd ist, sieht vor diesem sonderbaren Kunden aus wie ein aufgescheuchtes Blumenmädchen, das seine Röcke über den Knien zusammenrafft. Als sie sich dann wieder etwas fassen kann, murmelt sie: »Nein, nein, das ist ein

Irrtum, nicht ein Mädchen, sondern einen Arzt braucht dieser Verrückte – zahlen Sie mir nur die Fahrt, den Rest vergessen wir, und ich verdufte, ohne Ihnen Schwierigkeiten zu machen.« Und mit einer Miene, als wäre sie gerade Satan in Person begegnet, packt sie die zwei Franc, die ich ihr reiche, rafft ihren Mantel vom Stuhl, und viel zu durcheinander, um noch den eisigen Lachanfall zu vernehmen, mit dem B. die Szene quittiert, läuft sie zur Treppe hinaus, nicht ohne mir noch schnell ein paar Beschimpfungen zuzuzischen, die ich ja wohl auch verdient hatte.

Das war's. Was soll ich Ihnen noch sagen? Als die Türkin sich verzogen hatte, legte sich mein armer Freund wieder hin. Das Ende des Nachmittags verbrachte er ruhiger, mit halbgeschlossenen Augen, offenbar zufrieden mit den Ergebnissen seiner Inspektion. Er murmelte noch einmal die Sonette, die wir nachgeprüft hatten, vor sich hin. Auch wenn ich nicht alles hörte, nur hie und da ein Wort wiedererkannte. Ich sah, wie sich seine Lippen bewegten, manchmal ganz still, wie bei einem Sterbenden, der sein letztes Vaterunser betet. Und von Zeit zu Zeit richtete er sich mühsam auf, als ob das Gewahrwerden eines falsch gewählten Wortes, eines unvollkommenen oder zweifelhaften Reims ihn aus seiner Schläfrigkeit risse, und dann bat er mich, ihn zu stützen und an seinen Tisch zu begleiten. Dort nahm er seine alte Ausgabe der *Blumen des Bösen*, blätterte darin mit nervösen Bewegungen und fand den gesuchten Vers fast sofort. Er las ihn, las ihn noch einmal, rezitierte ihn laut und korrigierte ihn in Gedanken oder mit energischen Strichen seines Blaustifts.

Es gibt Verse, die er schwach findet. Andere, von denen er meint, sie wiederholten sich. Zum Beispiel kann er jene »schwere Mähne« nicht mehr ertragen, die in »Das Haar« und in »Lethe« vorkommt, auch nicht jene »abwesenden Kokospalmen« im »Schwan« und im »Mädchen aus Malabar«. Der identische Reim aus »Das Haar« und »Exotischer Duft« findet keine Gnade mehr. Seinen »Albatros« findet er kindisch. Seine »Andacht« verpatzt. Er fragt sich, ob es den vollkommensten Gedichten nicht an Kühnheit fehlt und ob seine Rhetorik, im Vergleich zu derjenigen der jungen Leute, die angeblich inzwischen das Pariser Literaturleben beherrschen, nicht eines Tages viel zu traditionell erscheinen wird. Er meint, daß seine besten Gedichte zu unverschlüsselt seien. Und wenn ihm die Zeit ausreicht, wenn ihm die Kraft dazu gegeben ist, muß er, so denkt er, einige noch einmal überarbeiten, nicht um Dunkelheit hineinzubringen, gewiß nicht, aber ganz, ganz leichte Zweideutigkeit, die den wahren Meisterwerken ihre Rätselhaftigkeit verleiht. Wird er diese Kraft haben? Darum geht es und um nichts anderes. Im Tonfall unendlicher Mattigkeit teilt er mir seine Zweifel mit.

Es gibt noch eine weitere Idee, von der er nicht erst seit gestern besessen ist, gewiß nicht, da auch sie ihn nach Brüssel geführt hat, eine Idee, die aber an jenem Nachmittag eine besondere Bedeutung gewinnt; die Idee, einen Verleger zu finden, einen echten, nicht nur für seine *Blumen*, sondern für alle seine Werke, die auf so tragische Weise verstreut sind. Einige sind bei mir. Aber auch bei Dentu, Hetzel, Lemerre, Pincebourde hat er welche veröffentlicht. Es gibt in vergriffenen oder verschwundenen Zeitschriften ganze Schwärme von kleinen Texten, deren Spur er selbst verloren hat. Der Gedanke spukt in seinem Kopf herum, diese in alle Winde verstreuten Fragmente zu sammeln, ihnen eine Ordnung und somit einen Sinn zu geben, er möchte diese Welt nicht verlassen, ohne für sein Werk einen würdigen Ort gefunden zu haben. Jedermann kennt wohl die Geschichte seines Vaters, des abgefallenen Priesters, der aufgrund weiblicher Oberflächlichkeit und, so hieß es, einer Strafe des Himmels nicht ordentlich begraben worden war. Nun, ich glaube, daß er da in seinem kranken Kopf durchaus einen

Zusammenhang konstruierte und daß er hier in diesem Zimmer, zwischen seinem Bett und seinem Tisch, seine Truhe im Blickfeld und seine *Blumen des Bösen* in der Hand, nicht umhin konnte, das Schicksal seiner Bücher mit dem des schändlich behandelten Leichnams, die heutige Nachlässigkeit Ancelles mit der einstigen Carolines in Beziehung zu setzen – ich glaube, daß die Vorstellung eines Werkes ohne »Grabstätte« (das waren seine eigenen Worte) ihm ebenso unerträglich war wie das Bild des den Würmern und Hunden überlassenen Skeletts. Auch darüber haben wir gesprochen. Ausgiebig. In Ruhe. Ich habe versucht, ihm die Vorzüge der Michel-Lévy-Lösung zu erläutern. Ich habe ihm erzählt, daß Albert de La Fizelière mit der großen bibliographischen Untersuchung, die jeder Gesamtausgabe vorausgeht, schon begonnen hatte. Aber nichts konnte ihn beruhigen, das sah ich. Er hätte die Monate, die er noch zu leben hatte, hergegeben, wäre jemand gekommen und hätte ihm feierlich dieses Grab für seine *Blumen des Bösen* versprochen.

Es gab auch das Problem der Entwürfe. B. hat mir oft gesagt, daß es dazu zwei mögliche Einstellungen gebe. Da seien jene, die jedes Blatt Papier bis zur unbedeutendsten Skizze horten und die den Gedanken, das alles eines Tages veröffentlicht zu wissen, durchaus nicht verwerfen, im Gegenteil. Sie sind entzückt, ihren Genius auf seinen Wegen und Umwegen vorzuführen. Delacroix, das wußte er besser als jeder andere, hatte nachdrücklich gewünscht, daß seine Skizzen aufbewahrt, daß selbst seine gestaltlosesten Zeichnungen verkauft würden – unbedingt sollte das Zeugnis seines Werkes in allen seinen Phasen zurückbleiben. Auf der anderen Seite gebe es diejenigen, die sich bemühen, aus dem Umfeld ihrer vollendeten Bücher alles zu tilgen, was auf ihren Anteil von Zufall und äußeren Umständen hinweisen könnte, und die fordern, daß ihre Notizen und ihre Skizzen verbrannt werden. Dies trifft in unserer unmittelbaren Nähe auf jenen Musiker zu, den er nicht hat kennen können, der aber, wie Sie wissen, empfahl, und mit welch erschütterndem Nachdruck, daß alles, was in unvollendetem Zustand zurückbleibe, vernichtet würde. Er gehörte zu dieser Partei. *Zwangsläufig*, würde ich fast sagen. Seine ganze Vorstellung von Literatur ging in diese Richtung. Und wir verbrachten eine weitere Stunde damit, daß er die möglicherweise übriggebliebenen Entwürfe rekapitulierte, die verschiedensten Varianten, die hier und dort noch herumliegen könnten – und daß ich die Namen, die Adressen notierte, manchmal auch die schlichten Vornamen, wenn es sich um ein Mädchen handelte, das er kaum kennengelernt und schon wieder verlassen hatte, bei dem er aber vielleicht den Vorentwurf eines Artikels oder eines Sonetts zurückgelassen hatte. Ich war beauftragt, wenn es soweit sein würde, all diese lieben Leute zu beschwatzen und die jeweiligen Abfälle zu sammeln, um sie sodann verschwinden zu lassen.

Apropos beschwatzen, ein letztes Detail fällt mir noch ein, das Sie, glaube ich, interessieren wird. Wir hatten also von den Entwürfen gesprochen. Wir hatten uns über das Prozedere geeinigt in punkto Verleger. Er hatte mir Weisungen erteilt, was sein *Strandgut*, seine belgischen Notizen und seine allerletzten Gedichte betraf. Und nun, plötzlich wieder von einem sehr beunruhigenden Beben erfaßt, sagt er mir, daß es noch Schlimmeres gebe, eine beängstigende Gefahr: daß er sich durchaus vorstellen könne, wie jemand – einen Namen könne er nicht nennen – mich nach seinem Tod umgarnte, oder gar mich umgehen und heimlich mit dem Verleger, den ich für sein Werk würde ausfindig gemacht haben, Kontakt aufnehmen könnte und ähnlich wie ein Fälscher, der eine Perspektive von Mantegna zurechtfrisieren oder auf das Blau eines Himmels von Giotto ein wenig Lack auftragen, an einem seiner Sonette eine winzige, aber entscheidende Veränderung vornehmen würde. Zwar versuche ich ihm zu erklären, daß der Gedanke absurd sei, zwar rede ich auf ihn ein, daß ich in dreißig Berufsjahren nichts dergleichen erlebt habe, die Vorstellung beunruhigt ihn trotzdem. Er sieht die Szene. Er sieht den Clan um Victor Hugo die tückische Machenschaft ausbrüten. Er ahnt, wie der Drucker, vielleicht sogar der Setzer, mit der Aufgabe betraut wird. Er stellt sich vor, wie dieser um die Schränke herumschleicht, den Augenblick abpaßt. Er stellt sich vor, wie ihn ein letztes Mal das schlechte Gewissen befällt – und wie er sich schließlich auf den erteilten Befehl und die tausend guten Gründe, die man ihm genannt hat, besinnt, wie er dann einem seiner Verse die fatale Korrektur einimpft, die danach von Ausgabe zu Ausgabe übernommen wird und ihn auf immer und ewig entstellt.

Wenn ich nicht befürchten müßte, daß ich Ihre Geduld überstrapaziere, könnte ich hier noch die Geschichte seiner Plagiate anfügen. Baudelaire war gewiß kein Plagiator. Er war es weniger als zum Beispiel Stendhal. Weniger als der Autor der *Reise nach Amerika* oder des *Abenteuer des letzten Abencérage*. Er war es nicht wie Pascal, der Montaigne paraphrasierte, wie Montaigne, der wiederum von Plutarch abschrieb, oder wie La Fontaine, der Aesop nacherzählte. Aber er war immerhin ein großer Leser. Und wie alle großen Leser, wie all diejenigen, die glauben, daß die Bücher nicht etwa aus dem Leben, sondern aus den ihnen vorangehenden Büchern erwachsen, hatte er die unerfreuliche Neigung, Fragmente, die nicht von ihm waren, in seine Texte einzubauen: Er machte sich nicht immer die Mühe, sie mit jener Patina zu überziehen, die sie normalerweise tarnt. Eine Episode aus *Die Fanfarlo*, die von Mérimée stammte ... Das Motiv des *Jungen Zauberer*, das er von einem englischen Keepsake übernommen hatte ... Amerikanische Artikel, die er in seiner ersten Studie über Poe abgeschrieben hatte ... Ein Stück aus der *Geschichte der Malerei in Italien* von Stendhal, das er in seinen zweiten *Salon* aufgenommen hatte ... Ganz zu schweigen von den unzähligen Anleihen bei Lamartine, Longfellow, Aloysius Bertrand und anderen, die aus manchen seiner Texte regelrechte Potpourris machten ... B. wußte das alles. Er hatte es eigentlich immer gewußt. Aber er hatte sich wie ein Verbrecher verhalten, der weiß, daß er Spuren hinterlassen hat, der sich aber sein Leben lang damit beruhigt, daß immer noch Zeit sei, diese Spuren zu tilgen. Und nun hat er plötzlich keine Zeit mehr. Er denkt, der Augenblick sei gekommen und werde sich nie mehr wiederholen. Und auch in diesem Punkt kann ich ihm noch so sehr zureden, daß er sich täuscht, daß alle Schriftsteller auf diese Weise vorgehen, ich kann ihm noch so oft wiederholen, daß der wahre Name des Dichters Rhapsode ist, daß die ganze Literatur nie etwas anderes gewesen ist als ein unendliches Zitieren, wieder kommt es über ihn, wieder verstrickt er sich in einen letzten, noch verworreneren Monolog, mit dem er mich auffordert, seinen diesbezüglichen letzten Willen aufzuschreiben. Da gibt es die Plagiate, die er ausmerzen will. Diejenigen, zu denen er sich bekennen will. Es gibt *falsche Plagiate*, die er eingestehen möchte, um die Spuren besser zu verwischen und die echten zu verbergen. Aber welche? Und wie wollte er das anstellen? Dies alles wäre, das wissen Sie, Thema jener berühmten »Notiz über die Plagiate« gewesen, die die neue Ausgabe der *Blumen des Bösen* hätte abschließen sollen und die er nie zu Ende gebracht hat. Das Thema ist zu heikel, die Geschichte zu ungewiß, und vielleicht weiß ich selbst zuviel, als daß Sie mir nicht erlauben müßten, in dieser Sache ein Schweigen zu bewahren, das der Zufall, die Vorsehung – wenn es nicht gar eine obskure und allerletzte Willensbekundung seinerseits war – zu besiegeln beschlossen haben.

Diesmal komme ich zum Ende, lieber Freund. All das jedenfalls ließ nichts Gutes ahnen für die Zeit, die meinem Freund noch zu leben übrigblieb. Und es war deutlich, daß ein Mann, für den die Welt keinen anderen Sinn mehr hatte, als *Die Blumen des Bösen* zu bestätigen oder zu widerlegen, in ihre Logik einzutreten oder sich von dieser

Logik loszusagen, daß ein solcher Mann schon eigentlich nicht mehr unter uns weilte. Diese Erinnerungen habe ich Ihnen unverblümt und in vollem Vertrauen geliefert, obgleich ich, wie gesagt, nicht weiß, wer genau sich hinter den Seiten verbirgt, die Sie mir geschickt haben. Behalten Sie diesen Brief. Benutzen Sie ihn. Veröffentlichen Sie ihn, wenn Sie wollen. Ich verlasse mich nur darauf, daß Sie das aussparen werden, was Sie aus Anstandsgründen meinen nicht enthüllen zu können. Ansonsten stehe ich Ihnen zur Verfügung, falls Sie irgendwelche zusätzlichen Informationen brauchen sollten, mit denen ich Ihnen möglicherweise dienen könnte. Ich verabschiede mich von Ihnen, lieber Freund, und als echter Baudelaireianer reiche ich Ihnen nicht die Hand.

Auguste Poulet-Malassis

4

Mehr als zehn Jahre sind vergangen zwischen den Ereignissen, die Poulet in seinem Brief schildert, und dem Zeitpunkt, zu dem er ihn schreibt. Der Mann ist älter geworden. Sein Gedächtnis vermutlich schwächer. Vielleicht neigt er dazu, wie das oft in solchen Fällen vorkommt, seine Erinnerungen auszuschmücken, seine Rolle und seine Bedeutung zu übertreiben. In seinem Bericht kommen so viele Szenen, so viele abenteuerliche Ereignisse vor, daß man Mühe hat zu glauben, daß sie alle an einem Tag stattgefunden haben und daß er nicht der Versuchung erlegen ist, Episoden und Begegnungen aneinanderzureihen, die sich in Wirklichkeit innerhalb eines etwas längeren Zeitabschnitts zugetragen haben. Auch der Verbitterung muß man Rechnung tragen. Man muß diesen heruntergekommenen Verleger erlebt haben, der die Antiquariate abklapperte und von dem man munkelte, daß er sich seit seiner Rückkehr nach Frankreich nur noch mit allerlei kleinen, nicht ganz sauberen Geschäften durchschlug. Man muß den Baudelaireianer der ersten Stunde gekannt haben, den die nostalgische Erinnerung an die glorreichen Jahre nur mißtrauisch gegenüber jeglichem Versuch machen konnte, das Schicksal seines Freundes unter dem Schlagwort »Modernität« zu vereinnahmen. Aber insgesamt ist der Brief doch ein beeindruckendes Zeugnis. Er bestätigt, und das ist das Wesentliche, jenen Rückzug auf das Werk, der das Hauptereignis der Tage war, die auf das Diner bei Neyt und die anschließende Nacht folgten. Er verliert zwar kein Wort – bald wird man verstehen warum – über jenes mysteriöse Projekt, das im Kopf des kranken Mannes an die Stelle des »Entblößten Herzens« rückte, aber auf seine

Weise, mit all seinen Fehlern, Unzulänglichkeiten, Widersprüchen und Ungenauigkeiten, umreißt er dennoch das geistige Umfeld, in das besagtes Projekt hineingehörte – und wo es tatsächlich auch Gestalt annimmt.

Müßte man dieses Vorhaben gerafft darstellen, müßte man einfache Worte finden, um die zweite literarische Halluzination einzugrenzen und zu beschreiben, so würde es vielleicht genügen, sich seinen Rückzug vor Augen zu führen und vor allem dessen schwindelerregende Tragweite zu ermessen. Charles Baudelaire ist nur noch ein Name? Eine Stimme? Er lebt in einer anderen Welt, einer anderen Zeit? Sehr wohl. Dann kündigt sich ein Buch an, das ganz auf diese andere Welt abhebt, das sich dieser neuen Zeit unterwirft, mit dieser Stimme, diesem Namen übereinstimmt – ein Buch, das zwingend die anderen ablöst. Das Buch des Werkes, gewissermaßen. Der Bericht über alle seine Stadien. Die nie erzählte, nie gedachte Geschichte – neben der Jean-Jacques Rousseaus *Bekenntnisse* auf einmal sehr vorsichtig erscheinen werden – nicht mehr des leibhaftigen Schriftstellers, sondern von dem Mann des Papiers, dem abstrakten, entkörperten Menschen, dessen Name sich mit den Titeln seiner Gedichte vermischt hat, der den anderen überwältigt, ihn aufgefressen und schließlich an seiner Stelle »ich« gesagt hat. Er schreibt es nicht, dieses Buch. Weniger denn je. Deutlicher noch als beim ersten hat er das Gefühl, daß das Unternehmen so gewagt ist, so ungehörig, daß das Papier, wenn er es versuchen würde, »sich unter der Spitze seiner glühenden Feder zusammenziehen« würde. Aber er sieht es vor sich. Er malt es sich aus. Er erkennt eine Reihe von Augenblicken, die nicht mehr Lebensaugenblicke sind, sondern Seiten, die gerade geschrieben werden. Und ein großes imaginäres Album entsteht, noch unwirklicher als das andere, das diese Augenblicke aneinanderreiht, als ob sie den roten Faden eines Daseins darstellten. Die *Blumen* wie einen Menschen behandeln, das

Leben ihrer Verse tatsächlich als ein Leben nehmen, auf den Schaffensprozeß und seine Chronik den Blick richten, der normalerweise für den Meister und seine Geheimnisse bestimmt ist, dies ist der unerhörte Plan, den er zu hegen beginnt.

Die traditionellen Autobiographien beginnen stets mit der Geburt. Nun, diese hier wird ebenfalls mit einer Geburt beginnen. Aber mit der anderen. Der echten. Mit derjenigen, durch die er nicht in die Welt der Menschen, sondern in die viel wesentlichere der Literatur eingetreten ist. Wie wird man Schriftsteller? Warum? Gibt es einen Augenblick, in dem dies passiert? Eine Stunde, in der es sich entscheidet? Gibt es eine Grenze, eine klare, präzise Trennungslinie zwischen diesem rätselhaften Zustand und dem, von dem er sich löst? Und wenn es sie gibt, was geschieht wohl im Kopf dessen, der sie überschreitet und auf Gedeih und Verderb, der fast einhelligen Ablehnung und Mißbilligung zum Trotz, beschließt, sich aus dem Kreis derer, die seinesgleichen waren, zurückzuziehen? Jemand – vielleicht war es der Kritiker La Madelène – schrieb im vergangenen Jahr in irgendeinem belgischen Blatt von der »Kunst, der Tochter des Unglücks« und behauptete, daß die Schriftsteller Bücher schreiben, um diesem Unglück zu entrinnen, um dessen Schrecken zu bannen. Er glaubt, daß diese Theorie nicht stimmt. Nein, er glaubt nicht an den Gedanken des fruchtbaren Schmerzes und der heilenden Literatur. Er findet ihn naiv. Dümmlich. Er findet ihn viel zu sehr jener billigen Romantik verpflichtet, von der er sich unbedingt abheben wollte. Das Heil durch die Literatur? Puh! Das Heil, und sei es literarisch, ist ein Gedanke für Madame George Sand, nicht für ihn. Er denkt, daß man sich durch das Schreiben selbst den Untergang bereitet. Nicht nur, daß das Schreiben den Dichter nicht befreit von dem finsteren Teil, das er in sich trägt, nein, er setzt ihn einer noch finstereren Nacht aus. Beweis: der wahnsinnig gewordene Borel. Nerval, der sich erhängt hat.

Der immer gequältere, immer besessenere Goya, je weiter sein Werk fortschritt. Und all das läßt die Entscheidung, Schriftsteller zu werden, nur noch geheimnisvoller erscheinen.

Die üblichen Autobiographien fahren fort mit der Familie. Mit gewichtigem Ernst und einem Überfluß an Details, der den akribischen Romancier vor Neid erblassen läßt, widmen sie sich jenem ungeheuren Knoten von Leidenschaften, Interessen, widersprüchlichen Wünschen, Rivalitäten, den man Familie nennt und in dem man, so wird behauptet, den Schlüssel für alles Weitere entdecken wird. Auch in diesem Punkt wird er sich an die Tradition halten. Er wird sich dieser Disziplin fügen. Nur daß es sich nicht mehr um die gleiche Familie handeln wird. Nicht mehr um die gleiche Art von Abstammung. Nur daß es sich nicht mehr um jene gewöhnlichen, natürlichen und säugetierhaften Bande handeln wird, die den Schriftsteller, solange sie den Vorrang haben, in den Reihen der gewöhnlichen Menschen zurückhalten. Er wird neue Abstammungslinien aufzeigen. Unerwartete Wahlverwandtschaften. Ein ganzes Netz von Zugehörigkeiten und keineswegs von irrealen – denn seitdem er seinen jetzigen Standpunkt vertritt, sind sie fast noch realer, noch wahrer als die primären –, sondern von abstrakten, schwerelosen Zugehörigkeiten, die die Bande des Blutes, des Bodens, des Clans, der Gesellschaft zugunsten der subtileren unterbrechen, die er vor wenigen Augenblikken geahnt hat, als in seinem Zimmer der berühmte Aufmarsch von Gespenstern stattfand. Bruder Homers. Sohn Tassos. Enkel oder Urenkel Shakespeares oder El Grecos. Und zwischen den einen und den anderen, zwischen diesen unwahrscheinlichen Brüdern und diesen mitunter verfeindeten Vettern besteht ein ganzes Gewirr von Kreuzlinien, Paarungen, Liebes- oder Vernunftehen, die ihn insgeheim seit zwanzig Jahren beschäftigen. Seit ewigen Zeiten träumt er davon, »sich eine neue Familie zu schaffen«. Seit ewigen Zeiten fordert er das

Recht, »seine Brüder auszuwählen«. Jetzt ist er soweit. Der Zeitpunkt ist gekommen. Und diese Ahnenforschung, die die kontinuierlichste, wenngleich verborgenste Sorge seines Werkes war – nun betreibt er sie zum erstenmal bei Tageslicht.

Danach gehen die Autobiographien zur Kindheit über. Sie breiten sich aus, wie er es selbst auch getan hat, über jenes Zwischenstadium, in dem man zu dem wird, was man ist, ohne es noch vollends zu sein. Häufig geben sie sich der Begeisterung über die himmlischen Vorahnungen hin, die das werdende Gesicht erlaubt und die das geübte Auge des Photographen sofort erkennt. Auch diesem Gebot wird er sich fügen. Bereitwillig wird er sich dem Ritual unterwerfen. Aber indem er als Äquivalent für die Kindheit jene seltsame Phase des Schweigens wählt, die den Entschluß zu schreiben vom Zeitpunkt der ersten Veröffentlichung trennt. Es gibt viele Arten von Schweigen. Es gibt das Schweigen Racines, der nach *Phädra* verstummt und mit *Esther* und *Athalie* erneut das Wort ergreift. Und das Schweigen von Joubert, der sein Leben lang dem Schreiben nahe ist, ohne den Akt jemals zu vollziehen. Und es gibt das zugleich normalere, häufigere und rätselhaftere Schweigen *aller* Schriftsteller, die, nachdem sie den Schritt getan haben, nachdem sie klar und deutlich ihre Entscheidung getroffen haben, dennoch manchmal fünf, zehn oder gar zwanzig Jahre vor sich hinleben, bis sie endlich aus sich herausgehen. Warum ein solches Schweigen? Was bedeutet es? Zu welcher diskreten, aber wesentlichen Arbeit liefert es Vorwand oder Gelegenheit? Und was geschieht wiederum im Kopf eines Mannes, der weiß, der fühlt, daß er Schriftsteller ist, der sich voll und ganz als solcher versteht, aber wie er selbst siebzehn Jahre wartet, bevor er sein erstes echtes Buch veröffentlicht? Dieses Schweigen ist die Kindheit des Werkes. Und diese Kindheit wird er erzählen.

Manche sagen: Es ist Schüchternheit, eine allerletzte Scheu vor dem Mysterium des Werkes. Sie sagen: Es ist eine Furcht, eine heilige Angst, die den Schriftsteller ergreift am Rande des Abgrunds, der sich auftun wird. Der Gedanke gefällt ihm nicht. Er findet auch ihn wieder zu einfach. Zu romantisch. Und er würde befürchten, wenn er ihn aufnähme, wieder in das Fahrwasser der leidenssehnsüchtigen Literatur zu geraten, die er gerade noch verworfen hat. Andere sagen: Es ist wie eine Schwangerschaft, ein Reifungsprozeß. Sie sagen, dieses anfängliche Schweigen ist für die Stimme die Zeit, die sie braucht, um ihre richtige Lage zu finden, für die Worte, um sich zu suchen, sie sehen darin jene Wartezeit, jene Latenzperiode, in der sich das Werk entfaltet, ohne zum Ausdruck zu gelangen, Gestalt annimmt, ohne diese Gestalt zu zeigen, in der das Werk auf die Stunde wartet, in der es, endlich reif geworden, sich in seiner ganzen Pracht manifestieren kann. Auch dieses Bild mag er nicht. Er findet es zu einfach. Falsch. Hatte er nicht schon mit zwanzig Jahren einige seiner schönsten Verse geschrieben? Seinen Stil gefunden? War das Werk nicht schon viel früher da, mit sich selbst identisch, damals, als er die ersten Reime mit seinem Schulfreund Deschanel austauschte? Wenn diese Geschichte überhaupt eine Besonderheit aufweist, liegt sie dann nicht gerade in der außerordentlichen Frühreife – ähnlich, denkt er, wie bei Napoleon, der bereits bei seiner ersten Schlacht seine ganze Militärkunst beherrschte? Er glaubt – und das wird er auch erzählen –, daß er ganz und gar nicht geschwiegen hat, um seine Bücher reifen zu lassen, sondern daß er sich in seinem Stummsein niedergelassen hat, als diese Bücher bereits reif waren. Er erinnert sich an ein geiziges, fast verkniffenes Schweigen, als ob er Herr über einen Schatz gewesen wäre, den er nicht antasten wollte. Er erinnert sich an einen lebendigen Quell, der der Quell aller vergangenen, gegenwärtigen und zukünftigen Bücher war und der um keinen Preis – auch nicht durch Veröffentlichung – vergeudet werden durfte.

Er wird, wenn das Schweigen erst einmal gebrochen sein wird, die wichtigsten Ereignisse erzählen, die seinen Weg gliedern und abstecken. Die Augenblicke des Selbstverlusts, zunächst. Die Augenblicke der Verdammnis. Jene langen Augenblicke der Schwäche und des Taumels, an die er gerade gedacht hat und die für diese Geschichte das gleiche bedeuten wie die Kümmernisse für die andere – oder aber (er wird sich entscheiden müssen!) er wird erzählen, was ihm ungekehrt die größten Augenblicke der leidenschaftlichen Erregung bedeuteten. Er wird von den Abgründen erzählen. Er wird erzählen – oder er wird es versuchen –, wie ihn bei jedem geglückten Vers ein Schwindelgefühl ergriff. Und von einem Taumel zum anderen wird er beschreiben, wie der harte Weg der Dichtung verläuft, ähnlich wie das Seil eines Seiltänzers, das sich über Abgründe spannt. Unerträglich? Ja, selbstverständlich, unerträglich. Oder besser: nicht für den Dichter selbst unerträglich, für den dieser Weg der einzig mögliche, der königliche war, sondern für den Menschen aus Fleisch und Blut, der ihn begleitete. Vermutlich war das übrigens der wahre Grund jener seltsamen Bittgänge, für die es sonst keine Erklärung gäbe, damals, als er sich um einen Sitz in der Académie Française bewarb, für die Episode der Ehrenlegion, für den wahnsinnigen, manchmal grotesken Wunsch nach jener Anerkennung, die man ihm nur in sparsamen Bröckchen zugestand. Vielleicht waren solche Versuche, zeitweilig doch wieder in der Welt der Menschen vor Anker zu gehen, notwendig gewesen, damit er den Schock der großen Erschütterungen überstand. Er wird erzählen – und in diesem Punkt werden die beiden Geschichten sich decken –, daß ein Schriftsteller über die Zeit seiner Bücher hinaus seinen eigenen Ansprüchen nicht gerecht werden kann. Und weil er das nicht kann, weil die Konfrontation mit seinen inneren Ungeheuern auf die Dauer unerträglich wäre, deshalb geschieht es zuweilen, daß er mit der Welt mitspielt, mit ihr Kompromisse eingeht.

Er wird die anderen Augenblicke der Geschichte erzählen. Die bescheidenen. Die kleinen. Er wird die ganze Abfolge von kleinen oder winzigen Momenten erzählen, die eine echte Biographie meist nicht registriert hätte, die aber aus dieser neuartigen Perspektive, im Licht der abgeschlossenen Bücher, eine Bedeutung gewinnen, die der der großen Schwindelgefühle gleichkommt. Ein Satz. Ein Bild. Eine Radierung. Eine Erinnerung. Die verrückte Geschichte eines Wortes. Das erschütternde Abenteuer eines Reims. Jene Art, den Ton eines Gedichts anzuschlagen, einen Vers zu brechen, ihn wie einen Refrain zu wiederholen, die nur er allein beherrscht und die zu seinem Ruhm mehr beitragen wird als die Erfindung einer Idee oder einer Doktrin. Jene geniale Formulierung. Jene grammatikalische Besonderheit. Der Augenblick – denn einen solchen gibt es immer –, in dem er sich für diesen Titel, jene Wendung, jene syntaktische Freiheit entschieden hat. Die Entwicklung – denn eine solche gibt es immer –, die ihn dazu geführt hat, die »Wein«-Serie zu schreiben (der Wein der Lumpensammler, des Mörders, des Einsamen, der Liebenden), oder die »Toten«-Serie (der Tod der Liebenden, der Armen, der Künstler) oder das Prosagedicht zu ersinnen. Kurzum, eine ganze Abfolge von Episoden, die für das Auge des Biographen kaum wahrnehmbar sind, die aber eine ganz entscheidende Gemeinsamkeit aufweisen, nämlich daß sie sich alle dazu verschworen haben, die Bücher entstehen zu lassen. Das soll bei allen Episoden des Lebens der Fall sein? Nun gut. Alle sollen bis zu einem bestimmten Grad an jener Chemie partizipieren, die ein geglücktes Buch ausmacht? Nun gut. Es gibt Zwischenfälle, das wird er noch einmal betonen, die im Leben zählen, die aber keinerlei Auswirkung auf das Werk haben. Umgekehrt gibt es welche, die für das Werk wichtig sind und keinerlei Auswirkung auf das Leben haben. Bei denjenigen, die gewissermaßen zwei Gesichter haben und einen doppelten Anspruch anmelden können, nun, die wird er auseinandersortieren und sich der erschreckenden Aufgabe widmen, das, was sich auf das Leben bezieht, was also ausrangiert werden muß, von dem, was sich auf das Werk bezieht, was also festgehalten werden muß, zu trennen.

So zum Beispiel seine Begegnung mit Poe. Sie nimmt in seinem Leben einen wichtigen Platz ein. Einen überaus wichtigen sogar. Und dennoch einen bescheideneren als etwa die Begegnung mit Jeanne oder der Tod des Generals. Stellt er sich jedoch auf den Standpunkt der Literatur, denkt er einen Augenblick lang nur noch an die Alchimie des Buches oder der Worte, schon dreht sich alles um, und weder die Frau noch der Stiefvater haben soviel Gewicht wie der Autor des *Gordon Pym* oder der *Phantastischen Erzählungen*. Tage mit Poe. Nächte mit Poe. Dialog mit Poe, über all die Jahre, die Ozeane, die himmlischen und höllischen Sphären hinweg. Zornesausbrüche von Jeanne, die alles begriffen hatte. Kräche. Trennungen. Wahnwitzige Eifersucht einer Frau, die wußte, wenn sie ihn abende-, wochenlang in seinen Wörterbüchern versunken sah, daß sie da den furchtbarsten aller Rivalen hatte. Streitigkeiten auch mit dem Rivalen. Auflehnung. Ausbrüche an manchen Tagen gegen diesen Vampir, der sich nicht damit begnügte, ihm seine Zeit zu stehlen, Auseinandersetzungen mit seinen Frauen hervorzurufen, der sich nicht damit begnügte, seinen Namen zu benutzen, um sich Zugang zum Erfolg und zum Ruhm zu verschaffen, der möglicherweise im Begriff war, ihm seine eigenen Bücher zu stehlen. Und danach Tränen, Entschuldigungen, demütiges Anflehen des großen Verhöhnten – Verzeihung, genialer Bohemien! Tausendmal Verzeihung! Deinem Jünger mußt du die Laune, die Arroganz verzeihen! Du mußt, auch wenn er zuweilen aufmüpfig ist, einen Augenblick lang die Geduld verliert, an seine tiefe Verehrung glauben. Poe? Mehr als eine Quelle, ein Meister. Mehr als ein Meister, ein großer Lebensaugenblick. Mehr sogar noch als ein Lebensaugenblick: der entscheidende Augenblick. Ein für allemal hat er mit den Herzschmerzliedchen der Romantiker gebrochen und hat sich für die kühle, kalkulierte Lyrik entschieden, die nicht mehr von den Regeln des Herzens oder der Sinne abgeleitet ist, sondern von den Regeln des Geistes, jenen, in denen *Die Blumen des Bösen* ihre Wurzeln haben.

So zum Beispiel auch seine Beziehungen zu Joseph de Maistre. Diskret waren sie. Heimlich. Eine versteckte, vertuschte Verbindung, als ob er sie nicht bei Tageslicht ausleben könnte oder dürfte. »In der Welt, in der ich lebe, weiß man ja, was das für einer ist, de Maistre«, hatte Nadar gebrummt, als sie das erste Mal darüber gesprochen hatten – und damit hatte er die in den künstlerischen und literarischen Kreisen, zu denen sie beide zählten, verbreitetste Meinung zum Ausdruck gebracht. Gewiß hatte er seine Meinung nicht geändert, als er dies hörte, aber er hatte es für klüger gehalten, den Rückzug anzutreten und dennoch eine Zuneigung, eine Anhänglichkeit zu bewahren, die die Mißverständnisse um ihn herum nur verschlimmern konnten. Weniger Bedeutung also? Weniger Einfluß? Auf den Verlauf seines Lebens ja, da ihre Verbindung im Untergrund fortbestand und er von da an vermied, allzu offen darüber zu sprechen. Auf das Schicksal des Werkes nein, denn die *Abendgesellschaften von Sankt Petersburg*, die in eine für sündhafte Verhältnisse günstige Dunkelheit verwiesen waren, fuhren nicht minder fort, sich im Dickicht der *Blumen des Bösen* ihren Weg zu bahnen. Maistre, der Katholik, Maistre, der politische Publizist, Maistre, der ihn unter anderem den Abscheu vor der Natur lehrte, den Hang zur Sühne, die Gewißheit der Sünde, die Lächerlichkeit des Fortschritts. Maistre, der erleuchtete Theosoph, der Jünger des Esquiros oder des Abbé Constant. Und dann schließlich Maistre, der Mensch, der große Hasser, der große Beschimpfer, der Lebemann und der Unaufrichtige, der Mann des Zornes und der Verwünschungen, dessen ganze Philosophie in einem einzigen Schimpfwort Platz gefunden hätte

– Maistre, der Wütende, den er sich immer mit den großartigen Zügen eines »Zornigen« von Leonardo da Vinci vorgestellt hat. Maistre, das klassische Beispiel eines Ereignisses, das grundlegend war, gerade weil es nach außen nicht so wirkte. Er lacht. Ja doch, auf seinem Bett der Träume und des Leidens lacht er, wie er schon lange nicht gelacht hat, beim Gedanken, daß der Tag kommen wird, an dem man Bücher über ihn schreiben wird, in denen kein Wort oder nahezu keines zu lesen stehen wird über seine Leseerfahrung mit dem Mann, der ihm das logische Denken und Urteilen beigebracht hat.

Das Lesen. Er wird über das Lesen im allgemeinen reden. Alle Schriftsteller lesen. Und alle, das sagte doch auch Poulet-Malassis, machen daraus Feuilletonplaudereien. Aber sie machen es beiläufig. Zerstreut. Auf der einen Seite gibt es ihre Bücher und die Feuilletonbeiträge auf der anderen. Und die meisten hängen in ihrem tiefsten Inneren dem blasierten Urteil von Théophile Gautier an, der gesagt hat, die Kritik sei im Vergleich zur Kunst, was die Hornisse im Vergleich zur Biene ist, der Wallach zum Hengst, der Eunuch zum Großwesir. Er aber glaubt das nicht. Das hat er nie geglaubt. Jetzt, im Lichte dieses neuen Berichts, glaubt er es weniger denn je. Er ist sich ganz im Gegenteil bewußt, daß er als erster seiner Art aus dem Lesen ein vollwertiges literarisches Genre gemacht hat. Wie Sainte-Beuve? Wenn man so will, wie Sainte-Beuve. Was übrigens zum Teil den dumpfen Groll erklären könnte, den dieser seinem »lieben Kind« gegenüber hegte. Aber Sainte-Beuve war kein Dichter. Oder genauer gesagt, er war kein Dichter mehr, wenn er sich seinen *Montagskritiken* widmete. Und diese *Montagskritiken* bauten auf einer regelrechten Entsagung auf, was seine Dichterträume von einst betraf. Er hingegen blieb auch noch dann ein Dichter, wenn er zum Kritiker wurde. Die Kritik war ein anderer Abschnitt, eine andere Etappe auf seinem Weg. Es handelte sich um eine regelrechte und verdammt gerissene »Gesamtstrategie«, es ging um den

Dichterkrieg, und sämtliche kritische Äußerungen waren taktisch aufeinander abgestimmt. Für Gautier, gegen Hugo. Für Hugo, gegen Gautier. Für Ingres, gegen Courbet. Für Delacroix, gegen Ingres. Eine Huldigung an Dumas, wenn dieser »Witzbold« Delacroix verteidigte. Ein Gruß an Champfleury, wenn dieser den *Tannhäuser* begrüßte. Und in jedem dieser Grüße, im unwichtigsten dieser Artikel steckte eine Sorge, immer die gleiche, die nicht nur darin bestand, sich um etwas zu bemühen und zu intrigieren, wie er neulich in der Nacht an der Porte de Hal gedacht hatte, sondern seine eigene Flagge zu verteidigen und im Grunde auch seine eigene Art zu dichten zu veranschaulichen. »Ich habe versucht zu schreiben, ohne jemals etwas gelesen oder gelernt zu haben«, sagte Marceline Desbordes-Valmore. Er hätte das Gegenteil gesagt. Er konnte nur schreiben, indem er las und lernte. Es gibt kein einziges Buch, das er gelesen, keine Kritik, die er geschrieben hat, ohne daß er heute darin eine Unzahl von unendlich komplexen, subtilen geistigen Operationen erkennt, die ebenfalls völlig rechtmäßig zur Geschichte der *Blumen des Bösen* dazugehören.

Ebenso die Übersetzungen. Da allerdings war er nicht der erste. Da hatte es Saint-Evremond gegeben. Diderot. Chateaubriand. Rousseau übersetzte Tacitus. Als er schon am Rande des Wahnsinns stand, bearbeitete Hölderlin *Antigone* und *Ödipus*. Eine Menge von Vorfahren hat er gehabt, die mit ebenso großer Leidenschaft wie er sich an die Aufgabe machten, die Sprache eines anderen Schriftstellers in ihre eigene zu verwandeln. Immerhin glaubt er, daß er wiederum der erste ist, dem der tiefe Ernst dieser Geste bewußt war. Er glaubt, daß vor ihm niemand diese seltsame Unternehmung richtig eingeschätzt hat, die darin besteht, zunächst die Siegel eines Buches zu brechen, sich den Zugang zu erzwingen, in es einzudringen; danach sich selbst davon durchdringen, erfüllen, erobern lassen. Dann wieder, kraft dieser Erfüllung, zu sich selbst zurückkehren, um sich – wie einer jener Körper ohne Seele, in den sich eine wandernde Seele eingeschlichen hat – besagte Seele anzueignen, und das auf eine denkbar brutale Weise. Und schließlich, wenn die Arbeit beendet, das Buch zugeklappt und die Seele wieder auf Wanderschaft geschickt ist, im verbleibenden Körper, das heißt in seiner Dichtersprache, die unvermeidlichen Verwüstungen festzustellen, die das ganze Unternehmen verursacht hat. »Was tun Sie denn da?« fragten seine Freunde, wenn sie sahen, wie er über Seiten, die nicht seine eigenen waren, erblaßte. »Poe mag ja noch hingehen. Aber De Quincey? Longfellow? Die ganze Zeit, die Sie damit verlieren, die Werke anderer zu übersetzen?« O die Unglückseligen, die nicht wußten, daß er beim Übersetzen daran arbeitete, seine eigene Sprache zu verwüsten. Er selbst übrigens wußte es nicht. Er tat es, aber ohne es zu wissen. Heute weiß er es, und er hat vor, davon zu reden. Von der Übersetzung als ein Mittel, seine Worte zum Erbeben zu bringen, sie taumeln oder straucheln zu sehen – von der Übersetzung als grandioses System der Prüfung, also der Bereicherung der Sprache eines Dichters.

Und schließlich die Malerei. Er wird diesen Bericht nicht abschließen können, ohne wenigstens ein Wort über die Malerei zu sagen: nicht über seine Neigung zur Malerei an sich, o nein. Nicht über seine große, seine wahnsinnige, seine urwüchsige Leidenschaft für Bilder, die in seiner aufgegebenen Biographie ihren Platz gefunden hätte. Auch hier wieder über die Wirkung dieser Neigung auf seine Sprache. Ihre Macht über seine Gedichte. Wenn er dieses Buch schreibt, dann muß er sagen, daß er in den Museen ebensoviel gelernt hat wie in den Bibliotheken. Aus den kleinen Bildern der kleinen Meister ebensoviel wie aus den reinen Meisterwerken von Rembrandt oder Tiepolo. Ebensoviel, manchmal sogar mehr, von jener Apsis einer armseligen Kirche, von jenem Dorfkirchenaltar, den er eines Nachmittags mit seiner Mutter bei einem Spaziergang zur Ferme Saint-Siméon entdeckt hat, wie in der frisch gebohnerten Einsamkeit des Louvre. Wenn er dieses Buch schreibt und wenn er darin über Malerei spricht, dann um zu erzählen, was sein Gedicht »An eine Madonna« einem spanischen Votivbild zu verdanken hat, »Die Maske« und »Totentanz« einer Statue von Ernest Christophe, »Das pflügende Gerippe« einer Radierung von Vésale, »Der Vampir« einem Gemälde von Goya – dann um zu versuchen, jene letzte Verwandlung, die am allerwenigsten sichtbare, zu verstehen, die sein Leben lang unentwegt Bilder in Sätze umgesetzt hat. Hatte nicht Delacroix den Ehrgeiz, Byron oder Goethe zu illustrieren? Hatte nicht dieser Esel von Courbet versucht, mit seinem *Asternstrauß* eines seiner Sonette zu kommentieren? Nun, wer weiß, vielleicht hat auch er sein Leben dafür geopfert, jenes Porträt von Correggio, jene Landschaft von Poussin, jene *Magdalena* von Zuccani zu kommentieren, die ihm Arondel zu seinem Unglück in der Zeit des Hôtel Pimodan verkauft hatte. Diese Bilder sind nicht etwa die »Quelle« seiner Gedichte, o nein, weit gefehlt, seine Gedichte sind so etwas wie Kommentare zu den Bildern, die er geliebt hat. Eines ist gewiß: Die Blicke, die ihm aufgefallen sind, die Lächeln, die er wiedergegeben hat, die Körper von Mädchen oder alten Frauen, die er sooft besungen hat – er hat sie sich bei Zurbaran oder bei El Greco geholt, viel mehr als bei Louchette, der Sabatier oder Jeanne.

Wieder ist es Abend geworden. Sehr schnell. Das kleine Zimmer ist in ein Halbdunkel getaucht, das vom Schein der Straßenlaterne an der Ecke der Rue du Singe kaum aufgehellt wird. Er hat es nicht kommen sehen, dieses Halbdunkel. Er hat weder die Geräusche der Straße gehört, die sich wie jeden Abend auf die Nacht vorbereitet, noch die überschwenglichen Worte, mit denen Madame Lepage im Flur die Gäste vom letzten Zug begrüßt hat. Er riecht nicht den charakteristischen Geruch von Erbsensuppe und ranziger Butter, der aus der Küche emporsteigt. Er achtet nicht einmal auf den kurzen Gruß, den ihm Monsieur Ballotin von der anderen Seite der Wand herüberschickt, ihren vertrauten Geheimcode wieder aufnehmend. Taub, blind, seiner inneren Stimme lauschend, wie in ein Grab oder ein Leichentuch versunken, so befindet er sich in einem Zustand der Gleichgültigkeit der Welt gegenüber, den nichts stören kann, den nichts wird stören können. Auf seine Weise ist er glücklich. Fast heiter. Trotz der Schmerzen, die ihn selbstverständlich deshalb nicht verlassen haben, hat er zum ersten Mal das Gefühl, daß ein zugleich sanftes und grelles Licht auf jenen wesentlichen Gefilden liegt, wo er seine Dichtung angesiedelt hat. Alles ist da. Alles ist in Ordnung, alles hat seinen Platz. Alle Manipulationen, Kombinationen, Gerinnungen, Konzentrationen, die seit so vielen Jahren im Schmelztiegel seiner Sonette stattfanden, beginnen sich abzuklären. Die Geheimnisse werden sich auflösen. Die Fragen sich beantworten. Er denkt, daß es vielleicht doch jenes berühmte Buch ist, von dem Edgar Allan Poe sprach, das ihm jetzt vorschwebt, jenes unerträgliche Buch der Bücher: Kein Mensch werde es aushalten und überleben, so meinte der Dichter von Baltimore – und nun erscheint es ihm in fulminanter Klarheit.

5

Und dann verändert sich seine Stimmung, die Euphorie trübt sich mit Schwermut. Die Vision verfeinert sich. Sie wird präziser. Als holte ein Fernglas die Geschichte, die er rekonstruiert, heran und enthüllte ihm neue Figuren. Oder eher: Als gäbe eine Zaubertinte unter dem dringlicheren, nachdrücklicheren Blick ein Netz von zuvor verborgenen Bildern preis. Die Nacht ist noch immer so undurchdringlich. Seine Seele noch immer so taub. Er ist seinem inneren Flüstern nicht weniger zugewandt, im Gegenteil. Aber die Berührung mit diesen Bildern, der Ruf dieser Figuren lassen andere Gedanken aufkommen, die zwar die vorhergehenden nicht auslöschen, sie nicht widerlegen oder ihnen in irgendeiner Weise widersprechen, die sie aber korrigieren, sie überlagern und schließlich ihre beruhigende Ordnung beeinträchtigen. Nehmen wir einmal an, es liegt an dem Bedauern und den Gewissensbissen, von denen Poulet in seinem Brief sprach. Nehmen wir an, er ist von dem trostlosen, fatalen Bild all der kleinen Fehler verfolgt, die er nicht mehr wird verbessern können. Über diese Fehler und diese Form- und Detailkorrekturen hinaus jedoch wird er von neuen Fragen, von schwerwiegenden dramatischen Fragen bedrängt, und er spürt, daß es ihm nicht ohne Betrug gelingen wird, sie auszusparen.

Was ihm plötzlich auffällt, wenn er nun schon die Dinge gründlich angeht und sich überlegt, was er eigentlich geschrieben hat, das ist der Anteil der Gelegenheitsliteratur. Ja, das Wort ist angebracht. Er mag noch so sehr von Abstraktion, von Ideal, von Irrealität und so weiter sprechen, er mag noch so oft wiederholen, daß die Kunst von der Kunst, die Bücher von anderen Büchern kommen und daß in alledem die Welt einen viel kleineren Anteil hat, als es scheint, er muß dennoch annehmen, daß es zumindest ein Gesicht dieser Welt gibt, in das er unaufhörlich geblickt hat und das das schlimmste, das demütigendste, das erniedrigendste war: das der materiellen Not. Geldnöte ... Aufträge ... Huldigung an diesen ... Widmung an jenen ... All diese Kompromisse mit der Welt, die er neulich im Geiste aufzählte, in jener Nacht, als er durch die Straßen und Viertel von Brüssel streifte ... Ein anderer würde sagen: Das eine schließt das andere nicht aus. Ein anderer würde aufzeigen, wie die Literatur, die echte, sich stets auf halbem Weg zwischen Notwendigkeit und Idee bewegt. Und die Modernen wissen auf jeden Fall, welchen Platz der abstrakteste, der einwandfreieste aller Dichter tatsächlich jenem Gesetz der Gelegenheit eingeräumt hat. Er jedoch weiß es nicht. Kann es gar nicht wissen. Alles in seiner Vision, nicht nur der Kunst, sondern der Welt hindert ihn daran, es sich vorzustellen. Und der Gedanke an diese dem Zufall unterworfenen Bücher, der Gedanke an jene Gedichte, bei denen kein einziger Reim, keine einzige Zeile *nicht* das Siegel, und sei es unsichtbar, ihrer äußeren Umstände trägt, ist das absolute Gegenteil – wie konnte er das übersehen? – dessen, was er sich seit Stunden einredet. Scheitern. Zusammenbruch. Er glaubte – oder wollte glauben – an eine reine, abgegrenzte, ätherische Literatur: Von allen Literaten jedoch war er der unreinste, der abhängigste.

Schlimmer noch: Wenn er an diese Ereignisse denkt, wenn er an die Folge von Umständen und Zufällen denkt, die seit zwanzig Jahren seine Geschichte säumen, kann er nicht umhin, die unentwirrbare Unordnung zu erkennen, die in den Plan seines Werkes eingeflochten ist. Die wahren Schriftsteller machen ihr Werk, sagt er sich. Sie bauen es auf, sie tarieren es aus. Sie tun niemals einen Schritt, sie fügen dem Bild niemals einen Pinselstrich hinzu, ohne daß dieser Pinselstrich berechnet, der Schritt im Verhältnis zum Ziel und zum Weg bemessen ist. Er fragt sich, ob die echtesten unter den Echten nicht diejenigen sind, die vom ersten Tag an in einer Art Panoramavision den gesamten, im wesentlichen schon vorgegebenen Weg gesehen haben – und die bereits auf wunderbare Weise die Bücher, die das Schicksal ihnen auferlegt, in die große Ordnung, die die ihrige sein wird, einfügen. Er also hat nichts gesehen. Nichts vorausgedacht. Und selbst wenn er es getan hätte, selbst wenn er seine Urvision gehabt hätte, so hätten doch die Ereignisse sie eilends ausgelöscht. Und aus dem Zwang, nicht der Dinge heraus, sondern der absurden Not, die nie wieder aufgehört hat, ihm ihr Gesetz aufzudrängen, mußte er blind vor sich hinschreiben, Tag für Tag, als ob jeder Vers der erste wäre, als ob jeder Vers der letzte sein könnte. Wenn er ein Werk geschaffen hat, so war es unbewußt. Wenn es sich tatsächlich um ein Werk handelt und nicht um eine Reihe müßiger Texte, dann hat er dies dem Zufall zu verdanken oder aber der Vorsehung, was auf dasselbe hinausläuft. Welche Schande! Welche Erniedrigung! Er, der makellose Architekt, der perfekte Rechner in Sachen Literatur, er, der so sehr von einer radikal durchdachten Literatur geträumt hatte, nun erkennt er, daß er der allerursprünglichsten Macht beraubt war: der Macht zu *komponieren!* Dieser Gedanke bringt ihn zur Verzweiflung.

Was ist denn eigentlich dieses Werk? Wie sieht es letzten Endes aus? Es ist nicht alles gleichwertig, das weiß er. Nicht alle Seiten, nicht alle Gedanken, unter die ein Schriftsteller oder Künstler seinen Namen gesetzt hat, verdienen, zum Werk gezählt zu werden. Eine der Aufgaben des Urhebers besteht darin, wenn es um die gesammelten Werke letzter Hand geht, die sorgfältige Trennung vorzunehmen zwischen den zweitrangigen Schriften einerseits – auch wenn sie nicht wie die Entwürfe verbrannt werden sollen, sind sie Nebensächliches, eine Art Vorspeise, unvermeidliche Stiefkinder – und den grandiosen Denkmälern andererseits, denen allein die Würde von kanonischen Texten zugesprochen wird. Wenn er nun diese Sortierung vornimmt, wenn er die reinen Auftragsartikel herausnimmt, wenn er die *Salons* zurückzieht, die nur Studien oder Essays waren, wenn er den hingeschluderten *Wagner* zurückzieht, den allzu unvollkommenen *Gautier*, wenn er die *Paradiese* ausschließt, die alles in allem nur eine Bearbeitung von Quincey waren, wenn er seine Poe-Übersetzungen beiseite schiebt – die, so wichtig sie auch sein mochten, zunächst ein Mittel darstellten, seine eigene Sprache zu finden, zu üben, zu prüfen – wenn er jene Longfellow-Übersetzung vergißt, bei der er seinerzeit übrigens lange gezögert hatte, ob er sie unter seinem Namen veröffentlichen sollte (ahnte er damals schon, daß er unmöglich die »Leuchttürme« oder die »Entsprechungen« und jene Nachahmung einer wunderbaren, aber klassischen indianischen Legende unter demselben Namen versammeln konnte?), kurzum, wenn er versucht, den Kern dessen, was nach seinem Ableben die Bezeichnung Werk verdient, herauszulösen, dann bleiben die *Prosagedichte* übrig, bei denen er sich auch nicht so ganz sicher ist, und diese armseligen, mageren, kümmerlichen *Blumen* – knapp hundert Seiten: Unlängst noch hat er Poulet darum gebeten, den Band aufzublähen, weil er sich für dessen Schmalheit so schämt. Und wenn dieses kleine Bändchen der einzige Berechtigungsschein zur Auffahrt in den Dichterhimmel wäre? Und wenn er sich zum Schluß, nachdem er soviel gelesen, geredet, geschrieben hat, nachdem er an allen Fronten soviel gekämpft hat, nachdem er in alle Himmelsrichtungen gelaufen ist, als der Schriftsteller eines einzigen Buches herausstellte?

Es gibt Schriftsteller eines einzigen Buches. Es gibt Schriftsteller, die von Anfang an, egal wie groß der Druck oder die Versuchung sein mögen, gewußt haben, daß sie nur dieses eine Buch schreiben würden und daß es ihr ganzer Beitrag zur Geschichte des Denkens oder der Schönheit sein würde. La Rochefoucauld. Madame de

Lafayette. Montaigne und seine *Essais*. Der wunderbare La Bruyère. Saint-Simon. Senancour. Joubert, der reine Held, der die Zurückhaltung so weit trieb, daß er das Buch, das er in sich trug, überhaupt nicht schrieb. Und er selbst hat sowohl aus Prinzip als auch aus Neigung das riskante Spiel der Zurückhaltung, jenes äußerste Dandytum, jene Lust auf Konzentration, die an die Grenzen zur Sterilität vorstößt, stets der obszönen Fruchtbarkeit der großartigen Vielschreiber vorgezogen, die nach dem Muster von Hugo oder Balzac ihr Temperament und ihre gesunde Energie so gern zur Schau stellen. Nur leider ist die Sache die: Zurschaustellung oder nicht, *er* hätte andere Bücher zu schreiben gehabt. Er weiß es. Er hat es schon immer gewußt. Zeit seines Lebens, seit dem allerersten Moment seines allerersten Schweigens hat er gewußt, daß er noch so sehr Dandy, noch so sehr erpicht auf Dichte, Intensität und Perfektion sein mochte: Er war nicht einer jener kargen Monographen, die die Gesamtheit ihrer Botschaft in ein einziges Buch der Bücher hineinzwängen. Derart, daß er hier auf diesem Bett, an diesem gnadenlosen Tag, der mit der Aussicht auf einen plötzlich möglichen Tod verknüpft scheint, nicht umhin kann, an den riesigen Teil seines Werkes zu denken, der niemals ans Tageslicht befördert werden wird.

Da gibt es zunächst einmal Gedichte. Weitere Gedichte. All diese Gedichte, die aus Vorsicht, Rücksichtnahme, Nachlässigkeit vielleicht oder Zufall daran gehindert wurden, aufgenommen zu werden in die *Blumen des Bösen*. Einige liegen hier in seiner Truhe, gemeinsam mit den belgischen Notizen: Die Interpunktion stimmt nicht, sie sind unvollendet – wird sich nach ihm eine gute Seele finden, die sich darum kümmert? Einige andere – jene »Epigraphe«, »Galanterien«, »Narrheiten« und diverse »Verbannte Stücke«, die Coco gerade bei einem Amsterdamer Verlag veröffentlicht hat unter dem wenig attraktiven Titel *Strandgut* – scheinen so etwas wie einen Passierschein erhalten zu haben, um dem Verlust oder dem

Vergessen zu entrinnen. Aber das übrige? Alles übrige? All diese unsichtbaren, geheimen Gedichte, die er in seinem Kopf gestaltet und fast geschrieben, die er manchmal in seinem Gedächtnis über Jahre und Jahre mit sich geführt, aber leider doch nie zu Papier gebracht hat. Eines Tages, hatte er sich gesagt ... Ja, eines Tages würde er sie niederschreiben ... Das Leben ist ja so lang ... Die Wörter sind so treue Gefährten ... Er konnte sich einfach nicht vorstellen, daß sie ihn eines Tages verraten, sich entziehen könnten. Nun ist es soweit. Der Tag ist gekommen. Die Wörter werden sich entziehen. Und diese essentiellen Gedichte sind wie die Seelen totgeborener Kinder, ohne Namen und ohne wahres Gesicht, die Jahrhunderte um Jahrhunderte in einer ausweglosen Vorhölle herumwandern werden.

Und da gibt es auch seine kurzen Geschichten. In der Jugend hat er eine Novelle geschrieben: *Die Fanfarlo*. Eine andere: *Der junge Zauberer*. Aber das waren mißglückte Geschichten, auf ihre Weise totgeboren, die nur Bedauern in ihm hinterlassen haben über das, was ihm hätte gelingen können. Seit einem Vierteljahrhundert gehen ihm immer wieder die vielen neuen Themen im Kopf herum, die seine ersten Irrtümer gutmachen könnten. 1847 hatte er seiner Mutter davon erzählt. Im Jahr des Staatsstreiches mit Poulet darüber gesprochen. Später noch mit Gautier, auf die Gefahr hin, seinen Spott herauszufordern. Warum hat er nicht gehandelt? Warum hat er sie nicht geschrieben, diese Romane, die für ihn genauso bedeutsam waren wie die *Blumen* oder die *Prosagedichte*. Wegen der Schulden, immer wieder deshalb. Elend. Ewige Geldsorgen; nie waren ihm die paar unentbehrlichen Wochen des Friedens gegönnt gewesen. Es sei denn, es lag an der Überzeugung – die ihm wer weiß welche Inspiration eingegeben hatte –, daß es am Ende dieses Jahrhunderts um den Roman genauso bestellt sein werde wie um die Predigt im vergangenen oder die Fabel im vorletzten: ein erschöpftes, ein sieches Genre, dem endgültigen Tod geweiht. Heute weiß er, daß er sich getäuscht hat. Das Ausmaß seines Irrtums wird ihm bewußt. Aber leider sehr spät. Er weiß, daß sein Werk erst dann seine endgültige Gestalt annehmen wird, wenn er, nicht gerade zwanzig, aber doch zumindest eines jener Themen ausarbeitet, das ihn auf seltsame Weise verfolgt: die Geschichte jenes Dichters, der eines Tages, des Dichtens müde, in den Orient aufbricht, im Gewürz- und Parfumhandel zu Vermögen kommt, zu einem von den Mohammedanern gefeierten Sultan wird, dann aber, schwer erkrankt, einem Händler aus Lyon begegnet, der ihn rettet, und schließlich in einem Pariser Hospital elend sein Leben beschließt.

Und da gibt es noch das Theater. Auch da liegen die Themen bereit. Übrigens handelt es sich da nicht um schlichte Themen. Es sind keine vagen, kaum skizzierten Projekte, wie sie von den Schriftstellern, die er kennt, in den Schubladen aufbewahrt werden. Es sind auch keine jener falschen Bücher, die dazu geschaffen sind, nicht geschrieben zu werden, bei denen die Absicht, die sich in einem kleinen Aufsatz oder einem Artikel materialisiert, für die Wirklichkeit gelten soll. Nein. Es handelt sich um einen präzisen Text, *Ideolus*, den er mit zweiundzwanzig Jahren zusammen mit Prarond geschrieben hat. Und um einen weiteren Entwurf, *Der Trunkenbold*, der die Motive aus »Der Wein des Mörders« wieder aufgreifen soll. Um seine Version des *Don Juan*. Und schließlich um jene grandiose Geschichte des *Marquis des ersten Husarenregiments*, in der er beabsichtigte, das literarische Element mit dem Spaß am Bühnenspektakel zu verbinden, wo er sich austoben wollte in phantastischen Szenen, in überspitzten Situationen, in der Darstellung der großen Gefühle und der entfesselten Leidenschaften. Auch das war ihm wichtig. Es war – und ist noch immer – ein wesentlicher Teil von ihm, der in diesen Stücken zum Ausdruck kommen sollte. Sein Hang zum Effektvollen. Sein Schielen nach dem Beifall der Menge. Seine populäre Ader.

Jene Boulevardtheater-Phantasie, die seine Schauspielerfreunde so entzückte, die er aber bis heute noch nie Gelegenheit gefunden hatte auszuleben. Diese ganze »volkstümliche« Seite, die genauso zu ihm gehört wie alle anderen auch und die es verdient hätte, im Gesamtbild ihren Platz einzunehmen, auf die er jedoch wird verzichten müssen. Zu spät. Sein Theater wird man nicht mehr spielen. Er wird es nicht einmal zu Ende schreiben. Und das ist mehr als eine Lücke oder ein Mangel: ein gigantisches Ungleichgewicht in dem, was das Werk, das er nun zurücklassen wird, hätte sein sollen – was es in Wirklichkeit ist.

Und dann sein Tagebuch, das er nicht geordnet hat. Seine »Raketen«, die kaum erste Konturen haben. Seine Bücher über die Malerei. Sein Essay über die Dandys. Jene Autobiographie, die ihn rehabilitieren sollte. Jene Geschichte seines Werkes oder seiner Seele, von der er spürt, daß sie ihm jeden Moment aus der Feder fließen kann und die sein Leuchtfeuer-Buch werden müßte – ein Buch, das den gesamten Weg im Gegenlicht erhellen würde. Seine Übersetzung des *Satiricon*. Seine Abhandlung über Rhetorik. Die ganze Sturzflut von Büchern, von möglichen und unmöglichen, die *Die Blumen des Bösen* überschwemmen und ihm das Gefühl vermitteln, daß alles, was er bisher getan hat, nichts als eine lange Einleitung war. Nicht gehaltene Versprechen ... Rufe ohne Widerhall ... Verlorene Wetten, auf ewig verschobene Herausforderungen ... Ein Werk, das nur ein Stück seines Weges gegangen ist, das nur einen Teil seines Auftrags erfüllen konnte ... All diese Bücher, das muß noch einmal gesagt werden, waren nicht nur möglich, sondern notwendig. Es waren keine »zusätzlichen« Bücher, die er hätte schreiben können oder auch nicht – nein, es waren essentielle Bücher, die im Kern seiner Kunst angelegt waren. Und wenn er an einige davon zurückdenkt, hat er fast das Gefühl, daß sie so sehr ihren Standort in der vorgesehenen Architektur des Ganzen hatten, daß ihr Fehlen sichtbar ist – und doch einen Riesenschatten auf das gesamte Gebäude wirft. Lücken. Spalten. Ein ganzer Flügel des Tempels, von dem man die Fundamente kaum ahnt. Ich trage die Erinnerung an jene kahlen Säulen ... Wie große, stets unvollendete Säulenhallen ...

So erging es Donatien de Sade, von dem behauptet wird, daß drei Viertel seines Werkes verloren oder vernichtet wurden. So erging es jenen antiken Autoren, von denen die Nachwelt nur einen winzigen Teil der Bücher aufbewahrt hat und sich deshalb damit begnügen muß, den unvorstellbaren anderen Teil zu erträumen, zu mutmaßen, abzuleiten manchmal. Dieses Bild gefällt ihm. Dieser Gedanke gefällt ihm, ein »antiker Autor« zu sein, dessen Bücher irgendwann verbrannt sind. Er sagt sich sogar – und das tröstet ihn einen Augenblick lang –, daß es in diesem Fall reicht, ein wenig zu warten, ein paar Jahrhunderte, ein Jahrtausend. Dann kommt der Tag, an dem ehrfürchtige, eifrige Jünger, ähnlich wie jene Paläontologen, die anhand von Fossilien ganze Tiere wieder zusammenstellen, die Fragmente und die Romane ausfindig machen werden, die er in Wirklichkeit nie geschrieben hat. Warum übrigens, wenn er schon einmal dabei ist, die Dinge nicht gründlich machen? Warum dieses Spiel der fiktiven Archäologie nicht zu Ende spielen? Warum nicht Spuren legen? Diese Fossilien selbst produzieren? Warum sollte er nicht für die *happy few* der kommenden Zeiten Zeichen verstreuen, auf die sie lauern und die ihre Nahrung sein werden? Hier ein Wort ... Da ein Fragment ... Eine Art Quellenangabe, in Cocos Papieren vergessen ... Ein fingierter Entwurf, vermodernd im Keller des Grand-Miroir ... Und all die Gelehrten, die er sich vorstellt, wie sie sich an Klugheit und Wissen überbieten, um auf den Ruinen das Baudelaire-Denkmal wieder aufzubauen ... Bitte sehr, meine Herren, Sie sind an der Reihe! Ihnen gehört der Ruhm und das Vergnügen. Ihnen die grandiosen Puzzles, die endlosen Labyrinthe! Für mich bleibt im Augenblick – bis Sie mir Verstärkung gewähren – nur noch dieser Körper, der nicht mehr mitmacht, und diese Bücher, die hoffnungslos fehlen und fehlen werden.

Im Grunde, stellt er weiterhin fest, gibt es für einen Schriftsteller wie ihn mehrere Arten zu sterben. Es gibt diejenigen, die am festgesetzten Tag sterben, nach Vollendung des Werks, nachdem sie das letzte Wort des letzten Satzes der allerletzten Seite ihres allerletzten Buches niedergeschrieben haben. Das war der Fall bei Poe, der flüsterte: »Ich habe nicht mehr den Wunsch zu leben, da ich *Heureka* geschrieben habe.« Es gibt diejenigen, glücklicher noch, die ihre Bücher überleben, die Geschichte ihres Werkes hinter sich lassen und sich weiterhin emsig betätigen, obwohl sie literarisch tot sind: Das war der Fall bei allen früheren Meistern, jenen genialen Rebellen, jenen glorreichen Romantikern, die im Alter auf dem Polster ihrer Meisterwerke einschlafen und ihren geliebten Ruhm verwalten. Und dann gibt es diejenigen, die sterben, obwohl die Dinge noch nicht abgeschlossen sind; es gibt diejenigen, die wie er wissen, daß ihr veröffentlichtes Werk bestenfalls eine Stilübung ist und daß es viel zu früh unterbrochen wird. Man stirbt immer zu früh, heißt es. Ja und nein. Goethe starb zur richtigen Stunde. Chateaubriand und Voltaire auch. Selbst Gérard de Nerval, der arme Gérard de Nerval, wußte, daß er seinen Auftrag im wesentlichen erfüllt hatte. Wohingegen er, so krank er auch sein mochte, so offensichtlich verfolgt vom Unglück und von Prüfungen, glaubte, als er hierher kam, daß sein Exil nur ein Refugium sei, ein notwendiger, ein taktischer Rückzug, und daß er zehn Jahre, vielleicht sogar zwanzig vor sich hatte, um sein Werk zu vollenden und ihm sein wahres Gesicht zu verleihen. Welch ein Irrtum! Welch ein Unglück! Welch unübertreffliches Mißverständnis! Er weiß heute, daß nichts von alledem so war und daß er aus dieser Welt gehen wird als jemand, dessen Erbe nur allzu gefährdet und brüchig ist.

Lohnte es sich in diesem Fall, eine Inventur zu riskieren? Gab es Stoff genug für die große, feierliche Bilanz, die er sich gestern vornahm? War es nicht irgendwo absurd, die Geschichte und die Chronik von etwas schreiben zu wollen, dessen Wirklichkeit sich schließlich als so dünn erweist? An dem Punkt, an dem er angelangt ist, kann er der Frage nicht mehr ausweichen. Und bei alldem, was er weiß, erleuchtet – und entwaffnet – von alldem, was er sich soeben eingestanden hat, ist er gezwungen zu antworten, daß das Projekt in der Tat wenig Sinn hatte und daß es, würde er hartnäckig darauf bestehen, wie ein Spiegel ohne Spiegelbild, eine Hülle ohne Inhalt oder die Biographie eines in der Kindheit stehengebliebenen Lebens wäre. Bei genauerem Überlegen hält er die Idee für lächerlich. Dieses Fieber, das ihn gepackt hat, findet er fast grotesk, ebenso den Pomp, mit dem er es gewagt hat, das zu beschreiben, was ihm als »das Buch der Bücher« erschien. Er träumte von einem »entblößten Werk«, das das »Herz« ablösen sollte, das er ganz klar als Sackgasse erkannt hatte: Inzwischen bleibt ihm nichts anderes übrig, als einzusehen, daß die Sackgasse überall und dieser andere Traum gleichfalls zum Tode verurteilt ist. Bitterkeit. Verzweiflung. Ein neuer Tag geht zu Ende, der schlimmste: Ist fortan nicht deutlich, daß es keinerlei Aufschub, keinerlei Ausweg gibt – und daß die letzte Stunde genausowenig Grund hat wie jede andere, einem verfehlten Leben die Wahrheit zu verleihen, die sich bis zum Schluß entzieht?

Fünfter Teil

I

Ich glaube, der Augenblick ist gekommen zu sagen, wer ich bin, welche Rolle ich in dem Abenteuer gespielt habe – und vor allem, wie ich dazu kam, dieses Buch zu schreiben und zu veröffentlichen.

Ich bin, zum Zeitpunkt als diese Geschichte stattfindet, etwas über zweiundzwanzig. Ich bin jugendlich frisch. Noch rank und schlank. Der übermäßige Opiumkonsum und das ausschweifende Leben haben noch nicht ihre Verwüstungen angerichtet. Und obgleich es ein paar scharfsinnige Menschen gibt, die sich bereits über meinen grauen Teint, meine etwas zu hohlen Wangen oder meine frühzeitig kahl gewordenen Schläfen wundern, habe ich noch immer das Aussehen und das Auftreten eines Sohnes aus guter Familie, der gerade die ersten Schritte ins Leben tut. Ich bin bei allen Festen dabei. Auf allen Junggesellenabenden. Um nichts auf der Welt würde ich den alljährlichen Abend der O'Connel auslassen, ebensowenig den Ball des 18. Januar. Und mein Raffinement treibe ich so weit, daß ich mich genauso wohl fühle bei einem gewöhnlichen Souper mit leichten Mädchen wie in den Salons von Madame de Solms oder von Anaïs Segalas. Ich bin heiter. Auf vernünftige Weise frivol. Von meinen Studentenjahren an der Sorbonne habe ich den Hang zum Jux bewahrt, was mich den Freunden teuer und den hübschen Mädchen sympathisch macht. Ich liebe das Vergnügen, und das Vergnügen läßt es sich gern gefallen. Was die Frauen betrifft, so schätzen sie meine unermüdliche Bereitwilligkeit, ihre Gefühlsregungen, die winzigsten seelischen Befindlichkeiten zu berücksichtigen. Und schließlich habe ich das Glück –

was mir zu dieser Zeit nicht bewußt ist –, einen strammen, unfehlbaren, mir ganz ergebenen Körper zu besitzen, dessen Fähigkeit zur Lüge sie nicht im entferntesten ahnen. Alles steht also zum Besten. Das Leben ist eher schön. Noch kann niemand, der diesen jungen Mann zu sehen bekommt, die nahende Katastrophe ahnen.

In bezug auf Literatur ist das Bild scheinbar nicht minder freundlich und nicht minder schmeichelhaft. Ohne unbedingt der brillanteste zu sein, bin ich doch zweifelsohne der frühreifste aller jungen Dichter, die in jenen Jahren debütieren. Im *Parnasse* habe ich einen Artikel über Gautier veröffentlicht. In *L'Art* eine Attacke gegen Hugo. Ich habe über die Mode geschrieben. Manet und Méryon verteidigt. Unter dem Pseudonym Georges Marcy habe ich *Zehn kleine Glossen zur Förderung des Modernitätsgedankens* verfaßt, die in den fortschrittlichsten Kreisen durchaus Aufsehen erregt haben. Und ich habe die ersten Gesänge eines langen Prosagedichts veröffentlicht – *Der Traum des Aristoteles* –, womit ich beweisen konnte, daß mir die sogenannten höheren Gattungen auch nicht allzusehr angst machten. Ich schreibe für die besseren Zeitungen. Mit meinen Themen liege ich richtig. Meine Frechheit reicht gerade dafür aus, daß ich der jungen Garde gefalle, meine Gerissenheit dafür, daß ich die anerkannten Größen nicht vor den Kopf stoße. Und ohne daß ich irgendeiner Clique angehöre, bin ich so geschickt, daß es keine gibt, die glaubt, ich sei ihr Feind. Anders ausgedrückt: Meine Position ist auch in dieser Hinsicht ideal. Als traumhaft sicherer Anfänger, als musterhaft methodischer Jünger muß nicht ich die Großen hofieren, sondern die Großen bemühen sich um mich. So unwahrscheinlich dies heutzutage klingen mag (die Dinge entwickeln sich ja so schnell, und ein beginnendes Werk kann so rasch in die Anonymität zurückfallen, wenn die Früchte nicht halten, was die Blüten versprachen ...), mein Name ist es, der damals am häufigsten wiederkehrt neben dem eines anderen jungen Unbekannten, der noch nicht Stéphane Mallarmé heißt, wann immer die Rede ist von den »literarischen Hoffnungen von morgen«.

Wenn ich die Dinge jedoch ein wenig genauer betrachte, wenn ich nicht nur meine Situation, sondern auch mein damaliges »Temperament« bedenke, erkenne ich darin eine Besessenheit, ich sollte wohl fast sagen, eine Krankheit, die gerade einem Schriftsteller zum Verhängnis werden mußte: Sosehr mich Paris auch feiert, sosehr meine Altersgenossen und die älteren Zunftkollegen mich auch preisen – mir selbst will es nicht gelingen, ganz an mich zu glauben. Oder genauer gesagt: Ich glaube zwar an mein Talent, an meine Virtuosität, aber ich bin weder von der Dringlichkeit noch der Notwendigkeit dessen, was ich schreibe, überzeugt. Die Verse kommen. Sie sind schön. Ich ahne, ja ich *weiß*, daß sie die anspruchsvollste Anthologie nicht verunzieren würden. Aber ob zu Recht oder zu Unrecht, ich kann mich des Gedankens nicht erwehren, daß sie, und seien sie noch so gelungen, noch so voller Rhythmus und Farben, genauso hätten nicht zu entstehen brauchen, daß andere an ihrer Stelle entstanden wären und daß ihnen eine grundsätzliche Beliebigkeit anhaftet, was sie in meinen Augen entwertet. Diese Krankheit sei banal? Gewiß. Nur daß sie bei mir außergewöhnliche Dimensionen annimmt und ich schon den Tag kommen sehe, an dem sie mich schlichtweg am Schreiben hindert. Manchmal denke ich nicht daran. Ich sage mir: Vermutlich sind alle Schriftsteller so, man muß sich damit abfinden und sich darüber hinwegsetzen. Manchmal aber leide ich. Dieses Geheimnis, das außer mir keiner kennt, von dem ich aber glaube, daß es eines Tages aufgedeckt wird, genügt, um mich von innen her zu zerstören. Und ich spüre, wie meine Sprache, die so unfehlbare, so sichere, allmählich zerbröckelt, zerfällt, wie sie nicht mehr »greift«. Mürbe Sprache. Flüssige Wörter. All die Seiten, all die Bücher, die, wenn ich es wollte, nur so heraussprudeln würden, denen es jedoch für immer an jener Legitimität mangelt, die für mich das Siegel der Meisterwerke ist. An manchen Abenden muß ich darüber weinen.

Und wie sieht sie aus, diese unabdingbare Legitimität? Wir befinden uns, vergessen wir das nicht, in der Mitte der sechziger Jahre. Das romantische Zeitalter ist abgeschlossen – seinen Anhängern hat es die Sehnsucht nach einer heiligen, von einer religiösen Aura umhüllten Literatur hinterlassen. Die Mallarmé-Zeit beginnt – ihren ersten Jüngern flüstert sie den Traum vom absoluten Buch ein, dem rätselhaften, chiffrierten Buch, zu dem nur eine Handvoll Auserwählter Zugang findet. Nun denn, sagen wir, daß ich zu dieser und zu jener Zeit gehöre. Nehmen wir an, daß ich in meinem jugendlichen Schwung beide, in vielerlei Hinsicht konträre Fäden zusammenknüpfe, die jedoch auf die gleiche Idee eines poetischen »Geheimnisses« hinauslaufen; unsere Rolle ist es, dieses Geheimnis zu durchdringen. Von daher habe ich, so nehmen wir weiter an, die Gewißheit, daß es ein echtes »Mysterium« gibt, zu dem einige zugelassen sind und die anderen – darunter ich – nicht. All dies klingt heute naiv. So war es jedoch. Ich glaube an die Existenz eines sehr alten, unter den Dichtern ungleich verteilten Schatzes. Ich glaube an eine literarische Substanz, an eine Essenz, eine Quintessenz – ein phantastisches Elixier, das seinen Besitzern Gnade und Genie verleiht, wogegen der Nichtbesitz ein Gefühl von Nutzlosigkeit vermittelt, das mich denn auch die meiste Zeit niederdrückt. Und da ich vorerst nur ein halber Baudelaireianer bin und glaube, die Seele sei besserungsfähig und die Verdammung niemals unabwendbar, denke ich *auch*, daß man das Elixier erwerben kann, daß das poetische Geheimnis übertragen werden, daß man es sich aneignen kann – unter der Bedingung, daß man sich in der Nähe der echten Großen bewegt, die es innehaben. Ich spreche von *den* echten Großen. Aber ich denke, es ist für jeden klar, daß es in meinen Augen nur einen gibt: meinen Meister, mein Vorbild, den Quell meiner Faszination und das Ziel all meines Begehrens.

In meiner Jugend schon, als ich noch nicht schrieb, so erinnere ich mich, verbrachte ich ganze Nachmittage am Eingang des Café Robespierre in der Rue Notre-Dame-des-Petits-Champs mit der einzigen Absicht, den zu erblicken, den ich für den größten unter den Großen hielt. Ich wagte nicht, ihn anzusprechen. Aber ich schaute ihn an. Ich beobachtete seinen Gesichtsausdruck, seine Verhaltensweisen, seine Arroganz den Schmeichlern gegenüber, seine Ungeduld mit den Kellnern. Und bevor ich daran dachte, seine *Blumen des Bösen* auswendig zu lernen, habe ich wohl, glaube ich, seine Art zu gehen, zu sitzen studiert, seine Art, das rechte Bein locker ausgestreckt, das linke leicht angewinkelt zu halten, seine Art zu lachen, zu reden, Fragen zu stellen, diejenigen zu beantworten oder auch nicht, die man ihm stellte. Nicht daß ich töricht genug gewesen wäre zu glauben, einem Schriftsteller stehe das Genie im Gesicht geschrieben. Aber ich glaubte, daß das Genie, da es ein »Geheimnis«, eine »Essenz« etc. ist, die gesamte Person durchstrahle und sich durch tausend winzige Zeichen und Male verrate. Eines Tages, dachte ich mir ... Eines Tages werde ich es wagen ... Ich werde tatsächlich an ihn herantreten ... Und dann wird er mir doch wohl das Geheimnis enthüllen, das mich bannt ... Verständlicherweise war ich stark verunsichert, als ich erfuhr, daß der, von dem ich immer gedacht hatte, er werde eines Tages mein Lehrmeister sein, nach Brüssel abgereist sei; und verständlicherweise war ich verzweifelt, als ich erfuhr, daß er krank sei, vielleicht sogar im Sterben liege. Ich zögerte keinen Augenblick. Da ich spürte, daß mein Leben, mein Werk, ja sogar mein Schicksal auf dem Spiel standen, lief ich in die Redaktion der Zeitschrift *L'Artiste* und handelte dort den Auftrag für einen Aufsatz aus. Dann nahm ich mir gerade noch die Zeit, um Dringendes zu erledigen und mich zu verabschieden, und am nächsten Tag befand ich mich bereits in Brüssel.

Ich erinnere mich noch, wie ich an jenem Morgen, kaum war ich dem Zug entstiegen, durch die Straßen der Stadt streifte, die ich ein wenig kannte und in der ich schon immer gern spazierengegangen bin. Ich ging in die Taverne Royale. In die Brasserie du Globe. Erfolglos klapperte ich sämtliche Billardsalons ab, fragte in allen möglichen Freudenhäusern nach. Ich bin bis zur Maison du Roy vorgestoßen, wo er – das wußte ich – seine Vorträge gehalten hatte und wo man mir erklärte, man könne sich nicht noch persönlich um die Vortragsredner auf Tournee kümmern, wo käme man da hin ... Erst als es schon dunkel war und ich erschöpft, entmutigt und auch mehr und mehr erstaunt über eine so zähe Gleichgültigkeit einem so großen Mann gegenüber durch die Straßen streunte, stieß ich auf eine ziemlich abgetakelte Dirne, die wußte, von wem ich redete und wo er wohnte. Meine Ergriffenheit dann vor der Fassade des Hotels, dessen Schild für mich mittlerweile legendär geworden ist. Wunderbare Erscheinung der »Säulenhalle«, wo er Kühle suchte, der Außentreppe, auf der er gestanden hat. Berauschender Anblick der kleinen Treppe mit den gewachsten gelben und braunen Stufen, bei denen ich nicht umhin kann, mir vorzustellen, wie oft er sie hinauf und hinab gestiegen sein muß. Bis hin zu der dikken, offenbar angetrunkenen Provinzmadame aus der Picardie, die ihre Halle verteidigt wie Minotaurus sein Labyrinth – ohne auch nur zu ahnen, welchen Schatz sie da hütet: Wie gern möchte ich ihr ins Gesicht brüllen statt jenes platten »Hätten Sie unter Ihren Gästen, und so weiter«, daß hier an dieser Stelle, da wo ich stehe, vor der hohen Eichentheke, an der sie mich empfängt, jeden Tag, ja dreimal am Tag, seit Wochen, vielleicht sogar seit Monaten der außerordentlichste Schriftsteller vorbeigeht.

»Sehr wohl«, unterbricht sie mich im unwirschen Ton einer Megäre, die mit einem hergelaufenen Neugierigen ihre Zeit nicht verlieren will ... »Sehr wohl, diese Person wohnt hier. Aber absolutes Verbot, rauf zu seinem Zimmer zu gehen! Die Doktoren haben das klipp und klar gesagt ... Der Herr ist nicht in der Verfassung, und ob Sie aus Frankreich, aus Hinterindien oder aus Timbuktu kommen, das hilft alles nix.« – »Aber ich bitte Sie, Madame, daran soll's nicht liegen«, erwidere ich, von dieser Nachricht schockiert, die meine schlimmsten Befürchtungen zu bestätigen scheint ... »Ich bin ein Verwandter beziehungsweise jemand, der ihm sehr nahesteht ... Und ich wäre lieber an Ort und Stelle für den Fall, daß mein Freund wieder Besuch empfangen kann ... Ein Zimmer, auch auf den Hof hinaus, wäre mir unendlich hilfreich ...« Zunächst sagt sie nein. Brummelt: »Belegt, sag' ich Ihnen ... Ich sag' Ihnen doch, daß wir voll belegt sind ... Dies hier ist eine Pension, die Gäste müssen von einer Woche auf die nächste reservieren ... Versuchen Sie's doch im Hôtel de la Poste: Die bieten zwar nicht meinen Service, es ist aber nur ein paar Schritte entfernt.« Als sie dann meine Enttäuschung erkennt und vielleicht auch ein Opfer riecht, dem sie einiges Geld abknöpfen kann, fügt sie mit Bedauern in der Stimme hinzu: »Ich hätte zwar was im Erdgeschoß ... Weiß nicht, ob es Ihnen gefällt, da es nämlich mein Ausweichzimmer ist und direkt neben der Küche liegt ... Egal, kosten tut's dasselbe: dreißig Franc die Nacht, zahlbar für eine ganze Woche im voraus. Also, junger Mann, entweder oder.« Muß ich betonen, daß ich mich für das entweder entscheide? Nicht nur, daß ich auf das Angebot eingehe, ich bedanke mich sogar tausendmal, was die Schlampe sehr verblüfft. Ich habe den Fuß in der Tür, und das ist das Wichtigste – auch wenn ich heute nicht mehr so recht weiß, was damals stärker war: die Freude, ihn unter demselben Dach zu wissen, auf so verwirrende Weise nah, oder die Angst, zu spät gekommen zu sein, schlichtweg zu spät, während er vielleicht gerade seinen letzten Atemzug tut.

Zwei Tage vergehen, und meine Ungewißheit wächst. Ich muß die Tyrannei einer Wirtin ertragen, die mich kraft ihrer Macht, die sie aus der Situation ableitet, mit Vergnügen auf die Folter spannt, mich hoffen, verzweifeln und wieder hoffen läßt. Ich lerne Ballotin kennen, der, kaum hat er von meiner Anwesenheit erfahren, ebenfalls herumstreicht und seine Wichtigkeit zur Schau trägt. Wer ich denn sei ... was ich wolle ... ob er eine Botschaft übermitteln könne ... etwas ausrichten solle ... da er der Freund meines Freundes sei und das Nebenzimmer bewohne ... außer es handle sich um Geldgeschichten: Der arme Mann sei so verschuldet, daß er in diesem Fall sich lieber nicht als Vermittler einschalten wolle ... Zwischen den beiden lavierend, bemühe ich mich, keinen zu beleidigen, und lasse mir von der einen sagen, der andere sei ein Schwätzer, ohne sie werde nichts geschehen, vom anderen, ich solle doch nicht der alten Hexe, sondern gefälligst ihm vertrauen; und mit der Zeit, nach langem Lauern, durch Beobachten des ganzen Hin und Her, das mit »ihm« zu tun hat, gelingt es mir sogar, die genaue Stelle auszumachen, wo er sich befindet: zwei Etagen höher zur Straße hin, diagonal von meinem Zimmer aus gesehen. Das alles geht so lange, bis der guten Madame Lepage bewußt wird, daß sie mich so nicht ewig bei der Stange halten kann und daß der kleine Ballotin möglicherweise eine ihrer Abwesenheiten nutzen könnte, um mich aus meiner Warteposition zu befreien. Also bestellt sie mich in ihre Halle: »Ich habe gute Nachrichten für Sie, ich glaube, Ihr Treffen läßt sich arrangieren ... Er hat heute schon seinen Barbier dagehabt ... Angeblich geht es ihm besser, und er hätte nichts dagegen, Sie zu empfangen ...«

Das Zimmer ist dunkel. Ohne Gaslampe und ohne Kerzen. Nur vom Schein eines viel zu warmen Holzfeuers erleuchtet, das angezündet wurde, um die Luft um den Kranken herum zu reinigen. Die Luft ist in der Tat sehr dumpf. Häßliche Gerüche nach Kampfer und Heilumschlägen schweben im Raum. Als erstes habe ich das Porträt gesehen. Dann den kleinen Tisch, auf dem ich eine Ausgabe der *Blumen des Bösen* und ein altes Rhetorik-Lehrbuch erkannt habe. Danach die Schüssel neben dem Bett, in der Verbandsmaterial eingeweicht war. Dann den zugezogenen Vorhang, den Stuhl, den Umriß der Truhe, die Truhe selbst, all diese Möbelstücke und Gegenstände, die für meinen entzückten Blick schon die Reliquien des Genies sind. Als letztes erst, als meine Augen sich an das Halbdunkel gewöhnt haben und die alte Lepage mit großtuerischer Geste auf ihn deutet, erkenne ich schließlich das Bett – und, auf dem Bett, in einem Berg von Tüchern und Kissen vergraben, eine merkwürdige, unbewegliche Gestalt, die sich, seit ich das Zimmer betreten habe, nicht gerührt hat und die zu erkennen ich auch aus nächster Nähe große Mühe habe. Er ist es. Kein Zweifel, er ist es wirklich. Aber unendlich viel kleiner als in meiner Erinnerung! Unendlich viel schmächtiger, viel zarter! Mit einem abgezehrten, zerstörten Gesicht, dessen Substanz sich verflüchtigt zu haben scheint! Auf diesen Augenblick warte ich seit Monaten. Seit Jahren. Ich weiß, daß sich nichts Geringeres als mein Schicksal entscheiden wird. Aber um der Wahrheit willen muß ich feststellen, daß der Mann, den ich da vor mir habe und den ich werde betrachten können, dem ich werde zuhören können, dem ich werde Frage stellen können, soviel ich will, nur der Schatten dessen ist, der zur Zeit des Café Robespierre meine Träume inspirierte.

Da er sich noch immer nicht rührt, nichts sagt, nichts tut und nicht reagiert hat, als die Lepage mich wie ein Ballansager in der Komödie, also sehr laut, gemeldet hat, fange ich eben als erster an. Wie ich heiße ... Woher ich komme ... Wie schwierig es war, ihn zu finden ... Brüssel ... Die alte Dirne (vermutlich habe ich von der »älteren Dame« geredet, die der Himmel mir über den Weg geschickt hat), die mich auf die Spur gebracht hat ... Mein Aufsatz über ihn ... Meine Zeitschrift ... Ob er Nachrichten aus

Paris hören möchte? ... Vom Salon? ... Ob er schon weiß, daß Manets Bilder dort abgelehnt wurden? Daß die abgelehnten Maler auch noch von Amts wegen abgelehnt wurden, weil die Polizei, jawohl, dieses Jahr jegliche Parallelveranstaltung verbietet? Daß Manets *Pfeiferjunge* am Pranger steht? ... Daß die Akademiemaler mit ihren bombastischen Schinken weiter Furore machen ... Daß Rosa Bonheur einen Orden verliehen bekommen hat ... Daß Jules Heltzapffel verzweifelt ist und, wie man erzählt, am Rande des Selbstmords steht ... Ich erwähne Clareties Artikel im *Figaro* ... Den von Joseph Lardin in *Le Courrier* ... Sainte-Beuve, dem es besser geht ... Banville, der ihn grüßen läßt ... Gautier, der in Genf ruhige Tage verbringt an der Seite von Carlotta Grisi, während der alternde, fast bankrotte Philoxène, der keinen Sou mehr besitzt, um seine Diners mit Dichterlesungen zu veranstalten, sich wohl demnächst entschließen wird, seine Gedichte zu veröffentlichen ... Tausend Neuigkeiten, tausend Informationen, große und kleine, die das Eis brechen und ihm von Anfang an beweisen sollen, daß wir der gleichen Welt angehören ... Ich habe sie in mir reifen lassen, diese Nachrichten. Vorbereitet. Seit zwei Tagen hatte ich Muße genug, sie zu proben. Aber meine Aufregung ist so groß, daß sie chaotisch und schlecht formuliert aus mir heraussprudeln ... Und der große Schriftsteller auf seinem Bett schenkt ihnen keinerlei Beachtung.

Im Glauben, ich müsse fortfahren und ihm zu erkennen geben, daß mir auch sein Werk geläufig ist, beginne ich, über ihn zu sprechen. Von seinen *Blumen*. Von den *Neuen Blumen*, die Mendès herausgeben wird. Von seinen Poe-Übersetzungen. Von *Strandgut*, das er gerade veröffentlicht hat. Von den *Litaneien*, die ich liebe. Von *Berthes Augen*, die ich noch mehr liebe. Von dem wunderbaren Titelblatt, das er seinem Freund Rops in Auftrag gegeben hat, womit er tausendmal recht hatte. Von Poulets Mut. Von der Feigheit der französischen Verleger, von jenem Belgien-Buch, von dem schon ganz Paris redet und das er –

absichtlich? Ist das »höhere Strategie«? – in rätselhaftem Dunkel läßt. Über Belgien, wirklich? Über die belgischen Städte und Kirchen? Die Architektur, die Malerei dieses Landes? Ich mag es ganz gern, dieses Land. Ich habe mich hier immer wohl gefühlt. Ob er für den Charme von Brüssel denn auch empfänglich sei? Für den der Jahrmärkte? Für den der eleganten Frauen der Rue Chair-et-Pain? Für den der Austernverkäuferinnen auf der Grand Place? Ob er Bruegels Haus in der Rue Haute kenne? Den Obelisk der Place de la Fontaine? Die vollkommen künstlichen Gewächshäuser des Botanischen Gartens? Ob er die Sammlungen von Henri van Cutsen kenne? Ob er wisse, daß man in Notre-Dame-de-la-Chapelle die schönste Orgelmusik der Welt hören kann? Auch darauf folgt keinerlei Reaktion. Höchstens ein Seufzer. Ein angedeutetes Schulterzucken. Eine kaum erkennbare Kopfbewegung, die so etwas bedeuten kann wie: Ach wissen Sie, meine Bücher ... zählt das denn wirklich so sehr, Bücher? ... Und schließlich eine entschiedene, fast ärgerliche Handbewegung, als wollte er einen unerwünschten Gegenstand aus seinem Blickfeld räumen. Ich habe stets an die Macht der Schmeichelei geglaubt. Ich war immer davon überzeugt, daß es keinen großen Mann gibt, der sich nicht bemüht zu verführen – und daß man niemals völlig falsch liegt, wenn man mit seiner Eitelkeit rechnet. Ganz offenbar ist das hier anders. Ich muß wohl oder übel erkennen, daß ich einem Menschen gegenübersitze, der sich einen Teufel um all die Rituale schert, in denen ich Experte bin.

Noch immer gebe ich es nicht auf und tue so, als ob ich aus seinen Gesten Bruchstücke von Antworten heraushören würde, zu denen ich meinerseits wieder Stellung nehmen muß. Ich versuche zu protestieren: Nein, das wäre ein Verbrechen, so dürfe er nicht reden ... seine Bücher seien so schön ... so erhaben ... Die Baudelaire-Schule existiert, ob er das überhaupt wisse? Wie ein Clan ... eine Familie ... eine Kongregation von Leuten, die genau wissen, wer zu ihnen gehört ... eine »Sippe«, wie der junge Mallarmé es nennt ... eine Geheimgesellschaft, mit eigenen Riten, mit Adepten, Katakomben, Priestern ... Ach, wenn er wüßte, wie sehr er geliebt wird ... wie stark der Wunsch ist, ihm Gerechtigkeit widerfahren zu lassen ... Wenn er wüßte, wie zahlreich wir uns gegen die Behandlung auflehnen, die seine Zeitgenossen ihm haben angedeihen lassen. Ich wünschte mir so sehr, er lernte Cladel kennen! Und Villiers! Ich wünschte mir so sehr, ich könnte ihm die Texte zeigen, die ebenjener Mallarmé ihm gewidmet hat ... Noch ist mein kleiner Vortrag nicht beendet, und siehe da, zum erstenmal scheint er sich zu bewegen, zu reagieren, vielleicht sogar reden zu wollen. Wird er die Augen öffnen? Lebendig werden? Werde ich den Klang seiner Stimme hören? Ja, richtig. Der edle Mund läßt sich endlich dazu herab, zu sprechen. Er tut es jedoch in einem solchen Ton, es liegt so viel Zorn, so viel Gereiztheit in seinen Worten, daß ich es auf der Stelle bereue, mich so weit vorgewagt zu haben.

»Ich pfeife auf Ihre Geheimbünde!« Darauf läuft seine Antwort hinaus. »Ich will damit nichts zu tun haben ... Niemals ... Kennen Sie mich denn so schlecht, daß Sie nicht wissen, was ich von Klüngeln halte? Haben Sie mich denn so oberflächlich gelesen, Sie, der Sie behaupten, Sie bewunderten mich, daß Sie nicht wissen, daß mir nichts fremder ist als der Gedanke, von Jüngern umgeben zu sein, die ihr Modell nachäffen und dessen Freiheit beeinträchtigen? Literatur ist wie das Dandytum: steril ... Schriftsteller sind wie Lesbierinnen: ohne Kinder, ohne Brut ... Der Künstler, der echte, bürgt nur für sich selbst ... Er verspricht nichts, kündigt niemand an ... Er ist ein einsamer Leuchtturm, dessen Licht immer wieder aussetzt, die Nacht durchschießt und immer erst in der Nacht wiederkehrt ... Er ist ein Ende, kein Anfang. Eine Mündung, keine Quelle ... Er bahnt niemals den Weg, er schließt ihn ... Nichts kommt mir dümmlicher, widerwärtiger vor als die Vorstellung von einem Künstler, der einen anderen Künstler hervorbringt, ihn formt, ihn reproduziert – warum nicht, ähnlich wie die Hugos, riesige Manufakturen entwerfen, die das Genie in Serie herstellen, wenn schon ...? Im übrigen ist es spät, Monsieur, viel zu spät ... Der Ruhm ist für die jungen Leute da ... Er ist wie die Blüte dieses Zeitalters und der Versprechungen, die sich daran knüpfen ... Heute würde er für mich nur noch eine lästige, eine indezente Belanglosigkeit bedeuten ...« Natürlich kann ich für den Wortlaut nicht garantieren. Aber sinngemäß war es so. Vor allem war das auch der Ton. Und ich erinnere mich, während ich ihm zuhörte, war ich hin und her gerissen zwischen der Freude, ihn wieder aufleben zu sehen, und dem Bedauern, einen nie wieder gutzumachenden Bock geschossen zu haben.

Und was passiert dann? Welchen guten Geist – oder welchen Wahnsinn – flößt er mir ein? In äußerster Verlegenheit, in der Annahme, die Würfel seien gefallen und er könne mich sowieso nur hinauswerfen, höre ich mich plädieren: »Doch, doch, verzeihen Sie mir ... Giotto ist auch der Jünger von Cimabue ... El Greco von Tintoretto ... Die *Olympia* von Manet ist doch, bei Licht besehen, das Kind der *Venus von Urbino* des Tizian ... Und sehen Sie, unlängst habe ich bei einem Börsenmakler namens Crabbe eine *Tigerjagd* von Delacroix gesehen, die man nicht anschauen konnte, ohne an eine Jagdszene von Rubens zu denken.« Ich wurde immer wagemutiger, fast unverschämt, aber das Gefühl, daß ohnehin alles verloren sei, ließ mich noch deutlicher, noch eindringlicher werden: »Im übrigen ist dieses Beispiel kein gutes, nein ... Entschuldigen Sie die etwas wirre Gedankenfolge, aber diese *Tigerjagd* hat mich enttäuscht ... Es geht nicht um das Thema ... Auch nicht um das Talent des Künstlers ... Es liegt an den schrecklichen Essig-und-Öl-Schinken von Diaz und Meissonier, die dieser Dummkopf von Börsenmakler daneben gehängt hat und die auf das Bild abgefärbt haben ... Vielleicht werde ich Sie schockieren, aber ich habe schon immer gedacht, daß ein Gemälde denaturiert, ich sage bewußt: denaturiert werden kann durch die Gemälde, die in seiner unmittelbaren Nähe hängen ... So daß ...« Auch diesmal kann ich nicht zu Ende reden. Denn genau jetzt geschieht das Wunder: Anstatt in seinem Ton fortzufahren und mich hinauszuwerfen, besänftigt sich mein Gesprächspartner, sein Gesicht verändert sich von einer Sekunde auf die andere, und als ob ich gerade etwas Außerordentliches gesagt hätte, was meinen dummen Patzer von vorhin vergessen lassen könnte, sieht er mich zum erstenmal richtig an: mit aufmerksamem, fast wohlwollendem Blick.

Und er ergreift das Wort. Mit ruhiger, gelassener Stimme erklärt er, es sei seltsam, daß ich ihm dies sage ... Niemand habe es bemerkt ... Nein, er sei noch niemandem begegnet, der es gewagt hätte zu bemerken – und vor allem zu sagen –, daß jene *Tigerjagd* entstellt ist durch das Drumherum ... Eine Umgebung könne sehr wohl fatal sein ... Delacroix mit so vielen mittelmäßigen Künstlern zu umgeben, wie dieser Esel Crabbe es getan hat, sei so etwas wie eine Sünde ... Danach spricht er von Crabbe ... fährt fort über dessen Dummheit ... Er berichtet mir von dem Vortrag, der in seinen Salons organisiert wurde und der so übel ausgegangen ist ... Er erzählt mir von den Belgiern im allgemeinen, ihrer Schwerfälligkeit, ihrem Anpassungsbedürfnis ... Er spricht über seine anderen Vorträge, seine anderen Mißerfolge ... Eines ergibt sich aus dem anderen, ein Bild jagt das andere, eine Erinnerung ruft die nächste hervor, er beginnt die ununterbrochene Demütigung zu schildern, die er in den hier verbrachten Monaten erlebt hat ... Seine Hoffnungen, seine Verzweiflung ... Seine Sehnsüchte, seine Enttäuschungen ... Die Geschichte im Bordell der Rue de la Putterie ... Die des Treffens bei der Familie Hugo ... Die Auseinandersetzungen mit seiner Wirtin, seinen Verlegern, seinen Freunden ... Als hätte die kleine Anspielung auf Delacroix in ihm eine blockierte Uhrfeder freigesetzt.

Und nun beginnt dieser strenge, fast unausstehliche Mann, der mich gerade noch vor die Wahl zwischen verächtlichem Schweigen und brutalstem Rausschmiß zu stellen schien, zu reden, reden, reden, mit jener fieberhaften Zungenfertigkeit von Leuten, die zu lange geschwiegen haben. So daß ich innerhalb von wenigen Stunden mehr erfahre über das Leben meines Exilanten als während der langen Monate einer sorgfältigen, leidenschaftlichen Untersuchung.

Der Vormittag vergeht auf diese Weise. Dann das Mittagessen: Er zwingt die Lepage, es mir hier in seinem Zimmer zu servieren, als wären wir alte Freunde. Und dann ein entzückender Nachmittag, in dessen Verlauf er sich noch mehr öffnet und wir in der gleichen Haltung verharren – er in seinem Bett aufsitzend, ich etwas abseits auf meinem Stuhl, das Gesicht im Halbdunkel, so daß ich zuhören kann, ohne mich allzusehr zu zeigen. Verblüffung natürlich. Bewunderndes Staunen. Das Gefühl, dem erschütterndsten Ereignis – was sage ich? –, einer *Offenbarung* beizuwohnen. Und in all diesen Stunden eine einzige Sorge: daß dieses unglaubliche Hervorsprudeln – dessen Quelle ich nicht herauszufinden versuche – um Gottes willen nicht versiegen mögen. Mal halte ich den Atem an: Ich sage mir, daß das geringste Geräusch, ein leises Zusammenzucken meinerseits den Zauber brechen könnte. Manchmal im Gegenteil, wenn ich eine Pause kommen spüre, in der er nachdenken und womöglich zur Besinnung kommen wird – Bin ich denn eigentlich wahnsinnig? Bin ich völlig verrückt geworden, daß ich mich einem Unbekannten ausliefere? –, werfe ich ein Wort ein, riskiere einen passenden Ausruf, oder ich stelle irgendeine Frage, die einzig den Zweck hat, den Monolog wieder in Gang zu bringen. Sehr schnell jedoch begreife ich, daß diese Vorsichtsmaßnahmen überflüssig sind. Denn er weiß inzwischen genau, was er tut. Das Unziemliche der Situation ist ihm bewußt. Und den unglaublichen Vertraulichkeiten gibt er sich mit vollem Bewußtsein hin. Am Abend dann, nachdem er mir alle Szenen erzählt hat, die ausgeführt und geordnet den Bericht ergaben, den der Leser zuvor vernommen hat, kommt er auf die Schlüsselfrage zu sprechen: Es geht um das, was er sein »letztes Buch« nennt.

Alle Schriftsteller, sagt er mir, hätten ein »maßgebliches« Buch. Bei manchen ist es das erste. Bei anderen das letzte. Für alle ist es jenes magische Buch, das sie umschleichen, seitdem sie zu schreiben begonnen haben. Dieses Buch, selbst wenn es unsichtbar, geheim oder unmöglich ist, selbst wenn man stirbt, ohne die Zeit gehabt zu haben, es zu schreiben, dieses Buch sei die wahre Quelle all dessen, was man veröffentliche. Selbstverständlich denkt er darüber nach. Er denkt sogar seit acht Tagen an nichts anderes. Zunächst hat er gemeint, es seien die *Blumen*. Danach »Mein entblößtes Herz«. Und dann noch jene andere Form von Autobiographie, deren Inhalt sein Werk sein sollte. Bis zu dem Tag, an dem ihm klar wurde, daß es weder das eine noch das andere war, sondern ein seltsames, schreckliches Buch, das fast auf eine einzige Formel zu bringen sei, dem er aber bereits Hunderte von Seiten Entwurf gewidmet habe. Sie seien da, diese Blätter ... In der Truhe ... Ich solle sie mir nehmen, wenn ich wolle. Doch, doch, ich brauche nur die Truhe zu öffnen und sie herauszunehmen ... Es seien diese Papierbündel, die mit violetten Bändchen zusammengebunden seien, unter denen ich sofort den Entwurf jenes Essays über Belgien erkennen würde, auf den ich ihn angesprochen hätte ... Genauso sei es, sagt er mit Nachdruck ... Vermutlich werde es vielen merkwürdig vorkommen ... Er selbst habe lange Zeit gebraucht, um sich dessen bewußt zu werden ... Er habe mit Verspätung bemerkt, jawohl, daß in dieser Sammlung von Launen, Schimpfkanonaden und Zornesausbrüchen der Entwurf seines großen Buches beschlossen liege ... Jetzt aber sei er sich sicher ... Er wisse, daß das arme Belgien nur ein Vorwand für eine viel breiter angelegte Meditation sei und daß von diesen ganzen aufs Papier geworfenen Notizen aus sein Denken eines Tages seinen erhabenen Aufschwung nehmen könnte ... Alles sei vorhanden ... Wirklich alles ... Nur daß es jetzt geschrieben werden müßte ... Daß dieses Denken Gestalt annehmen müßte ... Und daß er dazu leider unfähig sei ... Sei das nicht die grausamste Zumutung für einen Schriftsteller, wenn er sein schönstes Buch vor sich sieht, es so sieht, wie er nie zuvor eines gesehen hat – aber dies genau in dem Augenblick, da er weiß, daß er nicht mehr in der Lage ist, eine Feder zu halten?

Daraufhin sieht er mich wieder an. Und als ob er mich noch nicht wirklich wahrgenommen hätte oder als ob er in meiner Physiognomie ein Detail, ein wesentliches, entdecken würde, das ihm bis dahin entgangen war, starrt er mich ausgiebig an, ohne sich im geringsten um meine Verlegenheit zu kümmern. Ist jetzt gleich alles vorbei? Wird er mir das wahnsinnige Vertrauen, das er mir entgegengebracht hat, nachtragen? Nein. Nachdem er mich genügend gemustert hat, schenkt er mir ein sehr sanftes, immer verträumteres, nachdenklicheres Lächeln und flüstert, daß er froh sei, mir begegnet zu sein ... daß es ihm letztlich gutgetan habe, mit mir zu sprechen, er sei so alleine hier ... so merkwürdig unverstanden ... Es gebe da zwar Neyt, der sei aber ein Dummkopf ... Coco, der habe ihn aber verraten ... Es gebe Nadar, Rops, die Brüder Stevens, all die Freunde oder sogenannten Freunde, die nichts, aber auch gar nichts verstehen, insbesondere von diesem belgischen Buch ... Ich selbst würde übrigens vielleicht genausowenig davon verstehen. Hätte ich ihm nicht heute morgen bei meiner Ankunft Gutes über Brüssel gesagt ...? Nein ...? Wirklich nicht ...? Ach so ... Vermutlich habe er nicht richtig gehört ... Er habe sich ja auch so schlecht gefühlt ... so abwesend ... Wie lange werde ich denn dann in Brüssel bleiben? ... Keinen Plan hätte ich? ... Gut ... Sehr gut ... Ob es mir recht sei wiederzukommen, in diesem Fall? ... Morgen, ja ... Nicht übermorgen, morgen ... Denn er habe vielleicht eine Idee ... Eine ganz kleine Idee ... Wo ich nun schon da sei ... Wo die Vorsehung mich ihm über den Weg geschickt habe ... In meinem Gesicht sei so etwas, was ihm sage, daß ich vielleicht genauso gut für die Aufgabe geeignet wäre wie ein anderer ... Habe ich denn nicht an einem einzigen Tag sowohl die Sache mit der *Tigerjagd* als auch die mit der belgischen Metaphysik verstanden?

Die »kleine Idee« erscheint mir, als er sie mir dann vorträgt, so drollig und ausgefallen, so anders als alles, was ich mir hätte vorstellen können, daß ich ihn bitte, sie zu wiederholen, und sie erst dann richtig begreife. Ich hatte mir vorgenommen, mit ihm zu sprechen, gewiß. Ihm Fragen zu stellen. Ich hatte vorausgesehen, daß er, wenn ich ein wenig Glück hätte, mir auch antworten würde. Ich hatte mir gesagt, daß wir bestenfalls einen Ansatz zu einer Diskussion über die Kunst, die Malerei, die Lyrik finden könnten, und daß ich, sollte ein Wunder geschehen, ein Stückchen seines Geheimnisses mit mir nehmen würde. Aber niemals, absolut niemals, auch nicht in meinen kühnsten Träumen und meinen gewagtesten Plänen, hatte ich mir eine solche Gnade ausgemalt. Schlägt er mir doch vor, daß ich sein Sekretär werde, nicht mehr und nicht weniger, und mir dieses Buch, das er in seinem Kopf trägt, diktieren lasse. Das heißt doch: Ich, ein kleiner Jünger, soll in die Intimsphäre meines Vorbilds eindringen und physisch und geistig dabeisein dürfen, wenn jene wunderbaren Sätze, die ich sonst nur in vollendetem Zustand gelesen habe, entstehen, zögern, sich wieder auflösen oder aber Gestalt annehmen. Blick hinter die Kulissen des Genies. Zutritt zu den lebendigen Quellen des Schönen. Literatur im Werden und ich als Zeuge dieser Geburt. Ich kann mir, ich muß es wiederholen, keine idealere Annäherung an mein berühmtes »Geheimnis« erträumen, und ich nehme die großartige Rolle, die mir angeboten wird, ohne zu zögern an. Natürlich bin ich tausend Meilen weit davon entfernt zu ahnen, daß ich mir auf diese Weise die Falle selbst stelle, in die ich tappen werde und die mein Untergang sein wird.

2

Am nächsten Morgen verließ ich zu besagter Stunde das Loch, das mir als Zimmer diente, mit schwerem Kopf. Ich hatte eine unruhige Nacht voller Ängste und Zweifel hinter mir. Die Geschichte war zu schön. Mein Glück zu unverschämt. Sicherlich hatte er, nachdem ich gegangen war, seinen Vorschlag bereut. Wer weiß, ob er nicht den Besuch eines Freundes, eines Verwandten bekommen hatte, der ihn hinter meinem Rücken davon überzeugte, daß diese Begegnung absurd, diese Zusage abenteuerlich war. Natürlich wünschte ich mir weiterhin die Situation vertraulicher Nähe, aber ich glaubte nur noch halbwegs daran, und innerlich war ich darauf eingestellt, in der Gestalt von Madame Lepage einen strengeren Cerberus vorzufinden denn je, der mir diesmal endgültig den Zutritt zur zweiten Etage untersagen würde.

Zu meiner großen Überraschung war dem nicht so. Zwar erwartete mich die groteske Wirtin, wie ich es befürchtet hatte, mitten in ihrer Halle, aber an ihrer betulichen Art erkannte ich, daß sie mir nicht den Weg versperren, sondern mir vielmehr zu verstehen geben wollte, daß sie zugegen war, stets auf ihrem Posten, unvermeidliche Mittlerin für alles, was in ihrem Hause geschah – vor allem auch, daß sie handfesten Anteil zu nehmen gedachte an den Vorgängen, die sie witterte, und für sie waren »Vorgänge« vermutlich immer geschäftlich. »Schnell, schnell, er erwartet Sie«, flüsterte sie mir mit geradezu unanständiger Komplizenmiene zu. Mitten auf der Treppe dann, auf der Höhe der ersten Etage, sagte sie plötzlich, als ob man ihr in der Nacht die entscheidende Information geliefert hätte, die ihre Vorstellung von mir und von der Situation im allgemeinen vollkommen verändern mußte: »So, so, Sie sind also verwandt? Hätten Sie ja gleich sagen können, daß Sie verwandt sind!«

Im Zimmer erwartete mich die nächste Überraschung. Der keuchende, dem Exitus nahe Mann, den ich am Vorabend verlassen hatte, war aufgestanden. Um sich herum auf dem Bett hatte er die Papierbündel ausgebreitet, die er mir gezeigt hatte und deren sorgfältige Anordnung darauf zu deuten schien, daß er mich in der Tat zum Arbeiten erwartete. Ich wagte es nicht, seinem Blick zu begegnen, aus Angst, er könnte meine Verwirrung erkennen, vermutlich auch aus Angst, daß eine übermäßige »Anwesenheit« meinerseits den Zauber brechen könnte, der sich vielleicht, mit ein bißchen Glück, in meiner Abwesenheit eingestellt hatte. Aber auch so, von der Seite, sah ich, daß sein Auge wach, seine Lippen entschlossen waren. Während ich am Tag zuvor so enttäuscht gewesen war, ihn kleiner vorzufinden, als ich es mir vorgestellt hatte, erschien er mir diesmal mit meiner Erinnerung übereinzustimmen. Und wäre nicht diese Starre gewesen, die nach wie vor seine rechte Gesichtshälfte entstellte, so wäre er nicht mehr sehr weit entfernt gewesen von der beeindruckenden Gestalt aus der Zeit des Café Robespierre.

»Kommen Sie herein«, sagte er nur, ohne mich allzu genau anzusehen. »Ich habe Sie erwartet.« Dann deutete er auf den Tisch, auf dem er eine Reihe von jungfräulichen Heften, Federn, einen Aufsatz über lateinische Literatur, ein Buch über belgische Kirchen und ein Wörterbuch hatte ausbreiten lassen. »Sie haben keine Übung darin ... ich auch nicht ... Verlieren wir keine Zeit, wenn es Ihnen recht ist, ja? Ich hoffe, wir werden uns verstehen.« Worauf er sich ohne lange Vorrede und ganz zwanglos daran machte, seine Notizenberge durchzugehen ... Wenig später begann er mit fester, geradezu sonorer Stimme, bemüht, jede Silbe deutlich auszusprechen, mir das zu diktieren, was er seine »Kapitelüberschriften« nannte, wobei er sogleich die Gedanken, die ihm vorschwebten, genauer entwickelte. Das Abenteuer begann. Ich war nur allzu froh darüber, daß auch ich auf lange Vorreden und Floskeln verzichten durfte, und vertiefte mich in die furchterregende Aufgabe, so genau wie möglich die schönen, weit ausholenden, perfekten, gut ausbalancierten, vermutlich in Jahren ausgereiften Sätze zu notieren. Das Genie war am Werk. Glorreich, sprudelnd. Im Begriff, jene Wahrheiten zu verkünden, die das Gesicht unserer vielgeliebten »Modernität« gestalten. Und mich, den bescheidenen Autor der *Zehn kleinen Glossen*, hatte er auserwählt, um die Botschaft der Welt zu verkünden. Ich war sein Schreiber. Sein Apostel.

★

Er begann, daran erinnere ich mich, mit einer Frage, die in fetten Buchstaben auf dem ersten Blatt geschrieben stand und die folgendermaßen formuliert war: »Soll ich Gott dafür danken, daß er mich zum Franzosen und nicht zum Belgier gemacht hat?« Er antwortete natürlich mit nein; daß es keinerlei Grund gebe, dankbar zu sein; daß Belgien ein kleines Frankreich sei und Frankreich das Vorbild für Belgien; daß er sich mit dem einen Land nur auseinandersetzte, um abzuwarten, bis er genügend Autorität hätte, um zu sagen, was er von dem anderen hielt – »dieses Buch über Belgien dient zur Schärfung meiner Krallen, es ist eine Etappe, nichts als eine Etappe in meinem langanhaltenden Krieg gegen Frankreich und die Franzosen«.

Er fuhr fort mit einer zweiten Frage, die er aus einem zweiten Bündel herauszog und die er mit roten Strichen umrahmt hatte: »Sollen wir sagen, daß die Welt für uns unbewohnbar geworden ist?« Diesmal antwortete er mit ja. Daß nicht nur Frankreich, sondern die ganze Welt im Begriff sei, belgisch zu werden, das heißt in Wirklichkeit erstickend, und daß alles, was er über die einen und die anderen sagen werde, allgemein verstanden werden müsse, nach weitester Auslegung, als gigantischer Schrei des Hasses, den er nicht gegen diese oder jene Nation ausstoße, sondern gegen die gesamte Menschheit – »oh, ich träume davon, einen Satz, ein Wort zu finden, das die ganze Menschheit gegen mich aufbringt«.

Und als ob das noch nicht genügte, diktierte er mir eine lange, schreckliche, aber komische Notiz, in der er die belgische Art anprangerte, nur »in Horden« zu denken, zu pinkeln, zu lachen oder zu lieben. Aber auch diesmal fügte er hinzu, daß er an alle Horden der Welt dachte, wenn er von den »belgischen Horden« sprach; und daß er eine konstante, weltweit vorhandene Tendenz des menschlichen Geistes anvisierte, wenn er sich über die Vorliebe der Belgier für »Gesellschaften, Halbgesellschaften und Viertelgesellschaften« lustig machte. Dummheit der Vergesellschaftung ... Elend des Herdentriebs ... Rätsel jener großen Menschenansammlungen, die ihr Denken irgendwelchen »Vereinen« überantworten, von denen sie dann aufgefressen werden ... Der Ton war bereits angeschlagen. Die erste These wie mit einem Hammerschlag geprägt. Es war klar, daß für ihn alle Gemeinschaften schlecht waren; alle Versammlungen tyrannisch; es war klar, daß nicht nur die Nationen, sondern auch die Familien, die Sekten, die Schulen, die Gruppen und sogar die Kirchen den Menschen eine erdrückende Konformität auferlegten. In unmittelbarem Anschluß erging er sich in leidenschaftlichen Betrachtungen über die Macht, die dem Künstler gegeben sei, mit dieser Logik zu brechen, diesen Druck, diese Erpressung zu verweigern. Er entwarf das Porträt des einsamen, freien Künstlers, dessen Aufgabe es sei, dieses Joch abzuschütteln, sich von diesem zwanghaften Betrieb auszunehmen, und der, sobald die Ausnahme unmißverständlich beansprucht und sobald feierlich verkündet war, daß er zu keiner Sippe, zu keiner Partei gehörte, daß er sich mit keinerlei gemeinschaftlichem Ritus, keiner Religion solidarisch fühlte, ebenso feierlich sein unveräußerliches Recht zu erklären hatte, sich zu widersprechen, sich abzusetzen, die Meinung oder die Doktrin zu wechseln mit dem einzigen Ziel festzustellen, welches Vergnügen es ihm bereitete, die entgegengesetzte Doktrin zu vertreten.

Nur der Künstler? Nein, nicht nur. Aber zuerst. Wie ein Kundschafter. Auf das Risiko hin, den gewöhnlichen Menschen das Bild der Leichtfertigkeit zu vermitteln – aber auch bereit, durch sein Beispiel zu beweisen, daß es nicht unmöglich ist, der Welt jene sklavische Unterwürfigkeit zu verweigern, die sie verlangt. Ich weiß, es sah ihm nicht sehr ähnlich, dieses Bild des Kundschafters, des wegweisenden Magiers à la Victor Hugo. Aber immerhin. Grob zusammengefaßt war dies der Sinn dessen, was er mir zu Beginn dieser ersten Unterhaltung mitteilte – als ob er alle Risiken der Verwirrung auf sich nehmen wollte, wenn sich nur dieser erste Gedanke durchsetzte: Der freie Mensch ist derjenige, der zugleich hier und da ist, in der Welt und außerhalb, der seinen Gruppierungen zugehört, sich aber niemals vollkommen assimiliert; der freie Mensch ist der gottloseste, der verruchteste aller Gläubigen – wenn es sein muß, nimmt er Teil an den Liturgien der Gemeinschaft, nur um sie noch besser zu verraten, über sie zu spotten und in ihre Wunden ein wenig von seinem vergifteten Blut zu träufeln.

Zu diesem Zeitpunkt des Vortrags kam Madame Lepage herein. Sie brachte einen Brief, »von der Place des Barricades«, wie sie in fast anzüglichem Ton erklärte. »So so?« antwortete er und warf ihr einen Blick zu, mit dem er sie am liebsten ermordet hätte. »Und deshalb werden wir gestört? Für solche Albernheiten werden zwei gute alte Freunde unterbrochen, die sich über das Wesen der Dinge unterhalten?« Daraufhin nahm er den Brief, brach das Siegel auf. Fast hätte er ihn zerrissen, so ärgerlich war er. Und im Angesicht der guten Madame, die völlig verblüfft war, daß man mit einem Brief der Familie Hugo so grob umgehen konnte, warf er ihn mir auf den Tisch, ohne sich die Mühe zu machen, ihn zu lesen. »Belgische Horden«, murmelte er ... »Der Prototyp der belgischen Horde ... Die Antwort dürfen Sie verfassen, Herr Sekretär ... Drei kurze Sätze und schöne Grüße.«

*

Als die Lepage gegangen war, ließ er mir kaum Zeit, um den Brief zu überfliegen. Es war die Rede von Ärzten, von Heilmitteln, von einem Landaufenthalt, der ihm guttäte, von seiner Mutter, die er an seine Seite rufen sollte, von seinem Vormund, von seiner Genesung. Offenbar war ihm das alles völlig gleichgültig. Er empfahl mir die gleiche Einstellung und nahm den Faden des Diktats wieder auf, als ob nichts gewesen wäre.

Vorsicht, schimpfte er, während er ein zweites Notizenbündel auswählte und mich bat, ebenfalls ein neues Heft zu nehmen! Ja, Vorsicht, wenn er sich der Diktatur der Horden verweigerte, dürfe man nicht daraus schließen, daß er für den einsamen, asozialen Menschen plädiere, der an die Reinheit eines vermeintlichen Naturzustandes wiederanknüpfe. In seinen Augen war die Natur nicht besser als die Horden. Genaugenommen war sie sogar noch perverser und bösartiger. Zwar verabscheute er Voltaire, er haßte an ihm – ich zitiere ihn – »den Antidichter, den Antikünstler, den Prediger der Hausmeister, den König der Müßiggänger«, aber er legte großen Wert darauf, mir klarzumachen, daß er genauso an der Gegenfront kämpfte: gegen Jean-Jacques Rousseau, einen (ich zitiere weiterhin) »sentimentalen, widerwärtigen« Autor, der auf hervorragende Weise die alberne Naturfrömmigkeit verkörpere.

Er zitierte das Beispiel der belgischen Frauen, die nur deshalb so »häßlich« seien, weil sie »natürlich« sind – zum Beweis jene abscheuliche Szene, die er auf einem seiner

Blätter festgehalten hatte, wo »die belgische Mutter auf der Latrine sitzend mit ihrem Kind spielt und ihren Nachbarn zulächelt«. Oder auch, auf der gleichen Seite, das Bild einer Straße »mit sechs belgischen Damen, die pinkelnd den Durchgang versperren, die einen stehend, die anderen in der Hocke, alle in großer Aufmachung«.

Er nahm als Beispiel die belgische Liebe: natürlich, also viehisch, viehisch, also abstoßend – er stellte Betrachtungen an über jene »rein tierische Gymnastik«, die er im entsprechenden Manuskript nicht beschreiben wollte, von der er mir jedoch bei der Entwicklung des Themas kein schlüpfriges Detail ersparte. Es gab keinen Zweifel in seinen Augen, daß die Belgier – das heißt, ich wiederhole es, die Menschheit im allgemeinen – irrten, wenn sie eine glückliche, ja sogar harmonische Handlung sahen in dem, was in Wirklichkeit eine der finstersten, der offenkundig verbrecherischsten und grausamsten Beschäftigungen sei, denen sich Menschen hingeben konnten.

Schließlich diktierte er mir eine lange Notiz über die Kinder und die groteske Pädophilie – ja doch, er sprach tatsächlich von »Pädophilie« –, an der die moderne Literatur Gefallen zu finden schien. Rein sollen sie sein, die kleinen Engelchen? Unschuldig? Ohne Falsch? Wenn man so will. In dieser Reinheit aber sah er alles andere als eine Garantie für Sanftheit oder Güte, sie war vielmehr eine Quelle der Boshaftigkeit seiner Meinung nach. »Man muß sich die Armenviertel von Brüssel anschauen«, entzifferte er, »und zusehen, wie sich die Kinder in den Exkrementen wälzen.« Und weiter: »Man muß das Barbarische ihrer Vergnügungen sehen – die Vögel, die an einem Bein mit einer Schnur an einem Stock festgebunden werden.« Und weiter noch: Man müsse einmal mindestens in der Rue aux Pinsons gewesen sein, in der Buchfinkenstraße in Namur, »dort, wo den Buchfinken die Augen ausgestochen werden«.

Auch hier reimte sich Natur auf Schmutz und Unkultur. Einfalt auf Bosheit. Spontaneität auf Instinkt, den Dämon der Perversität. Nach »belgischer« Auffassung hat man um so größere Chancen, an eine grundlegende Güte heranzureichen, je näher man sich am »Natürlichen« bewegt. Er jedoch glaubte – und verkündete lauthals – genau das Gegenteil: daß man niemals so nahe am Grauenvollen sei, so dicht an der Unmenschlichkeit und ihren scheußlichsten Äußerungen (Verbrechen, Inzest, Kannibalismus, Vatermord ...), als wenn man zu den Quellen besagter Natur zurückkehre.

Es gibt Leute, die uns schmeicheln, uns verwöhnen. Es gibt Schriftsteller, die nicht müde werden, uns Menschen Komplimente zu machen über unsere positive Grundveranlagung, unser glückliches Temperament. Er gehörte nicht zu dieser Sorte. Er fühlte sich nicht dazu in der Lage, ganz und gar nicht, das gemütliche Untier Mensch zu streicheln, anzubeten, systematisch zu verharmlosen. Er schien im Gegenteil entschlossen zu beschimpfen, zu schmähen, die Menschheit und ihre frommen Illusionen zu diffamieren. Ob er damit kein Risiko einging? Doch, natürlich tat er das. Vielleicht war es sogar ein unangemessenes Risiko. Denn es gibt ein Verbrechen, das der Mensch dem Menschen nicht verzeiht, und das ist das Ankratzen seines Bildes, seines Ideals. Aber sei's drum. Dies war seine These. Seine Überzeugung. Es war eine der wenigen Meinungen, an denen er strikt festgehalten hatte. Und ob es den Dummköpfen gefiel oder nicht, die ihm noch unlängst vorwarfen, er »petrarkisiere über das Grauenvolle«, er hat immer geglaubt, daß die Kunst nur ein Ziel habe: das Böse. Nur eine Sorge: das Böse zu sagen. Daß es der Kunst nur um eines gehe: um die Erforschung der tausendundein Gesichter, der manchmal erstaunlichen und manchmal bestürzenden, die dieses Böse in der Welt annehmen kann. Er hatte fest vor, das »letzte Buch« zu nutzen, um diese Wahrheit aufs neue zu verkünden und seine Reflexion über den katastrophalen

Unterbau zu vertiefen, auf dem sich, so sagte er, das Abenteuer der Menschheit entfaltet. »Wissen Sie, warum ich mir mit ›Armes Belgien!‹ Acht und Bann meines Landes zuziehen werde? Weil ...«

Der Satz hörte an dieser Stelle auf. Denn kaum hatte er die Frage gestellt, fing er an zu stottern. Er wiederholte sein »Weil«. Wiederholte es noch einmal. Gab ein häßliches Geräusch von sich, ähnlich einem Japsen. Klapperte mit den Zähnen. Keuchte. Als wollte er aufs neue Schwung holen, um das Hindernis zu überwinden, begann er noch einmal von vorne, anstatt »Wissen Sie« sagte er jedoch »Reißen Sie«, anstatt »Land« »Rand«, und dann sagte er gar nichts mehr – seine Anstrengung endete mit einem unverständlichen Brummeln, worauf ein bedrücktes Schweigen folgte. Als ich dann gar nichts mehr hörte und es wagte, von meinem Heft aufzublikken, sah ich ihn vollkommen verstört, mit hochrotem Gesicht und vor Anstrengung blau angelaufenem Hals und geschwollenen Adern, mit fest aufeinandergepreßten Lippen und bebenden Nüstern, als ringe er nach Atem, mit ungläubig aufgerissenen Augen. Er machte eine kleine Handbewegung, die wohl sagen sollte: Keine Sorge ... Es geht schon wieder vorüber ... Bleiben Sie sitzen, es geht schon vorüber ...

*

Der Zustand dauerte eine Minute, in der ich nicht wußte, ob ich mich rühren sollte, reden, jemanden rufen, ihm ein Glas Wasser oder Kaffee bringen sollte. Und dann kam er wieder zu sich, als ob nichts gewesen wäre, und fand zu seinem Ton und seiner Selbstsicherheit zurück. Das ging so weit, daß er über die Sorge, die ich nicht verbergen konnte, erbost schien. Wo war er stehengeblieben? Das Böse, richtig ... Die Sünde ... Daß die Liebe immer sündhaft sei ... Die Kindheit immer kriminell ... Daß alles, was mit Natur zu tun hat, von Natur aus ekelerregend sei ... Langsam, in aller Ruhe – nur die Stimme war ein wenig heiserer, der Wortfluß etwas verlangsamt – knüpfte er den Faden wieder zusammen, den der Anfall zerrissen hatte. Er entschied sich für ein viertes Papierbündel, das wild überkritzelt war, und kündigte mir ein neues Kapitel an, das dem vorhergehenden unmittelbar folgen sollte und das auf den Nenner hätte gebracht werden können: Böses hin, Böses her, die Bösartigsten, die Grausamsten sind nicht die, die man dafür hält.

Es gibt Leute, erklärt er mir, die diesen Teil des Bösen negieren. Oder genauer gesagt, es gibt Leute, die die Menschheit so absolut, so devot lieben, daß sie sich an die Vorstellung des Bösen, das der Menschheit zugrunde liegt, nicht gewöhnen können. Also protestieren sie. Lehnen sich auf. Sie glauben daran – das war ein Satz auf einem der Blätter – »daß der Mensch alles kann und daß die Dampfmaschine, die Eisenbahn, die Gasbeleuchtung den Beweis liefern für den ewigen Fortschritt der Menschheit«. Und wenn der Beweis nicht genügt, wenn der Fortschritt sich nicht zeigt, wenn das Böse nicht verschwindet und demzufolge die Tatsachen die Theorie Lügen strafen, dann zwingen diese Schöngeister lieber diese bösen Tatsachen zum Nachgeben, als daß sie ihre Vorstellungen für widerlegt ansehen. Manchmal ist es nur grotesk: so zum Beispiel bei der »Tante Sand«, einer dicken, süßlichen »Latrine«, die überzeugt ist, daß sie ganz allein und mit Hilfe ihrer Bücher die Menschheit von ihrer ganzen »Sauerei« wird säubern können. Manchmal aber ist es kriminell: Das ist der Fall bei jenen Puristen, die beschlossen haben, die Menschen dazu zu zwingen, dem Bild zu ähneln, das sie sich von ihnen gemacht haben, und deshalb von unseren Gesichtern oder aus der Gesellschaft alles wegwischen, was den Anspruch erhebt, Widerstand zu leisten. Marat war »der Freund des Volkes«, Robespierre liebte – jawohl, eine wahnsinnige Liebe hegte er für sie – diese Menschheit, die ihn verrückt machte, weil sie seinen Schemata nicht entsprach. Und nicht trotz, sondern *wegen* dieser Liebe sind sie beide die blutrünstigsten Metzger der neueren Geschichte gewesen. »Das Volk möge sich in acht nehmen vor den Leuten, die goldene Worte sprechen«, schrieb er einst, kurz nach einer anderen Revolution, die von der ersten die meisten Symbole übernommen hatte. »Es soll jenen Leuten mißtrauen, die kommen mit Händen voller Wundermittel und ihm zurufen: ›Auf, an die Arbeit, oder ich bringe euch alle um!‹« Zwanzig Jahre sind vergangen seit diesen Sätzen. Und dieser Reinheitswahn erscheint ihm nur noch in der belgischen – also karikaturalen – Form von Mädchen, die stundenlang die Gehsteige mit Schmierseife scheuern, obwohl es in Strömen regnet. Grundsätzlich jedoch blieb seine Einstellung dieselbe. Nach wie vor sah er im Glauben an den Fortschritt, an die Verbesserung der menschlichen Rasse, an die Geburt einer neuen Welt, befreit von ihrem Anteil an Sünde und Unglück, das sicherste Mittel, um die Guillotinen in Gang zu setzen.

Auf der anderen Seite, fuhr er fort, gebe es Leute wie ihn. Realisten. Nein, er mochte dieses Wort weiß Gott nicht; aber es war trotzdem das treffendste. Denn diese Leute halten sich an die Realität des Bösen. Sie wissen, daß der Mensch ein gemeines Untier ist, und sie nehmen es hin. Sie wissen, daß seine Gemeinheit ewig währt, daß man sich an den Gedanken gewöhnen muß, daß das Böse unheilbar ist, auch wenn man noch so sehr auf Glück bedacht, in Luxus, Wollust, Schönheit verliebt ist. Sie machen sich keine Illusionen. Sie versprechen nichts und erwarten nichts. Da sie wissen, daß das Heute dem Morgen ähnlich sein wird, wie es dem Gestern ähnelte, sind sie zwangsläufig trauriger, um nicht zu sagen undankbarer als die Marktschreier, die uns das Glück ankündigen. Aber nun kommt der Haken: Da sie nichts erwarten, verlangen sie nichts; da sie nichts verlangen, sind Zwang und Gewalt für sie keine Versuchung. Und der Ausgleich für ihren Pessimismus ist, daß sie nicht mit Knüppeln oder Gewehren auf den Weg der Reinheit führen, dessen Sackgassen sie kennen, sondern daß sie voller Nachsicht und Mitleid sind für die kleinen und großen Mängel, die uns auf ewig verunstalten. Ehre den Menschen, deren Wort aus Asche ist, denn nicht unter ihnen werden die Erschießungskommandos rekrutiert! Der Fall de Maistre, den man wahlweise als den schwärzesten aller Menschen (dem seine Mitmenschen in düsterem, hoffnungslosem Licht erscheinen) oder als den freundlichsten bezeichnen kann (der sie deshalb auch am bereitwilligsten so akzeptieren wird, wie sie sind, und der auf die mörderische Absicht einer sozialen oder moralischen »Erneuerung« verzichtet). Noch eindeutiger ist es bei de Sade, der die Erforschung der menschlichen Finsternisse weiter als jeder andere getrieben hat (oh, die grauenvolle Peinlichkeit seiner Mord- und Folterszenen!), der aber im Leben, als er der Section des Piques vorstand oder als er über die Todesstrafe verhandeln mußte, eine so sanfte und barmherzige Mäßigung zeigte (sogar für Monsieur Montreuil, seinen ehemaligen Peiniger, bat er um Gnade!).

George Sand geringer als de Sade ... Victor Hugo geringer als Joseph de Maistre ... Die falschen Freunde der Menschheit geringer als deren vermeintliche Feinde und, das wiederholte er mehrmals, deren harmloseste Verleumder ... Das sich selbst nicht erkennende Böse, das unendlich viel tückischer, viel *mörderischer* sei als dasjenige, das sich kennt und bereit ist, sich offen zu zeigen. An dieser Stelle seines Gedankenfluges war er angelangt, als die Tür aufging und ein Mann mit rosigem Teint eintrat, den wir nicht hatten kommen hören und dessen Gebaren, die Art das Zimmer zu betreten und den unbekannten Eindringling zu betrachten, auf die gelassene Selbstsicherheit des Intimfreundes wies, dessen mit Respekt gepaarte Zurückhaltung aber auch erkennen ließ, daß der Umgang mit bedeutenden Männern ihn zur Demut erzogen hatte. »Kommen Sie herein, Poulet«, rief er, ohne sich umzudrehen, »kommen Sie herein, wenn Sie wollen ...« Dann gab er mir ein Zeichen, ich möge mich ja nicht stören lassen: »Monsieur Poulet-Malassis ... mein Sekretär ... Wie Sie sehen, arbeiten wir ...« Der andere tat so, als verstünde er nicht, und legte seine Handschuhe und seinen Hut ab. Dann sagte er leise und schüchtern: »Sie sind unvernünftig, mein lieber Freund ... Vierzehn Tage Bettruhe mindestens, hat Dr. Marcq gesagt ... Und was ist mit dem Schröpfen? Wir haben Mittwoch heute ...«, worauf mein Meister ihn mit strengem Blick musterte und sagte: »Wir arbeiten, sage ich Ihnen ... Würden Sie die Güte haben, uns alleine zu lassen? ... Ich habe mich seit zehn Jahren nie besser gefühlt.« Und er fügte einen kleinen Satz hinzu, der diesmal mir galt, aber dabei betrachtete er unentwegt den Besucher, der lediglich mit den Achseln zuckte und zu erkennen schien, daß es in der Tat besser wäre, wenn er ginge: »Der Atheismus geringer als die reine katholische Doktrin.«

⋆

Ein Wort über diesen kleinen Satz, der viel mehr bedeutete, das muß schon gesagt werden, als die kindische Provokation, die Malassis vermutlich heraushörte.

Er nahm vom Fußende des Bettes das fünfte Papierbündel, das er vorbereitet hatte, und begann mir zu erklären, daß alles, absolut alles, was er mir soeben erzählt hatte, in direkter Linie dieser reinen katholischen Doktrin entsprungen war. Niemand wollte ihm glauben, wenn er das sagte. Niemand außer Barbey d'Aurevilly in seinem schönen Artikel über die *Blumen des Bösen* hatte verstanden, daß man, wenn man sie gelesen hatte, vor keiner anderen Wahl stand, »als sich eine Kugel in den Kopf zu jagen oder Christ zu werden«. So war es aber. Und um mich davon zu überzeugen, zitierte er mir Sätze von Bourdaloue über den Teufel, vom heiligen Augustinus über die Abscheulichkeit des Fleisches, von Calvin und

Bérulle über die grundsätzliche Verworfenheit des kindlichen Wesens, von Bossuet über die Tatsache, daß der Mensch nichts sei als ein kleines »Häufchen Kot, das mit einer leichten Verzierung geschmückt wird, wegen der Seele, die darin wohnt« – und über den Sündenfall und das Verbot, über unsere Verstocktheit in Laster und Sünde, tausend kanonische Texte, die er vollkommen zu beherrschen schien und von denen er mir unbedingt weismachen wollte, daß sie die eigentliche Quelle seines eigenen Pessimismus seien.

Man sagt häufig, der Katholizismus sei eine trostspendende Religion. Welch ein Irrtum! Welche Dummheit. Denn seiner Meinung nach sei im Gegenteil keine Religion so schrecklich ... Keine so anspruchsvoll ... Keine habe soviel getan, um das unauslöschlich Naturhafte, das das Herz der Menschen verdirbt, in den schwärzesten Farben zu malen und in den Schmutz zu ziehen ... Keine vor allem habe es gewagt, soviel offene oder verhaltene Grausamkeit an den Tag zu legen in der Anordnung ihrer Riten und ihrer Zeremonien ... Alle Formen von Heidentum seien grausam? Wirklich? Ich möge doch nur einen Augenblick über das Mysterium des Kreuzes nachdenken! An die auf die Spitze getriebene Faszination durch das Opfer. Ich möge mich doch einmal, ein einziges Mal über dieses leidende, schmerzverzerrte Gesicht beugen, das seit Jahrhunderten den Gläubigen zur Anbetung empfohlen wird. Ob ich jemals offenkundigere Affinität zum Schmerz und seiner Zurschaustellung gesehen hätte? Ob ich mir jemals Fragen gestellt hätte über die unglaubliche Grausamkeit dessen, der als erster auf den Gedanken kam, das schrecklichste aller Folterinstrumente als Symbol der neuen Frömmigkeit zu wählen? Gerade diese Grausamkeit fasziniere ihn bei den Katholiken. Sie habe er durch sein ganzes Werk hindurch wiederzufinden versucht. Und sie sei es, fügte er mit leiserer Stimme hinzu, als ob er mir ein Geheimnis anvertraute und befürchtete, daß man ihn hören könnte, sie sei es, die immer weniger von einem Zeitalter akzeptiert werde, das von nichts anderem träume, als mit der Erinnerung an das Böse Schluß zu machen.

Da ich nicht so richtig verstand, was er meinte, empfahl er mir erneut, mir anzuschauen, was um mich herum in Belgien alles geschah. Ob ich denn wisse, was im Augenblick die Belgier beschäftige? Nicht die Wahlen. Nicht die Kontroverse der Anhänger des »eingeschränkten Wahlrechts« und des »demokratischen Wahlrechts«. Nicht einmal das Problem der Sprache oder der Annektierung. Nein. Ihre große, ihre einzige Affäre, die alle Energien und alle Leidenschaften mobilisierte, der wirklich entscheidende Krieg, der alle politischen, ethischen oder philosophischen Auseinandersetzungen verblassen ließ, das war die sehr sonderbare Querele um die sogenannte Zivilbeerdigung, wo es darum ging, daß Freidenkergesellschaften, die einen nie zuvor gekannten Zulauf und Erfolg erlebten, dem Klerus das ausschließliche Recht streitig machten, Totenfeiern zu veranstalten.

Er zeigte mir ein ganzes Päckchen von Artikeln zu dieser Affäre. Er hatte sie aus den Zeitungen ausgeschnitten. Und gesondert gebündelt unter den Überschriften »Priesterphobie«, »Begräbnisse« oder »Belgische Gottlosigkeit«. Haarsträubende Geschichten von ausgegrabenen, manchmal sogar gestohlenen Leichen, die im Triumph von Atheistenprozessionen getragen und nach deren Riten wieder begraben oder aber als Herausforderung vor den Toren von Kirchen oder Kneipen ausgestellt wurden. Man spüre doch, daß vor diesem Hintergrund von entweihten Friedhöfen, Hexen-, Gespenster- und Gerippetänzen, von zügellosen Geisterbeschwörungen etwas Kolossales auf dem Spiel stand, daß es inzwischen um nichts weniger ging als um die endgültige Vernichtung aller katholischen Glaubensüberzeugungen, die mit dem Tod zusammenhängen – und demzufolge wieder einmal mit dem Bösen.

Die ganze Geschichte hätte mir lächerlich erscheinen können. In Wirklichkeit war sie absolut wesentlich. Weil sie seiner Meinung nach große geistige – metaphysische *und* politische – Konflikte ankündigte, auf die wir uns künftig gefaßt machen müßten. Der Tag wird kommen, sagte er mit Nachdruck, an dem die ganze Welt belgisch sein wird. Dann werden die Priester gejagt werden. Die Jesuiten verfolgt. Die letzten Katholiken wie in den Anfangszeiten in den Untergrund der Katakomben gezwungen. Entfesselte belgische Horden werden die Kirchen zwangsräumen. Große Verschwörungen werden organisiert werden, mit dem Ziel, die jüdische Rasse auszurotten. Der Name Gottes selbst wird suspekt sein. Das Gesicht der Muttergottes beschimpft werden. Und neue Götzendienste werden entstehen, schmeichelhaftere, freundlichere, die den Ruhm einer satten Menschheit, vollgestopft mit Natur und Materie, besingen werden, einer mit sich selbst und ihren widerwärtigsten Befriedigungen versöhnten Menschheit, die glaubt, vom Unglück befreit zu sein, ihr frühes Elend hinter sich zu haben, die aber seinen Thesen entsprechend um so grausamer und barbarischer sein wird. Krieg der Götter. Zusammenprall der mystischen Lehren. Eine endlose Konfrontation auf Grund von Riten und Geheiligtem, die das verborgene Gesicht – und der Schlüssel – all unserer Querelen sein wird. Um diesen Schlüssel zu liefern, wollte er »Armes Belgien!« zu Ende bringen. Weil er dieses verborgene Gesicht beschreiben wollte, lag ihm so viel an diesem Diktat.

*

Nach einem langanhaltenden Schweigen, das zu stören ich mich hütete und das ich fast als eine Art, mich davonzujagen, interpretierte, ergriff er noch einmal, zum letzten Mal, das Wort. Er müsse noch präzisieren, sagte er mir, wer diese letzten Katholiken seien, in welchen Nestern sie sich verbargen, über welche Waffen sie verfügten – anders ausgedrückt, auf welche Kräfte wir uns stützen könnten in dem Kampf gegen die atheistische Religion, die sich ankündigte.

Was genau ist ein Katholik? fuhr er sehr pädagogisch fort. Jemand, der an das Böse glaubt. An die Erbsünde. Das heißt, um es deutlich zu sagen, jemand, der nicht an die spontane Verschmelzung der Herzen glaubt; der nichts von der ursprünglichen Harmonie der Leidenschaften, der Wünsche, der Interessen hält; der daran zweifelt, daß das Fleisch glücklich, die Natur gastfreundlich ist; jemand, der den hohlen Träumen der Optimisten, die er gerade verurteilt hatte, die harte Realität einer auf ewig zerstrittenen Menschheit gegenüberstellt.

Nun, in diesem Fall war alles ganz einfach. Flaubert zum Beispiel war ein Katholik. Voll und ganz Katholik. Als Beweis dafür sah er nicht die Messen, die er besuchte, oder die Kerzen, die er anzündete, sondern die Tatsache, daß er die Natur und die Landschaft haßte und daß er in seinen Romanen niemals von Bäumen oder Tieren sprach – »Lesen Sie *Madame Bovary* wieder, schrieb unlängst ein französischer Journalist, der etwas weniger belgisch war als sonst üblich, lesen Sie Emmas Tod wieder, ihre Träume, ihre Wünsche: Sie werden darin den reinen Geist der Kirche wiederfinden.«

De Sade war ein Katholik. Jawohl, ich hatte richtig gehört: de Sade. Der abscheuliche Autor von *Juliette*. Der widerwärtige Romancier der *Hundertzwanzig Tage von Sodom*. Der unermüdliche Pornograph, der sich sein Leben lang für nichts so sehr begeisterte wie für die Berichte über Folterqualen, Demütigungen, Vergewaltigungen. Und er war deshalb Katholik, weil durch diese unermüdlichen Beschreibungen der Grausamkeit das Bild eines gefallenen Menschen durchschien, eines Menschen, der aus dem übelsten Lehm gestaltet war und der entsetzlichsten Sünden fähig, wenn man ihn seinen Trieben wieder auslieferte. Ob ich schon einmal ein Buch von de Sade gelesen hätte? Wirklich gelesen? Seine Gefängniswärter erzählten, als er in der Bastille saß, daß er »gegen Gott konspiriert« habe. Er hingegen hatte aus seinen Blasphemien, seinen Schändungsphantasien und seinen Schmähungen den Ton und den Beiklang herausgehört, den es seit den biblischen Propheten nicht mehr gegeben hatte. Er sah eine gewisse Heiligkeit bei de Sade.

Ein lustbetontes Leben sei grundsätzlich katholisch. Vorsicht. Er rede nicht von Zügellosigkeit, das nicht. Und erst recht nicht von galanten Schlüpfrigkeiten. Vor allem dulde er keine Verwechslung mit jenem »esprit gaulois«, jenen losen Geschichtchen eines Brantôme, eines Crébillon oder Voltaire, die er zutiefst verachtete. Dieser »esprit gaulois« geht davon aus, daß das Fleisch fröhlich sei, Gegenstand der Lust und der Lustigkeit; er geht von Histörchen aus, die bei guter Laune und wohltemperierter Heiterkeit ablaufen. Ein Libertin hingegen, ein echter, ist viel ernster, viel tragischer, viel finsterer. Er weiß, daß die Körper traurig sind, die Umarmungen immer mißlungen. Deshalb, weil es mit den Umarmungen niemals glücklich ausgeht, ganz gleich was die hohlköpfigen Hurenböcke behaupten, ist er jemand, der die Liebe mit einem Überschwang an Raffinessen umgibt, worin man wahlweise ein Zeichen seiner unendlichen Perversität oder der christlichen Neigung zum Unendlichen erkennen wird.

Ebenso die Lesbierinnen. Glaubten sie an Gott? Hielten sie ihre Beichtväter in Ehren? Er hatte keine Ahnung, und im übrigen war es ihm auch völlig egal. Aber er mochte das Bild dieser kalten Leiber. Er fand Gefallen an dieser distanzierten, abartigen Sinnlichkeit, die sich mit der Unmöglichkeit, sich zu vereinigen, abzufinden schien. Er schätzte die Leichtigkeit ihrer Umarmungen. Respektierte ihre Sterilität. In ihrer Existenz selbst erkannte er eine ungeheure Absage an die ekelerregende Abfolge von Zeugungsakten, die seit eh und je die Geschichte der menschlichen Spezies ausmachen. Und in dieser Absage, in dieser Aufkündigung sah er schließlich auch das beste Gegengift gegen den Kult der Frau, der der echte Knotenpunkt jener großen gemeinschaftlichen und atheistischen Religion war, welche der katholischen Doktrin den Kampf angesagt hat. »Oh, ihr Dummköpfe, die ihr euch wundert über das Interesse, das ich den Verdammten unter den Frauen entgegenbringe – wieder ist es der Katholizismus, und er allein, den ich in ihnen verehre.«

Daraufhin erklärte er mir, daß die *Mode* katholisch sei, da sie von dem »permanenten und sukzessiven Versuch zeugte, die Natur zu reformieren, sich über die Natur zu erheben«. Daß das *Schminken* katholisch sei, weil es auf einem Gesicht die Stigmata der Natur auslösche und deshalb »den Menschen der Statue annähert, das heißt einem göttlichen, höheren Wesen«. In immer leidenschaftlicherem Ton erklärte er mir, daß der Dandy der katholischste aller Katholiken sei, da er »das vollkommene Symbol jener Loslösung des Menschen von der Spontaneität und dem Instinkt darstellt, was ja das letzte Wort der Botschaft des Evangeliums ist, nicht wahr?«. Gesellt euch zu uns, ihr Dandys, kommt, ihr Lesbierinnen, geschminkte Frauen, Libertins und Sade-Anhänger. Alle gehören wir zur Vorhut im großen Kampf. Hinter mir soll die stolze Schwadron sich sammeln, für den Weg des Widerstandes und vielleicht sogar, wer weiß, der Wiedereroberung! Charles Baudelaire war müde. Seine Rede, die vorhin so klar war, war nun nahezu zusammenhanglos. Sollte ich ihm erwidern, daß ich alles ein wenig leichtfertig, nicht so recht fundiert fand? Daß sein idealer Katholizismus eine unangenehme Affinität zum Calvinismus aufwies? Ich war der Meinung, diesmal sei es Zeit, mich zu verabschieden, und beschloß, ihn seiner großen Armee von Katholiken zu überlassen – nicht ohne mich zuvor unserer Verabredung für den nächsten Tag vergewissert zu haben.

3
Madame Aupicks Briefe an den Erzähler

Honfleur, den 25. März 1866

Monsieur,

Von M. Poulet-Malassis, mit dem ich in ständiger Verbindung stehe, erfahre ich, daß der Zufall Sie meinem Sohn nähergebracht hat und daß Sie die Hoffnung hegen, sich als sein Sekretär zu betätigen. Ich weiß nicht, wer Sie sind, Monsieur. Genausowenig weiß ich, welche Art von Diensten Sie ihm leisten könnten. Ich lege jedoch Wert darauf, Ihnen unverzüglich und mit höchstem Nachdruck mitzuteilen, welche Bedenken mir dieses Vorhaben einflößt.

Mein Sohn ist, das müssen Sie wissen, äußerst anfällig. Er ist leicht erregbar, in seinem Verhalten zuweilen gestört. Dr. Marcq, zu dem ich das größte Vertrauen habe, versichert mir, daß sein Leiden größtenteils nervösen Ursprungs ist. Sie werden also verstehen, daß die geringste Störung durchaus unangenehme Schockzustände bewirken kann, deren Bedrohlichkeit einzuschätzen weder Sie noch ich in der Lage sind. Sie gehören, so erzählt man mir, dem Kreis seiner Bewunderer an. Nun denn, ganz geradeheraus muß ich Ihnen sagen: Er braucht zur Stunde weder Bewunderer noch einen Sekretär. Die Schmeichelei, so ehrlich sie auch sei (und ich zweifle nicht an der Ehrlichkeit der Ihrigen), ist nicht gut für ihn und könnte den besorgniserregenden Zustand, in dem Sie ihn vermutlich vorgefunden haben, nur verschlimmern.

Ich möchte noch deutlicher werden. Mein Sohn ist derzeit nicht in der Lage, irgend etwas zu diktieren. Auch in diesem Punkt sind die Ärzte kategorisch: Er braucht sechs Monate Landleben, und auch wenn er bis vor kurzem ein tüchtiger Schriftsteller war, den seine Freunde beneideten und seine Kollegen verehrten, so muß er doch fortan als ein wenn nicht reduzierter, so doch erschöpfter Mensch betrachtet werden, den jegliche zusätzliche Anstrengung nur noch matter machen könnte. Nun, was ich zu hören bekomme, ist eindeutig: Ihre Sitzungen tun ihm nicht gut.

Ich füge hinzu, denn Sie wissen es vielleicht nicht, daß mein Sohn stets sehr inkonsequent in der Verwaltung seiner Geschäfte war und daß er sich die unangenehme Gewohnheit angeeignet hat, Verpflichtungen einzugehen, wobei er vergißt, sich zu fragen, wie er ihnen wird nachkommen können. Diese Lage besteht schon seit einer Zeit, in der mein verstorbener Mann und ich selbst gezwungen waren, das kleine Vermögen, das ihm sein armer Vater vermacht hatte, juristisch verwalten zu lassen. Wir dachten, daß diese Maßnahme ihn zwingen würde, sich zu bessern. Leider war dem nicht so, und er bleibt also, obwohl viele Jahre vergangen sind, abhängig von einem Familienbeirat und von Maître Ancelle, der ihn vertritt. Dies gilt für alle außergewöhnlichen Ausgaben, die er möglicherweise tätigen will. Kurzum, mein Sohn hat nicht die Vollmacht, was immer er Ihnen auch gesagt haben mag, einen Sekretär anzustellen. Und da die Familie nicht bereit ist zu zahlen, haben Sie sich umsonst bemüht. Da ich keinen Grund habe, Ihnen übelzuwollen, war es mir ein Anliegen, Sie aufs höflichste zu warnen.

Was den Inhalt betrifft, so berichtet man mir auch, daß Ihre Rolle an seiner Seite darin bestehen soll, daß Sie ihm die Niederschrift seines Buches über Belgien erleichtern, das alle seine Freunde sehr besorgt stimmt, auch dies will ich Ihnen nicht verbergen. Wie können Sie diese Sorge nicht teilen? Wie können Sie ihn ermutigen, ein Land, das ihm seine Tore geöffnet und ihm eine so großzügige Gastfreundschaft gewährt hat, zu verunglimpfen? Dieses Buch würde uns, das müssen Sie wissen, in die größte Verlegenheit bringen, wenn es jemals beendet werden sollte. Ich werde persönlich in den allernächsten Tagen nach Brüssel kommen, um mein Kind abzuholen. (Dazu muß ich warten, bis es meinen alten, schmerzenden Beinen ein wenig besser geht.) Mir ist jedoch angst und bange beim Gedanken an das, was mich erwartet, wenn ich Personen gegenüberstehen werde, die so gut zu ihm waren und bei denen er sich nun lediglich mit solch unziemlichen Verwünschungen zu bedanken weiß. Niemals hätte Monsieur Aupick, mein verstorbener Gatte, einen solchen Affront ertragen. Solange ich lebe, wird das Andenken des Generals unangetastet bleiben: so lange darf dieses Buch über Belgien um keinen Preis erscheinen. Demzufolge bitte ich Sie inständig, meinen Sohn in Ruhe zu lassen und das Vertrauen, das er offenbar in Sie setzt, zu nutzen (ich bin mir leider nur allzusehr bewußt, wie schnell dieser Junge Bekanntschaften schließt und sein Vertrauen verschenkt), um mir zu helfen, ihn auf den Weg der Vernunft zurückzubringen. Daß ein Mann, der nicht mehr in vollem Besitz seiner Geisteskräfte ist, sich zu solchen Unflätigkeiten hinreißen läßt, mag ja noch hingehen. Daß aber ein junger Mann wie Sie, der völlig Herr ist über seinen Verstand, ihn in seiner Neigung ermuntert, dies kann nicht geduldet werden. Ich fordere Sie auf, Monsieur, alles zu tun, was in Ihrer Macht steht, damit diese fürchterlichen Seiten nicht den Ruf einer Familie zerstören, welche von früheren Exzessen nur allzusehr in Mitleidenschaft gezogen wurde. Ich möchte Sie daran erinnern, daß mein Sohn den Zorn der Justiz hat über sich ergehen lassen müssen. Einmal genügt. Um nichts auf der Welt möchte ich ein weiteres Mal unseren Namen vor Gericht gezerrt und mit Schande befleckt sehen.

Es sollen keine Mißverständnisse bleiben. Ich bin eine Frau von Verstand, was jedermann weiß. Und ich weiß sehr wohl, daß mein Sohn, Dichter hin, Dichter her, zu allem fähig ist, zum Besten und zum Schlimmsten. Was das Beste betrifft, so wurde das Urteil von anständigen Menschen und tüchtigen Kritikern gefällt. Ich muß Ihnen nicht sagen, wie sehr mein Mann und ich uns gefreut haben, als Monsieur Sainte-Beuve, immerhin ein Kritiker von Rang, unserem Kind Talent zuerkannt hat: Von jenem Tag an haben wir keine Ausgabe, keine fürsorgliche Hilfe und kein Opfer gescheut, die für das Aufblühen dieses Talents notwendig waren. Was jedoch das Schlimmste betrifft, so bin ich nicht blind genug, um zu leugnen, daß es dies ebenfalls gibt, und ich habe es meinem verstorbenen Mann zu verdanken (und dem edlen Beispiel der Strenge, das er uns stets gegeben hat), daß wir bei meinem Sohn niemals den geringsten Verstoß gegen die Regeln der französischen Qualität oder der Kunst, wie wir sie verstanden, geduldet haben. Diese Seiten über Belgien sind unbestreitbar ein solcher Verstoß. Die Frau, die zu Ihnen spricht und Sie bittet, uns zu helfen, diese Papiere verschwinden zu lassen, ist Liebhaberin des Schönen ebensosehr wie besorgte Mutter.

Seien wir noch deutlicher. Denn ich möchte nicht, daß in einem derart heiklen Punkt die geringste Unklarheit besteht. Ob in Madrid, wo wir in diplomatischer Mission weilten, in Konstantinopel oder auch an der Place Vendôme, wir haben, mein Mann und ich, zahlreiche Schriftsteller als Gäste empfangen. Und glauben Sie mir, wir wußten zu unterscheiden zwischen dem, was mit dem Schönen, Wahren, Guten zu tun hat, und dem, was diese Attribute lediglich usurpiert. Nun, bei meinem Sohn ist es das gleiche. Sprechen Sie von seinen Versen über das Reisen, das Meer oder die Harmonie der Abende, sprechen Sie von seinen Übersetzungen von Edgar Poe, die von einer erstaunlichen Kenntnis der englischen Sprache zeugen (und ich weiß, wovon ich rede, wenn ich sage erstaunlich, denn ich war es, der ihm die Grundlagen beigebracht hat, als er klein war). Sprechen wir sogar – sehen Sie, wie großzügig ich bin in meinen Gedanken! – von jenem anderen Manuskript, dessen Titel angeblich »Mein entblößtes Herz« sein soll und dem echte Schönheit zuzuerkennen ich durchaus bereit bin (man berichtet mir, daß darin zärtlich von mir die Rede ist: Tun Sie mir nicht die Kränkung an zu glauben, daß ich aus diesem Grunde nachsichtig bin). Aber ich flehe Sie an, erzählen Sie mir nicht, daß Sie einem so häßlichen, einem so albernen Projekt wie diesem Buch über Belgien einen ähnlichen Wert beimessen. Ich bin mir sicher, daß mein Sohn, wäre er nicht von so zahlreichen Schmeichlern und Profitjägern umgeben, niemals einen solchen Plan gehegt hätte. Monsieur Poulet-Malassis teilt meine Meinung. Dr. Marcq ebenfalls. Was für ein Sekretär sind Sie denn und was für ein Bewunderer, wenn Sie nicht einsehen, daß er sich lediglich den Zorn all derer, die als Menschen von Geschmack und Geist gelten, zuziehen wird, wenn er auf diesem Wege fortfährt.

Ich hoffe, Monsieur, Sie werden mir den heftigen Ton dieses Briefes nicht verübeln. Aber Charles ist mein einziger Sohn. Niemand kennt ihn so gut wie ich. Mit niemandem hat er soviel gesprochen wie mit mir. Niemand ist also bessser in der Lage als ich zu erkennen, was gut für ihn ist und was nicht. Wissen Sie, daß er mich schon als Kind, als er noch keinerlei literarische Ambitionen hegte, als seine einzige Vertraute betrachtete? Kein noch so geringes Geheimnis, das ich nicht erfahren hätte. Kein Traum, den ich nicht erraten hätte. Und später, als er reifer und älter wurde, verging keine Woche, Monsieur, manchmal kein Tag, ohne daß er mir einen jener zärtlichen Briefe sandte, deren Geheimnis er so gut beherrscht – wußten Sie das nicht? – und in denen ich mit großer Freude den kleinen Jungen von einst wiederfinde. »Ich flehe Dich an«, schrieb er mir, »komm, komm, ich bin am Ende meiner Kräfte, meines Mutes.« Oder: »Ich liebe

Dich, ich umarme und küsse Dich, sag mir, daß Du Dich wohl befindest und noch lange leben wirst, für mich, für mich ganz allein.« Oder auch: »Ich würde weiß Gott was dafür hergeben, um ein paar Tage an Deiner Seite zu verbringen, mit Dir, dem einzigen Menschen, an dem mein Leben wie an einem Faden hängt, acht Tage, drei Tage, einige Stunden nur.« Oder wiederum: »Du kannst Dir nicht vorstellen, wie oft ich bei meinen Plänen mein Leben mit dem Deinen verwoben habe.« Oder schließlich: »Wir sind erkennbar dazu geschaffen, uns zu lieben, für einander zu leben.« Ich habe diese Briefe hier auf meinem Tisch liegen, und während ich darin blättere, kommen mir die Tränen. Lachen Sie nicht, Monsieur. Spotten Sie nicht über eine Mutter, die zur Stunde, zu der sie mit Ihnen spricht, nicht weiß, in welchem Zustand sie ihr Kind vorfinden wird! Und geben Sie zu, daß Sie da eine sehr zärtliche, sehr klägliche Stimme hören, die nichts gemein hat mit der der bösen Wölfin, die eine böswillige Kritik beschreibt. Im Grunde bitte ich Sie nur um eines, darum aber inständig: daß Sie einsehen mögen, daß eine Verbindung von so heftiger Innigkeit einer Mutter Rechte verleiht, und hinnehmen, daß niemand (wenn ich sage niemand, schließe ich natürlich Monsieur Ancelle aus, der ebenso wie Dr. Marcq – ich wiederhole es – mein ganzes Vertrauen genießt und an den bedeutende Rechte übertragen sind), und hinnehmen also, daß niemand besser als diese Mutter in der Lage ist, zu urteilen, was mit jenen armseligen Papieren zu geschehen hat, die ihr Kind zurückläßt.

Ich werde nun schließen, Monsieur. Denn obgleich ich daran gewöhnt bin zu schreiben, bin ich durch diese Sache und die Sorge, die sie mir verursacht, sehr verstimmt. In der Hoffnung, sehr bald von Ihnen zu hören, daß ich Sie zu überzeugen wußte, verbleibe ich mit meinen höflichen Grüßen.

C. Witwe Aupick

Honfleur, den 27. März 1866

Monsieur,

Erneut greife ich zur Feder, denn ich möchte nicht, daß Sie glauben, mein vorgestriger Brief könnte aus irgendeiner Feindseligkeit Ihnen gegenüber entstanden sein.

Ich habe erfahren, auch diesmal von Auguste Poulet-Malassis, daß Sie parallel zu Ihren Besuchen einen Aufsatz über *Die Blumen des Bösen* vorbereiten.

Wir wissen, was es mit den Aufsätzen auf sich hat. Mein Sohn hat mehr als einen verfaßt, und wir wissen, wie bereichernd eine solche Übung sein kann, sowohl für den, der sie ausführt, als auch für den, der ihr Anlaß ist. Sie sollen wissen, Monsieur, daß mich das Vorhaben sehr erfreut und daß ich, sosehr das andere mich bedrückte, bereit bin, wenn Sie dieses hier tatsächlich ausführen wollen, Sie bei mir in Honfleur zu einer Tasse Tee zu empfangen und Ihnen alle Erläuterungen zu geben, die Ihre Ansichten bereichern könnten.

Zum Beispiel gibt es da jene Briefe, von denen ich Ihnen ein paar Auszüge zitiert habe und die Ihnen mehr über seine wahre Persönlichkeit mitteilen werden als all die unschönen Entwürfe, in die Sie Ihre Nase gesteckt haben. Diese Briefe sind eine Goldmine. Das sind seine echten Blumen, nicht des Bösen, sondern des Guten. Sie werden Ihnen beweisen, daß dieser so in Verruf geratene Junge in Wirklichkeit ein goldenes Herz hatte und zu außergewöhnlicher Erhabenheit des Gefühls fähig war. Diese Briefe liegen hier, das habe ich Ihnen gesagt. Sie erwarten Sie.

Da gibt es den Ort selbst. Das »Spielzeughaus«, wie er es nannte. Natürlich ist es mein Haus. Aber ich kann Ihnen enthüllen, daß er allmählich Gefallen daran gefunden hat nach dem Ableben seines Stiefvaters und daß er vor einigen Monaten, kurz vor seinem Unfall, vorhatte, endgültig zu mir zu ziehen, um hier ein friedliches, zurückgezogenes Leben zu führen. Ich werde Ihnen die Petunienrabatten zeigen, die er liebte, die Bank im Garten, auf der er sich gerne niederließ, die große, sonnenüberflutete Veranda, die der General in Erinnerung an seine spanischen Schlachten den »Mirador« getauft hatte. Ich werde Ihnen sein Zimmer mit Blick auf das Meer zeigen. Ich werde Ihnen erzählen, welche Szenen er mir machte, wenn ich dieses Zimmer in seiner Abwesenheit hin und wieder mal der lieben Madame de M*** zur Verfügung stellte, der Frau eines ehemaligen Sekretärs meines Mannes. Für Sie werde ich die Kisten voller Zeichnungen und Radierungen hervorholen, die er mir seit Jahren schickte im Hinblick auf seinen Einzug. Werden wir auf diesen Einzug verzichten müssen? Oder wird das Unglück, das uns trifft, im Gegenteil den Vorteil bieten, daß mir mein Kind zurückgegeben wird? Wie dem auch sei, Sie werden Ihre Zeit nicht vergeuden, wenn Sie hierherkommen. Vom Lebensumfeld, das er liebte und wo er einige seiner geglücktesten Verse geschrieben hat, werden Sie einen Eindruck bekommen, über den Ihre Kollegen nicht verfügen – was, wie ich mir vorstelle, Ihren Aufsatz nur bereichern kann.

Und dann gibt es auch die Erinnerungen, die Augenblicke des geteilten Glücks, von denen ich notgedrungen der letzte Zeuge sein werde und deren Bericht Sie mit Freude hören werden, dessen bin ich gewiß. Ich werde Ihnen von der guten Zeit der kindlichen Zärtlichkeiten erzählen, um seine Worte zu gebrauchen. Später, im Erwachsenenalter, kommen dann unsere heimlichen Liebesstelldicheins – der General durfte nichts davon wissen – in den Parks, im Salon Carré des Louvre oder in seinem kleinen Hotelzimmer am Quai Voltaire oder in der Rue Sainte-Anne. Und noch später, als mich das grausame Witwenschicksal traf, war da seine so feinfühlige Art, mir ein neues Meßbuch zu kaufen, meine Rechtschreibung zu korrigieren und sich bei den entsprechenden Ämtern um meine Pension zu kümmern. Das sind lauter Kleinigkeiten, das räume ich ein. Aber aus solchen Kleinigkeiten entsteht ein naturgetreues Porträt. Mit alldem werden Sie eine weitere Facette der zärtlichen, taktvollen Person entdecken, die so anders ist als das, was man Ihnen berichtet haben mag.

Dann wird es auch noch Monsieur Emon geben, einen nahen Freund und sehr ehrlichen Menschen, der ebenfalls mit meinem Mann diente und der mir oft die Freude macht, mir Gesellschaft zu leisten. Auch er wird Ihnen von Charles erzählen, von ihren Diskussionen, ihren »Wortscharmützeln«, ihren Konfrontationen, die jedoch niemals die Achtung, den gegenseitigen Respekt untergruben. Er wird Ihnen vom General erzählen. Ihnen sagen, was er für ein Mann war, wie gerecht und ehrlich und daß er von seinen Soldaten und seinen Untergebenen stets geliebt wurde. Und er wird Ihnen erklären, daß die Beziehungen zu seinem Stiefsohn ebenfalls viel vertrauensvoller waren, als man zunächst glauben könnte. Streitigkeiten? Zerwürfnisse? Nennen Sie mir eine Familie, wo es das nicht gibt. Monsieur Emon wird Sie davon überzeugen, daß Charles die wenigen Prinzipien, die er hat, dem General verdankt.

Wenn Sie kommen, werden Sie sogar das Glück haben, dem Abbé Cardine, meinem Beichtvater, zu begegnen, der zwar die literarischen Verstiegenheiten meines Kindes nie befürwortet, sie aber stets mit viel Nachsicht betrachtet hat. Er wird Ihnen von meiner Traurigkeit zum Zeitpunkt des berühmten Prozesses erzählen, und zwar so, daß Sie sie nachvollziehen können. Er wird Ihnen sagen, was die heilige Kirche von einem Buch halten konnte, das im Grunde, und wenn man seinen Verfasser kannte, von weniger bösen Absichten erfüllt war, als die Pariser Journalisten damals unterstellten.

Und schließlich hoffe ich (auch in diesem Punkt kann ich einiges für Sie tun, obwohl ich mich in Honfleur befinde und er in seinem Rathaus in Neuilly), daß Sie die Gelegenheit haben werden, Monsieur Ancelle zu begegnen, einem überaus tüchtigen Staatsdiener, der seit Jahren beauftragt ist, nicht nur das Vermögen, sondern auch die Schriften meines Sohnes zu verwalten. Er ist derjenige, und er allein, das sagte ich Ihnen vorgestern, der im gegebenen Moment den guten Verleger suchen wird, der veröffentlichen soll, was er an Gültigem zurückgelassen hat. Und er ist auch derjenige, der heute schon versucht, alles zu sortieren, und der mit dem Eifer eines Vaters bereits die Kopisten abklappert, um das, was es verdient, in eine ordentliche Form zu bringen. Erst vergangenen Monat hat er, obwohl ihm seine Arbeit kaum eine freie Minute läßt, sich die Zeit genommen, einen Kalligraphen aufzusuchen, den er gebeten hat, Charles' letzte Gedichte in Schönschrift abzuschreiben. Auch in diesem Punkt sollten Sie nicht glauben, was böse Zungen berichten. Es ist eine Wonne zuzusehen, wie gut sie sich verstehen. Mal stehen sie in brieflichem Kontakt, wie gerade jetzt, und das geschieht in einer Atmosphäre des größten Vertrauens. Mal, wenn sie sich gerade sehen, herrschen Schabernack, Zankereien oder Streitigkeiten wegen einer übertriebenen Geldforderung des einen oder einer gewissen Derbheit des anderen. Mal gibt's Diskussionen unter Fachleuten über eine Drucker- oder eine Buchbinderarbeit, die mein Sohn in Auftrag gegeben hat, die aber nicht in Chagrinleder, sondern in Chagrinlederimitation ausgeführt wurde. Aber über das Wesentliche sind sie sich absolut einig. Und ich kann Ihnen versichern, daß Monsieur Ancelle über tausend Informationen verfügt, die für Sie kostbar sein werden, wenn Sie sich für den richtigen Weg entscheiden.

Sie sehen, Monsieur, daß Sie mehr zu gewinnen als zu verlieren haben, wenn Sie sich meinen Argumenten anschließen. Und wenn Sie mir vertrauen, steht Ihnen eine sehr schöne Studie in Aussicht. Sie wird einfühlsam, rührend, vor allem aber wahrheitsgetreu sein. Denn glauben Sie mir: Ein Mutterwort lügt nie, und bei den Schriftstellern kenne ich keine andere Wahrheit als die des Herzens, des Lebens, des Gefühls. Da mein Sohn sich offenbar darum sorgt, welches Buch sein Werk abschließen wird und welches Bild er demzufolge jenen, die ihn lieben, hinterlassen wird, sagen Sie ihm doch, daß Sie fündig geworden sind: Dies letzte Buch ist hier, bei mir – ich schenke es Ihnen. Auf Wiedersehen, Monsieur. Ich reiche Ihnen die Hand.

C. Witwe Aupick

4

Es war am Vorabend unserer sechsten aufeinanderfolgenden Sitzung, als ich die beiden Briefe erhielt. Während der einen hatten wir uns über das Lachen unterhalten. Über seine Vorstellung von der Modernität in der anderen. Im Verlauf dieses gleichen Diktats hatte er mir seinen Standpunkt zur Französischen Revolution dargelegt – seine zärtliche Zuneigung für Robespierre, aber auch seine Überzeugung, daß sich da, im Kopf des großen Tugendhaften, alle Kräfte und Schwingungen konzentriert hatten, die für den Satan bezeichnend sind. Und außerdem hatte es noch zwei weitere gegeben, vermutlich die aufregendsten, von denen ich jedoch, wie der Leser sehr bald verstehen wird, nichts verraten kann.

Im Verlauf dieser Unterhaltungen war eine merkwürdige Beziehung zwischen uns entstanden. In fünf Tagen war ich gewiß nicht sein engster Freund geworden. Und ich will keineswegs den Anspruch erheben auf eine Intimität, wie sie ihn mit Rops oder Poulet-Malassis verband. Nur verhielt es sich so, daß er mit Rops keinerlei Kontakte mehr hatte. Den Freund Poulet hielt er auf Distanz, worüber sich dieser offenbar umgehend bei der Frau Mutter beklagt hatte. Er hatte seine Tür verschlossen. Hatte die Neugierigen und die Aufdringlichen weggejagt. Selbst seine Ärzte sah er fast nicht mehr. (Vielleicht setzte Dr. Marcq sich manchmal über das Verbot hinweg, aber das war frühmorgens, vor meiner Ankunft. Ihm wurde an den Kopf geschleudert, daß alle Ärzte Belgier seien, und daß alle Belgier … etc.) So daß sich, wie nach jedem Überraschungsangriff, ein eigenartiger Zwischenzustand einstellte: Alle diese Leute würden sich wieder fangen, die »Gegenfront«, wie wir es nannten, würde sich stabilisieren, sie würden sich untereinander absprechen, Ancelle oder Caroline Aupick würden das Ausmaß ihrer Niederlage erkennen und zum Gegenangriff blasen, aber einstweilen war die Welt in der Schwebe, stand die Zeit wundersam still. Es war wie ein göttlicher Waffenstillstand, der dem Tod, der Krankheit, dem Lauf der Dinge abgetrotzt worden war. Allein mit ihm, von allem abgeschnitten, den größten Teil meiner Tage in diesem eisigen Zimmer eingesperrt, hatte ich das Gefühl, die aufregendste Begegnung zwischen schöpferischen Menschen zu erleben, seit Hérault de Séchelles auf Buffon oder Mozart auf Salieri gestoßen war.

Ich kam morgens. Ich ging abends. Wir machten zum Mittagessen eine knappe Stunde Pause. Und vereinzelte kurze Augenblicke, um den Topf kochender Zichorie hereinzuholen, den die Lepage vor der Tür abstellte. Einen Augenblick, um meine Federn anzuspitzen. Einen weiteren, wenn ich ihn aufforderte, trotz allem seine Medikamente zu nehmen. Und wieder einen, um das Tuch, das er noch immer auf der Stirn trug, zu erneuern. Und die übrige Zeit blieben wir, bei verschlossener Tür und zugezogenen Gardinen, allem gegenüber gleichgültig, was sich im Hotel oder auf der Straße abspielte, unsere Gesten und unsere Worte sparend, bemüht, nichts zu reden, zu tun oder zu denken, was den Faden unserer Unterhaltung hätte zerreißen können, und so machten wir uns an die aufreibende Aufgabe, er zu diktieren, ich zu schreiben, was wir unausgesprochen, mit der gleichen störrischen, wütenden Überzeugung beide für das schönste Buch hielten, unter das Charles Baudelaire seinen Namen setzen würde.

Mit der Zeit hatte ich mich an sein Diktieren gewöhnt. Ich schrieb schneller, wenn sein Redefluß rascher wurde. Ich schrieb langsamer, wenn er nur mühsam weiterkam. Ich hatte gelernt, solche Rhythmuswechsel vorauszusehen, vorauszuahnen. Es genügte, wenn er sich zu überstürzten Sätzen hinreißen ließ, die Schlüsselworte und die entscheidenden Formulierungen zu notieren. Und ich wußte, daß ich danach genügend Zeit haben würde, wenn er, in seinen Papierbündeln wühlend, zögerte, stockte oder weniger vollendete Sätze murmelte, noch einmal zurückzugehen und die Lücken auszufüllen. Und schließlich, wenn er seine Anfälle hatte und plötzlich überhaupt nichts mehr artikulieren konnte, war es sinnlos, das hatte mich die Erfahrung ebenfalls gelehrt, sich aufzuregen. Es genügte, Geduld zu haben, ihm ein wenig Kaffee zuzubereiten, und während er knurrte, keuchte oder wie erstarrt sitzen blieb und darauf wartete, daß es vorüberging, diese kostbaren Minuten zu nutzen, um zu hastig notierte Seiten, bei denen ich befürchtete, ich könnte sie am nächsten Tag kaum mehr entziffern, noch einmal abzuschreiben.

Daß besagte Anfälle immer häufiger auftraten und, wenn sie kamen, immer beeindruckender verliefen, vor allem länger anhielten, war nicht zu übersehen. Ihm selbst war der schreckliche Verfall – der Seele und des Körpers – bewußt, dessen bin ich sicher. Ein weiterer Punkt unseres Einverständnisses jedoch (auch in diesem Fall ein stillschweigendes, das keine unnötigen Worte und Entschlüsse brauchte) war die dringende Notwendigkeit, diese Dinge zu ignorieren. Die Stunden gingen vorüber. Die Zeit drängte. Wir wußten, daß jede Minute seine Rede schwieriger, aber auch entscheidender werden ließ. Und nichts und niemand, keine Rücksicht auf Gesundheit und keine Vorsichtserwägung hätten uns veranlassen können, auch nur den winzigsten Anteil an Energie oder Aufmerksamkeit von unserer Aufgabe abzuwenden. Man werfe mir nicht Unsensibilität vor. Auch nicht, zu meinem eigenen Vorteil eine Situation ausgenutzt zu haben, deren ganzen Wahnsinn ich heute sehr gut ermessen kann. Denn auch diesen Standpunkt teilten wir. Wir dachten es beide, er ebenso wie ich: Da war ein

Text, ein dringender, der weder Aufschub noch Einschränkung duldete, der die Nachfolge des Menschen und seines alltäglichen Elends antrat – und der die Sorge um seine leibliche Hülle nichtig werden ließ. Ich möchte hinzufügen, daß ich *auch* der Überzeugung war – die Vorahnung hatte? –, daß dieser Aufschub eine Art und Weise war, den Lauf der Zeit zu unterbrechen und den schicksalhaften Ausgang hinauszuschieben. Solange ich da wäre, solange das Diktat andauerte, würde Charles Baudelaire leben – und der Tod würde gebannt sein.

Abends, wenn er wirklich erschöpft war und jedes Wort zu einer Strapaze wurde, hatte ich noch nicht ganz meine Mission erfüllt. Denn dann bat er mich, die Nacht den »Nachprüfungen« zu widmen, die Poulet, so behauptete er, erbärmlich vernachlässigt hatte. Ich war sein Geheimbote. Sein »Spion«. Er erteilte mir den Auftrag, an seiner Statt die Bilder und Eindrücke zu sammeln, die wir am nächsten Tag brauchen würden. Und ich zog los, ging in das Herz der Stadt, und dabei trug ich sein Gesicht, seine Gesten, seine Sätze sogar und seinen Tonfall mit mir. Ich werde mich nicht über diese nächtlichen Streifzüge auslassen. Ich möchte nur sagen, daß ich mich an einem der Abende dabei ertappt habe, wie ich in einer Passage der Galeries Saint-Hubert mich mit einem Mädchen genauso verhielt, wie ich wußte, daß er sich verhalten hätte. Oder daß ich an einem anderen Abend in der Taverne Royale an dem Tisch saß, an dem er gewöhnlich saß und wo Charles Neyt ihn in der Nacht seines berühmten Anfalls gefunden hatte; da hörte ich mich plötzlich einen Handlungsreisenden ansprechen, der erkennbar gerade vom Bahnhof kam und lauthals nach einer Karaffe Bordeaux verlangte: »Müssen wir Gott danken, daß er uns als Franzosen und nicht als Belgier zur Welt hat kommen lassen?«

Nicht aus Spaß an der Anekdote erzähle ich das alles. Sondern um zu versuchen, das seltsame Klima spürbar zu machen, in das diese beiden Briefe hineinplatzten – und um die Gründe deutlich zu machen, deretwegen weder er noch ich uns darauf einlassen konnten. Um ganz ehrlich zu sein, muß ich übrigens gestehen, daß ich sie ihm nicht einmal gezeigt habe. Da der erste am frühen Morgen eingetroffen war, als ich gerade im Begriff war, mein Zimmer zu verlassen, um zu ihm zu gehen, war ich fast dazu bereit gewesen. Als ich ihm aber versuchsweise, um das Thema vorzubereiten, ein paar Fragen zu dieser alten Mutter stellte, über die er noch nichts gesagt hatte, fand ich ihn plötzlich so naiv, so ängstlich, so offenbar terrorisiert von einer Frau, deren Selbstzeugnis der Dummheit ich in der Tasche hatte, daß ich das Risiko lieber doch nicht einging. Beim zweiten Brief hingegen hat sich die Frage gar nicht gestellt. Denn er erreichte mich am gleichen Tag, aber am frühen Abend, als ich mich wieder in meinem Zimmer befand, unsere Sitzung beendet war und er mir angekündigt hatte, daß wir die morgige der Literatur und seiner Doktrin zu diesem Thema widmen würden. Muß ich betonen, daß wir in meinen Augen kurz vor dem Ziel standen? Daß dies die Frage war, die entscheidende, auf die ich seit Anbeginn wartete? Muß ich hinzufügen, daß ich am nächsten Morgen, als ich mit brennenden Schläfen und wildem Herzklopfen auf die Schwelle seines verzauberten Zimmers trat, um nichts in der Welt eine Initiative ergriffen hätte, die aus irgendeinem Grund ihn hätte verwirren, verstören oder einen Sinneswandel bei ihm hätte hervorrufen können?

*

Sechster Tag also. Erster Akt. Nach derselben Methode wie in den vorausgegangenen Tagen ergriff er ein Bündel Blätter mit der Überschrift: »Die Philosophie dieser Rohlinge, eine Philosophie à la Courbet« und kündigte mir seine Absicht an, eines der Themen unserer allerersten Sitzung wieder aufzugreifen, und zwar indem er seine Kritik des »Naturalismus« auf das Feld der Kunst übertrug.

Er nenne »Naturalismus«, sagte er zusammenfassend, den Gedanken, daß die Natur gut sei. Also schön. Also würdig, nicht nur geehrt und gefeiert, sondern nachgeahmt und kopiert zu werden. Und die »Philosophie à la Courbet«, auf ihren einfachsten Nenner gebracht, habe deshalb immer zwei wesentliche und sich ergänzende Punkte enthalten: Erstens, daß die Kunst nichts sei (da sie keine andere Funktion habe, als die Umwelt zu wiederholen); zweitens, daß die Welt alles sei (da es in ihr nicht ein einziges Detail gebe, das es nicht wert sei, von der Kunst aufgegriffen zu werden).

Jenseits dieser Formel jedoch, jenseits dieser ebenso leicht zu widerlegenden wie dummen Definition gebe es eine weitere, fuhr er fort. Sie sei subtiler. Diabolischer. Sie bestehe darin zu sagen, es gebe Künstler; oberhalb der Künstler eine Welt; aber oberhalb der Künstler und der Welt eine weitere Welt – eine heimliche, aber ebenso »natürliche«, die diesen Leuten zufolge die verborgene Quelle der Werke sei.

Die einen sagen: eine Lagerstätte, ein Vorkommen von poetischen Perlen und Goldkörnern ... Und sie stellen sich den Dichter als eine Art Bergarbeiter vor, der in die tiefsten Tiefen seiner imaginären Grube taucht, Schächte gräbt, bohrt, immer weiter dringt und schließlich das reichhaltige Erz, das er entwendet, an die Oberfläche trägt. Die Poesie, als eine Abart der Höhlenkunde verstanden.

Andere sagen: ein Meer ... Eine Art von innerem Meer, das unter der Schädeldecke tost, auf das Blatt Papier überschäumt und in seinen Wogen die alleredelste poetische Materie mit sich führt ... Der Dichter ist jemand, der das Meer belauscht. Er ist jener Hochseefischer, der in seinen Netzen die Substanz seiner Bücher einfängt. Er ist der geniale Seemann, der, auf dem höchsten Deich stehend, daran arbeitet, jene Fluten zu befreien, die das gewöhnliche Wort zu strömen hinderte. Die Poesie, als eine grandiose, kosmische, neptunische – und groteske – Demiurgie betrachtet.

Wieder andere sagen: eine Stimme ... Oder ein Mund ... Sie stellen sich glühende Lippen vor, die ein seltenes, ebenfalls originäres Wort aushauchen, das im Lärm des normalen Lebens unterging, das jedoch der Dichter, und er allein, wiederzufinden die Macht hat. Der Dichter als Orakel. Der Dichter als Pythia. Der Dichter als Ohr. Die Lyrik als eine Kunst des Gehörs. Es gibt eine poetische Rede, die seit Urzeiten geflüstert wird – es genügt, wenn der Künstler sie aufnimmt und verstärkt. Oh, das scheußliche Bild, immer das gleiche, des Magiers, des Zaubermeisters, des Wahrsagers und ihres gemeinsamen Tischrückens. In vorderster Linie wie üblich Victor Hugo und die Hugomanen.

Andere, nochmals andere, sprechen von einem stillen, unhörbaren, dem Bewußtsein fremden, ja sogar feindlichen Urschatten, Drachenhöhle aller Gefahren und der schrecklichsten Ungeheuer, wo jedoch der Dichter, der echte, sich niederläßt. Nacht. Nebel. Wenn dieser Dichter dichtet, dann haben sich die Tore der Nacht, wie er sagt, einen Spaltbreit geöffnet, und durch ihre Flügel dringt eine erschreckende, aber fruchtbare Dunkelheit. Die Poesie ist eine Verdunkelung. Ein Auslöschen aller Lichter. Sie ist eine ewige Dämmerung, die langen Schlaf begünstigt und in der nur noch Chimären, Gespenster und dämonische Wasserspeier wachen ...

Und dann gebe es noch, brummte er, die Liebhaber des Traumes. Die Pädophilen mit ihren Kinderzeichnungen. Es gebe die Einfältigen, die nur auf das Wort der Verrückten und seine poetische Energie schwören. In allen Fällen sei es das gleiche. In allen Hypothesen, welches auch das bildhafte Schema sein mochte, sei es immer der gleiche Gedanke einer natürlichen, also unversiegbaren

Quelle oder eines entsprechenden Vorratsspeichers, aus denen die Dichter aller Zeiten schöpfen. Es gibt Dichtung, ehe es Dichter gegeben hat. Es gibt, um mit diesen Pedanten zu sprechen, eine *poësis perennis*, die uns allen vorangeht und zu der wir, wenn es nach ihnen ginge, nur den Schlüssel wieder ausfindig machen müssen. War dies nicht die dümmste, die belgischste aller Kunsttheorien?

Da ich versuchte einzuwerfen, daß die Theorie in der Tat nicht sonderlich überzeugend sei, daß ich mir aber selbst nicht ganz sicher sei, ob ich ihr mit meiner bescheidenen Auffassung vom poetischen Talisman, den man sich weiterreicht, nicht auch ein wenig verfallen sei, da ich ihn also fragte, ob es denn nicht klug wäre, die Behauptung ein wenig zu nuancieren, und da ich mich außerdem fragte, was in diesem Fall Belgien mit der Sache zu tun haben könnte und ob ich nun wirklich alle seine eindringlichen, manchmal schwerfälligen Anspielungen auf die angeblichen Fehler des belgischen Volkes notieren sollte – da sah ich ihn zum ersten Mal, seit wir unter vier Augen zusammensaßen, seinem Zorn nachgeben. Er wollte keine Nuancen! Keine Ausnahmen! Denn was er dieser »Quellen«-Geschichte vorzuwerfen hatte, war die Tatsache, daß sie, wie alle Quellen, vielen Leuten gemein sei; und da sie vielen Leuten gemein sei, könne auch die daraus entstehende Poesie nur eine gemeinsame sein. Kurzum, diese ganzen Ungereimtheiten über die Nacht, das Meer, den Schatten bewirkten am Ende nur eines, nämlich den Hordengeist in eine Aktivität hineinzubringen, die dessen Gegenteil sein sollte. Wollte ich denn die Lyrik kollektivieren? Die Literatur als utopisches, sozialistisches Gemeinschaftsunternehmen betreiben? Wünschte ich denn, morgen Herden von falschen Dichtern die großen gemeinschaftlichen Lieder singen zu hören? Und was meine philobelgischen Skrupel betreffe, sei's drum! Der Schattenschlund sei immer belgisch.

*

Zweiter Akt. Übergangslos, und während ich mir gerade Gedanken darüber machte, wie ich denn alles, was er mir sagte, mit meinen eigenen Überzeugungen in Einklang bringen konnte, verunsicherte er mich weiter, indem er jene zweite, ebenfalls typisch belgische Idee, die ein Korrelat der ersten war, angriff: die Idee der »Inspiration«.

Was ist ein inspirierter Dichter? fragte er mich mit einer Stimme, die ruhig klingen sollte, in der aber noch Spuren des Zorns mitschwangen. Was wollen sie denn sagen, diese ganzen Belgier, mit ihrem Mythos des leidenschaftlichen, glühenden Dichters, den eine spezielle Kraft und ein spezieller Schwung beseelen und tragen? Und was soll man von dem verbrauchten Bild einer lyrischen, feurigen Poesie halten, die nie besser als in einem Zustand der Trance, der Ekstase oder der Begeisterung geschrieben werden kann?

Wenn die Worte einen Sinn haben, fuhr er fort, wenn alles, was wir bisher gesagt hatten, richtig war, wenn alle Prämissen stimmten, dann ist der inspirierte Dichter ein passiver Dichter, auf dramatische Weise passiv und leidend, der, um zu schreiben, darauf wartet, daß sich die Stimmen der Nacht melden, und der deshalb darauf verzichtet, seine Kunst zu steuern. Er ist nicht Herr über seine Themen. Er ist nicht Herr über seine Rhythmen. Er ist nicht einmal Herr über den Augenblick, in dem er sich für den Griff zur Feder entscheidet, weil auch in diesem Fall alles vom guten Willen des Schattenschlunds abhängt. Er ist »besessen«, sagt der belgische Geist. Dabei müßte man sagen »entmündigt«.

Schlimmer noch: Dieser Dichter ist ein Schwächling, der sich bemüht, so schlaff, so fügsam, so biegsam wie nur möglich zu werden, um offener zu sein für die Kräfte der Tiefe, um ihnen so wenig Steifheit, Widerstand oder Trägheit entgegenzubringen wie möglich. Hohler Dichter. Sinnloser Dichter. Blutleerer, substanzloser Dichter, der überzeugt ist, daß seine Lyrik um so reicher sein wird, je ärmer er selbst ist. Entwaffneter Dichter. Geschlagener Dichter. Ein windiger Strohhalm des Bewußtseins, treibend auf der großen Flut, die kommen muß, um ihn wegzureißen. Der inspirierte Dichter will debil sein und verkündet dies auch.

Und noch schlimmer: Vor lauter Schwäche und Leidenschaft, vor lauter Feigheit und Debilität wird dieser Dichter nicht nur verkümmern, er wird sich erschöpfen, außer Atem geraten und sich auflösen. Wenn der inspirierte Dichter mitten in seiner Trance steckt, wenn er sich mit den Stimmen verwechselt, denen er seine Lippen zur Verfügung gestellt hat, dann ist er kein Mensch mehr, sondern ein Milieu. Er ist überhaupt kein Bewußtsein mehr, sondern nur noch eine Art Weg, auf dem das dichterische Wort einherwandelt. Und es ist kein Zufall, wenn die Inspiriertesten unter den Inspirierten sogar so weit gehen, daß sie behaupten, es sei angesichts der Dringlichkeit des zu Sagenden, angesichts des reinen Fließens dieser Quelle lächerlich, von einem poetischen Metier zu sprechen – und es ist kein Zufall, wenn einer seiner Freunde, bevor er sich umbrachte, prophezeien zu müssen glaubte, der Dichter werde sterben, und die Literatur werde verschwinden. Ein Mensch, der sich aufgegeben hat, erkläre immer auch die Welt nach ihm für verloren? Gewiß. In dieser Vorankündigung steckt aber auch das Wissen um das, was dieser Mythos der Inspiration ist, wenn man bis zu seiner Essenz vordringt: Der inspirierte Dichter ist ein Zeuge, ein Märtyrer – kein Schriftsteller.

Daß er unter diesen »Ultras« auch Freunde gehabt hatte, verbarg er mir also nicht. Daß er zuweilen sogar selbst in diese Geschichte verwickelt war, stritt er ebenfalls nicht ab. Und mit beispielhafter Ehrlichkeit ging er sogar so weit, daß er mir als Beweis für diese Versuchung seine Eloge an Granville und seine »Visionen eines Kranken«

nannte, seine in der Zeitschrift *Caricaturistes* gedruckte Apologie der Inspiration bei Bruegel dem Älteren, dem skurrilen Bruegel. Seine Begeisterung für Brierre de Boismont, seine theosophische Phase, ganz zu schweigen schließlich von jener Seite der *Künstlichen Paradiese,* die ich gerade selbst zitieren wollte und wo auch er die »poetischen Befindlichkeiten« pries, die so selten seien, »daß man sie als außerhalb des Menschen stehende Gnaden betrachten könnte«. Im Grunde jedoch waren ihm diese Theorien verhaßt. Sie waren das Konzentrat all dessen, was sein Weltbild stets verworfen hatte. Er konnte nicht sein Leben lang – und in seinem eigenen Leben – die Natur und das Spontane, das Instinkthafte und das Unbewußte bekämpfen, er konnte nicht eine so ausdauernde Abscheu vor dem, was er »den losgelösten Menschen« nannte, zum Ausdruck bringen, um hier und heute die entsprechende Hypothese auf dem ach so viel mehr geliebten Gebiet der Literatur und der Kunst zu akzeptieren.

In Wirklichkeit sah er die Zeiten des großen Unglücks kommen, in denen die Literatur endgültig zur Martyrologie geworden sein würde und die Schriftsteller zu den neuartigen Priestern, damit beauftragt, den Menschen die brennende Botschaft der Ursprünge zu überbringen. Die Bücher würden heilig sein. Ihr Wort heiliggesprochen. Ihre Autoren geehrt wie nie. Aber diese Sakralisierung würde die Kehrseite ihres zwangsläufigen Verfalls sein. Sie würde Hand in Hand gehen mit dem Sieg einer wilden, fast kulturlosen Kunst, in der die Neigung zum Unmittelbaren, zur primitiven, brutalen Wirkung sich durchgesetzt hätte. Und alles, was ihm an dem harten Beruf des Schreibens lieb war, die Vielfalt von Anstrengung und Neubeginn, von versteckten Zweideutigkeiten und unsichtbaren Emphasen, die unvergleichliche Qual, die der Preis der Kunst ist, wäre Vergangenheit. »Armes Belgien!« sollte die Verweigerung dieses Übergangs sein. Dieses letzte Buch sollte die unbeirrbare Eloge der Bücher, der Schriftsteller sein. Er befahl mir zu schreiben, daß die Literatur nicht Sache der Begabung, sondern des Wissens, nicht der Trance, sondern der Arbeit sei – und dies, weil der Gedanke der Inspiration zu den »weiblichen Schweinereien« zu zählen sei, bei denen Brüssel leider immer weniger über das Monopol verfüge.

*

Dritter Akt. Da er meine Ratlosigkeit bemerkte und vermutlich Wert darauf legte, besser verstanden zu werden, kündigte er mir eine präzisere, konkretere Ausführung seiner These an. Plötzlich wirkte er spöttisch. Sarkastisch. Seine Wut von vorhin war einer ungewöhnlichen Ruhe gewichen. Hätte ich mir Gedanken machen sollen? Ahnen sollen, was er im Schilde führte? Ich war viel zu begeistert. Geblendet. Vielleicht auch zu glücklich, ihn schon so lange in so guter Verfassung zu sehen. Und ich gestehe, daß ich weiterhin notiert habe – fieberhaft und demütig, im Takt mit dem Kopf nikkend, ihm flehende Blicke zuwerfend und, sobald er wieder sprach, mit doppeltem Eifer und Vertrauen fortfahrend.

Zum Beispiel griff er den Gedanken der »Tiefe« auf. Ja, er griff diesen weiteren Mythos auf, an den wir alle ein wenig glauben und demzufolge alle Dichter »tiefschürfend« sein müssen. War denn nicht klar, daß, wenn er oder ich uns den Spaß leisteten zu verkünden, Tiefe sei eine Lüge, eine weibliche, belgische Dummheit, wir beide gelyncht würden? Genau das tat er. Denn wenn alles Vorangegangene stimmte, wenn es weder Lagerstätten poetischen Erzes noch Urgedichte gab, wenn es weder Wünschelrutengänger noch natürliche Quellen gab, dann mußte man annehmen, daß es auch keinen »Meeresgrund« gab und daß die Geschichte mit der »Tiefe« Ulk war, auf den gerade noch die Spießer hereinfallen konnten. Leichtigkeit der Dichtung. Frivolität ihrer

Komposition. Klar erkennen, daß ein Vers eine Fläche ist, die auf einen anderen Vers hinweist, der wiederum eine Fläche ist, und so weiter bis ins Unendliche.

Er griff die konventionelle Idee auf, nach der die Seele, die innere Glut, das Herz, der Gefühlsaufruhr, kurzum *das Leben* eines Schriftstellers sich in seinen Büchern niederschlagen und dort strahlen und funkeln müßte. Er bat mich, mir vorzustellen, wie demjenigen begegnet würde, der protestierte und sagte: Nein, das Leben und auch das Herz und die Leidenschaft sind keine Werte, den Namen Dichter verdient nur, wer sich vor den Verlokkungen dieses »Vitalismus« zu hüten weiß. Auch dies sei sein Fall. Denn eines ergebe sich ganz deutlich aus unseren Überlegungen: der Sinn für eine spröde, fast trockene Literatur, die systematisch von ihrem Anteil an Stimmung und Wärme gereinigt wird, weil sie die Ausbrüche der Inspiration ablehnt, weil sie nicht mehr an diese ganzen Geschichten von Trance und Gefühlsaufwallungen glaubt. Härte. Abweisende Strenge. Erhabener Gleichmut der wirklich gehämmerten Verse. Wenn er die erste Tugend eines Dichters nennen sollte, würde er, ohne zu zögern, sagen: Kaltblütigkeit. Die beste Einstellung: ohne Betroffenheit, ohne Emotion schreiben und versuchen, sich dem Gleichgültigkeitsideal des wahren Dandys zu nähern. Sein höchster Traum: die französische Sprache mit so viel Distanz und Geduld zu behandeln, daß sie unter seiner Feder schließlich fast zu einer toten Sprache würde. Lob der Kälte. Und selbstverständlich Lob des Todes.

Er nahm sich jene merkwürdige Neigung der Belgier (Wieso die Belgier, mein Gott? Aber diesmal verzichtete ich darauf, ihn zu fragen ...) für die unvollendeten, fragmentarischen oder angefangenen Werke vor. Die gleiche Geschichte. Die gleiche unergründliche Dummheit. Denn was sie an diesen Werken mochten, das war die Tatsache, daß sie nicht Zeit genug gehabt hatten, sich zu schließen. Zu versteinern. Was ihnen gefiel, war dieses Bild einer auf halbem Weg, in vollem Werden unterbrochenen Kunst, die noch triefte von den Wassern, die sie inspiriert hatten und die die Arbeit des Künstlers nicht mehr hatte wegtrocknen oder verwandeln können. Er haßte dieses Bild. Er haßte die Vorstellung einer zerbrechlichen, wankenden Kunst, die im Begriff ist, zu zerfallen und in den Zustand des brodelnden Chaos zurückzukehren. Der Traum des geschlossenen, durch Gestaltung und Arbeit fossilisierten Werkes, den in ihrer Jugend Banville oder Théophile Gautier genährt hatten, war ihm unendlich viel lieber. Bücher liebte er nur, wenn sie abgeschlossen waren. Erstarrt. Von allen Seiten abgedichtet. Auf immer und ewig verschlossen. Er liebte sie versiegelt und wollte den Lesern um keinen Preis die Möglichkeit überlassen, sie zu »vollenden«. (Wer war der belgische Pariser gewesen, der diesen Unsinn geäußert hatte?) Schließlich konnte man der Inspiration nicht den Prozeß machen, ohne gebührend den Hermetismus zu preisen.

Noch ein Beispiel: diese Vorliebe für eine Wahrheit (die Belgier sprachen manchmal von »Authentizität«), die, wenn man sie hört, die Ehre der Schriftsteller ist. Einmal mehr und aus denselben Gründen bezog er den gegenteiligen Standpunkt. Er plädierte für eine konstruierte Kunst. Eine künstliche Kunst. Er rühmte die Bücher, die, weil sie verzichten auf die bequemen Inspirationsquellen einer sogenannten Natur oder eines sogenannten göttlichen Hauchs, sich ganz auf die Form verlassen müssen. Mit einer entwaffnenden Logik schlußfolgerte er sodann, daß unter der Voraussetzung, man las die Begriffe richtig, die großen Künstler nicht das Wahre, sondern das Falsche, nicht das Authentische, sondern das Lügenhafte ehren mußten. Da ich ihn bat, dies zu erläutern, nannte er den Fall von Daumier, der durch bestimmte Schwarzweißkontraste den *Eindruck* von Farbe erweckte. Den Fall von Flaubert, dem großen Manipulator vor dem Herrn, der durch eine Folge von nuancierten, immer wieder korrigierten

Wortsetzungen – das, was man einen Stil nennt – bei seinen Lesern Gefühle hervorzurufen wußte, die er selbst nicht empfand. Und schließlich, abgesehen von diesem oder jenem, das Beispiel aller Künstler, deren wahre Bezeichnung »Rhetor« oder »Verführer« oder vielleicht sogar »Schauspieler« war – jawohl, sagte er in hämmerndem Ton und mit einer Begeisterung, die die meine nur noch steigerte, wir sind Schauspieler oder Gaukler, wenn Sie wollen, oder auch Prostituierte, deren ganzes Talent darin besteht, *die Illusion der Ehrlichkeit* zu erwecken!

Und noch ein Beispiel: der Gedanke, daß der Verstand, der die Tugend der Philosophen und Denker ist, nur gelegentlich und zufällig die der Dichter und Künstler sei. Der Gedanke eines Banville diesmal. Und eines Gautier. Das war *die andere Idee* seiner einstigen Meister – niemand ist vollkommen, nicht wahr? Sie waren eben nicht in allen Punkten Meister. Und er rief mir seine wilden Attakken von einst gegen die Befürworter des *l'art pour l'art* in Erinnerung, die in ihrem Respekt vor den Formen vermutlich zu weit gingen und erlebten, wie in absurder Konsequenz ihrer Theorie aus der Literatur eine müßige Zusammenfügung von Zeilen, Lauten und Silben wurde. Würde ich wohl mit ihm zusammen den Kampf noch einmal aufnehmen? Oder gar nach ihm? Würde ich den Jüngern des Belgiers Banville oder des Belgiers Gautier zu sagen wagen, daß ein Maler nur dann ein großer Maler ist, wenn er auch große Ideen hat? Daß ein Musikstück nur anrührt, wenn es mit Gedanken angefüllt ist? Daß Wagner, Delacroix, Bronzino, Poussin zunächst einmal Ungeheuer, Wunder an Intelligenz waren? Lob der Intelligenz. Gepriesen sei der Verstand und die Vernunft. Das waren – noch einmal – die Korrelate seiner Apologie des Falschen, des Kalten und des Vollendeten.

Er diktierte mir noch einen langen Abschnitt, der alles, was vorausgeht, zusammenfaßte und in dem er diesen Kult des klaren Bewußtseins noch weitertrieb und mir erklärte, daß die großen Werke diejenigen seien, die von ihren Schöpfern von Anfang bis Ende gesteuert wurden und die man fast aus einer strengen Mathematik ableiten könnte. Dies sei die These von Poe. Es sei der Fall bei seinem *Raben*, jenem wunderbaren Gedicht, das wie ein Spiel des Geistes geschrieben war, ausgehend von einer einfachen Technik und einer präzisen Reihe von Regeln. Aber das Gesetz gelte vor allem für Michelangelo. Für Corot. Für Delacroix. Es gelte für alle Künstler, sobald sie die Dämonen der Inspiration exorziert haben. Denn wenn ihnen das gelingt, dann komponieren sie alle ihre Werke, konstruieren ihre Wirkungen, berechnen ihre Intensität. Alle stellen die Strenge vor die Inspiration, die Kunst vor die Gnade – die Technik, die Poetik vor die Poesie! Weg mit dem Zufall! Fort mit dem Würfelspiel, dem Glück oder der Vorsehung! Tod allen Einfaltspinseln, die sich vor dem unergründlichen »Geheimnis« eines gelungenen Werks verneigen! Die großen Werke haben kein Geheimnis, sondern eine Methode, und es gebe keine Methode, die ein Kenner seines Fachs nicht aufzeigen und entmystifizieren könne, so wie man ein Räderwerk oder ein Fabrikationsverfahren analysieren kann. Ich bräuchte ihn nur dazu aufzufordern.

Wollte ich es überhaupt? Brauchte ich einen Beweis? Ein genaues Beispiel? Mußte er wirklich seine Wahrheit noch einmal belegen? Nun gut. Wenn es denn sein mußte. Er war bereit dazu. Und mit einem Ausdruck spöttischer Verachtung, den ich noch immer nicht ernst nahm, erklärte er mir, daß er mir nun erzählen werde, wie – mit welchen Listen, Strategien, Methoden und kleinen Kniffen also – er, Charles Baudelaire, einige seiner Bücher geschrieben hatte.

*

Vierter und letzter Akt. Er also, Charles Baudelaire. Seine Rituale. Seine Gewohnheiten. Die geheimen Wege seines Schaffens. Seine Irrwege. Seine Kehrtwendungen.

Sein endloses Keuchen. Sein Fechten mit dem leeren Blatt. Die dreißig, vierzig verschiedenen Versionen eines einzigen Gedichts. Seine Art, es, bevor er daran dachte, es zu schreiben, auf dem leisen Feuer des Flanierens oder des Gesprächs garen zu lassen. Und schließlich – das war das Wesentliche – die Allmacht dessen in seiner Kunst, was er das Wissen und das Bewußtsein nannte.

Er erklärte mir, daß seine Gedichte alle einer Gliederung folgten. Daß sie eine Struktur hatten. Daß ihre Reime nach lückenlosen Gesetzen austariert waren. Daß er ein Sonett produzieren konnte, indem er nichts anderes tat, als eine Serie von Fetischziffern zu kombinieren. Diese Ziffern nannte er mir. Nannte mir ihre Verkettung. Eröffnete mir, daß ich in den *Blumen*, wenn ich mir nur die Mühe machte, eine ganze Reihe von Motiven entdekken könnte (eine Rosette, einen Rhombus, eine umgekehrte Pyramide, den Lageplan des Père-Lachaise-Friedhofs), die von einer einwandfreien Geometrie ausgingen. Er informierte mich darüber, daß er in »Segen« und in »Einklang am Abend« die Initialen seines Vaters mit denen von Mariette gekreuzt hatte. Daß er die Zahl der Verse von »An eine Madonna« im Verhältnis zum Alter seiner Mutter gewählt hatte. Daß die Anzahl der Strophen von »Delphine und Hippolyte« mit dem Alter übereinstimmte, das sein Großvater erreicht hatte, als er es schrieb. Schließlich eröffnete er mir, daß die ganze »Wein«-Serie nach Regeln der Metrik organisiert worden war, die vom jeweils ersten Satz der *Phantastischen Erzählungen* abgeleitet waren. Abschließend sagte er, er habe also nie – dem »nie« verlieh er besonderen Nachdruck – eine einzige der Emotionen empfunden, die er in all diesen Stücken beschrieb.

Als er dann sah, daß mich diese Informationen leidenschaftlich interessierten und daß ich jedes Fetzchen davon notierte, begann er, mich über den konkreten Schreibvorgang aufzuklären. Es gibt Schriftsteller, die mit den

Wörtern beginnen ... mit den Sätzen ... Es gibt solche, die, bevor sie den ersten Vers niederschreiben, die Aussage des Ganzen festlegen, die Abfolge der Ideen ... Er nicht! Die Wörter waren ihm völlig egal. Er pfiff auf den Sinn ... Er selbst fing an mit ... Mußte er mir wirklich sagen, womit er begann? Er begann mit den Lücken ... Jawohl, mit den Lücken ... Den weißen Flecken, wenn mir der Ausdruck lieber wäre. Er verteilte Schlüsselwörter auf den Raum des jungfräulichen Papiers ... So ähnlich wie ich, wenn ich ihm zuhörte und meine Scharnierstellen verstreute, ehe ich sie mit Inhalt umgab, so warf er ein paar Klänge, ein paar Reimvorstellungen kreuz und quer auf das Papier ... Später, viel später erst, wenn er den Rhythmus, den Singsang gefunden hatte, dann konnten die Sätze folgen ... Ob ich »Singsang« auch richtig aufgeschrieben hätte? »Refrain« könne ich noch dazuschreiben, denn er schreibe, wie ein Musiker komponiert ... Oder wie ein Maler zeichnet, seine Skizzen hinkritzelt ... Seine Entwürfe sähen Grobskizzen von Delacroix ähnlich ... Der gleiche äußere Eindruck ... Die gleiche Vorgeschichte ... Die gleiche, seltsame Manie, erst wirklich anfangen zu können, wenn er sich mit einer Geste die Bewegung des Gedichts vorgestellt hatte ... Mit Gesten schreiben ... In Geräuschen denken ... Am Anfang war die Bewegung, und dann folgte die Melodie ... Théophile Gautier sagte, daß er noch unter dem Beil des Henkers Satzzeichen einsetzen würde. Nun, er war sein eigener Henker – und vermutlich der einzige Schriftsteller, der die Satzzeichen vor den Wörtern festlegte ...

Dann hielt er inne. Er war ganz außer Atem. Und während ich, ohne eine Sekunde zu verlieren, fortfuhr, meine eigenen Lücken zu füllen, hörte ich, wie er in schallendes Gelächter ausbrach. Warum lachte er? War dies der Auftakt zu einem erneuten Anfall? Eine neue Ausdrucksform seiner Krankheit? Ging es ihm zu gut? Schon zu lange? War es zu schön gewesen, um wahr zu sein, daß ich ihn fast einen ganzen Tag lang in vollem Besitz seiner Fähigkeiten gesehen hatte? Seines Kopfes und vor allem der Sprache mächtig? Warum war dieses Lachen so böse? So grausam? Ich mußte mir nicht länger darüber den Kopf zerbrechen, denn immer weiter lachend erklärte er mir nun, daß alles, was er mir seit zwei Stunden erzähle, selbstverständlich reiner Jux sei ... Fallen, die er mir gestellt habe ... Hinterhalte, in die ich geraten sei ... Wie hatte ich eine solche Folge von Ungereimtheiten glauben können? ... Wie hatte ich solch geballten Unfug aufschreiben können, servil aufschreiben? ... Er lachte. O ja, und dieses Lachen schien mir dem Wahnsinn nahe. Und zwischen zwei Glucksern, den Körper völlig verkrampft in diesem Anfall von Boshaftigkeit, feixte er über die Einfalt der Jünger, ihre bodenlose Leichtgläubigkeit und ihre Neigung, aus der Dichtkunst Systeme zu konstruieren. »Der Beweis liegt vor, mein Freund ... Ein Jünger ist ein Idiot ... Alle Jünger sind Belgier ... Alle Belgier sind Jünger ...«

War es sein Ernst? Sollte ich ihm jetzt glauben und das Vorige vergessen? Hatte er mich wirklich seit zwei Stunden bewußt in die Irre geleitet? Was er zuletzt gesagt hatte, nun gut ... Diese Geschichten von Rosetten, Pyramiden, Fetischzahlen ... Aber das andere? Alles andere? Diese zutiefst baudelaireschen Theorien über die Literatur, die Inspiration? Ich konnte es nicht glauben. Auch heute noch glaube ich nicht ganz daran. Ich halte daran fest, daß in all diesen provokativen Äußerungen ein wesentlicher Teil Wahrheit lag. Er jedenfalls behauptete das Gegenteil. »Ich hätte Ihnen jeden Unsinn diktieren können«, fuhr er fort. »Ich hätte den Atheisten mimen können ... den Hugo ... den Belgier ... den Courbet ... Nichts hätten Sie durchschaut ... Nichts hätten Sie verstanden ... Und alles hätten Sie mit derselben bejammernswerten Idiotie aufgeschrieben ...« Daraufhin stellte er sein Lachen ein. Heuchelte einen außerordentlichen Schmerz. Richtete sich noch ein letztes Mal auf, um mit tonloser Stimme, den Zeigefinger auf mich gerichtet, zu schimpfen, daß er mir mit Recht mißtraut habe. Daß Freunde auch nicht besser seien als Kritiker oder Feinde. Und schließlich fiel er auf sein Kopfkissen zurück und murmelte noch irgend etwas über das »Mißverständnis«, das offenbar, wo auch immer er sich hinwende, sein Schicksal sei. Dies war seine letzte Äußerung. Denn ohne mir noch Zeit zu einer Antwort zu lassen, schlief er ein.

5

Am nächsten Morgen stieg ich die Treppe hinauf mit der Gewißheit, daß die gestrige Szene nicht ohne Wirkung auf die Fortsetzung unserer Gespräche bleiben konnte. Es gab zwei Möglichkeiten: Entweder würde sie zwischen uns eine noch größere heimliche Übereinstimmung hervorrufen wie bei Freunden, deren Beziehung durch einen gemeinsam ausgeführten und ausführlich nachbesprochenen Streich noch gefestigt wird. Oder aber die Falle, die er mir gestellt hatte, die unglaubliche Naivität, mit der ich hineingetappt war, würden sein böses Vorurteil gegen die Jünger, die ihre Lehrmeister hintergehen, bestätigen: Die Art, wie er mich behandelt, die fürchterliche Verachtung, die er mir plötzlich gezeigt, und die Fügsamkeit, die ich an den Tag gelegt hatte, würden in seinen Augen den bescheidenen Kredit, den ich im Laufe dieser Tage erworben hatte, zerstört haben.

Als ich das Zimmer betrat, spürte ich auf der Stelle, daß die zweite Hypothese die richtige war. Zum ersten Mal war er nicht aufgestanden. Hatte sich nicht angezogen. Offenbar hatte er auch die Dienste der Lepage verweigert, denn das Zimmer, das er stets sorgfältig hatte lüften und reinigen lassen, stank wieder wie früher nach Kampfer, Opiumtinktur und verbrauchter Luft. Als ich ihn so reglos daliegen sah – er drehte kaum den Kopf, als ich eintrat, und beantwortete meinen Gruß mit einem undeutlichen Brummen –, als ich diesen zusammengefallenen, gleichgültigen Menschen vor mir sah, der in einem Hemd dalag, dessen Unschicklichkeit ihm am Tag zuvor unerträglich gewesen wäre, fühlte ich mich wie bei unserer ersten Begegnung, als ich für ihn nichts als ein Unbekannter war – und ein Schmeichler und lästiger Eindringling dazu.

Zunächst tat ich so, als ob nichts gewesen wäre. Setzte mich wie jeden Morgen an den Tisch. Packte meine Federn aus. Gab ein paar harmlose Sätze über meine gestrige Dummheit von mir. Erkundigte mich, ob ich zu früh gekommen sei, ob es ihm angenehmer wäre, wenn ich etwas später käme. Als ich sah, daß ihn das alles nicht lockern konnte, erzählte ich ihm, wie ich gestern am späten Nachmittag noch in der Gegend der Rue Neuve herumgestreunt war und in der Buchhandlung Toussaint, wo ich mich etwas länger aufgehalten hatte, eine niedliche Dunkelhaarige, wie er sie mochte, kennengelernt hatte: Ihr matter Teint, die schmale, von einem pflaumenfarbenen Moirékleid eng umschlossene Taille hätten mich an die leichten Mädchen Caravaggios erinnert. In Wirklichkeit war sie verheiratet mit einem französischen Polizisten auf der Durchreise, so hatte ich rasch erfahren. Natürlich habe das nichts zu tun mit der starken Konzentration von Verbannten in Brüssel, die sich vor der Polizei Napoleons III. hüten müßten ... Sie machten Urlaub hier. »Wirklich nur Urlaub, das versichere ich Ihnen ... Eine entzückende Stadt, nicht wahr? ...« Ihr Mann habe Verwandte hier ... Sie nutze seine familiären Verpflichtungen, um in den Buchhandlungen herumzuschlendern und verbotene Bücher, die in Paris unauffindbar waren, aufzuspüren ... »Aber Psst ... Das ist ein Geheimnis ...!« Ihr Mann wisse nichts davon ... Er sei tausend Meilen weit davon entfernt, sich vorzustellen, daß sie diese Art von Büchern schätzte ...

Ich erzählte ihm von der Mimik der Schönen. Von ihrer Durchtriebenheit. Ich erzählte ihm von den amüsanten Grimassen, die sie machte, als ich ihr vorschlug, sie ins Hôtel du Grand-Miroir mitzunehmen, um ihr etwas mehr über diese Bücher und ihre Verfasser beizubringen. Ich beschrieb ihm mit allen von ihm sonst so geschätzten

Details ihren pseudoschamhaften Protest. Ihr gespieltes Entsetzen. Ihre Art zu seufzen und sich gleichzeitig schon hinzugeben. »Monsieur, ich bitte Sie ... ich bin die Frau eines französischen Polizisten auf der Durchreise ...« Ich beschrieb ihm ihr Getue. Die spitzen Schreie, die sie jedesmal ausstieß, wenn sich mein Knie einen Weg zwischen ihren Röcken bahnte. Und im allerletzten Augenblick, nach einem ostentativ heimlichen Kreuzzeichen, das natürlich mir galt, die unerwartete Behendigkeit, mit der sie sich auf den Bauch legte, ein hohles Kreuz machte und mich im gleichen Augenblick ohne die Spur eines Zögerns gekonnt zu ihren bevorzugten intimen Bereichen hindrehte ... Meine Geschichte schien ihn jedoch nicht zu interessieren. Sie entlockte ihm keinen jener bissigen Kommentare, die solche Erzählungen im allgemeinen bei ihm hervorriefen. Er hörte mir erkennbar nicht zu. Vielleicht nahm er mich nicht einmal mehr wahr. Verloren in Gedanken, als deren Teilhaber ich ihm wohl nicht mehr würdig erschien, ließ er mich allein mit meinen Gemütsbewegungen und mit meiner mehr und mehr kläglichen Erzählung.

Was hatte ich getan, um solche Ungnade zu verdienen? War denn mein Verbrechen so groß? Meine Leichtgläubigkeit so schuldhaft? Hatte denn dieser unbedeutende Augenblick der Naivität, der im blinden Vertrauen, das ich zu ihm hegte, das wußte er sehr wohl, begründet lag, genügt, unser wunderbares heimliches Einverständnis zunichte zu machen? Der Gedanke kam mir unglaublich vor. Mehr noch: Ich war entsetzt. Jawohl, allmählich fand ich sie unglaublich und skandalös, diese Laune – ein anderes Wort gab es nicht – eines Mannes, dem ich seit fünf Tagen mit soviel Hingabe gedient hatte und der mir nur zu danken wußte, indem er mich wie einen Lakai oder einen armen Schreiberling behandelte. Enttäuschung. Verbitterung. Zorn sogar. Demütigung. So bedeutend ein Mensch auch sein mochte, er hatte nicht das Recht, sich so zu benehmen. Sosehr man sich auch als

Baudelaire fühlte, man hatte nicht das Recht, den Verfasser der *Zehn kleinen Glossen zur Förderung des Modernitätsgedankens* und von *Der Traum des Aristoteles* mit einer solchen Überheblichkeit zu behandeln. Man konnte alles tun, alles sagen, ich war bereit, mir die verhementesten Vorwürfe anzuhören, mir den brutalsten Hinauswurf gefallen zu lassen – nicht aber diese stumme Gleichgültigkeit, auf die mich nichts und niemand jemals vorbereitet hatte.

Dies war der Stand meiner finsteren Überlegungen. Ich war am Rande eines Eklats, eines Aufstands. Ich zürnte dem undankbaren, bettlägerigen Greis, der sich plötzlich so schlecht benahm. Ich sagte mir, daß diese grundlose Bosheit vielleicht das Vorzeichen nahender Senilität sei. Ich habe mich sogar beim Gedanken ertappt – Höhepunkt der Blasphemie –, daß dies die Quelle allen Übels sei, all seines Unglücks, das er mir seit fünf Tagen mitteilte ... Schließlich war er selbst schuld ... Recht geschah es ihm ... Wer weiß, ob nicht alle bösen Geschichten, die über ihn im Umlauf waren, da ihren Ursprung, ihre Wahrheit hatten? ... Dies also waren meine frevelhaften Gedanken. Ich war im Begriff, meinen Federkasten einzupacken, mein Heft zuzuschlagen und mich zu verabschieden, als er endlich das Schweigen brach. Es war Mittag. Ich sollte bald verstehen, daß diese ganze Verbitterung, dieser Haß nicht in dem Maße mir galten, wie ich es mir eingebildet hatte.

Was mich, glaube ich, am meisten verblüffte, noch bevor ich den Sinn seiner Äußerungen verstand, das war seine Stimme. Sein Redefluß. Dieser plötzlich rauhe, gebrochene Tonfall, voller Ächzen und Stöhnen und Pausen, ähnlich wie während der Anfälle, nur daß der Anfall diesmal chronisch zu sein schien. Und dann der Klang, ungewöhnlich dumpf, wie erstickt, der spezifischen Färbung und Musik beraubt, die bis dahin ihren Reiz ausgemacht hatten. Ein ernüchterter, verzweifelter Ton. Der Ton eines Menschen, der sich lange Zeit mit Worten etwas vorgemacht hat, der aber plötzlich klar sieht und dies nicht minder klar zum Ausdruck bringt – und den dieser Scharfblick in unendliche Traurigkeit stürzt. Und dann vor allem, viel seltsamer noch, die wirre Rede: Ein Satz überlagerte den anderen, ein Gedanke jagte den nächsten, das Ganze war eher ein Gekeuche als ein Vortrag, eher ein Jammern oder Schreien als ein Reden. Ein Sturzbach an Ideen. Eine Flut von Wörtern, übrigens genauso spannend wie am Tag zuvor, genauso authentisch – nur daß er sich diesmal nicht der Mühe unterzog, eine logische Gedankenfolge einzuhalten, zu überzeugen, geschweige denn auf mein Mitschreiben Rücksicht zu nehmen.

Wenn ich nach all diesen Jahren versuche, die Folge von Gedanken, Verwünschungen, blitzartigen Einfällen nachzuvollziehen, dann erkenne ich zunächst eine Reihe von Reflexionen über das, was er den Zweck der Literatur nannte. Die jungen Leute sind Schwärmer, sagte er ... Da ist ein Gegenstand ... Vor ihren Augen ... Sie können sich nicht eine Sekunde vorstellen, daß er es nicht immer war und daß er es womöglich nicht für immer und ewig sein wird ... So ist es mit der Literatur. Sie glauben, sie sei ewig ... Sie glauben, es werde immer Bücher geben und Leute, um Bücher zu schreiben ... Welch ein Irrtum! ... Welche Naivität! ... Als ob die Menschen nicht schon ohne Bücher gelebt hätten ... Als ob das Nichtvorhandensein von Büchern nicht über Jahrhunderte und Jahrhunderte dem Normalzustand der Menschheit entsprochen hätte ... Die so spät entstandene Literatur ... Nach der Malerei, der Plastik, der Musik ... Nachdem alle Kunstformen, ausnahmslos, ihr vorangegangen waren und ihre Maßstäbe gesetzt hatten ... Nun denn, was gewesen ist, wird sein ... Diese Kunstformen, die ihr vorangegangen sind, werden sie vermutlich überleben ... Und er sei in der Lage, mir anzukündigen, daß diese Bücher, an denen wir so hingen, demnächst in das Nichts zurückkehren würden, das lange Zeit ihr Los war ... Ich brauchte nur zuzuhören ... mich umzuschauen ... Ich brauchte nur den seltsamen Mißkredit zu beobachten, in den jetzt bereits der Name Dichter geraten sei ... »Wir sind die letzten, mein Freund ... Die letzten ... Oder aber, und das läuft auf dasselbe hinaus, die ersten, die den Niedergang unserer Kunst am eigenen Leib spüren.«

Ich erinnere mich auch an eine ziemlich konfuse Theorie zum Begriff der Nachwelt. Um an die Nachwelt zu glauben, um hoffen und sich vorstellen zu können, daß uns ein Werk überleben wird, mußte man seines Erachtens auf die Ewigkeit der Kunst, ihrer Formen und ihrer Werte bauen ... Man mußte von einer Unabhängigkeit der Werke von der Zeit, in der sie entstanden und gewachsen sind, ausgehen ... Von einem Buch sagen die Leute, es stamme nicht aus unserer Zeit ... Nicht von jenem Ort ... Nur scheinbar sei es mit jenem Moment unserer Geschichte verbunden, in dem ein ganz gewöhnlicher Zufall es hat aufblühen lassen ... Nichts, absolut nichts halte es zurück oder binde es an diesen Zufallsrahmen, aus dem es ohnehin nur flüchten will ... An die Nachwelt glauben hieß mit anderen Worten, an die Theorien des *l'art pour l'art* glauben. Er aber hatte sein ganzes Leben lang solche Theorien bekämpft. Er hatte immer wieder betont, daß das reinste, das vollkommenste aller Werke *auch* seinen Anteil an Bedingtheit hat. Er hatte sogar als allererster jene Neigung, die Bücher im Vergänglichen, im Provisorischen zu verankern, »Modernität« getauft. Woraus logischerweise folgte, daß er zur Stunde unseres Gesprächs weder das Recht noch die Macht beanspruchen konnte, sich in der Illusion eines posthumen Schicksals zu wiegen ...

All diese Motive vermischten sich eher untereinander, als daß sie aufeinander gefolgt wären, aber er sprach dabei auch über sein eigenes Werk. Das alte Lied ... Das klassische Thema ... All diese Unvollkommenheiten, diese Unzulänglichkeiten, dieses Bereuen, dieser Verrat, deren

Katalog er eine Woche zuvor erstellt hatte, als er mit seinem Gedächtnis und seiner Krankheit noch allein war. Nur daß diesmal, wenn es um die Zukunft seines Werkes ging, ein Hauch von Wut und Groll hinzukam, die erkennbar nicht mehr nur die Verblendung der Männer seinesgleichen zur Zielscheibe hatten. Es gibt Schriftsteller, die die Aussicht, daß ein Buch sie überlebt, beruhigt und mit Freude erfüllt. Er jedoch hielt dies für absurd. Offenbar sogar für unangenehm. Das Bild jener Seiten, die in fremden Köpfen weiterwachsen und Blüten treiben würden, war ihm wohl so widerwärtig wie die Vorstellung, daß Haare und Fingernägel an Leichen weiterwachsen. Damit wollte er nichts zu tun haben. Er verscheuchte den Gedanken aus seinem Kopf. Und man mußte sich nicht allzusehr bemühen, um aus dieser Weigerung eine Spur nicht nur von Haß, sondern von Ressentiment herauszuhören – als ob er eifersüchtig wäre, schlichtweg und wahnsinnig eifersüchtig auf diese unerträglichen *Blumen des Bösen,* die die Vermessenheit besaßen, ihn zu überleben, während er bald sterben mußte. Das eine kam zum anderen, diese merkwürdige Rivalität kam zu seinen alten Zweifeln, seiner alten Unsicherheit hinzu, und sein Haß schwoll noch mehr an. Diesmal aber gegen sich selbst. Gegen seine Verse und sein Talent. Gegen jenes »Belgische«, was er genau wie die anderen – oder noch stärker als die anderen – in sich trug.

Er war es, der sprach. Ich will sagen, daß es seine Stimme, seine Worte waren. Aber durch diese Worte, durch diese Stimme hindurch waren es die anderen, die sprachen. Alle anderen. Die kleine Horde, die ihn seit Paris verfolgte und deren Argumentation er wie ein armseliger und göttlicher Bauchredner aufnahm. Er sprach wie Sainte-Beuve ... Wie Silvestre ... Er sprach wie all jene bornierten Kommentatoren, die in ihm nichts als einen Borel sahen, der überlebt hatte, oder als einen Champfleury, der gescheitert war ... Seine *Blumen* sah er mit den Augen des Richters Pinard ... Seine *Paradiese* mit denen von Victor Hugo ... Er fragte sich, ob er sich in der Tat nicht getäuscht hatte in Richard Wagner ... In Delacroix ... Über die Bedeutung von Poe und seinen *Erzählungen* ... Nein, nein, er hatte sich nicht getäuscht ... Denn sie, sie waren wahrhaft bedeutend ... Sie hatten das Pech im Leben besiegt ... Sie würden einen Namen hinterlassen, sie hatten ihn schon hinterlassen ... Und es hatte seines pathetischen Wunsches bedurft, nicht allein dazustehen vor dem Mißerfolg und dem Unglück, um ihn dazu zu bringen, ihre letztlich doch gelungenen Schicksale mit dem seinen zu vergleichen ... Das wahre Problem, das war er ... *Sein* Werk ... Sein Zusammenbruch ... Also auch seine Unzulänglichkeiten ... Seine Prosagedichte zum Beispiel – konnte er denn ganz sicher sein, daß sie denen von Janin ebenbürtig waren?

Als ich schüchtern, mit zugeschnürter Kehle – dem Kummer, der mich überwältigte, konnte ich kaum widerstehen –, ihm zu bedenken gab, daß er die Thesen und Verleumdungen seiner schlimmsten Feinde aufgriff, hielt er einen Augenblick inne, dachte nach und wackelte seltsam mit dem Kopf von rechts nach links, von oben nach unten, ehe er mir antwortete, ja, in der Tat, dies sei möglich ... aber Silvestre sei ein großartiger Kritiker gewesen ... Sainte-Beuve ein bemerkenswerter Leser ... daß ein Leser sich täuschen könnte ... zwei vielleicht ... drei ... daß sie sich aber nicht alle gleichzeitig, mit den gleichen Argumenten täuschen könnten ... Noch einmal kam er auf die Sache mit der »Modernität« zu sprechen und murmelte, man könne nicht, wie er es getan hatte, großartig auf das Zeitalter, auf das Übergangshafte und Flüchtige verweisen – und im letzten Augenblick das Urteil, das sich daraus ergibt, ablehnen ... Er spreche wie seine Feinde? ... Um so besser ... Als ob nur bei Feinden der Hauch der Einfalt wehte ... Als ob ich ihm nicht, ja, ich, die Beweise für jene noch viel schlimmeren Mißverständnisse geliefert hätte, die sich aus der Freundschaft ergeben können ...

Selbstverständlich hatte ich zu schreiben aufgehört. Schon lange. Denn das Schauspiel eines so bedeutenden Mannes, der sich derart selbst herabsetzte, war in meinen Augen viel schrecklicher als sein Unfug vom Vortag. Zumal an dem Punkt, an dem wir angelangt waren, nachdem der Nachmittag in diesem Ton vorübergegangen war, ohne daß er einen Augenblick an dem entsetzlichen Bild, das er von sich entwarf, zweifelte, einzig und allein der Ausgang des Ganzen von Bedeutung schien. Und unverkennbar beschleunigten sich die Dinge. Ich hätte wie am ersten Tag die jugendliche Fahne jener »Baudelaire-Schule« schwingen können, die zu vertreten ich gekommen war. Ich wußte – ich spürte –, daß es sinnlos war, daß diese Stunde schon vorüber war, daß er unendlich weit entfernt war von all diesen möglichen Tröstungen und daß er kraft dessen, was er mir gesagt hatte, kraft aller Betrachtungen über sich, die Literatur im allgemeinen oder die Illusionen des Nachruhms, dem tragischen Ende nicht mehr entgehen konnte, das ich seit einer gewissen Zeit kommen spürte.

Sein Werk sei nun mal, was es sei, flüsterte er mit fast unhörbarer Stimme. Solide herausgegeben. Ungeschickt herausgegeben. Manchmal unauffindbar. Wie er mit Schulden und Hypotheken belastet. Aber letztlich existierte es, und auf gewisse Weise entglitt es ihm. Dieses Buch hier hingegen sei noch im Werden begriffen ... Jawohl, dieses Buch über Belgien ... Dieser Entwurf eines Meisterbuchs, den wir zusammen in Angriff genommen hätten ... Er bedanke sich für meinen Eifer ... Doch, doch, es sei alles sehr gut ... Niemals hätte er sich einen so treuen, so einfühlsamen Sekretär erhofft ... Dies alles habe jedoch keinen Sinn mehr ... Diese Seiten erfüllten keine Funktion mehr ... Wozu ein Werk abschließen, ihm ein letztes Wort hinzufügen, wenn man endlich wie er das Nichts all dieser Dinge erkennt? Es sei Zeit ... Gerade noch Zeit ... Nichts hindere ihn daran, diese eitlen Tage auszulöschen wie auf einer Schultafel einen Fehler, ohne Konsequenzen ... Nichts spreche dagegen, daß diese Sitzungen, dieses Diktat, diese lächerlichen Schwärmereien, diese Hefte, die ich vollschrieb und jeden Abend in meinem Zimmer sorgfältig aufräumte, niemals wirklich existiert hätten ... Anders ausgedrückt, er habe nur noch eine Bitte an mich ... Das würde unser ganzes morgiges Pensum sein ... Und vollkommen verblüfft hörte ich ihn sagen, ich möge ihm doch helfen, ehe es zu spät sei, sein »Armes Belgien!« zu verbrennen!

Sechster Teil

I

Die darauffolgende Nacht war die grausamste, die ich im Hôtel du Grand-Miroir verbrachte. Was sollte ich tun? Gehorchen? Mich über die Weisung hinwegsetzen? Den Willen des Autors für heilig halten? Sagen: Was immer man davon hält, so schwach und gebrechlich dieser Wille auch sein mag, er ist das letzte Wort der Geschichte? Das höchste Gebot? Davon ausgehen, daß Charles Baudelaire auch als kranker, siecher, vielleicht verzweifelter, halb wahnsinniger Mann allein Herr über das ist, was er der Nachwelt anbieten – oder entziehen – will? Oder im Gegenteil der Meinung sein, daß nur die Bücher heilig sind? Daß nur der Dienst an ihnen, der Respekt, den wir ihnen schuldig sind, unantastbar sind? Daraus folgern, daß »Armes Belgien!« gerettet werden muß – auf die Gefahr hin, den letzten Willen eines Sterbenden zu verletzen?

Banale Fragen, nehme ich an. Zumindest klassische Fragen. Es sind die Fragen, die sich vermutlich auch die Erben von Racine gestellt haben. Die Getreuen von Chamfort oder Rousseau. Es ist die große Debatte, die derzeit, während ich dies hier niederschreibe, auch wenn ich jetzt sehr weit davon entfernt bin, den Mallarmé-Clan spaltet: »Verbrennt nur alles, da gibt es kein literarisches Erbe, meine armen Kinder.« Und die treuesten der armen Kinder – ich kenne sie so gut! –, kaum ist der Meister unter der Erde, die Trauerzeit beendet, beeilen sich, ihren Eid zu brechen und die verbotenen Papiere zu veröffentlichen ... Für mich jedoch, in Anbetracht dessen, der ich war und dessen, der Charles Baudelaire war, in Anbetracht der Verbindung, die zwischen uns geknüpft, und der Art, wie dieses Buch entworfen und vorbereitet worden war, mußte eine ganz spezielle Problemlage entstehen. Zumal sie sich im Lichte der Nacht und der Schlaflosigkeit mit einer nicht gerade banalen Idee verknüpfte, deren schreckliche Ungehörigkeit ich fast auf der Stelle erkannte, die sich aber im Laufe der Stunden in meiner fiebrigen Phantasie immer präziser, immer konkreter darstellte, die hartnäckig wiederkehrte, wenn ich versuchte, sie zu verjagen, und meine schüchternen Einwände immer herrischer beiseite fegte.

Um die Entstehung dieser Idee zu begreifen – vor allem auch, um die fatale Hartnäckigkeit zu ermessen, mit der sie mich beschlich und sich schließlich durchsetzte –, muß man sich einmal mehr den ganz besonderen Rahmen jener Zwiegespräche vergegenwärtigen, aus denen ich gerade kam. Dieses Buch, »Armes Belgien!«, war gewiß von Baudelaire. Jeden Satz davon hatte er gesprochen. Jede Seite artikuliert. Er hatte sie mir bis hin zur winzigsten Modulation diktiert mit jener fast morbiden Sorgfalt derer, die sich bewußt sind, daß sie sich dem letzten Wort nähern. Aber war ich denn nicht auch da? Hatte ich es nicht gewollt? Mit aller Kraft gewünscht? Hatte ich es nicht eigenhändig notiert und wieder abgeschrieben? Gab es eine einzige Zeile, eine einzige Silbe, an die mich die Magie des Diktats und zugleich meine eigene Inbrunst nicht geradezu physisch gebunden hätten? Man hat gesehen, wie ich mich dabei ertappte, wenn ich sein Zimmer verließ und in die Stadt ging, daß ich so handelte und mich so verhielt, wie er es selbst getan hätte. Was für mein Verhalten zutraf, galt noch mehr für meine Auffassungen. Selbst wenn ich vor meiner Ankunft in Brüssel in einigen Punkten anders gedacht hatte als er, diese Tage des intensiven Kommunizierens hatten genügt, um alle Divergenzen auszulöschen. Ich dachte mit seinen Gedanken. Ich sprach mit seinen Worten. Ich ertappte mich immer häufiger dabei, schon vor jener berühmten Nacht, daß ich einige seiner Sätze in meinen Heften mit dem absurden, aber hartnäckigen Gefühl wiederlas, daß sie nicht von ihm, sondern von mir waren.

Dazu kommen jene »Talisman«-Geschichten, die Sache mit dem »poetischen Geheimnis«, etc. Man bedenke, daß das Ziel meiner Reise lediglich darin bestand, des berühmten Schatzes habhaft zu werden, der in meinem literarischen Rüstzeug fehlte, indem ich seinem begnadetsten Inhaber so nahe wie möglich kam. Man bedenke, was er mir über den Ruhm gesagt hatte. Über die Verachtung, die er dafür hegte. Man überlege jene sybillinische Aussage, die jedoch in der Stille dieser Nacht eine ganz neue Anschaulichkeit gewann, daß er zu alt sei für den Ruhm und daß nur Leute meiner Art, die noch jung waren und voller Glut steckten, das Recht hätten, danach zu streben. War das letztlich nicht ein Zeichen? Eine Botschaft an mich? War es nicht eine Art zu sagen, daß ich nicht nur sein Schreiber, sondern sein Apostel, sein Botschafter, der allerletzte Getreue sei, dem er sein Zeugnis übereignete, mit der Auflage, es weiterzutragen, wie auch immer es mir richtig erschien? War es nicht eine Weise, mir – unausgesprochen, gewiß, oder nur halb ausgesprochen, wie das immer zwischen uns geschah! – zu verstehen zu geben, daß in dieser Welt der Literatur, von der er mir oft genug gesagt hatte, daß das Schicksal der Bücher von ihrer Taufe abhängt, niemand besser in der Lage war als ich, diese wunderbaren, aber – das wußten wir – so gefürchteten Seiten vorzustellen oder ihnen gar Pate zu stehen?

Daran erinnere ich nicht, man möge mich richtig verstehen, um eine Idee zu entschuldigen, die ich heute als erster für unentschuldbar halte. Es geht mir darum, den Nährboden anschaulich zu machen, auf dem sie gedieh sowie die Verknüpfung von Umständen und Illusionen, die sie damals unvermeidlich erscheinen ließen. Ich war nach Brüssel gekommen, um den Schatz der Poesie zu heben. Ich hatte stets die Absicht gehegt, zumindest einen Teil davon mit nach Hause zu bringen. Nun hatte ich aber mehr als einen Teil, ich hatte das Ganze. Besser noch, ein echtes Buch. Und mit diesem Buch, das da in meinem Zimmer lag, in meinen Heften festgehalten, welche wiederum in einer Truhe lagen, die ich in meinem bis zur Karikatur ausgeprägten Nachahmungstrieb direkt neben meinem Bett aufgestellt hatte, um es noch im Schlaf berühren, spüren zu können, mit diesem Buch also hatte es die Bewandtnis, daß durch tausend Zeichen, die zu entziffern mir aufgegeben war, sein Autor mir zweierlei zu verstehen nahelegte: erstens, daß er sich von ihm lossagte, zweitens, daß er mich zu dessen einzigem und allmächtigem Erben ernannte. Wie sollte mir unter diesen Umständen der Gedanke nicht gekommen sein – tückisch, hinterlistig, ich wiederhole es, und im Verlauf der Stunden dann immer unverhohlener –, diese Seiten nicht nur zu retten, sondern sie mir anzueignen und, sagen wir es rundheraus, zu stehlen?

Am frühen Morgen, als es wie immer Zeit war, in sein Zimmer zu wandern, war ich an diesem Punkt meiner Spekulationen angelangt. Entsetzt natürlich über die Aussichten, die sich mir eröffneten. Besser als jeder andere konnte ich ihre Unvernunft erkennen. Andererseits aber war ich von ihrer Logik genügend besessen, um in Gedanken die verschiedenen Verhaltensweisen durchzuspielen, zwischen denen ich mich einen Augenblick später würde entscheiden müssen, wenn ich ihm gegenüberstand. Mit ihm reden? Ihn überzeugen? Ihm sagen, daß Lukas, Markus, Matthäus und Johannes ja auch mit ihrem Namen für das jeweilige Evangelium eingestanden waren? Oder im Gegenteil gar nichts sagen? Ihn hintergehen? Ein falsches Bündel verbrennen und ihn glauben machen, es sei das richtige? Oder aber alles vergessen? Diese unheilvollen Gedankenspiele aus meinem Kopf verbannen? Und die Frucht unserer Arbeit weisungsgemäß vernichten? Ich glaube sagen zu können, daß ich noch nicht wußte, wofür ich mich entscheiden sollte, als ich die Treppe hinaufging. Ich war wie von einem doppelten Taumel ergriffen, der es mir verbot, einen Entschluß zu fassen. Und ich dachte gerade, daß es das beste wäre, alles vom Schicksal abhängig zu machen – vom Eindruck des Augenblicks, von den ersten Worten, die er sprechen würde, von der Art, wie er mich empfangen würde, vom Geruch des Zimmers, von den Schatten des Porträts im Zwielicht des Morgens –, als eine kräftige Stimme meine Träumerei unterbrach: Auguste Poulet-Malassis stand ein paar Stufen über mir, die Faust in die Hüfte gestemmt. Er sah völlig aufgelöst aus. Die Haare wirr. Auf seinem Gesicht ein Ausdruck von Schmerz und Groll. »Halt! Keinen Schritt weiter!« polterte er. »Es steht sehr schlecht um Baudelaire.«

Wie soll ich die wirre Flut von widersprüchlichen Gedanken schildern, die mich augenblicks überschwemmte? Zunächst natürlich Schock. Bestürzung. Oder vielmehr nein, Bestürzung ist nicht das richtige Wort. Denn diese Nachricht hatte ich erwartet. Auf sie gelauert. Seit sechs Tagen hatte ich mich wie Scheherazade bemüht, den verhängnisvollen Augenblick hinauszuzögern, die Ungeheuer zu besänftigen, von denen ich wußte, daß sie ihn belagerten, und seit sechs Tagen war keine Minute vergangen, ohne daß ich um uns herum nicht die dumpfe Gegenwart seines Leidens und seiner Krankheit gespürt hätte. Sagen wir doch: Ich war ergriffen. Auf eine ehrliche, unverstellte Weise bedrückt. Und dann auf der Stelle der Gedanke, der mir nicht zu Unrecht gekommen war, unlängst, als ich abends sein Zimmer verließ: Dieses Buch hielt ihn am Leben; vielleicht, wer weiß, hatte der Verzicht darauf die Rückkehr des Anfalls beschleunigt. Und gleich danach, den ersten Kummer brutal abkürzend, die liebevollen, traurigen Gedanken überlagernd, die einen Jünger erfassen, wenn er eine solche Nachricht erfährt, stellte sich die Frage ein, die ich in meiner Situation nicht umgehen konnte: Was war in diesem Fall mit dem Dilemma, das mich beschäftigte? Was waren die Auswirkungen auf das Problem, mit dem ich mich eine Nacht lang in allen Einzelheiten herumgeschlagen hatte?

Einerseits war das nun der falsche Augenblick. Er hätte nicht ungünstiger sein können. So traurig ich auch war, es fiel mir schwer, nicht zu denken, daß das *auch* eine Katastrophe war, weil ihre erste Wirkung darin bestand, mir meine Aufgabe schwieriger zu machen. Wer von Anfall sprach, meinte Ärzte. Wer von Ärzten sprach, meinte die massive Rückkehr einer »gegnerischen Partei«, die nur allzu glücklich war, ihren Einfluß auf den Patienten wieder geltend machen zu können. Und wer von alldem sprach, meinte zwangsläufig auch, das wußte ich, eine neue Situation – und damit eine ganz erhebliche Schwächung meiner Position. Poulet-Malassis stand da. Starrte mich an. Trotz seines Schmerzes genoß er den Triumph, den das Schicksal ihm bescherte. Aber hinter ihm, vorerst noch unsichtbar und stumm, sah ich schon die ganze Meute von Freunden, Pensionsgästen und Verwandten, die sich im gleichen vorwurfsvollen Ton an mich wenden würden wie Madame Aupick in ihren Briefen. Wie sollte ich da mit List vorgehen, das falsche Bündel eines falschen »Armes Belgien!« verbrennen, wenn Ancelle oder Marcq oder Poulet mich aufsuchen würden und, legitimiert durch den ausdrücklichen Willen des Meisters, mich bitten würden, die Manuskripte zurückzugeben?

Andererseits gab es eine zweite Hypothese. Sie war noch finsterer. Noch unlauterer. Aber es gab sie. Und zu ihr muß ich mich wohl oder übel bekennen, da ich beschlossen habe, alles zu sagen. »Es steht sehr schlecht um ihn«, hatte Poulet gesagt ... Was hatte das zu bedeuten? Was verbarg sich eigentlich hinter der Kürze dieses Ausdrucks? Stand es etwa noch schlechter als schlecht um ihn? Anders ausgedrückt: Lag er im Sterben? Jawohl, lag er im Sterben, und hatte man vielleicht sogar beschlossen – erster Schachzug der gegnerischen Partei! –, mir die Information zu verheimlichen? Der Gedanke war scheußlich, ich wiederhole es. Ich machte mir auf der Stelle Vorwürfe, weil ich es gewagt hatte, ihn überhaupt zu denken. In der Verfassung, in der ich mich jedoch befand, nach dieser Nacht, in der ich *sämtliche* Möglichkeiten erwogen hatte, fiel es mir schwer, ihn nicht wenigstens in Erwägung zu ziehen. Denn wenn das der Fall war, wenn Baudelaire hier an diesem Anfall sterben sollte, der ihn offenbar nach meinem Weggehen niedergestreckt hatte, und wenn er vor seinem Tod nicht mehr genügend Zeit haben sollte, seinen letzten Willen mitzuteilen, dann geriet alles ins Wanken – und diesmal zu meinen Gunsten: Dann würde es niemanden geben, niemals, der von der Existenz besagten Buches wissen würde; niemanden also, um es in seinem Namen von mir zu fordern. Also könnte ich in aller Freiheit und unverhoffter Straflosigkeit meine Pläne ausführen.

Da sich Poulet-Malassis eine Aufgabe – und vermutlich eine geheime Freude – daraus machte, mir den Zugang zu dem Zimmer zu verwehren, war ich auf Mutmaßungen angewiesen. Also verbrachte ich meine Zeit damit, während wie vorausgesehen die Menge der Vertrauten herbeiströmte, die Gesichter zu beobachten, um darin zu erkennen, welche der beiden Hypothesen die wahrscheinlichste war. Einmal sagten mir Poulets düstere Miene, Dr. Marcqs sorgenumwölkte Stirn, ein Seufzen oder ein geflüstertes Gespräch, das sofort verstummte, wenn ich mich näherte, daß die zweite Annahme die richtige war und daß man umgehend seinen Tod melden würde. Dann wieder deuteten das hektische Treiben der Ärzte, ein Lächeln von Arthur Stevens oder der geschäftige Gesichtsausdruck von Madame Lepage, wenn sie frische Umschläge brachte, darauf hin, daß es ihm besser ging, daß sich meine Lage komplizierte und man jeden Augenblick das Buch abholen würde. Eine Woche war vorübergegangen, die wichtigste in meinem Leben. Und nun befand ich mich wieder am Ausgangspunkt – wie am ersten Tag gezwungen, in den Gängen herumzuschleichen, wie ein Domestik an den Türen zu horchen und den Gesichtsausdruck von Leuten zu deuten, die mit dem

Kranken nicht annähernd die Beziehung hatten, wie ich es von mir behaupten konnte.

Die weniger gut Informierten, die mich sichtlich aufgewühlt im Gang der zweiten Etage herumstehen sahen, hielten mich vermutlich für einen jungen unbekannten Schreiber, der weiß Gott wie von der Krankheit des Meisters informiert worden war und dessen demütiger Kummer ein rührendes Schauspiel abgab. Diejenigen hingegen, die mich kannten und die, wie Poulet oder die Ärzte, geneigt waren, unseren »Sitzungen« einen Teil der Schuld an diesem Anfall zuzuschreiben, schienen beinahe erfreut, einen jungen Mann demütigen zu können, der es sechs Tage lang gewagt hatte, sie auszustechen. Keiner ahnte natürlich die Wahrheit. Keiner konnte wissen, daß ich an den Ereignissen hinter der verbotenen Tür so brennend interessiert war, weil mein eigenes Schicksal davon abhing. Im übrigen war ich erschrocken, als ich bemerkte, daß die Intensität dieser Spannung, die wachsende Nervosität, mit der ich die Lösung des Dramas erwartete, schließlich alle anderen Fragen ausgelöscht hatten, die mich noch wenige Stunden zuvor so sehr beschäftigten: keine Schwindelgefühle mehr, keine Seelenqualen. Und als ob das ganze Gewicht der Ungewißheit sich auf den Ausgang jenes Kampfes, den dieser Körper gegen die Krankheit, den Tod und die Ärzte führte, verlagert hätte, hatte ich nicht mehr die geringsten Zweifel an der Rechtmäßigkeit meiner Absicht!

Der Morgen verging auf diese Weise. In Hektik und Bangen. Und doch gleichzeitig auch in innerer Ruhe. Für mich kam nun alles darauf an, das Urteil der Ärzte abzuwarten und den Argwohn der Anwesenden nicht zu wecken. Ich konnte mich nicht entfernen, aus Angst, in diesem Augenblick käme der Befehl, den Text zurückzugeben, und weil es dann so aussehen mußte, als wollte ich mit meiner Beute die Flucht ergreifen. Ich konnte auch nicht ewig auf der Treppe herumlungern, ohne daß man sich über die Beweggründe einer Beharrlichkeit Fragen stellte, die gegenstandslos war, da man mich ja ausschloß. Da sich nichts tat und ich allmählich keine Lust mehr hatte, zum x-ten Mal die x-te Grimasse von Madame Lepage zu beobachten, beschloß ich am frühen Nachmittag, daß ich mich wohl am besten in mein Zimmer zurückzöge, um dort auf die Weiterentwicklung der Ereignisse zu warten. Die Stunden vergingen. Ich hatte das Gefühl, Gefangener meines eigenen Planes und des Prozesses, den er in Bewegung gesetzt hatte, zu sein. Und dann, als ich auf meinem Bett lag und jedem Geräusch lauschte, als ich mir gerade vorstellte, wie dieses Buch über Belgien in Paris unter meinem Namen veröffentlicht würde, erschien Monsieur Ballotin.

Monsieur Ballotin, das brauche ich wohl nicht zu betonen, ist nicht die Art von Person, die in mir eine überschäumende Sympathie erweckt. Ich mochte seine kugelrunden Augen nicht. Sein unterwürfiges Gehabe. Die kleinen, zurückhaltenden Gesten des Herrn, der einiges weiß, aber entschlossen ist, seine Gesprächspartner eine Weile hinzuhalten. Ich verabscheute sein Gesicht, das Gesicht eines ungewaschenen Kindes. Diesen Mund, den er unentwegt mit der Zunge befeuchtete, als ob er stets im Begriff wäre, eine große Offenbarung zu machen. Sein Bärtchen in der Form eines Artischockenbodens, das er mit den Fingerspitzen streichelte, wobei er einen tiefsinnigen Blick vortäuschte. Und in seiner Art, einen am Arm zu ergreifen, wenn er einem auf dem Flur begegnete, und einen zur Seite zu nehmen, um einem Vertraulichkeiten ins Ohr zu flüstern, lag etwas, was mich vor ihm flüchten ließ, wann immer ich ihn von weitem erblickte. An diesem Tag war er vermutlich ebenfalls des Zimmers verwiesen worden. Ich stellte mir vor, wie die Lepage das übernommen hatte: »Gehn Sie, gehn Sie, mein kleiner Emile, bleiben Sie nicht hier, Sie sehen doch, daß Sie stören.« Aus diesem Grund hatte sich zwischen uns eine Art Gemeinschaft hergestellt, die zu nutzen er fest entschlossen schien. Meine erste Reaktion war, ihm wie üblich zu erklären, ich sei müde, wir würden uns ein andermal sehen. Dann fiel mir ein, daß ich in meiner Situation nichts mehr zu verlieren hatte, selbst wenn ich mit einem Ballotin gemeinsame Sache machte; deshalb besann ich mich anders und bat ihn herein. Das erwies sich als gute Idee. Denn die Information, die er mir brachte, war bedeutsam genug, um eine Ausnahme zu rechtfertigen.

»Es gibt Neues«, fing er an, keuchend und mit hochrotem Gesicht. »Doch, doch, es gibt Neues ... Ich habe es von Madame Germaine persönlich ... Und die Sache ist so ungeheuerlich, daß man sie mir nur unter dem Siegel der allerhöchsten Verschwiegenheit anvertraut hat ...« Da ich nicht antwortete und er vermutlich enttäuscht war über meine Zurückhaltung, fuhr er fort: »Ich sag' Ihnen doch, daß es Neues gibt ... Er wird davonkommen, stellen Sie sich das mal vor ... Ja, doch, die Ärzte sind sich alle einig. Er wird ganz gewiß davonkommen ... Aber es spielt sich etwas Unglaubliches ab, etwas, was ich von den Ärzten habe und worauf Sie nie kämen ...« Und da ich mich noch immer nicht rührte und mich trotz meiner wachsenden Verwirrung bemühte, die gleiche scheinbare Indifferenz wie immer an den Tag zu legen, sagte er: »Sie werden doch nicht hier liegenbleiben und in die Luft stieren, als ob die Nachrichten vom Himmel fallen würden ... Sie kämen nie darauf, aber diesmal war die Attacke so stark, daß sie das Hirn angegriffen hat ... Doch, doch, das ist gewiß, sie hat sich auf das Hirn geschlagen ... Die letzte auch? Nun gut ... Das will ich Ihnen einräumen ... Nur daß diese hier, unsere jetzige, eine Besonderheit aufweist, daß sie ihm das Sprechen und das Schreiben genommen hat ... Agraphie und Aphasie, so heißt das doppelte Unglück von Charles Baudelaire ...«

Gott sei Dank war der Kerl selbst viel zu aufgeregt über seine geniale Formulierung, als daß er den Schock, den diese Information bei mir auslöste, bemerkt hätte. Das Ereignis war von riesiger Bedeutung. Es brachte mit einem Mal alle meine Konstruktionen durcheinander. Es machte alle meine klugen Berechnungen zunichte. Es schuf die einzige Situation, die ich in der Tat niemals vorhergesehen hätte und die das unlösbare Drama, mit dem ich mich herumschlug, in völlig neuem Licht erscheinen ließ. Wenn Ballotin recht hatte, wenn Charles Baudelaire sowohl die Sprache als auch die Fähigkeit zu schreiben verloren hatte, dann waren die Götter der Poesie eindeutig auf meiner Seite. Die Erkenntnis setzte sich wie bei unserer ersten Sitzung mit strahlender Klarheit durch: Der Dichter war schlichtweg nicht mehr in der Lage, sich irgend jemandem über unsere Manuskriptgeschichte zu eröffnen, heute nicht und morgen nicht. Keine Frage mehr, kein Dilemma mehr. Alle meine Ängste, meine Befürchtungen und also auch meine Unentschlossenheit und meine Skrupel waren gegenstandslos. Die Krankheit hatte die Entscheidung gefällt: Die Existenz von »Armes Belgien!« würde fortan zwischen uns ein ewiges Geheimnis sein.

Nun war alles klar. Der weitere Weg zeichnete sich überdeutlich ab. Wie jedem anständigen Verbrecher, der seine Beute in Sicherheit gebracht hat, blieben mir noch ein paar Restaufgaben zu erledigen: meine Spuren zu verwischen; ein letztes Mal über die Fehler nachzudenken, die ich vielleicht gemacht hatte; noch einmal, und das war wichtig, die wenigen möglichen Zeugen der begangenen Tat durchzugehen. Da war Ballotin, aber der war zu dumm. Das Ehepaar Lepage: Die hatten nichts kapiert. Caroline Aupick, die wußte, daß wir an den belgischen Notizen gearbeitet hatten: Es würde genügen, sie zu besuchen, wenn möglich zu beschwichtigen, ihr zu erklären, daß ihr armes Kind leider nicht mehr in der Lage gewesen sei, irgend etwas zu diktieren. Da war aber auch Poulet, der möglicherweise am Tag, als wir ihn so schroff des Zimmers verwiesen hatten, das offene Heft auf meinem Schreibtisch gesehen und vielleicht sogar ein, zwei Sätze hatte entziffern können: Aber der hatte genügend Schwierigkeiten mit der Polizei seines Landes und ich genügend Verbindungen, so daß er sich gegebenenfalls leicht überreden lassen würde, alles zu vergessen. Und was meine Pariser Freunde betraf, die das Ziel meiner Reise kannten und bei meiner Rückkehr nicht versäumen würden, mich mit viel Scharfsinn auszufragen: Ihnen brauchte ich ja nur zu sagen, daß ich Baudelaire in der Tat gesehen hätte, daß wir uns einige Male unterhalten hätten, daß er aber zu diesem Zeitpunkt nur noch der Schatten seiner selbst gewesen sei und daß ich meine ganze Zeit damit verbracht hätte, die Brüsseler Kirchen zu besichtigen.

Meiner Sache sicher, packe ich meine Koffer. Verabschiede mich von der Lepage. Schüttle schmerzlich ein paar Hände, mit dem Ausdruck des lieben Jungen, der sich entschließt wegzugehen, wissend, daß seine Gegenwart leider nichts mehr ändern wird. Ich habe natürlich das Gefühl, daß mich das geringste Wort verrät. Daß jede meiner Gesten Argwohn erweckt. Ich achte darauf, daß ich in der Halle, als ich meine Rechnung bezahle, das Köfferchen auf dem Boden stehen lasse, nicht zu weit entfernt, aber auch nicht zu nah, um nicht das Gefühl zu vermitteln, ich hätte ein allzu wachsames Auge darauf. Als ich dann plötzlich den Eindruck habe, daß Poulet, der zufällig des Weges kommt, es seinerseits mit übermäßiger Neugier betrachtet, ergreife ich es mit verräterischer Heftigkeit. Noch auf der Straße bin ich bei jedem Schritt darauf gefaßt, daß jemand mich einholt. Während der zwei Stunden, die ich am Bahnhof auf meinen Zug wartend verbringe, sehe ich Stevens und Marcq hinter jedem Pfeiler. Erst als ich im Waggon sitze und der Zug Richtung Paris rollt, erkenne ich endlich das Ausmaß meines unglaublichen Glücks: Hier auf meinem Schoß ruhen die Hefte, die den allerletzten Stand der allerletzten Gedanken des größten aller Schriftsteller wiedergeben – und mir widerfährt die Ehre, meinen Namen darunter zu setzen.

2

In Paris wartete die Entdeckung auf mich, daß ich die Erinnerung an Charles Baudelaire nicht so leicht loswerden würde. Wo immer ich hinging, was immer ich unternahm, ich trug jenes schöne, abwesende Gesicht vom Tag unserer letzten Begegnung mit mir, sein makelloses Hemd, seinen wieder vertrauensvollen Blick, die Geste, mit der er gesagt hatte, daß seine Bücher nicht zählten, seine Seufzer, sein Stammeln und schließlich jenen letzten Gefallen, auf den er mich verpflichtet hatte. Was machte er inzwischen? Wo war er? Was dachte er? Wann, in welchem Augenblick, war ihm alles klargeworden? Haßte er mich? Verfluchte er mich? Hatte er vor allem einen Weg gefunden, die Geschichte des Buches, das in meinen Koffern Brüssel verlassen hatte, zwar nicht zu erzählen, aber durch Gesten und entsprechende Zeichen aufzudecken? Es verging kein Tag, nein, keine Nacht, ohne daß diese Fragen, vor allem die letzte, mich heimsuchten. Ich konnte nicht glauben, daß die Dinge so einfach seien. Es konnte doch nicht wahr sein, daß man völlig ungestraft die heiligsten Texte eines Todgeweihten entwendete. Und in der Tat, als die Euphorie endgültig vorüber war, verbrachte ich den größten Teil meiner Zeit damit, überall nach Zeichen, Informationen oder Berichten zu suchen, die mich zumindest vorübergehend beruhigen könnten – anstatt mich an die Arbeit zu machen und in aller Gelassenheit von den Früchten meines Diebstahls zu profitieren.

Alle Mittel waren mir recht. Ich besuchte Asselineau in seinem Büro in der Bibliothèque Mazarine unter dem verlogenen Vorwand, einen Artikel über die Konservierung alter Bücher schreiben zu wollen. Ich besuchte Ancelle, indem ich mich als Journalist der Zeitung *Le Temps* ausgab, der sich einigermaßen für Literatur begeisterte, der ihn aber zunächst über seine Tätigkeit als Bürgermeister befragen wollte. Ich besuchte Manet (hatte man mir nicht gesagt, daß er der letzte Mann gewesen war, für den er »leidenschaftliche Freundschaft« empfunden hatte?), dem ich erzählte, ich würde für ein belgisches Blatt eine entscheidende Stellungnahme zu seinen angeblichen El Greco- und Goya-Nachahmungen vorbereiten. Ich besuchte Madame Paul Meurice. Nadar in seinem Atelier. La Fizelière, der bereits seine Baudelaire-Biographie vorbereitete und deshalb zwangsläufig einer der ersten sein würde, dem Gerüchte zu Ohren kommen würden. Manche kannten mich. Andere nicht. Aber die Methode war immer die gleiche: Voller Befürchtungen, aufgeregter vielleicht noch als zu Beginn unserer Diktate, dirigierte ich sie ganz allmählich, wie durch Zufall, zu dem einzigen Thema, das mich in Wirklichkeit hergeführt hatte. Sie redeten. Ich hörte ihnen zu. Ich hütete mich, allzuviel Betroffenheit oder Ungeduld an den Tag zu legen. Und an dem hochhöflichen Entgegenkommen, mit dem sie ihr Wissen preisgaben, merkte ich auch jedesmal, daß keiner irgend etwas ahnte.

Da Ancelle mir verriet, daß Madame Aupick eine kurze Reise nach Brüssel gemacht und mit ihrem Sohn »interessante Begegnungen unter vier Augen« gehabt hatte, die sie »sehr schmerzlich berührt« hatten, machte ich einen Abstecher nach Honfleur, fest entschlossen, wenn es sein mußte, die Tasse Tee, das freundliche Gespräch mit Emon, die sachkundige Führung über die Veranda und die unumgänglichen Ekstasen vor den Petunienrabatten über mich ergehen zu lassen. Diesmal war das Spiel mühsamer. Die Komödie schwieriger. Aber das Experiment demzufolge auch schlüssiger. Denn ich hatte es mit jemandem zu tun, der aufgrund der Reise eine Hälfte der Wahrheit kannte und die kriminelle andere Hälfte daraus hätte schlußfolgern können. Aber auch in diesem Fall trat nichts dergleichen ein. Nicht die Spur eines Argwohns. Nicht die leiseste Anspielung. Sie erwähnte zwar unsere »Sitzungen«. Aber im leicht vorwurfsvollen Ton der Mama, die uns gewarnt und mir ja auch geschrieben hatte, nicht wahr, daß sie ihrem Jungen nicht guttäten. Freundlich fügte sie hinzu, daß meine »Unvorsichtigkeit« sowieso nichts geändert habe. Fragte mich höflich nach dem Aufsatz, den sie einmal mehr mit ihren »Standpunkten« anzureichern vorschlug. Sehr stolz erklärte sie, daß sie, seit er krank sei, immer wieder das Lob seiner Herzensbildung höre. Aber die Vorstellung, daß ihr Kind, das sie in so übler körperlicher Verfassung vorgefunden hatte, in derart kurzer Zeit so etwas wie ein Buch hatte entwerfen können, dieser Gedanke flog sie nicht einmal an.

Nach ihren Angaben hatte »das Kind« das Hôtel du Grand-Miroir drei Tage nach meiner Abreise verlassen. Man hatte ihn in ein sehr anständiges Hospiz in der Rue des Cendres, in der Nähe des Botanischen Gartens gebracht, das von Augustinerinnen geführt wurde. Die Krankenschwestern seien ziemlich derb, beklagte sie sich ... Etwas streng ... Ihre Art, die Patienten zum Beten anzuhalten, sei gar zu einfältig ... Auch das Essen sei nicht gut ... Und obwohl sie Monsieur Ancelle gebeten habe, mittels Zuzahlung bessere Verpflegung zu erreichen, sei sie nicht ganz sicher, ob ihr Charles auch immer satt werde ... Insgesamt aber sei ihr diese Lösung ganz angenehm ... Ohnehin hätte es keine andere gegeben ... Ob ich mir vorstellen könne, daß sie in Honfleur, bei all ihren Verpflichtungen, einen körperlich so geschwächten Jungen aufnehmen und pflegen könnte? Ob ich mir vorstellen könne, was die Freunde ihres verstorbenen Mannes sagen würden, wenn sie ihn hier in diesem Zustand zu Gesicht bekämen ...? O doch, er sei gut aufgehoben, da wo er war ... Sie habe soeben der Schwester Oberin geschrieben und sie dringlich gebeten, ihn zu behalten ...

Wie sie ihn angetroffen habe? In welchem Zustand? Ach ja, mein Gott, eine leichte Besserung sei zu verzeichnen gewesen, er habe wieder lächeln können ... Manchmal sogar lachen ... Sogar das Gehen habe er wieder angefangen ... Aber ja doch ... Ja, mit einem Stock zwar und gestützt auf den Arm eines Freundes, aber er habe gehen können ... Er habe eine erkennbare Freude gezeigt, Schaufenster zu betrachten und das Schauspiel der Straße zu genießen. Das Sprechen hingegen, ja gewiß, damit ging es nicht sehr gut. Das sei ihm, befürchte sie, endgültig abhanden gekommen ... Sein ganzer Wortschatz beschränke sich – welche Schande, aber was wollen Sie, man ist ja nicht verantwortlich für seinen Sohn – auf ein häßliches »dammtnochmal«, das er jeden Augenblick wiederhole und das die Schwestern sehr verschrecke.

Charles Baudelaire an Aphasie leidend ... Seine wunderschöne Sprache auf die grauenvolle Schlichtheit eines Schimpfwortes zusammengeschrumpft ... Die Nachricht, das kann man sich denken, hatte sich schließlich verbreitet. Neben den Aupicks und den Ancelles schokkierte sie alles, was die Baudelaire-Schule an sensiblen Geistern zu bieten hatte. Überall in den Redaktionen, im *Parnasse*, im *Artiste* und sonstwo, kam man zusammen und besprach endlos den schweren Verlust. Auch da war ich zugegen. In diesen Konklaven war ich nie der letzte, der sich über die grausame Fratze des Schicksals empörte. Ich war niemals um eine fromme Träne verlegen, wenn das tragische Paradox erörtert wurde, daß dieser Mann des Wortes im Wort getroffen, der Mann der Sprache in der Sprache gelähmt worden war. Und mit beachtlicher Eloquenz brachte ich jedesmal zum Ausdruck, wie undenkbar es sei – auf »undenkbar« legte ich allen Nachdruck –, daß eine so schöne Sprache für immer versinke in einer Nacht ohne Hoffnung. Dabei ging es nicht mehr darum zu erfahren, ob man mich durchschaut hatte oder nicht. Sondern darum, mich auf viel subtilere und vermutlich perversere Weise in den Vordergrund zu schieben bei einer Trauer, deren größter Nutznießer ich in Wirklichkeit war. Ich lachte in mich hinein und sagte mir, daß ich »den Teufel provozierte«. Ich kam mir vor wie einer jener Verbrecher, die in einer Zeitung den Bericht über den Mord lesen, den sie am Vortag begangen haben, und die mit diebischer Freude ihre Mitmenschen aufstacheln: »Dieser Mann ist ein Metzger ... Für einen solchen Menschen müßte man die Radfolter wieder einführen ...«

Die große Frage in unseren Zirkeln war, ob das Sprechen allein betroffen war und sozusagen die Schätze des Verstandes verschont blieben, ob sich Baudelaire also über andere Kanäle noch würde ausdrücken können, oder ob das eine mit dem andern Hand in Hand ging, die Gedanken mit den Worten beschädigt waren und der Schiffbruch vollkommen – ob der Kranke somit »in den vegetativen Zustand eines ganz kleinen Jungen« versetzt sei, entsprechend einer gräßlichen Aussage der Mutter. Die Frage war von Bedeutung. Sie lieferte nächtelang den Stoff für leidenschaftliche Diskussionen. Ich erinnere mich insbesondere an einen Abend, als das Redaktionskollegium des *Parnasse* in voller Besetzung dazu die Meinung der Wissenschaft hören wollte und feierlich den Arzt Dr. Bergeron empfangen hatte, den unbestrittenen Fachmann für solche Krankheiten. Und wer saß auch hier wieder in der vordersten Reihe? Wer lauschte mit der größten Gier dem, was die Wissenschaft zu sagen hatte? Und wer verteidigte am verbissensten in der darauffolgenden Diskussion die These eines völlig bewußten Baudelaire mit unangegriffenem Verstand, mit ungebrochenen Meinungen, Entschlüssen, Empörungen, selbst dann noch, wenn sie kein Organ mehr hatten, um sich auszudrücken? Ich. Natürlich ich. Als ob ich, nicht zufrieden damit, das Schicksal herauszufordern, das Bedürfnis gehabt hätte, an das Bild des zornigen Dichters zu glauben, der mich aus seiner Umnachtung heraus mit seiner Wut verfolgte.

Ich erinnere mich sogar, daß ich bei dieser Gelegenheit eine kleine Theorie erfunden habe, die in unseren etwas leichtgläubigen Kreisen bestens ankam und die ich zwecks erhöhter Seriositätswirkung die Theorie der *substitutiven Ausdrucksformen* nannte. »Es gibt die einfachen Aphasien«, erklärte ich mit dem Ernst eines Kirchenvaters, der sein Leben lang über nichts anderes nachgedacht hat. »Diese entsprechen der vollkommenen Stummheit, wo das Wort sich gewissermaßen verirrt hat, ohne zuzulassen, daß eine andere Sprache diese Schwäche kompensiert. Erinnern Sie sich, wenn Sie solche unglückseligen Menschen sehen, wie oft Sie von gewissen Tieren gesagt haben, es fehle ihnen nur die Sprache ... Und dann gibt es die komplexeren Aphasien mit starkem Substitutionsfaktor, wo der Patient sich weiterhin ausdrückt mit Hilfe von tausend Gesten und Pantomimen. Die serösen Säfte haben das Hirn verlassen. Sie haben Bahnen gewählt, die man erst bei einer Autopsie entdecken wird. Vorerst liegt die ganze Schwierigkeit darin, in diesen Gesten mehr als Gesten zu erkennen und den verborgenen Sinn zu entziffern, der sich anatomisch in sie zurückgezogen hat.« Selbstverständlich war Baudelaires Aphasie von dieser zweiten Sorte. Und ich hatte die Stirn, den zuhörenden Freunden zu erklären, daß wir uns sehr wundern würden über die Gedanken, die sich hinter der scheinbaren Schwachsinnigkeit verbargen, wenn, ja wenn wir in der Lage wären, ihr Geheimnis zu erraten.

Diese Theorie – ich muß es mit Nachdruck betonen – verfolgte ich nicht nur: Ich glaubte daran. Damit will ich sagen, daß es in der tiefsten Tiefe meines Gewissens keinen Zweifel gab, daß dieser Mann, den ich seines kostbarsten Gutes beraubt hatte, in seinem Verfall die Fähigkeit behalten hatte, sich an den Diebstahl zu erinnern und demzufolge mich zu verfluchen. Warum glaubte ich das? Aus welcher sonderbaren Mischung aus Herausforderung, Wahnsinn, Selbsthaß, vielleicht auch Scharfblick oder auch schon Reue heraus? Ich weiß es nicht. Aber die

Tatsache stand fest. Diese Idee wich nicht mehr aus meinem Kopf. Im Laufe der Tage wurde sie noch quälender als die Frage, ob ich nun, ja oder nein, entlarvt war.

Und als ich eines Abends in Anwesenheit von Banville, Mendès und ein paar anderen behauptete, ich hätte Nachrichten aus Brüssel bekommen, die Ärzte hätten wohl Fortschritte gemacht, und sie seien, als neue Brailles oder Champollions der Seele, dem echten Linear B auf der Spur (womit endlich die schreckliche Sprache jener Mimik, jener Grimassen entziffert werden konnte, in der Charles Baudelaire nach Augenzeugenberichten seinen Ausdruck suchte), an jenem Abend also dachten meine Zuhörer wohl endgültig, daß ich phantasierte! Ich aber war überzeugt, daß in meiner Erfindung eine Portion Wahrheit steckte.

Vorerst und in Erwartung des Tages, an dem gleichzeitig meine Theorie obsiegen und meine Schandtat aufgedeckt würden, versuchte ich, ihn mir vorzustellen, dort in seinem Hospiz, wie er verzweifelt versuchte, seine Botschaft vernehmlich zu machen. Er wütete. Stampfte mit den Füßen. Machte wilde Gesten. Zeigte den Krankenschwestern Bücher. Wies auf Hefte. Vielleicht war es ihm mittels hundert Verrenkungen sogar gelungen, sich ein Bändchen über Belgien besorgen zu lassen, das er nun wie einen Beweis drohend herumschwenkte. Da er sich nicht verständlich machen konnte, regte er sich auf und schrie noch lauter. Er hielt der Nonne die Broschüre unter die Nase, als wollte er sie bedrohen, sie zurückdrängen oder sie schlagen. Die Nonne bekam Angst. Brüllte ihrerseits. Bekreuzigte sich. Kniete nieder. Rief nach Verstärkung, um diesen Tobsüchtigen zu bändigen, der sie hatte schlagen wollen. Er begann zu schluchzen. Grauenvolle Laute drangen aus seiner Kehle. Er keuchte mehrmals hintereinander »ot ot« und unternahm übermenschliche Anstrengungen, um einen Namen auszusprechen. Und wenn er endlich erkannte, daß es ihm nicht gelingen würde, daß die Laute nicht mehr entstehen würden, daß diese dummen Gänse tausend Meilen davon entfernt waren, seine Botschaft zu verstehen, dann warf er sich aufs Bett, wie er es, Erzählungen seiner Mutter entsprechend, getan hatte, wenn er seine Haarbürste oder seinen Schuh forderte und sie ihm seinen Wunsch nicht sofort erfüllte.

Nachts war es noch schlimmer. Denn in meinem Bett, in jenem Schwebezustand zwischen Wachen und Träumen, in dem ich immer häufiger verharrte, stellte ich ihn mir nicht mehr vor, nein, ich sah ihn. Er war hier. In meinem Zimmer. Ebenso körperlich anwesend wie ich es in seinem gewesen war, im Grand-Miroir. Er trug dasselbe Hemd wie am Tag unserer Begegnung. Hatte das gleiche verzweifelte Gesicht wie im Moment, als er mich anflehte, die Hefte zu verbrennen. Aber er war ruhiger. Heiterer. Sein Gesicht war zwar nicht wirklich verjüngt, hatte aber die Falten der letzten Tage verloren. Seine Augen, die zwar immer etwas zu sehr glänzten, waren mit Tränen gefüllt. Manchmal hielt er ein Kruzifix in der Hand, das er an seine Lippen führte, wenn ich ihn ansah. Manchmal war es auch ein dickes Heft mit Wachstucheinband, das meinem glich und auf das er geschrieben hatte: »Armer Baudelaire!« Und wie er so am Fußende meines Bettes stand, stumm, nur ein wenig die Lippen bewegend, sah er mich mit so schmerzerfülltem Blick an, daß ich schluchzend erwachte.

Habe ich schon erzählt, daß ich ihm im Hôtel du Grand-Miroir vor unserer verhängnisvollen letzten Sitzung eine Photographie entwendet hatte – jenes von Charles Neyt gefertigte Porträt, das er seinem eigenen Geständnis nach »nicht mehr so gern« sah? Dieses Detail ist nicht ganz unbedeutend. Denn diese Photographie hing jetzt, wie es sich gehört, in einem liebevoll ausgewählten Rahmen in meinem Zimmer, an der Wand gegenüber meinem Bett, genau wie er gegenüber seinem das Porträt seines Vaters aufgehängt hatte. So daß ich – selbst wenn es reiner Zufall war, selbst wenn ich mir nicht wirklich gesagt hatte: Ich werde diese Photographie von Neyt so plazieren wie er das schlechte Porträt von Naigeon – meine nächtlichen Halluzinationen zwangsläufig mit denen vergleichen mußte, die er mir erzählt hatte: Wenn er François lebendig werden und seinen Rahmen verlassen sah, um ihm seine ewigen Vorwürfe zu machen. Ich sah ihn, jawohl, wie er seinen Vater sah. Ich sah ihn auch, wie er Arondel sah – darüber hatte er mir ein andermal berichtet –, jene Verkörperung des Wuchers, der ebenfalls bis zum Schluß in seinen Alpträumen herumgeisterte. Es war, als ob Charles Baudelaire mein Vater wäre. Oder mein Gläubiger. Was bedeutete, daß ich mich immer mehr, je mehr Tage vergingen und je stärker mein Wahn wurde, als sein Schuldner fühlte und, um ehrlich zu sein, als Verbrecher.

Das Manuskript war da. In meinem Zimmer. Ich hatte es – man bemerke wieder den verhängnisvollen Nachahmungszwang – in die große Holztruhe gelegt, wo ich meine Texte fortan zu verwahren beschlossen hatte. Aber alles war verändert. Ich war glücklich gewesen, als ich Brüssel verließ, meines Glücks, meines zukünftigen Ruhms sicher, ich hatte auf der ganzen Rückreise diese Hefte beschnüffelt, gestreichelt und immer wieder gelesen, ich hatte viele Stunden damit zugebracht, mir ihre endgültige Form und schließliche Veröffentlichung vorzustellen, und jetzt rief der bloße Gedanke an diese Truhe Ekel in mir hervor. In Wahrheit war der Zauber dahin. Alle hübschen Illusionen, in denen ich mich in Belgien gewiegt hatte, alle Alibis – das Erbe, die Vermittlung, der poetische Talisman, den man sich überträgt, der Apostel und die Evangelien –, die ich benutzt hatte, um meine Tat zu ummänteln, hatten sich wie Fata Morganas verflüchtigt. Übrig blieb die Ruchlosigkeit. Die Reue. Und abermals eine ganz große Unschlüssigkeit.

3
Der Bericht des Paters Dejonker

Ja natürlich erinnere ich mich. Es war 1866, ein schlimmes Cholera-Jahr, in dem man nicht selten innerhalb einer Nacht und allein im Hospiz Sainte-Elisabeth fünfzig bis sechzig Personen vom Leben in den Tod hinübergehen sah. Es gab dort einen Hausseelsorger, einen sehr einfachen, aber braven Mann namens Coppaert, der vielleicht auch noch am Leben ist. Ich hingegen wohnte am anderen Ende von Brüssel, Place du Sacré-Cœur, am Fuße des kleinen Hügels, auf dem die Kirche Woluwe-Saint-Lambert steht. Man rief mich nach Sainte-Elisabeth an den ganz grausamen Tagen, wenn die Leute zu schnell starben, der Seelsorger überfordert war und sein Ziborium nicht mehr ausreichte oder wenn ein »Fall« eintrat, der aus irgendeinem Grund außergewöhnlich schien. So tugendhaft die Nonnen auch sein mochten, sosehr sie in Glauben und Barmherzigkeit aufgingen, sie waren Mädchen vom Lande, die sich von unerwarteten Situationen völlig aus der Fassung bringen ließen. Ohne meinerseits ein hoher Gelehrter zu sein, hatte ich doch mein Theologiestudium in Saint-Sulpice und mein Philosophiestudium in Nantes absolviert bei Lazaristen, die »modern« genug waren, um den Ruf ihres Ordens Lügen zu strafen – so daß ich zu jenen jungen Priestern zählte, die begeistert waren von Wissenschaft und Metaphysik und von denen man eigentlich nicht mehr sagte: »Sie sind mehr heilig als gelehrt.«

An jenem Morgen hielt ich mich im Garten des Pfarrhauses auf und meditierte über eine Stelle der Evangelien, die ich zum Thema meiner sonntäglichen Predigt machen wollte. Es war einer jener schönen, lauen, wolkenlosen Apriltage, wie es sie manchmal in Brüssel gibt, an denen Licht und Sonne mit der Unbekümmertheit, zu der nur die Natur fähig ist, alle Qualen einer Nacht auslöschen zu wollen schienen, die noch mörderischer gewesen war als üblich und die wir, meine Vikare und ich, damit zugebracht hatten, in den Armenvierteln herumzulaufen, um dort die Heiligen Sakramente zu spenden. Es war früh. Ich hatte gerade Zeit genug gehabt – deshalb ist meine Erinnerung bis heute so genau –, meine Morgengebete zu sprechen, die Sieben-Uhr-Messe zu lesen und in aller Eile die Abrechnung der Gemeinde zu prüfen. Ich war nicht ganz bei der Sache, so tief hatten die Bilder der Nacht, die Klagen der Sterbenden, der Schrecken des kleinen Mädchens, das mein Kruzifix zurückgewiesen hatte, sich in meine Seele eingeprägt. Und zu dieser äußerst ungewöhnlichen Stunde, wo man mich sonst nie bei meinen Meditations- und Lesegewohnheiten störte, kam Victoire, meine alte Haushälterin, und sagte schüchtern, an der Tür sei eine der Nonnen vom Hospiz und weine wie Hagar in der Wüste. Man hatte sie gebeten, später noch einmal zu kommen. Aber sie wollte mich unbedingt und sofort sprechen.

Besagte Nonne war mir nicht unbekannt. Es war Schwester Perpetua, eine der frommsten, aber auch naivsten der kleinen Gemeinde – eines jener Unschuldslämmer (davon hatten wir leider mehr als eines), die überall den Teufel sehen und keinen Schritt tun ohne ihr Buch der Hexenbeschwörung. Ich war also nicht sonderlich erstaunt, als sie mit übertriebener Erregtheit die Falten meiner Soutane küßte und eine obskure Geschichte von einem französischen Exilanten erzählte, den man ihnen vom Hôtel du Grand-Miroir gebracht hatte und der, wie sie mir sagte, in den Klauen Satans stecke. Sie berichtete mir von seinen Schreien. Von seinen langanhaltenden, lautstarken Lachanfällen. Den zahllosen Gotteslästerungen, die sie dazu zwangen, Türen und Fenster des Zimmers zu schließen. Sie erzählte mir, daß Schwester Gertrude am Abend vor seiner Ankunft ein Wiesel gesehen habe, das vor dem Tor über die Straße lief, ein ungewöhnliches Zeichen. Daß am Tag danach Schwester Leonie beim Abendessen festgestellt habe, daß ihre Gabel und ihr Messer ihren gewöhnlichen Platz verlassen und sich über Kreuz gelegt hatten. Sie sagte, Mutter Isabelle in Person habe sie zu mir geschickt; sie habe ihr übrigens – ein Zeichen der hohen Dringlichkeit – den Wagen des Hauses zur Verfügung gestellt; wenn ich nicht sofort käme, würde das ganze Kloster von einem bösen Zauber befallen. Das arme Mädchen war derart aufgewühlt, daß mir kaum etwas anderes übrigblieb, als ihrer Bitte Folge zu leisten. Ich legte mein Meßbuch nieder. Gab Victoire Anweisungen. Ging noch mal in die Sakristei, um dort das Salzfläschchen und das Weihwasser, die Stola und das Chorhemd mitzunehmen, die ich, wie ich befürchtete, benötigen würde. Und dann saß ich also gemeinsam mit Schwester Perpetua im Wagen und rollte in Richtung Hospiz, dem schönen Vormittag der Selbstbesinnung und des Gebets nachseufzend.

Unterwegs mußte ich mir noch allerlei Erzählungen anhören, eine abenteuerlicher als die andere, aus denen hervorging, daß der »Verdammte« – sie nannte ihn nur den »Verdammten« – Tränen aus Blei weinte; daß er in der vergangenen Nacht richtiges Blut geschwitzt habe; daß er sich nicht erkannte, wenn man ihm für seine Toilette einen Spiegel brachte, und daß er sein Spiegelbild grüßte. Sie erzählte mir, er behalte neben seinem Bett eine geheimnisvolle Truhe, an die niemand rühren dürfe und aus der seine Zimmergenossen ganze Schwärme von bösen Geistern hatten emporsteigen sehen. Vor allem aber deutete sie mir an – wobei sie allerdings gleich sagen müsse, daß ich mir sicher vieles selbst denken könne, denn sie, sie würde lieber sterben, als mir alles zu erzählen –, wie dieser Teufel von Mann Schwester Henriette quälte, die unlängst erst ins Kloster gekommene kleine Novizin, die sich um seine Bettwäsche kümmerte und bei der er sich nur zu bedanken wußte, indem er jedesmal absichtlich das Laken lüftete, wenn sie kam. Aber ich konnte ihr noch so sehr Vernunft predigen, ihr erklären, daß der Fall bei Schwerkranken häufig eintrete, daß die Vision des Todes die Menschen nicht von ihren niedrigsten Gedanken heile und daß die Sklaverei der Sinne von allen die hartnäckigste sei: sie war nicht davon abzubringen; sie konnte immer nur die Geschichte der Novizin wiederholen, deren Blick nun befleckt war und die nur noch auf der Stoppelmatratze schlief, die schwer sündigen Nonnen vorbehalten war. Und ich stellte nicht ohne Erstaunen fest, daß sie sich nicht etwa beruhigte, je näher wir der Rue des Cendres kamen, sondern daß ihre aufgeregte Litanei nur noch hektischer wurde.

Im Hospiz selbst erwartete mich ein noch erstaunlicheres Bild. Dieses Haus, das ich immer zwar nicht gerade friedlich – Orte, an denen Tod und Krankheit herrschen, sind nie vollkommen friedlich –, aber erfüllt von Würde und geistlichem Sinn erlebt hatte, war von einer plötzlichen und ungeheuren Unordnung erfaßt. Eine Nonne stand draußen auf der Straße, jegliche Regel des Anstands übertretend, und paßte unsere Ankunft ab. Andere knieten auf den bloßen Steinfliesen im Sprechzimmer und weinten oder beteten im Zustand der äußersten Verwirrung. Überall nichts als Murmeln, Seufzen, Lärm von zugeschlagenen Türen, verstohlenes Laufen auf den Gängen oder auf der großen Haupttreppe, die man normalerweise nur gemessenen Schrittes hinunterging. Und selbst Mutter Isabelle – ihre strenge und schlichte Haltung war für alle Mädchen stets ein Vorbild gewesen – zeigte ein aufgelöstes Gesicht und eine fahrige Redeweise. Was war nur los in diesem Haus? Welcher Hauch des Wahnsinns wehte durch diese Oase des Friedens? Würde ich am Ende noch dem Geschwätz von Schwester Perpetua Glauben schenken müssen? Ich gestehe, daß ich in diesen Minuten hin und her gerissen war zwischen der

Ungeduld, die die Ausschreitungen des Aberglaubens stets in mir hervorrufen, und einer Form von *Interesse* (Neugier wäre nicht das passende Wort für einen Mann meines Standes) für denjenigen, der offenbar ein solches Durcheinander verursachte.

Muß ich betonen, daß ich zu diesem Zeitpunkt noch nichts von ihm wußte? Schwester Perpetua hatte mir ganz allgemein von einem »Patienten« erzählt. Sie hatte lediglich noch erwähnt, daß er Franzose sei. Sie hatte mir, glaube ich, nicht einmal gesagt, daß es sich um einen Schriftsteller handelte. Und selbst wenn sie es betont hätte, selbst wenn sie nicht nur den Beruf, sondern auch einen Namen erwähnt hatte – was Mutter Isabelle vermutlich irgendwann einmal im Laufe des Tages getan hat –, hätte dies damals kein besonderes Echo in mir geweckt. Inzwischen habe ich Ihren Baudelaire gelesen. Viele Jahre danach war es sogar eine heilige Pflicht, diese Würdigung demjenigen zu erweisen, dem ich zufällig auf Grund meines Standes begegnete, ohne ihn zu kennen, und der sich später nach gewissen Aussagen als Dichter von großem Talent herausstellte. Aber soweit bin ich noch nicht. Wir stehen, vergessen Sie das nicht, am Beginn des Jahres 1866, als niemand in Brüssel, selbst in den literarischen Kreisen, von seiner Existenz weiß. Es wird noch lange dauern, bis Männer der Kirche und des Glaubens in seiner Doktrin des Falls, der Sünde, der Natur oder der göttlichen Strafe das Zeichen eines Katholizismus erkennen, der zwar in schiefe Bahnen geraten ist, jedoch in seiner Verwirrung oder gar in seiner Unflätigkeit immer noch Zeugnis ablegt für das Heilige Kreuz. Was also bedeutet, daß ich an jenem Morgen, als ich mit meiner Stola und nur in Begleitung des Knaben, der meinen Weihwasserkessel trägt, das Zimmer betrete, das mir soeben als die Wohnstätte des Teufels beschrieben worden ist, natürlich beklommen bin (wie sollte man es nach einem derartigen Aufruhr auch nicht sein?), aber keinerlei Ahnung habe, wer dieser Unbekannte ist, den ich da besuche.

Es ist immer schwierig, vor allem nach so vielen Jahren, einen Eindruck nachzuvollziehen, den man mit Gewißheit als den allerersten bezeichnen könnte. Mir scheint jedoch, wenn ich mich an diese Minute zurückerinnere, daß mir zuallererst die außerordentliche Mattigkeit auffiel, die aus diesem Menschen sprach. Er lag am Ende des Zimmers auf dem letzten Bett, etwas abseits von den anderen, im gedämpften Licht, das durch das Rundfenster über seinem Kopf einfiel. Da stand tatsächlich die Truhe neben seinem Bett, von der die Schwestern mir erzählt hatten. Dann die Wasserschüssel ganz in seiner Nähe, die ihrer Auffassung nach die bösen Gedanken aufsaugen sollte, die aus dieser verlorenen Seele strömten. An der Wand gegenüber hing ein Bild, das ich da noch nie gesehen hatte und das einen Mann mit einem etwas erschrekkenden Gesicht darstellte. Ich bemerkte die verängstigten und dann erleichterten Blicke der anderen Patienten im Raum im Augenblick, als ich eintrat, sowie diesen sonderbaren Abstand, den man zwischen ihren Betten und dem seinen geschaffen hatte. Aber bis auf diese Einzelheiten bemerkte ich nichts von der Unordnung, die man mir beschrieben hatte. Ich fand weder Zeichen noch Wundmale, die auf die Gegenwart des Dämonischen hätten schließen lassen. Vielleicht werde ich jetzt widersprüchlich klingen: Aber der Anblick dieses verwahrlosten Leibes und der beiden mageren Arme, die neben dem Körper ruhten, der Anblick des reglosen Gesichts und der starr zur Decke gerichteten Augen war für mich die Negierung nicht nur dessen, was man mir angekündigt hatte, sondern auch des durchaus realen Klamauks, der jenseits der Tür herrschte und der mir im Vergleich dazu jetzt noch absurder vorkam.

Als ich näher trat, um ihn besser beobachten zu können, erkannte ich anstelle besagter Stigmata vor allem den fahlen Teint des Unglückseligen, den verlangsamten Atem, jenen flehenden Schimmer in seinen Augen, als er sie mir endlich zuwandte, Zeichen, die mir durchaus bekannt waren, weil ich sie unzählige Male in den schmerzlichen Augenblicken meines Amtes erlebt hatte. Dieser Mann liegt im Sterben, sagte ich mir. Er hat bereits unter ihren Augen den Todeskampf angetreten. Nicht sosehr einen Exorzismus braucht er, vielmehr Worte des Friedens, der Barmherzigkeit und der Güte. Und diese Worte brachte ich ihm. Ich erinnerte ihn daran, wie es zu meinem Amt gehört, daß das Leben nur eine Zeit daure und daß er dies ja auch wisse. Daß er es schon immer gewußt habe. Daß das Leben durch Gottes Herrlichkeit und durch unser Elend begrenzt sei. Daß er sich jetzt auf der Schwelle befinde. Daß er nun den Schritt tun und sich darauf vorbereiten müsse, vor seinem letzten Richter zu erscheinen. Ich wies ihm die Vorzüge eines christlichen Sterbens auf. Die Vorteile einer letzten Kommunion. Ich sagte ihm, er habe gerade noch Zeit, die göttliche Gnade zu erbitten. Da ich glaubte, daß er mir antworten würde (denn in ihrer Verwirrung hatten mich die Schwestern genauso schlecht über seinen Gesundheitszustand wie über seine religiöse Befindlichkeit informiert), fragte ich ihn, ob er sich in der Lage fühle, die Beichte abzulegen; ob er zustimme, daß ich ihm dabei half; ob er lieber sich aufrichten, aufstehen oder anderswohin getragen werden wolle – oder ob er hier in diesem Bett liegenbleiben möchte, wo er ersichtlich so sehr gelitten hatte. »Vertrauen Sie sich einem Priester an, mein Sohn ... Beten Sie ... Denken Sie an Ihr Heil ... Ich bin gekommen, um Ihnen zuzuhören und Ihrer verirrten Seele zu helfen, zum Herrn emporzusteigen ...«

Als ich sah, daß er sich noch immer nicht rührte, daß er nach wie vor kein Wort sprach und daß mein Zureden ihn ganz und gar nicht erbaute, sondern nur seinen Widerwillen hervorrief und seine mißliche Lage womöglich noch verschlimmerte, schloß ich daraus, daß ich höchstwahrscheinlich ein Opfer jenes schlechten Rufes war, den wir Priester bei manchen Menschen haben und der aus uns schreckliche Boten des Todes macht. Also fuhr ich fort. Ruhig. Vorsichtig. Freundlich sprach ich ihm zu, über das Haus, über seine Krankheit, über die Fürsorglichkeit der Nonnen. Ich befragte ihn – ohne jedoch eine Antwort zu erhalten – über seine Familie, seinen Beruf, die Gründe seines Aufenthalts in Brüssel, die Geschichte seiner Krankheit. Als ich feststellte, daß seine Wangen jene graue Farbe annahmen – wie ausgelaugt –, die von nicht beherrschten Ängsten herrührt, erläuterte ich ihm, daß die Priester wenig bedeuteten; daß sie weder die Macht noch die Hellsicht besaßen, die man ihnen andichtete; daß ich nur hier sei, das könne er doch erkennen, um ihm in seiner Hilflosigkeit zu helfen, um seine Buße zu unterstützen. Danach erst lud ich ihn erneut ein, im sanftesten Ton, zu dem ich fähig war, seine Seele der himmlischen Güte anzuvertrauen, ehe es zu spät wäre.

Kurzum, ich glaube, ich habe es weder an Mühe noch an Glauben fehlen lassen, um diese schwer bedrohte Seele zu zähmen. Ich habe die angemessenen Gesten gemacht. Die passenden Worte gesprochen. Ich habe gewissenhaft alle Argumente entwickelt, die vielleicht ein winziges Zeichen in diesem erstarrten Gesicht auslösen konnten. Aber der Mann blieb abwesend. Kein Wort, kein Seufzer kam über seine Lippen, die ich einem allzu raschen Dahinwelken geweiht sah. Selbst sein Blick, den ich eingefangen zu haben glaubte, hatte sich wieder abgewandt und war verstockter denn je. Ich fragte mich allmählich, ob er mich überhaupt gehört hatte. Ich dachte mir, daß es vielleicht nicht mehr in der Macht dieses halb erloschenen Lebens lag, das ganz mit seinem Leiden beschäftigt war, auf Worte dieser Art zu reagieren. Ich verzichtete auf Tröstungen, deren Sinnlosigkeit ich einsah, und fand mich sogar damit ab, ihm die letzte Ölung ohne Beichte zu erteilen. Ich bereitete schon meine Hostien vor, ließ das Ziborium und den Weihwasserbehälter aufstellen, ich tauchte schon den Daumen ein, den ich ihm auflegen wollte – als er sich endlich regte.

»Sich regte« ist ein recht schwacher Ausdruck, um den vehementen Ausbruch zu schildern, der nun folgte. Waren es meine Gesten, die ihn aufgeregt hatten? Hatte der Anblick der letzten Wegzehrung die unheilvolle Furcht geweckt, die ich bannen wollte? Wie dem auch sei, der Körper, der bis dahin nichts als erbärmliche Lethargie gezeigt hatte, wurde von einer ebenso brutalen wie unerwarteten Raserei gepackt. Er hustete. Schrie. Hustete wieder. Keuchte. Sein zuvor so bleiches Gesicht lief rot an. Er verdrehte die Augen. Schaum trat auf seine Lippen. Als ich seine Hand ergriff, war sie starr wie die einer Leiche. Sein Atem ging bald rauh und sehr schnell, als ob er gleich ersticken würde, bald wieder langsam, kaum wahrnehmbar, als ob er völlig ermattet wäre. Und wenn er sich ein paar Sekunden lang besänftigte, war dies nur ein Vorspiel zu noch heftigerem Toben, denn er fing unmittelbar danach wieder an zu stöhnen, zu schnauben, über seinem und auch meinem Kopf mit dem Arm herumzuwedeln mit einer Heftigkeit, die daraus das fürchterlichste Schauspiel machte. Das Ganze untermalt von einer Kaskade von »dammtnochmal«, die er in allen Tonlagen des Schmerzes und der Blasphemie modulierte.

Zuerst habe ich gedacht, daß es zu Ende ginge, und ich habe ihm die Arme an die Seite gelegt, um seinen letzten Seufzer zu vernehmen. Aber mir wurde schnell klar, daß es das nicht war. In seinen Schreien, in seinen Bewegungen, in seinen explosionsartigen Ausbrüchen habe ich eine verteufelte Vitalität erkannt, die wahrlich nicht einen Sterbenden auszeichnet. Ich sage »verteufelt«, aber glauben Sie nicht, daß ich wie jene einfachen Gemüter daherrede, die in Ihrem Freund längst eine Kreatur des Dämons sahen. Allerdings stimmt es schon, daß in diesem wilden Aufstand etwas wirklich Erschreckendes zutage trat. Und ich habe mich dabei ertappt, obwohl ich mich des Gedankens dann sofort schämte, daß ich einen kurzen Augenblick lang mein Mitleid einem Wesen mißgönnte, das von so rätselhaften Ausbrüchen beherrscht wurde. Ich habe häufig Menschen sterben sehen. Häufiger noch leiden. Ich glaube, alle möglichen Abstufungen des Schmerzes in einem Körper beobachtet zu haben. Noch nie hatte ich einen so verstörten Blick gesehen. Noch nie war mir jene typische Geste von Sterbenden, die etwas von ihrer Kehle entfernen zu wollen scheinen, so beklemmend vorgekommen. Noch nie, absolut nie, hatte ich einem Mund aus Fleisch und Blut solche Töne entweichen hören. Und nie hatte ich auf einem Gesicht das Zeichen eines solchen Martyriums erkannt. Und dennoch, ich wiederhole es, starb dieser Mann nicht.

Was geschah also dann? Was war der Grund einer solchen Eruption? Ich wußte nichts von diesem Tobsüchtigen. Nicht im entferntesten, ich habe es schon gesagt, ahnte ich, daß ich mich in der Gegenwart eines jener Menschen befand, die dem unergründlichen Geheimnis des Todes so nahe gekommen waren. Und ich kannte noch keinen jener schlimmen, für ein christliches Ohr zugleich vertraut und entsetzlich klingenden Gesänge, die er diesem Geheimnis gewidmet hat. Dennoch kam meine Schlußfolgerung sofort. Ich will nicht alle Einzelheiten ausbreiten, aber ich war doch sehr rasch davon überzeugt, daß ich es mit einem Schmerz zu tun hatte, der nur deshalb so ergreifend war, weil er ebensosehr, wenn nicht mehr, die Seele betraf als den Körper. Diesen Schmerz der Seele konnte ich nicht lindern. Kein menschlicher Balsam hätte ihn besänftigen können. Und zwar weil dieser Mann, unter allen, die mir begegnet sind, die quälendste *Todesangst* durchlitt. Sie kennen doch vermutlich jene mittelalterlichen Stiche, auf denen man das Gerippe unter der Maske des Lebenden aufscheinen sieht, nicht wahr? Die gräßliche Grimasse hinter üppigen Wangen? Ich stand vor einem dieser Stiche. Ich hatte bei ihm das Gefühl, in die Finsternis dieses mittelalterlichen Todes hinabzutauchen. Dieses plötzlich pergamentdünne, unendlich empfindliche Fleisch ließ das ganze Grauen durchscheinen, das sonst unsichtbar darunter verborgen liegt. Und der Unglückliche, der am Nichtsterben starb, vermittelte mir zum ersten Mal in solcher Deutlichkeit das Gefühl, den Tod mit dem Finger zu berühren.

Nach einer Weile wurde er friedlich und verfiel wieder in eine Art Lethargie. Ich fühlte seinen Puls: Er lebte. Ich führte ein Kruzifix an seinen Mund: Seine Lippen zuckten. Dann ging ich hinaus und machte mich daran, die Nonnen, die noch immer mit gefalteten Händen und geschlossenen Augen hinter der Tür auf den Steinfliesen knieten und denen offenbar nichts von diesem langen Kampf entgangen war, zu beruhigen. »Steht auf!«, sagte ich ihnen. »Das Leiden eines Mannes, der sich von seinen Sünden reinigt, macht manchmal großen Lärm ... Aber diese frierende Seele konnte sich in der Wärme der Kommunion wieder fassen ... Der Vorrat an Erbarmen, den ihr braucht, ist groß, denn ich fürchte, er steht erst am Anfang seines Kreuzwegs ...« Täuschte mich meine damalige Sicht? Täuscht mich mein Gedächtnis? Ich erinnere mich an das, was ich sah, als ich wieder auf die Straße hinaustrat: einen tiefhängenden Himmel, schweren Dunst und ein vormittägliches Licht, das in Grau übergegangen war. Ich machte mich auf den Weg zurück zu meinem Pfarrhaus – nachdenklich, erschüttert und vermutlich geneigt, in diesen Bildern etwas Seltenes und Kostbares zu sehen, was ich mir bewahren und eines Tages vielleicht wiederfinden müßte.

4

Wenige Tage nach den von Pater Dejoncker berichteten Tatsachen, genau gesagt am 14. April, wurde in Paris Charles Baudelaires Tod gemeldet. Der Journalist Georges Maillard veröffentlichte die Nachricht in *L'Evénement* als erster, gefolgt von Henry de La Madelène, der in *Le Temps* die Überschrift brachte: »Die französische Literatur trauert.« Zwei Tage später erschien im *Nain Jaune* ein langer Aufsatz, der mit den Worten begann: »Der Dichter der *Blumen des Bösen* ist unter traurigen Umständen in Brüssel gestorben, in einem düsteren Hotelzimmer, und sein plötzlicher Tod ist das erschütternde literarische Ereignis dieser Woche in Paris.« Das Gegenlager blieb seinen Lesern auch nichts schuldig und nutzte die Gelegenheit, um »jenes alberne Geraune eines dümmlichen Mystizismus, bei dem die Engel Fledermausflügel und Hurengesichter haben«, zu denunzieren. Und so entstand allmählich in der denkenden und lesenden Öffentlichkeit ein hübscher kleiner Krawall, und eine Polemik kam in Gang – denn nichts sollte diesem großen Mann erspart bleiben, das sah man einmal mehr bei dieser Gelegenheit. Das Pech sollte ihn bis zum absoluten Ende seines Weges verfolgen. Selbst den bescheidenen, wenn auch meist verlogenen Waffenstillstand verweigerte man ihm, eine Art allerletzte Reverenz, die man den Toten schuldig ist und die gebietet, daß der Krieg wenigstens für die Dauer eines Requiems eingestellt wird.

Meine persönliche Reaktion, falls ich das noch betonen muß, paßte haargenau zu den Qualen, die ich gerade durchgemacht hatte. Natürlich erlitt ich einen Schock. War verzweifelt. Ich nahm teil, nicht nur an der Trauer, sondern auch an dem Streit, der nun einsetzte. Aber ich konnte mir nicht verhehlen – und es stünde mir schlecht an, es heute tun zu wollen –, daß all diese guten Gedanken von einem anderen ausgelöscht wurden, der leider viel weniger gut war und sehr viel Ähnlichkeit mit dem Gefühl der Befreiung hatte. Nicht etwa, daß ich hier ehrlich und da heuchlerisch war. Auch nicht, daß diese beiden verschiedenen Zustände, die um mein Herz kämpften, sich gegenseitig widersprachen. So empörend dies klingen mag, ich war zugleich sehr bedrückt und sehr erleichtert. Ich war niedergeschmettert unmittelbar wegen und nicht trotz dieser Erleichterung. Oder genauer: Ich fühlte mich plötzlich so frei, so unbeschwert, dieser Tod erlöste mich von einer so großen Last, daß ich zum ersten Mal seit dem Beginn unseres Abenteuers einen ehrlichen, schönen Kummer empfinden konnte. Und da mir, wenn mich ein großes Gefühl umschlang, nichts angenehmer war, als es überall zu verbreiten, und da ich noch im Alter war, in dem ich schnell und gut schrieb, lieferte also auch ich meinen Nekrolog. Welche Wonne, sich tugendhaft zu fühlen!

Der Artikel liegt hier auf meinem Tisch, ausgeschnitten aus der ersten Seite des *Matin* vom 17. April. Er ist lang und langweilig. Beim Wiederlesen finde ich ihn geprägt von jener Emphase, die ich damals gern mit Kummer verwechselte. Wie die andern jammerte ich über dieses erbärmliche Ende, das eines Dichters so unwürdig war. Aber ich ging auch auf das berüchtigte »dammtnochmal« ein, das in meinen Augen den Tiefpunkt des Elends darstellte. »Alle Sterbenden«, so schrieb ich, »sprechen letzte Worte. Alle, auch die Unglückseligsten, haben noch diese letzte Möglichkeit, mit ein oder zwei ausgefeilten Sätzen die Hinterbliebenen zu beeindrucken. Und wir Dichter, wir wissen, wozu diese Sätze dienen, wenn es darum geht, vor der letzten Reise sich in eine Pose zu werfen und seinem Leben nochmals einen Sinn zu verleihen. Nun, Baudelaire hatte dieses Glück nicht. Dieses

Privileg war ihm nicht gegönnt. Er wird der einzige von uns gewesen sein, dem es verwehrt blieb, jene verläßliche Möglichkeit zu nutzen und das schöne letzte Wort eines Sterbenden zu sprechen.« Und ich schloß meinen Artikel mit der schrecklichen, auf skandalöse Weise unbesonnenen Frage, die für mich jedoch eine erneute Chance war, das Schicksal und den Teufel herauszufordern: »Wer weiß, was dieses letzte Wort gewesen wäre, wenn nicht ein tragisches Schicksal diesen Mann um seine Stimme gebracht hätte. Wer weiß, ob er uns nicht den Schluß jenes letzten Buches geliefert hätte, an dem er arbeitete, das wissen wir, und von dem nichts übrigbleiben wird.« Ich erwartete viel von diesem Artikel. Es kam nichts. Denn am Tag seines Erscheinens erfolgte, wie jedermann weiß, das Dementi: Baudelaire lebte, und wir hatten uns alle überstürzt geäußert.

Die Leute meiner Generation erinnern sich, denke ich, an die Aufregung, die diese Geschichte auslöste. So etwas war denn doch noch nicht passiert. Und wir griffen alle wieder zur Feder, um darüber zu spekulieren, wie wohl einem Dichter zumute war, der seinen eigenen Tod in den Gazetten verkündet sah. »Ja, wie ist das?« fragte ich in der nächsten Ausgabe des *Matin*. »Ist man schockiert? Verblüfft? Entsetzt wie einem bösen Omen gegenüber? Niedergeschlagen wie nach einem Orakel? Tritt ein Augenblick ein, in dem man sich sagt: ›Vielleicht stimmt es ja auch ... Ich bin der letzte, der benachrichtigt wird, aber es stimmt ...‹? Oder ein anderer, in dem einem der Gedanke kommt: ›So, das ist der Tod ... Ich bin tot, und es war nicht schlimmer als das ...‹ Haben wir es da nicht mit dem heimlichen Traum eines jeden Schriftstellers zu tun: zu Lebzeiten seinem eigenen Begräbnis beizuwohnen? Den Weihrauchduft des Nachruhms in der Nase zu spüren?« Ich spielte mich auf. Warf mich in die Brust. Es gab jedoch eine letzte, noch viel erschütterndere Frage, die ich natürlich nicht stellte, die jedoch als einzige wirklich zählte – und dabei die erste auf die Ebene von Schuldiskussionen zurückstufte: Was hatte er sich in seinem Hospiz zu unseren Nekrologen im allgemeinen, aber vor allem zu meinem gedacht? Wie reagiert man, wenn einem von einem unglaublichen Schurken ein Buch gestohlen wird, wenn man entdeckt, daß besagter Schurke in den Zeitungen, im Glauben, man sei tot, Reflexionen anstellt über die Existenz und das Schicksal des Diebstahlobjekts – und also dem Verrat noch die Frechheit der gespielten Naivität hinzufügt? Ich wußte nicht – wir wußten nicht –, ob er in der Lage war zu lesen oder nicht. Aber niemand hatte Zweifel daran, daß es genügend schöne Seelen an seiner Seite gab, die ihn über unsere Artikel auf dem laufenden hielten.

Ich möchte nicht den Eindruck erwecken, daß ich damals meine Zeit damit verbrachte, die Vorzeichen zu entziffern, die die Vorsehung mir sandte. Aber in einem besonders zweifelhaften Dilemma gibt es Augenblicke, in denen man die geringste Bewegung als Zeichen interpretiert, das geringste Zeichen als Befehl – und dieser Befehl wiederum wird um so klarer und zwingender, als keine weiteren Entscheidungsmomente beteiligt sind. Genau das war im Grand-Miroir geschehen in jener berühmten Nacht, als mir seine letzten Worte wieder einfielen und jedes einzelne, selbst das banalste, plötzlich wie eine Aufforderung klang. Und das geschah auch in Paris, im Verlauf der wenigen Tage, als der Tod verkündet und wieder dementiert wurde, was mir, ich weiß nicht warum, wie eine List des Schicksals erschien, wie eine Prüfung, die es mir auferlegte. Ich zögerte nun schon seit fast einem Monat. Seit fast einem Monat grübelte ich über meinen Zweifeln und Reuegefühlen. Nun war also die Botschaft gekommen. Sie war deutlich, unbestreitbar. Als ob mir der Himmel ein letztes Zeichen schickte – nachdem ich allen anderen gegenüber taub geblieben war: das schrecklichste, das schwärzeste, das ewige, dem auch der abgehärtetste Verbrecher sich nicht entziehen konnte, weil es den Tod betraf. Ich dachte zwei Tage lang nach. Am

Morgen des dritten war alles klar. Mit leichtem Kopf und fast besänftigtem Gewissen hatte ich meine Entscheidung getroffen: Ich würde noch einmal nach Brüssel fahren und »Armes Belgien!« zurückgeben.

Am 20. April traf ich früh am Vormittag an der Gare du Midi ein, genau drei Wochen also nach meiner ersten Reise. Das Wetter war schön. Fast heiß. Der Himmel hatte jenen goldschimmernden Ton wie am Tag, so stelle ich es mir vor, als Pater Dejoncker in seinem Pfarrhaus geholt wurde. Die Frauen waren schön. Die Fischstände bereits offen. Die Bäume an der Place Fontainas waren schon wieder grün. Die ganze Stadt wartete mit einer festlichen, unbekümmerten Stimmung auf, die ebenfalls ganz anders war als bei meiner Abreise und die wunderbar mit meiner eigenen Laune übereinstimmte. Es war gewissermaßen die gleiche Reise. Derselbe Mann, den ich besuchen kam. Die gleiche heimliche Sorge bei der Vorstellung, was auf mich wartete. Es war derselbe Zug. Dieselbe Place Rouppe mit ihren verschnörkelten Fassaden. Dieselbe Rue du Midi, die ich mit gleichem Schritt bis zur Droschkenstation der Grand-Place hinuntergehen mußte. Und sogar meine alte Grisette glaubte ich auf der Höhe des Botanischen Gartens wiederzuerkennen, vermutlich in einer nostalgischen Halluzination. Nur, und darin lag der Unterschied, war ich damals wie ein potentieller Verbrecher gewesen, den eine unsichtbare Hand zu seinem Tatort führte. Wohingegen ich diesmal ein glückseliger Büßer war, der aus freien Stücken kam, ohne einem anderen Befehl als dem seines Herzens zu folgen, um einem Menschen sein Eigentum zurückzuerstatten und selbst seine Seele wiederzugewinnen.

Ein Zeichen dieser neuen Zeiten: Während ich damals so große Mühe gehabt hatte, den Weg zum Hôtel du Grand-Miroir zu finden, führte mich mein Wagen schnurstracks zum Hospiz Sainte-Elisabeth et Saint-Jean. Das war es also! Dieses hohe Gebäude aus gelblichem Stein. Diese großen, runden, gleichsam nach innen blickenden Fenster, hinter denen das Elend wohnte. Hier, im Schutz dieser strengen Fassade würde ich ihn sogleich wiedersehen (was an sich bereits eine Quelle der heftigsten Emotion war) und hinter das Abenteuer einen Schlußpunkt setzen (was für mich in dem Zustand der Hilflosigkeit, in den ich verfallen war, einer Art Wiedergeburt gleichkam). Ich wurde von einer etwas brummigen Nonne empfangen. Danach von der umgänglicheren Mutter Isabelle. Ich mußte lange Tiraden zum Thema Besessenheit über mich ergehen lassen (die mir allerdings im Vergleich zu der bissigen, intriganten und demütigenden Art einer Germaine Lepage wie eine Wohltat vorkamen), auch über die neuen Beweise, die der Kranke geliefert hatte, über das Risiko, das ich einging, indem ich ihn zu dieser Stunde aufsuchte. Man führte mich sogar, um mich zu überzeugen, zur Zelle von Schwester Henriette, wo ich in meiner heiteren Laune nicht umhin konnte, dieses hübsche, fein säuberlich vom grauen Schleier umrahmte Nonnengesichtchen wohlwollend zu taxieren, während sie mit niedergeschlagenen Augen zuhörte, wie die Mutter Oberin über ihre Aufregungen berichtete.

»Schwester Henriette ist so gütig ...«, ereiferte sie sich, »so hingebungsvoll ... Die Einlieferung dieses Patienten war für sie wie eine Herausforderung des Herrn ... Sie ist immer die erste, die mit ihm redet, ihn beruhigt, das feuchte Tuch frisch macht, das er auf den Schläfen hat ... Sie ist immer bereit, Salbe aufzutragen, seine Schorfstellen zu reinigen, ihn zu füttern ... Nie kommt bei ihr ein Wort der Klage, wenn es darum geht, seine Verbände, seine verschmutzte Wäsche zu waschen ... Ihre Hingabe ist beispielhaft ... ihr Mut ein Geschenk des Himmels ... und Sie können sich nicht vorstellen, Gott behüte Sie davor, wie weit dieser Teufel es mit unserem Engel getrieben hat ...« O ja doch, Mutter Oberin, das konnte ich! Ich konnte mir sogar allzugut die Erregung *meines* »Engels« vorstellen, in Anbetracht dieses hinreißenden Teints, des Erdbeermundes, der etwas zu eng eingeschnürten Taille in den Falten des Gewands und dieser ihrer Art, mich heimlich anzusehen, mich, der ich weder Verbandszeug noch beschmutzte Wäsche an mir hatte ... Der Teufel, sagten sie? Ich war mir nicht sicher, während ich ihnen zuhörte, ob er die Gestalt hatte, von der sie sprachen, auch nicht, ob diese kleine Naive nicht unter ihrem Gewand etwas von den mutmaßlichen Reizen der Duval, der Sabatier oder der Daubrun aufzuweisen hatte. Da die Zeit jedoch drängte und ich wahrlich nicht gekommen war, um von den stillen Verheißungen einer Nonne zu träumen, verriet ich kein Wort von meinen Gedanken und bat, unter dem Vorwand, ich müsse wieder zum Zug, daß man mich nun endlich zu ihm vorlassen möge.

Es war ein großer, langgezogener Raum, mehr ein Schlafsaal als ein Zimmer, in dem sieben Betten nebeneinander standen, wobei seines tatsächlich, wie es Pater Dejoncker beschrieben hat, das letzte der Reihe war. Es war, wenn ich mich recht entsinne, auch ein Kind da. Eine alte Frau. Ein Unglücklicher mit ganz schwarz gewordenem, vom Brand völlig zerfressenem Gesicht. Ein leeres Bett. Ein im Todeskampf liegender, röchelnder Mann. Ein ehemaliger Kutscher, hatte man mir gesagt, mit hünenhaftem Oberkörper und starken Armen, die sich unter dem Laken abzeichneten, den unteren Teil des Körpers gelähmt. Und neben ihm schließlich lag der, der aus ihm, keiner wußte warum, einen armen Prügelknaben gemacht hatte, indem er jede Nacht zu ihm herüberrobbte mit seinem ebenfalls halb gelähmten Körper und ihm seine zahllosen »dammtnochmal« in die Ohren schrie, was den unglücklichen Herkules veranlaßte, zur Abwehr mit den Armen in der Luft herumzufuchteln. Da lag also, in einem Geruch von Greisentum, Aas und noch lebendem Fleisch, genau unter dem runden Fenster, dessen allzu dicke Verglasung bewirkte, daß das Licht nicht mehr golden wie draußen, sondern metallisch und fast grau war, der letzte Patient der Reihe und drehte mir genauso wie damals in seinem Zimmer des Hôtel du Grand-Miroir den Rücken zu.

Zutiefst ergriffen – diesmal wegen der Ähnlichkeit der Situation – bat ich die Nonnen, mich mit ihm allein zu lassen. Ich schloß vorsichtig die Tür. Blieb für Sekunden auf der Schwelle stehen und betrachtete diesen reglosen Körper, der sich im nächsten Augenblick mit Leben füllen würde – und mit welcher Gewalt, wer weiß, welcher Verachtung, welchem Haß! –, wenn der Schurke ihm sichtbar würde, der seit so vielen Tagen die Zielscheibe all seiner Verwünschungen war. Von meinem Standort aus fand ich ihn noch kleiner als am Morgen unserer ersten Begegnung. Ich beobachtete, trotz der Entfernung, daß er am Ärmel seines Hemdes einen häßlichen braunen Fleck hatte, der Schwester Henriette offenbar entgangen war. Das Bild schoß mir durch den Kopf, weiß Gott warum, das Bild jener hartnäckigen Eingeweide und jenes Gliedes, dessen garstige Beharrlichkeit die Nonnen so sehr beängstigte. Da seine Zimmergenossen mein Verhalten am Ende wohl doch seltsam finden würden und insbesondere der Kutscher im Begriff zu sein schien, nach der Schwester zu rufen, ging ich schließlich mit kleinen Schritten, als ob ich befürchtete, ihn zu wecken, zur Ecke des Zimmers, wo er sich befand. Dort stand ein Stuhl. Ich zog ihn in die Nähe des Bettes. Hustete ein wenig, um zu signalisieren, daß ich da sei. Ich stellte auch noch fest, daß sein Hemd, das im Grand-Miroir immer makellos gewesen, am Kragen und an den Ärmeln abgewetzt war. In diesem Augenblick ahnte er wohl meine Gegenwart und drehte sich um – und bereitete mir, wie man sehen wird, die größte Überraschung meines Lebens.

Schon allein seine Physiognomie war eine Überraschung. Ich hatte gewiß einen Kranken zurückgelassen. Aber einen noch handlungsfähigen, gesprächigen Kranken, der in der Lage war, sich zu rühren, wütend zu werden und der vor allem im Gesicht noch das schöne Licht seiner Intelligenz bewahrte. Nun mußte ich wohl oder übel hinnehmen, daß ich es zwar nicht mit einem entstellten Menschen zu tun hatte (die Gesichtszüge hatten sich nicht verändert, sie wirkten weder älter noch ausgezehrt oder gar verwüstet), aber mit einem verklärten (als ob in diesen Wochen das Gesicht von einer Seele durchgeistigt worden wäre, die nicht die seine war und ihm auch nicht ähnelte). Jetzt da ich ganz dicht neben ihm saß, sah ich, daß ein wenig Speichel in seinen Mundwinkeln schäumte. Essensreste klebten an seinen Lippen und am Kinn. Die Augen waren ganz leicht aus ihren Höhlen hervorgetreten – was ihm den Ausdruck des ewig Erstaunten oder sich ewig Entschuldigenden verlieh. Und dieser arrogante Mensch, dieser Dandy, dieser Zornige, der einen unlängst noch mit einem einzigen Wort vernichten konnte, zeigte in seinem Ausdruck eine Mischung aus Sanftheit und Verwahrlosung, die an Einfalt grenzte. Wo habe ich einmal gelesen, daß bei einem dahinwelkenden Menschen die Augen und die Stimme bis ganz zuletzt noch da sind? Wenn diese Regel stimmt, dann galt sie bei diesem Mann nicht. Denn genau der Blick und die Stimme waren bei ihm am stärksten verändert. Und sie genügten, obwohl alles andere noch erhalten war – die Gesichtsfarbe, das seidige Haar, die Form der Backenknochen und der Stirn –, um zwischen ihm und dem Verfasser der *Blumen des Bösen* einen endgültigen Abstand zu schaffen.

Eine weitere Überraschung war, daß dieser Patient keineswegs wie ein Sterbender aussah, so wie es ihm in Paris und Brüssel die Gerüchte nachsagten. Ich bin nicht Pater Dejoncker. Und ich bin an solche Lebenslagen nicht genügend gewöhnt, um beim ersten Blick unfehlbar darüber zu urteilen. Aber den Blick von Sterbenden habe ich immerhin schon gesehen. Es sind Blicke, die nichts mehr sehen, die sich nach innen kehren, als wären sie schon von dem Nichts aufgesogen, das sie ruft. Bei ihm jedoch überraschte mich in der ersten Sekunde, daß er ganz im Gegenteil alles sah, daß keine Einzelheit, keine Bewegung ihm gleichgültig schien. Es war ein merkwürdig schnüfflerischer, auf gespenstische Weise aufmerksamer Blick, der beim geringsten Matratzengeräusch, beim geringsten Seufzer seiner Nachbarn Wachheit verriet. Vermutlich hatte er ihn gehabt, den edlen Blick der Sterbenden, drei, vier Wochen zuvor, vor unserer Begegnung, als er nach seinem ersten Anfall ganz allmählich aus seiner nutzlosen fleischlichen Hülle floh, um nur noch mit dem Atem seiner Verse übereinzustimmen. Es war aber offenbar der grausamste und widersprüchlichste Effekt seines Leidens, daß er seine Bande mit der Welt wieder enger geknüpft und jene gierige, fast gefräßige Klarheit wiedererlangt hatte, die ihn ganz in der Betrachtung dessen verharren ließ, was er selbst zu anderen Zeiten mit tiefster Verachtung »die natürliche und organische Ordnung« genannt hätte. Was für die Dinge zutraf, galt mehr noch für ihn selbst. Man spürte bei diesem Menschen eine Aufmerksamkeit für seinen Körper, für die Unordnung seiner Organe, man ahnte eine Art, sein Leiden zu belauern, sein Elend zu belauschen, vielleicht es zu lieben oder zu hegen, die nicht für einen Sterbenden bezeichnend war – sondern für jemand, der wußte, daß er noch einen langen, sehr langen Weg in Begleitung seiner Krankheit zurücklegen würde.

Aber die echte Überraschung, diejenige, die mich nicht nur verblüffen, sondern mein Leben erneut in die unerwartetste Bahn lenken sollte, rührte von dem Empfang, den er mir bereitete. Ich war auf einen ungeheuren Ausbruch gefaßt, das habe ich schon gesagt. Zumindest auf Wut. Ich rechnete mit extremen, möglicherweise für mich äußerst peinlichen Reaktionen – und ich hatte mich innerlich gewappnet. Er würde brüllen. Um sich schlagen vielleicht. Nach seinen Freunden, der Presse, der Polizei rufen. Er würde das ganze Krankenhaus zum Zeugen für die Unverfrorenheit eines Mannes machen, dessen Schandtat ihn seit Tagen und Tagen verfolgte und der es nun wagte, ihm wieder vor Augen zu treten. Sicherlich würde er mir nicht einmal Zeit lassen zu reden, und die Nonnen würden herbeilaufen, noch bevor ich die Gründe meiner Abreise, meiner Rückkehr, meiner Reue würde vortragen können, und so weiter. Aber nichts von alledem geschah. Er musterte mich zerstreut. Nickte. Drehte sich einen Augenblick zur Tür, als ob er sich von dorther eine Erklärung oder Verstärkung erhoffte. Betrachtete mich wieder mit erstauntem und danach jovialem Ausdruck. Endlich brach er in lautes Gelächter aus. Es war, glaube ich, nicht einer von seinen »langanhaltenden, lautstarken Lachanfällen«, von denen Pater Dejoncker spricht, sondern ein freundliches, gutmütiges Lachen, ein Lachen der offenen, echten Fröhlichkeit, vermutlich ähnlich dem, von dem mir Asselineau in der Bibliothèque Mazarine erzählt hatte und das seiner Meinung nach den Freunden vorbehalten war, die wiederzusehen er sich freute.

Verdutzt, an eine Falle oder eine List glaubend, stammelte ich, ja ja ... ich sei wieder da ... das sei selbstverständlich geplant gewesen ... es sei nur eben mal eine kleine Eskapade gewesen ... ich empfände doch soviel Bewunderung für ihn ... soviel Ehrfurcht vor dem, was er schrieb ... Und das Buch über Belgien, wenn er das meine, es sei doch da, in der Tasche ... wie eine Reliquie ... ein Talisman, den ich zurückbrachte ... Wir würden es jetzt verbrennen, weil er es ja wolle ... Ich bedauerte es nach wie vor, aber er scheine ja Wert darauf zu legen ... Und mit pochendem Herzen, Schweißperlen auf der Stirn, seinen anschwellenden Zorn ahnend, den er sicher nicht mehr lange verbergen würde, zog ich aus dem Köfferchen die sechs Hefte, die uns seit meiner Abreise beide gequält hatten. Auch jetzt sah er mich an. Sah die Hefte an. Ließ den Blick aus kugelrunden Augen auf mir ruhen und sah einen Moment aus wie der gräßliche kleine

Ballotin. Machte ein Zeichen des heimlichen Einverständnisses an die Adresse des Kutschers, der uns verstohlen beobachtete. Murmelte ein paar »dammtnochmal«. Schloß die Augen. Gähnte. Und als ob die ganze Sache tatsächlich von der äußersten Komik wäre, brach er in ein noch heftigeres, noch anhaltenderes Lachen aus.

Immer verblüffter, selbst nun fast ärgerlich, legte ich ihm ein Heft geöffnet auf die Bettdecke. Gab ihm ein weiteres in die Hand. Nahm ein drittes und begann, die schönsten Passagen daraus laut zu lesen, diejenigen, die er mir mit der größten Inbrunst diktiert hatte. Jetzt saß ich ganz dicht neben ihm. Unsere Gesichter berührten sich. Ich atmete den faden Geruch nach Urin und Medikamenten, der diesem verfallenen Körper entströmte. Aus einer allerletzten Ironie unserer Geschichte heraus rezitierte nun ich, diktierte gewissermaßen – und er hörte brav zu, mit der gleichen etwas dümmlichen Aufmerksamkeit, die im Grand-Miroir wohl ich an den Tag gelegt hatte. Und diesmal begann sein Körper sich zu rühren. Ja, ich sage mit Bedacht sein Körper: sein Kopf, seine Glieder sogar. Durch ein Wunder des Gedächtnisses, über das ich bis heute staune, fand er vor meinen Augen, während ich seine Sätze deklamierte, zu den Körperhaltungen, zu der Mimik zurück, die er drei Wochen zuvor diktierend gezeigt hatte. Aber durch ein anderes Wunder, nicht des Gedächtnisses, sondern der Krankheit, äußerte seine Seele keinerlei Zeichen von Interesse oder Erregung. Es war offenkundig: Charles Baudelaire hatte die physische Erinnerung an diese Zeilen bewahrt, in die er seine allerletzten Gedanken zu legen geglaubt hatte, aber er hatte keinerlei bewußte Erinnerung mehr daran. Als wollte er mich endgültig davon überzeugen, drehte er entschlossen den Kopf in Richtung Tür: Schwester Henriette, durch die verschiedenen Geräusche aufmerksam geworden, trat vorsichtig herein. Und während ich weiterlas, ungläubig, mit leiser Stimme, vertiefte er sich in die Betrachtung des Kräutertees, den sie ihm brachte.

5

Wir sind soweit. Pater Dejoncker hatte es vorausgesagt. Ich selbst hatte es auch geahnt. Wir hatten beide begriffen, daß das Leben dem Verfasser der *Blumen des Bösen* noch eine Reihe von unnötigen Tagen in Brüssel in Gesellschaft der Krankenhausnonnen auferlegen würde. Danach noch lange Monate in Paris – dreizehn, genau gesagt – in der Klinik des Dr. Duval, zwischen einer besitzergreifenden Mutter, einem ungeschickten Vormund und Freunden, die es nicht lassen können, in diesem endgültig schwachsinnigen Gesicht auf mögliche Lichtblicke zu warten. Charles Baudelaire ist tot, ohne gestorben zu sein. Tödlich getroffen, aber am Leben. Von der schrecklichsten Krankheit heimgesucht, dem Tod nur noch den Schatten einer Beute bietend, führt er ein kaum nennenswertes vegetatives Dasein. Er ist also in einen endlosen Todeskampf eingetreten, der nichts mehr mit dem Dichter zu tun hat und der mir, glaube ich, den Bericht über diese letzten Tage abzuschließen erlaubt. Für mich jedoch begann jetzt die Geschichte erst richtig – mit ihrer Kette von Elend, Unglück, Verfall und zuletzt diesem Buch, das ich nun zu Ende bringe und das der Tribut ist, den ich zu zollen hatte.

Ich werde mich nicht ausbreiten über die Verwirrung meiner Gefühle im Anschluß an diesen letzten Besuch bei dem Mann, dessen Schicksal mehr denn je mit meinem verbunden war. Ich war gekommen, um mir einen Freispruch zu holen. Um jene Schuld zu begleichen, die mich zermürbte. Ich war gekommen, um das Buch zurückzugeben, das ich so begehrt hatte und das mich inzwischen so sehr erschreckte. Alles verschwor sich, um mich davon zu überzeugen, daß mein Heil, der Friede meiner Seele oder auch viel prosaischer: meine Zukunft und meine Ehre nur um den Preis dieser Geste zu retten wären. Und nun brachte ich also die Seiten zurück, und ihr Verfasser wollte sie nicht haben. Schlimmer noch: Im Nebel, in dem er sich jetzt befand, gab er vor, sie nicht mehr zu erkennen. War dies ehrlich? War es eine Finte? Die List eines Kranken? Dachte er mit einem Rest von Klarsicht, daß dieses Buch kein gutes Buch sei? Daß ein Fluch auf ihm lag? Und wenn schon Fluch, dann war es ein schöner Streich, es mir zu überlassen. Keiner wird es jemals erfahren. Sicher ist, daß ich an jenem Morgen mit den Heften unter dem Arm das Hospiz verließ. Und da mein Leben in jenen Wochen offenbar von einer Reihe von »Zeichen« gelenkt war, eines unglaublicher als das andere, war auch diesmal die Botschaft unwiderlegbar: Es stand geschrieben, daß ich dem Buch »Armes Belgien!« nicht entkommen würde. Trotz aller Bemühungen, trotz des allerletzten Anlaufs meiner Tugend und meiner Ehrlichkeit fielen mir diese Seiten wieder in den Schoß.

Nach Paris zurückgekehrt, in einem Zustand der Ungewißheit, dem ich mich diesmal nicht mehr zu widersetzen versuchte, teilte ich die Hefte in zwei Pakete auf. In das eine packte ich das Ergebnis jener Sitzungen, von denen ich, wie gesagt, nichts erzählen werde, und schickte es unter einem falschen Namen dem Dutzend Zeitschriften, die damals die literarische Meinung prägten. In das andere legte ich, außer dem Text der beiden Diktate, deren Zusammenfassung ich hier vorgenommen habe, den Text unserer Gespräche über das Lachen, die Modernität und Robespierre. Nachdem ich alles unter dem Titel *Litaneien des Menschengeschlechts* versammelt hatte, machte ich aus diesem Stoff das kleine Bändchen, das ich im Januar 1867 in der Verlagsbuchhandlung Dentu veröffentlichte. Diese Aufteilung hatte in meinen Augen zwei Vorteile: Zunächst einmal jenen, die Last meiner Sünde zu teilen, indem ich nur die Hälfte mit meinem Namen versah. Aber auch den, ein Experiment zu fördern, das für den Baudelaireianer, der ich noch immer war, von entscheidendem Wert sein würde. Oft hatten wir in unseren Zirkeln das Pech beklagt, das sich diesem Werk anheftete, und die These aufgestellt, daß der Autor unbewußt dafür verantwortlich sein könnte. Wir sprachen von seiner ungehobelten bis bärbeißigen Art, von seinen Ungeschicklichkeiten, von seinem unangenehmen Charakter, der vielleicht eine der unerkannten Ursachen für das Unglück sein könnte, das ihn verfolgte. Also war ich zwangsläufig versucht, dies zu verifizieren. Warum sollte ich nicht wenigstens einmal probieren, diese Bücher von demjenigen zu befreien, der ihnen soviel Schatten machte? Kurzum, der Gedanke, ein paar Stücke echten Baudelaires zu nehmen, sie unter harmlos falscher Flagge in die Welt zu schicken und so den Anteil Fluch, den ihr Urvater ihnen auferlegte, abzuschätzen, erschien mir äußerst verlockend.

Beim ersten Päckchen war die Antwort leider unmißverständlich. Von dem Dutzend Zeitschriften, denen ich den Text geschickt hatte, machten sich acht nicht einmal die Mühe, zu antworten. Drei schickten dem mysteriösen Verfasser an die fiktive Adresse, die ich angegeben hatte, Briefe, die ihre Urheber lächerlich machen würden, wenn ich mich in dieser Sache nicht zur absoluten Geheimhaltung verpflichtet fühlte. Die letzte, diejenige, die in eine Veröffentlichung einwilligte, tat dies so halbherzig, in so offenkundiger Unkenntnis der Schätze, die sie verwahrte, daß sie den Abdruck dann zwei Jahre lang von Monat zu Monat verschob. Und was den Text selbst betrifft, so mußte ich mich wohl oder übel damit abfinden, daß er bei Erscheinen auf exemplarische Gleichgültigkeit stieß. Ich erwartete keinen Sensationserfolg. Kein Echo auf ein literarisches Großereignis. Aber ich hatte auf Interesse gehofft. Auf ein wenig Neugier. Auf Fragen vielleicht. Eine Debatte ähnlich wie bei den Diners in der

Rue Frochot. Nichts von alledem traf ein. Diese Seiten riefen keinerlei Widerhall hervor. Ich glaube nicht, daß mehr als ein paar Dutzend Literaturliebhaber in der Zeitschrift diesen Text bemerkten, dessen Klangfarbe ihnen doch bekannt vorkommen mußte. Und ich bin nicht sicher, ob es heute viel mehr als einen gibt, der diese Zeilen manchmal wiederliest, in ihren Duft eintaucht und die Stimme des echten Charles Baudelaire darin wiederhört.

Beim zweiten Konglomerat – dem mit meinem Namen verknüpften –, war das Ergebnis des Experiments noch niederschmetternder. Das Buch wurde bemerkt. Auf Grund meines Rufes und meines Namens war es Gegenstand zahlreicher Kommentare. Aber es trat eine sehr seltsame Situation ein, jene nämlich, daß das Völkchen von Freunden, Kritikern, Meinungsmachern aller Färbungen, die bislang noch jeden meiner Texte gefeiert hatten, diesmal einstimmig ihre Enttäuschung kundtaten. »Was ist denn los mit ihm? Was bedeutet dieses abwegige Buch? Wie konnte dieser Mann, der sonst so charmant, so sympathisch mit seinen Mitmenschen umgeht, sich zu so finsteren Meinungen hinreißen lassen? Und diese Theorien über die Natur? Diese Spinnereien über die Katholiken? Diese Hirngespinste über das bewußt Künstliche und die kühle Methode, die die wahren Dichter beleidigen?« Natürlich wurde diesmal Baudelairescher Einfluß erkannt. Aber nur um den Dogmatismus der Jünger zu beklagen, die den genialen Irrtum des Meisters festschreiben. Das Buch wurde ein Mißerfolg. Man sah darin den ersten Schritt eines begabten Anfängers in die falsche Richtung. Und man war gütig genug, ein allfälliges nächstes Buch schon einmal vorzumerken, in dem ich dann sicher meine »echte Inspiration« wieder würde gefunden haben. Und keiner wußte natürlich, daß es ein nächstes Buch nicht mehr geben würde – aber statt dessen, dreißig Jahre später, dieses allerletzte Zeugnis hier.

Denn das ist das Außerordentliche an dem ganzen Abenteuer. Es hatte, daran wird man sich erinnern, damit begonnen, daß ich bedauerte, ein so perfekter Anfänger zu sein, voller Anmut und Gewandtheit, aber auf tragische Weise des tiefen Ernstes bar, der den Büchern ihr Gewicht verleiht. Und durch meine Ermittlung, meine Unterhaltungen, meinen Diebstahl schließlich, so dachte ich, würde ich mir die heilige Baudelairesche Hostie einverleiben, die im Zuge einer Transsubstantiation, die ganz in das Schema meiner damaligen Religion paßte, genügen mußte, um mich von meinem tragischen Defizit zu heilen. Auch hier kam alles ganz anders. Der Zaubertrank hatte die gegenteilige Wirkung. Nicht nur, daß ich nicht geheilt wurde – eine neue, völlig unvorhersehbare Krankheit traf mich, gegen die ich mich von all meinen Zeitgenossen am besten geschützt glaubte. Die Schicksalsprobe festigte nicht ein zerfließendes Denken, nein, weit gefehlt, sie verflüssigte endgültig das wenige, was in meiner Sprache fest und hart war. Und ich, der ich doch immerhin, Defizit hin, Defizit her, die Gabe hatte, soviel zu schreiben, wie ich wollte, und der ich seit vier Jahren in munterer Folge Bücher, Artikel, Aufsätze und Manifeste veröffentlicht hatte, ich befand mich plötzlich in einem erstaunlichen Lähmungszustand.

Seitdem habe ich viel nachgedacht über den Ursprung eines Leidens, das von außen vermutlich wie eine unverständliche Katastrophe anmutete. Manchmal dachte ich mir, daß es mit dem absoluten Buch wie mit der Sonne oder dem Tod sei: Man durfte es nicht fixieren, nicht mit der Seele und nicht mit den Augen, weil man sonst blind wurde. Manchmal dachte ich mir auch, ich sei physisch und moralisch ein paar Tage meines Lebens Baudelaire gewesen und daß ich diesen Wahnsinn mit einer Auflösung meiner selbst bezahlte. Manchmal wiederum, daß meine eigenen Stilübungen mir nur fad, mein *Traum des Aristoteles* und meine *Zehn kleinen Glossen* mir nur peinlich banal erscheinen konnten, nachdem ich der Quelle des Schönen so nahe gekommen war. Und manchmal noch, wenn ich mir wieder überlegte, wie dieses Buch aller Bücher in seinen beiden Versionen und mit seinen beiden Verfassernamen angekommen war, wenn ich wieder vor mir sah, wie alle Philister in Freudenschreie über meine bescheidenen literarischen Leistungen ausgebrochen waren und nun die Majestät dessen, was mir eine sublime Stimme souffliert hatte, verschmähten, dann erschien mir diese Komödie letztlich allzu grausam. Zum Verzweifeln grotesk: wozu schreiben, wozu veröffentlichen in einer Welt, in der die hochgestochenen Seiten einer Studie über die Modernität offenbar mehr Gewicht haben als die subtile Genialität von »Armes Belgien!«. Und meistens dachte ich mir, daß ich schlichtweg das unverzeihlichste Verbrechen begangen hatte, das ein Schriftsteller aushecken kann – daß ich nun mit Bitterkeit büßte und daß ich diesen Geschmack auf meiner Zunge vielleicht bis zu meinem Tode nicht mehr loswerden würde.

Natürlich war keine dieser Erklärungen vollkommen befriedigend. Keine wurde einem so seltsamen Fluch wirklich gerecht. Ich war selbstverständlich voller Argwohn gegen den Beigeschmack von Magie, der diese ganze Affäre prägte. Wie aber sollte man ohne Magie ein solch kurioses Wunder erklären? Wie hätte man allein mit Hilfe des gesunden Menschenverstandes ein Phänomen verstehen können, das jeglicher Vernunft trotzte? Diese Erfahrung war viel zu eigenartig gewesen, um nicht unentzifferbare Spuren in mir zu hinterlassen. Also fand ich mich wohl oder übel und im Bewußtsein, daß die Formel sehr vage blieb, mit dem Gedanken ab, daß dieses Verbrechen, dieses gewagte Spiel für mich die Wörter auf ewig mit Falschheit geschlagen und getränkt hatte – daß also alles so lief, als ob mir damals das Vorurteil von einer ganz und gar unverläßlichen Sprache erwachsen sei, die Sitz aller Betrügereien war und fortan durch einen unerklärbaren Zauber verschlossen. Ich hatte auf jeden Fall keinerlei Zweifel daran, daß die Dinge sich da, in dieser rätselhaften Zone, abgespielt hatten. Und heute noch erscheint mir unzweifelhaft, daß ich hier, zwischen Brüssel und Paris, am unsichtbaren Kreuzweg zwischen dem Hôtel du Grand-Miroir, dem Hospiz Sainte-Elisabeth und den Pariser Zirkeln, wo ich über das letzte Wort der Schriftsteller salbaderte, daß ich hier an jener neuen Form eines Leidens erkrankte, das Chamfort – ohne daß ich ihn bis dahin verstanden hätte – die »Krankheit des Ich« nannte.

Zeit der ungehaltenen Versprechen. Der nicht abgelieferten Aufsätze. Es war die Zeit, als noch der geringste Artikel mir schwerfiel und, wenn es mir dann doch gelang, ihn zu schreiben, nicht mehr von jener locker-freundlichen Art geprägt war, die man mir bis dahin gerne zuerkannt hatte. Die Zeit, als mir alle Themen belanglos erschienen, alle Verse schlecht gelungen, die Zeit, in der man beginnt, seine Freunde, später seine Verleger und schließlich sich selbst zu belügen, ehe man sich mit der unbarmherzigen Wahrheit abfindet. Mein nächstes Buch wurde also erwartet. Mit Nachsicht zunächst. Dann mit Ungeduld. Dann mit einem von Argwohn durchsetzten Erstaunen. Nach ein oder zwei Jahren gelang es mir, das Gerücht von einem gigantischen Stoff, der ein Monumentalwerk vorausahnen läßt, glaubhaft in Umlauf zu setzen. Und dann im folgenden Jahr das schon schwieriger zu nährende Gerücht, das Monument sei abgeschlossen, aber mysteriöse Gründe hielten mich davon ab, es zu veröffentlichen. Eines Tages jedoch glaubte man mir überhaupt nichts mehr. Mich von einer Unwahrheit zur nächsten Ausrede, von einem nicht gehaltenen Versprechen zur nächsten Notlüge rettend, hatte ich schließlich alle zermürbt und war von der literarischen Bildfläche verschwunden. Ich will nun keinesfalls diesen Zustand mit der schrecklichen Aphasie vergleichen, an der mein Vorbild gerade gestorben war. Als ich aber spürte, wie meine Zunge zur toten Zunge wurde, als ich meine

Worte sah, die einst so flinken, wie sie nun in der Berührung mit dem Papier sich zurückzuziehen und zu fliehen schienen, war ich nicht weit davon entfernt zu glauben, daß ich einmal mehr in abgeschwächter und meinem minderen Format entsprechender Intensität erlebte, was er in seiner Hölle und seiner Verdammung durchgemacht hatte. Ich glaube nicht, daß ein Außenstehender sich die Qual eines Mannes des Wortes und der Sprache vorstellen kann, der spürt, daß er kein Wort mehr über die Lippen bringen, keine Feder jemals mehr erheben wird.

Einmal, zehn Jahre nach diesen Ereignissen, habe ich geglaubt, das Schicksal sei gebannt und die Vorsehung habe mir meine Strafe erlassen. Es war zum Zeitpunkt jenes Briefes, den ich Poulet-Malassis geschickt hatte, um ihm das Projekt einer großen philosophischen Studie über Baudelaire vorzustellen, und auf den er mit den Erinnerungen geantwortet hat, die ich in dieses Buch eingearbeitet habe. Ich weiß nicht, wo ich damals die Kraft hergenommen hatte, mir diesen Plan auszudenken. Ich sehe mich noch in jener Nacht, schluchzend, zutiefst bewegt, selbst fast aphasisch, weil die Aussicht, daß die Wörter, die Worte sich wieder mit mir vereinigen könnten, mich aufwühlte. Aber leider hielt mein Glücksgefühl nicht an. War es der Ton der Antwort, der mich entmutigte? Die höfliche, aber entschlossene Art, mich darauf hinzuweisen, daß ich auf dem Holzweg sei? War es der Tod des Absenders, einige Wochen später, der dieser Geschichte eine makabre Note hinzufügte, während ich befeuernde Zustimmung gebraucht hätte? Oder mußte ich mir eingestehen, daß ich einfach unfähig war, mich einzulassen auf ein echtes Buch? Nun, es kam nicht zu der großen Studie. Der Gedanke war totgeboren. Es war ein nur kurzer Lichtblick gewesen, damit mußte ich mich abfinden, vor mir lagen weitere lange Jahre der Sterilität – und damit endlose Kränkungen, deren Spuren mein Leib und meine Seele sehr bald verraten sollten.

Zu diesem Zeitpunkt, so glaube ich zumindest, bildet sich mein dauerhaft unschönes Aussehen aus. Obwohl ich noch jung bin, ist mein Haaransatz schon zurückgewichen. Den Schmelz der Jugend habe ich im wesentlichen eingebüßt, sogar schon einen Teil meiner Kraft. An manchen Tagen habe ich die Gesichtsfarbe eines von Ausschweifungen gezeichneten Mannes, obwohl ich auf diese gar nicht mehr aus bin, oder eines Frömmlers – das ist der Gipfel –, der seine ganze Energie in selbstgefälligen Kasteiungen aufbraucht. Mein Rücken ist schon gekrümmt. Ich habe einen Bauch angesetzt. Die alten Freundschaften habe ich abgebrochen, die meisten Zirkel und Kampfplätze, wo sich meine Karriere hätte entwikkeln sollen, habe ich verlassen, und nun erkranke ich an einer Einsamkeit, über die ich mich weder durch sinnlose Exzesse noch Kunstbegeisterung hinwegtäuschen kann. Die Ärzte, die ich nicht mehr konsultiere, hätten keine Mühe gehabt, die klassischen Symptome der Melancholie zu erkennen. Meine Freunde, soweit sie meine maßlose Langeweile noch nicht erkannt haben, nehmen Anstoß an den kleinen Fläschchen, die zu meinen treuesten Komplizen geworden sind, das spüren sie wohl. Noch lese ich, aber keine Verse. Noch viel weniger Aufsätze und theoretische Schriften. Dafür Romane ... Manchmal eine Zeitung, um den Puls der Epoche zu fühlen, die nicht mehr die meine sein wird ... Spöttisch beobachte ich das ewige Karussell der Ambitionen, der Auftritte, der Querelen, der Ideenkämpfe ... Die Jahre vergehen. Und so fülle ich mein Leben aus, verbittert, im Spleen gestrandet – bis zu dem Tag, an dem ich nach der guten alten Methode beschließe, alles zu sagen, alles zu gestehen und mich von meiner Last zu befreien, indem ich Charles Baudelaire alles wiedergebe, was ich ihm seit dreißig Jahren gestohlen habe.

So ist dieses Buch zustande gekommen. Auch wenn ich lange gebraucht habe, bis ich mich dazu entschließen konnte, es war das einzige, das mein Elend mir noch ermöglichte. Jeder von uns trägt das Buch seines Lebens in sich, nicht wahr! Jeder Mensch, von der gewöhnlichsten Brüsseler Wirtin bis hin zu meinen ehemaligen Freudenmädchen hat sein großes Geheimnis, das in ihm rumort und das ein anständiges Büchlein abgeben könnte. Hatte nicht auch Madame Aupick ihre kleine Idee im Kopf, die sie mir liebend gern unterbreitet hätte und die ihre eigene Version der Baudelaireschen Umnachtung war? Nun, das hier ist meine. Dies ist mein Zeugnis. Fast schäme ich mich, ich, der ich mich damals in so erhabene Gefilde hineinprojizierte, ich, der ich von einer abstrakten, ätherischen, bis ins letzte ausgefeilten Literatur träumte, daß ich mich auf diese Ebene hinunter begebe. Plötzlich fühle ich mich wie eine jener kleinen Seelen – davon gibt es derzeit viele –, die aus einer Begegnung ein Werk machen und ihr Leben lang das Privileg verwalten, eine knappe Woche in der Nähe eines bedeutenden Mannes verbracht zu haben. Aber dies ist mein Los. Die Zeit hat ihre Arbeit getan, und ich kann nichts Besseres verlangen. Wenn dieses Buch auch das Schicksal nicht wenden kann und mich nicht mit den ehrgeizigen Zielen meiner Jugend versöhnt, so wird es zumindest das Verdienst haben, mir einen friedlichen Abgang zu ermöglichen. Und wenn auch der Baudelaireianer in mir nicht viel erwartet von einem so leidenschaftlichen Text, wenn man hier auch weit entfernt ist von jener reinen, von der eigenen Existenz befreiten Kunst, die einst mein Ideal war, so weiß ich doch – denn da liegt die Qualität dieser Seiten –, daß ich damit zumindest ein Stück Befreiung gewinne.

Es steht alles darin. Alle Episoden dieser Geschichte. Ihre Irrungen und Wirrungen. Ihre geheimen oder bekannten Implikationen. Die Geständnisse eines Baudelaire, der die Schwäche besaß, mir zwischen zwei Diktaten seine intimsten Gedanken mitzuteilen. Ich habe Wert darauf gelegt, die Überlebenden des Dramas ausfindig zu machen, all diejenigen (einige sind sehr alt geworden), die sich daran erinnern, was sich wirklich zugetragen hat im

Hôtel du Grand-Miroir, am Brüsseler Bahnhof, an der Place des Barricades, in den Häusern des Nuttenviertels oder bei den Nonnen der Rue des Cendres. Ich habe ihnen zugehört. Ich habe mich zu ihrem Schreiber gemacht. Ich habe ihnen sogar das Geschenk gemacht (welche Entsagung, wenn man einst die Kunst über alles gestellt hat!), ihre Berichte unverändert zu veröffentlichen, ohne sie zu kürzen und ohne sie zu schönen. Die Erinnerungen einer Hotelbesitzerin, vermischt mit denen eines Mannes, der sich als Ebenbürtiger Mallarmés oder Des Essarts' fühlte. Die Briefe einer Aupick verwoben mit einer Prosa, die einst die edelste Dunkelheit für sich in Anspruch zu nehmen wagte! Und obendrauf die Stimme einer Mestizin und Prostituierten, die in unsere himmlischen Gesänge einbricht! Aber das war die Spielregel. Ich habe nie daran gedacht, mich ihr zu entziehen. Der Bericht mußte vollständig sein, es durfte kein Detail, kein äußerer Umstand ausgelassen werden. In Ermangelung edlerer Materialien wurde die Tatsachentreue zur ersten Chronistenpflicht.

Ich will nicht behaupten, daß ich mich im Laufe der Arbeit nicht hin und wieder bei einigen meiner alten Tricks und Maschen ertappt hätte. Hier ein effektvolles Wort ... Da etwas zuviel Pedal ... Ein Rhythmus, dem man länger als nötig verfällt ... Eine Bewegung des Handgelenks, wie ein Reflex aus einem früheren Leben ... Eine Wendung, bei der man sich plötzlich erinnert, daß sie einem früher einmal eigen war ... Ein Bild ... Eine Spiegelung ... Es stimmt: Die Aufgabe war mir nicht nur unangenehm. Und da nun die Stunde gekommen ist, alles zu sagen, glaube ich sogar, daß ich zuweilen eine gewisse Freude daran hatte, wie vor dreißig Jahren, als ich ihn sterben sah, sein letztes Röcheln, sein Erschauern, seinen sabbernden Mund, seine Zuckungen, seine »dammtnochmal« zu schildern – diese ganze Kette von Verfallserscheinungen, deren schlimme Bedeutung ich nun selbst erkennen kann und von denen ich im Zusammenhang mit ihm nichts auslassen wollte. Das Wesentliche jedoch ist etwas anderes, ich wiederhole es. Zu viele Jahre sind vergangen seit der Zeit, als ich Vergnügen an meiner eigenen Gerissenheit hatte. Ich bin nicht mehr der junge Mann, der, Gewandtheit und Schrecken wohldosierend, virtuos die nahverwandten Register der Doppelzüngigkeit und der Aufrichtigkeit beherrschend, das Schauspiel des gefallenen Genies mit Interesse betrachtet. Ich trage heute nur noch eine Leiche in mir, und die heißt »Armes Belgien!«. Das Buch, das ich hiermit zum Abschluß bringe, hat keinen anderen Zweck, als mich davon zu befreien. Nicht ohne mir beiläufig die Gelegenheit zu bieten, auf dem Grabmal des Meisters meine eigenen Motive anzubringen. Sühne und Anbetung. Buße und allerletzte Huldigung. Weder Schulden noch Pflichten habe ich mehr. Es sei denn, natürlich, in bezug auf jenen anonymen Beitrag, den ich mutwillig den »Experten« der Zeitschrift Z unter die alles andere als feine Nase gelegt habe. Der Gedanke mißfällt mir nicht, daß es einen heimlichen Baudelaire gibt, der bis in alle Ewigkeit eine heillos blinde Nachwelt foppen wird.

Es ist mir nicht unbekannt, gewiß, daß es immer schlaue Köpfe geben wird, die an meinem Bericht zweifeln. Ich höre sie schon brummeln, daß diese Geschichte weder Hand noch Fuß hat. Daß Baudelaire jenes Buch niemals diktiert haben kann. Daß mir recht geschieht. Daß ich sehr wohl in der Lage gewesen sein mag, diese ganzen Hefte selbst zu fabrizieren und diese ganzen bösen Märchen nur aus dem einzigen Grund zu erfinden, einen Mißerfolg ein wenig aufzumöbeln, der ohne solche Lügen ganz armselig aussähe. Ich höre sie schon, wie sie, durch ihre eigenen Argumente bestärkt, überall herumposaunen, daß dies sehr wohl zu meiner ganzen Art passen würde. Daß nichts so gut wirkt wie eine schöne Missetat, um einen abgetakelten Schauspieler wieder ins Gespräch zu bringen. Daß falsche Geständnisse nicht zu übertreffen sind, wenn es darum geht, Aufmerksamkeit zu wecken, zarte Seelen zu rühren und einen erloschenen Ruhm wieder aufflackern zu lassen, das weiß man ja. Mögen sie mich doch anschauen! Mögen sie doch den Menschen betrachten, der ich geworden bin: Ob ich noch genügend Arglist und Lust in mir habe, um mich auf derlei Machenschaften einzulassen und das heikle Spiel der getürkten Geständnisse zu spielen. Wie dem auch sei, das Buch liegt vor. Nach Einsichtnahme werden sie ihr Urteil fällen. Ich behaupte, daß keine Zeile aus diesem Buch nicht von Ehrlichkeit geprägt ist. Daß hier kein Dokument vorliegt, das ich nicht mit der Wachsamkeit eines Menschen, der sich demnächst verabschiedet, entgegengenommen hätte. Charles Baudelaire verließ die Komödie schweigend. Ich verlasse sie mit diesen wohl unumgänglichen Worten. Wo ihm Schweigen genügt hat, brauchte ich ein Buch.

Inhalt